太平廣記鈔
태평광기초 16

〈지식을만드는지식 고전선집〉은
인류의 유산으로 남을 만한 작품만을 선정합니다.
읽을 수 없는 고전이 없도록 세상의 모든 고전을 출판합니다.
오랜 시간 그 작품을 연구한 전문가가
정확한 번역, 전문적인 해설, 풍부한 작가 소개, 친절한 주석을
제공합니다.

太平廣記鈔

태평광기초 16

풍몽룡(馮夢龍) 엮음
김장환(金長煥) 옮김

대한민국, 서울, 지식을만드는지식, 2024

편집자 일러두기

- 이 책은 명나라 천계(天啓) 간본을 저본으로 교점한 배인본 중에서 번체자본(繁體字本)인 웨이퉁셴(魏同賢)의 교점본[2책, 《풍몽룡전집(馮夢龍全集)》 8·9, 펑황출판사(鳳凰出版社), 2007]을 바탕으로 하고 기타 배인본을 참고했습니다. 아울러 《태평광기》와의 대조를 통해 교감이 필요한 원문에 한해 해당 부분에 교감문을 붙이고, 풍몽룡의 비주(批注)와 평어(評語)까지 포함해 80권 2584조 전체를 완역하고 주석을 달았습니다. 《태평광기》는 왕샤오잉(汪紹楹)의 점교본[베이징중화수쥐(中華書局), 1961]을 사용했습니다.
- 《태평광기초》는 총 80권으로 되어 있습니다. 이 번역본에는 편의상 한 권에 원서 5권씩을 묶었습니다. 마지막권인 16권에는 전체 편목·고사명 찾아보기, 해설, 엮은이 소개, 옮긴이 소개를 수록했습니다.
  제16권은 전체 80권 중 권76~권80을 실었습니다.
- 국내에서 처음으로 소개됩니다.
- 해설 및 주석은 독자들의 이해를 돕기 위해 모두 옮긴이가 붙인 것입니다.
- 옮긴이는 독자들이 이해하기 쉽도록 각 고사에는 맨 위에 번역 제목을 붙였고 그 아래에 연구자들이 작품을 찾아보기 쉽도록 원제를 한자 독음과 함께 제시했습니다. 주석이나 해설 등에서 작품을 언급할 때는 원제의 한자 독음으로 지칭했습니다.
- 옮긴이는 원전에서 제시한 작품의 출전을 원제 아래에 "출《신선전(神仙傳)》"과 같이 밝혔습니다. 또한 원문 뒤에는 해당 작품이 《태평광기》의 어느 부분에 실려 있는지도 밝혀 《태평광기》와 비교 연구할 수 있도록 했습니다.
- 본문에서 "미 : "로 표기한 것은 엮은이 풍몽룡이 본문 문장 위쪽에 단 미주(眉注)이고 "협 : "으로 표기한 것은 문장과 문장

사이에 단 협주(夾注)입니다. "평 : "으로 표기한 것은 풍몽룡이 본문을 읽고 자신의 평을 추가한 것입니다.
- 한글에 한자를 병기할 때 괄호 안의 말과 바깥 말의 독음이 다르면 [ ]를 사용하고, 번역어의 원문을 표시할 때는 ( )를 사용했습니다. 또 괄호가 중복될 때에도 [ ]를 사용했습니다.
- 고대 인명과 지명은 한자 독음으로 표기하고 현대 인명과 현대 지명은 국립국어원의 중국어 표기법에 따라 표기했습니다.

차 례

권76 요괴부(妖怪部)

요괴(妖怪) 5

76-1(2458) 장빙(張騁) · · · · · · · · · · · · · 7461

76-2(2459) 양문(梁文) · · · · · · · · · · · · · 7463

76-3(2460) 노 종사(盧從事) · · · · · · · · · · · 7465

76-4(2461) 이숙견(李叔堅) · · · · · · · · · · · 7471

76-5(2462) 호지충(胡志忠) · · · · · · · · · · · 7474

76-6(2463) 한생(韓生) · · · · · · · · · · · · · 7478

76-7(2464) 두수기(杜修己) · · · · · · · · · · · 7483

76-8(2465) 최일용(崔日用) · · · · · · · · · · · 7487

76-9(2466) 이분(李汾) · · · · · · · · · · · · · 7490

76-10(2467) 장연(張鋋) · · · · · · · · · · · · 7493

76-11(2468) 소지충(蕭志忠) · · · · · · · · · · 7500

76-12(2469) 소태(蕭泰) · · · · · · · · · · · · 7507

76-13(2470) 계호(稽胡) · · · · · · · · · · · · 7509

권77 요괴부(妖怪部)

요괴(妖怪) 6

77-1(2471) 장직방(張直方) · · · · · · · · · · · 7519

77-2(2472) 중애(衆愛) · · · · · · · · · · · · · 7534

77-3(2473) 스님 안통(僧晏通) · · · · · · · · · 7537

77-4(2474) 배 소윤(裵少尹) · · · · · · · · · · 7540

77-5(2475) 이향(李鄽) · · · · · · · · · · · · · 7545

77-6(2476) 이 참군(李參軍) · · · · · · · · · · 7550

77-7(2477) 장입본(張立本) · · · · · · · · · · 7558

77-8(2478) 임씨(任氏) · · · · · · · · · · · · 7560

77-9(2479) 진비(陳斐) · · · · · · · · · · · · 7583

77-10(2480) 정굉지(鄭宏之) · · · · · · · · · 7587

77-11(2481) 대안 화상(大安和尙) · · · · · · · 7593

77-12(2482) 견양현령(汧陽令) · · · · · · · · · 7596

77-13(2483) 강남의 읍재(江外宰) · · · · · · · 7602

77-14(2484) 당 참군(唐參軍) · · · · · · · · · 7607

77-15(2485) 장근(張謹) · · · · · · · · · · · 7612

77-16(2486) 왕생(王生) · · · · · · · · · · · 7617

77-17(2487) 이자량(李子良) · · · · · · · · · 7626

77-18(2488) 요곤(姚坤) · · · · · · · · · · · 7631

77-19(2489) 이영서(李令緒) · · · · · · · · · 7637

77-20(2490) 이철(李哲) · · · · · · · · · · · 7648

권78 요괴부(妖怪部)

요괴(妖怪) 7

78-1(2491) 바닷사람(海上人)・・・・・・・・・・7657

78-2(2492) 이탕(李湯)・・・・・・・・・・・・7658

78-3(2493) 유 아무개(劉甲)・・・・・・・・・・7662

78-4(2494) 늙은 교룡(老蛟)・・・・・・・・・・7664

78-5(2495) 흔주자사(忻州刺史)・・・・・・・・7666

78-6(2496) 이황(李黃)・・・・・・・・・・・・7669

78-7(2497) 오유(五酉)・・・・・・・・・・・・7676

78-8(2498) 왕소(王素)・・・・・・・・・・・・7678

78-9(2499) 소담의 세 미녀(昭潭三美女)・・・・・・7681

78-10(2500) 수염이 긴 나라(長鬚國)・・・・・・7689

78-11(2501) 소등(蕭騰)・・・・・・・・・・・7694

78-12(2502) 이흘(李鶻)・・・・・・・・・・・7698

78-13(2503) 사이(謝二)・・・・・・・・・・・7700

78-14(2504) 스님 법지(僧法志)・・・・・・・・7704

78-15(2505) 송씨(宋氏)・・・・・・・・・・・7706

78-16(2506) 종도(鍾道)・・・・・・・・・・・7709

78-17(2507) 설이낭(薛二娘)・・・・・・・・・7711

권79 만이부(蠻夷部)

만이(蠻夷)

79-1(2508) 사방의 만이(四方蠻夷) ·········7717

79-2(2509) 무계국 사람(無啓民) ·········7718

79-3(2510) 노부(盧扶) ··············7719

79-4(2511) 백민(白民) ·············7720

79-5(2512) 일남(日南) ·············7721

79-6(2513) 사아수와 구진제(私阿修・俱振提) ···7722

79-7(2514) 빈사(頻斯) ·············7723

79-8(2515) 오명국(吳明國) ··········7727

79-9(2516) 부절국(浮折國) ··········7729

79-10(2517) 구미국(拘彌國) ·········7731

79-11(2518) 구사(歐絲) ············7734

79-12(2519) 대식국(大食國) ·········7735

79-13(2520) 돌궐(突厥) ············7736

79-14(2521) 제파(帝杷) ············7739

79-15(2522) 토번(吐蕃) ············7740

79-16(2523) 여만국(女蠻國) ·········7743

79-17(2524) 도파(都播) ············7744

79-18(2525) 골리(骨利) ············7745

79-19(2526) 해목국(䩭沐國) ·········7746

79-20(2527) 신라(新羅) ············7748

79-21(2528) 동녀국(東女國) · · · · · · · · · · 7758

79-22(2529) 늠군(廩君) · · · · · · · · · · · 7761

79-23(2530) 목이이(木耳夷) · · · · · · · · · 7765

79-24(2531) 구자(龜玆) · · · · · · · · · · · 7766

79-25(2532) 진랍(眞臘) · · · · · · · · · · · 7769

79-26(2533) 기굉(奇肱) · · · · · · · · · · · 7770

79-27(2534) 한반타(漢槃陀) · · · · · · · · · 7771

79-28(2535) 척곽(尺郭) · · · · · · · · · · · 7772

79-29(2536) 마류(馬留) · · · · · · · · · · · 7773

79-30(2537) 남해 사람(南海人) · · · · · · · · 7774

79-31(2538) 독창(毒槊) · · · · · · · · · · · 7776

79-32(2539) 비두료(飛頭獠) · · · · · · · · · 7777

79-33(2540) 요족의 부인(獠婦) · · · · · · · · 7780

79-34(2541) 남중의 승려(南中僧) · · · · · · · 7782

79-35(2542) 번우(番禺) · · · · · · · · · · · 7783

79-36(2543) 밀즉(蜜唧) · · · · · · · · · · · 7785

79-37(2544) 남주(南州) · · · · · · · · · · · 7786

79-38(2545) 가국(猳國) · · · · · · · · · · · 7789

79-39(2546) 구국 등(狗國等) · · · · · · · · · 7791

79-40(2547) 학민(鶴民) · · · · · · · · · · · 7795

79-41(2548) 초요(僬僥) · · · · · · · · · · · 7797

79-42(2549) 서북 황무지의 소인(西北荒小人) · · · · 7798

권80 잡지부(雜志部)

잡지(雜志)

80-1(2550) 제 지방의 풍속(齊俗) ・・・・・・・・・7801

80-2(2551) 이의침(李義琛) ・・・・・・・・・・・7803

80-3(2552) 우세남(虞世南) ・・・・・・・・・・・7805

80-4(2553) 장조(張造) ・・・・・・・・・・・・・7806

80-5(2554) 당구(唐衢) ・・・・・・・・・・・・・7808

80-6(2555) 부인의 화장 비용(脂粉錢) ・・・・・・・7809

80-7(2556) 양희고(楊希古) ・・・・・・・・・・・7810

80-8(2557) 위건도(韋乾度) ・・・・・・・・・・・7812

80-9(2558) 유우석(劉禹錫) ・・・・・・・・・・・7814

80-10(2559) 풍숙(馮宿) ・・・・・・・・・・・・7818

80-11(2560) 최현(崔鉉) ・・・・・・・・・・・・7821

80-12(2561) 왕탁(王鐸) ・・・・・・・・・・・・7823

80-13(2562) 전쟁을 독려하는 특사(催陣使) ・・・・7825

80-14(2563) 왕거(王琚) ・・・・・・・・・・・・7829

80-15(2564) 설영지(薛令之) ・・・・・・・・・・7831

80-16(2565) 가서한(哥舒翰) ・・・・・・・・・・7833

80-17(2566) 최은보(崔隱甫) ・・・・・・・・・・7835

80-18(2567) 이광안(李光顔) ・・・・・・・・・・7837

80-19(2568) 필함(畢諴) ・・・・・・・・・・・・7839

80-20(2569) 형군아(邢君牙) · · · · · · · · · · 7841

80-21(2570) 추봉치와 왕원보(鄒鳳熾·王元寶) · · · 7843

80-22(2571) 위주(韋宙) · · · · · · · · · · · 7846

80-23(2572) 왕주호(王酒胡) · · · · · · · · · 7848

80-24(2573) 묘탐(苗耽) · · · · · · · · · · · 7850

80-25(2574) 하후단(夏侯亶) · · · · · · · · · 7852

80-26(2575) 왕중서(王仲舒) · · · · · · · · · 7853

80-27(2576) 유 아무개와 노영(劉甲·盧嬰) · · · · 7854

80-28(2577) 곽 사군과 이 복야(郭使君·李僕射) · · · 7858

80-29(2578) 강 태사(姜太師) · · · · · · · · · 7863

80-30(2579) 사슴이 낳은 아가씨(鹿娘) · · · · · · 7866

80-31(2580) 왕범지(王梵志) · · · · · · · · · 7867

80-32(2581) 이와전(李娃傳) · · · · · · · · · 7868

80-33(2582) 유씨전(柳氏傳) · · · · · · · · · 7897

80-34(2583) 앵앵전(鶯鶯傳) · · · · · · · · · 7907

80-35(2584) 곽소옥전(霍小玉傳) · · · · · · · · 7932

편목·고사명 찾아보기 · · · · · · · · · · · · 7957

해설	8055
엮은이에 대해	8086
옮긴이에 대해	8088

권76 요괴부(妖怪部)

요괴(妖怪) 5

이 권은 대부분 육축과 야수의 여러 요괴를 실었다.
此卷多載六畜及野獸諸怪.

76-1(2458) 장빙

장빙(張騁)

출《수신기(搜神記)》미 : 이하는 소의 요괴다(以下牛怪).

진(晉)나라 태안(太安) 연간(302~303)에 강하공조(江夏功曹) 장빙이 수레를 타고 떠돌고 있을 때 소가 말을 했다.

"천하가 바야흐로 어지러운데 나를 타고 어디로 가시오?"

장빙과 시종 몇 명은 모두 놀라고 두려웠지만 그 소를 속이며 말했다.

"너를 돌려보낼 테니 다시는 말을 하지 말거라."

그러고는 도중에 돌아왔다. 집에 도착해서 아직 멍에를 풀기도 전에 소가 또 말을 했다.

"어찌하여 돌아왔소?"

장빙은 더욱 두려워하며 이 일을 비밀에 붙이고 아무에게도 말하지 않았다. 안륙현(安陸縣)에 점을 잘 치는 사람이 있었는데, 장빙이 찾아가서 물었더니 점을 치고 말했다.

"크게 흉합니다. 한 집안의 화가 아니라 천하에 장차 병란이 일어나 한 군 안의 사람들이 모두 파멸할 것입니다!" 미 : 구징(咎徵 : 불길한 징조)이 덧붙어 나온다.

장빙이 집에 돌아왔더니 소가 또 사람처럼 서서 걸어 다녔으며, 사람들이 모여들어 구경하고 있었다. 그해 가을에 장창(張昌)이 난을 일으켜 먼저 강하를 점령한 다음 백성을 현혹하길, 한(漢) 왕조가 부흥할 것이며 봉황(鳳凰)의 상서로운 징조가 나타나 성인이 세상을 다스릴 것이라고 했다. 그를 좇아 반란군에 가담한 자들은 모두 이마에 붉은 칠을 하고 화덕(火德)의 상서로운 징조를 드러냈다. 백성은 마음이 동해 수많은 사람들이 반란군에 가담했다. 장빙 형제는 모두 장군도위(將軍都尉)가 되었으나 1년도 안 되어 패하고 말았다. 그리하여 한 군이 모조리 파멸해 죽거나 다친 사람이 절반이었으며, 장빙 일가는 멸족되었다. 경방(京房)의 《역요(易妖)》에서 말하길, "소가 말을 할 수 있게 되면 그 말에 따라 길흉을 점친다"라고 했다.

晉大安中, 江夏功曹張騁, 乘車周旋, 牛言曰: "天下方亂, 乘我何之?" 騁及從者數人皆驚懼, 因紿之曰: "令汝還, 勿復言." 乃中道還. 至家, 未釋駕, 牛又言曰: "歸何也?" 騁益憂懼, 秘而不言. 安陸縣有善卜者, 騁從之, 卜曰: "大凶! 非一家之禍, 天下將起兵, 一郡之內, 皆破亡乎!" 眉: 答徵附見. 騁還家, 牛又人立而行, 百姓聚觀. 其秋, 張昌賊起, 先略江夏, 誑曜百姓, 以漢祚復興, 有鳳凰之瑞, 聖人當世. 從軍者皆絳抹額, 從彰火德之祥. 百姓波蕩, 從亂如歸. 騁兄弟並爲將軍都尉, 未期而敗. 於是一郡殘破, 死傷者半, 而騁家族矣. 京房《易妖》曰: "牛能言, 如其言, 占吉凶."

* 이 고사는 《태평광기》 권359 〈요괴·장빙〉에 실려 있다.

76-2(2459) 양문

양문(梁文)

출《수신기》 미 : 양의 요괴다(羊怪).

한(漢)나라 때 제국(齊國) 사람 양문은 도술을 좋아해서 집에 사당이 있었고 방 서너 칸을 만들었으며 신좌(神座)에 검은 휘장을 쳐 놓았다. 후에 그가 제사를 지내고 있을 때 휘장 안에서 갑자기 사람의 말소리가 들렸는데, 스스로를 "고산군(高山君)"이라고 칭했다. 고산군은 음식을 아주 많이 먹었지만 병을 치료하는 데 효험이 있었기 때문에 양문은 그를 매우 경건히 모셨다. 그렇게 몇 년이 지난 뒤에 휘장 안의 신이 술에 취하자, 양문은 신에게 얼굴을 보게 해 달라고 부탁했다. 그러자 신이 양문에게 말했다.

"손을 줘 보아라!"

양문이 손을 내밀어 그 턱을 만졌는데 수염이 아주 길었다. 양문이 점점 손을 돌려 갑자기 수염을 잡아당겼더니 양을 죽일 때 나는 소리가 들렸다. 자리에 있던 사람들이 놀라 일어나 양문을 도와 신을 끌어냈더니 바로 원공로[袁公路 : 원술(袁術)] 집의 양이었는데, 그 양은 잃어버린 지 7~8년이 되도록 어디 있는지 알지 못했다. 그 양을 죽이자 마침내 신도 사라졌다.

漢齊人梁文好道, 其家有神祠, 建室三四間, 座施皁帳. 後因祀事, 帳中忽有人語, 自呼"高山君". 大能飲食, 治病有驗, 文奉事甚肅. 積數年, 其帳中神醉, 文乃乞得奉見顏色. 謂文曰:"授手來!" 文納手, 得持其頤, 髯鬚甚長. 文漸繞手, 卒然引之, 而聞作殺羊聲. 座中驚起, 助文引之, 乃袁公路家羊也, 失之七八年, 不知所在. 殺之, 乃絶.

* 이 고사는《태평광기》권439〈축수·양문〉에 실려 있다.

76-3(2460) 노 종사

노종사(盧從事)

출《하동기(河東記)》미 : 이하는 말의 요괴다(以下馬怪).

　영남종사(嶺南從事) 노전소(盧傳素)는 강릉(江陵)에서 임시로 거주했다. [당나라] 원화(元和) 연간(806~820)에 한번은 어떤 사람이 그에게 검은 망아지 한 마리를 보내왔는데, 처음에는 매우 비실거리고 볼품없었으나 노전소가 기른 지 3~5년이 되자 점점 살찌고 건장해졌다. 노전소가 아직 종사가 되지 않았을 때는 집이 가난해서 그 망아지만 줄곧 타고 다녔기 때문에 망아지는 매우 고달팠으나 넘어지는 실수를 한 적이 없었다. 그래서 노전소는 망아지를 매우 아꼈다. 어느 날 아침에 노전소는 말구유를 살피다가 우연히 농담 삼아 말했다.

　"망아지는 건강한가?"

　그러자 검은 망아지가 갑자기 사람의 말로 말했다.

　"어르신은 만복(萬福)을 누리십시오!"

　노전소가 놀라고 두려워서 달아나려 하자 검은 망아지가 또 말했다.

　"저는 비록 축생의 몸이지만 연유가 있어서 사람의 말을 하는 것이지 요괴가 아니니, 어르신은 잠시만 머물러 주십시오.”

노전소가 말했다.

“너는 축생이지만 갑자기 사람의 말을 하는 것으로 보아 필시 억울한 일이 있을 것이니 마음껏 말해 보거라.”

그러자 검은 망아지가 다시 말했다.

“저는 어르신의 외조카로 상주(常州) 무석현(無錫縣) 하란방(賀蘭坊) 현소가(玄小家)의 통아(通兒)입니다. 어르신은 기억하지 못하시겠지만 정원(貞元) 12년(796)에 어르신이 저에게 해릉(海陵)으로 가서 별장 하나를 팔아 돈 100관(貫 : 1관은 1000냥)을 받아 오라고 하셨습니다. 당시 저는 젊은 나이에 행실이 좋지 못해 친구들의 꼬임에 넘어가 기루(妓樓)에서 그 돈을 탕진해 버렸습니다. 그해에 저는 병으로 죽었는데, 저승에서는 그 일을 분명히 알고 있어서 어르신에게 그 돈을 갚으라고 매우 급하게 독촉했습니다. 평등왕(平等王)[1]이 저에게 말하길, ‘너는 다시 이승에 태어나 그의 돈을 갚아야만 한다. 만약 네가 다시 인간의 몸으로 태어난다면 네가 성인이 될 때까지 기다릴 시간이 없다. 네가 잠시 축생의 몸으로 태어난다면 몇 년 안에 돈을 갚을 수 있을

---

1) 평등왕(平等王) : 저승의 10대왕 중 하나로, 법 집행이 공정해 이렇게 부른다.

것이다'라고 했습니다. 그래서 저는 결국 축생도(畜生道)[2]로 내몰리게 되어 저도 모르는 사이에 강릉의 말들 속에 있게 되었는데, 바로 이 망아지가 지금의 제 몸입니다. 제가 어르신의 마구간에 지금까지 5~6년 동안 있으면서, 반성하며 어르신께 빚을 갚고자 온 힘을 다해 고생했습니다. 또한 저는 어르신이 매우 두텁게 아껴 주심을 알고 있고 주인을 사랑하는 마음이 없는 게 아니지만 수명이 이미 다 되었습니다. 닷새 후에 저는 검은 땀을 흘리며 죽게 될 것이니 어르신은 속히 저를 파십시오. 내일 오시(午時)에 어르신이 저를 타고 동붕문(東棚門)을 나서서 시장 서북쪽의 적판문(赤板門) 옆에 도착하면, 한 호인(胡人) 장군이 어르신에게 저를 살 수 있냐고 물을 것입니다. 어르신이 10만 냥을 부르면 그 사람은 반드시 7만 냥을 주겠다고 흥정할 것이니 그때 저를 속히 파십시오." 미 : 아마도 호인 장군은 전생에 이 말에게 7만 냥을 빚졌기 때문인 것 같다.

그 일을 얘기하고 나서 또 말했다.

"아울러 시 한 편이 있는데, 이것을 남기며 어르신과 작별하려 합니다."

---

[2] 축생도(畜生道) : 악업(惡業)을 지은 사람이 죽은 후에 가는 삼악도(三惡道 : 지옥도 · 아귀도 · 축생도) 가운데 하나.

그러고는 머리를 들고 낭송했다.

"어르신의 여물을 먹고, 또 어르신의 꼴을 먹었네. 오늘 빚을 다 갚았으니, 영원히 삼악도(三惡道)에서 벗어나게 되었네."

그러고는 몇 번 떨쳐 일어나더니 히힝거리며 처음처럼 풀을 먹었다. 노전소가 다시 말을 건넸지만 망아지는 끝내 더 이상 말하지 않았다. 망아지가 말한 외조카의 이름과 훔쳐 썼던 돈의 액수와 그 시기가 조금도 틀리지 않았다. 노전소는 그 일에 깊이 느낀 바가 있었다. 다음 날 노전소가 시험 삼아 망아지를 타고 시장 모퉁이로 갔더니, 과연 어떤 호인 장군이 망아지를 팔라고 간청했다. 노전소가 망아지의 말을 시험해 보고자 가격을 낮춰 6만 냥을 불렀더니 호인 장군이 말했다.

"당신의 이 말은 7만 냥 이상의 값이 나갑니다."

그러고는 7만 냥으로 그것을 사겠다고 청하면서 망아지가 잘 먹고 잘 마시는지도 시험해 보지 않았다. 노전소는 그 돈꿰미를 싣고 집으로 돌아왔다. 나흘 후에 노전소는 다시 그 집 앞을 지나가다가 호인 장군을 만났는데 그가 말했다.

"아! 7만 냥에 산 말이 밤에 배불리 먹고는 검은 땀을 흘리면서 죽어 버렸습니다."

嶺南從事盧傳素, 寓居江陵. 元和中, 常有人遺一黑駒, 初甚蹇劣, 傳素豢養, 歷三五年, 稍益肥駿. 傳素未從事時, 家貧薄, 矻矻乘之, 甚勞苦, 然未有銜蹙之失. 傅素頗愛之. 一旦, 傅素因省其槽櫪, 偶戲之曰: "馬子得健不?" 黑駒忽人語曰: "丈人萬福!" 傅素驚怖却走, 黑駒又曰: "阿馬雖畜生身, 有故須曉言, 非是變怪, 乞丈人少留." 傅素曰: "爾畜生, 忽曉人語, 必有冤抑之事, 可盡言也." 黑駒復曰: "阿馬是丈人親表甥, 常州無錫縣賀蘭坊玄小家通兒者也. 丈人不省貞元十二年, 使通兒往海陵賣一別墅, 得錢一百貫. 時通兒年少無行, 被朋友相引狹邪處, 破用此錢略盡. 其年病死, 冥間了了, 爲丈人徵債甚急. 平等王謂通兒曰: '爾須見世償他錢. 若復作人身, 待長大則不及矣. 須暫作畜生, 數年, 方可償也.' 遂被驅出畜生道, 不覺在江陵群馬中, 卽阿馬今身是也. 阿馬在丈人槽櫪, 於茲五六年, 省與丈人償債, 所以竭盡駑蹇. 亦知丈人憐愛至厚, 阿馬非無戀主之心, 然壽限已盡. 後五日, 當發黑汗而死, 請丈人速將阿馬貨賣. 明日午時, 丈人自乘阿馬出東棚門, 至市西北角赤板門邊, 當有一胡軍將, 問丈人買此馬者. 丈人但索十萬, 其人必酬七十千, 便可速就之." 眉: 恐胡軍將前生負此馬七十千縉¹故. 言事訖, 又曰: "兼有一篇, 留別丈人." 乃驤首朗吟曰: "旣食丈人粟, 又飽丈人芻. 今日相償了, 永離三惡途." 遂奮迅數遍, 嘶鳴齕草如初. 傅素更與之言, 終不復語. 其所言表甥姓字, 盜用錢數年月, 一無所差. 傅素深感其事. 明日, 試乘至市角, 果有胡軍將懇求市. 傅素微驗之, 因賤其估六十縉, 軍將曰: "郎君此馬, 直七十千已上." 請以七十千市之, 亦不以試水草也. 傅素載其縉歸. 四日, 復過其家, 見胡軍將, 曰: "嘻! 七十縉²夜來飽發黑汗斃矣."

* 이 고사는《태평광기》권436 〈축수・노종사〉에 실려 있다.

1 천민(千緡): 문맥상 두 자 중에서 어느 한 자를 삭제하는 것이 마땅

하다. '민'은 1000냥짜리 돈꿰미를 말한다.
2   칠십민(七十緡) : 《태평광기》 명초본에는 이 뒤에 "마(馬)" 자가 있는데, 문맥상 의미가 분명하다.

76-4(2461) 이숙견

이숙견(李叔堅)

출《풍속통(風俗通)》 미 : 개의 요괴다(犬怪).

한(漢)나라 때 여남(汝南) 사람 이숙견의 집에서 기르던 개가 갑자기 사람처럼 서서 걸었다. 집안사람들이 모두 그 개를 죽이라고 청하자 이숙견이 말했다.

"개와 말은 군자에 비유되는데, 사람이 걷는 것을 보고 흉내 낸 것이니 무슨 해가 되겠는가?"

후에 이숙견이 갓을 벗어 평상 위에 놓았더니 개가 그것을 쓰고 달려 다니자, 집안사람들이 크게 놀랐지만 이숙견은 또한 괴이하게 여기지 않았다. 얼마 뒤에 개가 또 부뚜막 앞에서 불을 지피자 집안사람들이 더욱 경악했는데 이숙견이 말했다.

"노복들이 모두 밭에서 일하고 있는 참에 개가 불을 지피는 것을 도와주어 다행히 마을 사람을 번거롭게 하지 않았으니 또한 무엇을 꺼린단 말인가?"

열흘이 지나서 개는 저절로 죽었고 결국 털끝만큼의 재앙도 일어나지 않았으며, 이숙견은 끝까지 높은 지위를 누렸다.

평：《광이기(廣異記)》에 이런 고사가 있다. [당나라의] 위원충(魏元忠)은 미천했을 때 집이 가난했다. 한 여종이 물을 길러 나갔다가 돌아와서 보았더니, 한 늙은 원숭이가 불을 지켜보고 있었다. 여종이 놀라 그 일을 아뢰자 위원충이 천천히 말하길, "원숭이가 나에게 일꾼이 없음을 딱하게 여겨 나를 위해 불을 지켜 주었으니 매우 좋은 일이로다!"라고 했다. 또 한번은 위원충이 하인을 불렀는데, 하인이 미처 대답하기 전에 개가 대신 하인을 부르자 위원충이 또 말하길, "이 착한 개가 나를 대신해 수고하는구나"라고 했다. 또 위원충이 혼자 앉아 있을 때 쥐 떼가 손을 모으고 그의 앞에 서 있자 그가 또 말하길, "쥐가 배고파서 나에게 먹을 것을 달라는구나"라고 했다. 그러고는 먹을 것을 가져다주게 했다. 한밤중에 올빼미가 지붕 끝에서 울자 집안사람들이 탄궁(彈弓)으로 쏘려 했더니 위원충이 또 말리면서 말하길, "올빼미는 낮에는 사물을 보지 못해서 밤에만 날아다닌다. 이것은 천지가 길러 주는 것이니 남쪽 월(越) 땅이나 북쪽 오랑캐 땅으로 가지 못하게 한다면 장차 어디로 간단 말이냐?"라고 했다. 그 후로 마침내 괴이한 일이 일어나지 않았다.

漢汝南李叔堅, 其家犬忽人立而行. 家人咸請殺之, 叔堅曰："犬馬諭君子, 見人行而效之, 何傷也?" 後叔堅解冠楊上, 犬戴之以走, 家人大驚, 叔堅亦無所怪. 犬尋又於竈前畜火, 家人益驚愕, 叔堅曰："兒奴皆在田中, 犬助畜火, 幸可不煩鄉里, 亦何惡也?" 居旬日, 犬自死, 竟無纖芥之災, 而叔堅終享大位.

評:《廣異記》云: 魏元忠微時, 家貧. 一婢出汲水, 還, 見有老猿爲其看火. 婢驚白之, 元忠徐曰: "猿愍我無人力, 爲我執爨, 甚善!" 又常呼蒼頭, 未應, 狗代呼之, 又曰: "此孝順狗也, 乃能代我勞." 又獨坐, 有群鼠拱手立前, 又曰: "鼠饑, 就我求食." 乃令食之. 夜中, 鶹鶹鳴屋端, 家人將彈之, 又止之曰: "鶹鶹晝不見物, 故夜飛. 此天地所育, 不可使南走越, 北走胡, 將何之?" 其後遂絕無怪.

* 이 고사는《태평광기》권438〈축수·이숙견〉, 권444〈축수·위원충(魏元忠)〉에 실려 있다.

76-5(2462) 호지충

호지충(胡志忠)

출《집이기(集異記)》

　처주소장(處州小將) 호지충은 사명을 받들고 월주[越州: 지금의 저장성 사오싱(紹興)의 옛 명칭]로 갔는데, 밤에 꿈속에서 개의 머리에 사람의 몸을 한 물체가 나타나 호지충에게 말했다.

　"저는 1년도 넘게 아무것도 먹지 못했습니다. 공께서 회계(會稽)에 공무가 있어서 틀림없이 저희 역관에 머무르실 것이라고 들었으니, 드시는 음식을 덜어 은혜를 베풀어 주실 수 있겠습니까?"

　호지충은 꿈속에서 허락하지 않았다. 이튿날 아침에 마침내 길을 떠나 저녁에 산의 역관에서 머물렀는데, 그곳 관리가 말했다.

　"이 대청에는 늘 요물이 나타나 재앙을 일으키니, 동쪽 곁채에서 머무시길 청합니다."

　하지만 호지충은 그 말을 따르지 않고 음식을 차려 오라고 재촉했다. 호지충이 막 젓가락을 대려고 할 때 아주 우람한 모습의 괴물이 쟁반 앞에 섰다. 시종은 무서워서 물러난 채 감히 옆으로 고개도 돌리지 못했다. 호지충은 구운 고기를 치우더니 곧장 일어나 괴물을 공격했다. 괴물은 잇달아 아프다고 소리쳤는데, 그 소리가 개 같았으며 아주 분명하게 말했다.

"멈추시오! 멈추시오! 멈추지 않으면 누가 죽어 나갈지 모릅니다."

호지충이 더욱 빨리 팔을 휘두르자, 괴물이 또 급히 소리쳤다.

"얼룩아! 어디에 있느냐?"

이어서 다른 한 물체가 가림벽 밖에서 번개처럼 뛰어 들어왔다. 호지충은 또 그 물체를 때렸지만 갓이 떨어지고 허리띠가 풀어졌으며 힘으로는 이길 수 없을 것 같았다. 종복이 호지충을 구해 낼 방법이 없자 빗자루로 마구 쳤더니, 두 괴물은 몸을 끌면서 동쪽 누각으로 들어갔고 담이 무너지는 것처럼 넘어지는 소리가 났다. 얼마 지나지 않아 호지충은 의관과 관대를 바로 하고 나오더니 다시 쟁반 앞으로 가서 음식을 가져오라고 했다. 호지충은 식사하는 동안 끝내 한마디 말도 하지 않은 채, 그저 그 누각을 돌아보며 가끔씩 탄식할 따름이었다. 이튿날 호지충은 떠나면서 그 문을 단단히 봉인하고 역관 관리에게 당부하며 말했다.

"기다렸다가 내가 돌아온 후에 문을 열어라. 네가 만약 몰래 문을 연다면 틀림없이 화가 너에게 미칠 것이다."

말을 마치고는 마침내 떠났다. 호지충은 열흘 남짓 뒤에 돌아와 그 역관에 머물면서 붓과 벼루를 달라고 하더니 울면서 그 문에 이렇게 적었다.

"용기만 믿다가는 반드시 화가 미치고, 강함만 믿다가는 반드시 형세가 기운다. 어찌하여 만금을 지닌 자가 한갓 괴물과 다투려 했는가? 떠난 혼백을 데리고 관청의 뜰을 달리지 말지니, 이 역관에 머물다 저승으로 돌아간다네."

호지충은 다 적고 나서 붓을 땅에 던진 뒤에 온데간데없이 사라졌다. 붓을 들고 있던 사람이 몹시 두려워하고 있을 때, 갑자기 미풍이 그의 얼굴을 스치며 흩어지는 것을 느꼈다. 관리가 진상을 갖추어 자사(刺史)에게 보고하자 자사는 곧장 관리를 보내 그 문을 열어 보게 했는데, 호지충이 얼룩개와 검은 개 두 마리와 함께 서북쪽 구석에 엎어져 죽어 있었다.

處州小將胡志忠, 奉使之越, 夜夢一物, 犬首人質, 告忠曰: "某不食歲餘. 聞公有會稽之役, 必當止吾館矣, 能減所食見沾乎?" 忠夢中不諾. 明早遂行, 夜止山館, 館人曰: "此廳常有妖物爲祟, 請止東序." 忠不從, 促令進膳. 方下箸次, 有異物, 其狀甚偉, 當盤而立. 侍者慴退, 不敢傍顧. 志忠徹炙, 乃起而擊之. 異物連有傷痛之聲, 聲如犬, 語甚分明: "請止! 請止! 若不止, 未知誰死." 忠運臂愈疾, 異物又疾呼曰: "斑兒! 何在?" 續有一物, 自屛外來, 閃然而進. 忠又擊之, 然冠纓帶解, 力若不勝. 僕夫無計能救, 乃以篝撲, 羅曳入於東閣, 顚仆之聲, 如壞牆然. 未久, 志忠冠帶儼然而出, 復就盤命膳. 卒無一言, 唯顧其閤, 時時呑嗟而已. 明日將行, 封署其門, 囑館吏曰:"俟吾回駕而後啓之. 汝若潛開, 禍必及汝." 言訖遂行. 旬餘乃還, 止於館, 索筆硯, 泣題其戶曰:"恃勇禍必嬰, 恃强勢必傾. 胡爲萬金子, 而與惡物爭? 休將逝魂趨府庭, 止於此館歸冥冥." 題訖, 以筆擲地而失所在. 執筆者甚怖, 覺微風觸面而散. 吏具狀申刺史, 乃遣吏啓其戶, 而志忠與斑黑二犬, 俱仆於西北隅矣.

* 이 고사는 《태평광기》 권438 〈축수·호지충〉에 실려 있다.

76-6(2463) 한생

한생(韓生)

출《선실지(宣室志)》

　당(唐)나라 정원(貞元) 연간(785~805)에 대리평사(大理評事) 한생은 서하군(西河郡)의 남쪽에 기거했다. 그는 아주 빼어난 준마 한 필을 기르고 있었는데, 하루는 새벽에 말이 갑자기 머리를 구유에 올려놓은 채 땀을 흘리면서 헐떡이는 것이 마치 먼 곳을 돌아다니다가 온 것처럼 지쳐 보였다. 마부가 이상하다고 여겨 한생에게 그 사실을 아뢰었더니, 한생은 마부가 밤에 말을 훔쳐 타고 나갔다고 의심해서 마부를 매질하게 했다. 마부는 아무 변명도 하지 못하고 그대로 매를 맞았다. 이튿날에 보았더니 말이 또 땀을 흘리면서 헐떡이자, 마부는 속으로 이상해했지만 어찌 된 영문인지 알 수 없었다. 그날 밤에 마부는 마구간에 누워서 문을 닫고 틈 사이로 엿보았다. 그런데 갑자기 한생이 기르던 검은 개가 마구간 안으로 와서 짖으면서 뛰어오르더니 금세 온통 검은 의관을 착용한 한 장부로 변했다. 그 사람은 안장을 말 위에 채우고 말을 몰아 떠나, 문에 이르렀다가 문과 담장이 매우 높은 것을 보고 채찍으로 말을 때렸더니 말이 펄쩍 뛰어서 넘어갔다. 그 사람은 새벽이 되어서야 돌아와 말에서 내려 안장을 풀어 놓은 뒤에 짖으면서 뛰어오르더니 다시 개로 변했다. 마부는 그 괴이함에 놀랐지만 감히 그 사실을 다른 사람에게 말하지 않았다. 그 후 어느 날 저녁에 검은 개가 또 이전처럼 하자 마부가 말 발자국을 찾아 따라갔는데, 비가 막 갠 뒤라 아주 뚜렷하게 발자국을 알아볼 수 있었다. 곧장 남쪽으로 10여 리를 갔더니 한 오래된 무덤 앞에서 말 발자국이 끊겨 있었다. 마부는 곧장 무덤 옆에 띳집을 지어 놓고 다음 날 저녁에 먼저 그곳에 머물면서 지켜보았다. 한밤중이 되어 갈 무렵에 과연 검은 옷을 입은 사람이 말을 타고 왔는데, 말에서 내려 들판의 나무에 말을 묶더니 무덤으로 들어가서 여러 사람들과 웃고 떠들면서 몹시 즐거워했다. 마부는 띳집 안에서 몸을 숙여 그들의 말을 들으면서 꼼짝도 하지 않았다. 한 식경(食頃)이 지난 뒤에 검은 옷을 입은 사람이 떠나겠다고 하자, 여러 사람들이 배웅하러 무덤 밖으로 나왔다. 베옷을 입은 한 사람이 검은 옷을 입은 사람을 돌아보며 말했다.

"한씨(韓氏) 집안의 명부(名簿)는 지금 어디에 있소?"

검은 옷을 입은 사람이 말했다.

"내가 이미 가져다 다듬잇돌 아래에 두었으니 그대는 걱정하지 마시오."

베옷을 입은 사람이 말했다.

"삼가 발설하지 마시오. 발설하면 우리는 온전치 못할 것이오."

검은 옷을 입은 사람이 말했다.

"삼가 분부대로 하겠소."

베옷을 입은 사람이 말했다.

"한씨의 어린 아들은 이름이 있소?"

검은 옷을 입은 사람이 말했다.

"아직 짓지 않았소. 이름 짓기를 기다렸다가 내가 바로 명부에 적겠소. 감히 잊지 않을 것이오." 미 : 어떤 원수인가?

동이 트자 마부는 돌아와서 그 일을 은밀히 한생에게 알렸다. 그러자 한생은 곧장 사람을 시켜 고기로 개를 유인해서 개가 다가오자 밧줄로 포박했다. 미 : 개는 이미 대단히 영묘한 요괴인데 고기 한 덩이에 유혹당한 것은 어째서인가? 그러고는 다듬잇돌 아래를 뒤졌더니 과연 두루마리 하나가 나왔고, 거기에 한씨의 형제와 처자식과 가동의 이름까지 상세히 적혀 있었는데, 바로 그들이 말했던 "한씨 집안의 명부"였다. 태어난 지 한 달 된 아들만 명부에 적혀 있지 않았는데, 바로 그들이 말했던 "아직 이름을 짓지 않은 어린 아들"이었다. 한생은 크게 괴이해하면서 마당에 개를 끌어다 놓고 채찍으로 때려서 죽였으며, 그 고기를 삶아서 가동들에게 먹였다. 그러고 나서 한생은 이웃 사람 1000여 명을 데리고 활과 병장기를 들고 군의 남쪽에 있는 오래된 묘 앞에 이르렀다. 그 무덤을 팠더니 무덤 안에 털과 생김새가 모두 기이한 개 몇 마리가 있어, 모조리 죽이고 돌아왔다.

唐貞元中, 有大理評事韓生者, 僑居西河郡南. 有一馬甚豪駿, 嘗一日淸晨, 忽委首於櫪, 汗而且喘, 若涉遠而殆者. 圉人怪之, 具白於韓生, 韓生疑其盜馬夜出, 乃令朴焉. 圉人無以辭, 遂受朴. 至明日, 見馬又汗而喘, 圉人竊異之, 莫可測. 是夕, 圉人臥於廏舍, 闔扉, 乃於隙中窺之. 忽見韓生所畜黑犬至廏中, 且嗥且躍, 俄化爲一丈夫, 衣冠盡黑. 旣挾鞍致馬上, 駕而去, 行至門, 門垣甚高, 黑衣人以鞭擊馬, 躍而過. 迨曉方回, 下馬解鞍, 又嗥躍, 還化爲犬. 圉人驚異, 不敢洩於人. 後一夕, 黑犬又如前, 圉人因尋馬踪, 以天雨新霽, 歷歷可辨. 直至南十餘里, 一古墓前, 馬跡方絶. 圉人乃結茅齋於墓側, 來夕, 先止於齋中, 以伺之. 夜將分, 黑衣人果駕馬而來, 下馬, 繫於野樹, 其人入墓, 與數輩笑言極歡. 圉人在茅齋中, 俯而聽之, 不敢動. 近食頃, 黑衣人告去, 數輩送出墓. 有一褐衣者, 顧謂黑衣人曰: "韓氏名籍今安在?" 黑衣人曰: "吾已收在擣練石下, 吾子無憂." 褐衣者曰: "愼母泄. 泄則吾屬不全矣." 黑衣人曰: "謹受敎." 褐衣人曰: "韓氏稚童有字乎?" 曰: "未也. 吾伺有字, 卽編於名籍. 不敢忘." 眉: 何讎乎? 及曉, 圉者歸, 遂從¹其事密告韓生. 生卽命以肉誘其犬, 犬旣至, 因以繩繫. 眉: 犬旣靈怪且甚, 乃爲一肉所誘, 何哉? 遂窮擣練石下, 果得一軸書, 具載韓氏兄弟·妻子·家僮名氏, 所謂韓氏名籍也. 有子生一月矣, 獨不書, 所謂稚兒未字也. 韓生大異, 致犬於庭, 鞭而殺之, 熟其肉, 以食家僮. 已而率鄰人千餘輩, 執弧矢兵仗, 至郡南古墓前. 發其墓, 墓中有數犬, 毛狀皆異, 盡殺之以歸.

* 이 고사는《태평광기》권438〈축수·한생〉에 실려 있다.

1   종(從) : 《태평광기》와 《선실지(宣室志)》 권3에는 "이(以)"라 되어 있는데, 문맥상 보다 타당하다.

76-7(2464) 두수기

두수기(杜修己)

출《소상록(瀟湘錄)》

 두수기는 월(越) 땅 사람이었다. 그의 부인은 조주(趙州)의 부자 설빈(薛贇)의 딸로 본디 음탕했다. 두수기는 집에서 백구 한 마리를 길렀는데, 그 개를 몹시 아껴 매번 맛있는 음식을 주었다. 나중에 두수기가 외출하자, 그 개가 갑자기 방 안으로 들어가 부인 설씨(薛氏)를 물고 냄새 맡으면서 마치 간음하려는 자세를 취하는 것 같았다. 설씨는 괴이해하며 물었다.

 "너는 나와 사통하려는 것이냐? 만약 그렇다면 나를 물지 마라."

 개가 곧바로 꼬리를 흔들면서 침상으로 올라가자, 설씨는 두려운 나머지 개와 사통했다. 그 후로 두수기가 외출할 때마다 개는 반드시 설씨와 무도하게 간음했다. 하루는 개와 설씨가 동침하고 있을 때 갑자기 두수기가 밖에서 들어왔다가 그 광경을 보고 분노해 개를 죽이려 하자 개가 달아났다. 두수기는 부인 설씨를 친정으로 내쫓았다. 반년 뒤에 그 개가 갑자기 설빈의 집으로 들어가 설씨의 머리채를 물더니 등에 태우고 달아났다. 집안사람들이 뒤쫓았지만 따라잡지 못했고 어디로 갔는지 알 수 없었다. 개는 설씨를 업고 곧장 항산(恒山) 속으로 들어가 숨겨 놓았으며, 매번 밤이 되면 산을 내려가 음식물을 훔쳐 왔고 낮에는 설씨를 지켰다. 1년이 지나 설씨는 임신해서 아들 하나를 낳았는데, 그 모습은 사람과 같았지만 전신에 흰 털이 나 있었다. 설씨는 하는 수 없이 산중에서 아들을 길렀는데, 1년 뒤에 개가 갑자기 죽었다. 그래서 설씨는 그 아들을 안고 산을 나와 기주(冀州)로 들어가서 걸식했다. 그 일을 알고 있던 사람이 설빈에게 알렸더니, 설빈은 집안사람을 보내 그들을 집으로 데려오게 했다. 미 : 설씨를 집으로 데려오면 안 된다. 후에 설씨가 낳은 아들은 일곱 살이 되자 모습이 추하고 비루했으며 성격도 흉악했다. 그 아이는 매번 몰래 나가서 도둑질을 하다가 열흘이나 혹은 몇 달 만에 돌아왔다. 설빈이 근심하다가 그 아이를 죽이려 하자, 설씨는 눈물을 흘리며 아들에게 타일렀다.

"너는 백구의 자식이다. 네가 어렸을 때 내가 차마 너를 죽이지 못해 지금 설씨 집안에서 살게 되었는데, 어찌하여 못된 짓을 할 수 있단 말이냐? 만약 더 이상 근신하지 않으면 설씨 집안사람들이 반드시 너를 죽일 것이다. 너 때문에 나까지 연루될까 걱정이니 반드시 고쳐야 한다."

그러자 아들은 대성통곡하며 말했다.

"저는 개의 기질을 타고났기에 본래 사람의 마음이 없어서 살생을 좋아하고 도적이 되는 것은 당연한 일인데, 미:지금 살생을 좋아하고 탐하는 자는 필시 개의 기질을 타고났기 때문이다. 어째서 그것이 제 잘못이란 말입니까? 할아버지가 저를 용납할 수 있다면 저의 이런 행동까지 받아들여야 하고, 저를 용납할 수 없다면 마땅히 제게 말로 타일러야 하거늘, 어찌하여 저를 죽인단 말입니까? 정말로 저를 용납하지 못하겠다면 저는 달아나서 다시는 오지 않을 것입니다."

설씨는 한사코 만류했지만 그럴 수 없자 말했다.

"때가 되면 나를 보러 한번 오려무나. 나는 네 어미이니 영원히 만나지 못하는 것을 어찌 견딜 수 있겠느냐?"

아들이 또 통곡하면서 말했다.

"3년 뒤에 다시 한번 오겠습니다."

그러고는 검을 들고 어머니에게 절한 뒤에 곧장 설씨 집을 떠났다. 그로부터 3년이 되자 그 아들은 과연 도적 1000여 명을 거느리고 와서 자칭 "백 장군(白將軍)"이라 했다. 그는 집으로 들어가서 어머니에게 절한 뒤에 도적들에게 설빈의 집안사람들을 모두 죽이라고 했으며, 그 집까지 불태우고 어머니를 데리고 떠났다.

杜修己者, 越人也. 妻趙州富人薛贇之女, 女性淫逸. 修己家養一白犬, 甚愛之, 每與珍食. 後修己出, 其犬突入室內, 向薛氏且嚙且嗅, 似有姦態. 薛怪而問之曰:"爾欲私我耶? 若然, 則勿嚙我." 犬卽搖尾登牀, 薛氏懼而私焉. 爾後每修己出,必姦淫無度. 一日方寢, 忽修己自外入, 見之, 怒欲殺犬, 犬走出. 修己出其妻. 後半年, 此犬忽突入薛贇家, 口銜薛氏髻而背負走出. 家人逐之不及, 不知所之. 犬負薛氏直入恒山內潛之, 每至夜, 卽下山竊所食之物, 晝則守薛氏. 經年, 薛氏有孕, 生一子, 形貌雖如人, 而遍身有白毛. 薛氏祇於山中撫養, 又一年, 犬忽死. 薛乃抱此子出, 入冀州乞食. 有知此事者, 以告贇, 乃令家人取至家. 眉: 薛氏又不合取歸. 後所生子年七歲, 形貌醜陋, 性復凶惡. 每潛出爲盜, 或旬日, 或數月, 復還. 贇患之, 欲殺焉. 薛氏乃泣戒其子曰: "爾白犬之子也. 幼時我不忍殺爾, 今在薛家, 豈可作惡? 若更不謹, 薛家人必殺爾. 恐以爾累我, 當改之." 其子大號哭而言曰: "我稟犬氣, 本無人心, 好殺爲賊, 自然耳, 眉: 今之好貪殺者, 必稟犬氣故也. 何以我爲過? 薛贇能容我, 卽容之, 不能容我, 當與我一言, 何殺我也? 果不容我, 我其遁矣, 不復來." 薛氏堅留之, 不得, 乃謂曰: "可時來一省我也. 我是汝母, 忍永不相見乎?" 其子又號哭言曰: "後三年, 我復一來." 遂攜劍拜母, 徑出薛門. 及三年, 其子果領群盜千餘人, 自稱 "白將軍". 旣入拜母後, 令群盜盡殺贇之家, 仍焚其宅, 携母而去.

* 이 고사는 《태평광기》 권438 〈축수·두수기〉에 실려 있다.

76-8(2465) 최일용

최일용(崔日用)

출《광이기(廣異記)》미 : 이하는 돼지의 요괴다(以下猪怪).

[당나라] 개원(開元) 연간(713~741)에 최일용은 여주자사(汝州刺史)가 되었는데, 자사의 저택이 예전부터 흉가여서 줄곧 아무도 그곳에서 살지 않았다. 그러나 최일용은 부임하자 집을 수리하고 청소한 뒤 아무런 의심 없이 거처했다. 그날 저녁에 최일용은 당 안에 등촉을 켜 놓고 혼자 앉아 있었는데, 한밤중이 지났을 때 검은 옷을 입은 사람 수십 명이 문으로 들어오더니 계단 아래에 앉았으며, 그중에는 절름발이도 있었고 애꾸눈도 있었다. 최일용이 물었다.

"너희들은 대체 어떤 귀신들이기에 여기로 와서 사람을 두렵게 하느냐?"

절름발이가 스스로 아뢰었다.

"저희는 죄업 때문에 모두 돼지의 몸이 되어 여러 절로 흩어져 보내졌는데, '장생저(長生猪)'라고 부릅니다. 하지만 저희는 본래 이생에서 온갖 더러운 모욕을 받는 것을 달가워하지 않았는데, 죽고 싶어도 죽을 수가 없기에 늘 사람들에게 하소연하고자 했으나, 사람들은 저희만 보면 모두 두려움에 떨었습니다. 지금 마침 상공(相公 : 최일용)께서 이

군을 다스리게 되셨기에 저희의 몸을 바꿔 달라고 부탁하러 왔습니다."

최일용이 그들에게 말했다.

"정말로 그렇다면 그다지 어려운 일이 아니다."

그러자 그들은 모두 감사의 절을 올리고 떠났다. 이튿날 보좌관들이 최일용을 배알하러 왔다가 그가 아무 탈 없는 것을 보고 모두 놀랐다. 공무가 끝나자 최일용은 노복에게 여러 절의 장생저들을 데려오게 했는데, 도착한 뒤에 보았더니 절름발이도 있고 애꾸눈도 있는 것이 간밤에 보았던 사람들과 다르지 않았다. 최일용은 그 기이함에 오래도록 탄식하다가 사법(司法)에게 명분을 만들게 해서 그 돼지들을 죽여 고기를 팔았으며, 그 돈으로 돼지들을 위해 불경과 불상을 만들고 뼈를 거둬 묻어 주었다. 미 : 죽였지만 원망하지 않았다. 다른 날 그들이 또 찾아와서 은혜에 감사드렸는데, 모두 젊은이의 모습을 하고서 말했다.

"상공을 만나지 못했더라면 10년은 더 더러움 속에서 살아야 했을 것입니다. 달리 보답드릴 것은 없고 여기 있는 보검(寶劍) 한 쌍을 드리겠는데, 이것들은 각각 천금의 값이 나갈 뿐만 아니라 불길한 일을 막을 수 있고 흉악한 재앙을 없앨 수도 있습니다."

그들은 보검을 침상 앞에 놓고 재배한 후 떠났다.

開元中, 崔日用爲汝州刺史, 宅舊凶, 世無居者. 日用旣至, 修理灑掃, 處之不疑. 其夕, 日用堂中明燭獨坐, 半夜後, 有烏衣數十人自門入, 坐階下, 或有跛者眇者. 日用問："君輩悉爲何鬼, 來此恐人?" 其跛者自陳云："某等罪業, 悉爲猪身, 爲所放散在諸寺, 號'長生猪'. 然素不樂此生, 受諸穢惡, 求死不得, 恒欲與人申說, 人見悉皆恐懼. 今屬相公爲郡, 相投轉此身耳." 日用謂之曰："審若是, 殊不爲難." 俱拜謝而去. 翌日, 僚佐來見日用, 莫不驚其無恙也. 衙畢, 使奴取諸寺長生猪, 旣至, 或跛或眇, 不殊前見. 嘆異久之, 令司法爲作名, 乃殺而賣其肉, 爲造經像, 收骨葬之. 眉：殺之而不怨. 他日, 又來謝恩, 皆作少年狀, 云："不遇相公, 猶十年處於穢惡. 無以上報, 今有寶劍一雙, 各值千金, 可以除辟不祥, 消彌凶厲也." 置劍床前, 再拜而去.

* 이 고사는《태평광기》권439〈축수・최일용〉에 실려 있다.

76-9(2466) 이분

이분(李汾)

출《집이기》

  수재(秀才) 이분은 월주(越州) 상우현(上虞縣) 사람으로, 늘 사명산(四明山)에서 기거했다. 산 아래에 장씨(張氏) 노인의 장원이 있었는데, 집이 매우 부유해 많은 돼지를 길렀다. [당나라] 천보(天寶) 연간(742~756) 말 중추절 저녁에 이분이 달빛을 받으며 정원을 거닐다가 금(琴)을 타며 유유자적한 시간을 보내고 있을 때, 갑자기 문밖에서 감탄하는 소리가 들렸다. 이분이 물었다.

  "뉘신데 깊은 밤중에 산속 집까지 왔습니까?"

  잠시 후 한 여자가 웃으며 말했다.

  "당신의 절묘한 연주를 보고 싶을 따름입니다."

  이분이 문을 열고 보았더니 천하절색이었는데, 다만 입이 조금 검을 뿐이었다. 이분이 물었다.

  "그대는 혹 신선이 아니오?"

  여자가 말했다.

  "아닙니다. 소첩은 산 아래 사는 장씨 집안의 딸입니다. 저녁에 부모님이 잠시 동쪽 마을로 가셨기에 몰래 이곳으로 와서 사사로이 군자님을 보고자 한 것이니 부디 저를 탓하지 마십시오."

이분이 기뻐하며 말했다.

"낭자는 기왕 오셨으니 잠시 머물다 가시지요."

그러자 여자는 계단을 올라와 인사하고 담소를 나누며 우스갯소리를 했는데, 그 말솜씨는 이분이 따라가지 못할 정도였다. 밤이 깊어지자 그들은 잠자리에 들어 은밀한 정을 한껏 나누었다. 얼마 있다가 새벽닭이 아침을 알리자 여자는 일어나 작별을 고했다. 이분은 그녀와 헤어지는 것이 못내 아쉬워서 그녀의 푸른 털 신발 한 짝을 몰래 훔쳐 옷상자 속에 감춰 두었다. 그때 이분은 베개에 누워 잠자는 체하고 있었는데, 여자가 이분을 흔들며 슬피 울더니 신발을 찾아 달라고 애원하며 말했다.

"오늘 저녁에 다시 오겠으니, 제발 그 신발을 감춰 놓지 마세요. 만약 당신이 그 신발을 감춰 놓았다면, 소첩은 죽어서라도 기필코 당신에게 원수를 갚을 것입니다."

그러나 이분이 끝내 내주지 않자, 미 : 좋은 생각이다. 여자는 소리쳐 울면서 떠났다. 이분이 자리에서 일어나 침상 앞을 보았더니 붉은 피가 문밖까지 뚝뚝 떨어져 있었다. 이분은 이상해하며 옷상자를 열고 푸른 털 신발을 보았더니 바로 돼지 발굽이었다. 이분은 당황하고 놀라 핏자국을 따라가서 산 앞에 있는 장씨네 측간3)에 이르렀는데, 뒷다리의 발굽 하나가 잘린 암퇘지 한 마리가 보였다. 돼지는 이분을 보더니 마치 몹시 노여운 듯 눈을 부릅뜨고 소리쳤다. 이분이 그 일을 장씨 노인에게 알리자 노인은 즉시 그 돼지를 죽였다.

秀才李汾, 越州上虞人也, 常居四明山. 山下有張老莊, 其家富, 多養豕. 天寶末, 中秋之夕, 汾步月於庭, 撫琴自適, 忽聞戶外有嘆美聲. 問之曰:"誰人夜久至此山院?"俄有女子笑曰:"欲觀卿之指妙耳."汾啓戶視之, 乃極色也, 唯覺口微有黑色. 汾問曰:"子非神仙乎?"女曰:"非也. 妾乃山下張家女. 夕來以父母暫過東村, 竊至於此, 私面君子, 幸無責我."汾忻然曰:"娘子旣能降顧, 聊可從容."女乃陞階展釵[1], 言笑談謔, 汾莫能及. 夜闌就寢, 備盡綣繾. 俄爾晨鷄報曙, 女起告辭. 汾意惜別, 乃潛取女靑氈履一隻, 藏衣笥中. 時汾倚枕假寐, 女乃撫汾悲泣, 求索其履, 曰:"願無留此, 今夕再至. 脫君留之, 妾身必死, 謝於君子."汾不允, 眉:有主意. 女號泣而去. 汾覺, 視牀前鮮血點點出戶. 汾異之, 乃開笥視靑氈履, 則一猪蹄殼耳. 汾惶駭, 尋血至山前張氏溷中, 見一牝豕, 後足刓一殼. 豕視汾, 瞋目咆哮, 如有怒色. 汾以事白張叟, 叟卽殺之.

* 이 고사는 《태평광기》 권439 〈축수·이분〉에 실려 있다.
1 차(釵):《태평광기》에는 "서(叙)"라 되어 있는데, 문맥상 타당하다.

3) 측간:옛날에는 일반적으로 측간에서 돼지를 키웠다. 여기서는 돼지우리를 말한다.

76-10(2467) 장연

장연(張鋋)

출《광이기》 미 : 이하는 뭇 짐승이다(以下衆獸).

오군(吳郡)의 장연은 성도(成都) 사람이다. [당나라] 개원(開元) 연간(713~741)에 그는 노계현위(盧溪縣尉)의 임기를 마치고 다시 관리 선발에 응시했지만 관직을 얻지 못해 결국 촉(蜀) 땅으로 돌아갔다. 가는 도중에 파서현(巴西縣)에 이르렀을 때 마침 날이 저물자 말을 재촉해 앞으로 가고 있었는데, 갑자기 한 사람이 산길에서 나오더니 그에게 절하며 청했다.

"우리 주군께서는 날이 저물었는데도 손님이 머물 곳이 없다는 사정을 들으시고 삼가 모시고 싶어 하십니다."

장연이 물었다.

"그대의 주군은 뉘시오?"

그 사람이 말했다.

"파서후(巴西侯)이십니다."

장연이 곧 그를 따라 100보쯤 갔더니 아주 높다란 붉은 대문이 멀리 보였는데, 병사들이 빙 둘러 지키고 있었다. 또 수십 보를 가서 그곳에 이르자, 사자는 문에 장연을 세워 놓고 먼저 아뢰러 들어갔다가 한참 후에 나오더니 장연을 인도해 들어갔다. 장연이 보았더니 당(堂) 위에 한 사람이 서 있었는데, 털 달린 갓옷을 입고 모습이 아주 특이했으며, 화려한 비단과 진주·비취로 치장한 여자들이 좌우에서 에워싸고 시중들고 있었다. 장연이 급히 가서 절하자, 그 사람은 장연에게 읍(揖)하고 계단을 올라오게 해서 장연에게 말했다.

"나는 파서후인데 여기에서 수십 년을 살았소. 때마침 그대가 날이 저물었는데도 머물 곳이 없다는 사정을 알았기에 삼가 초대한 것이니, 부디 잠시 머물면서 맘껏 즐기시오."

장연은 다시 절하며 감사했다. 잠시 후 그 사람은 잔치를 열고 술을 내오게 했는데, 사용하는 것이 모두 진기한 기물들이었다. 또 좌우에 명해 육웅장군(六雄將軍)·백액후(白額侯)·창랑군(滄浪君)을 초대하고, 또 오표장군(五豹將軍)·거록후(鉅鹿侯)·현구교위(玄丘校尉)도 초대했는데, 한참 있다가 그들이 도착했다. 앞에 있는 여섯 사람은 모두 검은 옷을 입고 우락부락한 모습이었는데, 육웅장군이라고 했다. 파서후가 일어나 절하자 육웅장군도 답배했다. 또 한 사람은 비단옷을 입고 흰 관을 썼으며 험상궂은 모습이었는데, 백액후라고 했다. 또 한 사람은 푸른 옷을 입고 우람한 체구였는데, 창랑군이라고 했다. 또 한 사람은 얼룩무늬 옷을 걸치고 백액후와 비슷하지만 약간 작았는데, 오표장군이라고 했다. 이전처럼 절하고 답배했다. 또 한 사람은 털옷을 입고 머리에 세 개의 뿔이 있었는데, 거록후라고 했다. 또 한 사람은 검은 옷을 입고 창랑군과 비슷하게 생겼는데, 현구교위라고 했다. 파서후는 이들 모두에게 읍하고 나서 자리로 맞이했다. 파서후는 남쪽을 향해 앉았고, 장연은 북쪽을 향해 앉았으며, 육웅장군·백액후·창랑군은 동쪽에 자리를 잡았고, 오표장군·거록후·현구교위는 서쪽에 자리를 잡았다. 모두 좌정하고 나자 파서후는 술을 마시며 음악을 연주하라 명했다. 또 미인 수십 명이 노래하고 춤을 추었는데, 음악이 연주되자 그 절묘한 솜씨를 다 표현했다. 백액후는 술기운이 오르자 장연을 돌아보며 말했다.

"나는 오늘 밤에 아직 식사를 하지 못했는데, 그대가 나를 한번 배부르게 해 줄 수 있겠소?"

장연이 말했다.

"군후(君侯)께서 필요하신 것을 알지 못하니 가르쳐 주십시오."

백액후가 말했다.

"그대의 몸이면 내 배를 부르게 할 수 있으니, 그 밖에 무슨 다른 음식이 귀하겠소?"

장연은 두려워서 겁을 먹고 물러났다. 그러자 파서후가 말했다.

"그럴 리는 없소. 어찌하여 연회 석상에서 귀한 손님의 심기를 건드리시오?"

백액후가 웃으며 말했다.

"내가 장난쳤을 뿐이오. 어찌 그럴 리가 있겠소?"

한참 후에 어떤 사람이 알려 왔다.

"동현 선생(洞玄先生)이 문에 와 있는데 찾아뵙고 일을 아뢰길 원합니다."

말을 마치자 검은 옷을 입은 한 사람이 왔는데, 목이 길고 몸이 매우 펑퍼짐했다. 그 사람이 절하자 파서후는 그에게 읍한 뒤 함께 앉아 물었다.

"무슨 일로 왔소?"

그 사람이 대답했다.

"저는 점을 잘 치는 사람인데, 군후께 장차 심한 근심거리가 생길 것을 알고 있기에 삼가 아룁니다."

파서후가 말했다.

"근심거리라는 게 무엇이오?"

그 사람이 말했다.

"이 자리에 있는 사람이 장차 군후를 해치려고 할 것이니, 지금 제거하지 않으면 나중에 필시 해를 입을 것입니다. 군후께서는 잘 살피시길 바랍니다."

파서후은 그가 터무니없는 말을 한다고 화를 내며 처형하라고 명했다. 한밤중이 되자 사람들은 진탕 취해 모두 평상에 드러누워 곯아떨어졌으며, 장연도 언뜻 잠이 들었다. 날이 밝을 무렵에 장연이 갑자기 놀라 깨어나서 보았더니,

자신의 몸이 커다란 바위 동굴 속에 누워 있었으며 동굴 안에는 수놓은 휘장이 쳐져 있고 주변에는 진주·옥·무소뿔·상아 등이 늘어져 있었다. 또 사람처럼 생긴 커다란 원숭이 한 마리가 취한 채 바닥에 누워 있었는데, 아마도 이른바 파서후인 것 같았다. 또 앞에 커다란 곰 여섯 마리가 누워 있었는데, 아마도 이른바 육웅장군인 것 같았다. 또 이마가 흰 호랑이 한 마리도 앞에 누워 있었는데, 이른바 백액후인 것 같았다. 또 이리 한 마리가 있었는데, 이른바 창랑군인 것 같았다. 또 얼룩무늬 표범이 있었는데, 이른바 오표장군인 것 같았다. 또 커다란 사슴 한 마리와 여우 한 마리가 모두 앞에 누워 있었는데, 아마도 이른바 거록후와 현구교위인 것 같았다. 이들은 모두 마치 심하게 취한 것처럼 정신이 없었다. 또 아주 이상하게 생긴 거북 한 마리가 동굴 앞에 죽어 있었는데, 다름 아닌 이전에 처형당한 동현 선생이었다. 장연은 그 광경을 보고 너무 놀라 즉시 산을 나와 급히 달려가서 마을 사람에게 알렸다. 마을 사람들이 서로 모여 수백 명이 되자 마침내 활과 화살을 들고 산속으로 들어가서 그곳에 이르렀다. 뒤늦게 원숭이가 깜짝 놀라 일어나더니 말했다.

"동현 선생의 말을 듣지 않았다가 오늘 과연 이 꼴이 되었구나!"

마을 사람들은 마침내 그 동굴을 에워싸고 짐승들을 모

두 죽인 뒤 진귀한 보물을 거둬서 태수(太守)에게 알렸다. 그전에 진주와 비단 등을 가지고 이곳을 지나간 사람들은 모두 아무런 이유도 없이 실종되곤 했는데, 그런 일이 일어난 지 이미 몇 년이 되었다. 그 후로는 그런 근심이 사라졌다.

吳郡張鋋, 成都人. 開元中, 以盧溪尉罷秩, 調選不得, 遂歸蜀. 行次巴西, 會日暮, 方促馬前去, 忽有一人, 自山徑中出, 拜而請曰: "吾君聞客暮無所止, 將欲奉邀." 鋋問: "爾君爲誰?" 曰: "巴西侯也." 鋋卽隨之, 行約百步, 望見朱門甚高, 甲士環衛. 又數十步, 乃至其所, 使者止鋋於門, 先入白, 久之, 乃引鋋入. 見一人立於堂上, 衣褐革之裘, 貌極異, 綺羅珠翠, 擁侍左右. 鋋趨而拜, 其人揖鋋陞階, 謂鋋曰: "吾巴西侯也, 居此數十年矣. 適知君暮無所止, 故輒奉邀, 幸少留以盡歡." 鋋又拜以謝. 已而開筵置酒, 所用皆珍具. 又令左右邀六雄將軍·白額侯·滄浪君, 又邀五豹將軍·巨鹿侯·玄丘校尉, 久之乃至. 前有六人, 皆黑衣, 晶然其狀, 曰六雄將軍. 巴西侯起而拜, 六雄將軍亦拜. 又一人衣錦衣, 戴白冠, 貌甚獰, 曰白額侯也. 又一人衣蒼, 其質魁岸, 曰滄浪君也. 又一人被斑文衣, 似白額侯而稍小, 曰五豹將軍也. 拜具如前. 又一人衣褐衣, 首有三角, 曰巨鹿侯也. 又一人衣黑, 狀類滄浪君, 曰玄丘校尉也. 巴西侯俱揖之, 然後延坐. 巴西南向坐, 鋋北向, 六雄·白額·滄浪處於東, 五豹·巨鹿·玄丘處於西. 旣坐, 行酒命樂. 又美人數十, 歌者舞者, 絲竹旣發, 窮極其妙. 白額侯酒酣, 顧謂鋋曰: "吾今夜尙未食, 君能爲我致一飽耶?" 鋋曰: "未卜君侯所需, 願敎之." 白額侯曰:"君之軀可以飽我腹, 亦何貴他味乎?" 鋌懼, 悚然而退. 巴西侯曰:"無此理. 奈何宴席之上, 有忤貴客耶?" 白額侯笑曰:"吾戲耳. 安有是哉?" 久之, 有告:"洞玄先生在門, 願謁白事." 言訖, 有一人被黑衣, 頸長而身甚廣. 其人拜, 巴西侯揖之, 與坐, 問:"何爲而來?" 對曰:"某善卜者也, 知君將有甚憂, 故輒奉白." 巴西侯曰:"所憂者何也?" 曰:"席上人將有圖君, 今不除, 後必爲害. 願君詳之." 巴西侯怒其妄言, 命殺之. 時夜將半, 衆盡醉, 皆臥於榻, 鋌亦假寐焉. 天將曉, 忽悸而寤, 見己身臥於大石龕中, 其中設繡帷, 旁列珠璣犀象. 有一巨猿, 狀如人, 醉臥於地, 蓋所謂巴西侯也. 又見巨熊臥於前者六, 蓋所謂六雄將軍也. 又一虎頂白, 亦臥於前, 所謂白額侯也. 又一狼, 所謂滄浪君也. 又有文豹, 所謂五豹將軍也. 又一巨鹿·一狐, 皆臥於前, 蓋所謂鉅鹿侯·玄丘校尉也. 而皆冥然若醉狀. 又一龜, 形甚異, 死於龕前, 乃向所殺洞玄先生也. 鋌既見, 大驚, 卽出山, 徑馳告里中人. 里人相集得百數, 遂執弓挾矢, 入山中, 至其處. 其猿忽驚起, 且曰:"不聽洞玄先生言, 今果如是矣!" 遂圍其龕, 盡殺之, 收其珍麗, 以告太守. 先是人有持眞珠繒帛, 途經此者, 俱無何而失, 且有年矣. 自此絶其患也.

* 이 고사는 《태평광기》권445 〈축수·장연〉에 실려 있다.

76-11(2468) 소지충

소지충(蕭志忠)

출《현괴록(玄怪錄)》

당(唐)나라 때 중서령(中書令) 소지충은 경운(景雲) 원년(710)에 진주자사(晉州刺史)가 되었다. 그는 장차 납일(臘日)[4]에 사냥을 하기 위해 대대적으로 그물을 설치했다. 하루 전날에 어떤 나무꾼이 곽산(霍山)에서 나무를 하다가 갑자기 학질에 걸려 돌아올 수 없게 되자, 바위 동굴 안에 머물면서 신음하며 잠들지 못하고 있었다. 그런데 밤이 깊어 갈 무렵에 바스락거리는 사람 소리가 들렸다. 나무꾼은 처음에 도적이 온 줄로 생각해 곧장 기어가서 나무숲 속에 엎드려 있었다. 그때는 산에 뜬 달이 아주 밝았는데, 키가 1장(丈)이 넘고 코가 삼각형인 한 사람이 몸에 표범 가죽을 걸친 채 번갯불처럼 눈을 번쩍이면서 계곡을 향해 길게 울부짖었다. 그러자 잠시 후에 호랑이·외뿔소·사슴·멧돼지와 여우·토끼·꿩·기러기 등이 100여 보 넓이로 나란히 둘러쌌다. 그 키 큰 사람이 소리쳐 말했다.

---

[4] 납일(臘日): 납제일(臘祭日). 매년 섣달에 짐승을 사냥해 조상에게 제사드리는 날을 말한다.

"나는 현명신(玄冥神)의 사자로서 북제[北帝 : 북방대제(北方天帝), 즉 현무대제(玄武大帝)]의 명을 받들어 선포한다. 내일 납일에 소 사군(蕭使君 : 소지충)이 절기에 따라 사냥하러 오게 되면, 너희 중 몇몇은 화살에 맞아 죽고, 또 몇몇은 창에 찔려 죽고, 또 몇몇은 그물에 걸려 죽고, 또 몇몇은 몽둥이에 맞아 죽고, 또 몇몇은 개에 물려 죽고, 또 몇몇은 매에게 잡혀 죽게 될 것이다."

그 사람이 말을 마치자 뭇 짐승들이 모두 엎드려 두려움에 떨었는데, 마치 목숨을 살려 달라고 간청하는 것 같았다. 그때 늙은 호랑이와 늙은 사슴이 모두 무릎을 꿇고 키 큰 사람에게 말했다.

"소 공(蕭公 : 소지충)은 인자하신 분이므로 생물을 해치려는 데 뜻을 둔 것이 아니라 시령(時令)을 행하려는 것일 뿐이니, 만약 작은 변고라도 생긴다면 즉시 사냥을 그만둘 것입니다. 사자께서는 혹시 저희를 구해 주실 방법이 없겠습니까?"

사자가 말했다.

"나는 북제의 명을 받들어 너희들이 받게 될 형벌을 선포할 뿐이니, 이제부터는 너희들 스스로 방법을 찾아보아라. 그런데 나는 동쪽 계곡의 엄사형(嚴四兄)이 계책을 잘 세운다고 들었으니, 너희들은 그를 찾아가서 간청해 보아라."

짐승들은 모두 몸을 뒹굴면서 환호성을 질렀다. 사자가

즉시 동쪽으로 떠나자 짐승들도 모두 그를 따라갔다. 그때 나무꾼도 병세가 약간 호전되어서 그들을 따라가며 엿보았다. 동쪽 계곡에 도착하자 초가집 몇 칸이 있었는데, 누런 관을 쓴 한 사람이 시렁에 호랑이 가죽을 걸어 놓은 채 깊이 잠들어 있다가 놀라 일어나더니 사자를 보고 말했다.

"서로 헤어진 지 너무 오래되었기에 늘 그대를 생각하고 있었소. 오늘 이곳에 온 것은 혹시 짐승들이 납일에 받게 될 형벌을 배정해 주려는 게 아니오?"

사자가 말했다.

"바로 고명하신 물음 그대로요. 그런데 저들이 모두 사형(四兄)에게 목숨을 구해 달라고 하니 사형이 계책을 세워 주셔야만 하겠소."

늙은 호랑이와 늙은 사슴이 즉시 무릎을 꿇고 애원하자 누런 관을 쓴 사람이 말했다.

"소 사군은 매번 사람들을 부릴 때면 반드시 그들이 배고프고 추울까 봐 걱정하니, 만약 등륙(滕六 : 눈을 관장하는 신)께 눈을 내려 달라고 빌고 손이(巽二 : 바람을 관장하는 신)에게 바람을 일으켜 달라고 빌면, 그는 더 이상 사냥에 나서지 않을 것이다. 나는 어제 등륙의 편지를 받고 그가 이미 상처했음을 알았으며, 또 그가 천씨(泉氏) 집안의 다섯째 아가씨를 얻어 가희(歌姬)로 삼았지만 투기 때문에 내쫓았다고 들었다. 그러니 만약 너희가 미인을 구해 바친다면 눈을 즉시 내려 줄 것이다. 또 손이는 술을 마시길 좋아하니, 너희가 만약 진한 술을 구해 뇌물로 바친다면 바람을 즉시 불게 해 줄 것이다." 미 : 등륙이 여색을 좋아하고 손이가 술 마시길 좋아한다니 기이하도다!

그러자 여우 두 마리가 스스로 말했다.

"저희는 사람을 잘 홀리니 그것을 구해 올 수 있습니다. 하동현위(河東縣尉) 최지지(崔知之)의 셋째 누이는 정숙하고 아리땁습니다. 미 : 아름다운 것이 무슨 죄인가? 또 강주(絳州)의 노 사호(盧司戶)는 술을 잘 빚는데 아내가 출산했으니 틀림없이 좋은 술이 있을 것입니다."

말을 마치고 떠나자 짐승들이 모두 환호성을 질렀다. 누런 관을 쓴 사람이 사자에게 말했다.

"나 함질(含質)이 선도(仙都)에 있을 때를 떠올려 보건대, 어찌 1000년 동안 짐승의 몸을 하고서 뜻을 얻지 못한 채 근심하리라고 생각이나 했겠소? 잠시 시 한 편으로 심회를 풀어 볼까 하오."

그러고는 읊조렸다.

"옛날엔 신선이었지만 지금은 호랑이가 되어, 미 : 신선도 벌을 받아 호랑이가 되니 하물며 사람임에랴! 음산한 벼랑 떠돌며 비바람 흠뻑 맞네. 게다가 얼룩 털을 내 몸에 걸치고, 천 년 동안 빈산에서 온갖 고초 겪는다네."

[이어서 말했다.]

"하지만 나는 유배 기간이 이미 차서 11일만 있으면 자부(紫府 : 선부)로 돌아가게 될 것이오. 여기에서 오랫동안 머물렀는데 막상 작별하려 하니 섭섭한 마음을 금할 길이 없소. 그래서 벽에 몇 줄 적어서 뒷사람들로 하여금 내가 일찍이 여기서 살았다는 사실을 알게 하겠소."

그러고는 북쪽 벽에 적었다.

"하원갑자(下元甲子)[5] 8천억 년에, 단비 선생(丹飛先生) 엄함질(嚴含質)이, 하늘에서 쫓겨 내려와 얼룩 가죽 뒤집어 쓴 채 있다가, 경운 원년에 태일(太一 : 천제가 계시는 곳)로 돌아갔네."

나무꾼은 평소 글을 알고 시를 읊을 줄 알았기 때문에 몰래 그것을 기억해 두었다. 잠시 후에 늙은 여우가 미인을 업고 왔는데, 그녀는 이제 막 계년(笄年 : 열다섯 살)이었고 붉은 소매로 눈물을 닦았지만 남은 화장이 곱기만 했다. 또 한 여우가 좋은 술 두 병을 짊어지고 왔는데 향기가 강렬했다. 엄사형이 즉시 미녀와 좋은 술을 각각 주머니 속에 넣고 붉은 글씨로 부적 한 장을 쓴 다음 물을 머금었다가 뿜었더니 두 주머니가 곧장 날아갔다. 미 : 엄사형은 여우를 도와 나쁜 짓을

---

5) 하원갑자(下元甲子) : 술수가는 60갑자를 구궁(九宮)에 배치해 180년을 1주기로 삼는데, 그중에서 세 번째 60갑자를 '하원갑자'라고 한다.

저질렀기 때문에 폄적된 것이 당연하다. 나무꾼은 자기가 본 것이 두려워서 곧바로 길을 찾아 돌아왔는데, 아직 날이 밝기 전에 바람과 눈이 갑자기 휘몰아쳐서 하루가 지나서야 그치는 바람에 소 사군은 더 이상 사냥하지 않았다.

唐中書令蕭志忠, 景雲元年爲晉州刺史. 將以臘日畋遊, 大事置羅. 先一日, 有薪者樵於霍山, 暴瘧不能歸, 因止巖穴之中, 呻吟不寐. 夜將艾, 似聞悉窣有人聲. 初謂盜賊將至, 則匍匐伏於林木中. 時山月甚明, 有一人, 身長丈餘, 鼻有三角, 體被豹韡, 目閃閃如電, 向谷長嘯. 俄有虎兕鹿豕, 狐兔雉雁, 駢匝百許步. 長人卽宣言曰: "余玄冥使者, 奉北帝之命. 明日臘日, 蕭使君當順時畋獵, 爾等若干合箭死, 若干合鎗死, 若干合網死, 若干合棒死, 若干合狗死, 若干合鷹死." 言訖, 群獸皆俯伏戰懼, 若請命者. 老虎洎老䴰, 皆屈膝向長人言曰: "蕭公仁者, 非意欲害物, 以行時令耳, 若有少故則止. 使者豈無術救某等乎?" 使者曰: "余以帝命宣示汝等刑名, 自此任爾自爲計. 然余聞東谷嚴四兄善謀, 爾等可就彼祈求." 群獸皆輪轉歡叫. 使者卽東行, 群獸畢從. 時薪者疾亦少間, 隨往覘之. 旣至東谷, 有茅堂數間, 黃冠一人, 架懸虎皮, 身正熟寢, 驚起, 見使者曰: "闊別旣久, 每多思望. 今日至此, 得非配群生臘日刑名乎?" 使者曰: "正如高明所問. 然彼皆求救於四兄, 四兄當爲謀之." 老虎·老䴰卽屈膝哀請, 黃冠曰: "蕭使君每役人, 必恤其饑寒, 若祈滕六降雪, 巽二起風, 卽不復遊獵矣. 余昨得滕六書, 知已喪偶, 又聞索泉家第五娘子爲歌姬, 以妒忌黜矣. 若汝求得美人納之, 則雪立降矣. 又巽二好飮, 汝若求得醇醪賂之, 則風立至矣." 眉:

滕六好色, 巺二好飮, 異哉! 有二狐自稱:"多媚, 能取之. 河東縣尉崔知之第三妹, 美淑嬌艶. 眉:美姝何罪乎? 絳州盧司戶善釀醪, 妻産, 必有美酒." 言訖而去, 諸獸皆有歡聲. 黃冠乃謂使者曰:"憶含質在仙都, 豈意千年爲獸身, 悒悒不得志? 聊有述懷一章." 乃吟曰:"昔爲仙子今爲虎, 眉:仙亦被罰爲虎, 况人乎! 流落陰涯足風雨. 更將班毳被余身, 千載空山萬般苦." "然含質譴謫已滿, 唯有十一日, 卽歸紫府矣. 久居於此, 將別, 不無恨恨. 因題數行於壁, 使後人知僕曾居於此矣." 乃書北壁曰:"下元甲子八千億, 丹飛先生嚴含質. 謫下中天被班革, 景雲元紀升太一." 薪者素曉書誦, 因密記得之. 少頃, 老狐負美女至, 纔及笄歲, 紅袂拭目, 殘妝妖媚. 又有一狐, 負美酒二瓶, 香氣酷烈. 嚴四兄卽以美女洎美酒瓶, 各納一囊中, 以朱書一符, 取水噀之, 二囊卽飛去. 眉:嚴四佐狐爲惡, 故當譴謫. 薪者懼爲其所見, 卽尋路却回. 未明, 風雪暴至, 竟日乃罷, 而蕭使君不復獵矣.

* 이 고사는 《태평광기》 권441 〈축수·소지충〉에 실려 있다.

76-12(2469) 소태

소태(蕭泰)

출《오행기(五行記)》 미 : 이하는 모두 호랑이의 정괴다(以下皆虎精).

양(梁)나라 형산후(衡山侯) 소태는 옹주자사(雍州刺史)가 되어 양양(襄陽)을 진수했다. 당시 그곳은 호랑이의 해가 심했기 때문에 마을 입구에 우리를 설치해 두었다. 어느 날 장치가 작동하자 마을 사람들이 횃불을 밝히고 비춰 보았는데, 한 늙은 도사가 스스로 말했다.

"마을에서 구걸하고 돌아오다가 잘못해 우리 속에 떨어졌습니다."

사람들이 우리를 열고 도사를 꺼냈더니 도사는 즉시 호랑이로 변해 급히 달아났다. 미 : 장사(長沙)에서 우리를 설치해 정장(亭長)으로 변신한 호랑이를 잡은 《수신기(搜神記)》의 고사6)와 같다.

梁衡山侯蕭泰, 爲雍州刺史, 鎭襄陽. 時虎暴, 村門設檻. 機發, 村人炬火燭之, 見一老道士, 自陳云 : "從村丐乞還, 誤落

---

6) 《수신기(搜神記)》의 고사 : 이 고사는 《태평광기》 권426 〈호(虎)·정장(亭長)〉에 나온다.

檻裏." 共開之, 出檻, 卽成虎, 奔馳而去. 眉:《搜神記》長沙檻
中獲二[1]長事同.

* 이 고사는 《태평광기》 권426 〈호(虎)·소태〉에 실려 있다.
1 이(二) : 문맥상 "정(亭)"의 오기로 보인다.

76-13(2470) 계호

계호(稽胡)

출《광이기》

    자주(慈州) 사람 계호는 사냥을 생업으로 삼았다. 당(唐)나라 개원(開元) 연간(713~741) 말에 그는 사슴을 쫓아 깊은 산으로 들어갔는데, 사슴이 급히 도망가 한 집으로 뛰어들어갔다. 그 집에는 도사가 붉은 옷을 입고 책상에 기대앉아 있었는데, 계호를 보더니 깜짝 놀라며 어떻게 왔냐고 물었다. 계호는 자신의 성명을 밝히고 나서 말했다.

    "방금 사슴 한 마리를 쫓다가 나도 모르게 깊이 들어와 갑자기 들이닥쳐서 죄송합니다."

    도사가 계호에게 말했다.

    "나는 호왕(虎王)으로, 천제께서 나에게 여러 호랑이들의 먹이 안배를 주관하라고 하셨다. 모든 짐승에게는 각자 상응하는 운명이 있으며 억울한 경우는 없다. 방금 네가 말한 성명을 듣고 보니 너는 나의 먹이가 되어야 한다."

    그러고는 명부를 계호에게 보여 주었다. 계호가 한참 동안 두려움에 떨다가 놓아 달라고 간청하자 도사가 말했다.

    "나는 너를 놓아주는 것을 아까워하지 않지만, 천명이 이와 같으니 어찌하겠느냐? 만약 너를 놓아주면 내 먹이 하나를 잃게 된다. 하지만 네가 기왕 나를 만났으니 반드시 화를 면하게 해 주겠다." 미 : 자기의 먹이가 분명하지만 한번 만나고는 동정심을 버리지 못해 마침내 그를 화에서 벗어나게 해 주려고 하니, 그렇다면 사람이 호랑이만도 못하다.

그러고는 한참 있다가 말했다.

"내일 풀을 엮어 사람을 만든 다음 너의 옷과 돼지 피 서 말과 비단 한 필을 모두 가져오면, 혹 화를 면할 수도 있을 것이다."

계호가 머뭇거리며 아직 떠나지 않았을 때 보았더니, 호랑이 떼가 도사를 뵈러 왔는데 도사가 그들에게 먹이를 처분해 주었더니 마침내 각자 흩어져 떠났다. 계호는 곧 재배하고 돌아왔다. 이튿날 계호가 그 물건들을 가지고 찾아가자 도사가 웃으며 말했다.

"너는 믿음이 있으니 훌륭한 사람이 될 것이다."

그러고는 계호에게 풀로 만든 사람을 마당에 세워 두고 돼지 피를 그 옆에 놓게 했다. 그런 연후에 계호에게 나무로 올라가라고 하더니 10여 장(丈) 높이까지 올라간 것을 바라보며 말했다.

"거기 머물러 있으면 되니, 비단으로 몸을 나무에 꽉 묶어라. 그렇지 않으면 어쩌면 떨어질지도 모른다."

도사는 잠시 후 방으로 돌아가서 호랑이로 변하더니 마당으로 나와 계호를 올려다보고 서너 차례 포효하면서 나무를 향해 뛰어올랐다. 그러나 계호를 잡을 수 없음을 알고는 풀로 만든 사람을 낚아채 몇 장 높이로 던져 버리고 가서 돼지 피를 다 먹어 치웠다. 그러고는 방으로 들어가 다시 도사로 변해서 계호에게 말했다.

"속히 내려오너라."

계호가 내려와서 재배하자 도사는 곧장 붉은 붓으로 계호의 이름을 지웠다. 그리하여 계호는 화를 면할 수 있었다.

평 : 또 해릉(海陵) 사람 왕태(王太)가 들길을 가다가 호랑이를 만났는데, 왕태가 몽둥이를 들고 곧장 돌진해 호랑이를 가격했더니 호랑이가 쓰러졌다. 그 틈에 왕태가 황급히 도망치다가 길을 잃어 한 사당의 대들보 위에서 잠을 잤다. 얼마 후 달이 밝았을 때 보았더니, 호랑이가 사당으로 들어와 뛰어오르더니 남자로 변해 신좌(神坐) 위의 나무 조각상 속으로 들어갔다. 그러다가 갑자기 머리를 들어 왕태를 보고 누구냐고 묻자, 왕태가 겁에 질려 바닥에 떨어져 스스로 사정을 얘기하며 목숨을 살려 달라고 간청했더니 신이 말하길, "너는 마땅히 나에게 잡아먹혀야 하는데, 그 기일이 아직 10여 일 뒤다. 내가 너를 일찍 잡은 탓에 네 몽둥이에 맞고 말았다. 지금 기왕 이렇게 만났으니 도리상 너를 도와주도록 하겠다. 며칠 뒤에 돼지를 잡아 가지고 오되 너의 피를 돼지 몸에 발라라"라고 운운했다. 또 《해이록(解頤錄)》

에서 이르길, "개원 연간에 협구(峽口)에 호랑이가 많아서 왕래하는 배들이 모두 피해를 입었다. 그 후로 모든 배들은 협구를 지나갈 때면 미리 한 사람을 정해서 호랑이의 먹이로 제공해야 비로소 별 탈이 없었기에 마침내 그것이 관례가 되었다. 한 외톨이 객이 사람들에게 떠밀려 언덕으로 올라가 호랑이의 밥이 되기로 정해졌는데, 그 사람이 반나절만 배를 정박하고 기다려 달라고 간청하자 사람들이 허락했다. 그 사람은 자루가 긴 도끼를 들고 호랑이의 발자국을 찾아갔다가 한 석실에 이르러 보았더니, 한 도사가 돌 침상에서 깊이 잠들어 있었고 시렁 위에 호랑이 가죽이 있었다. 그래서 살금살금 걸어가서 그 가죽을 가져와 그것을 걸치고 도끼를 든 채 서 있었다. 도사는 놀라 깨어나서 호랑이 가죽을 빼앗으려 다투었지만 얻지 못하자 말하길, '나는 상제에게 죄를 지어 폄적되어 호랑이가 되었으며, 1000명의 사람을 잡아먹어야 한다. 지금 이미 999명을 잡아먹었고 모름지기 너까지 합치면 그 수를 채우게 된다. 그런데 지금 불행히도 너에게 가죽을 도둑맞았으니, 만약 네가 돌려주지 않으면 나는 반드시 다시 호랑이가 되어 또 1000명의 사람을 잡아먹어야 한다. 지금 일거양득의 계책이 있으니, 너는 호랑이 가죽을 가지고 배로 가서 수염과 머리카락과 손톱을 자르고 아울러 돼지 피 서너 되를 준비해서, 너의 헌 옷 두세 벌로 그것들을 싸 놓고 기다렸다가 내가 도착하면 호랑이

가죽을 벗어서 나에게 돌려주어라. 내가 그 가죽을 걸치고 호랑이로 변해 너의 옷을 물어뜯으면 바로 너를 잡아먹은 것과 다름이 없다'라고 했다"고 운운했다. 이 두 고사가 모두 서로 비슷하다. 또 《원화기(原化記)》에서 이르길, "시어사(侍御史) 유병(柳並)은 서리(書吏)를 데리고 외떨어진 객관에 투숙했다. 한밤중에 관리들은 모두 깊이 잠들었지만 유병 혼자만 깨어 있었는데, 원숭이처럼 생기고 키가 1척 남짓한 작은 귀신 하나가 나타나더니 손에 종이 깃발 하나를 들고 계단을 걸어 올라와 서리의 머리맡에 꽂아 놓고 떠났다. 유병은 몰래 일어나 그 깃발을 뽑아 버리고 다시 누워서 엿보았는데, 잠시 후에 호랑이 한 마리가 들어오더니 자고 있는 사람들을 두루 냄새 맡고 떠났다. 얼마 후에 작은 귀신이 또 와서 깃발을 서리의 머리맡에 꽂았는데, 유병은 다시 그 깃발을 뽑아 버렸다. 이렇게 세 번을 하는 동안 날이 밝아 오자, 유병은 서리를 불러 그 일을 말해 주면서 스스로 방도를 마련하게 했는데, 마침내 서리는 산으로 들어가서 호랑이 가죽을 찾아냈다"라고 운운했다. 이 고사 또한 같다.

慈州稽胡者, 以弋獵爲業. 唐開元末, 逐鹿深山, 鹿急走, 投一室. 室中有道士, 朱衣憑案而坐, 見胡愕驚, 問其來由. 胡遂具言姓名, 云 : "適逐一鹿, 不覺深入, 辭謝衝突." 道士謂胡曰 : "我是虎王, 天帝令我主施諸虎之食. 一切獸各有對, 無枉也. 適聞汝稱姓名, 合爲吾食." 因以簿籍示胡. 胡戰懼良久，固求釋放，道士云："吾不惜放汝，天命如此，爲之奈何？若放汝，便失我一食。汝旣相遇，必爲取免。"眉：合爲己食矣，一相遇未免有情，遂營脫之，然則人乃不如虎也。久之，乃云："明日可作草人，以己衣服及猪血三斗·絹一匹，持與俱來，或當得免。"胡遲回未去，見群虎來朝，道士處分所食，遂各散去。胡尋再拜而還。翌日，乃持物以詣，道士笑曰："爾有信，故爲佳士。"因令胡立草人庭中，置猪血於其側。然後令胡上樹，望之高十餘丈，云："止此得矣，可以絹縛身着樹。不爾，恐有損落。"尋還房中，變作一虎，出庭，仰視胡，嗥吼數四，向樹跳躍。知胡不可得，乃攫草人，擲高數丈，往食猪血盡。入房復爲道士，謂胡曰："可速下。"胡下再拜，便以朱筆勾胡名。於是免難。

評：又，海陵人王太野行逢虎，太持棒直前，擊中虎，虎倒。太亟走迷道，宿一神廟梁上。已而月明，見虎入廟跳躍，變成男子，入坐上木形中。忽舉頭見太，問是何人，太懼墮地，自陳乞命，神云："汝應爲我所食，尙後十餘日。我取爾早，故中爾棒。今已相會，理合佑之。後數日，宜持猪來，塗以己血。"云云。又《解頤錄》云："開元中，峽口多虎，往來舟船皆被傷害。自是凡船下峽，卽預議一人飼虎，方無恙，遂爲例。有一單客，被衆推上岸飼虎，其人懇請留船半日，衆許之。乃執長柯斧尋虎踪，至一右室，見一道士在石牀熟寐，架上有虎皮。躡足往取，執斧衣皮而立。道士驚覺，爭皮不得，乃曰：'吾獲罪上帝，被謫爲虎，令食千人。今已食九百九十九，須汝足數。今不幸爲汝竊皮，若不歸，吾必更爲虎，再食千人。今有一兩全之計，汝但執皮至船中，剪鬚髮指爪，兼猪血三四升，以故衣三兩事裹之，俟吾至，抛皮還我。我披皮爲虎，囓汝衣，卽與汝無異矣。'"云云。二事皆相類。又《原化記》："柳侍御並，將書吏宿孤館中。夜半，吏皆熟睡，並獨覺，見一小鬼, 長尺餘, 狀若獼猴, 手持一紙幡子, 步上階插書吏頭邊而去. 並潛起, 拔去之, 復臥伺焉, 少頃一虎入來, 遍嗅諸人而去. 須臾, 小鬼又來插幡, 復拔去之. 如此三度, 而天向明, 乃召吏言其事, 使自爲計, 吏入山得虎皮." 云云. 事亦同.

* 이 고사는 《태평광기》 권427 〈호(虎)·계호〉, 권431 〈호·왕태(王太)〉, 권426 〈호·협구도사(峽口道士)〉, 권433 〈호·유병(柳竝)〉에 실려 있다.

권77 요괴부(妖怪部)

요괴(妖怪) 6

이 권은 모두 여우의 정괴다.
此卷皆狐精.

77-1(2471) 장직방

장직방(張直方)

출《삼수소독(三水小牘)》

　당(唐)나라 함통(咸通) 연간(860~874)에 노룡절도사(盧龍節度使) 장직방이 표문(表文)을 올려 입근(入覲 : 지방 장관이 입조해 황제를 알현하는 일)의 예를 행하길 청하자, 황제는 우조(優詔 : 칭찬과 격려의 뜻이 담긴 조서)를 내려 윤허했다. 그 전에 장씨 집안은 대대로 연(燕) 땅을 다스려 왔는데, 그곳 백성이 대대로 그 은혜에 감복했으며 토지가 비옥하고 병사가 많았기에, 조정에서는 매번 문제가 생겨도 그냥 넘어갔다. 장직방은 절도사직을 계승하자 주연을 즐기고 사냥에 빠져 백성의 안위 따위는 염두에 두지 않았다. 말년에 이르러 삼군(三軍)[7]에서 원성이 들끓자 장직방은 조금 불안해했다. 장직방의 좌우에는 그를 위해 계책을 내는 사람들이 있었는데, 그들의 말을 따라 그는 온 집안 식구를 데리고 서쪽으로 올라가 도성에 이르렀다. 의종(懿宗)이 그를 좌무위대장군(左武衛大將軍)에 제수했는데, 그는 매를

---

7) 삼군(三軍) : 1군은 12500명으로 이루어진 부대로, '삼군'은 일반적으로 대군(大軍)을 뜻한다.

날리고 황견(黃犬)을 풀어서 사냥에만 몰두했으며, 도로를 순찰하고 경비하는 직분을 직접 수행하지 않았다. 그는 종종 큰길에 그물을 쳐 놓곤 했는데, 그러면 개고 돼지고 남아나는 것이 없었다. 또 노비들 중에서 조금이라도 마음에 들지 않는 자가 있으면 즉시 죽여 버렸다. 어떤 사람이 말했다.

"도성에서는 맘대로 사람을 죽여서는 안 됩니다."

그러자 장직방의 어머니가 말했다.

"내 아들보다 더 높은 사람이 있단 말이냐?"

그가 얼마나 안하무인이었는지 짐작할 수 있다. 이 지경이 되자 간관(諫官)들은 줄지어 상소를 올리면서 그를 잡아다 정위(廷尉)에게 넘길 것을 요구했다. 천자는 그를 차마 법으로 다스릴 수 없어서 연왕부(燕王府)의 사마(司馬)로 강등해 낙양(洛陽)의 군사 업무를 분담하게 했다. 그러나 장직방은 동도(東都 : 낙양)로 간 뒤에도 개과천선하지 못하고 더욱 노는 데만 정신을 팔았다. 낙양의 사방 경내에 살고 있던 날짐승과 들짐승들도 모두 그를 알아보고, 협 : 또 하나의 오적(烏賊 : 오징어)[8]이다. 반드시 무리 지어 길게 울부짖으며 떠나갔다. 왕지고(王知古)라는 사람은 동제후(東諸侯)의

---

[8] 오적(烏賊) : 오징어가 적을 만나면 먹을 뿜어 자신을 숨기듯이 짐승들이 장직방을 보면 도망가 숨는다는 뜻이다.

공사(貢士 : 지방관이 추천한 인재)였다. 그는 비록 유학을 널리 섭렵했지만 과거 시험에서 자주 떨어지자, 격국(擊鞠)과 술 마시는 것을 일삼고 있었다. 그때 어떤 사람이 그를 장직방에게 추천하자 장직방은 그를 맞이했는데, 그의 예리한 말솜씨와 풍부한 언사를 보고 자기도 모르게 자리를 가까이 했으며 그때부터 날마다 서로 친하게 어울렸다. 중동(仲冬 : 11월)의 어느 날 왕지고는 새벽에 일어났다가 세 들어 사는 집에 땔나무 하나 없고 근심스러운 구름만 눈앞 가득 깔려 있는 것을 보고 기분이 몹시 울적해져서 터덜터덜 걸어서 장직방의 저택으로 갔다. 그가 도착했더니 장직방은 급하게 서두르며 사냥을 나가려다가 왕지고에게 말했다.

"따라갈 수 있겠는가?"

왕지고가 날씨가 너무 추워 난색을 표하자 장직방이 어린 가동을 돌아보며 말했다.

"검은 단포(短袍)9)를 가져오너라."

장직방이 왕지고에게 그것을 입으라고 청하자, 왕지고는 그 위에 베옷을 걸쳐 입고 장직방과 나란히 말을 몰아 떠났다. 장하문(長夏門)을 나서자마자 싸리눈이 내리기 시작하

---

9) 단포(短袍) : 당나라 때 무관(武官)이 입던 옷으로, 말타기에 편하도록 뒤가 짧았다.

더니 궐새산(闕塞山)에서부터는 마치 쏟아붓듯 큰 눈이 내렸다. 그들은 이수(伊水)를 건너 동남쪽으로 간 뒤 만안산(萬安山)의 북쪽 기슭을 올라갔는데, 가는 동안 아주 많은 짐승을 잡았다. 사냥을 마치고 우상(羽觴 : 깃털을 양쪽에 붙인 밑이 뾰족한 술잔)을 기울이며 토끼 어깻죽지를 구워 먹다 보니 엄동의 추위도 전혀 느껴지지 않았다. 미 : 스스로 호기롭다. 하늘이 걷히고 눈이 그쳤을 때는 해가 기울 녘이었는데, 그때 갑자기 큰 여우 한 마리가 왕지고의 말 머리 앞을 쌩하고 지나가자, 왕지고는 술기운에 말을 달려 몇 리를 갔지만 여우를 따라잡지 못했고, 자신은 사냥꾼들과 헤어지고 말았다. 잠시 후에 참새가 시끄럽게 지저귀고 안개마저 어둡게 깔리는 바람에 왕지고는 어디로 가야 할지 알지 못했다. 그는 아득히 들려오는 낙양성(洛陽城)의 저녁 종소리를 들으며 나무꾼이 다니는 오래된 샛길에서 서성이고 있었다. 잠시 후 산천이 어두컴컴해지는 것이 마치 일경(一更 : 저녁 8시경) 반이 되어 가는 듯했는데, 근심스레 멀리 바라보니 아주 밝은 횃불이 보였다. 이에 쌓여 있는 눈빛에 의지한 채 그 빛이 보이는 곳으로 갔다. 거기서 다시 10여 리를 갔더니 나뭇가지가 서로 얽혀 있는 울창한 수풀이 나왔고, 그 가운데에 붉은 대문에 흰 담이 빙 둘러쳐져 있는 집이 있었는데, 정말로 궁궐의 북문에 있는 저택 같았다. 왕지고는 대문에 이르러 말에서 내려 서성거리면서 아침이 오기를 기다릴 작정이었는데, 잠시 후 말이 갑자기 고삐를 흔드는 바람에 문지기가 알아차리고 대문 너머에서 누구냐고 묻자 왕지고가 대답했다.

"성주(成周 : 낙양)10)의 공사(貢士)인 태원(太原) 사람 왕지고요. 공동산(崆峒山)으로 돌아가는 친구가 있어서 내가 이수 가에서 전별해 주다가 이별주를 너무 많이 마셨소. 그와 작별하고 나서 돌아오다가 냅다 내달리는 말을 멈추게 할 수 없어서 길을 잃고 이곳까지 오게 되었소. 날이 밝으면 곧 떠날 테니 나무라지 말길 바라오."

문지기가 말했다.

"여기는 남해부사(南海副使) 최중승(崔中丞)의 장원입니다. 주인 나리께서는 근자에 조서를 받고 대궐로 들어가셨고, 도련님께서도 계리(計吏)11)를 따라 서쪽으로 먼 길을 떠나신 터라 이곳에는 마님만 규방에 계시니, 어떻게 오래 머물 수 있겠습니까? 그러나 제가 감히 당신에게 가라 마라

---

10) 성주(成周) : 주(周)나라 초기에 지금의 허난성 뤄양(洛陽) 근처에 건설한 동도(東都), 즉 낙양을 말한다. 주나라의 종묘를 둔 서도(西都)는 종주(宗周)라고 한다. 동도 성주는 동방 경영을 목적으로 만들어진 도시로, 성왕(成王) 때 동방의 반란을 평정하고 주공(周公)과 소공(召公)에게 명해 건설했다고 한다.
11) 계리(計吏) : 지방에서 매년 도성에 가서 1년 동안의 재정과 회계를 보고하는 일을 맡은 관리.

할 수 없으니 안에 들어가서 여쭤보겠습니다."

왕지고는 비록 걱정하며 안절부절못했으나 스스로 생각하길, "한밤중인데 간다면 어디로 간단 말인가?"라고 하면서 두 손을 맞잡고 기다렸다. 잠시 후 안에서 어떤 사람이 횃불을 들고 빗장을 흔들어 문을 열더니 보모(保母)를 인도해 밖으로 나왔다. 왕지고가 앞으로 나가 절하며 여기까지 오게 된 사연을 설명하자 보모가 말했다.

"마님께서 말씀을 전하시길, 주인어른이 집에 안 계시기 때문에 예법상 손님을 맞아들일 수 없으나, 이곳은 외진 곳이라 산과 늪이 인접해 있어 승냥이와 이리가 마구 짖어 대므로, 만약 당신을 거절한다면 이는 물에 빠진 이를 보고도 구해 내지 않는 것과 같으니, 청컨대 바깥채에서 묵으시고 이튿날 떠나라고 하십니다."

왕지고는 감사를 표하고 보모를 따라 안으로 들어갔다. 중문(重門)을 통과했더니 집의 들보와 두공(枓栱)이 큼직하고 휘장이 매우 화려했으며, 은등(銀燈)이 밝혀져 있고 비단 자리가 깔려 있었다. 보모는 왕지고에게 자리에 앉으라고 했다. 술잔이 세 번 돈 뒤에 사방 1장(丈)이나 되는 상에 음식을 차려 내왔는데, 태 속의 표범 새끼부터 방어의 아랫배 살까지 산해진미가 빠짐없이 갖춰져 있었다. 보모도 가끔씩 술과 음식을 권했다. 식사를 마치자 보모가 왕지고에게 집안 대대로 지낸 관직과 내외 친인척에 대해 묻기에, 왕지고가 자세히 대답했더니 보모가 말했다.

"수재(秀才 : 왕지고)님은 고관대작 집안의 훌륭한 자제로 금옥과 같은 빼어난 풍모를 지니고 계시니, 실로 현숙한 아가씨의 어진 남편감이십니다. 마님께서는 어린 딸을 몹시 사랑하시는데, 곧 계년(笄年 : 여자가 시집갈 나이, 즉 15세)이 되지만 아직 배필을 찾지 못하고 있습니다. 그런데 오늘 저녁이 무슨 날인지 뜻하지 않게 훌륭한 분을 만나게 되었습니다. 이제 반(潘)·양(楊) 두 집안의 화목함12)을 따를 수 있고 봉황의 길한 조짐이 여기에 있으니, 수재님의 생각이 어떠하신지 모르겠습니다."

왕지고가 용모를 가다듬으며 말했다.

"저의 문장은 금성(金聲)에 부끄러우며 재주는 옥처럼 매끄럽지 않으니,13) 어찌 장가들기를 바라겠습니까? 저는 그저 미천한 처지가 걱정스러울 뿐인데, 뜻밖에 길을 잃고

---

12) 반(潘)·양(楊) 두 집안의 화목함 : 진(晉)나라 때 반악(潘岳)과 양수(楊綏)는 서로 매우 친밀한 관계였는데, 반악의 부친은 양수의 할아버지와 교분이 있었으며 반악의 아내는 양수의 고모였다.

13) 문장은 금성(金聲)에 부끄러우며 재주는 옥처럼 매끄럽지 않으니 : 《맹자(孟子)》〈만장 하(萬章下)〉에 "공자를 일러 집대성하신 분이라 하니, 집대성이라는 것은 쇠로 소리 내고 옥으로 거두는 것이다(孔子之謂集大成, 集大成者, 金聲而玉振之也)"라는 구절이 있는데, 후에 '금성옥진(金聲玉振)'은 지덕(智德)을 겸비한 것을 뜻하는 말로 쓰인다.

헤매던 제가 총애를 입어 한밤중에 당신을 만나, 노관(魯館)14)에서 청아한 음성을 듣고 진대(秦臺)15)에서 상서로운 기운을 가까이하게 되었습니다. 두 명의 객이 선녀를 만난 것16)도 이만은 못했을 것이며, 삼성[三星 : 복(福)·녹(祿)·수(壽)를 주관하는 세 신]이 돌봐 준다 해도 아마 이런 일은 성사되지 못했을 것입니다. 만약 이와 같은 명문세가에 몸을 맡기고 좋은 짝까지 맞이할 수 있다면, 제가 평생 뜻하던 바가 모두 여기에 있는 것입니다!"

보모는 기뻐하며 시시덕거리면서 안으로 들어가 아뢴 다음 다시 나와서 마님의 명을 전하며 말했다.

"어린 딸이 재주는 없지만 군자에게 시집보내려고 했는데, 이렇게 높은 도의를 지닌 분이 혼사를 허락하니 나의 오

---

14) 노관(魯館) : 춘추 시대에 노나라 장공(莊公)이 주(周)나라 왕희(王姬)의 혼사를 주관했는데, 대부를 파견해 왕희를 노나라로 모셔 온 다음 성 밖에 관(館)을 건축해 살게 하다가 다시 제(齊)나라로 보내 제후(齊侯)와 혼인시켰다. 후에 '노관'은 귀족 여자가 출가할 때 밖에 머무르던 곳을 가리키는 말로 사용되었다.

15) 진대(秦臺) : 진(秦)나라 목왕(穆王)이 딸 농옥(弄玉)과 사위 소사(蕭史)를 위해 지어 준 누대.

16) 두 명의 객이 선녀를 만난 것 : 진(晉)나라 때 유신(劉晨)과 완조(阮肇)가 천태산(天台山)으로 약초를 캐러 들어갔다가 선녀를 만난 일을 말한다.

랜 소원이 이루어지게 되었소. 나는 매우 기쁘고 다행스럽게 생각하며 기다릴 뿐이오."

왕지고는 허리를 굽혀 공경을 표하며 대답했다.

"저는 벌레나 모래와 같은 미천한 사람으로 이름도 없이 스러져 갈 게 뻔했는데, 뜻밖에 부귀한 고관대작의 집에서 저를 거둬 주셨으니, 마치 깨끗한 물에서 맑은 먼지[존귀한 풍모를 비유함]를 받드는 것과 같습니다. 저는 학이 목을 빼고 발돋움하고 오리가 종종걸음 치듯이 훌륭하신 분부만을 기다리고 있겠습니다."

왕지고가 절하자 보모가 놀리며 말했다.

"훗날 화려한 비단옷이 벗겨지고 거울17) 달린 화장 갑이 활짝 열리면, 마치 달무리처럼 아름다운 자태와 구름처럼 자욱한 동방(洞房)을 보게 되실 터인데, 그때에도 제 생각이 나시겠습니까?" 미 : 보모가 범속하지 않다.

왕지고가 감사하며 말했다.

"범인이 신선을 가까이하려면 땅에서 은하수로 올라가야 하는데, 만일 들어 올려 줄 사람이 없다면 그 누가 스스로 중매할 수 있겠습니까? 당신의 깊은 마음을 삼가 마음에 새

---

17) 거울 : 원문은 "청란(靑鸞)". 전설 속 상서로운 새로, 거울 앞에서 춤추기를 좋아하기 때문에 나중에 거울의 대칭(代稱)으로 쓰인다.

기고 그것을 의대에 기록해 두었다가 늙을 때까지 늘 그것을 차고 다니겠다고 약속하겠습니다."

그러고는 다시 절했다. 그때는 달빛이 깊이 비치는 긴 밤이었는데, 보모는 왕지고에게 옷을 벗고 쉬라고 했다. 왕지고가 베옷을 벗고 나서 검은 단포가 보이자, 미 : 눈썰미가 좋다. 보모가 그를 책망하며 말했다.

"어찌하여 학문하는 유생이 뒤 짧은 윗단포믈 입는단 말입니까?"

왕지고가 변명하며 말했다.

"이건 친숙하게 지내는 사람에게서 빌린 것이지 본디 제 것이 아닙니다."

보모가 누구에게서 빌렸냐고 묻자 왕지고가 대답했다.

"노룡절도사인 복야(僕射) 장직방에게서 빌렸습니다."

보모는 그 말을 듣더니 갑자기 깜짝 놀라 소리치다가 땅에 고꾸라졌는데 안색이 잿빛 같았다. 보모는 일어나서 뒤도 돌아보지 않고 집 안으로 달려 들어갔는데, 크게 외치는 소리가 멀리까지 들렸다.

"마님, 일이 틀어졌습니다! 여기 머물고 있는 손님은 바로 장직방의 무리입니다!"

다시 부인이 외치는 소리가 들렸다.

"속히 그놈을 쫓아내 원수를 불러들이는 일이 없도록 하라!"

그러자 하녀와 하인들이 각자 거세게 타오르는 횃불을 들고 커다란 몽둥이를 끌면서 계단을 올라왔다. 왕지고는 허겁지겁 마당으로 달려가서 사방을 돌아보며 사죄했다. 꾸짖고 욕하는 소리를 들으며 왕지고는 가까스로 대문을 나올 수 있었다. 그가 나오자마자 이미 대문이 닫히고 빗장이 걸렸는데도 시끄러운 소리가 여전히 들려왔다. 왕지고는 경악한 채 길옆에 서서 한참 동안 탄식하며 허물어진 담장에 숨어 있다가, 그 아래에서 말을 찾아내고는 얼른 집어타고 떠났다. 멀리 바라보니 마치 벌판이 불타는 듯한 커다란 불이 보였다. 이에 말을 몰아 그곳으로 갔는데, 당도해서 보았더니 조세를 운반하는 수레에서 소에게 먹이를 주느라 불을 지핀 것이었다. 그곳이 어디냐고 물어보니 이수 동쪽에 있는 초점(草店)의 남쪽이라고 했다. 왕지고는 고삐를 베고 잠시 눈을 붙였는데, 한 식경쯤 지나서 진방(震方 : 동방)이 훤히 밝아 오자 마음이 조금 안정되었다. 이에 큰길에서 채찍을 휘두르며 달려가 도성 문에 이를 즈음에 보았더니, 이미 장직방의 기병 여러 명이 그를 찾으러 와 있었다. 왕지고는 장직방의 저택에 도착해 장직방을 보고 나서 화가 치밀어 말을 할 수 없었다. 장직방이 위로하자 그는 자리에 앉아 간밤에 일어났던 괴이한 일을 얘기했다. 그러자 장직방이 일어나 넓적다리를 치며 말했다.

"산 요괴와 나무 요괴도 인간 세상에 장직방이 있다는 사실을 알고 있단 말인가?" 미 : 더욱 스스로 호기롭다.

    장직방은 일단 왕지고를 쉬게 하고 수십 명의 무리를 더 모았는데, 그들은 모두 활쏘기에 능한 자들이었다. 장직방은 그들에게 술과 돼지 다리를 먹인 뒤에 왕지고와 함께 다시 남쪽으로 떠났다. 만안산의 북쪽에 도착하고 나서는 왕지고가 앞장서서 길을 인도했는데, 잔설 속에 선명한 말 발자국이 곧장 측백나무 숲 아래로 이어져 있었다. 그곳에 도착했더니 황폐해진 무덤에 비석과 관이 널브러져 있었고 빽빽한 숲에 베어 놓은 땔감이 남아 있었으며, 그 사이에 커다란 무덤 10개가 있었는데 모두 여우나 토끼의 소굴이었다. 그 아래로 길이 나 있자 장직방은 무리에게 사방에 그물을 설치하고 활시위를 당긴 채 기다리게 했으며, 그런 다음 굴 안에 삼을 묶어 놓고 곡괭이를 들고 땅을 파면서 연기를 지피게 했다. 잠시 후 여우 떼가 갑자기 튀어나왔는데, 머리와 이마를 불에 그슬린 놈도 있었고 그물에 걸린 놈도 있었으며 화살에 맞은 놈도 있었다. 장직방은 크고 작은 여우 100여 마리를 잡아서 돌아왔다.

唐咸通時, 盧龍節度使張直方, 抗表請修入覲之禮, 優詔允焉. 先是張氏世蒞燕土, 燕民世服其恩, 地沃兵庶, 朝廷每姑息之. 洎直方嗣事, 酗酒淫獸, 未嘗以民間休戚爲意. 暮年而三軍大怨, 直方稍不自安. 左右有爲其計者, 乃盡室西上至京. 懿宗授之左武衛大將軍, 而直方飛蒼走黃, 莫親徼道之職．往往設置罘於通道，則犬彘無遺．臧獲有不如意者，立殺之．或曰："輦轂之下，不可專戮."其母曰："尚有尊於我子者耶？"其僭軼可知也．於是諫官列狀上，請收付廷尉．天子不忍置於法，乃降爲燕王府司馬，俾分務洛師焉．直方至東都，既不自新，而慢遊愈極．洛陽四旁，鬻者攫者，見皆識之，夾：又一烏賊．必群噪長嗥而去．有王知古者，東諸侯之貢士也．雖薄涉儒術，而數不中選，乃以擊鞠揮觴爲事．或薦之直方，直方延之，睹其利喙贍辭，不覺前席，自是日相狎．仲冬一日，知古嘗晨興，僦舍無烟，愁雲塞望，悄然弗怡，乃徒步造直方第．至則直方急趨，將出畋也，謂知古："能相從乎？"而知古以祁寒有難色，直方顧驅僮曰："取短皂袍來."請知古衣之，上加羆衣焉，遂聯轡而去．出長夏門，則微霰初零，由闕塞而密雪如注．乃渡伊水而東南，踐萬安山之陰麓，而韝弋之獲甚夥．傾羽觴，燒兔肩，殊不覺有嚴冬意．眉：自豪．及霰開雪霽，日將夕焉，忽有封狐突起於知古馬首，乘酒馳之數里，不能及，又與獵徒相失．須臾，雀噪烟冥，莫知所如，隱隱聞洛城暮鍾，但徬徨於樵徑古陌之上．俄而山川黯然，若一鼓將半，悵望間，有炬火甚明，乃依積雪光而赴之．復若十餘里，到則喬林交柯，而朱門中開，皓壁橫亘，眞北闕之甲第也．知古及門下馬，將徙倚以待旦，無何，小駟頓轡，閽者覺之，隔闔而問阿誰，知古應曰："成周貢士太原王知古也．有友人將歸崆峒，僕餞之伊水濱，不勝離觴．旣摻袂，馬逸，復不能止，失道至此耳．遲明將去，幸無見讓."閽曰："此乃南海副使崔中丞之莊也．主父近承天書赴闕，郎君復隨計吏西征，此唯閨中人耳，豈可淹久乎？某不敢去留，請聞於內."知古雖怳惕不寧，自度："中宵，去將安適？"乃拱手以俟．少頃，有秉炬自內至者，振管辟扉，引保母出．知古前拜，仍述厥由，母曰："夫人傳語，主人不在，禮無延客之道,然僻居與山藪接畛,豺狼所嗥,若固相拒,是見溺而不援也,請舍外聽,翌日可去。"知古辭謝,從保母而入。過重門,則欒櫨宏敞,帷幕鮮華,張銀燈,設綺席,命知古坐焉。酒三行,復陳方丈之饌,豹胎魷腴,窮水陸之美。保母亦時來相勉。食畢,保母復問知古世嗣官族及內外姻黨,知古具言之,乃曰:"秀才軒裳令胄,金玉奇標,斯實淑媛之賢夫也。小君鍾愛稚女,將筓未配。今夕何夕,獲邁良人。潘·楊之睦可遵,鳳凰之兆斯在,未知雅抱何如耳。"知古斂容曰:"僕文愧金聲,才非玉潤,豈室家爲望?唯泥塗是憂,不謂寵及迷津,慶逢子夜,聆清音於魯館,逼佳氣於秦臺。二客遊神,方茲莫計,三星委照,唯恐不揚。倘獲託彼強宗,眷以嘉偶,則平生所志,畢在斯乎!"保母喜,謔浪而入白,復出,致小君之命曰:"雅¹女非才,思配君子,既辱高義,乃叶夙心。忻慰孔多,傾矚而已。"知古磬折答曰:"某蟲沙微類,分及湮淪,鐘鼎高門,忽蒙採拾。有如白水,以奉清塵,鶴企鳧趨,唯待休旨。"知古乃拜,保母戲曰:"他日錦雉之衣欲解,青鸞之匣全開,貌如月暈,室若雲迷,此際頗相念否?"眉:保母不俗。知古謝曰:"以凡近仙,自地登漢,不有所舉,孰能自媒?謹當銘彼襟靈,志之紳帶,期於沒齒,佩以周旋。"復拜。時則月沉夜永,保母請知古脫服以休。既解麻衣而皁袍見,眉:好關目。保母誚曰:"豈有縫掖之士,而服短後之衣耶?"知古謝曰:"此乃假之於與所遊熟者,固非己有。"又問所從,答曰:"乃盧龍張直方僕射所借耳。"保母忽驚叫仆地,色如死灰。既起,不顧而走入宅,遙聞大叱曰:"夫人差事!宿客乃張直方之徒也!"復聞夫人音,叱曰:"火急逐出,無啓寇讎!"於是婢子小竪輩,各秉猛炬,曳白梃而登階。知古佝僂,趨於庭中,四顧遜謝。讋言狎至,僅得出門。纔出,已橫關闔扉,猶聞諠譁未已。知古愕立道左,自嘆久之,將隱頹垣,乃得馬於其下, 遂馳去. 遙望大火若燎原者, 乃縱轡赴之, 至則輸租車方飯牛附火耳. 詢其所, 則伊水東, 草店之南也. 復枕轡假寐, 食頃而震方洞然, 心思稍安. 乃揚鞭於大道, 比及都門, 已有直方騎數輩來跡矣. 遙至其第, 既見直方, 而知古憤懣不能言. 直方慰之, 坐定, 知古乃述宵中怪事. 直方起而撫髀曰:"山魈木魅亦知人間有張直方耶?" 眉:愈自豪. 且止知古, 復益其徒數十人, 皆射皮飲羽者. 享以卮酒豚肩, 與知古復南出. 既至萬安之北, 知古前導, 殘雪中馬跡宛然, 直詣柏林下. 至則碑板廢於荒坎, 樵蘇殘於密林, 中列大冢十餘, 皆狐兔之窟宅. 其下成蹊, 於是直方命四周張羅, 彀弓以待, 內則束蘊荷鍤, 且掘且熏. 少頃, 群狐突出, 焦頭爛額者, 罝掛者, 應弦飲羽者. 凡獲狐大小百餘頭以歸.

* 이 고사는 《태평광기》 권455 〈호(狐)·장직방〉에 실려 있다.
1 아(雅): 《태평광기》에는 "치(稚)"라 되어 있는데, 문맥상 보다 타당하다.

77-2(2472) 중애

중애(衆愛)

출《광이기》

　　당(唐)나라의 유전백(劉全白)이 다음과 같은 얘기를 해 주었다.

　　그의 유모의 아들 중애는 젊었을 때 밤중에 그물을 쳐서 길목을 막아 놓고 멧돼지나 여우와 살쾡이 등을 잡기를 좋아했다. 유전백의 장원은 기산(岐山) 아래에 있었다. 그 후 어느 날 저녁에 중애는 장원에서 서쪽으로 몇 리 떨어진 곳에 그물을 쳐 놓고 그물 속에 엎드린 채 짐승이 나타나기를 기다렸다. 그는 어둠 속에서 짐승의 발자국 소리가 들리자 몰래 엿보았는데, 한 물체가 땅에 엎드려 그물을 엿보다가 벌떡 일어나 붉은 치마를 입은 부인으로 둔갑했다. 그 부인은 그물을 피해 중애의 앞에 있는 수레 옆으로 가더니 갑자기 쥐 한 마리를 잡아서 먹었다. 중애가 연거푸 소리를 지르자 부인이 황급히 그물 속으로 들어갔는데, 곧바로 몽둥이로 부인을 때려 죽였지만 사람의 모습에서 바뀌지 않았다. 중애는 도리어 의구심이 생기면서 혹시 정말 사람이 아닐까 하며 두려워하다가 부인과 그물을 통째로 구마지(漚麻池)[18] 안에 던져 버렸다. 중애는 밤에 집으로 돌아와 부모와 상의한 후 날이 밝으면 온 가족이 함께 도망가 숨을 작정이었다. 중애가 혼자 말했다.

"산 쥐를 잡아먹는 부인이 어디 있단 말인가? 그건 여우임에 틀림없다!"

그러고는 다시 구마지로 가서 보았더니 부인이 이미 살아나 있었다. 중애가 커다란 도끼로 부인의 허리 뒤를 내리치자 부인은 곧바로 늙은 여우로 변했다. 중애는 크게 기뻐하며 그 여우를 가지고 마을로 돌아왔다. 그때 한 노승이 그 여우가 아직 죽지 않은 것을 보고 잘 키우라고 권하면서 말했다.

"여우 입 속에는 미주(媚珠)19)가 있는데, 만약 그것을 얻을 수 있다면 틀림없이 온 세상 사람들의 사랑을 받게 될 것이오." 미 : 기이한 얘기다. 혹자는 지금 세상 사람들이 미주를 얻으려 한다고 말하는데, 나는 지금 세상 사람들마다 스스로 미주를 가지고 있다고 생각한다.

그래서 중애는 밧줄로 여우의 네 다리를 묶고 커다란 삼태기로 덮어 놓았다. 그렇게 며칠을 길렀더니 여우는 음식을 먹을 수 있게 되었다. 그러자 노승은 주둥이가 좁은 작은 병을 땅속에 묻으면서 병 주둥이가 땅과 수평이 되도록 해 놓고,

---

18) 구마지(漚麻池) : 삼을 물에 불리기 위해 담가 놓는 연못.
19) 미주(媚珠) : 몸에 지니고 있으면 남의 사랑을 받게 된다고 하는 구슬.

구운 돼지고기 두 점을 병 속에 집어넣었다. 여우는 구운 고기가 먹고 싶었으나 꺼낼 수가 없어서 그저 입을 병에 대고만 있었다. 노승은 구운 고기가 식기를 기다렸다가 다시 고기를 집어넣었다. 여우는 한참 동안 침을 흘렸는데, 구운 고기가 병에 가득 차자 여우는 구슬을 토해 내고 죽었다. 그 구슬은 모양이 바둑알처럼 생겼으며 둥글고 깨끗했다. 중애의 어머니가 그것을 몸에 지니고 있었는데 효험이 있었다.

唐劉全白云：其乳母子衆愛, 少時, 好夜中將網斷道, 取野猪及狐狸等. 全白莊在岐下. 後一夕, 衆於莊西數里下網, 已伏網中, 以伺其至. 暗中聞物行聲, 覘見一物, 伏地窺網, 因爾起立, 變成緋裙婦人. 行而違網, 至愛前車側, 忽捉一鼠食. 愛連呵之, 婦人忙遽入網, 乃棒之致斃, 而人形不改. 愛反疑懼, 恐或是人, 因和網沒漚麻池中. 夜還, 與父母議, 及明, 擧家欲潛逃去. 愛竊云: "寧有婦人食生鼠? 此必狐耳!" 復往麻池視之, 見婦人已活. 因以大斧自腰後斫之, 便成老狐. 愛大喜, 將還村中. 有老僧見狐未死, 勸令養之, 云: "狐口中媚珠, 若能得之, 當爲天下所愛." 眉: 異聞. 或云今世人欲得媚珠, 余謂今世人人自有媚珠. 以繩縛狐四足, 又以大籠罩其上. 養數日, 狐能食. 僧用小瓶口窄者, 埋地中, 令口與地齊, 以兩裁豬肉炙於瓶中. 狐愛炙而不能得, 但以口屬瓶. 候炙冷, 復下肉爨. 狐涎沫久之, 炙與瓶滿, 狐乃吐珠而死. 珠狀如棋子, 通圓而潔. 愛母帶之, 有驗.

* 이 고사는 《태평광기》 권451 〈호(狐)·유중애(劉衆愛)〉에 실려 있다.

77-3(2473) 스님 안통

승안통(僧晏通)

출《집이기》

 진주(晉州) 장녕현(長寧縣)의 스님 안통은 두타법(頭陀法)[20]을 수행하고 있었는데, 밤이 되면 반드시 수풀 속의 헤쳐진 무덤을 찾아가서 잠을 자곤 했다. 비록 비바람이 불고 눈서리가 내린다 해도 그 의지를 바꾸지 않았다. 어느 날 달 밤에 그가 길가에 쌓여 있는 해골 옆에서 머물고 있을 때, 갑자기 여우 요괴가 비틀거리며 왔다. 여우는 안통이 나무 그림자 속에 있다는 사실을 전혀 모른 채 해골을 가져다 자기의 머리 위에 올려놓고 흔들었는데, 만약 흔들거리다 떨어지면 그 해골은 더 이상 돌아보지 않고 다른 것을 골랐다. 그렇게 네댓 번 안 했을 때 여우는 마침내 해골 하나를 고르더니 머리 위에 높이 묶었다. 그러고는 나뭇잎과 풀꽃을 뜯어 몸을 덮어 가리고 둘러보자마자 이미 옷으로 변해 있었다. 잠시 후 여우는 부인으로 둔갑해 아름다운 자태로 떠나더니

---

20) 두타법(頭陀法) : 승려들이 속세의 번뇌를 씻어 버리기 위해 반드시 지켜야 하는 법계로, 한적한 곳에 거하면서 걸식해야 하고 백납의(百衲衣)를 입어야 하는 등 12가지 고행의 항목이 있다.

길옆에서 행인을 기다렸다. 잠시 후에 어떤 사람이 말을 재촉하면서 남쪽에서 왔는데, 여우 요괴는 멀리서 소리를 듣더니 길에서 통곡했다. 행인이 말을 세우고 이유를 묻자 여우 요괴가 대답했다.

"저는 가인(歌人)인데 남편을 따라 연주하러 이곳에 들어왔다가 오늘 새벽에 남편은 도적에게 살해되고 재물은 모두 약탈당했습니다. 홀로 이렇게 멀리 떨어져 있으니, 북쪽으로 돌아가고 싶어도 돌아갈 방법이 없습니다. 만약 저를 거두어 주실 수 있다면, 맹세컨대 이 미천한 몸을 바쳐 당신의 하녀 노릇을 하겠습니다."

행인은 역정군(易定軍 : 군진(軍鎭) 명칭] 사람이었는데, 말에서 내려 여자를 자세히 보다가 그 세련되고 요염한 모습과 간곡한 말씀씨에 반해 뒤 수레에 태우고 떠났다. 그때 안통이 급히 나와서 말했다.

"저것은 여우 요괴이거늘 그대는 어찌 그리 쉽게 당하시오?"

안통이 석장(錫杖)을 들어 여우의 머리를 쳤더니, 그 순간 [여우의 머리 위에 있던] 해골이 떨어졌고 여우는 원래 모습으로 변해 도망쳤다. 미 : 살풍경이다.

晉州長寧縣有沙門晏通, 修頭陀法, 將夜, 則必就叢林亂塚寓宿焉. 雖風雨露雪, 其操不易. 月夜, 棲於道邊積骸之左, 忽有妖狐跟蹌而至. 初不虞晏通在樹影也, 乃取髑髏安於其首, 遂搖動之, 倘振落者, 卽不再顧, 因別選焉. 不四五, 遂得其一, 岌然而綴. 乃褰攦木葉草花, 障蔽形體, 隨其顧盼, 卽成衣服. 須臾, 化作婦人, 綽約而去, 乃於道右, 以伺行人. 俄有促馬南來者, 妖狐遙聞, 卽慟哭於路. 過者駐騎問之, 遂對曰: "我歌人也, 隨夫入秦[1], 今曉夫爲盜殺, 掠去其財. 伶俜孤遠, 思願北歸, 無由致. 脫能收採, 當誓微軀以執婢役." 過者易定軍人也, 卽下馬熟視, 悅其都冶, 詞意叮嚀, 便以後乘挈行焉. 晏通遽出, 謂曰: "此妖狐也, 君何容易?" 因舉錫杖叩狐腦, 髑髏應手卽墮, 遂復形而竄焉. 眉: 殺風景.

* 이 고사는 《태평광기》 권451 〈호(狐)·승안통〉에 실려 있다.
1 진(秦): 《태평광기》에는 "주(奏)"라 되어 있는데, 문맥상 보다 타당하다.

77-4(2474) 배 소윤

배소윤(裴少尹)

출《선실지》

 당(唐)나라 정원(貞元) 연간(785~805)에 강릉소윤(江陵少尹) 배군(裴君)은 10여 세 된 아들이 있었는데, 풍모가 준수해서 배군은 그를 몹시 아꼈다. 나중에 아들이 병에 걸려 열흘 후에 더욱 심해졌는데, 용한 의원과 좋은 약으로도 고칠 수 없었다. 하루는 어떤 사람이 찾아와 문을 두드렸는데, 스스로 고생(高生)이라 칭하면서 부록술(符籙術)[21]로 생업을 삼고 있다고 했다. 배군이 즉시 그를 맞아들여 아들을 살펴보게 했더니 고생이 말했다.

 "이 아이는 다른 병에 걸린 것이 아니라 여우 요괴에게 홀렸을 뿐입니다."

 그러고는 부록술로 요괴를 불러냈더니, 한 식경(食頃)쯤 뒤에 배군의 아들이 갑자기 일어나며 말했다.

 "제 병은 이제 나았습니다."

 배군은 크게 기뻐하며 고생을 진정한 술사라고 생각하면

---

21) 부록술(符籙術) : 주문이나 부적으로 액막이를 하는 술법.

서, 음식을 차려 주고 이어서 돈과 비단을 후하게 주어 감사를 표하고 돌려보냈다. 고생이 말했다.

"이후로 날마다 안부를 여쭈러 오겠습니다."

그러고는 떠났다. 배군의 아들은 다른 병은 나았지만 정신이 온전하지 못해, 종종 미친 듯이 헛소리를 했으며 간혹 웃거나 울기 시작하면 그칠 수 없었다. 고생이 올 때마다 배군이 그런 증상을 말하며 고쳐 달라고 간청했더니 고생이 말했다.

"이 아이의 혼령은 이미 요괴에게 묶여 있어서 지금까지 돌아오지 못하고 있습니다. 하지만 열흘이 안 되어 틀림없이 차도가 있을 것이니 걱정하지 마십시오."

배군은 그 말을 믿었다. 며칠 지난 후에 또 왕생(王生)이란 자가 찾아와서 스스로 말했다.

"제가 신령한 부적을 가지고 있어서 주문으로 요괴에 쒼 병을 퇴치할 수 있습니다."

배군이 그와 얘기를 나눈 뒤에 곧장 아들을 살펴보게 했더니, 왕생이 크게 놀라며 말했다.

"이 도령의 병은 여우에 홀린 것이니, 속히 치료하지 않으면 틀림없이 더욱 깊어질 것입니다!"

배군이 고생에 대해 말해 주었더니, 왕생이 웃으며 말했다.

"고생이 여우가 아니라는 것을 어찌 알겠습니까?"

그러고는 앉아서 막 자리를 설치하고 큰 소리로 주문을 외우고 있을 때, 고생이 갑자기 도착해 들어오더니 큰 소리로 욕하며 말했다.

"이 아이의 병을 이미 고쳐 주었는데 어찌하여 또 다른 여우를 집 안으로 들여왔소? 이자가 바로 병을 일으킨 놈이오!"

왕생은 고생이 오는 것을 보고 또 욕하며 말했다.

"과연 여우 요괴로군! 지금 이미 왔으니 어찌 다른 술법으로 요괴를 불러낼 필요가 있겠는가?"

두 사람은 옥신각신하며 서로 계속해서 욕을 해 댔다. 배군의 가족들이 한창 크게 놀라며 기이해하고 있을 때, 갑자기 한 도사가 문에 이르러 은밀히 가동에게 말했다.

"배 공(裵公 : 배군)의 아들이 여우에게 홀려 병이 들었다고 들었는데, 내가 귀신을 잘 간파한다."

가동이 달려가서 배군에게 아뢰자, 배군이 나와서 그간의 일을 말해 주었더니 도사가 말했다.

"그건 쉽게 처리할 수 있습니다."

그러고는 들어가서 두 사람을 보았더니, 두 사람이 또 도사를 꾸짖으며 말했다.

"이자 역시 여우 요괴다! 어찌하여 도사로 둔갑해 사람을 홀리느냐?"

도사도 그들에게 욕하며 말했다.

"여우라면 응당 교외 들녘의 무덤 속으로 돌아가야 하거늘 어찌하여 이렇게 사람을 괴롭히느냐?"

이윽고 세 사람은 방문을 닫고 몇 식경 동안 서로 치고받으며 싸웠다. 배군은 더욱 두려웠고 가동도 당황해 어찌할 방법이 없었다. 저녁 무렵이 되어 쥐 죽은 듯이 아무런 소리도 들리지 않자, 방문을 열어 보았더니 여우 세 마리가 모두 바닥에 쓰러져 숨을 헐떡인 채 움직이지 못하고 있었다. 미: 소인의 무리가 스스로 서로 시기하고 공격하다 모두 패망에 이르는 것은 이 세 여우의 비유다. 배군이 그것들을 모두 때려죽였더니, 아들의 병이 한 달 후에 나았다.

唐貞元中, 江陵少尹裴君者, 有子十餘歲, 風貌明秀, 裴深念之. 後被病, 旬日益甚, 醫藥無及. 有叩門者, 自稱高生, 以符術爲業. 裴卽延入, 令視其子, 生曰: "此子非他疾, 乃妖狐所爲耳." 遂以符術考召, 近食頃, 其子忽起曰: "某病今愈." 裴大喜, 謂高生眞術士, 具食飮, 已而厚贈縑帛, 謝遣之. 生曰: "自此當日日來候耳." 遂去. 其子他疾雖愈, 而神魂不足, 往往狂語, 或笑哭不可禁. 高生每至, 裴卽以此祈之, 生曰: "此子精魄, 已爲妖魅所繫, 今尙未還耳. 不旬日當間, 幸無以憂." 裴信之. 居數日, 又有王生來謁, 自言: "有神符, 能以呵禁除魅疾." 裴與語, 卽使見其子, 生大驚曰: "此郞君病狐也, 不速治, 當加甚!" 裴因話高生, 王笑曰: "安知高生不爲狐?" 乃坐, 方設席, 爲呵禁, 高生忽至, 旣入, 大罵曰: "奈何此子病愈, 而乃延一狐於室內耶? 卽爲病者耳!" 王見高來, 又罵曰: "果然妖狐! 今果至, 安用爲他術考召哉?" 二人紛然, 相詰不已. 裴家方大駭異, 忽有一道士至門, 私謂家僮曰:"聞裴公有子病狐, 吾善視鬼." 家童馳白裴君, 出話其事, 道士曰:"易與耳." 入見二人, 二人又詰曰:"此亦妖狐! 安得爲道士惑人?" 道士亦罵之曰:"狐當還郊野墟墓中, 何爲撓人乎?" 旣而閉戶相鬪毆, 數食頃. 裴君益恐, 其家僮惶惑, 計無所出. 及暮, 闃然不聞聲, 開視, 三狐皆仆地而喘, 不能動矣. 眉:小人之黨, 自相忌嫉, 自相攻擊, 以至皆斃, 三狐之喩也. 裴君盡鞭殺之, 其子後旬月乃愈.

* 이 고사는 《태평광기》 권453 〈호(狐)·배소윤〉에 실려 있다.

77-5(2475) 이향

이향(李麞)

출《광이기》

　동평현위(東平縣尉) 이향은 처음 관직을 얻어 동경(東京: 낙양)에서 임지로 가다가 밤에 고성(故城)의 객점에 투숙했다. 객점에서 호떡을 파는 사람의 아내 정씨(鄭氏)는 얼굴이 예뻤는데, 이향은 그녀를 보고 반해 그 집에서 묵었다. 그는 며칠 동안 계속 그 집에 머물다가 15관(貫: 1관은 1000냥)을 주고 그녀를 샀다. 동평현에 도착한 뒤 이향은 정씨를 지극히 총애했다. 그녀는 성품이 나긋나긋하고 애교가 넘쳤으며, 여자가 해야 하는 일들도 못하는 것이 없었고 소리에 특히 뛰어났다. 동평현에서 3년을 지내는 동안 아들 하나를 낳았다. 후에 이향이 조강(租綱)22)에 충원되어 도성으로 들어가게 되자 정씨와 함께 돌아갔는데, 고성에 이르자 정씨는 마을 사람들을 크게 모아 놓고 연회를 열어 10여 일을 머물렀다. 이향이 서너 차례 출발하자고 재촉했으나 정씨가 한사코 병을 핑계 삼아 일어나려 하지 않자,

---

22) 조강(租綱): 지방에서 거둔 조세를 도성으로 운반하기 위해 조직한 부대.

이향도 그녀를 어여삐 여겨 그 뜻을 따라 주었다. 또 10여 일이 지나자 이향은 하는 수 없이 일을 처리하기 위해 떠나야만 했는데, 성문에 이르렀을 때 정씨가 갑자기 배가 아프다고 하면서 말에서 내리더니 마치 바람처럼 빨리 달려갔다. 이향이 하인 몇 명과 함께 급히 달려 쫓아갔지만 따라잡을 수 없었다. 그들은 고성으로 들어갔다가 다시 역수촌(易水村)으로 들어갔는데, 다리의 힘이 조금 풀렸지만 이향은 그녀를 놓칠 수 없어서 다시 쫓아갔다. 거의 따라잡았을 즈음에 그녀는 작은 굴속으로 들어갔는데, 이향이 큰 소리로 불렀지만 아무런 대답이 없었다. 이향은 그리움에 사무쳐 슬퍼하면서 말을 하다가도 눈물을 떨구었다. 날이 저물자 풀로 굴 입구를 막아 놓고 객점으로 돌아와 하룻밤을 묵었다. 날이 밝자 이향은 다시 그곳으로 가서 그녀를 불렀지만 아무것도 보이지 않았다. 그래서 한참 동안 불을 지펴 연기를 피운 후에 마을 사람들이 몇 장(丈) 깊이까지 팠더니 굴속에 암여우가 죽어 있었는데, 마치 허물을 벗은 것처럼 옷을 벗어 놓았고 발에는 비단 버선을 신고 있었다. 미 : 호단(狐丹)이 완성되어 이미 시해(尸解)할 수 있었단 말인가? 그런데 스스로 귀신이라 말한 것은 또 어째서인가? 이향은 오래도록 탄식하고 나서 여우를 묻어 주었다. 이향은 객점으로 돌아와서 사냥개를 데려와 아들을 물게 했는데, 아들이 전혀 놀라거나 두려워하지 않자 아들을 데리고 도성으로 들어가서 친척 집에 길러 달라고 맡겼다. 이향은 조세 운반을 마치고 다시 동경으로 돌아가서 소씨(蕭氏)와 혼인했다. 소씨는 늘 이향을 "호서(狐婿 : 여우 남편)"라고 불렀는데, 이향은 그 말에 전혀 대꾸하지 않았다. 어느 날 저녁에 이향이 소씨와 함께 방에서 친밀하게 정을 나눌 때 소씨가 다시 그 일을 얘기했는데, 갑자기 당 앞에서 사람 소리가 들려오자 이향이 물었다.

"누가 이 밤중에 왔소?"

대답했다.

"당신은 어찌 정사낭(鄭四娘)을 모르시나요?"

이향은 늘 정씨를 그리워하던 터라 그 말을 듣고 갑자기 기뻐서 뛰어오르며 물었다.

"귀신이오? 사람이오?"

정사낭이 대답했다.

"저는 귀신입니다. 사람과 귀신은 서로 길이 다른데, 부인께서는 어찌하여 자주 제 욕을 하십니까? 게다가 제가 낳은 아들을 멀리 남의 집에 맡기셨는데, 그 집에서는 모두 여우가 낳은 자식이라 하면서 먹을 것과 입을 것을 주지 않고 있으니, 당신은 어찌 그 아이를 걱정하지 않으십니까? 당신이 빨리 그 아이를 데려와 보살펴 주신다면, 저는 구천(九泉)에서 여한이 없을 것입니다. 만약 부인이 저를 모욕하고 또 어린아이를 거두지 않으신다면 반드시 당신에게 재앙이 미칠 것입니다."

말을 마치고는 사라졌다. 소씨는 마침내 더 이상 감히 그 일을 말하지 못했다. 당(唐)나라 천보(天寶) 연간(742~756) 말에 그 아들은 10여 세였는데 별 탈이 없었다.

東平尉李麐, 初得官, 自東京之任, 夜投故城店中. 有賣胡餠者, 其妻姓鄭, 色美, 李目而悅之, 因宿其舍. 留連數日, 乃以十五千轉索此婦. 旣到東平, 寵遇甚至. 性婉約, 多媚黠, 女工之事, 罔不心了, 於音聲特究其妙. 在東平三歲, 有子一人. 其後李充租綱入京, 與鄭同還, 至故城, 大會鄕里飮宴, 累十餘日. 李催發數四, 鄭固稱疾不起, 李亦憐而從之. 又十餘日, 不獲已, 事理須去, 行至郭門, 忽言腹痛, 下馬便走, 勢疾如風. 李與其僕數人極騁, 追不能及. 便入故城, 轉入易水村, 足力少息, 李不能捨, 復逐之. 垂及, 因入小穴, 極聲呼之, 寂無所應. 戀結凄愴, 言發淚下. 會日暮, 將草塞穴口, 還店止宿. 及明, 又往呼之, 無所見. 乃以火熏久之, 村人爲掘深數丈, 見牝狐死穴中, 衣服脫卸如蛻, 脚上著錦襪. 眉: 意者狐丹成, 已得屍解乎? 自云鬼, 又何也? 李嘆息良久, 方埋之. 歸店, 取獵犬噬其子, 子略不驚怕, 便將入都, 寄親人家養之. 輸納畢, 復還東京, 婚於蕭氏. 蕭氏常呼李爲"狐婿", 李初無以答. 一日晚, 李與蕭在房狎戱, 復言其事, 忽聞堂前有人聲, 李問: "阿誰夜來?" 答曰: "君豈不識鄭四娘耶?" 李素所鍾念者, 聞其言, 遽欣然躍起問: "鬼乎? 人乎?" 答云: "身卽鬼也. 人神道殊, 賢夫人何至數相謾罵? 且所生之子, 遠寄人家, 其人皆言狐生, 不給衣食, 豈不念乎? 宜早爲撫育, 九泉無恨. 若夫人相侮, 又小兒不收, 必將爲君之患." 言畢不見. 蕭遂不復敢說其事. 唐天寶末, 子年十餘, 無恙.

* 이 고사는 《태평광기》 권451 〈호(狐)·이향〉에 실려 있다.

77-6(2476) 이 참군

이참군(李參軍)

출《광이기》

 당(唐)나라 때 연주(兗州)의 이 참군은 관직을 임명받고 임지로 가다가 도중에 신정(新鄭)의 객점에서 머물렀다. 그는 그곳에서《한서(漢書)》를 읽고 있는 노인을 만났는데, 노인과 얘기를 나누다가 혼인에 대해 언급했다. 노인이 물었다.

 "어느 집안과 혼인했습니까?"

 이 참군이 아직 결혼하지 않았다고 하자 노인이 말했다.

 "당신은 명문가의 자제로 당연히 좋은 혼처를 골라야 합니다. 지금 듣기에 도정익(陶貞益)이 연주의 도독(都督)으로 있다고 하던데, 만약 그의 딸을 당신에게 시집보내겠다고 강요하면 당신은 어떻게 사양하겠습니까? 도씨와 이씨가 결혼하게 되면 세상 만물이 듣고 매우 놀랄 것입니다. 저는 비록 용렬한 늙은이지만 속으로 당신을 부끄럽게 여길 것입니다. 지금 여기에서 몇 리 떨어진 곳에 소 공(蕭公)이 사는데, 이부시랑(吏部侍郎) 소선(蕭璿)의 친족으로 문벌도 높습니다. 그의 딸들을 보았는데 용모가 매우 아름답습니다."

 이 참군은 그 말을 듣고 기뻐하며 노인에게 소씨(蕭氏:

소 공)를 소개해 달라고 청했다. 노인은 곧장 떠났다가 한참 만에 돌아와서 말했다.

"소 공은 매우 기뻐하면서 정중히 손님을 기다리고 계십니다."

이 참군은 노복과 함께 갔다. 도착해서 보았더니 문과 객사는 깨끗하고 조용했으며 저택은 으리으리했는데, 높은 홰나무와 곧게 뻗은 대나무가 울창하게 자라나 서로 이어져 있었다. 처음에 시종 두 명이 황금 의자와 탁자를 가져와 그를 앉게 했다. 잠시 후에 소씨가 나왔는데, 자줏빛 촉삼(蜀衫 : 촉 지방에서 나는 최고 품질의 비단 적삼)을 입고 구장(鳩杖 : 끝에 비둘기 모양이 새겨진 지팡이)을 짚고 있었으며, 수염이 눈처럼 새하얗고 신색(神色)이 거울처럼 맑고 거동이 훌륭했다. 이 참군은 그를 바라보고 공경하면서 재삼 감사를 드렸다. 소씨가 말했다.

"늙은이가 퇴임해 사는 곳이라 오랫동안 사람들의 왕래가 끊겼는데, 그대 같은 군자가 길을 돌아 찾아올 줄을 어찌 기대나 했겠소?"

그러고는 이 참군을 데리고 대청으로 들어갔다. 은은히 빛나는 옷과 노리개들은 세상에서 보기 드문 것들이었다. 곧 음식을 차려 산해진미가 가득했는데, 대부분 이름도 모르는 것이었다. 식사가 끝나고 주연이 펼쳐지자 노인이 말했다.

"이 참군이 아까 혼사를 논하고 싶다고 해서 제가 이미 허락을 받았습니다."

소씨는 곧 수십 마디의 말을 했는데 매우 선비의 기풍이 있었다. 소씨는 편지를 써서 현관(縣官)에게 주며 점쟁이를 청해 길일을 택하게 했다. 미 : 노인과 현관이 모두 여우의 무리다. 잠시 후에 점쟁이가 와서 말했다.

"길일을 점쳤더니 바로 오늘 밤입니다."

소씨는 또 편지를 써서 현관에게 주며 꽃 비녀와 일꾼 등을 빌려 오게 했는데, 잠시 후에 모두 도착했다. 그날 밤에 현관도 와서 신랑의 들러리를 섰는데, 그 즐겁고 기쁜 일은 세상과 다르지 않았다. 이 참군이 청려(靑廬 : 초례청)로 들어가서 보았더니 부인이 또한 매우 아름다웠기에 더욱 기뻤다. 날이 밝자 소 공이 말했다.

"이 서방은 임지에 도착할 기일이 정해져 있으니 여기에 오래 머물 수는 없겠네."

그러고는 딸을 보내 함께 따라가게 했는데, 보석을 박아 넣은 수레 다섯 대와 노비 30명과 말 30필을 주었으며, 그 밖의 옷과 노리개들은 셀 수 없을 정도였다. 그 광경을 본 사람들은 왕비나 공주 같다고 여기면서 부러워하지 않는 자가 없었다. 이 참군은 임지에 도착한 뒤 2년이 지났을 때 사명을 받들어 낙양(洛陽)으로 들어가게 되었는데, 부인은 관사에 남겨 두었다. 하녀들도 모두 예쁘고 요염해 남자들을 홀렸는데, 그곳을 왕래하는 사람들 중 대부분이 그 집에서 묵고 갔다. 다른 날 참군 왕옹(王顒)이 개를 끌고 사냥을 나왔는데, 이씨(李氏 : 이 참군)의 하녀들이 개를 보고 깜짝 놀라며 대부분 급히 문으로 달려 들어갔다. 왕옹은 평소에 그녀들이 요괴일 것이라고 의심하고 있던 터라 그날 마음이 동해 곧장 개를 끌고 그 집으로 들어갔다. 온 집안사람들은 당문(堂門)을 닫아걸고 숨도 제대로 쉬지 못했으며, 개는 또한 문을 긁으며 짖어 댔다. 이씨의 부인이 문 안에서 크게 욕하며 말했다.

"하녀들이 얼마 전에 개에게 물린 적이 있어 지금까지도 몹시 두려워하고 있는데, 왕옹은 무슨 일로 개를 끌고 남의 집으로 들어왔소? 당신은 이 참군의 동료인데 설마 이곳이 이 참군의 집인 줄 모른단 말이오?"

왕옹은 그녀가 여우일 것이라고 생각해 결심을 하고 창을 뜯어 개를 풀어놓았다. 개가 여우들을 물어 죽였는데, 미 : 이것이 어찌 왕 참군의 일이겠는가? 나중에 비록 사실을 아뢰긴 했지만 또한 너무 지나쳤다. 오직 이 참군 부인의 시체만 사람의 몸이었으나 그 꼬리는 변하지 않았다. 왕옹이 도정익에게 가서 그 사실을 아뢰자 도정익이 가서 시체를 가져다 확인했는데, 죽은 여우들을 보고 한참 동안 탄식했다. 당시는 날이 추웠기 때문에 한곳에 모두 매장했다. 10여 일 후에 소 사군(蕭使君 : 소 공)이 왔다가 문을 들어가서 통곡하며 경악했다. 며칠 후에 그는 도정익을 찾아가서 하소연했는데, 그 언사가 분명하고 용모와 옷차림새가 고귀했기 때문에 도정익은 그를 매우 정중하게 모셨으며, 왕옹을 붙잡아 감옥에 가두었다. 미 : 죽은 여우를 이미 확인해서 사실로 판명되었는데, 다시 소 공의 하소연에 미혹되다니 도정익은 정말로 크게 어리석도다! 왕옹은 소 사군이 여우라고 한사코 주장하면서 이전의 개를 데려와서 그를 물게 했다. 그때 소 사군과 도정익은 마주 앉아 식사하고 있었는데, 개가 오자 소 사군은 개의 머리를 무릎 위로 끌어당겨 손으로 쓰다듬은 후에 계속 식사했다. 개는 소 사군을 물려는 뜻이 없어 보였다. 며칠 후에 이생(李生 : 이 참군)도 돌아왔는데, 며칠 동안 통곡하다가 갑자기 미쳐 날뛰더니 왕옹을 물어뜯어 그의 온몸을 퉁퉁 붓게 만들었다. 소 사군이 이생에게 말했다.

"하인들은 모두 죽은 사람이 죄다 여우였다고 말하는데, 어찌 이리도 통탄할 일이 있겠는가! 그때 당장 묻은 곳을 파보고 싶었지만 이 서방이 현혹되어 믿지 않을까 봐 걱정했네. 지금 그곳을 파서 살펴본다면 그들의 간사한 거짓말이 드러날 것이네."

이생이 무덤을 파서 살펴보게 했더니 모두 사람의 모습이었다. 이생은 더욱 슬피 울었다. 이에 도정익은 왕옹의 죄가 중하다고 여겨 쇠고랑을 채워 심문했다. 왕옹이 도정익에게 몰래 아뢰었다.

"이미 10만 냥을 보내 동도(東都 : 낙양)에서 여우를 무는 개를 데려오게 했으니, 갔다 오는 데 10여 일은 걸릴 것입니다."

도정익도 관부의 돈 10만 냥을 보태 주었다. 협 : 이래야 한다. 그 개가 도착하자 담당 관리는 소 사군을 찾아가 대질 심문해야 한다고 알렸고, 도정익은 정청(正廳)에 서서 기다렸다. 소 사군이 관부로 들어왔는데, 얼굴빛이 참담해지면서 거동이 당황스럽고 부자연스러운 것이 평소와는 달랐다. 잠시 후에 개가 밖에서 들어오자 소 사군은 늙은 여우로 변하더니 계단을 내려가 몇 걸음 도망치다가 개에게 물려 죽었다. 도정익이 죽은 사람들을 확인해 보게 했더니 모두 여우였다. 왕옹은 마침내 화를 면할 수 있었다.

唐兗州李參軍拜職赴上, 途次新鄭逆旅. 遇老人讀《漢書》, 李因與交言, 便及姻事. 老人問 : "先婚何家?" 李辭未婚, 老人曰 : "君名家子, 當選婚好. 今聞陶貞益爲彼州都督, 若逼以女妻君, 君何以辭之? 陶李爲婚, 深駭物聽. 僕雖庸劣, 竊爲足下羞之. 今去此數里, 有蕭公, 是吏部璿之族, 門地亦高. 見有數女, 容色殊麗." 李聞而悅之, 因求老人紹介於蕭氏. 其人便去, 久之方還, 言 : "蕭公甚歡, 謹以待客." 李與僕御偕行. 旣至, 門館淸肅, 甲第顯煥, 高槐修竹, 蔓延連亙. 初, 二黃門持金倚牀延坐. 少時, 蕭出, 著紫蜀衫, 策鳩杖, 雪髥神鑒, 擧動可觀. 李望敬之, 再三陳謝. 蕭云 : "老叟懸車之所, 久絶人事, 何期君子迂道見過?" 延李入廳. 服玩隱映,當世罕遇.尋薦珍膳,海陸交錯,多有未名之物.食畢觴宴,老人乃云:"李參軍向欲論親,已蒙許諾."蕭便敘數十句,語深有士風.作書與縣官,請卜人剋日.眉:老人·縣官皆狐黨也.須臾,卜人至云:"卜吉,正在此宵."蕭又作書與縣官,借頭花釵絹兼手力等,尋而皆至.其夕,亦有縣官來作儐相,歡樂之事,與世不殊.至入青廬,婦人又姝美,李生愈悅.曁明,蕭公乃言:"李郎赴上有期,不可久住."便遣女子隨去,寶鈿犢車五乘,奴婢人馬三十匹,其他服玩,不可勝數.見者謂是王妃公主之流,莫不健羨.李至任,積二年,奉使入洛,留婦在舍.婢等並妖媚蠱冶,眩惑丈夫,往來者多經過焉.異日,參軍王顥曳狗將獵,李氏群婢見狗甚駭,多騁而入門.顥素疑其妖媚,爾日心動,徑牽狗入其宅.合家拒堂門,不敢喘息,狗亦掣攣號吠.李氏婦門中大詬曰:"婢等頃爲犬咋,今尙惶懼,王顥何事牽犬入人家?同官爲僚,獨不爲李參軍之地乎?"顥意是狐,乃決意排窗放犬.咋殺群狐,眉:此何以參軍事?後雖得白,亦足相極.唯妻死,身是人,而其尾不變.顥往白貞益,貞益往取驗覆,見諸死狐,嗟嘆久之.時天寒,乃埋一處.經十餘日,蕭使君遂至,入門號哭,莫不驚駭.數日,來詣陶聞訴,言詞確實,容服高貴,陶甚敬待,因收王顥下獄.眉:死狐旣驗,實矣,復惑於蕭公之訴,陶眞大愚哉!王固執是狐,取前犬令咋蕭.時蕭陶對食,犬至,蕭引犬頭膝上,以手撫之,然後與食.犬無搏噬之意.後數日,李生亦還,號哭累日,剡然發狂,嚙王通身盡腫.蕭謂李曰:"奴輩皆言死者悉是野狐,何其苦痛!當日卽欲開瘞,恐李郎被眩惑,不見信.今宜開視,以明奸妄也."命開視,悉是人形.李愈悲泣.貞益以顥罪重,鋼身推勘.顥私白云:"已令持十萬,於東都取咋狐犬,往來可十餘日."貞益又以公錢百千益之.夾:也該.其犬旣至,所由謁蕭對事,陶於正廳立待.蕭入府,顏色沮喪, 擧動惶擾, 有異於常. 俄犬自外入, 蕭作老狐, 下階走數步, 爲犬咋死. 貞益使驗死者, 悉是野狐. 顗遂免難.

* 이 고사는《태평광기》권448〈호(狐)·이참군〉에 실려 있다.

77-7(2477) 장입본

장입본(張立本)

출《회창해이록(會昌解頤錄)》

　[당나라의] 우승유(牛僧孺)가 중서성(中書省)에 있을 때, 초장관(草場官 : 초장을 관리하는 관리) 장입본의 딸이 요물에게 홀렸다. 그 요물이 찾아올 때면 딸은 곧장 짙게 화장하고 한껏 차려입은 채 방 안에서 마치 다른 사람과 웃고 이야기하는 듯했는데, 그러다 요물이 떠나면 미친 듯이 소리치며 계속 울어 댔다. 또 늘 자신을 "고 시랑(高侍郎)"이라고 했다. 하루는 딸이 문득 시 한 수를 읊었다.

　"높은 관 쓰고 너른 소매 옷 입고 초(楚)나라 궁녀처럼 화장한 채, 홀로 한적한 정원을 거닐면서 서늘한 밤바람 쐬네. 혼자 옥비녀 잡고 섬돌 옆의 대나무 두드리며, 맑은 노래 한 곡 부르니 달빛은 서리처럼 차갑기만 하네."

　장입본은 딸이 읊는 대로 받아 적었다. 장입본은 스님 법주(法舟)와 친구로 지냈는데, 그가 집으로 찾아오자 그 시를 보여 주며 말했다.

　"제 딸아이는 어려서부터 글을 읽은 적이 없는데, 어떻게 이런 능력이 있는지 모르겠습니다."

　그러자 법주는 장입본에게 단약(丹藥) 두 알을 주면서 딸에게 먹이게 했는데, 그로부터 열흘도 되지 않아 딸의 병이 절로 나았다. 장입본의 딸이 말했다.

"집 뒤에 대나무 숲이 있는데 시랑 고개(高鍇)의 무덤과 가깝습니다. 그 무덤 안에 여우 굴이 있는데 그 여우에게 홀렸던 것입니다."

단약을 복용한 뒤로 그녀의 병이 다시 도졌다는 소식은 들리지 않았다.

牛僧孺在中書, 草場官張立本有一女, 爲妖物所魅. 其妖來時, 女卽濃妝盛服, 於閨中如與人語笑, 其去, 卽狂呼號泣不已. 久每自稱"高侍郎". 一日, 忽吟一首云: "危冠廣袖楚宮妝, 獨步閑庭逐夜涼. 自把玉簪敲砌竹, 淸歌一曲月如霜." 立本乃隨口抄之. 立本與僧法舟爲友, 至其宅, 遂示詩云: "某女少不曾讀書, 不知因何而能." 舟乃與立本兩粒丹, 令其女服之, 不旬日而疾自愈. 其女說云: "宅後有竹叢, 與高鍇侍郞墓近. 其中有野狐窟穴, 因被其魅." 服丹之後, 不聞其疾再發矣.

* 이 고사는《태평광기》권454〈호(狐)·장입본〉에 실려 있다.

77-8(2478) **임씨**

임씨(任氏)

출 '당나라 사람 심기제가 지은 전(唐人沈旣濟撰傳)'

 임씨는 여자 요괴다. 위 사군(韋使君)은 이름이 음(崟)이고 항렬이 아홉째로, 젊어서부터 성격이 호탕하고 술을 좋아했다. 그에게는 정육(鄭六)이라는 사촌 매부가 있었는데, 그 이름은 기억나지 않는다. 그는 일찍 무예를 익혔고 술과 여자도 좋아했지만, 가난해서 집도 없이 처가 쪽 친척에게 몸을 의탁했다. 그는 위음과 서로 뜻이 잘 맞아 어울려 놀러 다녔다. [당나라] 천보(天寶) 9년(750) 여름 6월에 위음과 정자(鄭子 : 정육)는 함께 장안(長安)의 거리를 걷다가 신창리(新昌里)에서 술을 마시려 했다. 그들이 선평리(宣平里)의 남쪽에 이르렀을 때 정자는 일이 있다고 말하면서 잠깐 갔다가 술 마시는 곳으로 뒤이어 가겠다고 했다. 위음은 흰말을 타고 동쪽으로 가고 정자는 나귀를 타고 남쪽으로 갔다. 정자가 승평리(升平里)의 북문(北門)으로 들어갔을 때 우연히 세 부인이 길을 가는 것을 보았는데, 그중 가운데에 있는 흰옷을 입은 부인의 용모가 매우 아름다웠다. 정자는 그녀를 보고 놀라고 기뻐서 나귀를 채찍질해 앞서거니 뒤서거니 하며 말을 건네려고 했지만 감히 그러지 못했다. 흰옷을 입은 부인은 때때로 곁눈질하며 받아 줄 뜻이 있는 듯했다. 정자가 그녀를 희롱하며 말했다.

"이렇게 아름다운 부인께서 걸어가시다니 무슨 까닭입니까?"

흰옷을 입은 부인이 웃으며 말했다.

"탈것이 있는데도 빌려줄 줄을 모르니 걸어가지 않으면 어찌하겠습니까?"

정자가 말했다.

"보잘것없는 탈것으로 미인의 걸음을 대신하기에는 부족하지만 지금 곧 드리겠습니다. 나는 걸어서 따라가도 충분합니다."

그러자 서로 바라보며 크게 웃었다. 함께 가던 부인들도 정자를 유혹해 곧 친근한 사이가 되었다. 정자가 그들을 따라 동쪽으로 가서 낙유원(樂遊園)에 도착했을 때는 이미 날이 저문 후였다. 그때 한 저택이 보였는데, 토담에 수레 문이 있었고 건물이 매우 웅장했다. 흰옷을 입은 부인이 들어가다가 돌아보며 말했다.

"여기서 조금만 기다리시다 들어오세요."

부인을 따르던 하녀 한 명이 대문과 가림벽 사이에 있다가 그의 성씨와 항렬을 물었다. 정자가 일러 주고는 부인에 대해 묻자 하녀가 대답했다.

"성은 임씨이고 항렬은 스무 번째입니다."

잠시 후에 정자는 인도를 받으며 안으로 들어갔다. 정자가 나귀를 문에 묶어 두고 모자를 안장 위에 올려놓자 30여 세 된 부인이 나와 그를 맞이했는데, 그녀는 바로 임씨의 언니였다. 등불을 늘어놓고 음식을 차려 놓은 뒤 술잔이 몇 번 오갔을 때, 임씨가 옷을 갈아입고 단장하고 나오자 그들은 매우 즐겁게 마시며 놀았다. 밤이 깊어 두 사람은 함께 잠자리에 들었는데, 그녀의 고운 자태와 아름다운 몸매, 노래하고 웃는 태도, 거동이 모두 아름다워 거의 이 세상 사람이 아닌 것 같았다. 미 : 사랑스럽다. 동이 틀 무렵에 임씨가 말했다.

"이제 가십시오. 저희 자매는 이름이 교방(敎坊)에 올라 있고 남아(南衙)23)에 속해 있어서 새벽에 나가야 하니, 당신은 이곳에 오래 머물 수 없습니다."

이에 정자는 후일을 기약하고 떠났다. 정자가 길을 나서서 마을 문에 이르렀으나 문이 아직 열려 있지 않았다. 문 옆에는 떡을 파는 호인(胡人)의 가게가 있었는데, 등불을 밝히고 화로에 불을 붙이고 있었다. 정자는 가게의 처마 아래에 앉아 쉬면서 통행을 알리는 북소리가 울리기를 기다리며 가게 주인에게 물었다.

---

23) 남아(南衙) : 당나라 때 궁궐의 호위병을 통칭해 '남아'라고 했는데, 현종(玄宗) 때 호위장군인 범안(范安)에게 교방사(敎坊使)를 맡겼기 때문에 당시 사람들은 교방이 남아에 속한다고 여겼다.

"여기에서 동쪽으로 돌아가면 문이 있는 집이 있는데 누구의 집이오?"

주인이 말했다.

"그곳은 담이 허물어지고 버려진 땅으로 집이라곤 없습니다."

정자가 말했다.

"방금 그곳을 지나왔는데 어찌 집이 없다고 하시오?"

그러면서 주인과 다투었다. 주인이 곧 알아차리고 말했다.

"아! 알겠습니다. 그곳에는 여우 한 마리가 있어서 많은 남자들을 유혹해 함께 잠을 잔다고 합니다. 그런 사람을 이미 세 번이나 보았는데 오늘 당신도 당하셨군요?"

정자는 얼굴을 붉히고 숨기며 말했다.

"아닙니다."

날이 밝자 정자는 다시 그곳으로 가서 보았는데 토담에 수레 문은 그대로였지만, 안을 엿보았더니 잡초가 무성한 황폐한 밭이 있을 뿐이었다. 이에 정자는 돌아와서 위음을 만났는데, 위음이 정자에게 약속을 어겼다고 책망했으나 그는 사실대로 말하지 않고 다른 일로 둘러댔다. 그러나 정자는 그녀의 고운 자태를 생각하며 다시 한번 보기를 바랐으며 마음속에 늘 담아 두고 잊어버리지 못했다. 열흘쯤 지나 정자가 돌아다니다가 서쪽 시장의 옷가게로 들어갔을 때 언뜻 그녀를 보았는데, 예전의 하녀들도 따르고 있었다. 정자가 급히 임씨를 불렀지만 그녀는 몸을 돌려 군중 속으로 들어가 그를 피했다. 정자가 연이어 임씨를 부르면서 다가가자 그녀는 뒤돌아서서 부채로 자신의 등을 가리며 말했다.

"당신은 다 알고 계시면서 어찌 저를 가까이하십니까?"

정자가 말했다.

"비록 알고 있다 해도 무슨 걱정이란 말이오?"

그녀가 대답했다.

"그 일이 부끄러워서 볼 면목이 없습니다."

정자가 말했다.

"내가 이처럼 간절히 그리워하는데 차마 나를 저버릴 수 있겠소?"

그녀가 대답했다.

"어찌 감히 저버리겠습니까? 당신이 싫어하실까 두려울 뿐입니다."

그러자 정자는 맹세를 하며 더욱 간절히 말했다. 이에 임씨가 눈을 돌리고 부채를 치웠는데, 눈부시게 아름다운 모습은 예전과 같았다. 그녀가 정자에게 말했다.

"인간 세상에 저와 같은 무리는 한둘이 아니지만 당신이 모르고 있을 뿐이니 저만 이상히 여기지 마십시오. 무릇 저와 같은 무리가 사람들에게 거리낌을 당하는 것은 다름이 아니라 사람들을 해치기 때문입니다. 그러나 저는 그렇지 않습니다. 만약 당신께서 저를 싫어하지 않으신다면 평생 동안 당신을 모시고 싶습니다."

정자는 허락하고 그녀와 함께 살 곳을 상의했다. 임씨가 말했다.

"여기서 동쪽으로 가면 마룻대 사이로 커다란 나무가 나와 있는 곳이 있는데, 거리가 조용해서 세 들어 살 만합니다. 전에 선평리 남쪽에서 흰말을 타고 동쪽으로 갔던 사람은 당신 부인의 형제가 아닙니까? 그의 집에 집기가 많이 있으니 빌려 쓸 수 있을 것입니다."

당시 위음의 백부와 숙부는 사방에서 관직을 맡고 있었기 때문에 세 집안의 집기를 모두 위음의 집에서 보관하고 있었다. 정자는 그녀의 말대로 그 집을 찾아가서 위음을 만나 집기를 빌려 달라고 했다. 위음이 어디에 쓸 거냐고 묻자 정자가 말했다.

"새로 미인 한 사람을 얻어 이미 살 집도 세 들어 놓았기에 집기를 빌려 쓰려고 합니다."

위음이 말했다.

"그대의 모습을 보니 필시 추녀를 얻었을 것 같은데 무슨 절세미인을 얻었겠소?"

이에 위음은 휘장과 탁자, 자리 등의 집기를 모두 빌려주고 영리한 가동(家僮)에게 그를 따라가서 살펴보게 했다. 잠시 후에 가동이 급히 달려와서 보고했는데, 땀에 흠뻑 젖어

숨을 헐떡거렸다. 위음이 그를 맞이하며 물었다.

"그 용모가 어떠하더냐?"

가동이 말했다.

"이상한 일입니다! 천하에 그런 미인은 아직 보지 못했습니다."

위음은 친인척이 매우 많았고 일찍부터 맘껏 놀러 다녔기에 미인들을 많이 알고 있었으므로 물었다.

"아무개와 비교해서 누가 더 아름다우냐?"

가동이 말했다.

"비교할 수 없습니다."

위음이 미인 네댓 명을 골라 두루 비교하며 물어보자 가동이 모두 말했다.

"비교할 수 없습니다."

당시에 오왕(吳王)24)의 여섯째 딸인 위음의 처제는 신선처럼 곱고 아름다워 내외종 친척들이 으뜸으로 꼽았다. 그래서 위음이 물었다.

"오왕 댁의 여섯째 딸과 그녀 중 누가 더 아름다우냐?"

가동이 또 말했다.

---

24) 오왕(吳王) : 이헌(李巘). 당나라 신안군왕(信安郡王) 이의(李禕)의 조카다.

"비교할 수 없습니다."

위음은 손뼉을 치면서 크게 놀라 말했다.

"천하에 어찌 그런 사람이 있단 말이냐?"

그러고는 급히 물을 길어 오게 해 목을 씻고 두건을 쓰고 옷을 차려입은 후에 정자의 집으로 갔다. 위음이 도착했을 때 정자는 마침 외출하고 없었다. 위음이 문으로 들어가서 보았더니 시동이 빗자루를 들고 청소하고 있었고 한 하녀가 그 문에 서 있을 뿐 다른 사람은 아무도 보이지 않았다. 위음이 시동에게 물어보았더니 시동이 웃으며 말했다.

"안 계십니다."

위음이 방 안을 둘러보았더니 붉은 치마가 문 아래로 나와 있었는데, 위음이 다가가서 살펴보았더니 임씨가 문짝 사이에 몸을 숨기고 있었다. 위음이 그녀를 끌어내 밝은 곳에서 보았더니 전해 들었던 것보다 훨씬 아름다웠다. 위음은 미친 듯이 그녀를 좋아하게 되어 끌어안으며 욕보이려 했지만 임씨가 따르지 않았다. 위음이 힘으로 제압해 상황이 위급해지자 임씨가 말했다.

"따를 테니 조금만 돌아서게 해 주세요."

위음이 놓아주자 임씨는 처음처럼 완강히 저항했으며, 그렇게 서너 번을 반복했다. 미: 높이 살 만하다. 위음이 힘을 다해 급히 그녀를 붙잡자, 임씨는 힘이 다 빠졌고 비에 젖은 것처럼 땀을 흘렸다. 임씨는 피할 수 없다고 생각해 몸을 늘

어뜨린 채 더 이상 저항하지 않았지만 안색은 비참하게 변해 있었다. 위음이 물었다.

"어째서 기뻐하지 않소?"

임씨가 길게 탄식하며 말했다.

"정육이 불쌍합니다."

위음이 말했다.

"무슨 말이오?"

임씨가 대답했다.

"정생(鄭生 : 정육)은 6척의 몸을 가졌으면서도 부인 하나를 보호할 수 없으니, 어찌 대장부라 하겠습니까? 게다가 당신은 젊어서부터 호사하면서 미인들을 많이 얻으셨으니, 저 같은 여자를 만나는 것은 흔한 일일 것입니다. 그러나 정생은 빈천해 마음에 맞는 사람은 저뿐입니다. 어찌 넉넉한 사람이 다른 사람의 부족한 것을 빼앗으려 하십니까? 저는 그가 궁핍해서 자립할 수 없음을 불쌍히 여깁니다. 당신의 옷을 입고 당신의 음식을 먹기에 당신에게 업신여김을 당할 뿐입니다. 만약 거친 곡식이라도 풍족하다면 이 지경에 이르지는 않았을 것입니다." 미 : 가련하다. 인정과 도리로 사람을 감동시키니, 절개 있는 품행이 두드러질 뿐만이 아니다.[25]

---

[25] 절개 있는 품행이 두드러질 뿐만이 아니다 : 이 미비(眉批)의 원문

위음은 의협심이 있는 호걸이었기에 협 : 위음도 칭찬할 만하다. 그 말을 듣자 급히 그녀를 놓아주고 옷깃을 여미면서 사과했다.

"이러지 않겠소."

잠시 후에 정자가 돌아와서 위음과 서로 마주 보고 웃으며 즐거워했다. 그때부터 임씨에게 필요한 땔나무, 양식, 생고기는 모두 위음이 보내 주었다. 미 : 친구 사이의 우의가 한 부인에 미치지 못하니 슬프도다! 임씨는 때때로 외출하기도 했는데, 드나들 때는 수레나 가마를 탔으며 일정하게 가는 곳은 없었다. 위음은 날마다 그녀와 놀러 다니며 매우 즐거워했다. 그들은 서로 매우 친해져 못하는 일이 없었지만 음란한 행동만은 하지 않았다. 위음은 그녀를 애지중지해 아끼는 것이 없었으며 먹고 마실 때마다 그녀를 잊어 본 적이 없었다. 임씨는 위음이 자기를 아낀다는 것을 알고 감사하며 말했다.

"부끄럽게도 저는 당신의 지극한 사랑을 받았습니다. 그러나 저의 보잘것없는 몸으로는 당신의 후한 은혜에 보답하기에 부족합니다. 게다가 정생을 저버릴 수도 없기 때문에

은 "부□절행표표(不□節行表表)"라 되어 있어 한 글자가 판독 불가한데, 문맥을 고려해 추정해서 번역했다. 쑨다펑(孫大鵬)의 교점본에서는 "부독절행표표(不獨節行表表)"로 추정했다.

당신의 기쁨을 이루어 드릴 수가 없습니다. 저는 진(秦) 땅 사람으로 진성(秦城)에서 자랐습니다. 저의 집은 본래 예인(藝人) 집안으로 사촌과 인척 중에 사람들의 총애를 받고 있는 사람이 많습니다. 그래서 장안의 기녀들과는 모두 잘 알고 지냅니다. 혹시 미인 중에 좋아하지만 얻지 못한 사람이 있다면 당신을 위해 제가 얻어 드릴 수 있습니다. 이것으로 당신의 은혜에 보답하고 싶습니다."

위음이 말했다.

"정말 바라던 바요!"

시장 가게에 장십오낭(張十五娘)이라는 옷을 파는 부인이 있었는데, 살결이 맑고 깨끗해서 위음이 늘 좋아하고 있었기에 임씨에게 물었다.

"그녀를 아시오?"

임씨가 대답했다.

"그녀는 저의 외사촌 자매여서 쉽게 데려올 수 있습니다."

10여 일 후에 임씨는 과연 그녀를 데려왔다. 하지만 몇 달 만에 위음이 싫증 내자 임씨가 말했다.

"시장 사람을 데려오는 것은 너무 쉬워서 제가 당신을 위해 힘을 다했다고 하기에는 부족합니다. 혹시 깊숙한 곳에 있어 도모하기 어려운 사람이 있다면 한번 말씀해 보십시오. 제가 지혜와 힘을 다해 보겠습니다."

그러자 위음이 말했다.

"지난 한식일(寒食日)에 친구 두세 명과 천복사(千福寺)에 놀러 갔다가 조면(刁緬) 장군이 불당에서 연회를 베푸는 것을 보았소. 그곳에 생황을 잘 부는 여자가 있었는데, 나이는 16세쯤 되었고 두 갈래로 쪽 찐 머리를 귀까지 늘어뜨렸으며 아리따운 자태가 매우 고왔소. 그녀를 알고 있소?"

임씨가 말했다.

"그녀는 조 장군이 총애하는 하녀인데 그 어미가 바로 저의 외사촌 언니이니 데려올 수 있습니다."

위음이 자리 아래에서 절을 했다. 임씨는 그렇게 하겠다고 하고 조면의 집을 한 달여 동안 드나들었다. 위음이 재촉하며 계획을 물었더니, 임씨가 비단 두 필을 뇌물로 써야 한다고 해서 위음은 그녀의 말대로 비단을 주었다. 이틀 후에 임씨와 위음이 식사하고 있었는데, 조면이 보낸 하인이 검푸른 말을 끌고 와서 임씨를 데려갔다. 임씨는 그녀를 부르러 왔다는 말을 듣고 웃으며 위음에게 말했다.

"성사되었습니다!"

그에 앞서 임씨는 조면이 총애하는 하녀를 병에 걸리게 했는데, 침을 맞고 약을 먹어도 차도가 없었다. 그래서 하녀의 어머니와 조면은 매우 걱정하며 무당들에게 물어보았는데, 임씨는 은밀히 무당에게 뇌물을 주어 자신이 사는 곳을 가리키며 그곳으로 옮겨 가야 좋다고 말하게 했다. 미 : 두려워할 만하다. 무당은 하녀의 병을 살펴보고 나서 말했다.

"집에 있는 것은 이롭지 않으니, 마땅히 동남쪽의 아무 곳으로 나가 머물면서 생기를 받아야 합니다."

조면과 하녀의 어머니가 그곳을 자세히 알아보았더니 바로 임씨의 집이 있는 곳이었다. 조면이 하녀를 머물게 해 달라고 청하자, 임씨는 집이 비좁다는 이유로 사양하는 척하다가 그가 간절히 청하자 허락해 주었다. 그래서 조면은 옷과 노리개를 수레에 싣고 그녀를 어머니와 함께 임씨에게 보냈는데, 하녀는 도착하자 병이 나았다. 며칠 지나지 않아 임씨는 은밀히 위음을 불러 그녀와 사통하게 해 주었다. 한 달이 지나 그녀가 임신하자 그녀의 어머니는 두려워하며 황급히 그녀를 데리고 조면의 집으로 돌아갔는데, 그 때문에 두 사람은 결국 헤어졌다. 어느 날 임씨가 정자에게 말했다.

"당신은 돈 5000~6000냥을 마련할 수 있습니까? 마련할 수 있다면 이익을 남겨 드리겠습니다."

정자가 말했다.

"할 수 있소."

그러고는 사람들에게 돈을 빌려 6000냥을 마련했다. 임씨가 말했다.

"어떤 사람이 시장에서 말을 팔고 있을 텐데, 말 중에서 넓적다리에 흠이 있는 말이 있거든 사 두십시오."

정자가 시장에 가서 보았더니 과연 말을 끌고 와서 팔려는 사람이 있었는데, 왼쪽 넓적다리에 흠이 있었다. 정자가 그 말을 사서 돌아왔더니, 처가의 형제들이 모두 비웃으며 말했다.

"이 말은 버린 것인데 사다가 뭘 하려오?"

얼마 지나지 않아 임씨가 말했다.

"이 말을 팔면 틀림없이 3만 냥을 받을 것입니다."

이에 정자가 말을 팔러 갔더니 2만 냥을 주겠다는 사람이 있었지만 그는 팔지 않았다. 온 시장 사람들이 모두 말했다.

"저 사람은 어찌하여 한사코 비싸게 사려 하고 이 사람은 무엇이 아까워서 팔지 않지?"

정자가 그 말을 타고 돌아가자 말을 사려던 사람이 그의 집까지 따라오더니 값을 계속 올려 2만 5000냥까지 불렀지만, 그래도 정자는 팔지 않으며 말했다.

"3만 냥이 아니면 팔지 않겠소."

결국 3만 냥에 그 말을 팔았다. 잠시 후에 정자는 말을 산 사람을 몰래 기다렸다가 그 이유를 캐물었는데, 다음과 같은 사연이 있었다. 소응현(昭應縣)의 어마(御馬) 중에 넓적다리에 흠이 있는 말이 죽은 지 3년이 되었지만 그 관리는 제때에 장부에서 죽은 말을 삭제하지 않았는데, 관부(官府)에서 그 말의 값을 따져 보았더니 6만 냥이었다. 그래서 설사 반값으로 그 말을 산다 해도 이익이 많이 남고, 만약 말의 수를 갖추어 놓는다면 3년간의 꼴값을 모두 관리가 얻게 되며, 게다가 보상한 값도 적었기 때문에 그 말을 샀던 것이었다. 임씨는 또 옷이 낡았다며 위음에게 옷을 사 달라고 했는데, 위음이 채색 비단을 사서 주자 임씨가 받지 않으며 말했다.

"이미 지어진 옷을 원합니다."

위음이 장대(張大)라는 시장 사람을 불러 임씨를 위해 옷을 사게 하면서 임씨를 만나 보고 그녀가 원하는 것을 물어보게 했다. 장대는 임씨를 만나 보고 놀라면서 위음에게 말했다.

"이분은 분명 하늘의 귀한 사람인데 당신이 훔쳐 온 것 같습니다. 인간 세상에 있을 분이 아니니 속히 돌려보내 화를 당하지 않기를 바랍니다."

그녀의 용모가 이처럼 사람의 마음을 움직였다. 결국 임씨는 지어진 옷을 사서 입었으며 스스로 바느질하지 않았는데, 그 이유는 알 수 없었다. 1년여 후에 정자는 무과(武科)에 응시해 괴리부(槐里府)의 과의도위(果毅都尉)에 제수되어 금성현(金城縣)으로 가게 되었다. 당시 정자에게는 아내가 있어서 협 : 아내가 어디서 나타났는가? 비록 낮에는 밖에서 노닐 수 있었지만 밤에는 집에서 자야 했기에, 그는 밤을 임씨와 보낼 수 없음을 매우 한스러워했다. 정자는 관직에 부임하러 가면서 협 : 관직이 어디서 나타났는가? 임씨에게 함께 가자고 청했는데, 임씨는 가려고 하지 않으면서 말했다.

"한 달 동안 함께 다닌다고 즐겁지는 않을 것입니다. 양식을 계산해서 주고 가신다면 단정히 지내면서 당신이 돌아오기를 기다리겠습니다."

정자가 간절히 청했지만 임씨는 더욱 안 된다고 했다. 이에 정자가 위음에게 도움을 청하자 위음이 다시 임씨에게 권유하며 그 이유를 따져 물었다. 한참 후에 임씨가 말했다.

"어떤 무당이 저는 올해에 서쪽으로 가면 이롭지 않다고 말했기 때문에 가고 싶지 않습니다."

정자는 사리분별을 못하고 다른 것은 생각하지 않은 채 위음과 함께 크게 웃으며 말했다.

"이처럼 지혜로운 사람이 요망한 말에 미혹되다니 어찌 된 일이오?"

그러면서 한사코 청하자 임씨가 말했다.

"만약 무당의 말이 사실로 드러나서 공연히 당신 때문에 죽게 된다면 무슨 이득이 있겠습니까?"

두 사람이 말했다.

"어찌 그럴 리가 있겠소?"

그러고는 처음처럼 간청하자 임씨는 어쩔 수 없이 결국 가게 되었다. 위음은 말을 빌려주고 임고역(臨皐驛)까지 나가 전송하면서 소매를 흔들며 작별했다. 이틀 후에 그들은 마외(馬嵬)에 도착했는데, 임씨는 말을 타고 앞에 가고 정자는 나귀를 타고 뒤를 따랐으며 하녀들은 따로 탈것을 타고 그 뒤를 따랐다. 당시에 서문(西門)의 마부가 낙천현(洛川縣)에서 이미 열흘 동안 사냥개를 훈련시키고 있었는데, 마침 길에서 그들을 만나자 푸른 개가 풀 속에서 뛰어나왔다. 정자가 보았더니 임씨가 갑자기 땅에 떨어지더니 본래의 모습으로 변해 남쪽으로 내달렸다. 푸른 개가 그녀를 쫓아가자 정자가 따라가며 소리쳤지만 막을 수 없었다. 1리 남짓 가서 임씨는 개에게 잡히고 말았다. 미 : 원망스럽다! 안타깝다! 정자는 눈물을 머금고 주머니 속에서 돈을 꺼내 그녀를 사서 묻어 주고 나무를 깎아 표지를 만들어 주었다. 정자가 돌아와서 그녀의 말을 보았더니 길모퉁이에서 풀을 뜯어 먹고 있었으며, 그녀의 옷은 안장 위에 모두 놓여 있었고 신발과 버선은 여전히 등자에 걸려 있었는데, 마치 매미가 허물을 벗어 놓은 것 같았다. 단지 머리 장식만이 땅에 떨어져 있고 다른 것은 보이지 않았으며, 하녀들도 가 버리고 없었다. 미 : 마외역(馬嵬驛)과 금곡루(金谷樓)의 광경26)과 같다. 열흘 남짓 지나 정자가 도성으로 돌아오자, 위음은 그를 보고 기쁘게 맞이하며 말했다.

---

26) 마외역(馬嵬驛)과 금곡루(金谷樓)의 광경 : 마외역에서는 당나라 때 현종(玄宗)과 함께 피난 가던 양귀비(楊貴妃)가 목매달아 죽었고, 금곡원(金谷園)의 누각에서는 진(晉)나라 때 석숭(石崇)의 애첩 녹주(綠珠)가 손수(孫秀)에게 쫓겨 투신자살했다.

"임자(任子: 임씨)는 별 탈 없소?"

정자가 눈물을 흘리며 대답했다.

"죽었습니다!"

위음은 그 말을 듣고 놀라 통곡하며 방에서 서로 붙잡고 몹시 슬퍼했다. 그러고는 그녀가 무슨 병으로 죽었는지 천천히 묻자 정자가 대답했다.

"개에게 해를 당했습니다."

위음이 말했다.

"개가 아무리 사납기로 어찌 사람을 해칠 수 있단 말이오?"

정자가 대답했다.

"사람이 아니었습니다."

위음이 놀라 말했다.

"사람이 아니라면 무엇이란 말이오?"

이에 정자가 자초지종을 말해 주자 위음은 놀라고 의아해하면서 탄식을 그치지 않았다. 다음 날 위음은 수레를 채비하라고 명해 정자와 함께 마외로 가서 무덤을 파내 살펴보고는 길게 통곡한 뒤 돌아왔다. 지난 일을 돌이켜 생각해 보면, 임씨는 단지 옷을 스스로 지어 입지 않았던 것만 사람들과 달랐다.

任氏, 女妖也. 有韋使君者, 名崟, 第九, 少落拓嗜酒. 其從父妹婿曰鄭六, 不記其名. 早習武藝, 亦好酒色, 貧無家, 托身於妻族，與崟相得，遊處不間。天寶九年六月，崟與鄭子皆行於長安陌中，將會飲於新昌里。至宣平之南，鄭子辭有故，請間去，繼至飲所。崟乘白馬而東，鄭子乘驢而南。入升平之北門，偶值三婦人行於道中，中有白衣者，容色姝麗。鄭子見之驚悅，策其驢，忽先之，忽後之，將挑而未敢。白衣時時盼睞，意有所受。鄭子戲之曰："美艷若此而徒行，何也？"白衣笑曰："有乘不解相假，不徒行何爲？"鄭子曰："劣乘不足以代佳人之步，今輒以相奉。某得步從足矣。"相視大笑。同行者更相眩誘，稍已狎暱。鄭子隨之，東至樂遊園，已昏黑矣。見一宅，土垣車門，室宇甚嚴。白衣將入，顧曰："願少踟躕而入。"女奴從者一人，留於門屏間，問其姓第。鄭子既告，亦問之，對曰："姓任氏，第二十。"少頃，延入。鄭繫驢於門，置帽於鞍，始見婦人，年三十餘，與之承迎，卽任氏姊也。列燭置膳，舉酒數觴，任氏更妝而出，酣飲極歡。夜久而寢，其妍姿美質，歌笑態度，舉措皆艷，殆非人世所有。眉：可愛。將曉，任氏曰："可去矣。某兄弟名係教坊，職屬南衙，晨興將出，不可淹留。"乃約後期而去。既行，及里門，門扃未發。門旁有胡人鬻餅之舍，方張燈熾爐。鄭子憩其簾下，坐以候鼓，因問："自此東轉，有門者，誰氏之宅？"主人曰："此隤墉棄地，無第宅也。"鄭子曰："適過之，曷以云無？"與之固爭。主人適悟，乃曰："吁！我知之矣。此中有一狐，多誘男子偶宿。嘗三見矣，今子亦遇乎？"鄭子赧而隱曰："無。"質明，復視其所，見土垣車門如故，窺其中，皆蓁荒及廢圃耳。既歸，見崟，崟責以失期，鄭子不洩，以他事對。然想其艷冶，願復一見之，心嘗存之不忘。經十許日，鄭子遊，入西市衣肆，瞥然見之，曩女奴從。鄭子遽呼之，任氏側身周旋於稠人中以避焉。鄭子連呼前迫，方背立，以扇障其後，曰："公知之，何相近焉？"鄭子曰："雖知之，何患？"對曰："事可愧恥，難施面目."鄭子曰："勤想如是，忍相棄乎？"對曰："安敢棄也？懼公之見惡耳."鄭子發誓，詞旨益切.任氏乃回眸去扇，光彩艷麗如初.謂鄭子曰："人間如某之比者非一，公自不識耳，無獨怪也.凡某之流，爲人惡忌者，非他，爲其傷人耳.某則不然.若公未見惡，願終奉巾櫛."鄭子許之，與謀棲止.任氏曰："從此而東，大樹出於棟間者，門巷幽靜，可稅以居.前時自宣平之南，乘白馬而東者，非君妻之昆弟乎？其家多什器，可以假用."是時崟伯叔從役於四方，三院什器，皆貯藏之.鄭子如言訪其舍，而詣崟假什器.問其所用，鄭子曰："新獲一麗人，已稅得其舍，假具以備用."崟笑曰："觀子之貌，必獲詭陋，何麗之絶也？"崟乃悉假帷帳榻席之具，使家僮之慧黠者，隨以覘之.俄而奔走返命，氣呼汗洽.崟迎問之："其容若何？"曰："奇怪也！天下未嘗見之矣."崟姻族廣茂，且夙從逸遊，多識美麗，乃問曰："孰若某美？"僮曰："非其倫也."崟遍摘其佳者四五人，皆曰："非其倫."是時吳王之女有第六者，則崟之內妹，穠艷如神仙，中表素推第一.崟問曰："孰與吳王家第六女美？"又曰："非其倫也."崟撫手大駭曰："天下豈有斯人乎？"遽命汲水澡頸，巾首整衣而往.旣至，鄭子適出.崟入門，見小僮擁篲方掃，有一女奴在其門，他無所見.徵於小僮，小僮笑曰："無之."崟周視室內，見紅裳出於戶下，迫而察焉，見任氏戢身匿於扇間.崟引出，就明而觀之，殆過於所傳矣.崟愛之發狂，乃擁而凌之，不服.崟以力制之，方急，則曰："服矣，請少廻旋."旣釋，則捍禦如初，如是者數四.眉：可敬.崟乃悉力急持之，任氏力竭，汗若濡雨.自度不免，乃縱體不復拒抗，而神色慘變.崟問曰："何色之不悅？"任氏長嘆息曰："鄭六之可哀也."崟曰："何謂？"對曰："鄭生有六尺之軀，而不能庇一婦人，豈丈夫哉！且公少豪侈，多獲佳麗，遇某之比者衆矣.而鄭生窮賤耳，所稱愜者，唯某而已．忍以有餘之心，而奪人之不足乎？哀其窮餒不能自立．衣公之衣，食公之食，故爲公所繫耳．若糠糗可給，不當至是．"眉：可憐．情理動人，不□節行表表．崟豪俊有義烈，夾：崟亦可取．聞其言，遽置之，斂衽而謝曰："不敢．"俄而鄭子至，與崟相視哈樂．自是，凡任氏之薪粒牲餼，皆崟給焉．眉：親友之契誼不及一婦人，哀哉！任氏時有經過，出入或車馬輿步，不常所止．崟日與之遊，甚歡．每相狎暱，無所不至，唯不及亂而已．是以崟愛之重之，無所吝惜，一食一飲，未嘗忘焉．任氏知其愛己，因言以謝曰："愧公之見愛甚矣．顧以陋質，不足答厚意．且不能負鄭生，故不得遂公歡．某秦人也，生長秦城．家本伶倫，中表姻族，多爲人寵媵．以是長安狎斜，悉與之通．或有姝麗，悅而不得者，爲公致之可矣．願持此以報德．"崟曰："幸甚！"鄽中有鬻衣之婦曰張十五娘者，肌體凝潔，崟常悅之，因問任氏："識之乎？"對曰："是某表姊妹，致之易耳．"旬餘，果致之．數月厭罷，任氏曰："市人易致，不足以展效．或有幽絶之難謀者，試言之．願得盡智力焉．"崟曰："昨者寒食，與二三子遊於千福寺，見刁將軍緬張樂於殿堂．有善吹笙者，年二八，雙鬟垂耳，嬌姿艷絶．當識之乎？"任氏曰："此寵奴也，其母即妾之內姊，求之可也．"崟拜於席下．任氏許之，乃出入刁家月餘．崟促問其計，任氏願得雙縑以爲賂，崟依給焉．後二日，任氏與崟方食，而緬使蒼頭控青驪以迓任氏．任氏聞召，笑謂崟曰："諧矣！"初，任氏加寵奴以病，針餌莫減．其母與緬憂之方甚，將徵諸巫，任氏密賂巫者，指其所居，使言徙就爲吉．眉：可畏．及視疾，巫曰："不利在家，宜出居東南某所，以取生氣．"緬與其母詳其地，則任氏之第在焉．緬遂請居，任氏謬辭以偪狹，勤請而後許．乃輦服玩，並其母皆送於任氏，至則疾愈．未數日，任氏密引崟以通之，經月乃孕，其母懼，遽歸以就緬,由是遂絕.他日,任氏謂鄭子曰:"公能致錢五六千乎?將爲謀利."鄭子曰:"可."遂假求於人,獲錢六千.任氏曰:"鬻馬於市者,馬之股有疵,可買以居之."鄭子如市,果見一人牽馬求售者,疵在左股.鄭子買以歸,其妻昆弟皆嗤之曰:"是棄物也,買將何爲?"無何,任氏曰:"馬可鬻矣,當獲三萬."鄭子乃賣之,有酬二萬,鄭子不與.一市盡曰:"彼何苦而貴買,此何愛而不鬻?"鄭子乘之以歸,買者隨至其門,累增其估,至二萬五千也,猶不與,曰:"非三萬不鬻."遂賣登三萬.既而密伺買者,徵其由,乃昭應縣之御馬疵股者,死三歲矣,斯吏不時除籍,官徵其估,計錢六萬.設其以半買之,所獲尚多矣.若有馬以備數,則三年芻粟之估,皆吏得之,且所償蓋寡,是以買耳.任氏又以衣服故弊,乞衣於崟,崟將買全彩與之,任氏不欲,曰:"願得成制者."崟召市人張大爲買之,使見任氏,問所欲.張大見之,驚謂崟曰:"此必天人貴戚,爲郎所竊.且非人間所宜有者,願速歸之,無及於禍."其容色之動人如此.竟買衣之成者,而不自紉縫也,不曉其意.後歲餘,鄭子武調,授槐里府果毅尉,在金城縣.時鄭子方有妻室,夾:妻從何來?雖晝遊於外,而夜寢於內,多恨不得專其夕.將之官,夾:官從何來?邀與任氏俱去,任氏不欲往,曰:"旬月同行,不足以爲歡.請計給糧饌,端居以遲歸."鄭子懇請,任氏愈不可.鄭子乃求崟資助,崟與更勸勉,且詰其故.任氏良久曰:"有巫者言某是歲不利西行,故不欲耳."鄭子甚惑之,不思其他,與崟大笑曰:"明智若此,而爲妖惑,何哉?"固請之,任氏曰:"倘巫者言可徵,徒爲公死,何益?"二子曰:"豈有斯理乎?"懇請如初,任氏不得已,遂行.崟以馬借之,出祖於臨皋,揮袂別去.信宿,至馬嵬,任氏乘馬居其前,鄭子乘驢居其後,女奴別乘,又在其後.是時,西門圉人教獵狗於洛川,已旬日矣,適值於道,蒼犬騰出於草間.鄭見任氏欻然墜於地, 復本形而南馳. 蒼犬逐之, 鄭子隨走叫呼, 不能止. 里餘, 爲犬所獲. 眉: 可恨! 可惜! 鄭子銜涕, 出囊中錢, 贖以瘞之, 削木爲記. 回睹其馬, 嚙草於路隅, 衣服悉委於鞍上, 履襪猶懸於鐙間, 若蟬蛻然. 唯首飾墜地, 餘無所見, 女奴亦逝矣. 眉: 馬嵬驛·金谷樓光景. 旬餘, 鄭子還城, 崟見之喜, 迎問曰: "任子無恙乎?" 鄭子泫然對曰: "歿矣!" 崟聞之亦慟, 相持於室, 盡哀. 徐問疾故, 答曰: "爲犬所害." 崟曰: "犬雖猛, 安能害人?" 答曰: "非人." 崟駭曰: "非人, 何者?" 鄭子方述本末, 崟驚訝嘆息不能已. 明日, 命駕與鄭子俱適馬嵬, 發瘞視之, 長慟而歸. 追思前事, 唯衣不自製, 與人頗異焉.

* 이 고사는 《태평광기》 권452 〈호(狐)·임씨〉에 실려 있다.

77-9(2479) 진비

진비(陳斐)

출《수신기》 미 : 이하는 모두 천호다(以下皆天狐).

주천군(酒泉郡)에서는 매번 태수(太守)가 부임하면 얼마 지나지 않아 바로 죽었다. 후에 발해(渤海) 사람 진비는 주천태수에 제수되자 근심하면서 울적해했다. 장차 떠날 때 길흉을 점쳤더니 점쟁이가 말했다.

"제후(諸侯)를 멀리하고 백구(伯裘)를 놓아주십시오. 이 말의 뜻을 풀 수 있다면 아무 걱정 없을 것입니다."

그러나 진비는 그 말을 이해할 수 없었다. 점쟁이가 말했다.

"당신이 가시면 자연히 알게 될 것입니다."

진비가 임지에 도착했더니, 그곳에는 장후(張侯)라는 시의(侍醫 : 시종 의원)와 왕후(王侯)라는 직의(直醫 : 숙직하는 의원), 그리고 사후(史侯)·동후(董侯)라는 이졸이 있었다. 진비는 마음속으로 깨닫고 말했다.

"저들이 바로 제후구나!"

그러고는 그들을 멀리했다. 그는 잠자리에 누워서 '백구를 놓아주라'는 뜻을 생각해 보았으나 무슨 말인지 알 수 없었다. 한밤중이 되었을 때 한 물체가 진비의 이불 위로 올라

오자 진비가 곧장 이불을 덮어씌워 잡았더니, 물체는 펄쩍 뛰며 컹컹 소리를 냈다. 바깥에 있던 사람들이 그 소리를 듣고 불을 들고 들어와서 그 물체를 죽이려 하자 요괴가 말했다.

"저는 정말 악의가 없었습니다. 저를 살려 주신다면 반드시 당신에게 후히 보답하겠습니다."

진비가 말했다.

"너는 대체 무엇이기에 감히 태수를 침범하느냐?"

요괴가 말했다.

"저는 본디 1000년 묵은 여우로 이름이 백구입니다. 만일 부군(府君 : 태수)께 위급한 어려움이 생길 경우 저의 이름을 부르시면 틀림없이 저절로 해결될 것입니다."

진비가 점쟁이의 말이 맞은 것을 기뻐하며 즉시 백구를 놓아주었더니, 갑자기 번개처럼 붉은 빛이 문을 나갔다. 이튿날 밤에 어떤 사람이 문을 두드리자 진비가 말했다.

"누구요?"

그 사람이 말했다.

"백구입니다."

진비가 말했다.

"뭐 하러 왔느냐?"

백구가 말했다.

"아뢸 일이 있는데, 북쪽 경계에 도적이 들었습니다."

진비가 확인해 보니 과연 그러했다. 백구는 매번 일이 생길 때마다 먼저 진비에게 알려 주었는데, 조금도 틀리지 않았다. 그래서 사람들이 모두 그를 "성부군(聖府君)"이라 불렀다. 달포쯤 지나서 주부(主簿) 이음(李音)은 진비의 하녀와 사통했는데, 백구가 그 사실을 진비에게 알릴까 봐 두려워서 마침내 제후들과 함께 진비를 죽이려고 모의했다. 이음은 주위에 아무도 없기를 기다렸다가 제후들에게 몽둥이를 들고 들어가서 진비를 때려죽이게 하려 했다. 진비가 당황하고 두려워서 곧장 소리쳤다.

"백구야, 와서 날 구해 다오!"

즉시 어떤 물체가 마치 한 필의 붉은 비단을 끌듯이 휙 하는 소리를 내며 나타났다. 제후들은 땅에 엎드려 넋이 나가 있었다. 진비가 그들을 포박해 심문하자 모두 자복하며 말하길, 진비가 부임하기 전에 이음은 권력을 잃을까 봐 두려워서 제후들과 함께 진비를 살해하려고 모의했는데 제후들이 배척당하는 바람에 일을 이루지 못했다고 했다. 진비는 곧장 이음 등을 죽였다. 백구가 진비에게 사죄하며 말했다.

"이음의 간악한 마음을 미처 아뢰기 전에 부군의 부르심을 받고 비록 미력이나마 바쳤지만 여전히 송구합니다."

달포쯤 후에 백구는 진비와 작별하며 말했다.

"이제 저는 하늘로 올라가야 하기 때문에 더 이상 부군과 왕래할 수 없습니다."

그러고는 떠나서 보이지 않았다.

酒泉郡, 每太守到官, 無幾輒死. 後有渤海陳斐見授此郡, 憂愁不樂. 將行, 卜吉凶, 日者曰: "遠諸侯, 放伯裘. 能解此, 則無憂." 斐不解此語. 卜者曰: "君去, 自當解之." 斐旣到官, 侍醫有張侯, 直醫有王侯, 卒有史侯·董侯. 斐心悟曰: "此謂諸侯!" 乃遠之. 卽臥, 思'放伯裘'之義, 不知何謂. 夜半後, 有物來斐被上, 便以被冒取之, 物跳踉訇訇作聲. 外人聞, 持火入, 欲殺之, 鬼乃言曰: "我實無惡意. 能赦我, 當深報君耳." 斐曰: "汝爲何物, 而敢犯太守?" 魅曰: "我本千歲狐也, 字伯裘. 若府君有急難, 呼我字, 當自解." 斐喜符卜語, 卽放之, 忽然有光, 赤如電, 從戶出. 明日夜, 有擊戶者, 斐曰: "誰?" 曰: "伯裘也." 曰: "來何爲?" 曰: "白事, 北界有賊也." 斐驗之, 果然. 每事先以語斐, 無毫髮之差. 而咸曰"聖府君". 月餘, 主簿李音私通斐侍婢, 旣而懼爲伯裘所白, 遂與諸侯謀殺斐. 伺旁無人, 便使諸侯持杖入, 欲格殺之. 斐惶怖, 卽呼: "伯裘, 來救我!" 卽有物如曳一匹絳, 騞然作聲. 諸侯伏地失魂. 乃縛取考訊之, 皆服, 云斐未到官, 音已懼失權, 與諸侯謀殺斐, 會諸侯見斥, 事不成. 斐卽殺音等. 伯裘乃謝斐曰: "未及白音奸情, 乃爲府君所召, 雖效微力, 猶用慚惶." 後月餘, 與斐辭曰: "今後當上天, 不得復與府君相往來也." 遂去不見.

* 이 고사는《태평광기》권447〈호(狐)·진비〉에 실려 있다.

77-10(2480) 정굉지

정굉지(鄭宏之)

출《기문(紀聞)》

당(唐)나라의 정주자사(定州刺史) 정굉지는 성품이 정직하고 강인했는데, 현위(縣尉)로 벼슬을 시작했다. 현위의 관사는 오랫동안 버려져서 사람이 살지 않았다. 정굉지는 관직에 부임한 뒤 잡초를 깎고 집을 수리해 그곳에서 살았는데, 이졸이 한사코 말렸지만 정굉지는 듣지 않았다. 이틀이 지나서 밤중에 정굉지가 혼자 앞채에 누워 있을 때, 당 아래에서 밝은 불빛이 비치면서 어떤 귀인(貴人)이 기병 100여 명을 거느리고 와서 정원에 이르더니 화를 내며 말했다.

"어떤 놈이기에 갑자기 쳐들어와서 감히 여기에 머무느냐?"

그러고는 정굉지를 끌어 내리라고 명령했지만 정굉지는 대꾸도 하지 않았다. 그를 끌어 내리려는 사람은 당으로 왔지만 감히 접근하지 못했다. 정굉지가 일어나자 귀인은 한 키 큰 사람에게 명해 그를 잡아 오게 했다. 키 큰 사람은 계단을 올라가더니 담장을 따라 달려가면서 등불들을 껐는데, 등불이 모두 꺼지고 정굉지 앞에 있는 등불 하나만 남아 있었다. 키 큰 사람이 다가가서 그 등불을 끄려 할 때 정굉지가 검을 빼서 그 사람을 찌르자, 그 사람은 바닥에 피를 흘리며 도망갔다. 마침내 귀인이 점점 다가오자 정굉지는 의관을 갖추고 귀인과 함께 자리에 앉아 밤새껏 얘기를 나누었는데 마음이 아주 잘 통했다. 정굉지는 귀인이 방비하지 않는 것을 알고 검을 빼서 찔렀다. 귀인이 상처를 입자 좌우 사람들이 귀인을 부축하면서 황급히 말했다.

"왕께서 지금 해를 입으셨으니 어쩌면 좋겠는가?"

그러고는 귀인을 데리고 떠났다. 곧이어 정굉지는 부하 100명에게 명해 그 핏자국을 추적하게 했는데, 북쪽 담장 아래에 이르렀더니 사방 1촌쯤 되는 작은 구멍이 있었고 그 속으로 핏자국이 들어가 있었다. 정굉지가 그곳을 파라고 명해 1장(丈)까지 파 들어갔더니 크고 작은 여우 수십 마리가 있었다. 또 1장 남짓 파 들어가자 커다란 굴이 나왔는데, 한 늙은 여우가 털도 없이 맨몸뚱이로 흙 침상에 기대앉아 있었고 10여 마리의 여우들이 그를 모시고 있었다. 정굉지는 그것들을 모두 잡았다. 그러자 늙은 여우가 말했다.

"나를 해치지 않으면 내가 그대를 보우해 주겠소."

정굉지는 당 아래에 땔감을 쌓아 불을 지피게 해서 잡은 여우들을 불 속에 던져 모두 태웠다. 늙은 여우의 차례가 되자 늙은 여우가 자기 뺨을 치면서 간청했다.

"나는 이미 1000년을 살아서 하늘과 통할 수 있으니 나를 죽이면 상서롭지 못할 것이오. 나를 놓아준들 그대에게 무슨 해가 되겠소?"

그러자 정굉지는 늙은 여우를 죽이지 않고 정원의 홰나무에 쇠사슬로 묶어 놓았다. 초저녁에 자칭 산림·천택(川澤)·총사(叢祠: 숲속에 세운 사당)의 신이라는 여러 귀신들이 늙은 여우를 배알하러 와서 재배하며 말했다.

"대왕께서 화를 당해 이렇게 되신 줄을 몰랐습니다. 대왕을 풀어 드리고 싶지만 괴롭게도 방법이 없습니다."

늙은 여우는 머리를 끄덕였다. 다음 날 밤에 또 여러 사당 귀신들이 그 여우를 배알했는데, 그들도 이전의 산신들과 같은 말을 했다. 미: 여우의 신령함은 여러 귀신들을 복종시킬 수 있는데도 정굉지에게 당한 굴욕에서 벗어나지 못하는 것은 어째서인가? 그다음 날 밤에 자칭 "황궐(黃攖)"이라는 신이 많은 호위 시종들을 거느리고 늙은 여우가 있는 곳으로 와서 말했다.

"대형께서는 어쩌다 갑자기 이렇게 되셨습니까?"

그러고는 손으로 쇠사슬을 잡아당기자 쇠사슬이 끊어졌고, 늙은 여우도 사람으로 변해 그와 함께 떠났다. 미: 늙은 개의 신통함이 천호(天狐)보다 뛰어난 것을 나는 이해할 수 없다. 정굉지는 그들을 급히 뒤쫓았지만 따라잡지 못했다. 정굉지는 황궐이라는 이름이 바로 개의 명칭이라고 생각하면서, 이 일대에서 누가 황궐이라는 이름의 개를 가지고 있는지 궁금해했다. 날이 밝자 정굉지가 이졸을 불러 물어보았더니 이졸이 말했다.

"현의 창고에 늙은 개가 있었는데 어디로 갔는지 모르겠습니다. 그 개는 꼬리가 없기 때문에 '황궐'이라 불렀는데 혹시 그 개가 요괴일까요?"

정굉지는 그 개를 잡아 오라고 명했는데, 그 개를 잡아 온 뒤에 쇠사슬에 묶어서 장차 삶아 죽이려고 했더니 그 개가 사람 말로 말했다.

"나는 사실 황궐신이오. 당신이 날 해치지 않으면, 나는 늘 당신을 따르면서 당신에게 좋은 일과 나쁜 일이 생길 때마다 미리 알려 줄 테니, 어찌 좋지 않겠소?"

그러자 정굉지는 사람들을 물리치고 그 개와 얘기를 나눈 뒤에 풀어 주었다. 개는 사람으로 변해 다시 정굉지와 얘기를 나눈 뒤에 밤늦게야 떠났다. 정굉지는 도적을 체포하는 일을 관장하고 있었는데, 어느 날 갑자기 강도 수십 명이 현의 경내로 들어와 여관에 머물렀다. 그러자 황궐신이 정굉지를 찾아와서 알려 주었다.

"아무 곳에 강도가 있는데 장차 강도짓을 하려고 하니, 그들을 체포하면 승진할 수 있을 것이오."

정굉지는 그곳을 덮쳐서 과연 강도들을 잡았으며, 마침내 승진했다. 그 후로 정굉지는 누차 관직에 임명되어 승진할 때마다 반드시 황궐신이 미리 알려 주었다. 또 정굉지에게 재앙이 닥칠 때마다 늘 피하게 해 주었는데 한 번도 들어

맞지 않은 적이 없었다. 그리하여 정굉지는 황귈신의 보답을 크게 받았다. 정굉지가 영주자사(寧州刺史)에서 정주자사로 전임되자, 황귈신은 그와 작별하고 떠났다. 그러자 사람들은 정굉지의 관운이 다했다고 생각했다. 과연 정굉지는 정주에 부임한 지 2년 만에 풍질(風疾)에 걸려 관직을 떠났다.

唐定州刺史鄭宏之, 正直强禦, 解褐爲尉. 尉之廨宅久廢, 無人居. 宏之至官, 薙草修屋, 就居之, 吏人固爭, 宏之不從. 居二日, 夜中, 宏之獨臥前堂, 堂下明火, 有貴人從百餘騎, 來至庭下, 怒曰: "何人唐突, 敢居於此?" 命牽下, 宏之不答. 牽者至堂, 不敢近. 宏之乃起, 貴人命一長人, 令取宏之. 長人陞階, 循牆而走, 吹滅諸燈, 燈皆盡, 唯宏之前一燈存焉. 長人前欲滅之, 宏之杖劍擊長人, 流血灑地, 長人乃走. 貴人漸來逼, 宏之具衣冠, 請與同坐, 言談通宵, 情甚款洽. 宏之知其無備, 拔劍擊之. 貴人傷, 左右扶之, 遽言: "王今見損, 如何?" 乃引去. 旣而宏之命役徒百人, 尋其血, 至北垣下, 有小穴方寸, 血入其中. 宏之命掘之, 入地一丈, 得狐大小數十頭. 又掘丈餘, 得大窟, 有老狐, 裸而無毛, 據土牀坐, 諸狐侍之者十餘頭. 宏之盡拘之. 老狐言曰: "無害予, 予祐汝." 宏之命積薪堂下, 火作, 投諸狐, 盡焚之. 次及老狐, 狐乃搏頰請曰: "吾已千歲, 能與天通, 殺予不祥. 捨我何害?" 宏之乃不殺, 鎖之庭槐. 初夜中, 有諸神鬼自稱山林·川澤·叢祠之神, 來謁之, 再拜言曰: "不知大王罹禍乃爾. 雖欲脫王, 而苦無計." 老狐頷之. 明夜, 又諸社鬼朝之, 亦如山神之言. 眉: 狐之靈能役服諸鬼神, 而不免宏之之辱, 何耶? 後夜, 有神自稱"黃攬", 多將翼從, 至狐所, 言曰: "大兄何忽如此?" 因以手攬鎖, 鎖爲之絶, 狐亦化爲人, 相與去. 眉 : 老狗神通更勝天狐, 吾所不解. 宏之走追之, 不及矣. 宏之以爲黃攬之名, 乃狗號也, 此中誰有狗名黃攬者乎. 旣曙, 乃召胥吏問之, 吏曰 : "縣倉有狗老矣, 不知所至. 以其無尾, 故號爲'黃攬', 豈此犬爲妖乎?" 宏之命取之, 旣至, 鎖繫將就烹, 犬人言曰: "吾實黃攬神也. 君勿害我, 我常隨君, 君有善惡, 皆預告君, 豈不美歟?" 宏之屛人與語, 乃釋之. 犬化爲人, 與宏之言, 夜久方去. 宏之掌寇盜, 忽有劫賊數十人入界, 止逆旅. 黃攬神來告宏之曰 : "某處有劫, 將行盜, 擒之, 可遷官." 宏之掩之果得, 遂遷秩焉. 後宏之累任將遷, 神必預告. 至如妖咎, 常令廻避, 罔有不中. 宏之大獲其報. 宏之自寧州刺史改定州, 神與宏之訣去, 人謂宏之祿盡矣. 宏之至州兩歲, 風疾去官.

* 이 고사는《태평광기》권449〈호(狐)·정굉지〉에 실려 있다.

77-11(2481) 대안 화상

대안화상(大安和尙)

출《광이기》

당(唐)나라의 측천무후(則天武后)가 재위하고 있을 때 자칭 "성보살(聖菩薩)"이라고 하는 여인이 있었는데, 그녀는 사람의 마음이 있는 곳을 반드시 알아냈다. 태후(太后: 측천무후)가 그녀를 궁으로 불러들였는데, 그녀가 전후로 했던 말이 모두 맞아떨어지자 궁중에서 그녀를 우러러 떠받들었다. 몇 달이 지나자 사람들은 그녀를 진짜 보살이라고 여겼다. 그 후에 대안 화상이 입궁하자 태후가 물었다.

"여보살을 만나 보았소?"

대안 화상이 말했다.

"보살이 어디에 있습니까? 한번 만나고 싶습니다."

태후는 명을 내려 그녀와 만나 보게 했다. 대안 화상은 풍모가 심원했는데 한참 있다가 말했다.

"그대가 사람의 마음을 잘 본다고 하는데, 내 마음이 어디에 있는지 한번 봐 주시오."

여보살이 대답했다.

"스님의 마음은 불탑 꼭대기의 상륜(相輪)[27] 옆에 있는 방울 속에 있습니다."

대안 화상이 잠시 후 다시 묻자 여보살이 말했다.

"도솔천(兜率天)의 미륵궁(彌勒宮) 안에서 설법을 듣고 있습니다."

세 번째로 묻자 그녀가 말했다.

"비비상천(非非想天)28)에 있습니다."

모두 그 말대로였다. 이에 태후는 크게 기뻐했다. 대안 화상이 이번에는 마음을 사과(四果)29) 중의 아라한(阿羅漢)에 두었더니 여보살이 알아맞히지 못했다. 이에 대안 화상이 꾸짖으며 말했다.

"내가 마음을 아라한의 경지에 두어도 너는 알아맞히지 못했는데, 만일 보살제불(菩薩諸佛)의 경지에 둔다면 어찌 짐작이나 하겠느냐!"

---

27) 상륜(相輪) : 탑의 꼭대기에 위치하는 둥근 모양의 장식. 탑을 만들 때는 기단부 위에 탑신(塔身)을 세우고 그 위에 옥개석(屋蓋石)을 덮으며 꼭대기에 상륜으로 장식한다.

28) 비비상천(非非想天) : 비상비비상처(非想非非想處). 불교에서 말하는 무색계(無色界)의 제4천(第四天)으로, 삼계(三界)의 제천(諸天) 중 절정에 있는 하늘을 말한다. 있는 듯하면서 없고, 다한 듯하면서 다하지 않은 무위무상(無爲無想)의 경지를 말한다.

29) 사과(四果) : 초기 불교의 네 가지 수행 단계로, 수다원과(須陀洹果)·사다함과(斯陀含果)·아나함과(阿那含果)·아라한과(阿羅漢果)를 말한다.

여인은 말문이 막히자 암여우로 변해 계단을 내려가 도망갔는데, 어디로 갔는지 알 수 없었다.

唐則天在位, 有女人自稱"聖菩薩", 人心所在, 女必知之. 太后召入宮, 前後所言皆驗, 宮中敬事之. 數月, 謂爲眞菩薩. 其後大安和尙入宮, 太后問: "見女菩薩未?" 安曰: "菩薩何在? 願一見之." 敕令與之相見. 和尙風神邈然, 久之, 大安曰: "汝善觀心, 試觀我心安在." 答曰: "師心在塔頭相輪邊鈴中." 尋復問之, 曰: "在兜率天彌勒宮中聽法." 第三問之, "在非非想天." 皆如其言. 太后忻悅. 大安因且置心於四果阿羅漢地, 則不能知. 大安呵曰: "我心始置阿羅漢之地, 汝已不知, 若置於菩薩諸佛之地, 何由可料!" 女詞屈, 變作牝狐, 下階而走, 不知所適.

* 이 고사는 《태평광기》 권447 〈호(狐)·대안화상〉에 실려 있다.

77-12(2482) 견양현령

견양령(汧陽令)

출《광이기》

    당(唐)나라 때 성명을 알 수 없는 견양현령이 관직에 있다가 갑자기 출가하고 싶다고 말하면서 간절하게 불경을 염송했다. 한 달 남짓 지났을 때, 오색구름이 현령의 집에서 피어나더니 사자 위에 앉은 보살이 나타나 현령을 부르면서 감탄하며 말했다.

    "너의 발심(發心)이 넓고 크니 틀림없이 최상의 정과(正果 : 수행을 통해 얻은 깨달음의 결과)를 얻을 것이다. 마땅히 굳건히 스스로를 지켜 물러나는 일이 없도록 해라."

    그러고는 날아가 떠났다. 그러자 현령은 좌선하면서 문을 닫아걸고 6~7일 동안 식사도 하지 않았다. 현령의 집에서는 걱정하면서 그가 수행을 계속하다가 목숨을 해칠까 봐 두려워했다. 때마침 도사 나공원(羅公遠)이 촉(蜀) 땅에서 도성으로 가다가 도중에 농상(隴上)[30]에 이르자, 현령의 아들이 [아버지가 갑자기 수행에 힘쓰는] 그 까닭을 물었더니

---

30) 농상(隴上) : 지명. 지금의 산시성(陝西省)과 간쑤성(甘肅省)의 경계 지역.

미 : 나공원의 일화다. 나공원이 웃으며 말했다.

"그것은 천호(天狐)의 짓이지만 역시 쉽게 해결할 수 있소."

나공원은 부적 몇 장을 써 주면서 틀림없이 나을 것이라고 했다. 현령의 아들은 부적 한 장을 우물 속에 던져 넣었다. 그러고는 마침내 문을 열어 굶주림과 피곤에 지쳐 있는 부친을 보고 억지로 부적을 삼키게 했다. 그러자 현령은 갑자기 제정신을 차리고 더 이상 수도(修道)에 관한 일을 논하지 않았다. 몇 년 뒤에 현령은 관직을 그만두고 집에 머물렀는데, 그의 집은 본래 1000리까지 쭉 평원이 펼쳐져 있는 교외에 있었다. 현령이 한가한 날에 지팡이를 짚고 문을 나서서 멀리 바라보았더니, 뽕나무 숲 아래로 어떤 귀인이 앞뒤로 기병 10여 명의 호위를 받으며 남쪽에서 오고 있었는데 그 모습이 왕후(王侯) 같았다. 현령은 문으로 들어가 피했는데, 기병이 잠시 후 문에 이르러 통보했다.

"유성(劉成)이 뵙고자 합니다."

현령은 몹시 놀라면서 전혀 알지 못하는 귀인이 왜 자기를 만나러 왔는지 궁금했다. 귀인은 현령을 만난 뒤 당에 올라앉아 현령에게 말했다.

"혼인을 허락해 주셨으니 어찌 감히 명을 받들지 않겠습니까!"

현령은 처음 관직에 있을 때 열 살 된 딸이 있었는데, 그

때 그녀는 열여섯 살이 되어 있었다. 현령이 말했다.

"서로 알지도 못하는데 무슨 혼인을 허락한 일이 있겠습니까?"

유성이 말했다.

"나의 혼인을 허락해 주지 않더라도 그 일은 또한 쉽게 해결할 수 있습니다."

그리고는 오른손으로 입을 당기며 서 있자, 현령의 집이 곧장 흔들리면서 우물물과 측간의 오물이 뒤섞여 흐르고 온갖 기물이 어지럽게 떠다녔다. 현령은 하는 수 없이 그에게 혼인을 허락했다. 혼례 날짜를 다음 날로 정하고 나서 유성은 예물을 보내고 결혼했다. 유성은 결혼한 후 늘 현령의 집에 있었는데, 그가 가져온 예물이 굉장히 많고 재산도 넉넉했기 때문에 집안사람들은 그를 싫어하지 않았다. 훗날 현령의 아들이 도성으로 가서 나공원을 만나길 청했더니 나공원이 말했다.

"그 여우는 옛날에는 능력이 없었지만 지금은 이미 부록술(符籙術)에 뛰어나서 나도 미칠 수 없으니 어쩌면 좋겠소?"

현령의 아들이 간청하자, 나공원은 [천자께 도성을 떠나] 다녀오겠다고 주청한 뒤 얼마 후 현령의 집에 도착해 집에서 10여 보 떨어진 곳에 제단을 세웠다. 그러자 유성이 지팡이를 짚고 제단 있는 곳으로 와서 노도사에게 욕하며 말했다.

"너는 무얼 하러 왔느냐? 무서워하는 것도 없느냐?"

나공원은 그에게 싸우자고 요청했다. 유성은 현령 집의 문에 앉고 나공원은 제단에 앉았다. 이윽고 나공원이 물건으로 유성을 치자 유성은 땅에 쓰러져 한참 있다가 일어나더니 역시 물건으로 나공원을 쳤는데, 나공원도 유성처럼 땅에 쓰러졌다. 이렇게 수십 차례 주고받았다. 나공원이 갑자기 제자에게 말했다.

"그가 공격해 내가 쓰러지면 너는 반드시 크게 곡을 해라. 그러면 내가 신법(神法)으로 그를 포박할 것이다."

유성이 공격해 나공원이 땅에 쓰러지자 제자가 크게 곡했다. 유성은 그것을 보고 기뻐하며 방비하지 않았다. 그때 나공원이 마침내 신에게 그를 공격하게 하자, 유성은 크게 두려움에 떨면서 스스로 힘이 바닥났다고 말하며 늙은 여우로 변했다. 나공원은 일어난 뒤 앉아 있던 의자로 여우를 때려잡아 커다란 자루에 담은 다음 역마를 타고 도성으로 돌아갔다. 현종(玄宗)은 그것을 보고 재미있는 웃음거리로 여겼다. 미 : 작은 승전보다. 나공원이 현종에게 아뢰었다.

"이것은 천호이므로 죽일 수 없으니 멀리 동쪽 끝으로 보내는 것이 마땅합니다."

그러고는 부적을 써서 신라(新羅)로 보내자 여우는 부적을 가지고 날아갔다. 지금 신라에는 유성신(劉成神)이 있는데 그곳 사람들은 그를 경건히 모신다.

唐沔陽令, 不得姓名, 在官, 忽云欲出家, 念誦懇至. 月餘, 有五色雲生其舍, 又見菩薩坐獅子上, 呼令嘆嗟云: "發心弘大, 當得上果. 宜堅固自保, 無爲退敗." 因爾飛去. 令因禪坐, 閉門, 不食六七日. 家以憂懼, 恐以堅持損壽. 會羅道士公遠自蜀之京, 途次隴上, 令子請問其故, 眉: 羅公遠逸事. 公遠笑曰: "此是天狐, 亦易耳." 因與書數符, 當愈. 令子投符井中. 遂開門, 見父餓憊, 逼令吞符. 忽爾明晤, 不復論修道事. 後數載, 罷官過家, 家素郊居, 平陸澶漫, 橫直千里. 令暇日倚杖出門, 遙見桑林下, 有貴人自南方來, 前後十餘騎, 狀如王者. 令入門避之, 騎尋至門, 通云: "劉成謁." 令甚驚愕, 初不相識, 何以見詣. 旣見, 升堂坐, 謂令曰: "蒙賜婚姻, 敢不拜命!" 初令在任, 有室女年十歲, 至是十六矣. 令云: "未省相識, 何嘗有婚姻?" 成云: "不許我婚姻, 事亦易耳." 以右手擘口而立, 令宅須臾震動, 井廁交流, 百物飄蕩. 令不得已, 許之. 婚期剋翌日, 送禮成親. 成親後, 恒在宅, 禮甚豊厚, 資以饒益, 家人不之嫌也. 他日, 令子詣京, 求見公遠, 公遠曰: "此狐舊日無能, 今已善符籙, 吾所不能及, 奈何?" 令子懇請, 公遠奏請行, 尋至所居, 於令宅外十餘步設壇. 成策杖至壇所, 罵老道士云: "汝何爲往來? 靡所忌憚?" 公遠求與交戰. 成坐令門, 公遠坐壇. 乃以物擊成, 成仆於地, 久之方起, 亦以物擊公遠, 公遠亦仆如成焉. 如是往返數十. 公遠忽謂弟子云: "彼擊余殘, 爾宜大臨. 吾當以神法縛之." 及其擊也, 公遠仆地, 弟子大哭. 成喜, 不爲之備. 公遠遂使神往擊之, 成大戰恐, 自言力竭, 變成老狐. 公遠旣起, 以坐具撲狐, 重之以大袋, 乘驛還都. 玄宗視之, 以爲歡笑. 眉: 小奏凱. 公遠上白云:"此是天狐, 不可得殺, 宜流之東裔耳."
書符流於新羅, 狐持符飛去. 今新羅有劉成神, 土人敬事之.

* 이 고사는 《태평광기》 권449 〈호(狐)·견양령〉에 실려 있다.

77-13(2483) 강남의 읍재

강외재(江外宰)

출《기문》

 [당나라] 개원(開元) 연간(713~741) 초에 어떤 명문 귀족이 강남의 한 현령(縣令)직을 얻어 장차 배를 타고 임지로 가려 했다. 동문(東門) 밖에서 그의 친구들이 성대한 전별연을 마련해 놓고 그를 기다렸다. 현령은 처자식과 친척들의 수레를 먼저 서계수(胥溪水) 가로 보냈다. 날이 저물어 현령이 배가 있는 곳으로 갔더니, 음식은 이미 차려져 있었지만 처자식은 아직 도착하지 않았다. 현령이 다시 집으로 가서 찾았더니 이미 떠났다고 말했다. 현령은 놀라며 어찌 된 영문인지 알 수 없었는데, 다시 성을 나와 길 가는 사람에게 물어보았더니 그 사람이 말했다.

 "아까 식시(食時: 아침 7~9시 사이)에 보았더니, 한 바라문승(婆羅門僧: 호승)이 깃발과 꽃을 들고 앞을 인도하고 수레 몇 대가 그 뒤를 따라갔습니다. 성문을 나갈 즈음에 수레 안에 있던 부인들이 모두 내리더니 바라문승을 따라 일제히 부처를 외치면서 북쪽으로 갔습니다."

 현령은 마침내 수레의 흔적을 찾아 북망산(北邙山)의 묘문(墓門)에 이르렀는데, 그곳에는 커다란 무덤이 있었고 수레와 말이 모두 그 옆에서 쉬고 있는 것이 보였다. 그의 아내와 친척 부인 20여 명이 모두 한 호승(胡僧)을 따라 합장하고 무덤을 돌면서 입으로 부처의 이름을 불렀다. 현령이 불렀으나 부인들은 모두 화를 냈다. 현령이 앞으로 가서 붙잡자 부인들이 욕을 해 댔다.

"우리는 지금 성자를 좇아 천당에 있는데, 너 같은 소인이 어찌 감히 이렇게 막느냐?"

노복들에게도 말을 걸었으나 모두 대답하지 않고 역시 함께 무덤을 돌며 갔다. 그래서 현령이 호승을 붙잡았더니 호승이 사라져 버렸다. 이에 현령이 그의 아내와 부인들을 묶자 모두 시끄럽게 소리를 질렀다. 집에 도착해서도 저녁 내내 울부짖는 통에 말을 걸 수조차 없었다. 날이 밝자 현령이 법사 섭법선(葉法善)에게 물어보았더니 미:섭법선의 일화다. 섭 사가 말했다.

"그 호승은 천호(天狐)로 하늘과 통할 수 있습니다. 그를 꾸짖는 것은 괜찮지만 죽일 수는 없습니다. 하지만 그 여우는 재를 올릴 때가 되면 반드시 올 것이니 그때 붙잡아서 함께 오십시오."

현령이 말했다.

"그렇게 하겠습니다."

섭 사는 그에게 부적을 주면서 집의 문에 붙여 놓게 했다. 부적을 붙이자 아내와 부인들이 모두 깨어나서 현령에게 말했다.

"우리는 어제 부처가 온 것을 보았는데, 부처는 여러 성인들을 이끌며 우리를 천당으로 데리고 갔습니다. 그곳에서의 즐거움은 말로 다 할 수 없었습니다. 부처가 꽃을 들고 앞서가자 우리는 그를 뒤따라가면서 염불을 했습니다. 그때 갑자기 당신이 온 것을 보고 욕을 했는데, 요괴에게 미혹된 것인 줄은 알지 못했습니다."

재를 올릴 때가 되자 바라문승이 다시 와서 문을 두드리며 먹을 것을 달라고 했다. 아내와 부인들은 호승의 목소리를 듣고 다투어 문을 나가더니 부처가 또 왔다고 소리를 질렀는데, 현령이 막으려 했지만 막을 수 없었다. 이에 현령은 호승을 붙잡아 피가 나도록 채찍으로 때리고 면전에서 포박한 뒤 그를 떠메고 섭 사가 있는 곳으로 갔다. 도중에 그는 낙양현령(洛陽縣令)을 만났는데, 호승이 억울하다며 크게 소리치자 낙양현령은 오히려 그 현령을 꾸짖었다. 그 현령은 이유를 자세히 말하면서 함께 섭 사를 만나자고 청했다. 낙양현령은 그 현령의 말을 믿지 않았지만 어쩔 수 없이 그와 함께 갔다. 성진관(聖眞觀)에 점차 다가가자 호승은 얼굴빛이 참담해지면서 말을 하지 않더니, 문에 이르자 살려 달라고 청했다. 정원으로 들어가자 섭 사는 호승을 묶은 밧줄을 풀어 주게 했는데, 여전히 호승의 모습이었다. 섭 사가 말했다.

"속히 너의 모습으로 돌아가거라!"

요괴가 애원했지만 섭 사는 "안 된다!"라고 했다. 이에 요괴는 가사를 땅에 벗어 던지더니 바로 늙은 여우로 변했다. 섭 사가 여우를 채찍으로 100번 때리게 하고는 가사를 돌려주었더니 여우는 다시 바라문승으로 변했다. 그리고 섭 사는 여우에게 1000리 밖으로 떠나가서 살 것을 약속받았다. 호승은 정례(頂禮)31)를 하고 떠났는데, 문을 나서더니 마침내 사라졌다.

開元初, 有名族得江外一宰, 將乘舟赴任. 於東門外, 親朋盛筵以待之. 宰令妻子與親故車先往骨溪水濱. 日暮, 宰至舟旁, 饌已陳設, 而妻子不至. 宰復至宅尋之, 云去矣. 宰驚, 不知所以, 復出城問行人, 人曰: "適食時, 見一婆羅門僧執幡花前導, 有數乘車隨之. 比出城門, 車內婦人皆下, 從婆羅門, 齊聲稱佛, 因而北去矣." 宰遂尋車迹, 至北邙虛墓門, 有大冢, 見其車馬皆憩其旁. 其妻與親表婦二十餘人, 皆從一僧, 合掌繞冢, 口稱佛名. 宰呼之, 皆有怒色. 宰前擒之, 婦人遂罵曰: "吾正逐聖者, 今在天堂, 汝何小人, 敢此抑遏?" 至於奴僕, 與言皆不應, 亦相與繞冢而行. 宰因執胡僧, 遂失. 於是縛其妻及諸婦人, 皆詣叫. 至第, 竟夕號呼, 不可與言. 宰遲明問於葉師法善, 眉: 葉法善逸事. 師曰: "此天狐也,

---

31) 정례(頂禮): 무릎을 꿇고 두 손으로 땅을 짚은 채 존경하는 사람의 발밑에 머리를 대면서 가장 공경하는 뜻으로 하는 절.

能與天通. 斥之則已, 殺之不可. 然此狐齋時必至, 請與俱來." 宰曰:"諾." 葉師乃與之符, 令置所居門. 既置符, 妻及諸人皆寤, 謂宰曰:"吾昨見佛來, 領諸聖衆, 將我等至天堂. 其中樂不可言. 佛執花前引, 吾等方隨後作法事. 忽見汝至, 吾故罵, 不知乃是魅惑也." 齋時, 婆羅門復至, 叩門乞食. 妻及諸婦人聞僧聲, 爭走出門, 喧言佛又來矣, 宰禁之不可. 乃執胡僧, 鞭之見血, 面縛, 舁之往葉師所. 道遇洛陽令, 僧大叫稱寃, 洛陽令反咎宰. 宰具言其故, 仍請與俱見葉師. 洛陽令不信宰言, 强與之去. 漸至聖眞觀, 僧神色慘沮不言, 及門, 卽請命. 及入院, 葉師命解其縛, 猶胡僧也. 師曰:"速復汝形!"魅卽哀請, 師曰:"不可!" 魅乃棄袈裟於地, 卽老狐也. 師命鞭之百, 還其袈裟, 復爲婆羅門. 約令去千里之外. 胡僧頂禮而去, 出門遂亡.

* 이 고사는《태평광기》권448〈호(狐)·섭법선(葉法善)〉에 실려 있다.

77-14(2484) 당 참군

당참군(唐參軍)

출《광이기》

    당(唐)나라 때 낙양(洛陽)의 사공리(思恭里)에 당 참군이라는 사람이 있었는데, 타고난 성품이 엄정했으며 손님 접대 따위는 그다지 중시하지 않았다. 조문복(趙門福)과 강삼(康三)이라는 사람이 명함을 들여보내며 뵙기를 청했는데, 당 참군은 그들을 만나러 나오기 전에 찾아온 뜻을 물었더니 조문복이 말했다.

  "그저 점심밥을 얻어먹으려 합니다."

  당 참군은 문지기에게 자기가 집에 없다고 핑계를 대게 했다. 하지만 두 사람은 곧장 당 앞으로 들어오더니 조문복이 말했다.

  "당 도관(唐都官 : 당 참군)은 어찌하여 집에 없다고 합니까? 한 끼 밥이 아까운 겁니까?"

  당 참군은 문지기가 알리지 않았다고 핑계 대면서 그들을 데리고 바깥 청사로 나가 집안사람들에게 음식을 차려 올리라고 했다. 그러고는 몰래 하인에게 쟁반 속에 검을 넣어 오게 했는데, 음식이 나오면 검으로 그들을 찌를 생각이었다. 하인이 음식을 가져오자 당 참군은 검을 꺼내 조문복을 찔렀으나 맞히지 못했다. 다음으로 강삼을 찔러 맞혔는데 강삼은 뜰 앞의 연못 속으로 뛰어들어 갔다. 그러자 조문복이 욕하면서 말했다.

"저 사람과 나는 비록 여우이지만 나는 이미 1000년이나 되었소. 어찌하여 무도하게 우리 강삼을 죽인단 말이오? 틀림없이 그대에게 복수해 강삼의 죽음을 헛되지 않게 하겠소!"

당씨(唐氏 : 당 참군)는 깊이 사죄하면서 조문복에게 강삼을 불러오게 했다. 조문복이 연못으로 가서 강삼을 부르자 그때마다 "예" 하고 대답했지만, 그를 찾을 수는 없었다. 조문복이 떠난 뒤에 당씨는 복숭아를 넣어 끓인 물을 문에 뿌리고 부적을 달아 놓았는데, 그 이후로 조문복이 오지 않았기 때문에 그 방법이 효험이 있다고 생각했다. 한참 후에 정원 안의 앵두가 익자 당씨 부부는 한가한 날 그 아래를 거닐다가 문득 보았더니, 조문복이 앵두나무 위에서 앵두를 따 먹고 있어 당씨가 깜짝 놀라 말했다.

"조문복, 너는 어찌하여 감히 다시 이곳에 왔느냐?"

조문복이 웃으면서 말했다.

"당신이 복숭아 따위로 나를 기만했기 때문에 지금 다시 와서 앵두를 따 먹고 있소. 당신도 먹어 보겠소?"

그러고는 거듭 앵두 서너 개를 당씨에게 던져 주었다. 당씨는 더욱 두려운 나머지 널리 스님을 불러들여 제단을 쌓고 주문을 외게 했다. 마침내 하루가 지나도록 조문복이 오지 않자, 그 스님은 아주 간절하게 불경을 염송하면서 자기의 공으로 삼을 수 있도록 효험이 있길 바랐다. 하루 뒤에 날이 갠 밤에 스님이 기둥 앞에 앉아 있었는데, 갑자기 오색구름이 서쪽에서 오더니 곧장 당씨의 당(堂) 앞에 이르렀다. 그 속에 용모가 단정하고 엄숙한 한 부처가 있었는데 스님에게 말했다.

"네가 당씨를 위해 여우를 쫓아냈더냐?"

스님은 머리를 조아렸고, 당씨 집안의 어른부터 아이까지 아주 경건하게 예를 갖추면서 진짜 부처를 보았다고 기뻐하며 강림하기를 간청했다. 한참 뒤에 부처가 내려와 제단 위에 앉자, 아주 정성껏 받들어 모셨다. 부처가 스님에게 말했다.

"너는 수도하고 있는데 또한 어찌하여 오랫동안 소식(蔬食)을 할 필요가 있겠느냐? 다만 마음을 견지할 수 있는지의 여부에 달려 있을 뿐이니, 고기를 먹는다 하더라도 무슨 누가 되겠느냐?" 미 : 어찌 사람에게 고기를 먹으라고 권하는 부처가 있단 말인가? 이 스님은 단지 부처가 방편법문(方便法門)32)을 열어

---

32) 방편법문(方便法門) : 부처가 중생을 제도하기 위해 그때그때의 상황에 맞춰 펼치는 교법(敎法).

주었다고 기뻐한 것이다.

그러고는 당씨에게 고기를 사 오게 한 뒤에 부처가 손수 음식을 차리더니 차례대로 스님과 당씨 가족들에게 주어서 모두 먹게 했다. 음식을 다 먹고 나서 문득 보았더니 제단 위에 있는 부처는 바로 조문복이었다. 온 가족이 조문복에게 속았음을 한탄하자 조문복이 웃으며 말했다.

"나를 쫓아내려고 애쓰지 마라. 나는 더 이상 오지 않을 것이다!"

그 후로 조문복은 오지 않았다.

唐洛陽思恭里, 有唐參軍者, 立性修整, 簡於接對. 有趙門福及康三者投刺謁, 唐未出見之, 問其來意, 門福曰: "止求點心飯耳." 唐使門人辭, 云不在. 二人徑入至堂所, 門福曰: "唐都官何以云不在? 惜一餐耳?" 唐辭以門者不報, 引出外廳, 令家人供食. 私誡奴, 令置劍盤中, 至則刺之. 奴至, 唐引劍刺門福, 不中. 次擊康三, 中之, 猶躍入庭前池中. 門福罵云: "彼我雖是狐, 我已千年. 奈何無道, 殺我康三? 必當修報於汝, 終不令康氏子徒死也!" 唐氏深謝之, 令召康三. 門福至池所, 呼康三, 輒應曰: "唯." 然求之不可得. 門福旣去, 唐氏以桃湯沃灑門戶, 及懸符禁, 自爾不至, 謂其施行有驗. 久之, 園中櫻桃熟, 唐氏夫妻暇日檢行, 忽見門福在櫻桃樹上採食, 唐氏驚曰: "趙門福, 汝復敢來耶?" 門福笑曰: "君以桃物見欺, 今聊復採食. 君亦食之否?" 乃頻擲數四以授唐. 唐氏愈恐, 乃廣召僧, 結壇持咒. 門福遂逾日不至, 其僧持誦甚切, 冀其有效, 以爲己功. 後一日, 晚齋, 僧坐榻前,忽見五色雲自西來, 徑至唐氏堂前. 中有一佛, 容色端嚴, 謂僧曰: "汝爲唐氏却野狐耶?" 僧稽首, 唐氏長幼虔禮甚至, 喜見眞佛, 拜請降止. 久之方下, 坐其壇上, 奉事甚勤. 佛謂僧曰: "汝修道, 亦何須久蔬食乎? 但問心能堅持否, 雖肉食何累?" 眉: 豈有勸人肉食之佛? 此僧聊喜其開方便法門耳. 乃令唐氏市肉, 佛自設食, 次以授僧及家人悉食. 食畢, 忽見壇上是趙門福. 擧家嘆恨爲其所誤, 門福笑曰: "無勞厭我. 我不來矣!" 自爾不至也.

* 이 고사는 《태평광기》 권450 〈호(狐)·당참군〉에 실려 있다.

77-15(2485) 장근

장근(張謹)

출《계신록(稽神錄)》

    도사 장근은 부적술을 좋아해서 배우느라 고생했지만 성과가 없었다. 그는 일찍이 이곳저곳을 떠돌다 화음(華陰)의 저잣거리로 갔는데, 그곳에서 오이를 파는 사람을 보고 오이를 사서 먹었다. 그때 옆에 한 노인이 있었는데, 장근이 노인의 배고픈 기색을 눈치채고 오이를 주었더니 노인은 연거푸 100여 개를 먹었다. 장근은 노인이 비범하다는 사실을 알아차리고 더욱 공경히 노인을 모셨다. 노인은 떠나면서 장근에게 말했다.

    "나는 토지신이네. 그대의 마음에 감동해 보답하고자 하네."

    그러면서 책 한 권을 꺼내며 말했다.

    "이것은 여우 요괴를 물리칠 수 있는 법술이니, 부지런히 행해 보도록 하게."

    장근이 그것을 받았더니 노인은 사라져 보이지 않았다. 그날 장근은 근처 현(縣)의 마을에서 묵었는데, 그 집에서 마치 미친 듯한 여자의 울부짖는 소리가 들렸다. 장근이 주인에게 물었더니 주인이 대답했다.

"집에 딸이 있는데, 근자에 미친병을 얻어 매일 해가 기울 때면 단장하고 한껏 옷을 차려입고서 호랑(胡郎)을 불러오라고 저런답니다. 치료해 보지 않은 것은 아니지만 어쩔 수가 없습니다."

이에 장근은 즉시 부적을 써서 처마와 문 사이에 붙였다. 그러자 그날 저녁에 처마 위에서 울며 욕하는 소리가 들려왔다.

"대체 어떤 도사 놈이기에 남의 집안일에 간섭하는 게냐! 속히 떠나거라!"

장근이 화를 내며 꾸짖자 한참 뒤에 크게 말했다.

"나는 잠시 네놈 때문에 떠나겠다."

마침내 잠잠해졌다. 장근이 다시 몇 장의 부적을 써 주었더니 주인집 딸의 병이 다 나았다. 주인은 그에게 수십 필의 비단을 주어 사례했다. 장근은 일찍이 혼자 길을 다녔으나 무거운 짐이 생긴 탓에 일꾼을 구해야만 했다. 그래서 며칠간 그곳에 머무르고 있었는데, 갑자기 하인 두 명이 장근을 찾아와 스스로 덕아(德兒)와 귀보(歸寶)라고 말하면서, 자신들은 일찍이 최씨(崔氏)를 섬겼으나 최씨가 벼슬하러 외지로 나가는 바람에 버림을 받아 지금은 돌아갈 곳이 없어졌으니 장근을 옆에서 모시고 싶다고 했다. 장근은 그들을 받아들였다. 두 하인은 모두 장근이 원하는 것을 영리하게 알았으며 특히 믿음직했다. 장근은 동쪽으로 가면서 책 보따리와 부적, 짐과 옷 등을 모두 그들에게 짊어지고 가게 했다. 그런데 관문(關門)에 다다를 즈음에 귀보가 갑자기 큰 소리로 욕하며 말했다.

"나를 노복으로 삼는 것은 네 아비를 부리는 것과 같다!"

그리고는 도망쳤다. 장근이 놀라고 화를 내며 쫓아갔지만 바람처럼 빨리 가서 순식간에 사라졌다. 얼마 후에 덕아도 사라졌는데, 그 바람에 그들이 가지고 있던 물건들을 모두 잃어버렸다. 당시 진롱(秦隴)33) 일대에서 전쟁이 일어났기 때문에 관문의 통행이 매우 엄격했는데, 증명 없이 다니던 객들은 모두 죽임을 당했다. 그래서 장근은 감히 동쪽으로 넘어가지 못하고 다시 이전에 묵었던 주인집으로 돌아가서 사정을 자세히 말했더니 주인이 화를 내며 말했다.

"어떻게 그런 일이 있겠소? 이는 이전의 사례에 만족하지 못해 다시 나를 찾아와 괴롭히려는 것일 뿐이오!"

그래서 장근은 한 농부의 집에 머물렀는데, 그 집에서는 그에게 먹을 것을 전혀 주지 않았다. 그러다가 다른 농부가 그를 불러 함께 일하자고 해서, 그는 낮에 밭을 갈고 밤에 쉬며 갖은 고생을 다 했다. 한번은 장근이 커다란 나무 아래서

---

33) 진롱(秦隴) : 진령(秦嶺)과 농산(隴山). 지금의 산시성(陝西省)과 간쑤성(甘肅省) 지역을 말한다.

쉬다가 위를 올려다보았더니 두 아이가 말했다.

"우리는 덕아와 귀보다. 네가 노복 노릇을 해 보니 고생스럽지 않느냐?"

또 말했다.

"이 부적술은 우리의 책이었는데, 잃어버린 지 이미 오래되었다. 오늘 다시 찾아서 기쁘지만, 우리가 어찌 너에게 정이 없겠느냐?" 미 : 여우도 너무 심하지는 않다.

그러고는 짐을 던져 장근에게 돌려주며 말했다.

"속히 돌아가거라. 마을 사람들은 네가 부적을 써 주길 기다리고 있다."

두 아이는 크게 웃으며 떠났다. 미 : 장난을 잘 친다. 장근이 짐을 찾은 뒤에 다시 주인을 찾아갔더니, 주인은 그제야 기이해하면서 다시 비단 몇 필을 그에게 주었다. 장근은 마침내 그곳을 떠날 수 있었는데, 그 뒤로는 마침내 부적 쓰는 일을 그만두었다.

道士張謹者, 好符法, 學雖苦而無成. 嘗客遊至華陰市, 見賣瓜者, 買而食之. 旁有老父, 謹覺其饑色, 取以遺之, 累食百餘. 謹知其異, 奉之愈敬. 將去, 謂謹曰 : "吾土地之神也. 感子之意, 有以相報." 因出一編書, 曰 : "此禁狐魅之術也, 宜勤行之." 謹受之, 父亦不見. 爾日, 宿近縣村中, 聞其家有女子啼呼, 狀若狂者. 以問主人, 對曰 : "家有女, 近得狂疾, 每日昃, 輒靚妝盛服, 云召胡郞來. 非不療理, 無如之何也." 謹卽爲書符, 施檐戶間. 是日晚, 聞檐上哭泣且罵曰 : "何物道士, 預他人家事! 宜急去之!" 謹怒呵之, 良久, 大言曰: "吾且爲奴去." 遂寂然. 謹復書數符, 病卽都差. 主人遺絹數十匹以謝之. 謹嘗獨行, 旣有重費, 須得兼力. 停數日, 忽有二奴詣謹, 自稱曰德兒・歸寶, 嘗事崔氏, 崔出官, 因見捨棄, 今無歸矣, 願侍左右. 謹納之. 二奴皆謹願黠利, 尤可憑信. 謹東行, 凡書囊符法, 行李衣服, 皆令負之. 將及關, 歸寶忽大罵曰: "以我爲奴, 如役汝父!" 因絶走. 謹駭怒逐之, 其行如風, 倏忽不見. 旣而德兒亦不見, 所賫之物, 皆失之矣. 時秦隴用兵, 關禁嚴急, 客行無驗, 皆見刑戮. 旣不敢東度, 復還主人, 具以告之. 主人怒曰: "寧有是事? 是無厭, 復將撓我耳!" 因止於田夫之家, 絶不供給. 遂爲耕夫邀與同作, 晝耕夜息, 疲苦備至. 因憩大樹下, 仰見二兒, 曰: "吾德兒・歸寶也. 汝之爲奴苦否?" 又曰: "此符法, 我之書也, 失之已久. 今喜再獲, 吾豈無情於汝乎?" 眉: 狐亦不爲已甚. 因擲行李還之, 曰: "速歸. 鄕人待爾書符也." 卽大笑而去. 眉: 善謔. 謹得行李, 復詣主人, 方異之, 更遺絹數匹. 乃得去, 自爾遂絶書符矣.

* 이 고사는 《태평광기》 권455 〈호(狐)・장근〉에 실려 있다.

77-16(2486) **왕생**

왕생(王生)

출《영괴록(靈怪錄)》

항주(杭州)에 왕생이란 사람이 있었는데, [당나라] 건중(建中) 연간(780~783) 초에 친척들과 작별하고 도성으로 가면서 가업을 정리했으며, 장차 친지에게 의탁해 벼슬자리 하나를 구할 작정이었다. 그는 포전현(圃田縣)에 도착해 샛길로 들어가서 외갓집의 옛 장원을 찾아갔다. 날이 저물었을 때 측백나무 숲속에서 여우 두 마리가 나무에 기대어 사람처럼 서 있는 것이 보였는데, 손에 누런 종이 문서 한 장을 들고 마치 옆에 아무도 없다는 듯이 서로 떠들며 웃었다. 왕생이 그들을 꾸짖었지만 꼼짝도 하지 않았다. 그래서 왕생이 탄궁을 꺼내 시위를 한껏 잡아당겨 쏘아 문서를 들고 있는 여우의 눈을 맞히자, 두 여우는 문서를 떨어뜨린 채 도망갔다. 왕생이 급히 가서 그 문서를 주워서 보았더니 겨우 종이 한두 장이었는데, 글자가 범문(梵文)과 비슷해 무슨 내용인지 알 수 없었다. 왕생은 마침내 그것을 책 보따리에 잘 넣은 뒤 떠났다. 그날 저녁에 왕생은 앞에 있는 객점에 묵으면서 객점 주인과 얘기하며 한창 그 일에 대해 의아해하고 있었다. 그때 불쑥 한 사람이 봇짐을 들고 와서 투숙했는데, 그 사람은 눈병이 심해 견딜 수 없는 지경 같았지만 말은 분명하게 했다. 그 사람은 왕생의 말을 듣더니 말했다.

"참으로 괴이한 일이군요! 그 문서를 볼 수 있겠소?"

왕생이 막 문서를 꺼내서 보여 주려고 할 때, 객점 주인은 눈병을 앓고 있는 사람에게 달린 꼬리 하나가 평상 아래로 늘어뜨려져 있는 것을 보고 왕생에게 말했다.

"이 사람은 여우요!"

왕생이 황급히 문서를 품속에 집어넣고 손에 칼을 들고 그 사람을 쫓았더니, 그 사람은 즉시 여우로 변해 도망갔다. 일경(一更)이 지난 후에 또 어떤 사람이 문을 두드리자, 왕생은 두근거리는 마음으로 말했다.

"이번에 다시 온다면 반드시 칼과 화살로 네놈을 대적하리라."

그 사람이 문 너머에서 말했다.

"그대는 나에게 문서를 돌려주지 않았다가 나중에 후회하지 마시오."

그 후로는 더 이상 소식이 없었다. 왕생은 그 문서를 비밀로 하고 단단히 봉해 두었다. 왕생은 도성에 도착해서 벼슬을 구하기 위해 찾아뵐 사람을 기다리고 있었는데, 그 기일이 늦춰지자 곧 가업과 전답을 저당 잡히고 가까운 마을에 거처를 정한 뒤 살아갈 궁리를 했다. 한 달 남짓 지났을 때, 한 동복이 항주에서 도착해 상복을 입고 집으로 들어왔는데 손에 부고장을 들고 있었다. 왕생이 그를 맞이해 물어 보았더니, 왕생의 모친이 이미 돌아가셨다고 했다. 왕생은 대성통곡하며 거의 기절할 뻔하다가 편지를 펼쳐 보았더니 모친이 직접 쓴 것이었다.

"우리 집안은 본래 진(秦) 땅에서 살았으니 다른 곳에 묻히길 원치 않는다. 지금 강동(江東)의 전답과 가산은 털끝만큼도 없애서는 안 되니, 도성의 가산을 모두 처분해 장례 비용에 쓰도록 해라. 모든 준비가 끝난 후에 네가 직접 와서 영구를 실어 가거라."

왕생은 곧장 좋은 값을 기다리지도 않고 전답과 집을 모두 팔아 장례 비용을 마련한 뒤, 마침내 동쪽으로 내려가 모친의 상여를 모시러 갔다. 왕생이 양주(揚州)에 도착해서 멀리 배 한 척을 바라보았더니, 그 위에 있는 사람들이 모두 즐겁게 웃으며 노래 부르고 있었다. 가까이 다가가서 보았더니 그들은 모두 왕생 집안의 하인들이었다. 왕생은 자기 집에서 그들을 팔아 지금 다른 사람에게 속해 있을 것이라고 생각했다. 잠시 후 또 작은동생과 누이가 발[簾]을 걷고 나왔는데, 모두 채색 비단옷을 입고 웃으며 이야기했다. 왕생이 놀라며 괴이해하고 있을 때, 하인들이 배 위에서 놀라며 소리쳤다.

"도련님이 오셨다! 그런데 옷차림이 왜 저렇게 이상하지?"

왕생이 몰래 사람을 보내 물어보게 했더니, 곧이어 모친이 놀라며 나왔다. 왕생은 황급히 상복과 질(絰)34)을 벗어 던지고 절을 한 뒤 앞으로 갔다. 모친은 그를 맞이하며 어찌 된 일인지 물어보고 놀라며 말했다.

"어찌 그럴 리가 있겠느냐?"

왕생이 모친이 보내온 유서를 꺼내 보았더니 다름 아닌 빈 종이 한 장이었다. 모친이 또 말했다.

"내가 여기에 온 것은, 지난달에 너의 편지를 받았는데 근자에 벼슬을 얻었다고 하면서 나에게 강동의 가산을 모두 팔아 도성으로 들어가 살 계획을 세우라고 했기 때문이다. 이젠 돌아갈 곳도 없다."

그러면서 모친은 왕생이 보냈다는 편지를 꺼냈는데 역시 빈 종이 한 장이었다. 미 : 이 여우는 몹시 고약하니, 어찌 인간 중의 진대승(陳大升)과 주달오(朱達悟)35)에 손색이 있겠는가? 왕생은 마침내 심부름꾼을 도성으로 들여보내 준비해 둔 장례 도구를 모두 없애라고 했다. 그러고는 남은 돈을 모두 모아 회수(淮水)에서 모친을 모시고 강동으로 갔다. 왕생은 가진 것이

---

34) 질(絰) : 상복을 입을 때 머리에 쓰는 수질(首絰)과 허리에 두르는 요질(腰絰).

35) 진대승(陳大升)과 주달오(朱達悟) : 모두 명(明)나라 때 사람으로 고약하고 괴팍하기로 유명했다.

옛날의 10분의 1~2도 안 되었기에 겨우 몇 칸짜리 집 한 채를 마련해 비바람을 가릴 수 있을 뿐이었다. 왕생에게는 헤어진 지 몇 해나 되는 동생이 하나 있었는데, 그 동생이 어느 날 갑자기 오더니 집안이 몰락한 것을 보고 그 연유를 따져 물었다. 왕생은 자초지종을 자세히 말하고 여우 요괴의 일을 일러 주면서 말했다.

"틀림없이 그 일 때문에 화를 당한 것 같다."

동생이 놀라 탄식하자 왕생은 여우 요괴의 문서를 꺼내 보여 주었다. 동생은 그 문서를 받자마자 물러나 품속에 넣으면서 말했다.

"오늘에야 내 천서(天書)를 돌려받았구나!"

말을 마치고는 한 마리 여우로 변해 떠났다.

평 : 《건손자(乾馔子)》에 다음과 같은 고사가 실려 있다. 여강(廬江) 사람 하양지(何讓之)는 [한나라] 광무제(光武帝)의 능에서 한 노인을 만났는데, [노인이 사람이 아니라고 의심해] 쫓아갔더니 노인이 여우로 변해 도망갔다. 그는 그곳에서 문서 한 통을 얻었는데, 제목이 "응천호초이과책팔도(應天狐超異科策八道 : 천호 초이과에 응시하기 위한 책문 8편)"라고 되어 있었지만 그 내용은 이해할 수 없었다. 며칠 후에 낙수(洛水) 북쪽 동덕사(同德寺)의 스님 지정(志靜)이 하양지를 찾아와서 말하길, "전에 얻은 문서는 당신이 사용

할 수 있는 것이 아니니, 남겨 두면 좋지 못한 일이 생길 것입니다. 비단 300필을 준비해 그것을 사려는 사람이 있으니 어떻습니까?"라고 하자, 하양지는 허락했다. 다음 날 스님이 비단을 가지고 오자 하양지는 그것을 받고 나서 스님을 속여 말하길, "그 문서는 나와 왕래하는 사람이 빌려 갔으니, 하루 이틀 뒤에 반드시 돌려 달라고 하겠습니다"라고 했다. 어떤 사람이 하양지에게 말하길, "그 중도 요괴인 것 같은데, 어찌하여 그 문서를 돌려주려고 합니까? 받은 비단도 그런 일이 없다고 하면 됩니다"라고 했다. 미 : 스님에 대한 말은 맞지만, 비단을 받은 일이 없다고 하는 것은 옳지 않다. 하양지가 나중에 그 말대로 하자 스님은 아무 말 없이 떠났다. 그 후로 한 달 남짓이 지났다. 하양지에게는 동오(東吳)에 사는 동생이 있었는데, 헤어진 지 이미 1년이 넘었다. 어느 날 그 동생이 낙양(洛陽)으로 와서 집안 안팎의 사사로운 일을 얘기했는데, 밤새껏 형제는 나란히 침대에 누워 얘기를 나누었다. 5~6일이 지나서 동생이 갑자기 형에게 묻길, "이곳에 여우가 많다고 하던데 정말로 있습니까?"라고 했다. 하양지는 마침내 그 일을 얘기하면서 아울러 여우의 문서를 얻어 가지고 있다고 자랑했는데, 동생은 한사코 믿지 않았다. 날이 밝자 하양지는 상자를 열고 문서를 꺼내 동생에게 보여 주었는데, 동생은 문서를 받들고 놀라 감탄하더니 즉시 한 마리의 여우로 변했다. 하양지는 그 기이함에 놀랐다. 얼마 지나지 않아 결국 범인을 체포하라는 칙령이 내려왔는데, 내고(內庫 : 궁궐 창고)에 도둑이 들어 공납한 비단 300필을 훔쳐 갔다고 했다. 관리가 종적을 추적해 하양지의 처소에 이르러 보따리를 가져다 조사한 끝에 비단을 찾아냈는데, 이미 수십 필을 써 버린 뒤였다. 미 : 여우가 관리를 이끌고 온 것이다. 하양지는 법을 범하게 되었지만 해명할 수 없었기에 결국 처형되었다. 왕생의 고사는 대략 이것과 같다.

杭州有王生者, 建中初, 辭親之上國, 收拾舊業, 將投於親知, 求一官. 行至圃田, 下道, 尋訪外家舊莊. 日晚, 柏林中見二野狐, 倚樹如人立, 手執一黃紙文書, 相對言笑, 旁若無人. 生叱之, 不爲變動. 乃取彈, 因引滿彈之, 且中其執書者之目, 二狐遺書而走. 王生遽往, 得其書, 纔一兩紙, 文字類梵書, 而莫究識, 遂緘於書袋中而去. 其夕, 宿於前店, 因話於主人, 方訝其事. 忽有一人携裝來宿, 眼疾之甚, 若不可忍, 而語言分明. 聞王之言曰 : "大是異事! 如何得見其書?" 王生方將出書, 主人見患眼者一尾垂下牀, 因謂生曰 : "此狐也!" 王生遽收書於懷中, 以手摸刀逐之, 則化爲狐而走. 一更後, 復有人叩門, 王生心動曰 : "此度更來, 當與刀箭敵汝矣." 其人隔門曰 : "爾若不還我文書, 後無悔也." 自是更無消息. 王生秘其書, 緘縢甚密. 行至都下, 以求官伺謁之事, 期方賖緩, 卽乃典貼舊業田園, 卜居近坊, 爲生生之計. 月餘, 有一僮自杭州而至, 縗裳入門, 手執凶訃. 王生迎而問之, 則生已丁家難矣. 生大慟幾絶, 因視其書, 則母之手字云 : "吾本家秦, 不願葬於外地. 今江東田地物業, 不可分毫破除, 但都下之業, 可一切處置, 以資喪事. 備具皆畢, 然後自來迎接."王生乃盡貨田宅,不候善價,得其資備,遂東下以迎靈輿. 及至揚州,遙見一船,上有數人,皆喜笑歌唱. 漸近視之,則皆王生之家人也. 意尚謂其家貨之,今屬他人矣. 須臾,又有小弟妹搴簾而出,皆彩服笑語. 驚怪之際,則其家人船上驚呼,又曰:"郎君來矣!是何服飾之異也?"王生潛令人問之,乃見其母驚出. 生遽毀其縗絰,行拜而前. 母迎而問之,其母駭曰:"安得此理?"王生乃出母送遺書,乃一張空紙耳. 母又曰:"吾所以來此者,前月得汝書云,近得一官,令吾盡貨江東之産,爲入京之計. 今無可歸矣."及母出王生所寄之書,又一空紙耳. 眉:此狐甚趣甚惡,何減人中陳大升·朱達悟也?王生遂發使入京,盡毀其凶喪之具. 因鳩集餘資,自淮却扶侍,且往江東. 所有十無一二,纔得數間屋,以庇風雨而已. 有弟一人,別且數歲,一旦忽至,見其家道敗落,因徵其由. 王生具話本末,又述妖狐事,曰:"但應以此爲禍耳."其弟驚嗟,因出妖狐之書以示之. 其弟纔執其書,退而置於懷中,曰:"今日還我天書!"言畢,乃化作一狐而去.

評:《乾䐯子》載:盧江何讓之,於光武陵遇老翁,逐之,翁爲狐跳去. 得其一帖文書,題云"應天狐超異科策八道". 文不可曉. 後數日,水北同德寺僧志靜來訪,說云:"前所獲文書,非君所用,留之不祥. 有願備三百縑購之者,如何?"讓之許諾. 明日,僧挈縑至,領訖,紿言:"書爲往還所借,更一兩日,當徵之."或謂讓之云:"此僧亦妖魅,奈何還之? 所納絹,但諱之可也."眉:說僧是,諱絹却不是. 讓之後如其言,僧嘿然而去. 經月餘. 讓之先有弟在東吳,別已踰年. 一旦至洛,話家私中外,長夜,則兄弟聯牀. 經五六日,忽問其兄:"此地多狐,有之乎?"讓之遂話其事,且誇曾獲狐書見存,弟固不信. 及旦,開篋取書示弟,弟捧而驚嘆,卽化爲一狐矣. 讓之驚異. 未幾,遂有敕捕,內庫被人盜貢絹三百匹. 吏尋踪及讓之所, 挈囊檢得絹, 已費數十匹. 眉:狐引之來耳. 讓之坐法.
不能白, 遂斃枯木. 事略同此.

* 이 고사는《태평광기》권453〈호(狐)·왕생〉, 권448〈호(狐)·하양지(何讓之)〉에 실려 있다.

77-17(2487) 이자량

이자량(李子良)

출《하동기》

　당(唐)나라의 이자량은 젊었을 때 매사냥을 좋아했으며 체격이 건장하고 날쌨다. 마수(馬燧)가 태원(太原)을 진수하고 있을 때 매와 개로 짐승을 사냥하는 데 뛰어난 자를 모집하자, 이자량은 곧장 군문(軍門)을 찾아가 자신을 추천했다. 마수는 그를 한 번 보고 마음에 들었는데, 매를 호령해 짐승을 쫓을 때마다 그는 마수의 곁에 있지 않은 적이 없었다. 몇 년 사이에 이자량은 여러 벼슬을 거쳐 아문대장(牙門大將)에 올랐다. 한번은 이자량이 짐승을 사냥하다가 여우 한 마리를 쫓았는데, 여우가 옛 무덤 속으로 들어가자 매가 여우를 따라 들어갔다. 이자량은 곧장 말에서 내려 그 여세를 몰아 무덤 속으로 뛰어들어 갔는데, 무덤은 깊이가 3장(丈)쯤 되었고 그 속은 촛불을 켜 놓은 것처럼 밝았다. 둘러보았더니 벽돌 평상 위에 부서진 관이 있었고, 또 키가 1척 남짓한 도사 한 명이 두 장의 문서를 들고 관 위에 서 있었다. 이자량은 그 문서를 빼앗은 다음 마침내 매를 팔에 앉히고 무덤을 나왔다. 그때 도사가 따라오며 소리쳤다.

　"문서를 나에게 돌려주면 틀림없이 후한 보답이 있을 것이오!"

이자량은 대답하지 않은 채 그 문서를 살펴보았더니 글자가 모두 옛 전서(篆書)여서 아무도 그 내용을 알 수 없었다. 다음 날 아침에 풍모가 고상한 도사 한 명이 이자량을 찾아오자 이자량이 말했다.

"선사(仙師)는 어디에서 오셨소이까?"

도사가 말했다.

"저는 이 세상 사람이 아닙니다. 장군이 어제 천부(天符)를 빼앗아 가셨는데, 그것은 장군이 지니고 계실 물건이 아니니 만약 돌려주신다면 반드시 후한 보답을 해 드리겠습니다."

이자량이 한사코 주지 않으려 하자, 도사가 주변 사람들을 물리치고 나서 말했다.

"장군은 지금 비장(裨將 : 부장)일 따름인데, 제가 3년 안에 이곳의 군정(軍政)을 다스릴 수 있게 해 드릴 터이니, 이는 장군이 가장 바라시는 바가 아닙니까?"

이자량이 말했다.

"진실로 그렇게 되기를 바라지만 어떻게 믿을 수 있겠소?"

그러자 도사는 훌쩍 몸을 솟구쳐 공중으로 뛰어올랐는데, 잠시 후 선인(仙人)이 진홍색 부절(符節)과 옥장(玉章)을 들고 백학이 공중에서 배회하면서 도사를 영접했다. 미:

이런 기량이 있는데 어찌하여 천서(天書) 하나를 손에 넣는 게 어려운가? 잠시 후에 도사는 다시 내려와서 이자량에게 말했다.

"보았습니까? 내가 어찌 헛된 말을 하는 사람이겠습니까?"

이자량이 마침내 도사에게 재배하며 문서를 돌려주었더니 도사가 기뻐하며 말했다.

"장군은 과연 복 받은 분이십니다. 내후년 9월 안에 틀림없이 약속드린 대로 될 것입니다."

그때는 정원(貞元) 2년(786)이었다. 정원 4년(788) 가을에 마수가 천자를 알현하러 입궁할 때, 태원의 연로한 훈구(勳舊) 대장과 고위 관리 10여 명이 따라갔는데 이자량의 관직이 가장 낮았다. 황상이 물었다.

"태원은 나라 북문의 중요한 방진(方鎭)이니 누가 경을 대신할 만하오?"

순간 마수는 정신이 흐릿해지면서 이자량이라는 이름만 기억났으므로 그냥 아뢰었다.

"이자량이 대신할 만합니다."

황상이 말했다.

"태원의 장교 중에는 당연히 공훈을 세운 연장자가 있을 것이오. 이자량은 후배로서 평소 그 이름을 들어 보지 못했으니 경은 다시 잘 생각해 보시오."

마수는 갑자기 대답할 바를 알지 못해 다시 말했다.

"신이 지켜본 바로는 이자량이 아니면 대신할 사람이 없습니다."

이렇게 두세 번 거듭했으나 황상은 윤허하지 않았다. 마수는 나와서 장군들을 보자 무안해서 식은땀이 등을 흠뻑 적셨다. 그는 마음속으로 다음에는 반드시 나이와 덕망이 가장 높은 자를 천거하리라고 다짐했다. 다음 날 황상이 다시 물었다.

"대체 누가 경을 대신할 만하오?"

하지만 마수는 이전처럼 정신이 혼미해져서 오직 기억나는 대로 이자량을 천거했다. 그러자 황상이 말했다.

"마땅히 기다렸다가 재상들의 논의를 거쳐 결정하겠소."

다른 날 재상들이 입궁해 대답할 때 황상이 물었다.

"마수의 휘하 장군 중에서 누가 가장 뛰어나오?"

순간 재상들은 멍해지면서 다른 사람이 생각나지 않았고, 이전에 마수가 추천한 일을 들었기 때문에 역시 모두 이자량이라고 대답했다. 그리하여 마침내 이자량은 공부상서(工部尙書) 겸 태원절도사(太原節度使)에 임명되었다. 미 : 이것은 너무 과한 보답은 아니다.

唐李自良, 少好鷹鳥, 質狀驍健. 馬燧之鎭太原也, 募以能鷹犬從禽者, 自良卽詣軍門上陳. 燧一見悅之, 每呼鷹逐獸, 未嘗不在左右. 數年之間, 累職至牙門大將. 因從禽, 逐一狐, 狐入古壙中, 鷹隨之. 自良卽下馬, 乘勢跳入壙中, 深三丈許, 其間朗明如燭. 見磚榻上有壞棺, 復有一道士, 長尺餘, 執兩紙文書, 立於棺上. 自良掣得文書, 遂臂鷹而出. 道士隨呼曰:"幸留還我, 當有厚報!"自良不應, 乃視之, 字皆古篆, 人莫之識. 明旦, 有一道士, 儀狀風雅, 詣自良, 自良曰:"仙師何所?"道士曰:"某非世人. 以將軍昨日逼奪天符也, 此非將軍所宜有, 若見還, 必有重報."自良固不與, 道士因屏左右, 曰:"將軍裨將耳, 某能三年內, 致本軍政, 無乃極所願乎?"自良曰:"誠如此願, 亦何可信?"道士卽超然奮身, 上騰空中, 俄有仙人, 絳節玉章, 白鶴徘徊空際, 以迎接之. 眉:有此伎倆, 何難取一天書? 須臾復下, 謂自良曰:"見乎? 此豈是妄言者?"自良遂再拜, 持文書歸之, 道士喜曰:"將軍果有福祚. 後年九月內, 當如約矣."於時貞元二年也. 至四年秋, 馬燧入覲, 太原耆舊有功大將, 官秩崇高者, 十餘人從焉, 自良職最卑. 上問:"太原北門重鎭, 誰可代卿者?"燧昏然不省, 唯記自良名氏, 乃奏曰:"李自良可."上曰:"太原將校, 當有耆舊功勳者. 自良後輩, 素所未聞, 卿更思量."燧倉卒不知所對, 又曰:"以臣所見, 非自良莫可."如是者再三, 上亦未之許. 燧出見諸將, 愧汗洽背. 私誓其心, 後必薦其年德最高者. 明日復問:"竟誰可代卿?"燧依前昏迷, 唯記擧自良. 上曰:"當俟議定於宰相耳."他日宰相入對, 上問:"馬燧之將孰賢?"宰相愕然, 不能知其餘, 先聞馬燧之薦, 亦皆以自良對之. 乃拜工部尙書·太原節度使. 眉:此不爲已甚之報.

* 이 고사는《태평광기》권453〈호(狐)·이자량〉에 실려 있다.

77-18(2488) 요곤

요곤(姚坤)

출《전기(傳記)》

[당나라] 대화(大和) 연간(827~835)에 요곤이라는 처사(處士)가 있었는데, 부귀영달을 구하지 않고 동락(東洛 : 낙양) 만안산(萬安山)의 남쪽에 살면서 금(琴)을 타고 술을 마시며 스스로 즐겁게 지냈다. 그의 집 옆에 사냥꾼이 있었는데, 그물을 쳐서 여우나 토끼를 잡았다. 요곤은 천성이 어질어서 늘 사냥꾼이 잡은 짐승을 사들여 놓아주었는데, 이렇게 해서 살아난 짐승이 수백 마리였다. 요곤은 예전부터 장원을 가지고 있었는데, 숭산(嵩山)의 보리사(菩提寺)에 저당 잡히고 그 돈을 가지고 짐승들을 대속해 주었다. 그 장원을 관리하던 스님 혜소(惠沼)는 흉악한 짓을 했는데, 일찍이 으슥한 곳에 깊이가 몇 장(丈)이나 되는 우물을 파 놓고 황정(黃精)[36] 수백 근을 던져 넣은 뒤 사람을 구해 복용시켜서 어떻게 변화하는지 살펴보고자 했다. 그래서 혜소는 요곤에게 술을 먹여 만취하게 한 뒤에 그를 우물 속에 던져 넣고 맷

---

36) 황정(黃精) : 다년생 식물로 줄기가 1~2척 정도 되며 약으로 쓰인다. 도가에서는 이것을 복용하면 신선이 될 수 있다고 한다.

돌로 그 입구를 덮어 버렸다. 요곤은 술에서 깨어났지만 나갈 방법이 없어서 그저 배고프면 황정을 먹을 따름이었다. 그렇게 며칠 밤낮을 보냈는데, 갑자기 누군가가 우물 입구에서 요곤의 성명을 부르면서 말했다.

"나는 여우인데 당신이 적지 않은 내 자손을 살려 주신 것에 감사하기 때문에 당신에게 우물에서 나올 수 있는 방법을 가르쳐 드리러 왔습니다. 나는 하늘과 통하는 여우입니다. 처음에는 무덤에 굴을 파고 살았는데, 위로 난 구멍으로 은하수와 별들을 보고 흠모하면서 떨치고 날아오를 수 없는 내 몸을 원망했습니다. 그러다 마침내 온 정신을 모아 응시했더니 홀연히 나도 모르게 날아서 그곳을 나왔으며, 허공을 밟고 구름을 탄 채 은하수로 올라가서 선인을 뵙고 예를 드렸습니다. 당신은 그저 맑은 정신으로 사념을 없애고 하늘을 응시하십시오. 그렇게 정확하게만 하면 한 달도 안 되어 저절로 날아서 나갈 것입니다. 비록 그 구멍이 지극히 작더라도 아무 장애가 없을 것입니다."

요곤이 말했다.

"그대는 어떤 근거로 그런 말을 하는 것이오?"

여우가 말했다.

"당신은 《서승경(西升經)》[37]에서 '정신을 집중하면 몸을 날게 할 수 있고, 또 산을 옮길 수 있다'라고 한 말을 들어 보지 못했습니까? 당신은 힘써 노력하십시오!"

여우는 말을 마치고 떠났다. 요곤이 그 말을 믿고 따라 했더니 약 한 달 뒤에 갑자기 맷돌 구멍으로 뛰어나올 수 있었다. 혜소는 그를 보고 크게 놀랐으며 우물이 그대로 있는 것을 살펴보더니, 곧장 요곤에게 예를 갖추며 어찌 된 일인지 캐물어 요곤이 일러 주었다.

"그저 우물 속에서 황정을 한 달 동안 먹었더니 몸이 신처럼 가벼워져서 저절로 날아 나올 수 있었으며, 아무리 작은 구멍이라도 방해가 되지 않았습니다."

혜소는 그 말을 옳다고 여기고 제자를 시켜 자신을 밧줄로 묶어 우물 아래로 내려뜨리게 한 뒤, 제자에게 한 달 후에 살펴보러 오라고 약속했다. 제자가 그 말대로 한 달 남짓 지나서 살펴보러 왔더니 혜소는 우물 안에서 이미 죽어 있었다. 요곤이 집으로 돌아온 지 열흘쯤 되었을 때 자칭 "요도(夭桃)"라고 하는 여자가 그를 찾아와서 말하길, 자기는 부잣집 딸인데 실수로 젊은이에게 꼬임을 당해 집을 나갔다가 길을 잃어버려 돌아갈 수 없게 되었으니 그를 모시고 싶다고 했다. 요곤이 보았더니 그녀는 용모가 아름답고 고왔으며 시와 문장에도 모두 뛰어났으므로 아주 사랑했다. 후에 요곤은 제과(制科)38)에 응시하게 되자 요도를 데리고 도성

---

37) 《서승경(西昇經)》: 도가 경전 가운데 하나.

으로 들어갔다. 반두관(盤豆館)39)에 도착했을 때 요도는 즐거워하지 않으면서 붓을 꺼내 죽간(竹簡)에 시 한 수를 적었다.

"얼굴 화장하고 오래도록 인간 세상에 있었는데, 이제 화장 지우려 하니 낯빛이 더욱 슬퍼지네. 설령 청구(靑丘)40)에 오늘 밤 달이 뜬다 하더라도, 다시는 예전의 구름 같은 머리를 비추지 못하리."

요도가 한참 동안 시를 읊자 요곤도 즐겁지 않았는데, 갑자기 조목(曹牧)이 사람을 보내 장차 배도(裵度)에게 바칠 좋은 개를 끌고 반두관으로 들어왔다. 개는 요도를 보더니 눈을 부라리며 목에 묶인 쇠사슬을 끌고 섬돌 위로 뛰어올랐는데, 그 순간 요도가 여우로 변해 개의 등에 올라타 개의 눈을 파냈다. 개는 놀라 뛰고 울부짖으며 반두관을 나가 형산(荊山)을 향해 달아났다. 요곤이 크게 놀라 몇 리를 쫓아

---

38) 제과(制科) : 당나라 때 황제가 주재한 임시 과거로 제거(制擧)라고도 한다.

39) 반두관(盤豆館) : 당나라 때의 역관(驛館)으로 동관(潼關) 밖의 호성현(湖城縣)에서 서쪽으로 20리 떨어진 곳에 있었는데, 그 명칭은 한(漢)나라 무제(武帝)가 이곳을 지나갈 때 노인들이 그릇에 콩을 담아 진상한 데서 연유했다.

40) 청구(靑丘) : 구미호가 산다는 전설 속 나라 이름.

갔더니 개는 이미 죽어 있었고, 여우는 어디로 갔는지 알 수 없었다. 요곤은 비통하고 안타까운 나머지 온종일 걸음을 뗄 수 없었다. 밤이 되어 어떤 노인이 맛좋은 술을 들고 요곤을 찾아와서 예전부터 그를 알고 있다고 말했다. 요곤은 술을 마시면서도 끝내 노인이 자신을 알고 있는 연유를 짐작할 수 없었다. 노인은 술을 다 마시고 나서 길게 읍(揖)하고 떠나면서 말했다.

"당신에 대한 보답도 충분히 했고, 제 자손들도 별 탈 없습니다."

그러고는 사라졌다. 요곤은 그제야 노인이 [예전에 우물에서 나올 수 있는 방법을 가르쳐 준] 여우였음을 깨달았다. 그 후로는 아무 소식도 들리지 않았다.

太和中, 有處士姚坤, 不求榮達, 居於東洛萬安山南, 以琴尊自怡. 其側有獵人, 網取狐兔. 坤性仁, 恒收贖而放之, 活者凡數百. 坤舊有莊, 質於嵩嶺菩提寺, 坤持其價而贖之. 其知莊僧惠沼行凶, 常於閴處鑿井, 深數丈, 投以黃精數百斤, 求人試服, 觀其變化. 乃飲坤大醉, 投於井中, 以磴石蓋其井. 坤及醒, 無計可出, 但饑茹黃精而已. 如此數日夜, 忽有人於井口召坤姓名, 謂坤曰: "我狐也, 感君活我子孫不少, 故來敎君. 我, 狐之通天者. 初穴於冢, 因上竅, 乃窺天漢星辰, 有所慕焉, 恨身不能奮飛. 遂凝盻注神, 忽然不覺飛出, 躡虛駕雲, 登天漢, 見仙官而禮之. 君但能澄神泯慮, 注盻玄虛. 如此精確, 不三旬而自飛出. 雖竅之至微, 無所礙矣." 坤

曰 : "汝何據耶?" 狐曰 : "君不聞《西升經》云 '神能飛形, 亦能移山'? 君其努力!" 言訖而去. 坤信其說, 依而行之, 約一月, 忽能跳出於礠孔中. 僧見之, 大駭, 視其井依然, 乃禮坤詰其事, 坤告曰 : "但於中餌黃精一月, 身輕如神, 自能飛出, 竅所不礙." 僧然之, 遣弟子以索隆下, 約弟子一月後來窺. 弟子如其言, 月餘來窺, 僧已斃於井矣. 坤歸旬日, 有女子自稱 "夭桃", 詣坤, 云是富家女, 誤爲年少誘出, 失踪不可復返, 願持箕帚. 坤見其妖麗冶容, 至於篇什等俱精, 甚嬖愛之. 後坤應制, 挈夭桃入京. 至盤豆館, 夭桃不樂, 取筆題竹簡, 爲詩一首曰 : "鉛華久御向人間, 欲捨鉛華更慘顔. 縱有靑丘今夜月, 無因重照舊雲鬟." 吟諷久之, 坤亦矍然, 忽有曹牧遣人執良犬, 將獻裴度, 入館. 犬見夭桃, 怒目掣鎖, 蹲步上階, 夭桃亦化爲狐, 跳上犬背, 抉其目. 犬驚, 騰號出館, 望荊山而竄. 坤大駭, 逐之, 行數里, 犬已斃, 狐卽不知所之. 坤惆悵悲惜, 盡日不能前進. 及夜, 有老人挈美醞詣坤, 云是舊相識. 旣飮, 坤終莫能達相識之由. 老人飮罷, 長揖而去, 云 : "報君亦足矣, 吾孫亦無恙." 遂不見. 坤方悟狐也. 後寂無聞矣.

* 이 고사는 《태평광기》 권454 〈호(狐)・요곤〉에 실려 있다.

77-19(2489) 이영서

이영서(李令緒)

출《등청이지(謄聽異志)》

 이영서는 병부시랑(兵部侍郞) 이서(李紓)의 사촌 형이다. 그의 숙부가 강하현승(江夏縣丞)으로 선발되자 그는 숙부를 뵈러 갔는데, 숙부 댁에 도착해 한참을 앉아 있었더니 문지기가 알려 왔다.

"아무 낭자께서 하인을 보내 말씀을 전하시겠답니다."

그 사람을 불러들여서 보았더니 자태가 아주 고운 하녀였는데 그녀가 말했다.

"우리 아가씨께서 오라버니와 올케를 찾아뵙고자 하십니다."

마침 이영서가 먼 곳에서 왔으므로 현승의 처도 그녀에게 말을 전하게 했다.

"아가씨에게 우리 조카를 만나러 이곳에 올 수 있는지 여쭤보게."

그러고는 또 말했다.

"동생에게 무슨 맛있는 음식이 있으면 가져오라 하게."

하녀가 떠난 뒤에 숙부가 이영서에게 말했다.

"너는 알고 있느냐? 나는 한 여우와 알고 지낸 지 1년이 넘었다."

 얼마 후에 누런 적삼을 입은 노복이 커다란 식기를 가져왔으며, 아까 와서 말을 전하던 하녀도 함께 당도해 말했다.

 "아가씨께서 곧 오실 것입니다."

 잠시 후 사방을 황금 고리로 치장한 수레와 시종 20여 명이 문에 도착하자, 현승의 처가 나가서 맞이했다. 30여 세로 보이는 한 부인이 보였는데, 구름 같은 쪽 찐 머리를 두 갈래로 빗어 올렸고 광채가 눈부실 정도였다. 하녀들도 모두 비단옷을 입었고 기이한 향기가 집 안에 가득했다. 이영서는 그녀를 피해 안으로 들어갔다. 그 부인은 당(堂)에 올라 자리에 앉은 후에 현승의 처에게 말했다.

 "이영서가 조카라면서 어째서 나오지 않는 것입니까?"

 이영서는 그 말을 듣고 마침내 나와서 인사했다. 그러자 부인이 이영서에게 말했다.

 "너를 보니 아주 온화하고 후덕하니, 마음속에 당연히 사람들을 재난에서 구해 주려는 뜻을 품고 있을 것이다."

 부인은 하루 종일 얘기를 나누고 나서 작별하고 떠났다. 부인은 그 후에도 자주 왔는데, 올 때마다 진수성찬을 차려 왔다. 반년쯤 지난 후에 이영서가 동락(東洛 : 낙양)으로 돌아가려 할 때, 그 고모[여기서는 부인을 말함]가 말했다.

 "이번에 이 고모가 너의 마음을 파악했다. 고모에게 액운이 있어서 너를 따라 동락으로 가려 하는데 괜찮겠느냐?"

이영서가 놀라며 말했다.

"저는 행색이 가난해 수레를 마련할 수 없습니다."

고모가 또 말했다.

"단지 여자 두 명과 예전부터 부리던 하녀 금화(金花)만 데려갈 것이다. 고모의 일은 네가 잘 알고 있을 테니 굳이 말하지 않겠다. 그저 옷상자 하나만 비워 놓으면 고모가 잠시 쉴 때마다 상자를 열고 닫으며 드나들 것이니 어찌 쉬운 일이 아니겠느냐?"

이영서는 허락했다. 출발할 때 옷상자를 열었더니 서너 개의 검은 그림자가 상자 속으로 들어가는 것이 보였는데, 드나들 때마다 이전에 한 약속을 어기지 않았다. 동도(東都: 낙양)에 도착해 집에 거의 이를 즈음에 이영서가 말했다.

"어느 곳에 모시면 될까요?"

금화가 말했다.

"아가씨는 창고 속을 아주 편안해하십니다."

이영서는 은밀히 그들을 머물게 했는데, 짐꾼만 그 사실을 알고 있었고 나머지 집안사람들은 아무도 몰랐다. 필요한 것이 생기면 금화가 곧바로 직접 와서 가져갔으며, 고모는 가끔 한 번씩 만났다. 몇 달 후에 고모가 말했다.

"이제 액운이 이미 지나갔으니 떠나야겠다."

이영서가 물었다.

"어느 곳으로 가려 하십니까?"

고모가 말했다.

"호선(胡璇)이 예주자사(豫州刺史)에 제수되었는데, 그의 두 딸이 이미 장성했으므로 배필을 찾아 주어야 하니, 지금 그를 위해 일을 처리해야겠다."

이영서는 이듬해 과거에 합격해 관리 선발에 응하려 했지만, 집이 가난해 비용을 마련할 방법이 없어서 예주로 갔다. 예주 경내로 들어섰을 때, 왕래하는 상인과 여행객들은 모두 호 사군(胡使君 : 호선)이 청렴결백해 청탁을 엄격히 근절한다는 말을 전했다. 이영서는 그 때문에 한참 동안 망설이다가 어쩔 수 없이 명함을 전달했다. 그런데 호 사군은 즉시 그를 맞아들여 만나자마자 옛 친구라도 만난 듯이 몹시 기뻐하면서 말했다.

"비록 삼가 만난 적은 없지만, 공이 어려운 처지에 있는 사람들을 구해 주려는 마음을 지니고 있다는 것을 알고 있었소. 오래전부터 그 빛나는 모습을 뵙길 기다렸는데 어찌하여 이렇게 늦게 오셨소?"

그러고는 즉시 그에게 객관을 마련해 주고 아주 후하게 대접했다. 그러자 온 예주 사람들이 말했다.

"사군께서 부임하신 이래로 이런 일은 없었습니다."

이영서는 매일 호 사군의 저택에 들어가 연회를 즐겼는데, 단지 시사(時事)만 논할 뿐 다른 일에 대해서는 얘기하지 않았다. 한 달 남짓 지나서 이영서가 작별을 고하자 호선이 말했다.

"곧 노자를 마련해 줄 것이니, 관리 선발 응시에 필요한 비용으로 쓰도록 하시오."

그러고는 곧바로 현령들을 소집해 말했다.

"나는 본주에 부임한 이후로 한 번도 친지 때문에 그대들을 괴롭힌 적이 없었소. 이영서는 천하의 준재로서 내가 한 번 만나 보고 진정한 장부임을 알게 되었소. 지금 그가 관리 선발에 응시하러 가려 하니, 각자 그에게 노자를 마련해 주되 부족함이 없도록 하시오."

관리들은 평소에 호선의 위엄을 경외하고 있던 터라 현령에서부터 그 이하의 관리들이 모두 최소한 수십 필 이상의 비단을 내놓았다. 그리하여 이영서는 1000필의 비단을 얻었고 행장을 준비할 수 있었다. 호선은 또 연회를 열어 그를 전별했다. 이영서가 극문(戟門)41)을 나서다가 보았더니 따로 문이 하나 있었는데, 그 안에서 금화가 나오며 말했다.

"아가씨께서 산의 정자에서 만나고자 하십니다."

이영서가 정자로 들어갔더니 고모가 이미 나와서 얼굴 가득 기쁨을 띠며 말했다.

---

41) 극문(戟門) : 벼슬이 높거나 귀한 집. 옛날에 궁문이나 3품 이상 고관의 집 문 앞에는 극(戟 : 갈래창)을 세웠다. 여기서는 호선의 저택을 말한다.

"혹시 호 사군이 두 딸을 시집보낼 때까지 기다릴 수 없겠느냐?"

또 말했다.

"너는 감자(甘子 : 홍귤)를 사 놓고도 고모에게 주지 않다니 너무 인색하구나."

이영서가 놀라며 말했다.

"실은 사긴 했습니다만 보잘것없어서 감히 보내 드리지 못했습니다."

고모가 웃으며 말했다.

"그건 농담이다! 네가 산 것은 먹을 만하지 못하니, 고모가 최고로 좋은 것을 가지고 있어서 너에게 줄 테니 가져가거라."

그러고는 가져오게 했는데, 하나같이 모두 주먹만큼 컸다. 작별하고 나서 고모는 또 이영서를 불러 돌아오게 해서 말했다.

"시국이 한창 어려운 때라 네가 비단과 짐을 가지고 가다가 도적이라도 만날까 걱정이니, 이를 어쩌면 좋겠느냐?"

그러면서 말했다.

"금화를 빌려줄 테니 급한 일이 생길 때 금화를 떠올리기만 하면 즉시 무사할 것이다."

이영서는 떠난 지 며칠 만에 과연 50여 명의 도적을 만났다. 이영서는 겁에 질려 말에서 떨어지면서 문득 금화를 생각했더니 곧바로 300여 명의 정예 기병이 나타나 산에서 내려왔는데, 군대의 위용이 매우 성대하고 들고 있는 무기가 번쩍번쩍 빛났다. 기병들이 도적을 모조리 죽였다. 이영서는 도성에 도착할 즈음에 도중의 객점에 묵었는데, 객점 주인은 딸이 병들어 요괴에게 홀렸다고 하면서 여러 의원과 술사들의 치료를 받았지만 효과가 없었다고 했다. 이영서가 말했다.

"내가 치료해 주면 어떻겠소?"

객점 주인이 감사하며 말했다.

"병세가 조금이라도 호전되면 그 보답이 적지 않을 것이오!"

이영서가 마침내 금화를 떠올리자 순식간에 그녀가 도착했는데, 이영서가 사정을 자세히 말해 주자 금화는 딸의 병세를 대강 살펴보고 나서 말했다.

"이건 쉬운 일입니다."

그러고는 마침내 제단 하나를 세우더니 향을 사르고 주문을 외웠다. 잠시 후 몸이 옴투성이인 여우 한 마리가 묶인 채 제단으로 왔다. 금화가 그 여우에게 곤장 100대를 치라고 판결하자 땅에 질펀하게 피가 흘렀다. 마침내 여우를 쫓아냈더니 그 딸은 곧바로 병이 나았다. 미 : 금화의 술법이 천호(天狐)보다 훨씬 뛰어난 것은 정말 이해할 수 없다. 도성에 도착한 뒤 금화가 이영서에게 작별을 고하자 이영서가 말했다.

"멀리까지 날 배웅하느라 고생했는데 따로 줄 만한 것이 없다."

그러고는 술과 음식을 차렸는데, 술기운이 오르자 금화에게 말했다.

"이미 허물없는 사이가 되었기에 한 가지 물어볼 말이 있는데 곤란하지 않겠느냐?"

금화가 말했다.

"일이 있으면 말씀만 하십시오."

이영서가 말했다.

"고모 댁 일의 자초지종을 듣고 싶다."

금화가 대답했다.

"아가씨는 본래 아무 태수의 따님으로, 미 : 아무 태수도 혹시 호 사군의 친척인가? 그 숙부와 형제분들은 당신과 촌수가 멀지 않습니다. 아가씨는 시집가서 소씨(蘇氏)의 아내가 되셨는데 그만 병에 걸려 죽었습니다. 저는 아가씨가 시집갈 때 몸종으로 따라갔는데, 몇 달 후에 저도 죽었기에 아가씨의 옆에 있게 되었습니다. 천제께서 아가씨를 천랑장군(天狼將軍)의 부인으로 짝지어 주셨기 때문에 아가씨는 신통력을 지니게 되었으며, 저도 천랑장군의 비호를 받고 있습니다. 호 사군은 바로 천랑장군의 친조카이십니다. 일전에 치료해 준 객점 집의 딸에게 씌었던 여우는 천랑장군 문하의 일꾼으로 그런 무리가 아주 많은데, 저는 그들을 제압할 수 있습니다. 당신의 재난을 구해 준 정예 기병은 천병(天兵)인데, 제가 그들을 불러오려고만 하면 숫자에는 구애받지 않습니다."

이영서가 감사하며 말했다.

"언제 다시 만날 수 있겠느냐?"

금화가 말했다.

"본래 인연으로 서로 만날 운명은 오늘까지만이니, 이후로는 인연이 끊어지므로 영원히 이별입니다."

이영서는 한참 동안 슬픔에 잠겨 있다가 금화더러 고모에게 대신 감사드리고 부디 옥체를 잘 보전하시라는 말을 전하게 했다. 이영서는 금화에게 선물을 후하게 주었지만, 금화는 모두 받지 않고 떠났다. 호선은 나중에 여러 주의 자사를 역임한 뒤 죽었다.

李令緒, 卽兵部侍郞李紓堂兄. 其叔選授江夏縣丞, 令緒因往覲叔, 及至坐久, 門人報云 : "某小娘子使家人傳語." 喚入, 見一婢甚有姿態, 云 : "娘子參拜兄嫂." 且得令緒遠到, 丞妻亦傳語云 : "娘子能來此看兒侄否?" 又云 : "妹有何飮食, 可致之." 婢去後, 其叔謂令緒曰 : "汝知乎? 吾與一狐知聞, 逾年矣." 須臾, 黃衫奴齎大食器, 並向來傳語婢同到, 云 : "娘子續來." 俄頃間, 乘四鐶金飾輿, 僕從二十餘人至門, 丞妻出迎. 見一婦人, 年可三十餘, 雙梳雲髻, 光彩可鑒. 婢等皆羅綺, 異香滿宅. 令緒避入. 其婦升堂坐訖, 謂丞妻曰 : "令緒旣是子侄, 何不出來?" 令緒聞之, 遂出拜. 謂曰 : "觀君甚長厚，心懷中應有急難於衆人。"談話盡日，辭去。後數來，每至皆有珍饌。經半年，令緒擬歸東洛，其姑遂言："此度阿姑得令緒心矣。阿姑緣有厄，擬隨到東洛，可否？"令緒驚云："行李貧迫，車乘無所致。"又云："祇將女子兩人，並向來所使婢金花去。阿姑事，令緒應知，不必言也。但空一衣籠，阿姑暫過歇，開閉出入，豈不易乎？"令緒許諾。及發，開籠，見三四黑影入籠中，出入不失前約。至東都，將到宅，令緒云："何處可安置？"金花云："娘子要於倉中甚便。"令緒密爲部置，唯逐馳奴知之，餘家人莫有知者。每有所要，金花卽自來取，阿姑時時一見。後數月，云："厄已過矣，擬去。"令緒問："欲往何處？"阿姑云："胡璿除豫州刺史，緣二女成長，須有匹配，今與渠處置。"令緒明年合格，臨欲選，家貧無計，乃往豫州。及入境，往來商旅，皆傳胡使君淸白，嚴絶干謁。令緒徬徨久之，不獲已，乃投刺。卽時引入，一見極喜，如故人，云："雖未奉見，知公有急難。久佇光儀，來何晚也？"卽授館，供給頗厚。一州云："自使君到，未曾有如此。"每日入宅歡宴，但論時事，亦不言他。月餘，令緒告別，璿云："卽與處置路糧，充選時之費。"便集縣令曰："璿自到州，不曾有親故擾。李令緒天下俊秀，某一見，知是丈夫。今將赴選，各須與致糧食，無令輕鮮。"官吏素畏其威，自縣令已下，贈絹無數十疋已下者。令緒獲絹千疋，仍備行裝。又留宴別。令緒因出戟門，見別有一門，金花自內出云："娘子在山亭院要相見。"及入，阿姑已出，喜盈顏色，曰："豈不能待嫁二女？"又云："令緒買得甘子，不與令姑，太慳也。"令緒驚云："實買得，不敢特送。"笑云："此戲言耳！君所買者不堪，阿姑自有上者，與令緒將去。"命取之，一一皆大如拳。既別，又喚回云："時方艱難，所將絹帛行李，恐遇盜賊，爲之奈何？"乃曰："借與金花將去，但有事急，一念金花，卽當無事。"令緒行數日, 果遇盜五十餘人. 令緒懼墜馬, 忽思金花, 便見精騎三百餘人, 自山而來, 軍容甚盛, 所持器械, 光可以鑒. 殺賊略盡. 欲至京, 路店宿, 其主人女病, 云是妖魅, 歷諸醫術, 無效. 令緒云: "治却何如?" 主人謝云: "但得少差, 報效不輕!" 遂念金花, 須臾便至, 具陳其事, 略見女之病, 乃云: "易也." 遂結一壇, 焚香爲咒. 俄頃, 有一狐 甚疥癩, 縛至壇中. 金花決之一百, 流血遍地. 遂逐之, 其女便愈. 眉: 金花術更在天狐之上, 誠所不解. 及到京, 金花辭令緒, 令緒云: "遠勞相送, 無可贈別." 乃致酒饌, 飮酣, 謂曰: "旣無形迹, 亦有一言, 得無難乎?" 金花曰: "有事但言." 令緒云: "願聞阿姑家事來由也." 對曰: "娘子本某太守女, 眉: 某太守豈亦胡使君之屬乎? 其叔父昆弟, 與令緒不遠. 嫁爲蘇氏妻, 遇疾終. 金花是從嫁, 後數月亦卒, 故得在娘子左右. 天帝配娘子爲天狼將軍夫人, 故有神通, 金花亦承阿郎餘蔭. 胡使君卽阿郎親子侄. 昨所治店家女, 其狐是阿郎門側役使, 此輩甚多, 金花能制之. 銳騎救難者, 是天兵, 金花要喚, 不復多少." 令緒謝之云: "何時當再會?" 金花云: "本以姻緣運合, 祇到今日, 自此緣絶, 便當永辭." 令緒惆悵良久, 傳謝阿姑, 千萬珍重. 厚與金花贈遺, 悉不受而去. 胡璇後歷數州刺史而卒.

* 이 고사는 《태평광기》 권453 〈호(狐)·이영서〉에 실려 있다.

77-20(2490) 이철

이철(李哲)

출《통유기(通幽記)》

당(唐)나라 정원(貞元) 4년(788) 봄에 상주(常州)의 녹사참군(錄事參軍) 이철은 단양현(丹陽縣)의 동쪽 성곽에 살고 있었다. 그곳에서 5리 떨어진 곳에 있는 장원에는 초가집이 많았는데, 어느 날 대낮에 불을 지피지 않았는데도 저절로 불이 나자 사람들이 황급히 껐더니 곧 꺼졌다. 땅을 살펴보았더니 1척 남짓한 너비의 짚신 발자국이 있어, 사람들은 도둑일 것이라 생각하고 샅샅이 뒤졌으나 아무것도 없었다. 열흘 동안에 여러 차례 화재가 일어났지만 모두 쉽게 꺼지자, 이철은 그제야 요괴의 짓임을 깨달았다. 그 후에 공중에서 무언가를 집어 던져 집안 식구들을 두려움에 떨게 만들었고, 또 옷가지 등이 없어지는 일이 번번이 일어났다. 아만(阿萬)이라는 유모는 본디 귀신과 통했는데, 한 남자가 늘 자신을 따라 드나드는 것을 보았다. 그 남자는 간혹 호인(胡人)의 모습을 하고 나타났는데, 수염이 위엄 있고 검은 양 갖옷을 입었으며 붉은색과 자주색이 섞여 있는 담비 털모자를 쓴 채 순식간에 나타났다. 이철이 밤에 방에서《춘추(春秋)》를 읽고 있을 때, 아만이 보았더니 그 호인이 책 한 권을 훔쳐 달아나자 급히 달려가 이철에게 알렸다. 이철이 책을 검사했더니 한 권이 부족해 돌려 달라고 빌었더니 잠시 후 책이 다시 책갑 속으로 돌아왔는데, 훼손되거나 더럽혀지지 않았다. 이철은 근심하다가 정원의 대나무가 너무 무성해서 귀신이 그곳에 살고 있을 것이라고 생각해, 대나무를 베어 버리고 복숭아나무를 심으려고 남몰래 계획을 세웠다. 그때 갑자기 정원에서 편지 한 통을 발견했는데, 이렇게 적혀 있었다.

"당신이 대나무를 베어 내고 복숭아나무를 심으려고 계획했다고 들었는데, 베어 낸 대나무를 모두 댓살로 만드시오. 상주의 곡식은 지금 값이 싸서 한 배 분량의 대나무면 한 배의 곡식과 바꿀 수 있을 것이니 속히 도모하길 바라오."

편지의 글씨는 그다지 잘 쓰지 못했으며 종이는 사방 몇 촌에 불과했다. 이철의 형의 아들 이사온(李士溫)과 이사유(李士儒)는 모두 강인하고 용감했다. 그들은 늘 귀신을 욕했는데, 그럴 때면 관(冠)이나 신발이 사라지곤 했지만 나중에 조금만 빌면 잃어버렸던 물건들이 돌아왔다. 귀신이 다시 편지를 던졌는데 이러했다.

"성인도 그릇된 생각을 하면 미치광이가 되고, 미치광이도 올바른 생각을 하면 성인이 되는 법이오. 당신은 처음에 나를 욕했지만 나중에 나에게 빌었으니 지금 모두 돌려주는 것이오."

편지의 끝에는 "묵적군(墨荻君) 올림"이라고 적혀 있었다. 수십 일 후에 그의 집에는 잃어버린 물건이 아주 많았다. 어느 여름밤에 이사온이 술에 취해 등불을 등지고 침상에서 자고 있을 때, 한 사내가 문으로 곧장 들어오는 것이 보였는데, 그 사내는 사람이 있는 것을 신경 쓰지 않고 등불 앞까지 왔다. 이사온은 갑자기 몸을 일으켜 그 사내를 움켜잡았는데, 그 바람에 등불이 꺼지자 어둠 속에서 온 힘을 다해 격투를 벌였다. 한참 있다가 캑캑! 하는 소리가 나기에 등불을 비췄더니 점점 단단해졌는데 다름 아닌 기왓장이었다. 기와 등에는 얼굴이 그려져 있었고 종이로 만든 두건을 쓰고 있었으며, 어린아이의 옷을 입고 부인의 비단 어깨걸이로 머리를 여러 번 싸매 묶었다. 이사온은 그 기왓장을 기둥에 매달고 못을 박아 부숴 버렸다. 며칠 뒤에 어떤 부인이 밭에서 상복을 입고 곡하면서 "내 남편을 죽였다!"라고 말했는데, 그다음 날에는 정원에서 곡하면서 다음과 같은 편지를 던졌다.

"속담에서 이르길, '닭 한 마리가 죽으면 다른 닭 한 마리가 대신 운다'라고 했소. 우리 모두가 반드시 복수하겠소."

그러더니 이전처럼 이철의 집을 드나들었다. 그 부인이 한번은 사람의 옷을 정원의 나무에 입혔더니 나무가 무성해졌는데, 무슨 영문인지 알 수 없었다. 이철이 부탁하자 결국 나무에서 옷을 벗겼다. 또 커다란 기물을 작은 그릇 속에 집어넣었는데, 넣었다 빼는 데 아무런 장애가 없었다. 열흘이 지났을 때 이사유는 또 등불을 켜 놓고 있다가 한 부인이 밖에서 들어오는 것을 보았는데, 그 부인은 등불 아래서 놀다가 다시 이사유에게 붙잡혔다. 한참을 서로 싸우다가 이사유가 손으로 후려쳤더니 부인이 딱딱해졌다. 등불로 비춰 보았더니 그것은 옷을 입은 기와였다. 마침내 그것을 부숴 버렸더니, 다음 날 다시 그 무리가 와서 슬피 곡을 했다. 귀신은 늘 이철의 두 조카를 두려워해 그들을 이랑(二郞)이라고 불렀으며, 이랑이 오면 자주 오지 않았다. 이철이 몰래 거처를 옮기려 했을 때 편지 한 통을 받았다.

"당신이 거처를 옮기려 한다는 말을 듣고 내가 이미 먼저 그곳에 도착해 있소."

이철에게는 늙은 개 두 마리가 있었는데, 한 마리는 이름이 한아(韓兒)였고 다른 한 마리는 맹자(猛子)였다. 그런데 그 요괴가 집에 머무르기 시작하면서부터 개들이 밥을 먹지 않고 늘 꼬리를 흔들며 어두운 곳에서 놀기에 결국 죽였다. 그 후로는 집 안에서 몰래 의논한 일을 귀신이 알지 못했다. 또 편지 한 통이 왔다.

"한대(韓大 : 한아)와 맹이(猛二 : 맹자)가 없어진 후로 우리는 의지할 데가 없어졌소." 미 : 도둑은 도와주는 자가 있어야 들어오고, 요괴도 의지할 자가 있어야 움직인다.

이철은 윤주(潤州)에서 위사창(韋士昌)이라는 점쟁이를 모셔 왔는데, 위사창이 부적을 기와와 추녀 사이에 넣어 귀신을 누르려 했더니 귀신이 편지를 보내왔다.

"부적이란 지극히 성스러운 것인데, 그런 것을 지붕 위에다 두다니 너무 경솔한 것 아니오?"

위사창은 어찌할 도리가 없어 결국 떠났다. 이철은 회초(淮楚) 지방에 위생(衛生)이라는 사람이 오래도록 주술을 익혀 왔다는 말을 듣고 그를 초청했다. 위생이 오자 귀신은 자못 꺼려서 조금 뜸하게 찾아왔다. 위생은 도량(道場)을 설치하고 고소술(考召術 : 귀신을 불러들이는 도술)을 행하면서 상자를 제단에 두었는데, 하룻밤 뒤에 보았더니 상자 속에 문서 하나가 들어 있었다. 문서에는 그동안 잃어버렸던 물건들이 적혀 있었다.

"약간의 물건은 이미 팔아 약간의 돈을 얻었고, 그 돈으로 과일과 빗 등을 사서 먹거나 다 써 버렸소. 그 나머지 약간은 모두 돌려주겠소."

그 물건들을 확인해 보았더니 모두 상자 안에 있었다. 또 이렇게 적혀 있었다.

"잃어버린 솥은 정말로 내가 가져간 것이 아니니 물가에 가서 물어보도록 하시오."

문서에서는 "호삼(狐滕) 등 올림"이라고 적혀 있었다. 그 후로 귀신은 더 이상 오지 않았다. 훗날 강가에서 과연 솥을 찾아냈으니, 이로써 물가에 가서 물어보라던 말이 징험되었다.

唐貞元四年春，常州錄事參軍李哲，家於丹陽縣東郭．去五里有莊，多茅舍，晝日無火自焚，救之而滅．視地，麻履跡廣尺餘，意爲盗，索之，無狀．旬時屢災而易撲，方悟其妖異．後乃有投擲空間，家人怖悸，輒失衣物．有乳母阿萬者，性通鬼神，嘗見一丈夫，出入隨之．或爲胡形，鬚髯偉然，羔裘貂帽，間以朱紫，倏閃出來．哲晚習《春秋》於閤，阿萬見胡人竊書一卷而去，馳報哲．哲閱書，欠一卷，方祝祈之，須臾，書復帙中，亦無損污．李氏患之，意其庭竹聳茂，鬼魅可栖，潛議伐去之，以植桃．忽於庭中得一書："聞君議伐竹種桃，盡爲竹籌．州下粟方賤，一船竹可貿一船粟，幸速圖之．"其筆札不工，紙方數寸．哲兄子士溫・士儒，並剛勇．常罵之，輒失冠履，後稍祈之，而歸所失．復投書曰："惟聖罔念作狂，惟狂克念作聖．君始罵我而見祈，今並還之．"書後言："墨荻君狀．"數旬之後，其家失物至多．夏夜，士溫醉臥，背燭牀頭，見一丈夫，自門直入，不虞有人，因至燭前．士溫忽躍身擒之，果獲，燭亦滅，於暗中扞禦盡力．久之，喀喀有聲，燭至堅漸，是一瓦．瓦背畫作眉目，以紙爲頭巾，衣一小兒衣，又以婦人披帛，纏頭數匝，方結之．李氏遂釘於柱，碎之．數日外，有婦人喪服哭於闉，言"殺我夫"，明日哭於庭，乃投書曰："諺所謂'一鷄死，一鷄鳴'．吾屬百戶，當相報耳．"如是往來如初．嘗取人衣著庭樹，樹扶疏，莫知所由也，求而遂解之．又以大器物投小器中，出入不礙．旬時，士儒又張燈，見一婦人外來，戲燭下，復爲士儒擒焉．扞力良久，搬而硬．燭之，亦瓦而衣也．遂碎之，而明日復有其類哀哭．常畏二侄，呼爲二郎，二郎至，卽不多來．李氏潛欲徙其居，而得一書曰："聞君欲徙居，吾已先至其所矣．"李氏有二老犬，一名韓兒，一名猛子. 自有此妖, 不復食, 常搖尾戲於空暗處, 遂斃之. 自後家中有竊議事, 魅莫能知之. 一書: "自無韓大猛二, 吾屬無依." 眉: 盜有脚而入, 妖亦有依而動. 李氏於潤州迎山人韋士昌, 士昌以符置諸瓦櫃間以魘之, 鬼書至曰: "符至聖也, 而置之屋上, 不亦輕爲?" 士昌無能爲, 乃去. 聞淮楚有衛生者, 久於咒術, 乃邀之. 衛生至, 其鬼頗憚之, 其來稍疏. 衛生乃設道場以考召, 置箱於壇中, 宿昔箱中得一狀. 狀件所失物, 云: "若干物已貨訖, 得錢若干, 買果子及梳子等食訖. 其餘若干, 並送還." 驗其物, 悉在箱中. 又言: "失鐺子, 某實不取, 請問諸水濱." 狀言"狐膝等狀". 自此更不復來. 異日於河中果得鐺, 乃驗水濱之說也.

* 이 고사는 《태평광기》 권363 〈요괴 · 이철〉에 실려 있다.

권78 요괴부(妖怪部)

요괴(妖怪) 7

이 권은 대부분 수족의 여러 요괴를 실었다.
此卷多載水族諸怪.

78-1(2491) 바닷사람

해상인(海上人)

출《계신록》미 : 이하는 물의 요괴다(以下水怪).

　근자에 어떤 바닷사람이 물고기 통발에서 한 물체를 잡았는데, 그것은 바로 사람의 손이었다. 그 손바닥 안에 얼굴이 있었는데, 일곱 개의 구멍이 모두 갖추어져 있었으며 움직일 수도 있었으나 말은 하지 못했다. 그것이 오랫동안 여러 사람의 손을 거쳐 구경거리가 되었을 때 어떤 사람이 말했다.

　"이것은 신물(神物)이니 죽여서는 안 됩니다."

　그 사람이 그것을 물 위에 놓아주자 그것은 물에 떠서 가다가 수십 보쯤 갔을 때 갑자기 몇 차례 크게 웃으며 뛰어오르더니 물속으로 들어가 버렸다.

近有海上人於魚扈中得一物, 是人一手. 而掌中有面, 七竅皆具, 能動而不能語. 傳玩久之, 或曰 : "此神物也, 不當殺之." 其人乃放置水上, 此物浮水而去, 可數十步, 忽大笑數聲, 躍沒於水.

* 이 고사는 《태평광기》 권467 〈수족(水族)·해상인〉에 실려 있다.

78-2(2492) 이탕

이탕(李湯)

출《융막한담(戎幕閑談)》

[당나라] 영태(永泰) 연간(765~766)에 이탕은 초주자사(楚州刺史)로 있었다. 당시 어떤 어부가 밤에 귀산(龜山) 아래에서 낚시를 했는데, 낚싯바늘이 어떤 물체에 끌려 들어가더니 다시 밖으로 나오지 않았다. 어부는 헤엄을 잘 쳤던지라 재빨리 물속으로 50장(丈)을 내려가서 보았더니, 커다란 쇠사슬이 산 밑동을 칭칭 감고 있었는데 끝이 어딘지 찾아낼 수 없었다. 어부가 그 사실을 이탕에게 고하자, 이탕은 어부와 헤엄 잘 치는 사람 수십 명에게 명해 그 사슬을 가져오게 했는데, 그들의 힘만으로는 끌어당길 수 없었다. 그래서 소 50여 마리를 보태 주었더니 사슬이 움직이면서 조금씩 강 언덕으로 나왔다. 그때는 바람과 파도가 없었는데, 갑자기 물결이 용솟음치자 구경하던 사람들이 크게 놀랐다. 사슬 끄트머리에 원숭이처럼 생긴 짐승 한 마리가 보였는데, 머리가 하얗고 갈기가 길며 이빨이 눈처럼 희고 발톱이 금빛이었다. 그 짐승이 갑자기 언덕으로 뛰어올랐는데, 키가 5장이 넘었으며 웅크리고 앉은 모습은 원숭이와 비슷했으나 두 눈을 뜨지 못한 채 그저 정신 나간 듯이 멍하니 있었

다. 또 눈과 코에서는 마치 샘처럼 물이 흘러나왔는데, 침 냄새가 너무 비리고 지독해서 사람이 접근할 수 없었다. 한참 후에 그 짐승은 목을 길게 빼고 기지개를 펴며 하품을 하더니 두 눈을 갑자기 번쩍 떴는데, 눈에서 번갯불 같은 광채가 났다. 그 짐승이 사람들을 돌아보고 미친 듯이 성을 내려 하자, 구경하던 사람들은 허겁지겁 도망갔다. 그러자 그 짐승도 천천히 쇠사슬을 끌며 소를 매단 채 물속으로 들어가더니 결국 다시 나오지 않았다.

원화(元和) 9년(814) 봄에 농서(隴西) 사람 이공좌(李公佐)는 옛 동오(東吳) 지방을 찾아갔다가, 태수 원공석(元公錫)을 따라 동정호(洞庭湖)에서 뱃놀이를 한 후 포산(包山)에 올라 도사 주초군(周焦君)의 오두막에서 하룻밤을 묵었다. 그들은 신령한 동굴에 들어가서 선서(仙書)를 찾아보았는데, 바위틈에서 오래된 《악독경(嶽瀆經)》 제8권을 찾아냈다. 그러나 글자가 기이한 데다 묶어 놓은 책이 좀먹고 너덜너덜해져서 내용을 이해할 수 없었다. 이공좌가 주초군과 함께 자세히 읽어 보았다.

"우(禹)임금이 치수(治水)할 때 세 차례나 동백산(桐柏山)에 갔는데, 심한 바람이 불고 번개가 마구 내리쳤으며 돌과 물이 소리 내어 울었다. 우임금은 화가 나서 백령(百靈)을 불러 모아 홍몽씨(鴻蒙氏)·장상씨(章商氏)·두로씨(兜盧氏)·이루씨(犁婁氏)를 가뒀다. 또 회와수신(淮渦水神)

무지기(無支祁)를 잡았는데, 무지기는 응대와 언변에 뛰어났고 강회(江淮)의 깊이와 평원과 습지의 거리를 잘 알고 있었다. 그 모습은 마치 원숭이 같았고 납작한 코에 이마가 솟아 있었으며, 푸른 몸에 흰 머리, 금빛 눈에 눈처럼 흰 이빨을 하고 있었다. 또 목을 길게 빼면 100척이나 되었고 힘은 코끼리 아홉 마리보다 셌으며, 뛰어올라 후려치면서 아주 날렵하게 질주했다. 그래서 우임금은 무지기를 경진(庚辰) 미 : 경진은 신 이름이다. 에게 넘겨 진압하게 했는데, 경진은 무지기의 목에 커다란 쇠사슬을 매고 코를 뚫어 금방울을 단 뒤에 회음(淮陰)의 귀산 밑동 아래로 보냄으로써, 미 : 지금 전하는 귀산수모(龜山水母)42)가 이것이다. 회수가 영원히 안전하게 바다로 흘러들어 가게 했다. 무지기의 모습을 그린 자는 회수의 풍랑과 비바람으로 인해 겪는 화를 면할 수 있다."

永泰中, 李湯任楚州刺史. 時有漁人, 夜釣於龜山之下, 其釣因物所制, 不復出. 漁者健水, 疾沉於下五十丈, 見大鐵鎖, 盤繞山足, 尋不知極. 遂告湯, 湯命漁人及能水者數十, 獲其鎖, 力莫能制. 加以牛五十餘頭, 鎖乃振動, 稍稍就岸. 時無風濤, 驚浪翻涌, 觀者大駭. 鎖之末, 見一獸, 狀如猿, 白首

---

42) 귀산수모(龜山水母) : 민간에서 회수신(淮水神)인 무지기(無支祁)는 때때로 여성의 형상으로 등장하는데, '귀산수모' 또는 '사주성모(泗州聖母)'라고 불린다.

長鬐, 雪牙金爪. 閩然上岸, 高五丈許, 蹲踞之狀若猿猴, 但兩目不能開, 兀若昏昧. 目鼻水流如泉, 涎沫腥穢, 人不可近. 久乃引頸伸欠, 雙目忽開, 光彩若電. 顧視人焉, 欲發狂怒, 觀者奔走. 獸亦徐徐引鎖, 拽牛入水去, 竟不復出. 至元和九年春, 隴西李公佐訪古東吳, 從太守元公錫泛洞庭, 登包山, 宿道者周焦君廬. 入靈洞, 探仙書, 石穴間得古《嶽瀆經》第八卷. 文字奇, 編次蠹毀, 不能解. 公佐與焦君共詳讀之: "禹理水, 三至桐柏山, 驚風走雷, 石號水鳴. 禹怒, 召集百靈, 因囚鴻蒙氏·章商氏·兜盧氏·犁婁氏. 乃獲淮渦水神, 名無支祁, 善應對言語, 辨江淮之淺深, 原隰之遠近. 形若猿猴, 縮鼻高額, 青軀白首, 金目雪牙. 頸伸百尺, 力踰九象, 搏擊騰踔, 疾奔輕利. 禹授之庚辰 眉: 庚辰, 神名. 以戰, 頸鎖大索, 鼻穿金鈴, 徙淮陰龜山之足下, 眉: 今相傳龜山水母是也. 俾淮水永安流注海也. 圖此形者, 免淮濤風雨之難."

* 이 고사는 《태평광기》 권467 〈수족·이탕〉에 실려 있다.

78-3(2493) 유 아무개

유갑(劉甲)

출《저궁구기(渚宮舊記)》 미 : 이하는 교룡의 정괴다(以下蛟龍之精).

[남조] 송(宋)나라의 유 아무개는 강릉(江陵)에서 살았다. 원가(元嘉) 연간(424~453)에 그의 딸은 열네 살이 되었는데, 자색이 단아하고 고왔다. 그녀는 일찍이 불경(佛經)을 읽어 본 적이 없었는데, 어느 날 갑자기《법화경(法華經)》을 염송했으며, 얼마 뒤에는 그녀의 거처에서 기이한 빛이 났다. 그녀가 말했다.

"저는 이미 정각(正覺)을 얻었으니, 마땅히 14일 동안 재(齋)를 올려야 합니다."

그래서 집에서 고좌(高座)를 마련하고 보장(寶帳)을 설치했다. 그녀가 고좌에 올라가 불경을 강론했는데 그 말이 심오했다. 또 다른 사람들의 길흉을 말했는데 일마다 모두 맞아떨어졌다. 그리하여 원근의 사람들은 그녀를 경배하면서 옷을 벗어 바치고 보석을 던졌는데 그 수를 헤아릴 수 없었다. 미 : 어찌 오묘하다고 여기지 않겠는가? 강릉을 진수하고 있던 형양왕[衡陽王 : 유의계(劉義季)]이 몸소 보좌관을 이끌고 와서 참관했다. 12일이 지나서 도사 사현진(史玄眞)은 그녀가 요괴임을 간파하고 베옷을 떨치며 그곳으로 갔다.

그녀는 그 사실을 이미 알고 사람을 시켜 문을 지키게 하면서 말했다.

"마귀가 곧 찾아올 것이니 도복(道服)을 입은 자는 일절 들여보내지 마라."

사현진은 변복(變服)하고 갑자기 들어갔다. 그녀는 처음에는 소리쳐 사현진을 꾸짖었는데, 사현진이 곧장 앞으로 나아가 물을 뿌렸더니 갑자기 기절했다가 한참 만에 깨어났다. 사현진이 그간의 여러 일을 물었더니 그녀는 모두 모른다고 했다. 사현진이 말했다.

"이는 용에게 홀린 것이다."

그 후로 그녀는 정상을 회복했으며, 시집가서 선씨(宣氏)의 아내가 되었다.

宋劉甲居江陵. 元嘉中, 女年十四, 姿色端麗. 未嘗讀佛經, 忽一日暗誦《法華經》, 女所住屋, 尋有奇光. 女云 : "已得正覺, 宜作二七日齋." 家爲置高座, 設寶帳. 女登座講論, 詞理玄奧. 又說人之災祥, 諸事皆驗. 遠近敬禮, 解衣投寶, 不可勝數. 眉 : 有何不妙? 衡陽王在鎭, 躬率參佐觀之. 經十二日, 有道士史玄眞, 識其怪邪, 振褐往焉. 女卽已知, 遣人守門, 云 : "魔邪尋至, 凡著道服, 咸勿納之." 眞變服奄入. 女初猶喝罵, 眞便直前, 以水灑之, 卽頓絶, 良久乃甦. 問以諸事, 皆云不識. 眞曰 : "此龍魅也." 自是復常, 嫁爲宣氏妻.

* 이 고사는 《태평광기》 권418 〈용(龍)·유갑〉에 실려 있다.

78-4(2494) 늙은 교룡

노교(老蛟)

출《통유기》

　소주(蘇州)의 무구사산(武丘寺山) 미 : 무구는 호구(虎丘)다. 은 세간에서 오왕(吳王) 합려(闔閭)의 능이라고 한다. 한 석굴이 바위 아래로 나 있는데 마치 일부러 뚫어 놓은 듯한 모습이다. 또 석굴 속에는 깊이를 헤아릴 수 없는 물이 있다. 어떤 사람은 이곳을 진시황(秦始皇)이 보검을 파내 간 곳이라고도 한다. 당(唐)나라 영태(永泰) 연간(765~766)에 어떤 젊은이가 이곳을 지나가다가 한 미녀가 물속에서 목욕하고 있는 것을 보았다. 미녀는 젊은이에게 물었다.

　"함께 놀지 않을래요?"

　그러고는 다가와서 그를 잡아끌었다. 젊은이는 마침내 옷을 벗고 물속으로 들어갔다가 익사했다. 며칠 뒤에 젊은이의 시체가 물 위로 떠올랐는데 몸이 완전히 말라비틀어져 있었다. 그 아래에 필시 해묵은 교룡이 굴속에 숨어 있다가 사람을 홀려서 피를 빨아 먹었기 때문일 것이다. 미 : 미녀가 스스로 사람을 말라 죽게 할 수 있으니, 반드시 해묵은 교룡이 아닐 수도 있다. 이 일은 젊은이와 동행했던 자가 얘기해 주었다.

평 : 살펴보니 [당나라] 잠삼(岑參)의 〈초북객부(招北客賦)〉에서 이르길, "천 년 묵은 교룡이 부인으로 변해, 눈부신 옷에 곱게 단장하고 물가에서 노닌다네"라고 했다.

蘇州武丘 眉 : 武丘卽虎丘. 寺山, 世言吳王闔閭陵. 有石穴, 出於岩下, 若嵌鑿狀. 中有水, 深不可測. 或云秦王鑿取劍之所. 唐永泰中, 有少年經過, 見一美女, 在水中浴. 問少年 : "同戲否?" 因前牽拽. 少年遂解衣而入, 因溺死. 數日, 屍方浮出, 而身盡乾枯. 其下必是老蛟潛窟, 媚人以吮血故也. 眉 : 美女自能使人乾枯, 不必老蛟. 同行者述其狀云.
評 : 按岑參〈招北客賦〉云 : "千歲老蛟, 化爲婦人, 炫服靚妝, 游於水濱."

* 이 고사는 《태평광기》 권425 〈용·노교〉와 〈무휴담(武休潭)〉에 실려 있다.

78-5(2495) 흔주자사

흔주자사(忻州刺史)

출《광이기》미 : 이하는 뱀의 정괴다(以下蛇精).

당(唐)나라 때 흔주자사는 오랫동안 비어 있었는데, 전후로 부임한 사람들이 대부분 죽었기 때문이었다. 고종(高宗) 때 어떤 금오낭장(金吾郞將)이 시험 삼아 그 관직을 맡았다. 그가 임지에 도착해 밤에 혼자 청사에서 자고 있었는데, 이경(二更)이 지났을 때 처마 밖에서 검은색 물체가 보였다. 그것은 큰 배처럼 생겼는데 두 눈 사이의 거리가 몇 장(丈)이나 되었다. 자사가 어떤 신이냐고 묻자 그것이 대답했다.

"저는 큰 뱀입니다."

자사가 뱀에게 모습을 바꾼 뒤에 만나자고 하자, 뱀은 마침내 사람의 모습으로 변해 청사로 왔다. 자사가 물었다.

"어찌하여 사람을 죽였느냐?"

뱀이 말했다.

"애당초 죽일 마음이 없었는데, 그 손님들이 스스로 겁에 질려서 죽었을 뿐입니다."

또 물었다.

"너는 죽일 마음이 없다면 무슨 까닭에 자주 모습을 드러내느냐?"

뱀이 말했다.

"저에게 답답한 일이 있어서 모름지기 부주(府主 : 자사)와 상의하려고 했습니다."

자사가 물었다.

"어떤 답답한 일이 있느냐?"

뱀이 말했다.

"예전에 제가 어렸을 때 옛 무덤 속에 들어갔는데, 그 후로 몸이 점점 커져 나올 수 없었습니다. 여우·토끼·살쾡이·오소리 등이 간혹 무덤으로 들어와야만 잡아먹을 수 있었습니다. 지금 땅속에 오래 있으면서 죽으려 해도 죽을 수 없기에 사군(使君 : 자사)에게 도움을 청하는 것입니다."

자사가 물었다.

"만약 그렇다면 땅을 파서 꺼내 주면 어떻겠느냐?"

뱀이 말했다.

"저는 구불구불한 몸의 길이가 이미 10여 리나 되기 때문에 만약 파내려고 한다면 성읍(城邑)이 모두 무너질 것입니다. 지금 성의 동쪽에 왕촌(王村)이 있고 왕촌 서쪽에 커다란 나무가 있는데, 사군께서 제사를 지낸 뒤 사람들에게 나무 밑을 2장 깊이까지 파게 하신다면 그 안에 쇠함이 있을 것이니, 그 쇠함을 열면 저는 틀림없이 나올 수 있습니다."

말을 마치고는 작별하고 떠났다. 날이 밝자 자사가 뱀의 말대로 그곳에 가서 땅을 팠더니 쇠함이 나왔다. 자사가 청사로 돌아와서 쇠함을 열었더니 푸른 용이 함 속에서 하늘로 날아올라 곧장 가서 뱀을 죽였는데, 뱀의 머리와 꼬리가 끊어져 토막 났다. 뱀이 죽게 되자 괴이한 일도 사라졌다.

唐忻州刺史是天荒闕, 前後歷任多死. 高宗時, 有金吾郞將來試此官. 旣至, 夜獨宿廳中, 二更後, 見檐外有物黑色. 狀如大船, 兩目相去數丈. 刺史問爲何神, 答云 : "我大蛇也." 刺史令其改貌相見, 蛇遂化作人形, 來至廳中. 乃問 : "何故殺人?" 蛇云 : "初無殺心, 其客自懼而死爾." 又問 : "汝無殺心, 何故數見形軀?" 曰 : "我有屈滯, 當須府主謀之." 問 : "有何屈?" 曰 : "昔我幼時, 曾入古冢, 爾來形體漸大, 求出不得. 狐兎狸狢等, 或時入冢, 方得食之. 今長在土中, 求死不得, 故求於使君爾." 問 : "若然者, 當掘出之, 如何?" 蛇云 : "我逶迤已十餘里, 若欲發掘, 城邑俱陷. 今城東有王村, 村西有大樹, 使君可設齋戒, 令人掘樹深二丈, 中有鐵函, 開函視之, 我當得出." 言畢辭去. 及明, 如言往掘, 得函. 歸廳開之, 有靑龍從函中飛上天, 徑往殺蛇, 首尾中分. 蛇旣獲死, 其怪絶矣.

* 이 고사는 《태평광기》 권456 〈사(蛇)·흔주자사〉에 실려 있다.

78-6(2496) 이황

이황(李黃)

[당나라] 원화(元和) 2년(807)에 농서(隴西) 사람 이황은 염철사(鹽鐵使) 이손(李遜)의 조카였다. 관리 선발을 기다리던 차에 이황은 한가한 틈을 타서 장안(長安)의 동시(東市)에 갔다가 소 수레 한 대를 보았는데, 시녀 몇 명이 수레 안에서 물건을 사고 있었다. 이황은 몰래 수레 안을 보다가 흰옷을 입은 예쁜 여자를 보았는데, 몸이 가냘프고 고운 것이 절세가인이었다. 이자(李子 : 이황)가 누구냐고 물었더니 시녀가 말했다.

"아씨는 원씨(袁氏) 집안의 따님으로 이전에 이씨(李氏) 집안에 시집갔는데, 지금은 과부가 되어 이씨를 위해 상복을 입고 계십니다. 이제 상복을 벗을 때가 되었기에 장을 보러 온 것입니다."

이황이 또 물었다.

"다른 사람에게 재가하실 뜻은 있습니까?"

그러자 시녀가 웃으며 말했다.

"잘 모르겠습니다."

이자가 곧장 돈을 꺼내 비단을 사 주자 시녀들이 말을 전해 왔다.

"잠시 돈을 빌려 비단을 산 것으로 하겠습니다. 저희를 따라 장엄사(莊嚴寺)의 왼쪽에 있는 집으로 가시면, 늦지 않게 돌려드리겠습니다."

이자는 소 수레를 따라갔는데, 밤이 되어서야 그곳에 도착했다. 소 수레가 중문(中門)으로 들어가서 흰옷을 입은 미녀가 수레에서 내리자, 시녀들이 휘장으로 그녀를 가린 채 안으로 들어갔다. 이자가 말에서 내리자 잠시 후에 한 심부름꾼이 걸상을 들고 나오더니 말했다.

"잠시 앉아 계십시오."

이자가 앉았더니 시녀가 말했다.

"오늘 밤에 낭군은 무슨 겨를에 돈을 받아 가시겠습니까? 그렇지 않다면 이곳에 찾아가실 집이 있습니까? 그렇다면 일단 그곳에 가셨다가 내일 새벽에 오셔도 늦지 않을 것입니다."

이자가 말했다.

"본래 돈을 받을 생각도 없지만 그렇다고 이곳에 달리 찾아갈 곳도 없는데, 어찌하여 내침이 이렇게 심하단 말이오?"

시녀는 들어갔다가 다시 나와서 말했다.

"만약 찾아가실 곳이 없다면 이곳에 머문들 어찌 안 되겠습니까? 그저 이곳이 누추하다고 나무라지나 마십시오."

잠시 뒤에 시녀가 말했다.

"낭군께서는 안으로 드십시오."

이자가 옷을 단정히 하고 들어가서 보았더니, 푸른 옷을 입은 여인이 뜰에 서서 그를 맞이하며 말했다.

"흰옷을 입은 여자의 이모입니다."

잠시 앉아 있었더니 흰옷을 입은 여자가 나왔는데, 흰 치마가 반짝였고 말씨가 단아했다. 그녀는 대충 인사를 나눈 뒤 몸을 돌려 다시 들어가 버렸다. 이모가 감사를 드리며 말했다.

"베풀어 주신 인정을 과분하게 받았기에 몹시 죄송스럽습니다."

이자가 말했다.

"그 채색 비단은 거친 것으로 아름다운 분의 옷을 만들기에 부족하니, 어찌 굳이 값을 따지겠습니까?"

이모가 대답했다.

"그 아이는 비천해서 군자를 옆에서 모시기에 부족합니다. 저희는 가난해서 30관(貫)의 빚이 있는데, 그래도 낭군이 만약 그 아이를 버리지 않으시겠다면 곁에서 시중이라도 들기를 바랍니다."

이자는 기뻐하면서 머리를 숙이고 생각했다. 이자는 이전에 물건을 사던 곳이 그 근처에 있었기에 마침내 심부름꾼에게 명해 돈 30관을 가져오게 했는데, 잠시 후에 돈이 도착했다. 그때 대청의 서쪽 쪽문이 활짝 열렸는데, 음식이 다 차려져 있었다. 이모는 마침내 이자를 맞이해 들어가서 앉앉는데, 둘러보았더니 사방이 휘황찬란했다. 잠시 뒤에 흰 옷을 입은 여자가 오더니 이모에게 절하고 앉았다. 식사를 마치자 술을 가져오게 해서 즐겁게 마셨다. 이자는 줄곧 사흘 동안 머물면서 술을 마시며 아주 즐겁게 지냈다. 나흘째가 되자 이모가 말했다.

 "상서(尙書 : 이손)께서 늦게 돌아왔다고 나무라실까 걱정되니, 낭군은 일단 돌아가십시오. 나중에 왕래하는 데 무슨 어려움이 있겠습니까?"

 이자도 돌아갈 뜻이 있었기에 이모의 명을 받들어 작별의 절을 하고 그곳을 나왔다. 이자가 말에 오르자 노복은 이자에게서 이상한 비릿한 냄새가 나는 것을 느꼈다. 이자가 마침내 집에 돌아오자 상서가 물었다.

 "어디에 있었기에 며칠 동안 보이지 않았느냐?"

 이자는 다른 말로 대답했다. 이자는 몸이 무겁고 머리가 어지러운 것을 느껴 이불을 펴게 하고 잠을 잤다. 이자는 그 전에 정씨(鄭氏)와 혼인했는데 정씨가 옆에서 말했다.

 "당신의 관직 발령이 이미 성사되어서 어제 심사를 했는데,[43] 당신을 찾을 수 없어서 두 오라버니가 대신 심사에 참

---

43) 심사를 했는데 : 원문은 "과관(過官)". 당나라 때는 문하성(門下省)에서 이부(吏部)와 병부(兵部)의 6품 이하 관원을 심사했는데 이를 '과관'이라 했다.

여해 일을 마쳤습니다."

이자는 미안해하면서 고맙다는 말로 답했다. 잠시 뒤에 정씨의 오라버니가 와서 어디에 갔었냐고 꾸짖었다. 그러나 이자는 점점 정신이 혼미해짐을 느껴 두서없이 대답하다가 아내에게 말했다.

"나는 일어나지 못하겠소."

이자는 입으로는 말을 하고 있었지만 이불 속의 몸은 점점 없어져 가는 것을 느꼈다. 아내가 이불을 들춰 보았더니 그저 물뿐이었고 머리만 남아 있었다. 가족들이 몹시 놀라 두려움에 떨면서 그를 따라 나갔던 노복을 불러 물어보았더니, 노복이 그간의 일을 자세히 말해 주었다. 그래서 그 오래된 저택을 찾아갔더니 텅 빈 정원이었다. 정원에는 조협(皂莢)나무 한 그루가 있었는데, 나무 위에 15관이 있고 나무 아래에 15관이 있을 뿐 나머지는 아무것도 보이지 않았다. 미 : 어디에 쓰려고 이전에 이 30관을 달라고 했던 것인가? 그곳에 사는 사람에게 물어보았더니 그가 대답했다.

"종종 커다란 백사가 나무 아래에 있을 뿐 다른 것은 없습니다."

성을 원(袁)이라 했던 것은 아마도 텅 빈 정원[園]으로 성을 삼은 것 같다.

元和二年, 隴西李黃, 鹽城[1]使遜之猶子也. 因調選次, 乘暇於長安東市, 見一犢車, 侍婢數人於車中貨易. 李潛目車中,因見白衣之姝, 綽約有絶代之色. 李子求問, 侍者曰:"娘子, 袁氏之女, 前事李家, 今孀居, 服李之服. 方外除, 所以市此耳."又詢:"可能再從人乎?"乃笑曰:"不知."李子乃出金帛, 貨諸錦繡, 婢輩遂傳言云:"且貸錢買之. 請隨到莊嚴寺左側宅中, 相還不晚."李子逐犢車而行, 抵夜方至所止. 犢車入中門, 白衣姝下車, 侍者以帷擁之而入. 李下馬, 俄見一使者將榻而出, 云:"且坐."坐畢, 侍者云:"今夜郎君豈暇領錢乎? 不然, 此有主人否? 且歸主人, 明晨不晚也."李子曰:"本無交錢之志, 然此亦無主人, 何相拒之甚也?"侍者入, 復出曰:"若無主人, 此豈不可? 但勿以疏漏爲誚."俄而侍者云:"屈郎君."李子整衣而入, 見青服老女郎立於庭, 相見曰:"白衣之姨也."坐少頃, 白衣方出, 素裙粲然, 辭氣閑雅. 略序款曲, 翻然却入. 姨謝曰:"過蒙垂情, 深用憂愧."李子曰:"彩帛粗縵, 不足以奉佳人服飾, 何苦指價乎?"答曰:"渠淺陋, 不足侍君子巾櫛. 然貧居有三十千債負, 郎君倘不棄, 則願侍左右矣."李子悅, 俯而圖之. 先有貨易在近, 遂命使取錢三十千, 須臾而至. 堂西間門, 騞然而開, 飯食畢備. 姨遂延李入坐, 轉盼炫煥. 女郎旋至, 拜姨而坐. 食畢, 命酒歡飲. 一住三日, 飲樂無所不至. 第四日, 姨云:"郎君且歸, 恐尙書怪遲. 後往來亦何難也?"李亦有歸志, 承命拜辭而出. 上馬, 僕人覺李子有腥臊氣異常. 遂歸宅, 問:"何處許日不見?"以他語對. 遂覺身重頭旋, 命被而寢. 先是婚鄭氏女, 在側云:"足下調官已成, 昨日過官, 覓公不得, 二兄替過官, 已了."李答以愧佩之辭. 俄而鄭兄至, 責以所往行. 李已漸覺恍惚, 祇對失次, 謂妻曰:"吾不起矣."口雖語, 但覺被底身漸消盡. 揭被而視, 空注水而已, 唯有頭存. 家大驚懼, 呼從出之僕考之, 具言其事. 及去尋舊宅所, 乃空園. 有一皂莢樹, 樹上有十五千, 樹下有十五千, 餘了無所見. 眉:先索此三十千何用? 問彼處人, 云:"往往有巨白蛇在樹下, 便無別物." 姓袁者, 蓋以空園爲姓耳.

* 이 고사는 《태평광기》 권458 〈사·이황〉에 실려 있는데, 출전이 "《박이지(博異志)》"라 되어 있다.
1 성(城):《태평광기》에는 "철(鐵)"이라 되어 있는데 타당하다.

78-7(2497) 오유

오유(五酉)

출《수신기》 미 : 이하는 물고기의 정괴다(以下魚精).

　공자(孔子)가 진(陳)나라에서 곤경에 처했을 때 객관에서 슬(瑟)을 타며 노래를 불렀는데, 밤에 키가 9척 남짓 되는 한 사람이 검은 옷에 높은 관을 쓰고 와서 좌우 사람들을 꾸짖었다. 자로(子路)가 그 사람을 끌고 나가서 정원에서 싸우다 땅에 넘어뜨렸는데, 그 사람은 바로 커다란 메기였다. 미 : [은운(殷芸)의]《소설(小說)》에 안회(顔回)가 귀신을 사로잡았더니 그것이 뱀으로 변했다는 일이 실려 있는데, 이 일과 대략 같다. 공자가 탄식하며 말했다.

　"이것이 어찌하여 왔는가? 내가 듣기에 물체가 오래되면 정령들이 붙어 있다가 사람이 쇠약한 틈을 타서 온다고 한다. 이것이 온 것은 혹시 내가 곤경에 처했기 때문일까? 대저 육축(六畜 : 말·소·양·닭·개·돼지)과 거북·뱀·물고기·자라·풀·나무 따위는 그 신이 모두 요괴가 될 수 있기 때문에 그것을 '오유(五酉)'라고 부른다. 오행(五行)의 방향에 모두 그러한 물체가 있다. 유(酉)는 오래되었다는 뜻이다. 그러므로 물체가 오래되면 요괴가 된다. 하지만 그것을 죽이면 그만이니 대저 무엇을 근심하겠는가!"

孔子厄於陳, 弦歌於館中, 夜有一人, 長九尺餘, 皁衣高冠, 咤聲動左右. 子路引出, 與戰於庭, 仆之於地, 乃是大鯷魚也. 眉:《小說》有顏回擒鬼, 化爲蛇事, 略同. 孔子嘆曰:"此物何爲來哉? 吾聞物老則群精依之, 因衰而至. 此其來也, 豈以吾遇厄乎? 夫六畜之物, 及龜蛇魚鱉草木之屬, 神皆能爲妖怪, 故謂之'五酉'. 五行之方, 皆有其物. 酉者, 老也. 故物老則爲怪矣. 殺之則已, 夫何患焉!"

* 이 고사는《태평광기》권468〈수족·자로(子路)〉에 실려 있다.

78-8(2498) 왕소

왕소(王素)

출《삼오기(三吳記)》

[삼국 시대] 오(吳)나라 소제(少帝) 오봉(五鳳) 원년(254) 4월에 회계군(會稽郡) 여요현(餘姚縣)의 백성 왕소에게 열네 살 된 딸이 있었는데 용모가 아름다웠다. 그래서 청혼하는 이웃 마을의 젊은이들이 매우 많았지만, 부모는 딸을 아껴 시집보내지 않았다. 어느 날 옥처럼 깨끗한 용모의 20세 남짓 된 젊은이가 왔는데, 스스로 "강랑(江郞)"이라고 하면서 그 딸과 결혼하길 바랐다. 부모는 그의 용모를 좋아해 마침내 허락했다. 부모가 그의 가족에 대해 묻자 그가 대답했다.

"회계에 살고 있습니다."

며칠 후에 그는 늙은 부인과 젊은 부인 서너 명과 젊은이 두 명을 데리고 함께 와서 예물을 바치고 마침내 혼례를 올렸다. 1년이 지나 왕소의 딸은 임신해서 12월에 됫박만 한 크기의 비단 주머니 같은 물체 하나를 낳았는데, 바닥에서 움직이지 않았다. 그 어머니가 매우 괴이하게 여겨 칼로 그것을 갈라 보았더니 모두 흰 물고기알이었다. 이에 왕소가 강랑에게 물었다.

"낳은 것이 모두 물고기알인데 어찌 된 영문인지 모르겠네."

강랑이 말했다.

"제가 불행해서 이런 이상한 물체를 낳았습니다."

그 어머니는 마음속으로 혼자 강랑이 사람이 아니라고 의심해 왕소에게 알렸다. 왕소는 몰래 하인을 시켜 강랑이 옷을 벗고 잠자리에 들길 기다렸다가 그가 입었던 옷을 가져오게 해서 보았더니 모두 비늘 모양의 껍데기였다. 미 : 이른바 어복(魚服 : 물고기 껍데기로 만든 옷)이다. 왕소는 그것을 보고 몹시 놀라며 커다란 돌로 그것을 눌러 두게 했다. 새벽에 강랑이 옷을 찾았으나 찾지 못하자 평소와 다르게 마구 욕하는 소리가 들렸다. 잠시 후에 어떤 물체가 넘어지는 소리가 밖에까지 크게 들리기에 집안사람들이 급히 문을 열고 보았더니, 침상 아래에 길이가 6~7척 되는 흰 물고기가 아직 죽지 않고 바닥에서 버둥거리고 있었다. 왕소는 그것을 베어 강에 던졌다. 그 딸은 나중에 다른 사람에게 시집갔다.

吳少帝五鳳元年四月, 會稽餘姚縣百姓王素, 有室女, 年十四, 美貌. 鄰里少年求娶者頗衆, 父母惜而不嫁. 嘗一日, 有少年, 姿貌玉潔, 年二十餘, 自稱"江郞", 願婚此女. 父母愛其容質, 遂許之. 問其家族, 云 : "居會稽." 後數日, 領三四婦人, 或老或少者, 及二少年, 俱至, 因納聘財, 遂成婚媾. 已而經年, 其女有孕, 至十二月, 生下一物如絹囊, 大如升, 在地不動. 母甚怪異, 以刀割之, 悉白魚子. 素因問江郞 : "所生皆魚子, 不知何故?" 江郞曰 : "吾不幸, 故産此異物." 其母心獨疑江郞非人, 因以告素. 素密令家人候江郞解衣就寢, 收其所著衣視之, 皆有鱗甲之狀. 眉 : 所謂魚服也. 素見之, 大駭, 命以巨石鎭之. 及曉, 聞江郞求衣服不得, 異常詬罵. 尋聞有物偃踏, 聲震於外, 家人急開戶視之, 見牀下有白魚, 長六七尺, 未死, 在地撥剌. 素砍斷之, 投江中. 女後別嫁.

* 이 고사는 《태평광기》 권468 〈수족 · 왕소〉에 실려 있다.

78-9(2499) 소담의 세 미녀
소담삼미녀(昭潭三美女)
출《전기》

[당나라] 원화(元和) 연간(806~820)에 고욱(高昱)이라는 처사(處士)는 물고기를 낚아서 먹고살았다. 한번은 소담(昭潭)44)에 배를 대 놓고 밤이 깊도록 잠을 이루지 못하다가 문득 보았더니, 못 위에 커다란 연꽃 세 송이가 있었는데 붉고 향기로운 것이 자못 기이했다. 세 명의 미녀가 각각 연꽃 위에 앉아 있었는데, 모두 흰옷을 입었고 눈처럼 빛나고 깨끗했으며 용모가 아름답고 고운 것이 마치 신선처럼 빛났다. 그녀들이 함께 말했다.

"오늘 밤은 물이 드넓고 물결이 깨끗하며 하늘이 높고 달빛이 밝으니, 즐거운 마음으로 경치를 감상하면서 그윽하고 심오한 이야기를 나눌 만하군요. 각자 좋아하는 도가 무엇인지 말해 봅시다."

그러자 한 미녀는 불교를 좋아한다고 말했고, 또 한 미녀

---

44) 소담(昭潭) : 전설에 따르면 주(周)나라 소왕(昭王)이 남정(南征)했다가 돌아오지 못한 채 이 못에 빠져 죽었기 때문에 그 산을 소산(昭山)이라 하고 그 못을 소담(昭潭)이라 부르게 되었다고 한다.

는 도교를 좋아한다고 말했으며, 또 한 미녀는 유교를 좋아한다고 말했다. 그러고는 각자 해당 도의 가르침에 대해 담론했는데, 논리가 지극히 정밀하고 오묘했다. 첫 번째 미녀가 말했다.

"나는 어젯밤에 자손들이 사람들에게 쫓겨 온 가족이 옮겨 가는 불길한 꿈을 꾸었소."

그러자 두 번째 미녀가 말했다.

"유혼(遊魂)[45] 때문에 우연히 그런 꿈을 꾸었을 뿐이니 믿을 만하지 못하오."

세 번째 미녀가 말했다.

"각자 내일 아침에 어떤 음식을 먹을지 헤아려 봅시다."

한참 있다가 첫 번째 미녀가 말했다.

"각자 좋아하는 것에 따라 스님·도사·유생으로 합시다. 아! 내가 아까 말했던 것은 어떤 조짐 같은데, 반드시 화가 되지 않으리란 법은 없소."

그들은 말을 마치고 나서 잠시 후에 물속으로 사라졌다. 고욱은 그 말을 듣고 분명하게 기억해 두었다. 이튿날 아침에 과연 스님 한 명이 와서 건너가다가 중류에 이르러 빠져

---

[45] 유혼(遊魂) : 떠도는 혼. 옛날 사람들은 사람의 몸 안에 혼이 있는데, 사람들이 꿈을 꿀 때 혼이 몸 안에서 빠져나와 떠돌아다닌다고 생각했다.

죽었다. 고욱은 깜짝 놀라며 말했다.

"어젯밤에 들었던 말이 틀리지 않았구나!"

그 뒤를 이어 도사 한 명이 배를 대고 장차 건너가려 하자, 고욱이 황급히 제지했더니 도사가 말했다.

"그 스님은 우연히 그리된 것일 뿐이오. 나는 친구의 부름을 받고 가는 길이니 신의를 저버릴 수는 없소."

도사는 뱃사공에게 소리치며 건너갔는데, 중류에 이르러 역시 빠져 죽었다. 이어서 유생 한 명이 책 보따리를 들고 곧바로 건너려고 하자 고욱이 간절하게 말했다.

"앞서갔던 스님과 도사가 이미 물에 빠져 죽었습니다!"

그러자 유생이 정색하며 말했다.

"죽고 사는 것은 운명에 달려 있소. 오늘 우리 친족의 상제(祥祭)46)가 있으니 그 상례(喪禮)를 어길 수 없소."

서생이 노를 저어 출발하려고 하자 고욱은 그의 옷소매를 잡아당기며 말했다.

"팔이 부러지더라도 건너가서는 안 되오!"

서생이 기슭에서 막 고함을 치고 있을 때 갑자기 명주 같은 물건이 못 속에서 날아 나오더니 서생을 휘감아 물속으

---

46) 상제(祥祭) : 친상을 당한 후에 1주년에 지내는 소상(小祥)과 2주년에 지내는 대상(大祥)의 제사.

로 들어갔다. 고욱과 뱃사공이 황급히 다가가서 그의 옷깃을 붙잡았지만, 침 같은 점액이 미끄러워서 손으로 잡을 수 없었다. 고욱은 길게 탄식하며 말했다.

"운명이로다! 순식간에 세 사람이 물에 빠져 죽다니!"

잠시 뒤에 손님 두 명이 작은 배를 타고 왔는데, 한 사람은 노인이었고 한 사람은 젊은이였다. 고욱이 노인에게 인사하고 성명을 물어보았더니 노인이 말했다.

"나는 기양산(祁陽山)에 사는 당구별(唐勾鱉)이란 사람으로, 미 : 당구별의 도술이 덧붙여 나온다. 지금 장사(長沙)로 위의(威儀)[47] 장법명(張法明)을 찾아가는 길이오."

고욱은 오래전부터 그가 도력(道力)이 높고 신령한 술법을 지니고 있다고 들었기 때문에 아주 공손하게 예를 갖춰 배알했다. 잠시 후 기슭에서 몇 사람이 곡하는 소리가 들렸는데, 방금 물에 빠져 죽은 세 사람의 친척들이었다. 노인이 무슨 일인지 캐묻자 고욱이 그 일을 자세히 말했더니 노인은 화를 내며 말했다.

"어찌 감히 이렇게 사람을 죽일 수 있단 말인가!"

그러고는 상자를 열고 붉은 붓을 꺼내 전서(篆書)로 부적

---

[47] 위의(威儀) : 도관(道觀)에서 강경(講經)이나 의식(儀式) 같은 일을 주관하는 사람.

을 쓰더니 함께 배를 타고 온 제자에게 명했다.

"나 대신에 이 부적을 가지고 못 속으로 들어가서 그 물의 요괴들을 잡아 속히 다른 곳으로 보내라!"

제자는 부적을 받들고 물속으로 들어갔는데 마치 평지를 걷는 듯했다. 제자가 물속에 잠긴 산 밑동을 따라 수백 장(丈)을 갔더니 아주 밝고 커다란 굴이 보였는데, 마치 인간 세상의 집 같았다. 그 안에 흰 돼지 세 마리가 돌 침상에서 자고 있었고, 작은 돼지 수십 마리가 그 옆에서 한창 놀고 있었다. 제자가 부적을 들고 도착하자 돼지 세 마리는 화들짝 놀라 일어나면서 흰옷을 입은 미녀로 변했고 작은 돼지들도 모두 어린 소녀로 변했는데, 한 미녀가 부적을 받아 들더니 울면서 말했다.

"불길한 꿈이 과연 맞았구나!"

그러고는 말했다.

"저희를 위해 선사(先師)께 아뢰어 주십시오. 이곳에서 산 지 오래되었으니 어찌 미련이 없겠습니까? 사흘의 기한을 주신다면 동해(東海)로 돌아가겠습니다."

그러면서 각자 명주(明珠) 하나씩을 바치자 제자가 말했다.

"내게는 소용없는 물건이오."

제자가 명주를 받지 않고 돌아와서 모든 사실을 노인에게 아뢰었더니 노인이 크게 화를 내며 말했다.

"너는 다시 나를 대신해서 그 축생들에게 전하길, '내일 새벽에 이곳을 떠나야지, 그렇지 않으면 반드시 육정(六丁)48)을 동굴로 보내 베어 죽일 것이다'라고 해라." 미 : 이미 힘으로 베어 죽일 수 있으니 삼교(三敎)를 위해 복수하는 것이 마땅하다.

제자가 또 물속으로 들어가서 당 도사의 말을 전하자 세 미녀들이 통곡하며 말했다.

"삼가 분부를 따르겠습니다!"

제자는 돌아왔다. 이튿날 새벽에 검은 기운이 소담의 수면에서 나오더니 금세 세찬 바람이 불고 천둥이 급하게 치면서 격랑이 산처럼 일어났으며, 몇 장이나 되는 커다란 물고기 세 마리와 이를 에워싼 수많은 작은 물고기들이 물결을 따라 그곳을 떠났다.

元和中, 有高昱處士, 以釣魚爲業. 嘗艤舟於昭潭, 夜半不寐, 忽見潭上有三大芙蕖, 紅芳頗異. 有三美女, 各踞其上, 俱衣白, 光潔如雪, 容華艷媚, 瑩若神仙. 共語曰 : "今夕闊水波澄, 高天月皎, 怡情賞景, 堪話幽玄. 請言所好何道." 一云習釋, 一云習道, 一云習儒. 各談本敎, 理極精微. 一

---

48) 육정(六丁) : 도교의 신으로 육갑(六甲) 가운데 정신(丁神)에 해당하는데, 오행설(五行說)에 따르면 병정(丙丁)이 불을 대표하기 때문에 '육정'은 바로 화신(火神)을 가리킨다.

曰:"吾昨宵夢子孫遭人斥逐,舉族流徙,是不祥也."二子曰:"遊魂偶然,不足信也."三子曰:"各算來晨得何物食."久之,曰:"從其所好,僧·道·儒耳.吁!吾適來所論,便成先兆,然未必不為禍也."言訖,逡巡而沒.昱聽其語,歷歷記之.及旦,果有一僧來渡,至中流而溺.昱大駭曰:"昨宵之言不謬耳!"旋踵,一道士艤舟將濟,昱遽止之,道士曰:"僧偶然耳.吾赴知者所召,不可失信."叱舟人而渡,及中流,又溺焉.續有一儒生,挈書囊徑渡,昱懇曰:"如前去僧·道已沒矣!"儒正色而言:"死生,命也.今日吾族祥齋,不可廢其吊禮."將鼓棹,昱挽書生衣袂曰:"臂可斷,不可渡!"書生方叫呼於岸側,忽有物如練,自潭中飛出,繞書生而入.昱與渡人遽前,捉其衣襟,黎涎流滑,手不可制.昱長吁曰:"命也!頃刻而沒三子!"而俄有二客,乘葉舟而至,一叟一少.昱遂謁叟,問其姓字,叟曰:"余祁陽山唐勾鱉,眉:唐勾鱉道術附見.今適長沙,訪張法明威儀."昱久聞其高道,有神術,禮謁甚謹.俄聞岸側有數人哭聲,乃三溺死者親屬也.叟詰之,昱具述其事,叟怒曰:"焉敢如此害人!"遂開篋,取丹筆篆字,命同舟弟子曰:"為我持此符入潭,勒其水怪,火急他徙!"弟子遂捧符而入,如履平地.循山腳行數百丈,觀大穴明瑩,如人間之屋室.見三白豬寐於石榻,有小豬數十,方戲於旁.及持符至,三豬忽驚起,化白衣美女,小者亦俱為童女,捧符而泣曰:"不祥之夢果中矣!"曰:"為某啟先師.住此多時,寧無愛戀?容三日徙歸東海."各以明珠為獻.弟子曰:"吾無所用."不受而返,具以白叟,叟大怒曰:"汝更為我語此畜生:'明晨速離此,不然,當使六丁就穴斬之.'"眉:既力能斬,宜為三教報讎.弟子又去,三美女號慟曰:"敬依處分!"弟子歸.明晨,有黑氣自潭面而出,須臾,烈風迅雷,激浪如山,有三大魚,長數丈, 小魚無數周繞, 沿流而去.

* 이 고사는《태평광기》권470〈수족·고욱(高昱)〉에 실려 있다.

78-10(2500) 수염이 긴 나라

장수국(長鬚國)

출《유양잡조(酉陽雜俎)》미 : 새우의 정괴다(蝦精).

당(唐)나라 대족년(大足年, 701) 초에 어떤 선비가 신라(新羅)의 사신을 따라갔다가 풍랑에 떠밀려 한 곳에 도착했는데, 그곳 사람들은 모두 수염이 길고 쓰는 말이 당나라 말과 통했으며 "장수국"이라고 불렸다. 사람들이 아주 많았고 집과 의관(衣冠)은 중국과 약간 달랐는데, 그 지명은 "부상주(扶桑洲)"라고 했다. 그 나라 관서의 관리 품계에는 정장(正長)·집파(戢波)·일몰(日沒)·도라(島邏) 등의 명칭이 있었다. 선비는 여러 곳을 차례대로 방문했는데 그 나라 사람들은 모두 그를 공경했다. 하루는 갑자기 수십 대의 마차가 오더니 대왕께서 손님을 불러오라 하셨다고 했다. 이틀을 가고 나서야 비로소 커다란 성에 도착했는데 병사들이 성문을 지키고 있었다. 사자는 선비를 인도해 궁 안으로 들어가더니 땅에 엎드려 대왕을 배알했다. 궁전은 높고 넓었으며 마치 제왕처럼 의장과 호위를 갖추고 있었다. 대왕은 선비를 사풍장(司風長)에 임명하고 아울러 부마(駙馬)로 삼았다. 공주는 아주 아름다웠는데 수십 가닥의 수염이 나 있었다. 선비는 위세가 혁혁해지고 진주와 보옥을 많이 소유

했지만, 매번 집에 돌아와서 부인을 보기만 하면 기분이 좋지 않았다. 대왕은 보름날 밤이면 성대한 연회를 열었는데, 나중에 선비도 그 연회에 참석했다가 대왕의 비빈들이 모두 수염이 있는 것을 보고 시를 지었다.

"잎이 없는 꽃도 아름답지 않지만, 수염 있는 여자는 정말 추하네."

그러자 대왕이 크게 웃으며 말했다.

"부마는 공주의 턱과 뺨 사이에 나 있는 수염을 끝내 잊을 수 없는 모양이구려!"

10여 년이 지나는 동안 선비는 아들 하나와 딸 둘을 두었다. 하루는 갑자기 대왕과 신하들이 근심하고 있기에 선비가 이상해하며 물었더니 대왕이 울면서 말했다.

"우리 나라에 재난이 생겨서 화가 조만간 닥칠 텐데 부마가 아니면 구할 수 없네."

선비가 놀라며 말했다.

"만일 재난을 없앨 수만 있다면 목숨을 내놓는 일도 감히 사양치 않겠습니다."

그러자 대왕은 배를 준비하라 명하고 선비에게 말했다.

"번거롭겠지만 부마는 바다 용왕님을 한번 알현하고, 동해 제3차(第三汊 : '차'는 물이 갈라지는 곳) 제7도(第七島)의 장수국에 재난이 생겼으니 구원해 주시길 청한다고만 말씀드리게. 우리 나라는 아주 작으니 반드시 두세 번 말씀드려야만 하네."

그러고는 눈물을 흘리며 선비의 손을 부여잡고 작별했다. 선비가 배에 오르자 순식간에 해안에 도착했는데, 그 해안의 모래는 모두 칠보(七寶)였으며 그곳 사람들은 모두 기다란 옷에 커다란 관을 쓰고 있었다. 마침내 선비는 앞으로 나아가 용왕을 알현하길 청했다. 용궁의 모습은 사찰에 그려진 천궁과 같았으며, 찬란한 빛이 번갈아 번쩍여서 제대로 쳐다볼 수 없었다. 용왕이 계단을 내려와 영접하자 선비는 계단을 따라 궁전으로 올라갔다. 용왕이 선비에게 찾아온 이유를 묻자 선비가 사정을 말씀드렸더니, 용왕은 즉시 명을 내려 속히 조사해 보라고 했다. 한참 후에 한 사람이 밖에서 들어와 아뢰었다.

"경내에는 아무 데도 그런 나라가 없습니다."

선비가 다시 애원하면서 장수국은 동해 제3차 제7도에 있다고 자세히 말씀드리자, 용왕은 다시 사자에게 상세히 조사해 속히 보고하라고 질책했다. 한 식경(食頃)쯤 지나서 사자가 돌아와 아뢰었다.

"그 섬의 새우는 대왕님의 이달 치 음식물로 바치게 되어 있어서 며칠 전에 이미 잡아 왔습니다."

용왕이 웃으며 말했다.

"손님은 새우에게 홀린 게 틀림없소. 나는 비록 용왕이지만 먹는 것은 모두 하늘의 명을 받기 때문에 함부로 먹고 안

먹고 할 수가 없소. 하지만 오늘은 손님을 봐서 음식을 줄이겠소." 미 : 어진 용왕이로다!

그러고는 선비를 데려가서 둘러보게 했는데, 집채만 한 쇠 가마솥 수십 개 안에 새우가 가득 들어 있는 것이 보였다. 그중에서 붉은색에 팔뚝만 한 크기의 새우 대여섯 마리가 선비를 보고 팔짝팔짝 뛰었는데, 마치 구해 달라고 하는 모양 같았다. 선비를 데려왔던 사람이 말했다.

"이것은 새우 왕입니다."

선비는 자기도 모르게 슬피 눈물을 흘렸다. 그러자 용왕은 새우 왕이 들어 있는 가마솥 하나를 놓아주라고 명한 뒤, 두 사자에게 선비를 중국으로 돌려보내 주라고 했다. 선비는 하룻저녁 만에 등주(登州)에 도착했는데, 두 사자를 돌아보았더니 다름 아닌 커다란 용이었다.

唐大足初, 有士人隨新羅使, 風吹至一處, 人皆長鬚, 語與唐言通, 號"長鬚國". 人物甚盛, 棟宇衣冠, 稍異中國, 地曰"扶桑洲". 其署官品, 有正長・戢波・日沒・島邏等號. 士人歷謁數處, 其國皆敬之. 忽一日, 有車馬數十, 言大王召客. 行兩日, 方至一大城, 甲士門焉. 使者導士人入, 伏謁. 殿宇高廠, 儀衛如王者. 乃拜士人爲司風長, 兼駙馬. 其主甚美, 有鬚數十根. 士人威勢烜爀, 富有珠玉, 然每歸, 見其妻則不悅. 其王於月滿夜則大會, 後遇會, 士人見嬪姬悉有鬚, 因賦詩曰 : "花無葉不妍, 女有鬚亦醜." 王大笑曰 : "駙馬竟未能忘情於小女頤頷間乎!" 經十餘年, 士人有一兒二女. 忽一日, 其君臣憂蹙, 士人怪問之, 王泣曰:"吾國有難, 禍在旦夕, 非駙馬不能救." 士人驚曰:"苟難可弭, 性命不敢辭也." 王乃令具舟, 謂士人曰:"煩駙馬一謁海龍王, 但言東海第三汊第七島長鬚國, 有難求救. 我國絶微, 須再言之." 因涕泣執手而別. 士人登舟, 瞬息至岸, 岸沙悉七寶, 人皆衣冠長大. 士人乃前, 求謁龍王. 龍宮狀如佛寺所圖天宮, 光明迭激, 目不能視. 龍王降階迎, 士人齊級升殿. 訪其來意, 士人且說, 龍王卽命速勘. 良久, 一人自外白:"境内並無此國." 士人復哀祈, 具言長鬚國在東海第三汊第七島, 龍王復叱使者細尋勘, 速報. 經食頃, 使者返曰:"此島蝦合供大王此月食料, 前日已追到." 龍王笑曰:"客固爲蝦所魅耳. 吾雖爲王, 所食皆稟天符, 不得妄食. 今爲客減食." 眉:賢哉王也! 乃令引客視之, 見鐵鑊數十如屋, 滿中是蝦. 有五六頭, 色赤, 大如臂, 見客跳躍, 似求救狀. 引者曰:"此蝦王也." 士人不覺悲泣. 龍王命放蝦王一鑊, 令二使送客歸中國. 一夕至登州, 顧二使, 乃巨龍也.

* 이 고사는《태평광기》권469〈수족·장수국〉에 실려 있다.

78-11(2501) 소등

소등(蕭騰)

출《남옹주기(南雍州記)》 미 : 거북의 정괴다(龜精).

　양양군(襄陽郡) 금성현(金城縣) 남문 밖 거리의 동쪽에 참좌(參佐)의 관아가 있었는데, 예로부터 전하는 말에 따르면 그곳이 몹시 흉해 거기에 사는 사람은 죽지 않으면 반드시 병이 든다고 했다. [남조 양(梁)나라 때] 소등(蕭騰)이 그곳에 막 부임해 양구안(羊口岸)에 이르렀을 때, 갑자기 흰 깁 고실모(高室帽)⁴⁹⁾를 쓰고 검은 베 바지를 입고 도포를 걸친 한 장부가 소등을 찾아왔다. 소등은 그 사람의 기이한 복장이 의심스러워서 그를 물리쳤다. 몇 리를 갔을 때 그 사람이 다시 와서 배에 태워 달라고 부탁하자 소등은 더욱 의심했다. 이렇게 부탁하고 거절하길 몇 차례 했는데, 그러는 사이에 소등의 기첩(妓妾) 몇 명의 행동거지가 평상시와 약간 달라져 노래하며 웃다가 슬피 울다가 하면서 거의 절제하지 못했다. 소등이 양양에 도착한 뒤로 그 사람은 하루에 한 번씩 찾아오더니 나중에는 며칠 동안 떠나가지 않았다. 그 사

---

49) 고실모(高室帽) : 고옥모(高屋帽). 윗부분이 높이 솟아 있는 모자를 말한다.

람은 도포와 바지를 즐겨 입고 개를 타고 다녔으며, 어떤 때는 순식간에 다른 모습으로 변하기도 했다. 또 시를 읊조리거나 노래를 부르면서 태연자약하게 담소하기도 했는데, 자신은 [삼국 시대 오나라의 명장] 주유(周瑜)라고 하면서, 미 : 산도깨비가 매고(枚皐)의 이름을 가탁하고[50] 늙은 거북이 주유의 이름을 가탁하니, 이류(異類)도 명사에 빌붙어야 중시받는다는 것을 아는가? 늘 소등의 집에 머물렀다. 소등이 요괴를 물리치는 술법을 준비하면, 그 사람은 때때로 잠시 떠났다가 얼마 후에 다시 오곤 했다. 소등이 또 문하생 20명을 거느리고 칼을 뽑아 베려고 하면, 그 사람은 집의 대들보로 뛰어올라 가거나 숲속으로 도망쳐 들어갔는데, 왔다 갔다 하는 것이 너무 재빨라서 결국 잡을 수 없었다. 이윽고 그 사람은 기첩의 병풍 속으로 들어가더니 노래를 지어 불렀다.

"양구안(羊口岸)에서 기쁘게 만나, 도림진(桃林津)에서 사랑을 맺었네. 호두를 던지면 알맹이만 까서 먹고, 이상하게도 그대는 사람을 알아보지 못하네."

얼마 후에 조담의(趙曇義)라는 도사가 소등을 위해 제단을 차려 놓고 재를 올리면서 요괴를 물리치는 술법을 행했

---

50) 산도깨비가 매고(枚皐)의 이름을 가탁하고 : 이 일은 본서 74-7(2400) 〈조낭(曹朗)〉에 나온다.

다. 도사가 문으로 들어온 후부터 소등의 기첩들은 모두 슬피 울며 소리쳤는데 마치 영원히 이별하려는 것 같았다. 잠시 후 직경이 1척 남짓 되는 거북 한 마리가 스스로 제단으로 와서 죽자 기첩들도 병이 나았다. 소등의 기첩들은 노랫소리와 용모가 모두 뛰어나지 못했는데, 그래서 농담을 잘 하는 자의참군(咨議參軍) 위언변(韋言辯)이 연회 석상에서 말했다.

"세상 사람들이 '귀신처럼 교활하다'라고 하는 말을 늘 들어 왔는데, 지금 보니 그 귀신은 바보 귀신임에 틀림없습니다. 만약 교활했다면 응당 소등의 기첩을 홀리지 않았을 것입니다. 이로써 헤아려 보건대 그것이 바보 귀신임을 충분히 알 수 있습니다."

襄陽金城南門外道東, 有參佐廨, 舊傳甚凶, 住者不死必病. 蕭騰初上, 至羊口岸, 忽有一丈夫著白紗高室帽·烏布褲, 披袍造騰. 疑其服異, 拒之. 行數里復至, 求寄載, 騰轉疑焉. 如此數回, 而騰有妓妾數人, 擧止稍異常日, 歌笑悲啼, 無復恒節. 及騰至襄陽, 此人亦經日一來, 後累辰不去. 好披袍縛褲, 跨狗而行, 或變易俄頃. 詠詩歌謠, 言笑自若, 自稱是周瑜, 眉: 山魈託名枚皐, 老龜託名周瑜, 異類猶知依附名士爲重乎? 恒止騰舍. 騰備爲禳遣之術, 有時暫去, 尋復來. 騰又領門生二十人, 拔刀砍之, 或跳上室梁, 走入林中, 來往迅速, 竟不可得. 乃入妾屛風裏, 作歌曰: "逢歡羊口岸, 結愛桃林津. 胡桃擲去肉, 訝汝不識人." 頃之, 有道士趙曇義爲騰設壇, 置醮行禁. 自道士入門, 諸妾並悲叫, 若將遠別. 俄而一龜徑尺餘, 自到壇而死, 諸妾亦差. 騰妾聲貌悉不優, 咨議參軍韋言辯善戲謔, 因宴而啓云:"常聞世間人道'黠如鬼', 今見鬼, 定是癡鬼. 若黠, 不應魅蕭騰家[1]. 以此而度, 足驗鬼癡."

* 이 고사는 《태평광기》 권469 〈수족·소등〉에 실려 있다.

1 가(家):《태평광기》명초본에는 "기(妓)"라 되어 있는데, 문맥상 보다 타당하다.

78-12(2502) 이휼

이휼(李鷸)

출《독이지(獨異志)》 미 : 악어의 정괴다(鼉精).

　당(唐)나라 돈황(敦煌) 사람 이휼은 개원(開元) 연간(713~741)에 소주자사(邵州刺史)가 되었다. 그는 가솔들을 데리고 임지로 가던 중에 동정호(洞庭湖)를 건너가게 되었는데, 때마침 날씨가 화창해 언덕으로 올라갔다. 그런데 코피가 나서 모래 위에 떨어지자 악어가 그것을 핥아 먹었다. 그러자 잠시 뒤에 또 다른 이휼이 생겨났는데, 그 외모와 옷차림새와 말씨가 본래의 이휼과 차이가 없었다. 본래의 이휼은 악어의 제재를 받아 물속에 묶여 있었다. 이휼의 처자와 집안사람들은 악어 요괴를 맞이해 임지로 갔는데, 소주 사람들도 그런 사실을 알아챌 수 없었다. 악어 요괴가 소주를 다스린 지 몇 년 뒤에 천하에 큰 가뭄이 들어 서강(西江)51)을 걸어서 건널 수 있었다. 도사 섭정능(葉靜能) 미 : 섭정능의 일화다. 은 현종(玄宗)의 급한 부름을 받고 나부산(羅浮山)에서 도성으로 들어가는 길에 동정호를 지나갔는데,

---

51) 서강(西江) : 당나라 때는 장강(長江)의 중·하류를 '서강'이라 불렀다.

그때 문득 모래 속에 한 사람이 묶여 있는 것을 보고 물었다.

"당신은 뭐 하는 사람이오?"

이흘이 상황을 설명하자 섭정능이 부적 하나를 써서 커다란 돌 위에 붙였더니, 돌이 곧장 공중으로 날아갔다. 그때 악어 요괴는 한창 책상에 앉아 아침 업무를 보고 있다가 커다란 돌에 맞고 곧바로 본모습을 드러냈다. 당시 악주자사(岳州刺史)로 있던 장열(張說)이 그 사실을 조정에 아뢰고 이흘을 배에 실어 소주로 데려다주자, 이흘의 집안사람들과 처자는 그제야 그 사실을 믿었다. 지금도 배를 타고 가는 사람들은 물에 피를 떨어뜨려서는 안 된다고 서로 주의를 주는데, 이는 바로 그 일 때문이다.

唐敦煌李鷸, 開元中, 爲邵州刺史. 挈家之任, 泛洞庭, 時晴景, 登岸. 因鼻衄血沙上, 爲江鼉所舐. 俄然復生一鷸, 其形體衣服言語, 與其身無異. 鷸之本身, 爲鼉法所制, 繫於水中. 其妻子家人迎奉鼉妖就任, 州人亦不得覺悟. 爲郡幾數年, 因天下大旱, 西江可涉. 道士葉靜能 眉: 葉靜能逸事. 自羅浮山赴玄宗急詔, 過洞庭, 忽沙中見一人面縛, 問曰: "君何爲者?" 鷸以狀對, 靜能書一符帖巨石上, 石卽飛起空中. 鼉妖方擁案晨衙, 爲巨石所擊, 乃復本形. 時張說爲岳州刺史, 具奏, 並以舟楫送鷸赴郡, 家人妻子乃信. 今舟行者, 相戒不瀝血於波中, 以此故也.

* 이 고사는 《태평광기》 권470 〈수족·이흘〉에 실려 있다.

78-13(2503) 사이

사이(謝二)

출《광이기》미 : 이하는 자라의 정괴다(以下鼈精).

　　당(唐)나라 개원(開元) 연간(713~741)에 동경(東京 : 낙양)의 한 선비는 승진에 드는 비용이 넉넉하지 않자, 남쪽으로 가서 강회(江淮) 일대를 돌면서 친구들에게 도움을 청했다. 그러나 고생만 하고 아무런 소득이 없어서 오랫동안 양주(揚州)에서 떠돌았다. 같은 객정(客亭)에 사이라는 사람이 묵고 있었는데, 선비가 실의한 것을 안쓰럽게 여기며 늘 도와주고 싶어 했다. 사이가 선비에게 말했다.

　　"그대는 슬퍼하지 마시오. 만약 그대가 북쪽으로 돌아가겠다면 틀림없이 그대에게 300민(緡 : 1민은 1000냥)을 드리겠소."

　　선비가 떠날 때 사이는 편지 한 통을 써서 주면서 말했다.

　　"우리 집은 위왕지(魏王池)52)의 동쪽에 있는데, 위왕지

---

52) 위왕지(魏王池) : 당나라 때 명승고적 가운데 하나. 낙수(洛水)가 낙양성 안으로 흘러들어 가 성의 단문(端門)을 지나 상선방(尙善坊)과 정선방(旌善坊)의 북쪽을 거치면서 남쪽에 물이 고여 연못을 이루었는데, 태종 정관(貞觀) 연간에 위왕(魏王) 이태(李泰)에게 하사되었기 때

에 도착하거든 커다란 버드나무를 두드리시오. 집안사람이 나오거든 이 편지를 전해 주면 곧바로 돈을 받을 수 있을 것이오."

선비는 그의 말대로 위왕지로 가서 곧장 커다란 나무를 두드렸다. 한참 있다가 계집종이 나와서 그 까닭을 묻자 선비가 말했다.

"사이가 편지를 전하라고 했다."

그때 갑자기 붉은 대문과 흰 벽이 나타나더니 계집종이 그 안으로 들어갔다가 다시 나와서 선비를 데리고 들어갔다. 아주 건강해 보이는 노파가 당(堂)에 앉아서 선비에게 말했다.

"아들의 편지를 가지고 오느라 수고하셨습니다. 당신에게 돈 300민을 주라고 했으니, 지금 그 뜻을 어기지 않겠습니다."

문밖으로 나와서 보았더니 이미 300민이 언덕에 있었는데, 모두 관가에서 사용하는 배두전(排斗錢)[53]으로 색깔만 약간 바랬을 뿐이었다. 선비는 의심하고 놀라면서 그 돈이 어디에서 나온 것인지 모르므로 사용하다 문제가 생길까 두

문에 '위왕지'라 불렀다.

53) 배두전(排斗錢) : 당나라 때 사용한 품질이 조악한 악전(惡錢)을 말한다.

려워서 관아에 고하고 자초지종을 자세히 말했다. 미: 선비는 너무 고리타분하니 화를 당하는 게 마땅하다. 하남윤(河南尹)이 그 일을 조정에 아뢰자 조정의 관원들이 모두 말했다.

"위왕지 속에 자라 굴이 하나 있는데 아마도 그것의 짓일 것이오."

이에 칙명을 내려 그것을 잡아 오게 했다. 곤륜(昆侖: 지금의 베트남 남부와 인도네시아 일부 지역) 사람 수십 명이 모두 칼과 창을 들고 잠수해 그 굴로 들어가서 크고 작은 자라 수십 마리를 잡았는데, 마지막의 자라 한 마리는 붙여 놓은 침상만큼이나 컸다. 관아에서는 자라들을 모두 죽이고 돈과 재물 수천 가지를 얻었다. 그로부터 5년 뒤에 선비는 강남(江南)의 한 현위(縣尉)에 선발되었는데, 임지로 가던 중에 양주 시장의 동쪽 객점 앞에 이르렀을 때 갑자기 사이를 만났다. 사이가 화를 내며 말했다.

"그대에게 야박하게 대하지 않았는데, 어찌하여 나를 저버리고 이런 지경에 이르게 했소? 내 노모와 가족들이 모두 비명횡사한 것은 모두 그대 때문이오!"

말을 마치고는 떠났다. 선비는 몹시 두려운 나머지 10여 일 동안 임지로 가지 않고 있다가 일행이 재촉하자 출발했는데, 100여 리를 갔을 때 태풍을 만나 일가족이 모두 물에 빠져 죽었다.

唐開元時, 東京士人以遷歷不給, 南遊江淮, 求丐知己, 困而無獲, 徘徊揚州久之. 同亭有謝二者, 矜其失意, 恒欲恤之. 謂士人曰: "無爾悲爲. 若欲北歸, 當有三百千相奉." 及別, 以書付之曰: "我宅在魏王池東, 至池, 叩大柳樹. 家人若出, 宜付其書, 便取錢也." 士人如言, 徑叩大樹. 久之, 小婢出, 問其故, 云: "謝二令送書." 忽見朱門白壁, 婢往却出, 引入. 見姥充壯, 當堂坐, 謂士人曰: "兒子書勞君送. 令付錢三百千, 今不違其意." 及人出, 已見三百千在岸, 悉是官家排斗錢, 而色小壞. 士人疑駭, 不知錢何處來, 用恐有礙, 因以告官, 具言始末. 眉: 士人腐甚, 宜其綴禍. 河南尹奏其事, 皆云: "魏王池中有一黿窟, 恐是耳." 有敕, 使擊射之. 昆侖數十人, 悉持刀槍, 沉入其窟, 得黿大小數十頭, 末一黿, 大如連牀. 官皆殺之, 得錢帛千計. 其後五年, 士人選得江南一尉, 之任, 至揚州市中東店前, 忽見謝二. 怒曰: "於君不薄, 何乃相負, 以至於斯? 老母家人, 皆遭非命, 君之故也!" 言訖辭去. 士人大懼, 十餘日不之官, 徒侶所促, 乃發, 行百餘里, 遇風, 一家盡沒.

* 이 고사는 《태평광기》 권470 〈수족·사이〉에 실려 있다.

78-14(2504) 스님 법지

승법지(僧法志)

출《소상록》

대산(臺山)의 스님 법지는 유람하며 회음(淮陰)에 이르렀다가 한 어부를 만났는데, 어부가 법지를 초막으로 초대해 아주 공손하게 음식을 차렸다. 법지는 자못 이상해하면서 물었다.

"제자는 물고기 잡는 것을 생업으로 삼아 죄업을 짓는 사람인데, 어떻게 내가 경배를 받을 수 있겠소?"

그러자 어부가 대답했다.

"저는 지난날 회계산(會稽山)에서 운원 상인(雲遠上人)이 중생을 위해 불법을 강설하는 것을 듣고 잠시 기쁘게 불법에 귀의해 부처의 가르침을 깨달았습니다. 지금 이렇게 스님을 만나고 보니 기쁘기 한량없습니다."

스님이 남달리 여겨 생업을 바꾸어 보라고 권하자 어부가 말했다.

"저는 비록 훌륭한 가르침을 들었지만 그물질하는 일에 빠져 있습니다. 이는 또한 화상이 스님이 되어서도 제대로 계율을 받들 수 없는 것과 마찬가지이니, 그 죄는 한가지입니다. 그러니 또 무엇을 의심하십니까?"

스님이 부끄러워하면서 물러 나와 뒤돌아보았더니, 어부는 커다란 자라로 변해 회수(淮水)로 들어갔으며 초막도 사라지고 없었다.

臺山僧法志遊至淮陰, 見一漁者, 要至草庵中, 設食甚謹. 法志頗怪, 因問曰: "弟子以漁爲業, 造罪之人, 何見敬禮?" 答曰: "我昔於會稽山遇雲遠上人爲衆講法, 暫曾隨喜, 得悟聖敎. 邇來見僧, 卽歡喜無量." 僧異之, 勸令改業, 漁者曰: "我雖聞善道, 而滯於罟網. 亦猶和尙爲僧, 未能以戒律爲事, 其罪一也. 又何疑焉?" 僧慚而退, 回顧, 見漁者化爲大黿, 入淮, 亦失草庵所在.

* 이 고사는 《태평광기》 권470 〈수족·승법지〉에 실려 있다.

78-15(2505) 송씨

송씨(宋氏)

출《계신록》

강서군(江西軍)의 관리 송씨는 일찍이 목재를 사러 성자현(星子縣)에 갔다가 물가에 사람들이 떠들썩하게 모여 있는 광경을 보았는데, 다름 아닌 어떤 어부가 커다란 자라 한 마리를 잡은 것이었다. 그런데 그 자라가 송씨를 자꾸 뒤돌아보자, 송씨는 즉시 돈 1000냥을 주고 그 자라를 사서 강에 풀어 주었다. 몇 년 뒤에 송씨가 용사(龍沙)에 배를 정박하고 있을 때, 갑자기 한 노복이 오더니 말했다.

"원 장사(元長史)께서 부르십니다."

송씨는 어리둥절해서 대체 어떤 장사를 말하는지 알지 못했다. 그 노복을 따라갔더니 순식간에 한 관부에 도착했는데, 한 관리가 나와 그를 맞이해 함께 앉더니 말했다.

"당신은 저를 알아보시겠습니까?"

송씨는 곰곰이 생각했지만 그 사람을 본 적이 없었다. 그 관리가 또 말했다.

"당신은 성자강(星子江)에 자라를 방생했던 일을 기억하십니까? 제가 바로 그 자라입니다. 이전에 죄를 지은 탓에 천제께서 저를 수중 생물로 폄적하셨는데, 어부에게 붙잡히고 말았습니다. 당신의 은혜가 아니었다면 저는 이미 죽어 뼈까지 썩었을 것입니다. 지금은 이미 구강장(九江長)이 되었기에 당신을 모셔서 보답하고자 합니다. 당신의 아들 아무개는 물에 빠져 죽을 운명인데, 그 명부가 여기에 있습니다. 며칠 뒤에 명산신(鳴山神)이 여산신(廬山神)을 뵈러 가는데, 그가 지나갈 때는 반드시 거센 비바람이 휘몰아칩니다. 당신의 아들은 바로 그때 죽게 되어 있습니다. 지금 당신의 아들과 성명이 똑같은 한 사람이 있는데, 그 사람 역시 물에 빠져 죽게 되어 있습니다. 그저 정해진 기일의 시간을 앞당기는 것뿐이니, 제가 그 사람으로 당신의 아들을 대신하도록 하겠습니다. 그러니 당신의 아들은 속히 강 언덕으로 올라가 숨어 있어야 합니다. 그렇게 하지 않으면 화를 면치 못할 것입니다." 미 : 나중에 정해진 기일에 어떻게 화를 면할지는 알 수 없다.

송씨가 감사를 드리고 나왔더니 어느새 이미 배가 있는 곳에 와 있었다. 며칠 뒤에 과연 풍랑의 피해가 생겨 아주 많은 사람들이 죽었지만, 송씨의 아들은 결국 화를 면했다.

江西軍吏宋氏, 嘗市木至星子, 見水濱人物喧集, 乃漁人得一大黿. 黿見宋屢顧, 宋卽以錢一千贖之, 放於江中. 後數年, 泊船龍沙, 忽有一僕夫至, 云 : "元長史奉召." 宋恍然, 不知何長史也. 旣往, 欻至一府, 官出迎, 與坐曰 : "君尙相識耶?" 宋思之, 實未嘗識. 又曰 : "君亦記星子江中放黿耶? 身即龜也. 頃嘗有罪, 帝命謫爲水族, 見囚於漁人. 微君之惠, 已骨朽矣. 今已得爲九江長, 相召者, 有以奉報. 君兒某者, 命當溺死, 名籍在是. 後數日, 鳴山神將朝廬山, 其行必以疾風雨. 君兒當以此時死. 今有一人名姓正同, 亦當溺死. 但先期歲月間耳, 吾取以代之. 君兒宜速登岸避匿. 不然不免." 眉 : 不識後期何以免之. 宋陳謝而出, 不覺已在舟次矣. 數日, 果有風濤之害, 死甚衆, 宋氏兒竟免.

* 이 고사는 《태평광기》 권471 〈수족·송씨〉에 실려 있다.

78-16(2506) 종도

종도(鍾道)

출《유명록(幽明錄)》 미 : 이하는 수달의 정괴다(以下獺精).54)

[남조] 송(宋)나라 영흥현(永興縣)의 관리 종도는 중병에 걸렸다가 막 낫자 정욕이 평소의 배가 되었다. 그는 이전에 백학허(白鶴墟)에 사는 여자를 좋아했는데, 그때까지도 여전히 그녀를 그리워하고 있었다. 그런데 어느 날 갑자기 그 여자가 옷자락을 날리면서 오자, 종도는 곧장 그녀와 사랑을 나누었다. 그 후로 그녀는 자주 찾아왔는데 종도가 말했다.

"나는 계설향(鷄舌香)55)을 몹시 먹고 싶소."

여자가 말했다.

"뭐가 어렵겠습니까?"

그러고는 이내 두 손 가득 계설향을 담아 종도에게 주었

---

54) 미 : 이하는 수달의 정괴다(以下獺精) : 저본에는 이 미주(眉注)가 없지만, 다음의 두 고사가 모두 수달의 요괴에 관한 것이므로 보충했다.

55) 계설향(鷄舌香) : 정향나무의 꽃을 말려서 만든 향으로, 정향(丁香)이라고도 한다.

다. 종도가 그녀에게 함께 그것을 입에 넣고 씹어 보자고 청하자 여자가 말했다.

"저한테서는 본래 좋은 향기가 나기 때문에 이것을 빌리지 않아도 됩니다."

여자가 문을 나갔을 때 개가 문득 보고 그녀를 물어 죽였는데, 다름 아닌 늙은 수달이었으며 입 속에 있던 향은 수달의 똥이었다. 종도는 갑자기 악취를 느꼈다.

평 : 도를 깨달은 후에 티끌세상의 명리(名利)를 돌아보면 모두 수달의 똥일 뿐이다. 그런데도 수달의 똥 속에서 성내고 시샘하고 다투고 할퀴니 정말로 슬프도다!

宋永興縣吏鍾道得重病初差, 情欲倍常. 先樂白鶴墟中女子, 至是猶存想焉. 忽見此女子, 振衣而來, 卽與燕好. 是後數至, 道曰 : "吾甚欲鷄舌香." 女曰 : "何難?" 乃掬香滿手, 以授道. 道邀女同含咀之, 女曰 : "我氣素芳, 不假此." 女子出戶, 狗忽見, 隨咋殺之, 乃是老獺, 口香卽獺糞. 頓覺臭穢.
評 : 悟道後, 回視塵世名利, 皆獺糞耳. 復於獺糞中嗔妒爭攫, 眞可悲也!

* 이 고사는 《태평광기》 권469 〈수족·종도〉에 실려 있다.

78-17(2507) 설이낭

설이낭(薛二娘)

출《통유기》

　　당(唐)나라 초주(楚州) 백전현(白田縣)에 설이낭이라는 무당이 있었는데, 스스로 금천대왕(金天大王 : 화악신)56)을 섬기며 요괴를 쫓아내 없앨 수 있다고 말하자 현읍 사람들이 그녀를 받들었다. 마을 주민 심(沈) 아무개의 딸이 요괴에게 홀려 실성했는데, 간혹 몸을 자해하기도 하고 불 위를 걷거나 물속으로 들어가기도 했으며, 나중에는 배가 점점 커져 마치 임신한 사람 같았다. 부모는 이를 걱정해 무당 설이낭을 모셔 왔다. 설이낭은 도착한 뒤 방에 제단을 만들고 병자를 그 위에 눕혔으며, 옆에 커다란 화덕을 놓고 무쇠 솥을 벌겋게 달궜다. 설이낭은 마침내 옷을 차려입고 음악을 연주하면서 춤을 추며 신을 청했다. 잠시 후 신이 내려오자 구경하던 사람들이 재배했다. 설이낭은 술을 올리면서 빌었다.

　　"속히 요괴를 불러오십시오!"

---

56) 금천대왕(金天大王) : 화악신(華岳神). 당나라 예종(睿宗) 선천(先天) 2년(713)에 화악신을 '금천대왕'에 봉했다.

설이낭은 말을 마치고 화덕 안으로 들어가 앉았는데, 안색이 태연자약했다. 한참 뒤에 설이낭은 옷을 털고 일어나서 달궈진 솥을 머리에 뒤집어쓴 채 춤을 추었다. 곡이 끝나자 설이낭은 솥을 치우고 걸상에 걸터앉더니 병자를 꾸짖으며 스스로 포박하라고 했는데, 병자는 마치 묶인 것처럼 손을 뒤로 했다. 이어서 그녀에게 스스로 해명하라고 했더니, 병자가 처음에는 울면서 말하지 않자 설이낭이 크게 화를 내면서 칼을 들고 그녀를 베었는데, 획! 하고 칼날이 지나갔지만 몸은 그대로였다. 그러자 병자가 비로소 말했다.

"항복합니다!"

그러고는 스스로 말했다.

"저는 회수(淮水)에 사는 늙은 수달로 그녀가 빨래하는 것을 보고 반했습니다. 뜻밖에도 성사(聖師)를 만나게 되었으니, 부디 저를 살려 주신다면 이후로는 자취를 감추겠습니다. 다만 그녀의 배 속에 있는 새끼를 아직 낳지 못했으니, 만약 낳은 뒤에 죽이지 않고 저에게 돌려주신다면 바라는 것 이상의 기쁨이 될 것입니다."

말을 마치고 오열하자 사람들이 모두 불쌍하게 여겼다. 병자는 마침내 붓을 잡고 작별의 시를 지었다.

"조수가 밀려올 때 조수 따라왔다가, 조수가 빠져나가니 빈 모래밭만 남았네. 올 때가 있으면 결국 떠날 때가 있으니, 정은 쉽게 생기지만 다시 그 정을 떼기란 어렵네. 배 속의 새끼 때문에 창자가 끊어지는데, 밝은 달 비치는 가을 강은 차 갑기만 하네."

병자는 본래 글을 몰랐는데, 이때에 붓으로 쓴 시구는 모두 아름다웠다. 잠시 후에 병자는 혼수상태에 빠졌다가 다음 날에야 깨어나서 비로소 말했다.

"처음에 빨래하고 있을 때 멋진 젊은이가 유혹해 왕래했는데, 어떻게 된 일인지 스스로 알지 못했습니다."

한 달 후에 심씨의 딸은 수달 새끼 세 마리를 낳았는데, 그 새끼를 죽이려 하자 어떤 사람이 말했다.

"그 요괴는 약속을 지켰는데, 우리 인간이 거짓말을 해서야 되겠습니까? 놓아주는 것만 못합니다."

그 사람이 수달 새끼들을 호수로 보내 주자, 커다란 수달이 뛰어올라 맞이하더니 등에 태우고 물속으로 사라졌다.

唐楚州白田, 有巫曰薛二娘者, 自言事金天大王, 能驅除邪厲, 邑人崇之. 村民沈某女患魅發狂, 或毀壞形體, 蹈火赴水, 而腹漸大, 若人之妊者. 父母患之, 迎薛巫. 旣至, 設壇於室, 臥患者於壇內, 旁置大火坑, 燒鐵釜赫然. 巫遂盛服奏樂, 鼓舞請神. 須臾, 神下, 觀者再拜. 巫奠酒祝曰: "速召魅來!" 言畢, 巫入火坑中坐, 顔色自若. 良久, 振衣而起, 以所燒釜覆頭鼓舞. 曲終去之, 遂據胡牀, 叱患人令自縛, 患者反手如縛. 敕令自陳, 初泣而不言, 巫大怒, 操刀斬之, 驍然刃過而體如故. 患者乃曰: "伏矣!" 自陳云: "淮中老獺, 因女浣紗, 悅之. 不意遭逢聖師, 乞自此屛迹. 但腹中子未育, 若生而不殺, 以還某, 是望外也." 言畢嗚咽, 人皆憫之. 遂秉筆作別詩曰: "潮來逐潮上, 潮落在空灘. 有來終有去, 情易復情難. 腸斷腹中子, 明月秋江寒." 其患者素不識書, 至是落筆, 詞翰俱麗. 須臾, 患者昏睡, 翌日乃釋然, 方說: "初浣紗時, 有美少年相誘, 因而來往, 亦不自知也." 後旬月, 産獺子三頭, 欲殺之, 或曰: "彼魅也而信, 我人也而妄? 不如釋之." 其人送於湖中, 有巨獺迎躍, 負之而沒.

* 이 고사는 《태평광기》 권470 〈수족・설이낭〉에 실려 있다.

권79 만이부(蠻夷部)

만이(蠻夷)

79-1(2508) 사방의 만이

사방만이(四方蠻夷)

출《유양잡조》

　동방은 사람의 코가 크고 오관(五官) 가운데 눈에 해당하고 근력이 여기에 속한다. 남방은 사람의 입이 크고 오관 가운데 귀에 해당한다. 서방은 사람의 얼굴이 크고 오관 가운데 코에 해당한다. 북방은 사람의 오관 가운데 음부에 해당한다. 중앙은 사람의 오관 가운데 입에 해당한다.

東方之人鼻大, 竅通於目, 筋力屬焉. 南方之人口大, 竅通於耳. 西方之人面大, 竅通於鼻. 北方之人, 竅通於陰. 中央之人, 竅通於口.

* 이 고사는 《태평광기》 권480 〈만이·사방만이〉에 실려 있다.

79-2(2509) 무계국 사람

무계민(無啓民)

출《유양잡조》

　무계국(無啓國) 사람들은 동굴에 살면서 흙을 먹는데, 죽어서 묻으면 그 심장이 썩지 않으며 100년 후에 다시 사람으로 변한다. 녹국(錄國) 사람들은 무릎이 썩지 않으며, 묻으면 120년 후에 다시 사람으로 변한다. 세국(細國) 사람들은 간이 썩지 않으며, 8년 후에 다시 사람으로 변한다.

無啓民居穴食土, 死則埋之, 其心不朽, 百年化爲人. 錄民膝不朽, 埋之百二十年化爲人. 細民肝不朽, 八年化爲人.

*　이 고사는《태평광기》권480〈만이・무계민〉에 실려 있다.

79-3(2510) 노부

노부(盧扶)

출'왕자년(王子年)《습유(拾遺)》'

[전국 시대] 연(燕)나라 소왕(昭王) 때 노부국(盧扶國)에서 내조(來朝)했는데, 옥하(玉河)를 건너 만 리를 가야만 비로소 그 나라에 도착할 수 있다. 그 나라 사람들은 모두 300세까지 살고 풀을 엮어 옷을 만들어 입는데, 그 옷을 "훼복(卉服)"이라고 한다. 사람들은 죽을 때까지 늙지 않고 모두 효도와 겸양의 미덕을 지니고 있다. 옛날에 우(禹)임금이 산세를 따라 물길을 틀 때 그 땅에 이르러 "무로순효지국(無老純孝之國: 늙지 않고 효도를 다하는 나라)"이라고 했다. 미: 이는 모두 신선의 동부(洞府)이니 마땅히 만이에 섞어 넣어서는 안 된다.

盧扶國, 燕昭王時來朝, 渡玉河萬里方至. 其國人皆壽三百歲, 結草爲衣, 是謂之"卉服". 至死不老, 咸和孝讓. 昔大禹隨山導川, 乃至其地, 爲"無老純孝之國". 眉: 此皆神仙之府, 不宜混入蠻夷.

* 이 고사는 《태평광기》 권480 〈만이 · 노부국〉에 실려 있다.

79-4(2511) 백민

백민(白民)

출《박물지(博物志)》

　백민국에는 승황(乘黃 : 전설 속 짐승)이 있는데, 그 생김새가 여우와 같으며 등 위에 뿔이 있다. 그것을 타면 3000년을 살 수 있다.

白民之國, 有乘黃, 狀若狐, 背上有角. 乘之, 壽三千年.

*　이 고사는《태평광기》권480〈만이 · 백민국〉에 실려 있다.

79-5(2512) 일남

일남(日南)

출《천보실록(天寶實錄)》

　일남국(日南國)의 구산(廐山)은 잇달아 이어져 몇천 리나 되는지 알 수 없다. 벌거벗은 사람들이 그곳에 사는데, 그들은 백민국(白民國)의 후예다. 그들은 가슴 앞에 꽃을 문신하고 분 같은 자주색 물건을 사용해 두 눈 아래에 그림을 그리며 앞니 두 개를 뽑는 것을 아름다운 치장이라고 여긴다.

日南廐山, 連接不知幾千里. 裸人所居, 白民之後也. 刺其胸前作花, 有物如粉而紫色, 畫其兩目下, 去前二齒, 以爲美飾.

* 　이 고사는《태평광기》권483〈만이 · 일남국〉에 실려 있다.

79-6(2513) 사아수와 구진제

사아수・구진제(私阿修・俱振提)

출《유양잡조》

사아수국(私阿修國 : 실론섬, 즉 지금의 스리랑카)의 금료산사(金遼山寺)에 돌 악어가 있는데, 스님들은 음식이 거의 떨어져 갈 때 그 돌 악어에게 절을 하면 음식이 모두 마련된다.

구진제국(俱振提國 : 지금의 타슈켄트 남쪽에 있던 서역의 나라)은 귀신을 숭상하는데, 성(城) 북쪽 너머 진주강(眞珠江)에서 20리 떨어진 곳에 신이 있다. 봄과 가을의 제사 때 국왕이 필요로 하는 물품과 금은 그릇이 신의 주방에서 저절로 나왔다가 다 사용하고 나면 또한 사라진다. [당나라] 천후(天后 : 측천무후)가 사람을 보내 확인해 보게 했는데 거짓이 아니었다.

私阿修國金遼山寺中, 有石鼉, 衆僧飮食將盡, 向石鼉作禮, 於是飮食悉具.
俱振提國尙鬼神, 城北隔眞珠江二十里, 有神. 春秋之時, 國王所須什物金銀器, 神廚中自然而出, 用畢亦滅. 天后使人驗之, 不妄.

* 이 고사는《태평광기》권481〈만이・사아수국〉과〈구진제국〉에 실려 있다.

79-7(2514) 빈사

빈사(頻斯)

출‘왕자년《습유》'

　[삼국 시대] 위제[魏帝 : 조환(曹奐)]가 진류왕(陳留王)으로 있던 해에 빈사국(頻斯國)에서 내조(來朝)했는데, 그들은 지금의 갑옷처럼 생긴 오색 옥으로 만든 옷을 입고 있었다. 그들은 중국의 음식을 먹지 않고 직접 황금 호리병을 가지고 다녔다. 그 안에는 기름처럼 응고된 신비스러운 음료가 들어 있었는데, 한 방울을 먹으면 1000년을 살 수 있었다. 그 나라에는 대풍목(大風木)이 숲을 이루었고 나무의 높이는 60~70리였는데, 셈을 잘하는 사람이 리로 계산한 것이었다. 천둥과 번개가 항상 나무의 중간쯤에서 쳤고 나뭇가지가 교차해 위를 덮었기 때문에 햇빛과 달빛이 보이지 않았다. 그 아래는 비로 쓴 것처럼 평평하고 깨끗했으며 비나 안개가 들어올 수 없었다. 나무의 동쪽에는 만 명이 앉을 수 있는 커다란 석실이 있었다. 그 벽에는 삼황(三皇)의 형상이 조각되어 있었는데, 천황(天皇) 열두 명, 지황(地皇) 열한 명, 인황(人皇) 아홉 명이었고 모두 용의 몸을 하고 있었다. 또한 등촉을 놓는 곳도 있었다. 돌을 모아 침상을 만들었는데, 침상 위에는 2~3촌쯤 되는 무릎 흔적이

있었다. 침상 앞에는 2촌 길이의 죽간이 있었는데, 대전(大篆) 같은 글자로 쓰여 있고 모두 천지가 개벽한 이래의 일을 말하고 있었지만 사람들은 알 수 없었다. 어떤 사람은 복희(伏羲)가 팔괘(八卦)를 그릴 때 그 책이 있었다고 하고, 어떤 사람은 창힐(蒼頡)이 글자를 만든 곳이라고 말했다. 석실 옆에는 단석정(丹石井)이 있었는데, 사람의 힘으로 판 것이 아니었다. 단석정은 밑으로 샘과 통해 있어서 물이 항상 용솟음쳤다. 신선들이 물을 마실 때는 긴 밧줄로 물을 길었다. 빈사국 사람들은 모두 곱슬머리에 힘이 세고 오곡을 먹지 않았으며, 달빛 아래서도 그림자가 생기지 않았고 계수나무즙을 마셨다. 그 나라 사람들의 머리카락은 잡아당기면 길어지고 놓으면 소라처럼 줄어들었다. 그 사람들의 머리카락을 엮어 밧줄을 만들어서 단석정의 물을 길었는데, 한겨울에도 한 되 정도의 물을 길어 올릴 수 있었다. 우물물 속에는 두 날개가 달린 흰 개구리가 살면서 항상 우물 위를 왔다 갔다 했다. 주(周)나라의 왕자진(王子晉)이 그 우물에 가서 들여다보았더니, 푸른 참새가 국자를 토해 내 그에게 줘서 그는 그것을 받아 물을 떠 마셨다. 그러자 구름이 일고 눈발이 날렸는데, 왕자진이 옷소매로 눈을 휘저었더니 구름이 개고 눈이 그쳤다. 흰 개구리는 흰 기러기로 변해 구름 속으로 들어가 오르락내리락하더니 결국 사라졌다. 이 일은 빈사국 사람이 기록한 것인데, 그 사람의 나이는 헤아릴 수 없었다. 그에게 빈사국의 산천지세와 진기한 물건들을 그리게 해서 장화(張華)에게 보여 주었더니 장화가 말했다.

"이렇게 신기한 나라는 확인해 보기 어렵습니다."

위제는 그들에게 수레와 말, 진귀한 옷을 주고 관(關)을 나갈 때까지 배웅해 주게 했다.

魏帝爲陳留王之歲, 有頻斯國人來朝, 以五色玉爲衣, 如今之鎧. 不食中國滋味, 自有金壺. 中有神漿, 凝如脂, 嘗一滴則壽千年. 其國有大風木爲林, 高六七十里, 善算者以里計之. 雷電常出樹之半, 其枝交陰上蔽, 不見日月之光. 其下平淨如掃, 雨霧不能入焉. 樹東有大石室, 可容萬人坐. 壁上刻有三皇之像, 天皇十二頭, 地皇十一頭, 人皇九頭, 皆龍身. 亦有膏燭之處. 緝石爲牀, 牀上有膝痕二三寸. 牀前有竹簡長二寸, 如大篆之文, 皆言開闢已來事, 人莫能識. 言是伏羲畫卦之時有此書, 或言蒼頡造書之處. 旁有丹石井, 非人工所鑿. 下及漏泉, 水常沸湧. 諸仙欲飮之時, 以長絙引汲. 頻斯國民皆多力拳[1]髮, 不食五穀, 月中無影, 食桂漿. 其人髮, 引之則長, 置則自縮如螺. 續此人髮以爲繩, 以及丹井, 方冬得升合之水. 水中有白蛙, 兩翅, 常去來井上. 至周王子晉臨井而窺, 有靑雀吐杓, 以授子晉, 取而飮之. 乃有雲起雪飛, 子晉以衣袖搗雪, 則雲霽雪止. 白蛙化爲白雁, 入雲搖搖遂滅. 此則頻斯人所記, 蓋其人年不可測也. 使圖其山川地勢瑰異之屬, 以示張華, 華云: "此神異之國, 難可驗信." 使車馬珍服, 送之出關.

* 이 고사는 《태평광기》 권480 〈만이·빈사〉에 실려 있다.

1 권(拳):《태평광기》 명초본에는 "권(卷)"이라 되어 있는데, 문맥상 보다 타당하다. "권(卷)"은 "권(捲)"과 통한다.

79-8(2515) 오명국

오명국(吳明國)

출《두양잡편(杜陽雜編)》

[당나라] 정원(貞元) 8년(792)에 오명국에서 상연정(常燃鼎)과 난봉밀(鸞蜂蜜)을 바치면서 이렇게 말했다. 그 나라는 동해(東海)에서 수만 리나 떨어져 있어 읍루(挹婁)와 옥저(沃沮) 등의 나라를 거쳐야 한다. 그 땅은 오곡을 재배하기에 적당하고 진귀한 옥이 많이 나며, 예악(禮樂)과 인의(仁義)를 좋아해 남의 것을 빼앗지 않는다. 사람들은 장수해 200세를 살고 민간에서는 신선술을 숭상해, 1년 안에 구름을 타고 학을 모는 사람이 종종 있다. 일찍이 수레 덮개 같은 황색 기운을 바라보고 중국에 토덕(土德)이 흥성한 것을 알고 마침내 공물을 바치고자 했다. 상연정은 서 말의 용량에 옥처럼 빛이 나고 깨끗했으며 자색이었다. 매번 음식을 만들 때마다 불을 피우지 않아도 잠깐 사이에 저절로 음식이 익었는데, 그 향기와 정갈함이 일반 음식과 달랐다. 오랫동안 그 음식을 먹으면 늙은 사람을 도로 젊게 만들고 온갖 질병이 생기지 않았다. 난봉밀에 대해서는 이렇게 말했다. 그 벌은 울음소리가 난새나 봉황과 비슷하고 몸이 오색으로 덮여 있다. 큰 벌은 무게가 10여 근(斤)이나 되고 깊은 바위나

높다란 산봉우리 사이에 벌집을 만드는데, 벌집 중에 큰 것은 2~3무(畝)의 땅을 차지한다. 나라 사람들은 그 꿀을 딸 때 2~3홉을 넘기지 않는데, 만약 그보다 지나치면 즉시 바람이 불고 천둥이 친다. 만약 벌이 사람을 쏘아 부어오르면 돌 위에 자라는 창포 뿌리를 붙이면 즉시 낫는다. 난봉밀은 푸른색인데 백옥 주발에 넣어 두면 겉과 속이 온통 투명한 것이 마치 푸른 유리 같다. 이것을 오랫동안 먹으면 사람이 장수하고 얼굴이 어린아이 같아지며 흰머리가 곧장 검어진다. 눈이 멀거나 절름발이처럼 심한 병에 걸려도 치료하지 못한 적이 없었다.

貞元八年, 吳明國貢常燃鼎·鸞蜂蜜, 云 : 其國去東海數萬里, 經揖婁·沃沮等國. 其土宜五穀, 多珍玉, 禮樂仁義, 無剽劫. 人壽二百歲, 俗尙神仙術, 一歲之內, 乘雲駕鶴者, 往往有之. 常望黃氣如車蓋, 知中國土德王, 遂願貢奉. 常燃鼎, 量容三斗, 光潔似玉, 其色紫. 每修飲饌, 不熾火而俄頃自熟, 香潔異於常等. 久而食之, 令人返老爲少, 百疾不生也. 鸞蜂蜜, 云 : 其蜂之聲有如鸞鳳, 而身被五彩. 大者可重十餘斤, 爲窠於深巖峻嶺間, 大者占地二三畝. 國人採其蜜, 不踰三二合, 如過度, 卽有風雷之異. 若螫人生瘡, 以石上菖蒲根傅之, 卽愈. 其色碧, 貯之於白玉盌, 表裏瑩徹, 如碧琉璃. 久食, 令人長壽, 顔如童子, 髮白者應時而黑. 逮及沉痾眇跛, 無不療焉.

* 이 고사는 《태평광기》 권480 〈만이·오명국〉에 실려 있다.

79-9(2516) 부절국

부절국(浮折國)

출'왕자년《습유》'

 [한나라] 원봉(元封) 원년(BC 110)에 부절국에서 해마다 난금니(蘭金泥)를 바쳤다. 그 금은 탕연(湯淵)에서 나는데, 그곳은 한여름이면 불로 물을 끓이는 것처럼 항상 끓어올라 날아가는 새도 지나갈 수 없다. 그곳을 지나가는 부절국 사람들은 물가에서 어떤 사람이 그 금을 불려서 그릇을 만드는 것을 늘 보는데, 그 금은 진흙처럼 혼탁하고 자마금(紫磨金) 같은 색깔을 띠지만 100번을 녹이면 흰색으로 변해 은(銀)처럼 빛나기에 "은촉(銀燭)"이라 부른다. 늘 그 금을 진흙처럼 만들어 여러 상자나 궁궐 문을 봉하는데, 그러면 귀신이 감히 침범하지 못한다. 한(漢)나라 때는 상장군(上將軍)이 출정하거나 사신을 먼 나라에 보낼 때 대부분 이 금니로 문서를 봉인했는데, 위청(衛靑)·장건(張騫)·소무(蘇武)·부개자(傅介子)가 사신으로 갈 때 모두 금니로 봉인한 문서를 받았다. 미 : 이에 근거하면 금니의 일은 다만 승전을 알리는 데 사용할 수 있으니, 과거 급제자를 알리는 데 사용하는 것은 부적절하다. 무제(武帝)가 붕어한 후로 부절국의 세공(歲貢)이 끊어졌다.

元封元年, 浮折歲貢蘭金之泥. 此金湯淵, 盛夏之時, 水常沸湧, 有若湯火, 飛鳥不能過. 國人行者常見水邊有人冶此金爲器, 混若泥, 如紫磨之色, 百鑄, 其色變白, 有光如銀, 名曰"銀燭". 常以爲泥, 封諸函匣及諸宮門, 鬼魅不敢干. 當漢世, 上將出征, 及使絶國, 多以泥爲印封, 衛靑·張騫·蘇武·傅介子之使, 皆受金泥之璽封也. 眉: 據此, 則泥金事, 但可用於報捷, 不切登科. 帝崩後乃絶.

* 이 고사는 《태평광기》 권480 〈만이·부절국〉에 실려 있다.

79-10(2517) 구미국

구미국(拘彌國)

출《두양편(杜陽編)》

 [당나라] 순종(順宗)이 즉위한 해(805)에 구미국[고대 서역에 있던 나라]에서 각화작(却火雀) 암수 한 쌍과 이수주(履水珠)·상견빙(常堅冰)·변주초(變晝草)를 공물로 바쳤다. 각화작은 새까맣고 크기가 제비와 비슷했으며 소리가 청량했는데, 보통 새들과는 어울리지 않았다. 그것을 세차게 타는 불 속에 두면 불이 저절로 흩어졌다. 황상은 그 새의 기이함을 훌륭히 여겨 화정롱(火精籠)에 담아 침전(寢殿)에 매달아 두었는데, 밤이 되면 궁인들이 함께 촛불로 그것을 태웠으나 끝내 그 깃털을 다치게 할 수 없었다. 이수주는 색깔이 쇠처럼 검고 크기가 계란만 했다. 그 위에는 비늘처럼 생긴 주름이 있고 가운데에 구멍이 뚫려 있었다. 사신이 말하길, 장차 강이나 바다로 들어가려 할 때 이 구슬을 가지고 있으면 드넓은 파도를 오르락내리락하며 멀리 갈 수 있다고 했다. 황상은 처음에 사실이 아닐 것이라 생각해 헤엄을 잘 치는 사람에게 오색실로 그 구슬을 꿰서 왼쪽 팔에 묶게 했는데, 독룡(毒龍)이 그를 두려워했다. 그래서 그 사람을 용지(龍池)로 들어가게 했는데, 그는 마치 평지를 걷듯이 물

위를 빨리 걸어 다녔으며, 또한 물속으로 잠수했다가 한참 후에 다시 나왔지만 온몸이 전혀 젖어 있지 않았다. 황상은 기이해하면서 어찬(御饌)을 사신에게 하사했다. [목종(穆宗)] 장경(長慶) 연간(821~824)에 비빈들이 그 구슬을 가지고 해지(海池)57)에서 시험 삼아 장난을 쳤는데, 구슬이 기이한 용으로 변해 못 속으로 들어가더니, 잠시 후 구름과 연기가 갑자기 일어나는 바람에 더 이상 쫓아가 잡을 수 없었다. 상견빙에 대해 사신이 말하길, 그 나라에 대응산(大凝山)이 있고 그 산속에 1000년 동안 녹지 않는 얼음이 있다고 했다. 사신이 그것을 가지고 도성까지 왔는데도 변함없이 맑고 차가웠으며, 무더위에 뜨거운 태양 아래에 있어도 끝내 녹지 않았다. 그것을 깨물어 보니 중국의 얼음과 다름이 없었다. 변주초는 파초(芭蕉)와 비슷하고 길이가 몇 척쯤 되었으며 한 줄기에 1000장의 잎이 달렸는데, 그것을 심으면 사방 100보 이내가 밤처럼 깜깜해졌다. 처음에 그것을 온갖 보물을 넣어 두는 함 속에 넣고 그 위에 호화(胡畫 : 서역 그림)를 덮어 두었더니, 황상이 보고 화내며 말했다.

"밝음을 등지고 어둠을 향하니, 이 풀을 어찌 귀하다고 할 만하겠느냐?"

---

57) 해지(海池) : 장안(長安)의 태극궁(太極宮) 안에 있던 연못 이름.

그러고는 사자 앞에서 함과 함께 그것을 불살라 버리게 했다. 사자는 처음에 불쾌해했으나 물러 나온 뒤에 홍려경(鴻臚卿)에게 말했다.

"우리 나라에서는 변주초를 기이하다고 여기는데, 지금 황제께서는 어둠을 향하는 것을 옳지 않다고 여기시니 가히 그 덕이 밝다고 하겠소."

順宗卽位年, 拘彌之國貢却火雀一雌一雄, 履水珠・常堅冰・變晝草. 其却火雀, 純黑, 大小類燕, 其聲淸亮, 不並尋常禽鳥. 置於烈火中, 而火自散. 上嘉其異, 遂盛於火精籠, 懸於寢殿, 夜則宮人並蠟燭燒之, 終不能損其毛羽. 履水珠, 色黑類鐵, 大如鷄卵. 其上鱗皴, 其中有竅. 云將入江海, 可長行洪波之上下. 上始不謂之實, 遂命善游者, 以五色絲貫之, 繫之於左臂, 毒龍畏之. 遣入龍池, 其人則步驟於波上, 若在平地, 亦潛於水中, 良久復出, 而遍體略無沾濕. 上奇之, 因以御饌賜使人. 至長慶中, 嬪御試弄於海池上, 遂化爲異龍, 入於池內. 俄而雲烟暴起, 不復追討矣. 常堅冰, 云其國有大凝山, 其中有冰, 千年不釋. 及賚至京師, 潔冷如故, 雖盛暑赫日, 終不消. 嚼之, 卽與中國冰凍無異. 變晝草, 類芭蕉, 可長數尺, 而一莖千葉, 樹之則百步內昏黑如夜. 始藏於百寶匣, 其上緘以胡畫, 及上見而怒曰: "背明向暗, 此草何足貴也?" 命並匣焚之於使前. 使初不爲樂, 及退, 謂鴻臚曰: "本國以變晝爲異, 今皇帝以向暗爲非, 可謂明德矣."

* 이 고사는 《태평광기》 권483 〈만이・구미국〉에 실려 있다.

79-11(2518) 구사

구사(歐絲)

출《박물지》

　구사야(歐絲野)에서는 여자가 무릎을 꿇고 나무에 기댄 채 실을 토해 낸다.

歐絲之野, 女子乃跪, 據樹歐絲.

* 이 고사는 《태평광기》 권480 〈만이·구사〉에 실려 있다.

79-12(2519) 대식국

대식국(大食國)

출《유양잡조》

대식국[사라센 제국]에서 서남쪽으로 2000리 떨어진 곳에 나라가 있다. 그곳의 산골짜기에서는 나뭇가지 위에서 사람 머리처럼 생긴 꽃이 피는데 말은 하지 않는다. 사람이 그 꽃에게 물으면 그저 웃기만 하는데 계속 웃다가 문득 떨어진다.

大食西南二千里有國. 山谷間, 樹枝上生花, 如人首, 但不語. 人借問, 笑而已, 頻笑輒落.

* 이 고사는《태평광기》권481〈만이·대식국〉에 실려 있다.

79-13(2520) 돌궐

돌궐(突厥)

출《유양잡조》

　돌궐에서는 요신(祆神 : 조로아스터교)을 섬기는데 사당이 없다. 돌궐 사람들은 양탄자를 깎아 요신의 형상을 만들어 털 주머니에 넣고 다니면서 가는 곳마다 타락죽으로 문지르거나 장대 위에 묶어 놓고 사계절마다 제사를 지낸다. 견곤(堅昆)58) 부족은 이리의 씨가 아니다. 그들의 선조가 태어난 동굴은 곡만산(曲漫山)의 북쪽에 있다. 스스로 말하길, 고대에 신이 있었는데 그 신이 그 동굴에서 암소와 교배했다고 한다. 그 부족 사람들의 머리카락은 황색이고 눈은 녹색이며 수염은 붉은데, 그중에서 수염이 모두 검은 사람들은 한(漢)나라 장군 이능(李陵)과 그 병사들의 후손이다. 서도(西屠) 부족은 치아를 검게 물들이는 풍속이 있다.

　돌궐의 선조는 "사마(射摩)"라고 한다. 사리해(舍利海)에는 신이 있었는데, 사리해는 아사득밀(阿史得蜜)의 서쪽

---

58) 견곤(堅昆) : 고대 북방의 부족 명칭. 격곤(鬲昆)·격곤(隔昆)·결골(結骨)·흘골(紇骨)·거물(居勿)이라고도 한다. 당나라 때는 힐알사(黠戛斯)라고 불렀다. 지금의 러시아 예니세이강의 상류에 있었다.

에 있다. 사마에게는 신이한 능력이 있었는데, 해신의 딸이 매일 저녁에 흰 사슴으로 사마를 맞이해서 사리해로 들어갔다가 날이 밝으면 보내 주었다. 이렇게 수십 년이 지난 후에 부락에서 크게 사냥을 하게 되자 밤중에 해신이 사마에게 말했다.

"내일 사냥할 때 너의 선조가 태어난 동굴에서 황금 뿔이 달린 흰 사슴이 나올 것이다. 네가 만약 그 사슴을 쏘아 맞힌다면 생이 다할 때까지 나와 왕래할 수 있을 것이지만, 만약 맞히지 못하면 우리의 인연은 끝날 것이다."

날이 밝자 사마가 포위망 안으로 들어갔더니, 과연 선조가 태어난 동굴 속에 황금 뿔이 달린 흰 사슴이 있었다. 사마가 좌우 사람들을 보내 단단히 포위하게 했는데, 사슴이 포위를 뚫고 나오려 하자 결국 죽여 버렸다. 사마는 [자신이 사슴을 쏘아 맞히지 못한 것에] 화를 내며 직접 아이(阿嚪) 부족의 수령을 베고 맹세하며 말했다.

"이후로는 반드시 사람을 바쳐 하늘에 제사 지낼 때, 항상 아이 부족의 자손을 잡아 목을 베서 제사 지낼 것이다!"

사마가 아이 부족의 수령을 베고 나서 저녁에 돌아왔더니 해신의 딸이 사마에게 말했다.

"당신의 손으로 사람을 베어서 비리고 더러운 피 냄새가 나니 이로써 우리의 인연은 끝났습니다!"

突厥事祆神, 無祠廟. 刻氈爲形, 盛於毛袋, 行動之處, 以脂蘇塗, 或繫之竿上, 四時祀之. 堅昆部落, 非狼種. 其先所生之窟, 在曲漫山北. 自謂上代有神, 與牸牛交於此窟. 其人髮黃目綠, 赤髭髯, 其髭髯俱黑者, 漢將李陵及兵衆之後也. 西屠, 俗染齒令黑.

突厥之先曰"射摩". 舍利海有神, 在阿史得蜜西. 射摩有神異, 海神女每日暮以白鹿迎射摩入海, 至明送出. 經數十年, 後部落將大獵, 至夜中, 海神謂射摩曰: "明日獵時, 爾上代所生之窟, 當有金角白鹿出. 爾若射中此鹿, 畢形與吾來往, 或射不中, 即緣絶矣." 至明入圍, 果所生窟中, 有白鹿金角起. 射摩遣其左右固其圍, 將跳出圍, 遂殺之. 射摩怒, 遂手斬阿㖿首領, 仍誓之曰: "自此之後, 須人祭天, 常取阿㖿部落子孫斬之以祭也!" 射摩旣斬阿㖿, 至暮還, 海神女謂射摩曰: "爾手斬人, 血氣腥穢, 因緣絶矣!"

* 이 고사는 《태평광기》 권480 〈만이·돌궐〉에 실려 있다.

79-14(2521) 제파

제파(帝羓)

출《옥당한화(玉堂閑話)》

[오대] 진(晉 : 후진)나라 개운(開運) 연간(944~946) 말에 거란(契丹)의 왕 야율덕광(耶律德光)이 변주(汴州)에서 본국으로 돌아가다가 조주(趙州)의 난성(欒城)에서 죽었다. 그 나라 사람들이 그의 배를 가르고 오장을 다 꺼낸 다음 한 섬 정도의 소금을 배 속에 담아 수레에 싣고 돌아갔는데, 당시 사람들은 그것을 "제파"[59]라고 불렀다.

晉開運末, 契丹王耶律德光自汴歸國, 殂於趙之欒城. 國人破其腹, 盡出五臟, 納鹽石許, 載之以歸, 時人謂之"帝羓".

* 이 고사는《태평광기》권500〈잡록(雜錄)·제파〉에 실려 있다.

59) 제파 : '파(羓)'는 소금에 절여 말린 고기를 말한다.

79-15(2522) 토번

토번(吐蕃)

출《함통록(咸通錄)》

　　당(唐)나라 정원(貞元) 연간(785~805)에 청해(靑海)에서 황제의 군대가 토번을 크게 격파했다. 전쟁에서 토번의 대병마사(大兵馬使) 걸장차차(乞藏遮遮)를 죽였는데, 혹자는 그가 바로 상결찬(尙結贊)[60]의 부하라고 했다. 토번 사람들은 그의 시체를 거두어 돌아갔는데, 100여 명의 사람들이 시체를 따라가면서 통곡했으며 장례의 의장이 매우 특이했다. 한 사람을 시체 옆에 세워 시체 대신 말을 하게 하고 다른 한 사람을 시켜서 묻게 했다.

　"상처가 아픕니까?"

　대신 말하는 자가 말했다.

　"아프오."

　그러면 즉시 고약을 발라 주었다. 또 물었다.

　"식사를 하겠습니까?"

　대신 말하는 자가 말했다.

---

60) 상결찬(尙結贊) : 당나라 때 토번의 적송덕찬(赤松德贊) 찬보(贊普 : 왕)의 대신(大臣).

"식사하겠소."

그러면 즉시 음식을 차렸다. 또 물었다.

"옷을 입겠습니까?"

대신 말하는 자가 말했다.

"입겠소."

그러면 즉시 갖옷을 입히게 했다. 또 물었다.

"돌아가겠습니까?"

대신 말하는 자가 말했다.

"돌아가겠소."

그러면 즉시 수레와 말을 준비해서 시체를 싣고 떠났다. 이는 모두 통역한 사람이 전한 것이었다. 이렇게 특이한 장례는 반드시 그 나라의 귀한 신하만이 누릴 수 있는 것이었다.

唐貞元中, 王師大破吐蕃於靑海. 臨陣, 殺吐蕃大兵馬使乞藏遮[1], 或云是尙結贊男女. 吐蕃乃收屍歸, 有百餘人, 行哭隨屍, 威儀絶異. 使一人立屍旁代語, 使一人問: "瘡痛乎?" 代語者曰: "痛." 卽膏藥塗之. 又問曰: "食乎?" 代者曰: "食." 卽爲具食. 又問曰: "衣乎?" 代者曰: "衣." 卽命裘衣之. 又問: "歸乎?" 代者曰: "歸." 卽具輿焉[2], 載屍而去. 譯語者傳也. 若此異禮, 必其國之貴臣也.

* 이 고사는 《태평광기》 권480 〈만이·토번〉에 실려 있다.
1 걸장차(乞藏遮) : 《태평광기》와 《신당서(新唐書)》 〈위고전(韋皋傳)〉에는 "걸장차차(乞藏遮遮)"라 되어 있고, 《신당서》 〈토번전〉에

는 "걸장차차(乞臧遮遮)"라 되어 있다. '걸장'은 복성(複姓)이다.
2 언(焉) : 《태평광기》에는 "마(馬)"라 되어 있는데, 문맥상 보다 타당하다.

79-16(2523) 여만국

여만국(女蠻國)

출《두양잡편》

   [당나라] 대중(大中) 연간(847~860) 초에 여만국에서 쌍룡서(雙龍犀)를 바쳤는데, 그 두 마리의 용은 비늘·갈기·발톱·뿔이 모두 갖추어져 있었다. 그 나라 사람들은 상투를 높이 틀어 올리고 황금 관을 썼으며 몸에 구슬을 둘렀기 때문에 "보살만(菩薩蠻)"이라고 불렀다. 그래서 당시 악관이 〈보살만〉이라는 악곡을 지었다.

大中初, 女蠻國貢雙龍犀, 有二龍, 鱗鬣爪角悉備. 其國人危髻金冠, 纓絡被體, 故謂之"菩薩蠻". 當時倡優遂製〈菩薩蠻〉曲.

* 이 고사는 《태평광기》 권480 〈만이·여만국〉에 실려 있다.

79-17(2524) 도파

도파(都播)

출《신이록(神異錄)》

    도파국은 철륵(鐵勒 : 투르크족)의 한 파로 세 부족으로 나누어 각자 통치한다. 그곳의 풍속은 풀을 엮어 집을 만들고 소나 양을 키우지 않으며 농사짓는 법을 모른다. 그 나라에는 백합(百合)이 많아 그것을 따서 양식으로 삼는다. 담비나 사슴의 가죽으로 옷을 해 입고 가난한 사람은 새 깃털을 엮어 옷을 해 입는다. 그 나라에는 형벌이 없으며 도둑질한 사람에게는 훔친 물건의 곱절을 배상하게 한다. 미 : 도둑질한 자에게 곱절을 배상하게 하는 것은 옳지만, 가난해서 배상할 수 없는 경우는 어떻게 하나?

都播國, 鐵勒之別種也, 分爲三部, 自相統攝. 其俗結草爲廬, 無牛羊, 不知耕稼. 多百合, 取以爲糧. 衣貂鹿之皮, 貧者亦緝鳥羽爲服. 國無刑罰, 偸盜者倍徵其贓. 眉 : 偸者倍徵是矣, 貧而無徵, 則如何?

* 이 고사는《태평광기》권480〈만이·도파〉에 실려 있다.

79-18(2525) 골리

골리(骨利)

출《신이록》

골리국은 회흘(回紇 : 위구르족)의 북쪽이자 한해(瀚海 : 고비 사막)의 북쪽에 위치한다. 뛰어난 병사 4000명이 있으며, 그곳에서 명마가 난다. 낮은 길고 밤이 짧기 때문에 하늘빛이 석양으로 물들 때 양의 어깨뼈 하나를 삶아서 막 익을 무렵이면 동쪽에서 이미 날이 밝아 온다. 이는 아마도 태양이 지는 곳과 가깝기 때문일 것이다.

骨利國, 居回紇北方, 瀚海之北. 勝兵四千, 地出名馬. 晝長夜短, 天色正曛, 煮一羊胛才熟, 東方已曙. 蓋近日入之所也.

* 이 고사는《태평광기》권480〈만이·골리〉에 실려 있다.

79-19(2526) 해목국

해목국(輆沐國)

출《묵자(墨子)》

월(越)나라의 동쪽에 해목국이 있다. 미 : 해(輆)는 음이 선(善)과 애(愛)의 반절(反切)이다. 그 나라에서는 장자가 태어나면 몸을 갈라 먹는데, 그것을 "의제(宜弟)"[61]라고 부른다. 또 아버지가 죽으면 어머니를 업고 가서 버리면서 귀신의 아내와 함께 살 수 없다고 말한다. 초(楚)나라 남쪽에는 염인국(炎人國)이 있다. 그 나라에서는 부모가 죽으면 그 살을 발라내 버린 뒤에 그 뼈를 묻는데, 그래야만 효자가 된다고 한다. 진(秦)나라 서쪽에는 의거국(義渠國)이 있다. 그 나라에서는 부모가 죽으면 땔감을 쌓아 시체를 불태워 위로 올라오는 연기를 쐬게 하는데, 이것을 "등연하(登烟霞)"[62]라고 부르며, 그런 연후에야 효자가 된다고 한다.

---

[61] 의제(宜弟) : 동생에게 좋다는 뜻으로, 아들을 많이 낳는 것을 말한다.

[62] 등연하(登烟霞) : 구름과 노을에 오른다는 뜻으로, 승천해 신선이 되는 것을 말한다.

越東有輆 眉:輆, 善愛反. 沐之國. 其長子生, 則解而食之, 謂之"宜弟". 父死, 則負其母而棄之, 言鬼妻不可與共居. 楚之南, 炎人之國. 其親死, 剒其肉而棄之, 然後埋其骨, 乃成孝子也. 秦之西有義渠之國. 其親死, 聚柴而焚之, 薰其烟上, 謂之"登烟霞", 然後成爲孝.

* 이 고사는《태평광기》권480〈만이·해목국〉에 실려 있다.

79-20(2527) 신라

신라(新羅)

출《기문》·《유양잡조》·《옥당한화》

　　신라국은 동남쪽으로 일본(日本)과 가깝고 동쪽으로 장인국(長人國)과 인접해 있다. 장인국의 사람들은 키가 3장(丈)이나 되고 톱날 같은 이빨에 갈고리 같은 손톱을 하고 있다. 또 불에 익힌 음식을 먹지 않고 짐승을 사냥해 먹으며 때때로 사람도 먹는다. 그들은 벌거벗고 사는데 검은 털이 몸을 덮고 있다. 그 나라의 경계는 수천 리에 걸쳐 산이 이어져 있으며 중간에 있는 산골짜기는 철문으로 봉쇄했는데 그것을 "철관(鐵關)"이라 부른다. 항상 수천 명의 궁노수(弓弩手)에게 그곳을 지키게 하기 때문에 통과할 수 없다.

　　신라국에는 제1품 귀족인 김가(金哥)가 있다. 그의 먼 조상인 방이(旁㐌)에게 재산이 아주 많은 동생이 한 명 있었는데, 형 방이는 동생과 분가해서 살게 되자 입을 것과 먹을 것을 동생에게 청했다. 그 나라의 어떤 사람이 방이에게 빈 땅 한 이랑을 주자 방이는 동생에게 누에알과 곡식 씨앗을 달라고 했는데, 동생은 누에알과 곡식 씨앗을 쪄서 방이에게 주었지만 방이는 그 사실을 몰랐다. 누에알이 부화했을 때 단 하나만 살아 있었는데, 그것은 날마다 몇 촌씩 자라나더니 다 자랐을 때는 길이가 몇 척이나 되었다. [누에가 너무 많은 뽕잎을 먹자] 방이는 화가 나서 그 누에를 죽였다. 그랬더니 하루 뒤에 사방 100리 안에 있던 누에들이 모두 방이의 집으로 모였다. 나라 사람들은 그 죽은 누에를 "거잠(巨蠶)"이라 부르면서 누에의 왕이라고 생각했다. 방이의 사방 이웃들이 함께 고치를 켰지만 일손이 부족했다. 방이가 심은 곡식 씨앗 중에서 단 한 줄기만 자라났는데, 그 이삭의 길이가 1척이 넘었다. 방이는 늘 그 이삭을 지켰는데 어느 날 갑자기 새가 그것을 꺾어서 물고 가 버렸다. 방이가 그 새를 뒤쫓아 산으로 올라가서 5~6리를 갔더니 새가 한 바위틈으로 들어갔다. 그때는 해가 져서 길이 어두웠으므로 방이는 그 바위 옆에서 머물렀다. 한밤중에 달이 밝을 때 보았더니 한 무리의 아이들이 모두 붉은 옷을 입고 함께 놀고 있었다. 그 중에서 한 아이가 말했다.

"너는 뭐가 필요하니?"

다른 한 아이가 말했다.

"술이 필요해."

그러자 그 아이가 금방망이 하나를 꺼내 바위를 두드렸더니 술과 술그릇이 모두 차려졌다. 또 다른 한 아이가 말했다.

"음식이 필요해."

그 아이가 또 금방망이를 두드렸더니 떡과 국과 구운 고기 등이 바위 위에 차려졌다. 한참 후에 그들은 음식을 다 먹고 떠나면서 금방망이를 바위틈에 꽂아 두었다. 방이는 크게 기뻐하며 그 방망이를 가지고 집으로 돌아왔는데, 방망이를 두드리는 대로 원하는 것이 마련되었기 때문에 그로 인해 방이는 나라와 맞먹을 정도로 부자가 되었다. 방이는 늘 진주와 구슬을 동생에게 넉넉히 주었는데 동생이 말했다.

"나도 어쩌면 형처럼 금방망이를 얻을 수 있을 겁니다."

방이는 동생이 어리석다는 것을 알고 있었지만 깨우쳐 줄 수 없었기에 그의 말대로 하게 했다. 동생도 누에알을 부화시켜 단 하나의 누에를 얻었지만 보통 누에와 같았다. 다시 곡식 씨앗을 구해 심었더니 역시 한 줄기가 자라났는데, 그것이 장차 익을 무렵에 또 새가 물어 가 버렸다. 동생은 크게 기뻐하며 그 새를 따라 산으로 들어가서 새가 들어간 곳에 이르러 한 무리의 도깨비를 만났다. 그러자 도깨비가 화를 내며 말했다.

"이놈이 우리의 금방망이를 훔쳐 갔다!"

그러고는 그를 붙잡아 말했다.

"너는 우리를 위해 3판(版)63)에 이르는 둑을 쌓고 싶으

---

63) 판(版) : 높이와 길이를 재는 단위로, 1판은 2척 높이에 8척 길이를 말한다.

냐? 아니면 너는 코가 1장(丈)으로 길어지길 바라느냐?"

방이의 동생은 3판에 이르는 둑을 쌓겠다고 청했는데, 사흘이 지나자 배고프고 피곤해서 둑을 쌓지 못해 도깨비에게 봐 달라고 애원했다. 그러자 도깨비가 그의 코를 잡아 뽑아 동생은 코끼리 같은 코를 둘러메고 집으로 돌아왔다. 나라 사람들이 괴상해하면서 몰려들어 구경하자, 그는 부끄럽고 분통이 터져서 죽었다. 나중에 방이의 자손들이 금방망이를 가지고 놀다가 이리 똥을 구하자, 천둥과 벼락이 치면서 금방망이가 어디론가 사라져 버렸다.

[당나라] 영휘(永徽) 연간(650~656)에 당나라는 신라·일본과 모두 우호 관계를 맺고 있었기에, [두 나라에서 사절을 보내오면 당나라 조정에서도] 사신을 보내 두 나라에 모두 보답했다. 사신이 신라에 도착한 후에 장차 일본으로 가려 했는데, 해상에서 풍랑을 만나 수십 일 동안 그치지 않고 파도가 크게 일었다. 사신은 파도를 따라 표류하면서 어디로 가는지도 몰랐는데, 갑자기 바람이 멈추고 파도가 잠잠해지더니 어떤 해안가에 도착했다. 그때는 해가 막 지려고 했으므로 몇 척의 배에 함께 타고 왔던 사람들이 곧장 배를 대고 해안으로 올라갔는데 약 100여 명이었다. 해안의 높이는 20~30장가량 되었는데, 멀리 집들이 보이자 사람들은 그곳으로 다투어 달려갔다. 그 집에서 거인들이 나왔는데 키가 2장이나 되고 몸에 옷을 갖춰 입었으며 말이 통하지 않

앉다. 그들은 당나라 사람들이 온 것을 보고 크게 기뻐하며 당나라 사람들을 에워싸서 집 안으로 몰아넣은 뒤에 바위로 문을 막고 나서 모두 떠났다. 얼마 후에 거인 종족 100여 명이 서로 뒤따라 도착하더니 당나라 사람들 중에서 몸이 살찐 자를 검열해 50여 명을 골라 모두 삶아서 함께 모여 먹었다. 아울러 진한 술을 꺼내 와 함께 잔치를 즐기다가 밤이 깊어지자 모두 취했다. 살아남은 당나라 사람들이 그 틈에 여러 정원으로 갔더니 후원에 30명의 부인이 있었는데, 그녀들은 모두 지금까지 풍랑에 표류하다가 사로잡혀 온 사람들이었다. 부인들이 스스로 말했다.

"저들은 남자들은 모두 잡아먹고 오직 부인들만 남겨 두어 옷을 만들게 했습니다. 당신들은 지금 저들이 취한 틈을 타서 도망가지 않고 뭐 합니까? 우리가 길을 안내하겠습니다."

사람들은 기뻐했다. 부인들은 자신들이 누인 명주 비단 수백 필을 꺼내 짊어지고 난 후에 칼을 가지고 가서 취해 있던 거인들의 목을 모두 베었다. 그리고는 도망쳐서 해안에 도착했는데 해안이 높은 데다 날이 어두워서 내려갈 수 없었다. 그래서 모두 명주 비단으로 몸을 묶어 매달린 채 내려오는 방법으로 서로를 매달아 내려 주어, 미 : 지혜로운 부인이 어리석은 남자보다 낫다. 물가에 도착한 뒤 모두 배에 오를 수 있었다. 날이 밝을 무렵 배가 출발할 때 산꼭대기에서 고함

치는 소리가 들리기에 내려왔던 곳을 뒤돌아보았더니, 이미 거인 1000여 명이 쫓아오고 있었다. 거인들은 줄줄이 산을 내려와 순식간에 해안에 이르렀지만 이미 배를 따라잡을 수 없게 되자 성난 소리를 지르며 길길이 뛰었다. 그리하여 사신 일행과 부인들은 모두 돌아올 수 있었다.

근자에 어떤 해상(海商)이 신라로 가던 중에 한 섬에 도착했는데, 온 땅이 모두 검은 옻칠을 한 숟가락과 젓가락으로 가득했다. 그곳에는 커다란 나무가 많았는데, 그 사람이 나무를 올려다보았더니 숟가락과 젓가락은 바로 그 나무의 꽃잎과 꽃술이었다. 그래서 숟가락과 젓가락 100여 쌍을 주워 가지고 돌아와서 사용해 보았는데 너무 투박해서 쓸 수 없었다. 그러다가 우연히 그것으로 차를 저어 보았더니 젓는 대로 녹아 없어졌다.

육군사(六軍使)64) 서문사공(西門思恭)이 한번은 어명을 받들어 신라에 사신으로 갔는데, 바람과 물살이 순조롭지 못해 어디가 끝인지도 모를 망망대해에서 몇 달 동안 표류했다. 그러다가 갑자기 남쪽의 한 해안에 도착했는데, 그곳에 밭두둑과 경물이 보이자 마침내 육지로 올라가서 사방을

---

64) 육군사(六軍使) : '육군'은 좌우용무군(左右龍武軍)·좌우신무군(左右神武軍)·좌우신책군(左右神策軍)으로, 당나라 황궁의 금위군(禁衛軍)을 말한다.

둘러보았다. 얼마 후 신장이 5~6장이나 되는 거인 한 명이 나타났는데, 옷차림이 특이하고 목소리가 천둥 치는 것 같았다. 거인은 서문사공을 내려다보며 마치 경탄하는 듯하더니, 곧장 다섯 손가락으로 그를 집어 들고 100여 리를 가서 한 바위 동굴 속으로 들어갔다. 그곳에는 늙고 어린 거인들이 모여 있었는데, 번갈아 서로를 불러 모아 다투어 와서 서문사공을 구경하며 가지고 놀았다. 그들이 하는 말은 알아들을 수 없었지만 모두 기쁜 얼굴을 하며 마치 신기한 물건을 얻은 듯했다. 마침내 그들은 구덩이 하나를 파고 서문사공을 넣어 두었으며, 또한 때때로 와서 그를 지켰다. 이틀 밤이 지난 후에 서문사공은 마침내 기어 올라가서 구덩이를 뛰어나온 뒤에 이전에 왔던 길을 찾아 도망쳤다. 서문사공이 겨우 배로 뛰어 들어갔을 때, 거인이 이미 뒤쫓아 이르러서 곧장 거대한 손으로 뱃전을 붙잡았다. 이에 서문사공이 검을 휘둘러 거인의 손가락 세 개를 잘랐는데, 손가락이 지금의 다듬잇방망이보다도 굵었다. 거인이 손가락을 잃고서 물러가자 마침내 닻줄을 풀고 출발했다. 배 안의 물과 식량이 다 떨어져 한 달이 지나도록 아무것도 먹지 못하다가 몸에 걸치고 있던 옷을 씹어 먹었다. 나중에 그는 마침내 북쪽 해안에 도착해서 거인의 손가락 세 개를 조정에 바쳤는데, 조정에서는 그것에 옻칠을 해서 내고(內庫 : 궁중 창고)에 보관했다. 서문사공은 주군(主軍 : 육군사)에 임명된 후로 차라리 금옥(金玉)은 남에게 줄지언정 평생 음식은 손님에게 대접하지 않았는데, 그것은 지난날 식량이 떨어졌을 때의 곤란을 잘 알고 있기 때문이었다. 미 : 그 곤란을 생각하니 또한 생각이 깊은 사람이다.[65]

新羅國, 東南與日本鄰, 東與長人國接. 長人身三丈, 鋸牙鉤爪. 不火食, 逐禽獸而食之, 時亦食人. 裸其軀, 黑毛覆之. 其境限以連山數千里, 中有山峽, 固以鐵門, 謂之"鐵關". 常使弓弩數千守之, 由是不過.

新羅國有第一貴族金哥. 其遠祖名旁㐌. 有弟一人, 甚有家財, 其兄旁㐌, 因分居, 乞衣食. 國人有與其隙地一畝, 乃求蠶穀種於弟, 弟蒸而與之, 旁㐌不知也. 至蠶時, 止一生焉, 日長數寸, 至熟時, 遂長數尺. 旁㐌怒, 殺其蠶. 經日, 四方百里內蠶, 悉飛集其家. 國人謂之"巨蠶", 意其蠶之王也. 四鄰共繰之, 不供. 穀唯一莖植焉, 其穗長尺餘. 旁㐌常守之, 忽爲鳥所折, 衘去. 旁㐌逐之, 上山五六里, 鳥入一石罅. 日沒徑黑, 旁㐌因止石側. 至夜半月明, 見群小兒, 赤衣共戱. 一小兒曰 : "汝要何物?" 一曰 : "要酒." 小兒出一金錐子, 擊石, 酒及樽悉具. 一曰 : "要食." 又擊之, 餠餌羹炙, 羅於石上. 良久, 飮食而去, 以金錐揷於石罅. 旁㐌大喜, 取其錐而還, 所欲隨擊而辦, 因是富侔國力. 常以珠璣贈其弟, 弟云 :

---

65) 그 곤란을 생각하니 또한 생각이 깊은 사람이다 : 이 미비(眉批)의 원문은 "□념기난(□念其難), 역□념인(亦□念人)"이라 되어 있어 두 글자가 판독 불가한데, 문맥을 고려해 추정해서 번역했다.

"我或如兄得金錐也." 旁佢知其愚, 不可諭, 乃如其言. 弟鸕之, 止得一, 生如常. 復求穀種之, 一莖植焉, 將熟, 亦爲鳥所銜. 其弟大悅, 隨之入山, 至鳥入處, 遇群鬼. 怒曰: "是竊余錐者!" 乃執之, 謂曰: "爾欲爲我築糖三版乎? 爾欲鼻長一丈乎?" 其弟請築糖三版, 三日, 饑困不成, 求哀於鬼. 鬼乃拔其鼻, 鼻如象而歸. 國人怪而聚觀之, 慚恚而卒. 其後子孫戲錐求狼糞, 因雷震, 錐失所在.

永徽中, 新羅・日本皆通好, 遣使兼報之. 使人旣達新羅, 將赴日本國, 海中遇風, 波濤大起, 數十日不止. 隨波漂流, 不知所屆, 忽風止波靜, 至海岸邊. 日方欲暮, 時同志數船, 乃維舟登岸, 約百有餘人. 岸高二三十丈, 望見屋宇, 爭往趨之. 有長人出, 長二丈, 身具衣服, 言語不通. 見唐人至, 大喜, 於是遮擁令入宅中, 以石塡門, 而皆出去. 俄有種類百餘, 相隨而到, 乃簡閱唐人膚體肥充者, 得五十餘人, 盡烹之, 相與食啖. 兼出醇酒, 同爲宴樂, 夜深皆醉. 諸人因得至諸院, 後院有婦人三十人, 皆前後風漂爲所擄者. 自言: "男子盡被食之, 唯留婦人, 使造衣服. 汝等今乘其醉, 何爲不去? 吾請道焉." 衆悅. 婦人出練縷數百匹負之, 然後取刀盡斷醉者首. 乃行至海岸, 岸高, 昏黑不可下. 皆以帛繫身, 自縋而下, 諸人更相縋下, 眉: 智婦人勝愚男子. 至水濱, 皆得入船. 及天曙船發, 聞山頭叫聲, 顧來處, 已有千餘矣. 絡繹下山, 須臾至岸, 旣不及船, 虓吼振騰. 使者及婦人並得還.

又近有海客往新羅, 次至一島上, 滿地悉是黑漆匙箸. 其處多大木, 客仰窺, 匙箸乃木之花與鬚也. 因拾百餘雙還, 用之, 肥不能使. 偶取攪茶, 隨攪隨消焉.

又六軍使西門思恭, 常銜命使於新羅, 風水不便, 累月漂泛於滄溟, 罔知邊際. 忽南抵一岸, 亦有田疇物景, 遂登陸四望. 俄有一大人, 身長五六丈, 衣裾差異, 聲如震雷. 下顧西門, 有如驚嘆, 於時以五指撮而提, 行百餘里, 入一巖洞間. 見其長幼群聚, 遞相呼集, 競來看玩. 言語莫能辨, 皆有歡喜之容, 如獲異物. 遂掘一坑而置之, 亦來看守之. 信宿之後, 遂攀緣躍出其坑, 尋舊路而竄. 纔跳入船, 大人已逐而及之矣, 便以巨手攀其船舷. 於是揮劒, 斷下三指, 指粗於今槌帛棒. 大人失指而退, 遂解纜. 舟中水盡糧竭, 經月無食, 以身上衣服嚙而啖之. 後得達北岸, 遂進其三指, 漆而藏於內庫. 洎拜主軍, 寧以金玉遺人, 平生不以飮饌食客, 爲省其絶糧之難也. 眉 : □念其難, 亦□念人.

* 이 고사는 《태평광기》 권481 〈만이·신라〉에 실려 있다.

1 당(糖) : 《유양잡조(酉陽雜俎)》 〈속집(續集)〉 권1에는 "강(糠)"이라 되어 있고 "일작당(一作塘)"이라는 주가 달려 있는데, "당(塘)"이라고 하는 것이 문맥상 타당해 보인다. 이하도 마찬가지다.

79-21(2528) 동녀국

동녀국(東女國)

출《신이록》

    동녀국은 서강족(西羌族)의 일파로 여자를 왕으로 삼는 풍속이 있다. 그 나라는 무주(茂州)와 인접해 있고 80여 개의 성이 있으며, 왕이 사는 곳은 "강연주(康延州)"라 부른다. 나라 안에는 약수(弱水)가 남쪽으로 흐르는데, 사람들은 소가죽으로 배를 만들어 건넌다. 백성 만 명이 산골짜기에 흩어져 사는데 이들을 "빈취(賓就)"라고 부른다. 또 "고패(高霸)"라고 부르는 여관(女官)이 있는데 이들이 국사를 토의한다. 외지에 있는 관료는 모두 남자들이 맡는다. 왕은 닷새에 한 번씩 정무를 처리하는데, 수백 명의 여자들이 좌우에서 왕을 모신다. 왕이 죽으면 나라 백성이 대부분 물건을 거두어 바치는데 수만 가지에 이른다. 다시 왕족 중에서 훌륭한 여자 두 명을 뽑아 왕으로 세우는데, 나이가 많은 자는 대왕이 되고 적은 자는 소왕이 된다. 대왕이 죽으면 소왕이 그 지위에 오르며, 간혹 시어머니가 죽으면 며느리가 그 지위를 계승한다. 사람이 죽더라도 무덤을 만들지 않는다. 사람들이 사는 곳은 모두 층옥(層屋)인데, 왕의 집은 9층에 이르고 백성의 집은 6층에 이른다. 왕은 푸른색 털 치마에 평평한 옷깃의 저고리를 입으며 소매가 땅에 끌릴 정도로 길다. 또한 무늬 비단으로 머리를 묶어 작은 쪽을 찌고 황금 귀걸이를 늘어뜨려 치장하며 발에는 흰 가죽신을 신는다. 그 나라에서는 여자를 중시하고 남자를 경시한다. 문자는 천축(天竺: 인도)의 것과 같다. 11월을 정월로 삼는데, 매년 10월에 무당에게 술과 안주를 싸 가지고 산속으로 들어가서 공중에 보리누룩을 뿌리며 큰 소리로 빌면서 새를 부르게 한다. 그러면 잠시 후에 꿩처럼 생긴 새가 날아와 무당의 품으로 들어오는데, 그 새의 배를 갈라 보았을 때 곡식이 들어 있으면 이듬해에 반드시 풍년이 들지만, 만약 서리와 눈이 들어 있으면 반드시 큰 재앙이 생긴다. 그 나라 풍속에서는 그렇게 하는 것을 "조복(鳥卜)"이라 부른다. 사람이 죽으면 뼈와 살을 황금 병에 넣고 묻는다.

東女國, 西羌別種, 俗以女爲王. 與茂州鄰, 有八十餘城, 以所居名"康延州". 中有弱水南流, 用牛皮爲船以渡. 戶口兵萬人, 散山谷, 號曰"賓就". 有女官, 號曰"高霸", 平議國事. 在外官僚, 並男夫爲之. 五日一聽政, 王侍左右女數百人. 王死, 國中多斂物至數萬. 更於王族中, 求令女二人而立之, 大者爲大王, 小者爲小王. 大王死, 則小王位之, 或姑死婦繼. 無墓. 所居皆重屋, 王至九重, 國人至六層. 其王服靑毛裙, 平領衫, 其袖委地. 以文錦爲小髻, 飾以金耳垂瑠, 足履素靴. 重婦人而輕丈夫. 文字同於天竺. 以十一月爲正, 每十月, 令巫者齎酒餚, 詣山中, 散糟麥於空, 大咒呼鳥. 俄有鳥如雉, 飛入巫者之懷, 因剖腹視之, 有穀, 來歲必登, 若有霜雪, 必有大災. 其俗名爲"鳥卜". 人死, 則納骨肉金瓶中而埋之.

* 이 고사는《태평광기》권481〈만이·동녀국〉에 실려 있다.

79-22(2529) 늠군

늠군(廩君)

출《녹이기(錄異記)》

　이시(李時)는 자(字)가 현휴(玄休)이며 늠군[남만 군주의 이름]의 후손이다. 옛날 무락(武落)의 종리산(鍾離山)이 무너졌을 때 두 개의 바위 동굴이 나왔는데, 하나는 단사처럼 붉고 하나는 옻칠처럼 검었다. 붉은 동굴에서 나온 사람은 이름이 무상(務相)이고 성이 파씨(巴氏)였으며, 검은 동굴에서 나온 사람은 고씨(嫭氏)·번씨(樊氏)·백씨(柏氏)·정씨(鄭氏)의 네 성이었다. 그 다섯 성은 동굴에서 나와 서로 우두머리가 되겠다고 다투었다. 그래서 무상은 창을 동굴 벽에 찔러서 꽂을 수 있는 자가 늠군이 되자고 제안했다. 그 결과 네 성은 모두 창을 꽂지 못했고 무상의 창만 꽂혀서 높이 걸렸다. 또 흙으로 배를 만들어 조각하고 그림을 그린 다음 물에 띄우며 말했다.

　"만약 자기가 만든 배가 뜬다면 그 사람이 늠군이 되기로 합시다."

　이번에도 무상의 배만 물에 떴다. 그리하여 무상은 마침내 "늠군"이라 칭했다. 무상은 흙으로 만든 배를 타고 그 무리를 이끌고서 이수(夷水)를 따라 내려가 염양(鹽陽)에 이르렀다. 그때 여자 수신(水神)이 늠군을 붙잡으며 말했다.

"이곳은 물고기와 소금이 풍부하고 땅도 광대하므로 당신과 함께 살고자 하니 다른 곳으로 떠나지 마시오."

염신(鹽神)은 밤에 늠군을 따라와 함께 잠을 잤으며 아침에 떠날 때는 날벌레로 변했는데, 여러 신들이 모두 염신을 따라와 날아다니면서 태양을 가렸다. 늠군은 염신을 죽이고자 했으나 누가 염신인지 구별할 수 없었으며, 게다가 천지와 동서남북도 알 수 없었다. 그렇게 10일이 지난 뒤에 늠군은 푸른 실을 염신에게 주며 말했다.

"당신이 이것을 묶어서 어울리면 당신과 함께 살겠지만 어울리지 않으면 당신을 떠나겠소."

그러자 염신은 그것을 받아서 묶었다. 늠군은 무늬 바위 위에 이르러 가슴에 푸른 실을 묶고 있는 날벌레를 멀리서 보고는 무릎을 꿇고 활을 쏘아 염신을 맞혔다. 염신이 죽자 여러 신들과 함께 날던 벌레들이 모두 떠났고 그제야 하늘이 밝게 트였다. 늠군은 다시 흙으로 만든 배를 타고 내려가서 이성(夷城)에 당도했는데, 그곳의 바위 언덕이 구불구불하고 샘물도 굽이져 흘러서 멀리서 바라보았더니 마치 동굴처럼 보였다. 늠군이 탄식하며 말했다.

"나는 이제 막 동굴 속에서 나왔는데 지금 또 이곳으로 들어가게 되었으니 어쩌면 좋단 말인가?"

바로 그때 강 언덕이 무너져 넓이가 3장(丈) 남짓 되었는데 층층이 계단이 놓여 있었다. 늠군이 계단을 올라갔더니 언덕 위에 길이가 5척이고 사방 넓이가 1장 되는 평평한 바위가 있었다. 늠군이 그 위에서 쉬면서 점대를 던져 점을 쳐 보았더니, 모두 그 바위 있는 곳이 길하다는 점괘가 나왔다. 그래서 그 옆에 성을 세우고 그곳에 거주했다. 그 후로 늠군의 종족은 마침내 번성했다. 진(秦)나라가 천하를 겸병하고 나서 그곳에 검중군(黔中郡)을 설치했으며, 세금을 조금만 거두어 매년 40만 전을 내게 했다. 파(巴 : 지금의 쓰촨성 동부) 땅 사람들은 세금[또는 공물]을 종(賨)이라 하기 미 : 종(賨)은 음이 총(叢)이며, 남만의 세금을 말한다. 위진(魏晉) 시대에 변방 군(郡)의 이민족은 호구당 베 한 필을 냈는데 이를 "왕종(王賨)"이라 했다. 때문에 그들을 "종인(賨人)"이라 부른다.

李時, 字玄休, 廩君之後. 昔武落鍾離山崩, 有石穴, 一赤如丹, 一黑如漆. 有人出於丹穴者, 名務相, 姓巴氏, 有出於黑穴者, 凡四姓, 嬪氏・樊氏・柏氏・鄭氏. 五姓出而爭焉. 於是務相以矛刺穴, 能著者爲廩君. 四姓莫著, 而務相之劍懸. 又以土爲船, 雕畫之而浮水中, 曰 : "若其船浮者爲廩君." 務相船又獨浮. 於是遂稱"廩君". 乘其土船, 將其徒卒, 當夷水而下, 至於鹽陽. 水神女子止廩君曰 : "此魚鹽所有, 地又廣大, 與君俱生, 可無行." 鹽神夜從廩君宿, 旦輒去爲飛蟲, 諸神皆從, 其飛蔽日. 廩君欲殺之, 不可別, 又不知天地東西. 如此者十日, 廩君卽以青縷遺鹽神曰 : "嬰此, 卽宜之, 與汝俱生, 不宜, 將去汝." 鹽神受而嬰之. 廩君至碭石上, 望膺有青縷者, 跪而射之, 中鹽神. 鹽神死, 群神與俱飛者皆去, 天乃開朗. 廩君復乘土船, 下及夷城, 石岸曲, 泉水亦曲, 望之如穴狀. 廩君嘆曰: "我新從穴中出, 今又入此, 奈何?" 岸卽爲崩, 廣三丈餘, 而階階相承. 廩君登之, 岸上有平石, 長五尺, 方一丈. 廩君休其上, 投策計算, 皆著石焉. 因立城其旁, 有而居之. 其後種類逡繁. 秦並天下, 以爲黔中郡, 薄賦斂之, 歲出錢四十萬. 巴人以賦爲賨, 眉: 賨, 音叢, 南蠻賦也. 魏晉時, 邊郡夷人戶輸布一匹, 謂"王賨". 因謂之"賨人"焉.

* 이 고사는《태평광기》권481〈만이·늠군〉에 실려 있다.

79-23(2530) 목이이

목이이(木耳夷)

출《유양잡조》

  목이이족 사람은 몸이 옻칠한 것처럼 새까만데, 조금만 추우면 불에 달군 모래 속에 몸을 파묻고 그 얼굴만 내놓는다.

木耳夷人, 黑如漆, 小寒則焙沙自處, 但出其面.

* 이 고사는 《태평광기》 권481 〈만이 · 장가(牂牁)〉에 실려 있다.

79-24(2531) 구자

구자(龜茲)

출《유양잡조》·《십삼주지(十三洲志)》

옛 구자국[고대 서역의 나라]의 왕 아주아(阿主兒)는 신묘한 힘을 가지고 있어서 독사와 용을 항복시킬 수 있었다. 당시 어떤 사람이 시장 사람에게서 금은보화를 샀는데 밤중이 되자 돈이 모두 숯으로 변했다. 또한 나라 안 수백 가구에서 모두 금은보화를 잃어버렸다. 왕에게는 이전에 출가해 아라한과(阿羅漢果)66)를 얻은 아들이 있었다. 왕이 아들에게 물었더니 아들이 말했다.

"이는 용이 한 짓입니다. 그 용은 북산에 살고 있는데 그 머리가 호랑이처럼 생겼습니다. 지금은 아무 곳에서 잠자고 있습니다."

왕은 곧장 옷을 갈아입고 검을 들고서 조용히 용이 있는 곳에 이르러 용이 누워 있는 것을 보고 베어 죽이려다가 생각했다.

---

66) 아라한과(阿羅漢果) : 아라한에 도달한 경지. 소승 불교에서 불제자들이 도달하는 최고의 단계로, 삼계(三界)의 모든 번뇌를 완전히 끊은 성자의 과보를 말한다.

"내가 자고 있는 용을 베어 죽인다면 누가 나에게 신묘한 힘이 있는 것을 알겠는가?"

그러고는 마침내 용에게 소리쳐서, 용이 깜짝 놀라 일어나 사자로 변하자 왕은 즉시 그 위에 올라탔다. 용은 노해 천둥소리를 내면서 공중으로 솟구쳐 올라 성 북쪽으로 20리를 갔다. 왕이 용에게 말했다.

"네가 항복하지 않으면 마땅히 너의 머리를 자르겠다!"

그러자 용이 왕의 신묘한 힘을 두려워해 사람의 말로 말했다.

"저를 죽이지 마십시오! 제가 마땅히 대왕님을 태워 드릴 것이니, 가시고자 하는 곳이 어디든 마음으로 생각만 하시면 바로 그곳에 이를 것입니다."

왕은 용의 말을 들어주었다. 그 후로 왕은 마침내 용을 타고 다녔다.

총령(葱嶺 : 파미르 고원) 이동(以東) 지역의 사람들은 음란함을 좋아한다. 그래서 구자국과 우전국(于闐國 : 고대 서역의 나라)에서는 여시(女市 : 유곽)를 설치해 돈을 번다.

古龜茲國王阿主兒者, 有神異力, 能降伏毒蛇龍. 時有人買市人金銀寶貨, 至夜中, 錢並化爲炭. 境內數百家, 皆失金寶. 王有男先出家, 成阿羅漢果. 王問之, 羅漢曰 : "此龍所爲. 居北山, 其頭若虎. 今在某處眠耳." 王乃易衣持劍, 黙至龍所, 見龍臥, 將斬之, 思曰 : "吾斬寐龍, 誰知吾有神力?" 遂叱龍, 龍驚起, 化爲獅子, 王卽乘其上. 龍怒, 作雷聲, 騰空, 至城北二十里. 王謂龍曰：“爾不降, 當斷爾頭!” 龍懼王神力, 人語曰：“勿殺我! 我當與王爲乘, 欲有所向, 隨心卽至.” 王許之. 後遂乘龍而行.

葱嶺以東, 人好淫僻. 故龜玆·于闐置女市, 以收錢.

* 이 고사는《태평광기》권481〈만이·구자〉에 실려 있다.

79-25(2532) 진랍

진랍(眞臘)

출《조야첨재(朝野僉載)》

　　진랍국[지금의 캄보디아에 있던 고대 국가]은 환주(驩州)에서 남쪽으로 500리 떨어져 있다. 그곳의 풍속은 손님이 찾아오면 빈랑(檳榔 : 빈랑나무 열매)·용뇌향(龍腦香 : 용뇌수의 줄기에서 추출한 훈향제)·합설(蛤屑 : 대합조개를 빻은 가루) 등을 차려 잔치를 벌인다. 술은 음탕하고 더러운 것으로 비유되어 침실에서는 부인과 함께 술을 마시지만 어른 앞에서는 피한다. 그 나라 사람들은 옷을 입지 않는데, 옷을 입은 사람을 보면 모두 비웃는다.

眞臘國在驩州南五百里. 其俗有客設檳榔·龍腦香·蛤屑等, 以爲嘗宴. 其酒比之淫穢, 私房與妻共飮, 對尊者避之. 人不著衣服, 見衣服者共笑之.

* 이 고사는《태평광기》권482〈만이·진랍국〉에 실려 있다.

79-26(2533) 기굉

기굉(奇肱)

출《박물지》

　기굉국의 사람들은 기계 장치를 잘 만들어 그것으로 온갖 짐승을 잡는다. 또한 날아다니는 수레를 만들 수 있어서 바람을 타고 멀리 다니기도 한다. [은나라] 탕왕(湯王) 때 오랫동안 서풍(西風)이 불었는데, 그때 기굉국 사람이 날아다니는 수레를 타고 예주(豫州)의 경내로 들어왔다. 탕왕은 그 수레를 부숴 버리고 백성에게 보여 주지 않았다. 10년 뒤에 동풍(東風)이 다시 불어오자 비로소 그들에게 수레를 타고 기굉국으로 돌아가게 해 주었다. 기굉국은 옥문관(玉門關)에서 서쪽으로 만 리나 떨어져 있다.

奇肱國, 其民善爲機巧, 以殺百禽. 能爲飛車, 從風遠行. 湯時, 西風久下, 奇肱人車至於豫州界中. 湯破其車, 不以示民. 後十年, 東風復至, 乃使乘車遣歸. 其國去玉門西萬里.

*　이 고사는 《태평광기》 권482 〈만이・기굉〉에 실려 있다.

79-27(2534) 한반타

한반타(漢槃陀)

출《낙양가람기(洛陽伽藍記)》

한반타국[고대 서역의 나라]은 산꼭대기에 있다. 총령(葱嶺: 파미르 고원) 서쪽에서부터는 물이 모두 서쪽으로 흐른다. 세상 사람들은 그곳이 천지의 중심이라고 한다. 그곳 사람들은 물길을 터서 곡식을 심는데, 중국에서 비를 기다려 곡식을 심는다는 말을 듣고 웃으면서 말했다.

"어떻게 하늘만 기다릴 수 있겠는가?"

漢槃陀國正在山頂. 自葱嶺已西, 水皆西流. 世人云是天地之中. 土人決水以種, 聞中國待雨而種, 笑曰 : "天何由可期也?"

* 이 고사는 《태평광기》 권482 〈만이 · 한반타국〉에 실려 있다.

79-28(2535) 척곽

척곽(尺郭)

출《신이경(神異經)》

    남방에 어떤 사람이 있는데, 천하를 두루 돌아다닌다. 그는 키가 7장(丈)이고 배 둘레는 키와 같다. 붉은 옷에 흰 허리띠를 차고 붉은 뱀을 머리에 두르고 있다. 먹지도 마시지도 않으며 아침에는 악귀(惡鬼) 3000마리를 삼키고 저녁에는 300마리를 삼킨다. 그 사람은 귀신을 밥으로 먹고, 안개를 물 삼아 마신다. 그를 "척곽"이라 하는데, 일명 "식사(食邪)"라고도 하고 일명 "황보(黃父)"라고도 한다.

南方有人焉, 周行天下. 其長七丈, 腹圍如其長. 朱衣縞帶, 以赤蛇繞其頂. 不飮不食, 朝呑惡鬼三千, 暮呑三百. 此人以鬼爲食, 以霧爲漿. 名曰"尺郭", 一名"食邪", 一名"黃父".

*   이 고사는《태평광기》권482〈만이 · 척곽〉에 실려 있다.

79-29(2536) 마류

마류(馬留)

출《유양잡조》

    [한나라] 마복파(馬伏波 : 마원)[67]의 원정대 가운데 잔여 10여 가구는 고향으로 돌아가지 않고 수흡현(壽洽縣)에 살면서 서로 혼인해 200가구가 되었다. 그들은 타향살이를 하기 때문에 "마류(馬留)"라고 불리는데, 먹고 마시는 것이 중국 사람들과 같다. 산천이 바뀌고 구리 기둥이 바다로 들어간다 해도 이 사람들로 표식을 삼으면 된다.

馬伏波有餘兵十餘家, 不返, 居壽洽縣, 自相婚姻, 有二百戶. 以其流寓, 號"馬留", 飮食與華同. 山川移, 銅柱入海, 以此民爲識耳.

*   이 고사는 《태평광기》 권482 〈만이 · 마류〉에 실려 있다.

---

67) 마복파(馬伏波) : 복파장군(伏波將軍) 마원(馬援). 마원은 후한 초의 장군으로, 광무제(光武帝) 때 복파장군에 임명되어 교지국(交趾國)을 정벌하고 구리 기둥을 세워 한나라의 경계 지역을 표시하고 전공(戰功)을 기록했다.

79-30(2537) 남해 사람

남해인(南海人)

출《남해이사(南海異事)》

    남해의 남자와 여자는 모두 머리숱이 많다. 그들은 머리를 감을 때마다 흐르는 물 속에 재를 넣고 물에 들어가서 머리를 감은 다음 돼지기름을 머리카락에 바른다. 5~6월이 되어 벼가 익으면 사람들은 모두 머리카락을 잘라 시장에서 판다. 머리를 깎고 나서 다시 돼지기름을 바르면 이듬해 5~6월에 또 팔 수 있다. 남해에서 소 잡는 일은 대부분 여자가 하는데, 그녀들을 "도파(屠婆)"나 "도낭(屠娘)"이라 부른다. 그녀들은 모두 커다란 나무에 소를 묶어 놓고 칼을 든 채 소의 죄를 열거하면서, "아무 때에 너를 끌고 밭을 갈 때 앞으로 가지 않았고, 아무 때에 너를 타고 물을 건널 때 제때에 가지 않았으니, 지금 어찌 죽음을 면할 수 있겠느냐?"라고 말한다. 그러고는 채찍으로 소의 고개를 치켜들고 칼을 휘둘러 목을 벤다. 또 가난한 사람들은 아내가 막 임신하면 부잣집을 찾아가서 아내의 배를 가리키며 배 속의 자식을 파는데, 민간에서는 그것을 "지복매(指腹賣)"라고 한다. 간혹 자기의 아이는 아직 옷을 입지 못할 정도로 어리지만 이웃집의 아이는 어느 정도 팔 만하면 이웃집에 가서 아이를 빌려 와서 파는데, 막대기를 부러뜨려 빌려 온 아이의 키를 표시해 놓았다가 자기 아이가 막대기의 길이만큼 자라면 아이를 돌려주어 갚는다. 딸이건 아들이건 마치 흙인 양 내다 팔며 부모와 자식 간에 서로 슬퍼하지도 않는다.

南海男人女人皆縝髮. 每沐, 以灰投流水中, 就水以沐, 以麂膏其髮. 至五六月, 稻禾熟, 民盡髡鬻於市. 旣髡, 復取麂膏塗, 來歲五六月又可鬻. 解牛, 多女人, 謂之"屠婆"·"屠娘". 皆縛牛於大木, 執刀以數罪, "某時牽若耕, 不得前, 某時乘若渡水, 不時行, 今何免死耶?" 以策擧頸, 揮刀斬之. 又貧民妻方孕, 則詣富室, 指腹以賣之, 俗謂"指腹賣". 或己子未勝衣, 鄰之子稍可賣, 往貸取以鬻, 折杖以識其短長, 俟己子長與杖等, 卽償貸者. 鬻男女如糞壤, 父子兩不戚戚.

* 이 고사는 《태평광기》 권483 〈만이 · 남해인〉에 실려 있다.

79-31(2538) 독창

독삭(毒槊)

출《유양잡조》

　　남만(南蠻)에 독창(毒槍)이 있는데, 미 : 바야흐로 지금 도처에 독창이 있으니 화를 면하기 어렵다. 창날은 없고 썩은 쇠처럼 생겼다. 그 창에 찔린 사람은 피도 흘리지 않고 죽는다. 사람들의 말에 따르면, 그 창은 하늘에서 떨어져 땅속으로 1장(丈) 넘게 박혔는데 그곳에 제사를 지내고 나서 파냈다고 한다. 남만에서는 그것을 "탁인(鐸刃)"이라 부른다.

南蠻有毒槊, 眉:方今在在毒槊, 難乎免矣. 無刃, 狀如朽鐵. 中人無血而死. 言從天雨下, 入地丈餘, 祭地方掘入. 蠻中呼爲"鐸刃".

* 　이 고사는《태평광기》권405〈보(寶)·독삭〉에 실려 있다.

79-32(2539) 비두료

비두료(飛頭僚)

출《유양잡조》·《박물지》

　　선선(善鄯 : 고대 서역의 나라)의 동쪽, 용성(龍城 : 고대 흉노족의 선우가 하늘에 제사 지내던 곳)의 서남쪽은 땅의 너비가 1000리나 되는데 모두 염전이다. 행인들이 지나가는 곳은 물론이려니와 소와 말도 모두 깔아 놓은 양탄자 위에 눕는다. 영남(嶺南)의 산골짜기에 종종 머리를 떼어 날릴 수 있는 사람이 있었기 때문에 "비두료자(飛頭僚子)"라는 호칭이 생겨났다. 그는 머리를 날리기 하루 전에 목에 마치 붉은 실을 둘러놓은 듯한 흔적이 생겼는데, 그러면 처자식이 그를 지켜보았다. 그 사람은 밤이 되면 마치 병을 앓는 사람처럼 있다가 머리가 갑자기 몸을 떠나 날아갔는데, 강기슭의 진흙에서 게나 지렁이 등을 찾아 잡아먹고 날이 밝을 무렵에 다시 날아 돌아왔다. 그는 마치 꿈에서 깨어난 듯했는데 배는 아주 든든했다. 서역의 스님 보살승(菩薩勝)이 또 말했다.

　"사바국(闍婆國 : 지금의 인도네시아 자바섬)에 머리를 날리는 사람이 있는데, 그 사람은 눈동자가 없다."

　《지괴(志怪)》에 이런 이야기가 있다.

"남방에 머리가 떨어지는 부족이 있는데, 그 머리를 날아다니게 할 수 있다. 그 민간에서 모시는 신을 '충락(蟲落)'이라 하기 때문에 그들을 '낙민(落民)'이라 부르게 되었다. 옛날 [삼국 시대 오나라] 주환(朱桓)의 집에 한 계집종이 있었는데, 밤에 그녀의 머리가 날아다녔다."

왕자년(王子年)의 《습유기(拾遺記)》에 이런 이야기가 있다.

"한(漢)나라 무제(武帝) 때 인지국(因墀國) 사람이 말하길, '남방에 몸을 분해할 수 있는 사람이 있었는데, 먼저 머리를 남해에서 날아다니게 하고 왼손은 동해에서, 오른손은 서해에서 날아다니게 했다. 저녁이 되어 머리는 어깨 위로 돌아왔으나, 두 손은 태풍을 만나 해외에서 표류했다." 미: 황제가 기이한 것을 좋아했기 때문에 이런 황당한 얘기가 많아진 것이다.

또 남방에 머리가 떨어지는 사람이 있었는데, 그 머리는 두 귀를 날개 삼아 날아다닐 수 있었으며 동틀 무렵이면 다시 돌아와 몸에 붙었다. 오(吳)나라 때 종종 이런 사람을 볼 수 있었다.

善鄯之東, 龍城之西南, 地廣千里, 皆爲鹽田. 行人所經, 牛馬皆布氈臥焉. 嶺南溪洞中, 往往有飛頭者, 故有"飛頭僚子"之號. 頭飛一日前, 頸有痕, 匝項如紅縷, 妻子看守之. 其人及夜, 狀如病, 頭忽離身而去, 乃於岸泥, 尋蟹蚓之類食之, 將曉飛還. 如夢覺, 其腹實矣. 梵僧菩薩勝又言: "闍婆國中有飛頭者, 其人無目瞳子."《志怪》: "南方落民, 其頭能飛. 其俗所祠, 名曰'蟲落', 因號'落民'. 昔朱桓有一婢, 其頭夜飛." 王子年《拾遺》: "漢武時, 因墀國言: '南方有解形之民, 能先使頭飛南海, 左手飛東海, 右手飛西海. 至暮, 頭還肩上, 兩手遇疾風, 飄於海外." 眉: 因帝好奇, 故多荒唐之說. 又南方有落頭民, 其頭能飛, 以耳爲翼. 將曉, 還復著體. 吳時, 往往得此人也.

* 이 고사는《태평광기》권482〈만이・비두료〉에 실려 있다.

79-33(2540) 요족의 부인

요부(僚婦)

출《남초신문(南楚新聞)》

 남방에 사는 요족(僚族)[68]의 부인들은 아이를 낳자마자 바로 일어나고, 그 남편들이 오히려 이부자리에 누워서 마치 산모처럼 음식을 먹는다. 산모는 조금만 돌봐 주지 않아도 온갖 질병이 생기게 마련인데, 요족의 부인들은 아무런 고통 없이 아무렇지도 않게 불 때고 밥 짓고 나무하고 풀을 벤다. 또 월(越) 지방의 풍속에서는 아내가 아이를 낳으면 사흘이 지난 뒤에 바로 냇가로 가서 몸을 씻고 돌아와서 죽을 쑤어 남편에게 차려 준다고 한다. 남편은 이불을 끌어안고 아이를 품은 채 침상에 앉아 있는데, 사람들은 그 남편을 "산옹(產翁)"이라고 부른다. 일이 거꾸로 된 것이 이와 같다.

南方有僚婦, 生子便起, 其夫臥床褥, 飮食皆如乳婦. 稍不衛護, 其孕婦疾皆生焉, 其妻亦無所苦, 炊爨樵蘇自若. 又云,

---

[68] 요족(僚族): "요(僚)"는 "요(獠)"라고도 한다. 지금의 광둥성·광시성·후난성·쓰촨성·윈난성·구이저우성 등지에 분포해 있던 남방 이민족을 말한다.

越俗, 其妻或誕子, 經三日, 便澡身於溪河, 返, 具糜以餉婿.
婿擁衾抱雛, 坐於寢榻, 稱爲"產翁". 其顚倒有如此.

* 이 고사는 《태평광기》 권483 〈만이·요부〉에 실려 있다.

79-34(2541) 남중의 승려

남중승(南中僧)

출《투황잡록(投荒雜錄)》

　　남중 사람들은 대부분 불교를 믿지 않는데, 간간이 한두 명의 중이 있지만 여자를 품에 안고 고기 먹으며 집에서 살면서 불사(佛事)를 조금도 알지 못한다. 그곳 사람들은 딸을 중에게 시집보내면서 중을 "사랑(師郞)"이라고 부른다. 사람이 병이 들면 종이로 둥근 돈을 만들어 불상 옆에 놓거나 혹은 중을 청해 와서 음식을 차려 준다. 그리고 이튿날 양과 돼지를 잡아서 먹는데, 그것을 "제재(除齋)"라고 부른다.

南中率不信釋氏, 間有一二僧, 擁婦食肉, 但居家, 不能少解佛事. 土人以女配僧, 呼爲"師郞". 人有疾, 以紙爲圓錢, 置佛像旁, 或請僧設食. 翌日, 宰羊豕以啖之, 名曰"除齋".

* 　이 고사는《태평광기》권483〈만이・남중승〉에 실려 있다.

79-35(2542) 번우

번우(番禺)

출《옥당한화》·《투황록(投荒錄)》

광주(廣州) 번우현의 한 부족민이 고소하며 말했다.

"간밤에 채소밭을 잃어버렸는데, 그 밭이 지금 아무 곳에 있는 것을 알고 있으니, 현령께서 판결을 내려 주시면 가서 찾아오겠습니다."

북방에서 온 객이 그 말에 놀라며 어찌 된 영문인지 캐물었더니 그 사람이 말했다.

"바다의 얕은 물속에는 해조나 마름 같은 것들이 있는데, 바람이 불면 모래가 그것들과 서로 엉겨 그 뿌리가 물 위로 떠오릅니다. 모래밭 중에는 두께가 간혹 3~5척 정도 되는 곳이 있는데, 그런 곳은 개간해 경작하거나 물을 대서 채소밭으로 만들 수도 있습니다. 간밤에 도둑이 그 밭을 100여 리 밖까지 훔쳐 갔는데, 마치 대나무 뗏목이 물에 휩쓸려 떠내려간 듯했습니다."

그렇게 채소를 심는 사람들이 바닷가에 종종 있다.

어떤 사람이 번우에서 단오절을 맞았는데, 온 거리가 시끌벅적하게 상사약(相思藥)을 파는 소리가 들렸다. 그 사람이 의아해하며 웃으면서 구경했더니, 노파가 산속의 기이한 풀을 가져와서 부잣집 부인들에게 팔고 있었다. 그것은 남자를 유혹하는 약으로, 그날 따 온 것을 써야지만 신령하다고 했다. 또 이르길, 까치집을 따서 그 안에서 "작침(鵲枕)"이라고 불리는 작은 돌 두 개를 얻는데 그날 얻은 것이 좋다고 했다. 부인들은 그것을 만나면 금비녀를 뽑고 귀걸이를 풀어 그 값을 치른다.

廣州番禺縣常有部民諜訴云:"前夜亡失蔬圃, 今認得在於某處, 請縣宰判狀, 往取之." 有北客駭其說, 因詰之, 民云: "海之淺水中有藻荇之屬, 被風吹, 沙與藻荇相雜, 其根旣浮. 其沙或厚三五尺處, 可以耕墾, 或灌或圃故也. 夜則被盜者盜之百餘里外, 若桴筏之乘流也." 以是植蔬者, 海上往往有之.
有在番禺逢端午, 聞街中喧然賣相思藥聲. 訝笑觀之, 乃老嫗取山中異草, 鬻於富婦人. 爲媚男藥, 用此日採取爲神. 又云, 採鵲巢中, 獲兩小石, 號"鵲枕", 此日得之者佳. 婦人遇之, 有抽金簪解耳璫而償其値者.

* 이 고사는 《태평광기》 권483 〈만이·번우〉에 실려 있다.

79-36(2543) 밀즉

밀즉(蜜喞)

출《조야첨재》

    영남(嶺南)의 요민(僚民)들은 밀즉 만들기를 좋아한다. 즉, 아직 눈도 뜨지 못하고 온몸이 새빨간 채로 꿈틀대는 새끼 쥐에게 꿀을 먹인 다음 잔칫상 위에 올려놓으면 찍! 찍! 소리를 내면서 움직이는데, 그것을 젓가락으로 집어서 씹으면 찌익! 찌익! 하는 소리가 나기 때문에 "밀즉"이라 부른다.

嶺南僚民好爲蜜喞. 卽鼠胎未瞬, 通身赤蠕者, 飼之以蜜, 釘[1]之筵上, 囁囁而行, 以箸挾取啖之, 喞喞作聲, 故曰"蜜喞".

*   이 고사는 《태평광기》 권483 〈만이 · 밀즉〉에 실려 있다.
1   정(釘) : 《사고전서》본 《조야첨재(朝野僉載)》에는 "정(釘)"이라 되어 있는데, 문맥상 보다 타당하다.

79-37(2544) 남주

남주(南州)

출《옥당한화》

[오대십국] 왕촉(王蜀 : 전촉)의 유은(劉隱)이라는 사람은 글을 잘 지었는데, 그가 일찍이 이런 이야기를 해 주었다.

그는 젊었을 때 익주부감군사(益州部監軍使)의 서찰을 가지고 검중(黔中)과 무산(巫山)의 남쪽으로 갔는데, 그 일대는 남주라고 불렸다. 남주에는 험한 산이 많고 길이 좁아 말을 타고 갈 수 없었기 때문에 귀한 사람이건 천한 사람이건 모두 지팡이를 짚고 걸어가야 했으며, 짐 보따리는 모두 일꾼들이 등에 짊어졌다. 그러나 일꾼들이 오지 않는 곳은 직접 짊어지고 갔다. 장차 남주에 다다를 즈음에 주목(州牧)이 사람을 보내 편지를 전하며 그를 맞이해 오게 했다. 도착했더니 한두 사람이 대바구니를 등에 메고 다가와서 유은을 대바구니 안에 태우고 손을 휘저으며 걸어갔다. 산을 오르고 골짜기로 들어갔는데, 하나같이 험준하고 깊은 곳이었다. 그런 곳을 하루에 100여 군데나 지나면서 모두 손톱으로 벼랑을 기어오르며 조금씩 앞으로 나아갔다. 대바구니 안에 있는 사람은 반드시 자기를 짊어진 사람과 등을 맞대고 앉아야 했는데, 이것이 바로 그곳의 거마(車馬)였다. 남주에 거의 도착할 즈음에 주목 역시 대바구니에 앉아 교외에서 그를 마중했다. 그 군(郡)은 뽕나무 숲 사이에 있었는데 띳집 몇 칸뿐이었다. 목수(牧守)는 모두 중국 사람이었으며 도리에 밝았다. 이튿날 목수가 말했다.

"여러 대장(大將)들을 만나 보셔야지요?"

그러고는 사람을 보내 그를 관아로 인도하게 했는데, 각 관아는 서로 10여 리쯤 떨어져 있었으며 역시 숲속에 있었다. 띳집 한 채에서 서너댓 명의 장교들이 유은을 극진하게 맞이했다. 이윽고 송아지 한 마리를 잡았는데, 우선 송아지의 결장(結腸) 속에 있는 가는 똥을 꺼내 쟁반 위에 놓고 젓가락으로 식초와 함께 천천히 버무린 후에 송아지 고기를 먹었다. 그곳 사람들은 송아지의 가는 똥을 "성제(聖韲: 최상의 양념)"라고 부르는데, 만일 그것이 없다면 잔칫상이 되지 못한다고 말했다. 음식을 절반 정도 먹은 뒤에 마충과증(麻蟲裹蒸)이라는 음식을 내왔는데, 과증이란 삼이나 고사리 덩굴 위의 벌레를 잡아 연잎으로 싸서 찐 것으로, 마충[삼하늘소의 애벌레]은 지금의 자유(刺猱)와 같은 것이다. 유은이 억지로 그것을 먹었더니 이튿날 아주 많은 마충과증을 그에게 보내 주었다.

王蜀有劉隱者, 善於篇章, 嘗說 : 少年齎益部監軍使書, 於黔巫之南, 謂之南州. 州多山險, 路細不通乘騎, 貴賤皆策杖而行, 其囊橐悉皆差夫背負. 夫役不到處, 便自荷而行. 將

至南州, 州牧差人致書迓之. 至則有一二人背籠而前, 將隱
入籠內, 掉手而行. 凡登山入谷, 皆絶高絶深者. 日至百所,
皆用指爪攀緣, 寸寸而進. 在於籠中, 必與負荷者相背而坐,
此卽彼中車馬也. 洎至近州, 州牧亦坐籠而迓於郊. 其郡在
桑林之間, 茅屋數間而已. 牧守皆華人, 甚有心義. 翌日, 牧
曰: "須略竭¹諸大將乎?" 遂差人引之衙院, 衙各相去十餘里,
亦在林木之下. 一茅齋, 大校三五人, 逢迎極至. 於是烹一
犢兒, 乃先取犢兒結腸中細糞, 置在盤筵, 以箸徐調在醢中,
方餐犢肉. 彼人謂細糞爲"聖虀", 若無此一味者, 卽不成局
筵矣. 諸味將半, 然後下麻蟲裹蒸, 裹蒸乃取麻蕨蔓上蟲, 如
今之刺猥者是也, 以荷葉裹而蒸之. 隱勉强餐之, 明日所遺
甚多.

* 이 고사는《태평광기》권483〈만이・남주〉에 실려 있다.

1 갈(竭):《태평광기》에는 "알(謁)"이라 되어 있는데, 문맥상 보다 타
   당하다.

79-38(2545) 가국

가국(猳國)

출《수신기》

　촉중(蜀中) 서남쪽의 높은 산 위에 원숭이와 비슷한 동물이 있었는데, 키는 7척이고 사람처럼 걸어 다닐 수 있었으며 사람을 잘 쫓아다녔다. 그것을 "가국"이라 불렀는데, 일명 "마화(馬化)"라고도 하고 "확(玃)"이라고도 했다. 길을 가는 젊은 부녀자를 엿보았다가 번번이 몰래 잡아갔는데 사람들은 알 수 없었다. 만약 사람들이 그 옆을 지나가게 되면 모두 긴 밧줄로 서로를 묶어 놓았는데도 여전히 화를 면하지 못했다. 이 동물은 남녀의 냄새를 구별할 수 있어서 여자만 잡아가고 남자는 잡아가지 않았다. 만약 여자를 잡아가면 아내로 삼았다. 여자들은 아이를 낳지 못하면 죽을 때까지 돌아오지 못했으며, 10년이 지난 뒤에는 모습이 그것들과 비슷해지고 마음 또한 미혹되어 더 이상 돌아갈 생각을 하지 않았다. 만약 여자가 아이를 낳으면 곧 그 아이를 안겨 집으로 돌려보냈다. 낳은 아이들은 모두 사람과 같은 모습을 하고 있었다. 아이를 기르지 않으면 그 어미가 곧 죽었기 때문에 두려워서 감히 아이를 기르지 않을 수 없었다. 아이들은 자라서 사람들과 다르지 않았으며, 모두 양씨(楊氏)를 성으로 삼았다. 그래서 지금 촉중의 서남쪽에 양씨가 많은데, 이들은 대부분 가국과 마화의 자손들이다.

蜀中西南高山之上, 有物與猴相類, 長七尺, 能作人行, 善走逐人. 名曰"猳國", 一名"馬化", 或曰"玃". 伺道行婦女年少者, 輒盜取將去, 人不得知. 若有行人經過其旁, 皆以長繩相引, 猶故不免. 此物能別男女氣, 故取女, 男不知也. 若取得人女, 則爲家室. 其無子者, 終身不得還, 十年之後, 形皆類之, 意亦惑, 不復思歸. 若有子者, 輒抱送還其家. 産子皆如人形. 有不養者, 其母輒死, 故懼怕之, 無不敢養. 及長, 與人不異, 皆以楊爲姓. 故今蜀中西南多姓楊, 率皆是猳國‧馬化之子孫也.

* 이 고사는 《태평광기》 권444 〈축수(畜獸)‧가국〉에 실려 있다.

79-39(2546) **구국 등**

구국등(狗國等)

출《영표녹이(嶺表錄異)》

능주자사(陵州刺史) 주우(周遇)는 비린내 나는 음식을 먹지 않았다. 그는 일찍이 유순(劉恂 : 《영표녹이》의 찬자)에게 이런 이야기를 해 주었다.

근년에 청사[青社 : 청주(青州)]의 바다에서 민(閩)으로 돌아오는 길에 폭풍을 만나 닷새 밤낮을 표류했는데, 대체 몇천 리를 갔는지 알 수 없었다. 그는 모두 여섯 나라를 지나갔다. 첫째 나라는 구국이었는데, 같은 배에 타고 있던 신라(新羅) 사람이 구국이라고 했다. 잠시 후에 과연 벌거벗은 사람처럼 보이는 어떤 물체가 개를 안고 밖으로 나왔다가 배를 보고 놀라 달아났다. 또 모인국(毛人國)을 지나갔는데, 그곳 사람들은 몸집이 작고 모두 머리카락을 풀어 헤쳤으며 검은 원숭이처럼 얼굴과 몸이 털로 덮여 있었다. 또 야차국(野叉國)에 당도했는데, 배가 암초에 걸려 파손되는 바람에 사람과 짐을 해안으로 옮긴 다음 조수가 밀려가기를 기다렸다가 배를 대고 수리했다. 처음엔 그런 나라에 와 있다는 사실도 몰랐는데, 몇 사람이 함께 깊은 숲에 들어가서 나물을 캐다가 갑자기 야차에게 쫓겨 한 사람이 잡히고 나머지 사람들은 놀라 도망쳤다. 도망치던 사람들이 뒤돌아보았더니 몇 명의 야차 무리가 잡은 사람을 함께 먹고 있었다. 같은 배에 타고 있던 사람들은 두려움에 떨며 어찌할 줄을 몰랐다. 잠시 후에 100여 명의 야차가 붉은 머리카락에 벌거벗은 채로 입을 벌리고 눈을 부라리며 왔는데, 그중에는 나무창을 든 야차도 있었고 자식을 옆에 낀 여자 야차도 있었다. 뱃사공과 상인 50여 명이 일제히 활과 쇠뇌와 창과 검으로 대적한 끝에 결국 두 명의 야차를 쏘아 쓰러뜨리자, 야차들은 즉시 쓰러진 야차를 끌고 가면서 울부짖으며 도망쳤다. 그들이 떠나가자 마침내 나무를 베어 울짱을 만들어 놓고 그들이 다시 오는 것을 방비했다. 야차들은 쇠뇌를 두려워해서 더 이상 오지 않았다. 그곳에서 이틀간 머물면서 배 수리가 끝나자 다시 바람을 타고 떠났다. 또 대인국(大人國)을 지나갔는데, 그곳 사람들은 모두 기골이 장대하고 거칠었으나 배 위에서 북을 두드리고 소리를 지르는 모습을 보더니 놀라 달아나 밖으로 나오지 않았다. 또 유규국(流虯國)[69] 협 : 유규는 유구(流球)라고도 한다. 을 지나갔는데, 그 나라 사람들은 몸집이 작고 하나같이 마포로 만든 옷을 입고 있었으며

---

[69] 유규국(流虯國) : 유구국(流求國). 일설에는 지금의 타이완이라고도 하고 일본의 류큐(琉球)라고도 한다.

예의가 발랐다. 그들은 다투어 음식을 가져와서 못과 쇠 등과 바꾸자고 했다. 신라 사람은 그들의 말을 반쯤 통역할 수 있었는데, 그들은 신라 사람에게 속히 떠나라고 하면서 그 나라에서는 표류해 온 중국 사람을 만나면 재앙이 생길까 봐 걱정한다고 말했다. 얼마 후에 또 그곳을 떠나 소인국(小人國)을 지나갔는데, 그곳 사람들은 벌거벗고 있었고 5~6세가량의 아이처럼 몸집이 작았다. 그때 뱃사람들은 음식이 바닥났기에 함께 소인들의 집을 찾아 잠시 후에 과연 30~40명의 소인을 붙잡아 돌아와서 삶아 먹고 배를 채웠다. 다시 이틀 동안 항해한 뒤에 섬 하나를 만나 물을 얻을 수 있었다. 그때 갑자기 양 떼가 나타났는데, 사람을 보고도 쳐다보기만 할 뿐 피하지 않았으며 살찌고 덩치가 컸다. 처음에는 섬에 사는 사람이 기르는 것이라고 생각했으나 사람의 흔적이 전혀 없었다. 그래서 거의 100마리의 양을 잡아서 모두 먹었다.

陵州刺史周遇, 不茹葷血. 嘗語劉恂云 : 頃年自青杜[1]之海歸閩, 遭惡風, 飄五日夜, 不知行幾千里也. 凡歷六國, 第一狗國, 同船有新羅, 云是狗國. 逡巡, 果見如人裸形, 抱狗而出, 見船驚走. 又經毛人國, 形小, 皆被髮, 面身有毛蔽, 如狖. 又到野叉國, 船抵暗石而損, 遂搬人物上岸, 伺潮落, 閣船而修之. 初不知在此國, 有數人同入深林採野蔬, 忽爲野叉所逐, 一人被擒, 餘人驚走. 回顧, 見數輩野叉, 同食所得之人. 同舟者驚怖無計. 頃刻, 有百餘野叉, 赤髮裸形, 呀口怒目而至, 有執木槍者, 有雌而挾子者. 篙工賈客五十餘人, 遂齊將弓弩槍劍以敵之, 果射倒二野叉, 卽舁拽叫嘯而遁. 旣去, 遂伐木下寨, 以防再來. 野叉畏弩, 亦不復至. 駐兩日, 修船方畢, 隨風而逝. 又經大人國, 其人悉長大而野, 見船上鼓噪, 卽驚走不出. 又經流虬 夾 : 一作流球. 國, 其國人么麽, 一槪皆服麻布而有禮. 競將食物, 求易釘鐵. 新羅客亦半譯其語, 遣客速過, 言此國遇華人飄泛至者, 慮有災禍. 旣而又行, 經小人國, 其人裸形, 小如五六歲兒. 船人食盡, 遂相率尋其巢穴, 俄頃, 果見捕得三四十枚以歸, 烹而充食. 後行兩日, 遇一洲島而取水. 忽有群羊, 見人但聳視不避, 旣肥且偉. 初疑島上有人牧養, 而又絶無人踪. 捕之, 僅獲百口, 皆食之.

* 이 고사는 《태평광기》 권483 〈만이·구국〉에 실려 있다.
1 두(杜) : 《태평광기》 명초본에는 "사(社)"라 되어 있는데, 문맥상 보다 타당하다.

79-40(2547) 학민

학민(鶴民)

출《궁신비원(窮神秘苑)》

서북쪽 바다에 학민국이 있는데, 그곳 사람들은 키가 3촌이고 하루에 1000리를 가며 걸음이 나는 것처럼 빠르지만 매번 바다 학에게 잡아먹힌다. 그곳 사람들도 군자와 소인이 있다. 군자의 경우 기지를 발휘해 매번 학의 공격을 받을 때마다 늘 나무를 깎아 자신의 형상을 만드는데, 간혹 수백 개의 형상을 만들어 거친 들판이나 물가에 모아 놓는다. 학은 그것을 소인이라고 여겨 삼켰다가 해를 입는데, 수백수천 번 당하고 나면 나중에는 진짜 소인이 지나가는 것을 보아도 잡아먹지 않는다. 그곳 사람들은 대부분 계곡 옆에 동굴을 파서 나라를 만드는데, 30보 또는 50보마다 나라 하나씩을 만들어 이러한 나라가 천만 개가 넘는다. 봄과 여름에는 길가의 풀 열매를 먹고, 가을과 겨울에는 풀뿌리를 먹는다. 더울 때면 벌거벗고 추울 때면 가는 풀을 엮어서 옷을 만들어 입는다. 그들은 또한 복기술(服氣術)을 할 줄 안다.

일설에 따르면, 사해(四海) 밖에 곡국(鵠國)이 있는데, 그곳의 남녀는 모두 키가 7촌이고 천성적으로 예의가 바르며 바른 도리로 깨우치고 무릎 꿇고 절하길 좋아한다. 그곳 사람들은 모두 300세까지 살고 하루에 1000리를 간다. 온갖 동물이 감히 그들을 해치지 못하지만, 그들은 바다 고니만은 두려워한다. 진장(陳章)이 [춘추 시대] 제(齊)나라 환공(桓公)에게 말했다.

"고니가 곡국 사람을 만나 삼키면 고니도 300년을 살게 됩니다. 그 사람은 고니의 배 속에서 죽지 않고, 고니 또한 한 번에 1000리를 날아갑니다."

西北海有鶴民國, 人長三寸, 日行千里, 而步疾如飛, 每爲海鶴所吞. 其人亦有君子小人. 如君子, 性能機巧, 每爲鶴患, 常刻木爲己狀, 或數百聚於荒野水際. 鶴以爲小人, 吞之而有患, 凡百千度, 後見眞者過去, 亦不能食. 人多在山澗溪岸之旁, 穿穴爲國, 或三十步・五十步爲一國, 如此不啻千萬. 春夏則食路草實, 秋冬食草根. 値暑則裸形, 遇寒則編細草爲衣. 亦解服氣.
一說, 四海之外, 有鵠國焉, 男女皆長七寸, 爲人自然有禮, 好經論跪拜. 其人皆壽三百歲, 行千里. 百物不敢犯之, 惟畏海鶴[1]. 陳章與齊桓公言: "鵠遇吞之, 亦壽三百歲. 此人鵠中不死, 而鵠亦一擧千里."

* 이 고사는 《태평광기》 권480 〈만이・학민〉에 실려 있는데, 뒤의 고사는 출전이 "《신이록(神異錄)》"이라 되어 있다.
1 학(鶴): 《신이경(神異經)》 〈서황경(西荒經)〉에는 "곡(鵠)"이라 되어 있는데, 문맥상 보다 타당하다.

79-41(2548) **초요**

초요(僬僥)

출《유양잡조》

 [당나라의] 이장무(李章武)는 3촌 남짓 되는 사람 미라를 가지고 있었는데, 머리·넓적다리·갈비가 모두 갖추어져 있고 눈썹과 눈이 분명했다. 그 미라는 초요국[난쟁이 나라] 사람이라고 말했다.

李章武有人腊三寸餘, 頭髀肋成就, 眉目分明. 言是僬僥國人.

* 이 고사는《태평광기》권480〈만이·초요〉에 실려 있다.

79-42(2549) 서북 황무지의 소인

서북황소인(西北荒小人)

출《박물지》

    서북쪽의 변경에 키가 1촌인 소인이 있다. 그들의 군주는 붉은 옷에 검은 관을 쓰고, 말이 끄는 노거(輅車 : 천자가 타는 수레)를 타며, 거처에 의장대를 세운다. 사람들은 그 수레를 만나면 한꺼번에 잡아먹는데 맛이 맵다. 소인을 잡아먹은 사람은 죽을 때까지 벌레에게 물리지 않고, 만물의 이름을 모두 알 수 있으며, 또한 배 속의 삼시충(三尸蟲)[70]을 죽인다.

西北荒有小人焉, 長一寸. 其君朱衣玄冠, 乘輅車, 馬引, 爲威儀居處. 人遇其乘車, 並食之, 其味辛. 終年不爲蟲所咋, 並識萬物名字, 又殺腹中三蟲.

* 이 고사는 《태평광기》 권482 〈만이 · 서북황소인〉에 실려 있다.

---

[70] 삼시충(三尸蟲) : 인간의 몸에 있으면서 장부(臟腑)에 해를 끼치고 하늘에 그 사람의 죄를 고하는 신으로, 시해(尸解)하고 신선이 되기 위해서는 반드시 이를 제거해야 한다.

권80 잡지부(雜志部)

잡지(雜志)

80-1(2550) 제 지방의 풍속
제속(齊俗)

출《가람기(伽藍記)》

[북조] 후위(後魏 : 북위)의 태부(太傅) 이연실(李延實)은 장제(莊帝)의 외숙인데, 청주자사(靑州刺史)에 제수되어 임지로 떠나면서 작별 인사를 올리자 장제가 그에게 말했다.

"[청주 사람들은] 벽돌을 품고 다니는 풍속이 있어서 세간에 다스리기 어렵다고 소문이 나 있으니, 외숙께서는 마땅히 각별히 마음을 쓰셔야 합니다."

당시 황문시랑(黃門侍郎) 양관(楊寬)이 장제 옆에 있었는데, '벽돌을 품고 다닌다[懷磚]'는 뜻을 이해하지 못해 사인(舍人) 온자승(溫子升)에게 슬쩍 물었더니 온자승이 말했다.

"지존의 형인 팽성왕[彭城王 : 원자눌(元子訥)]이 청주자사가 되었을 때 빈객 중에서 청주까지 따라간 자가 하는 말을 들었는데, '제(齊 : 청주. 청주는 옛 제나라 지역임) 땅 백성은 풍속이 천박하고 헛되이 고담(高談)이나 논하면서 오로지 영리(榮利)에만 관심이 있습니다. 태수(太守)가 처음 경내로 들어올 때는 백성이 모두 벽돌을 품에 지니고 머리를 조아리며 환영의 뜻을 나타내지만, 태수가 교체되어 고향으로 돌아가게 되면 벽돌로 그를 칩니다'라고 했습니다. 이는 그곳 백성의 향배(向背)가 손바닥 뒤집는 것보다 빠름을 말하는 것입니다. 그래서 도성에 '감옥에 갇힌 죄수 없고 집안에 청주 사람 없으면, 설령 집안 형편이 안 좋다 하더라도 마음속엔 근심 생기지 않네'라는 노래가 떠돌게 되었습니다. '벽돌을 품고 다닌다'는 뜻은 여기에서 생겨난 것입니다."

後魏太傅李延實[1]者, 莊帝舅也, 除青州刺史, 將行奉辭, 帝謂實曰:"懷磚之俗, 世號難治, 舅宜好用心." 時黃門侍郎楊寬在帝側, 不曉'懷磚'之義, 私問舍人溫子升, 子升曰:"至尊兄彭城王作青州刺史, 聞其賓客從至青州者云:'齊土之民, 風俗淺薄, 虛論高談, 專在榮利. 太守初欲入境, 百姓皆懷磚叩頭, 以美其意, 及其代下還家, 以磚擊之.' 言其向背速於反掌. 是以京師謠語曰:'獄中無繫囚, 舍內無青州. 假令家道惡, 腸中不懷愁.' '懷磚'之義, 起在於此."

* 이 고사는 《태평광기》 권493 〈잡록(雜錄)·이연식(李延寔)〉에 실려 있다.
1 실(實):《태평광기》에는 "식(寔)"이라 되어 있는데, "식"은 "실"과 통한다.

80-2(2551) 이의침

이의침(李義琛)

출《운계우의(雲谿友議)》

    이의침은 농서(隴西) 사람으로 위군(魏郡)에서 살았으며, 함양주부(咸陽主簿)로 있다가 감찰어사(監察御史)에 임명되었다. 그는 어려서 부친을 여의고 가난하게 살았으며 당(唐)나라가 막 건국되었을 때에 일정한 생업이 없었다. 그는 재종(再從 : 6촌) 동생 이의염(李義琰), 삼종(三從 : 8촌) 동생 이상덕(李上德)과 함께 살면서 종고모(從姑母)를 모셨는데, 아침저녁으로 문안을 여쭙기를 부모님을 모시듯이 했다. 무덕(武德) 연간(618~626)에 세 사람은 함께 진사(進士) 시험에 응시하기 위해 나귀 한 마리를 같이 타고서 도성으로 갔는데, 동관(潼關)에 이르렀을 때 큰비가 내려 여관에 투숙하려 했지만, 여관 주인은 그들의 가난한 행색을 천시해 손님이 많다고 거절했다. 그들은 아무리 찾아봐도 머물 곳이 없었으므로 여관집 문 옆으로 옮겨 가 기대서 있었다. 그때 함양의 어떤 상인이 그들을 보고 딱하게 여겨 데려와서 같은 방에서 머물게 하고 함께 잠을 잤다. 며칠 후에 날이 개어 길을 떠나게 되자 이의침 등은 나귀를 팔아 상인에게 술대접을 하기로 의논했는데, 상인은 몰래 그 사실을 알고 한사코 말렸으며 아울러 여행길의 식량까지 도와주었다. 이의침은 진사에 급제한 후에 함양에서 벼슬살이를 했는데, 그 상인을 불러서 그에게 대등한 예를 차렸다. 미: 한 쌍의 좋은 만남이다. 상인은 이의침을 알아보지 못한 채 그저 송구해하면서 겸사(謙辭)하기만 했는데, 이의침이 그 연유를 말해 주었더니 상인은 그제야 깨달았다.

李義琛, 隴西人, 居於魏, 自咸陽主簿拜監察. 少孤貧, 唐初草創, 無復生業. 與再從弟義琰·三從弟上德同居, 事從姑, 定省如親焉. 武德中, 俱進士, 共有一驢, 赴京, 次潼關, 大雨, 投逆旅, 主人鄙其貧, 辭以客多. 進退無所, 徙倚門旁. 有咸陽商客見而憐之, 乃引與同舍, 兼同寢處. 數日方晴, 道開, 義琛等議鬻驢以一醉, 商客竊知, 固止之, 仍資以道糧. 琛既擢第, 歷任咸陽, 召商客, 與之抗禮. 眉: 一雙兩好. 商客不復識, 但悚懼遜退, 琛語其由, 乃悟.

* 이 고사는 《태평광기》 권493 〈잡록·이의침〉에 실려 있다.

80-3(2552) 우세남

우세남(虞世南)

출《국사보(國史補)》

[당나라] 태종(太宗)이 장차 앵두를 휴공(酅公)[71]에게 보내려 했는데, '봉(奉 : 바치다)'이라고 말하면 너무 높이는 것 같고 '사(賜 : 내려 주다)'라고 말하면 너무 낮추는 것 같아서, 우세남에 물었더니 우세남이 대답했다.

"옛날에 [남조] 양(梁)나라 무제(武帝)는 제(齊)나라 파릉왕(巴陵王)[72]에게 물건을 보내면서 '향(餉 : 선사하다)'이라고 말했습니다."

태종은 그의 의견을 따랐다.

太宗將致櫻桃於酅公, 稱'奉'則尊, 言'賜'則卑, 問於虞世南, 世南對曰: "昔梁武帝遺齊巴陵王稱'餉'." 從之.

* 이 고사는《태평광기》권493〈잡록·우세남〉에 실려 있다.

---

71) 휴공(酅公) : 수(隋)나라 공제(恭帝) 양유(楊侑)로, 수나라가 망한 뒤 휴공에 봉해졌다.
72) 파릉왕(巴陵王) : 남조 제(齊)나라 화제(和帝) 소보융(蕭寶融)으로, 제나라가 망한 뒤 파릉왕에 봉해졌다.

80-4(2553) 장조

장조(張造)

출《국사보》

　[당나라] 정원(貞元) 연간(785~805)에 탁지사(度支司)가 양경(兩京 : 장안과 낙양) 길가의 홰나무를 베어 땔감으로 쓰고 다시 작은 나무를 심으려고 했다. 먼저 공문을 화음현(華陰縣)에 내려보냈더니 화음현위(華陰縣尉) 장조가 판시(判示)했다.

　"소백(召伯 : 소공)[73]이 쉬었던 나무도 베지 않았는데, 선대 황제께서 예전에 노닐던 홰나무를 어찌 베어 낼 수 있으리오?" 미 : 훌륭한 논변이다.

　이에 탁지사는 그 일을 그만두었다.

貞元中, 度支欲取兩京道中槐樹爲薪, 更栽小樹. 先下符牒華陰, 華陰尉張造判牒曰 : "召伯所憩, 尙不翦除, 先皇舊遊, 豈宜斬伐?" 眉 : 善辯. 乃止.

---

73) 소백(召伯) : 소공(召公). 주(周)나라 문왕(文王)의 아들이자 무왕(武王)의 동생으로 이름은 석(奭)이다. 백성에게 선정(善政)을 베풀었다.《시경(詩經)》〈소남(召南)·감당(甘棠)〉에 백성이 소백의 덕을 깊이 사모해 그가 쉬었던 팥배나무를 베지 않았다는 내용이 나온다.

* 이 고사는 《태평광기》 권496 〈잡록·장조〉에 실려 있다.

80-5(2554) 당구

당구(唐衢)

출《국사보》

    진사(進士) 당구는 문장과 학술을 지니고 있었지만 늙도록 성취가 없었다. 그는 곡(哭)을 잘했는데 매번 곡을 할 때마다 그 음조가 애절했다. 당구는 마음을 아프게 하는 일을 만나면 늘 곡을 했는데, 그 곡소리를 들은 사람은 모두 눈물을 흘리며 울었다. 그가 한번은 태원(太原)을 유람하다가 군대를 위한 향연에 참석했는데, 주흥이 한창 올랐을 때 곡을 했더니 온 좌중의 사람들이 우울해하자 주인이 그 때문에 향연을 그만두었다.

進士唐衢有文學, 老而無成. 善哭, 每發一聲, 音調哀切. 遇人事有可傷者, 衢輒哭之, 聞者涕泣. 嘗遊太原, 遇享軍, 酒酣乃哭, 滿座不樂, 主人爲之罷.

*   이 고사는《태평광기》권497〈잡록·당구〉에 실려 있다.

80-6(2555) 부인의 화장 비용
지분전(脂粉錢)
출《가화록(嘉話錄)》

 호남관찰사(湖南觀察使)가 부인의 지분전(脂粉錢 : 화장 비용)을 받게 된 것은 안고경(顔杲卿)의 부인으로부터 시작되었다. 유주자사(柳州刺史)도 그런 명목의 돈을 받았는데, 그것은 한 장군이 자사의 부인을 위해 마련해 준 것이었으니 또한 황당한 일이 아니겠는가!

湖南觀察使有夫人脂粉錢者, 自顔杲卿妻始之也. 柳州刺史亦有此錢, 是一軍將爲刺史妻致, 不亦謬乎!

* 이 고사는 《태평광기》 권497 〈잡록 · 지분전〉에 실려 있다.

80-7(2556) 양희고

양희고(楊希古)

출《옥천자(玉泉子)》

양희고는 본디 사리에 어둡고 외골수였다. 처음 진사 시험에 응시할 때 승랑(丞郞)에게 투권(投卷)74)했는데, 승랑이 칭찬하자 양희고가 곧장 일어나서 대답했다.

"이 문장은 제가 지은 것이 아닙니다."

승랑이 의아해하며 캐물었더니 양희고가 말했다.

"이는 저의 동생 양원파(楊源嶓)가 저를 위해 지어 준 것입니다." 미 : 고리타분한 유생의 말투다.

승랑은 그를 크게 훌륭히 여기며 말했다.

"오늘날 명성을 구하려는 자제들은 대부분 남의 손을 빌려 문장을 지으면서도 스스로 거짓으로 뽐내지 않는 자가 없네. 자네 같은 마음이라면 퇴폐한 풍조를 바로잡기에 충분하네."

양희고는 본디 불법(佛法)을 심히 좋아해서 늘 집에 스님을 모셔 두고 불상을 진열했으며 번개(幡蓋 : 불법의 위덕을

---

74) 투권(投卷) : 과거 응시자가 시험을 보기 전에 자신이 지은 문장을 문단의 영수나 관계(官界)의 실력자에게 보이는 일.

나타내는 깃발과 일산)를 함께 늘어놓아 이른바 도량(道場)처럼 꾸몄다. 그는 매일 첫새벽에 그 안으로 들어가서 바닥에 엎드려 스님에게 자기 위에 걸터앉아 《금강경(金剛經)》을 세 번 염송하게 했다. 그는 또 천성적으로 깨끗한 것을 좋아했는데, 용무가 급해 화장실에 갈 때면 반드시 옷을 벗고 아무것도 걸치지 않은 연후에 높은 나막신을 신고 갔다.

楊希古, 性迂僻. 初應進士擧, 以文投丞郞, 丞郞獎之, 希古乃起而對曰:"斯文也, 非希古之所作也." 丞郞訝而詰之, 曰:"此舍弟源嶓爲希古作也." 眉:腐儒聲口. 丞郞大異之曰:"今子弟之求名者, 大半假手, 靡不私自衒耀. 如子之用意, 足以整頓頹波矣." 性酷嗜佛法, 常置僧於第, 陳列佛像, 雜以幡蓋, 所謂道場者. 每凌旦, 輒入其內, 以身俯地, 俾僧據其上, 誦《金剛經》三遍. 性又潔淨, 內逼如厠, 必散衣無所有, 然後高屐以往.

* 이 고사는 《태평광기》 권498 〈잡록·양희고〉에 실려 있다.

80-8(2557) 위건도

위건도(韋乾度)

출《건손자(乾㢲子)》

위건도는 전중시어사(殿中侍御史)가 되어 동도(東都 : 낙양)의 분사(分司)에서 근무했다. 당시 우승유(牛僧孺)는 제과(制科)에 장원 급제한 뒤 이궐현위(伊闕縣尉)에 임명되어 대성(臺省)으로 위건도를 배알하러 갔는데, 위건도는 우승유가 관직에 제수된 연유를 모르고 그에게 물었다.

"무슨 출신인가?"

우승유가 대답했다.

"진사(進士) 출신입니다."

위건도가 또 물었다.

"어떻게 경기(京畿) 지역으로 들어오게 되었는가?"

우승유가 대답했다.

"저는 제과와 책시(策試)에 연달아 급제해 외람되게도 장원을 차지했습니다."

우승유는 마음속으로 몹시 의아해하면서 돌아가 한유(韓愈)에게 그 사실을 알렸더니 한유가 말했다.

"그대는 정말로 젊은 서생이니 위 전중(韋殿中 : 위건도)이 모르는 것이 당연하오. 나는 급제한 지 10여 년이 되었고 거칠 것 없는 명성이 이미 천하에 가득하지만, 위 전중은 아직도 날 모르고 있소. 그러니 그대는 무얼 이상해하는 것이오?"

韋乾度爲殿中侍御史, 分司東都. 牛僧孺以制科敕首, 除伊闕尉, 臺參, 乾度不知僧孺授官之本, 問: "何色出身?" 僧孺對曰: "進士." 又曰: "安得入畿?" 僧孺對曰: "某制策連捷, 忝爲敕頭." 僧孺心甚有所訝, 歸以告韓愈, 愈曰: "公誠小生, 韋殿中固當不知. 愈及第十有餘年, 猖狂之名已滿天下, 韋殿中尙不知之. 子何怪焉?"

* 이 고사는《태평광기》권497〈잡록·위건도〉에 실려 있다.

80-9(2558) 유우석

유우석(劉禹錫)

출《운계우의》

　우승유(牛僧孺)는 과거에 응시하러 갔을 때 매번 동료들에게 무시당하곤 했다. 그가 한번은 보궐(補闕) 유우석에게 자신이 지은 문장을 투권(投卷)했는데, 유우석은 손님들이 보는 앞에서 우승유의 문장을 펼치더니 붓을 휘둘러 그 문장을 고쳤다. 미:유 공(劉公:유우석)이 틀리지 않았다. 우승유는 비록 감사의 절을 올렸지만 시종 기분이 좋지 않았다. 그 후로 30여 년의 세월이 흐른 뒤에 유우석은 여주자사(汝州刺史)로 전임되었고 우승유는 한남(漢南)을 진수(鎭守)하게 되었다. 그러자 우승유는 일부러 길을 돌아 유우석이 있는 곳으로 찾아가서 이틀 밤을 계속 머무르며 주흥이 한창 올랐을 때 곧장 붓을 들어 시를 써서 이전의 일을 일러 주었다. 미:이런 소인배가 있기 때문에 마침내 후세에 면전에서만 순종하는 실마리를 열게 되었다. 유우석은 그 시를 받아 보고 비로소 예전에 우승유의 문장을 고쳐 주었던 일이 생각났다. 그래서 그는 아들 유함좌(劉咸佐)와 유승옹(劉承雍) 등을 경계시키며 말했다.

　"나는 남의 훌륭함을 이루어 주려는 뜻을 세웠는데 어찌 잘못을 저지를 줄 생각이나 했겠느냐? 하물며 한남상서(漢南尙書 : 우승유)는 식견이 높고 도량이 넓은 사람으로 그에 비할 자가 드물다. 옛날에 주보언(主父偃)⁷⁵⁾의 집안은 공손홍(公孫弘)⁷⁶⁾에게 멸족당했고, 혜숙야(嵇叔夜 : 혜강)⁷⁷⁾는 종회(鍾會)⁷⁸⁾의 모함을 받아 죽었다. 그래서 위(魏)나라 무제(武帝)는 자식들을 경계시키며 말하길, '나는 남의 작은 실수에 크게 분노했으니 너희들은 나의 그런 점을 삼가 배우지 마라! 너희들은 수양할 때 중정(中正)을 지키는 것을

---

75) 주보언(主父偃) : 한(漢)나라 때 사람으로, 흉노 정벌을 간하는 상소를 올려 낭중(郎中)에 임명되었다. 남의 비리를 캐내길 좋아했기에 대신(大臣)들이 그의 입을 두려워해 많은 뇌물을 주었다. 제상(齊相)에 발탁되었다가 공손홍(公孫弘)에게 주살되었다.

76) 공손홍(公孫弘) : 한나라 무제(武帝) 때 사람으로, 평소에 유학을 애호하고 법제와 행정에 뛰어나서 무제의 총애를 받아 승상(丞相)이 되었으며 평진후(平津侯)에 봉해졌다. 사람됨이 겉으로는 너그러우면서도 속으로는 음험해 자기의 뜻에 부합하지 않는 자에 대해서는 잘 대해 주는 척하면서 남몰래 보복하곤 했다.

77) 혜숙야(嵇叔夜) : 혜강(嵇康). 삼국 시대 위(魏)나라 사람. 죽림칠현(竹林七賢) 가운데 한 명으로 노장(老莊)의 학문을 즐겼으며 〈양생론(養生論)〉 등을 지었다.

78) 종회(鍾會) : 삼국 시대 위나라 사람. 사마소(司馬昭)의 책사(策士)로 청담에 뛰어났고 〈재성사본론(才性四本論)〉 등을 지었다. 사람됨이 음험해 일찍이 혜강을 모함해 처형당하게 했다.

으뜸으로 삼아야 하느니라'라고 했다."

우승유의 시는 이러했다.

"관서에서 낭관(郎官)으로 40년을 지냈지만, 종래로 명망 높은 선배는 또한 누구인가? 부침하는 세상일일랑 논하지 않고, 잠시 술통 앞 현재의 몸을 돌아보네. 협 : 몹시 야비하다. 주옥(珠玉)은 응당 가래침으로 변하겠지만, 산천은 오히려 정신을 드러내는구나. 술기운에 가볍게 말하는 걸 싫어하지 않는다면, 문장 들고 후배를 찾아갈까 하네."

유우석의 시는 이러했다.

"예전엔 외람되이 조정의 신하 되었지만, 만년엔 하릴없이 늙고 병든 몸만 남았네. 처음엔 상여(相如 : 사마상여. 우승유를 비유함)가 부(賦) 짓는 걸 보았는데, 나중엔 승상(丞相)의 대문 청소하는 사람 되었네. 지난 일 떠올리며 한참 동안 탄식하는데, 다행히 기쁘게도 밝은 빛처럼 귀한 분이 자주 웃으며 말씀하시네. 그래도 당시의 옛 관리[79]로서, 공께서 세 조정[三日] 미 : 우승유가 재상으로서 세 조정에서 백관을 승진시키거나 강직시킬 수 있기 때문에 삼일(三日)이라고 했다. 에서 먼지 털어 내길 기다리네."

---

79) 관리 : 원문은 "관검(冠劍)". 옛날 관리가 쓰던 관과 차던 칼. 관리를 비유한다.

우승유는 유우석의 화답시를 읽고 나서 예전의 불쾌했던 마음이 다소 풀어져 말했다.

"세 조정에서 먼지 털어 내는 일을 어찌 감히 감당할 수 있겠소이까!"

그리하여 우승유는 연회 자리를 옮겨 밤새껏 즐기고 나서 비로소 행장을 꾸려 임지로 갔다.

牛僧孺赴擧之秋, 每爲同袍見忽. 嘗投贄於補缺劉禹錫, 對客展卷, 飛筆塗竄其文. 眉 : 劉公不差. 牛雖拜謝, 終爲怏怏. 歷三十餘歲, 劉轉汝州, 僧孺鎭漢南. 枉道駐旌, 信宿酒酣, 直筆以詩喩之. 眉 : 有此輩小人, 遂開後世面從之端. 劉承詩意, 纔悟往年改牛文卷. 因戒子咸佐·承雍等曰 : "吾立成人之志, 豈料爲非? 況漢南尙書, 高識遠量, 罕有其比. 昔主父偃家爲孫弘所夷, 嵇叔夜身死鍾會之口. 是以魏武戒其子云 : '吾大忿怒小過失, 愼勿學焉! 汝輩修進, 守中爲上也.'" 僧孺詩曰 : "粉署爲郞四十春, 向來名輩更何人? 休論世上昇沉事, 且鬪樽前見在身. 夾 : 村甚. 珠玉會應成咳唾, 山川猶覺露精神. 莫嫌恃酒輕言語, 會把文章謁後塵." 禹錫詩云 : "昔年曾忝漢朝臣, 晩歲空餘老病身. 初見相如成賦日, 後爲丞相掃門人. 追思往事杳嗟久, 幸喜淸光語笑頻. 猶有當時舊冠劍, 待公三日 眉 : 宰相於三朝昇降百官, 故曰三日. 拂埃塵." 牛吟和詩, 前意稍解, 曰 : "三日之事, 何敢當焉!" 於是移宴竟夕, 方整前驅.

* 이 고사는 《태평광기》 권497 〈잡록·유우석〉에 실려 있다.

80-10(2559) **풍숙**

풍숙(馮宿)

출《옥당한화》

　풍숙은 [당나라] 문종(文宗) 때 조정과 지방의 관리를 두루 지내면서 훌륭한 명성을 얻었고 재상이 될 뻔한 적도 여러 번이었다. 그는 또 자신의 뜻을 굽힌 채 북사(北司 : 내시성)[80]의 권문귀족들을 받들어 모셨기 때문에 그들의 환심을 모두 살 수 있었다. 어느 날 저녁 무렵에 한 중위(中尉)가 상자 하나를 봉해 그에게 보내왔는데, 열어 보았더니 두건 두 개와 갑전(甲煎)[81]과 면약(面藥 : 얼굴에 바르는 동상 방지 연고) 등이 들어 있었다. 당시 조정의 관리들 가운데 중귀(中貴 : 환관)와 교분이 있는 사람이 장차 재상에 임명될 때는 반드시 이런 물건들을 미리 보내 기별했다. 풍숙은 크게 기뻐하면서 상국(相國) 양사복(楊嗣復)에게 먼저 그 소식을

---

80) 북사(北司) : 내시성(內侍省). 황궁의 북쪽에 위치해 있었기 때문에 '북사'라 불렀다.

81) 갑전(甲煎) : 입술연지와 비슷한 방향(芳香) 화장품의 일종. 강남의 물가에 사는 갑향(甲香)이라고 부르는 달팽이와 비슷한 연체동물의 껍질을 갈아 만든 가루에 여러 약초와 과일 꽃을 태운 재와 밀랍을 섞어서 만드는데 약재로도 쓰인다.

알렸는데, 이는 그가 늘 양사복의 막료로서 보좌했기 때문이었다. 풍숙은 또 천성적으로 깨끗하고 화려한 옷을 좋아했기 때문에 저녁부터 다음 날 새벽까지 옷을 몇 벌이나 갈아입었다. 또 준마 몇 필을 골라 비할 데 없이 화려하게 안장과 깔개를 꾸몄다. 풍숙은 이미 믿을 만한 소식이라고 생각해 서열도 지키지 않고 기쁜 마음을 표현하려는 생각에 마침내 옷을 갈아입고 꾸민 다음에 조정에 들어갔다. 막차(幕次)[82]에 이르렀을 때 관리가 조서가 내려왔다고 보고했지만 풍숙은 모르는 척했다. 조정에 나아갔더니 과연 조서가 내려와 있었는데, 알자(謁者 : 빈객 접대를 맡은 관리)가 조서[83]를 받쳐 들고 있는 것을 보고 그는 재상 발표가 틀림없다고 생각했다. 조서를 선포할 때 알자는 대전을 향해 조서를 받쳐 들고 공손하게 허리를 굽힌 뒤에 임명될 관료의 이름을 불렀다. 이윽고 크게 소리쳤다.

"소방(蕭仿)!"

풍숙은 깜짝 놀라 땅에 넘어지더니 결국 다른 사람의 부축을 받아 집으로 돌아온 뒤에 병이 나서 죽었다. 전날 저녁

---

[82] 막차(幕次) : 조정에서 의식을 거행할 때 임시로 장막을 쳐서 관련 인사와 고관들이 잠깐 머무르는 곳을 말한다.

[83] 조서 : 원문은 "마(麻)". 당나라 때는 조서를 쓸 때 황백색의 마지(麻紙)를 사용했기 때문에 조서를 '마'라고 불렀다.

에 조서를 작성해 학사원(學士院 : 한림원)으로 넘기려 할 때 문종이 측근 신하에게 말했다.

"풍숙은 사람됨이 진중하지 않은 것 같소. 소방은 지금 염철(鹽鐵)의 일을 맡고 있는데, 짐이 살펴보았더니 자못 대신(大臣)의 풍모를 갖추고 있소." 미 : 성군이다.

그리하여 마침내 풍숙 대신 소방으로 바꾸었던 것이다.

馮宿, 文宗朝, 揚歷中外, 甚有美譽, 垂入相者數矣. 又能曲事北司權貴, 咸得其歡心焉. 一日晩際, 中尉封致一合, 開之, 有巾二頂, 及甲煎·面藥之屬. 時班行結中貴者, 將大拜, 則必先遺此以爲信. 馮大喜, 遂以先呈相國楊嗣復, 蓋常佐其幕也. 馮又性好華楚鮮潔, 自夕達曙, 重衣數襲. 選駿足數匹, 鞍轡照地, 無與比. 馮以旣有的信, 卽不宜序班, 欲窮極稱愜之事, 遂修容易服而入. 至幕次, 吏報有按, 則僞爲不知. 比就, 果有按, 謁者捧廐, 必相也. 將宣, 則謁者向殿, 執敕聲折, 卽呼所除拜大僚之姓名. 旣而大呼曰 : "蕭倣!" 馮乃驚仆於地, 扶而歸第, 得疾而卒. 蓋其夕擬狀, 將付學士院之時, 文宗謂近臣曰 : "馮宿爲人, 似非沉靜. 蕭倣方判鹽鐵, 朕察之, 頗得大臣之體." 眉 : 聖主. 遂以易之.

* 이 고사는 《태평광기》 권498 〈잡록·풍숙〉에 실려 있다.

80-11(2560) 최현

최현(崔鉉)

출《옥천자》

　　최현은 최원략(崔元略)의 아들이다. 경조참군(京兆參軍) 노심(盧甚)이 죽은 것은 최현 때문이었는데, 당시 논자들은 노심을 억울하다고 여겼다. 애초에 최선(崔瑄)은 비록 간관(諫官)이었지만 혼인을 이유로 휴가를 청해 집으로 돌아가던 중이었으니 사적인 일이었고, 노심은 비록 경조부에서 직무를 수행하던 중이었지만 공적인 일이었는데, 서로 역청(驛廳)을 쓰겠다고 다투었다. 결국 노심은 하옥되자 재상에게 편지를 보내 자신을 맹자(孟子)에 비유하고 최선을 전봉(錢鳳)[84]에 비유했다. 최선은 붕당의 세력이 컸기 때문에 그를 위해 힘을 다하지 않는 자가 없었다. 노심은 출신이 보잘것없었는데, 게다가 최현은 최선의 문하생으로 재상의 자리에 있었기 때문에 마침내 노심을 무고해 그가 기만했다고 상주했다. 최선은 좌보궐(左補闕)로 있다가 양적현령(陽

---

[84] 전봉(錢鳳) : 동진(東晉) 초 왕돈(王敦)의 부하로, 개조참군(鎧曹參軍)을 지냈으며 여러 차례 왕돈에게 역모를 꾀하라고 종용했다. 하지만 왕돈이 패망하자 그 역시 주살되었다.

翟縣令)으로 나갔고, 노심은 장락파(長樂坡)에 이르렀다가 사약을 받고 자진했다. 중사(中使 : 환관)가 마침 돌아가다가 최선과 마주치자 보따리에서 노심의 머리를 꺼내며 말했다.

"보궐, 이것이 노심의 목입니다!"

최선은 그다지 기뻐하지 않았다. 최현의 아들 최항(崔沆)은 건부(乾符) 연간(874~879)에 역시 재상이 되었는데, 황소(黃巢)가 난을 일으켰을 때 그의 일족을 멸하자 사람들은 하늘의 뜻이라고 여겼다.

崔鉉, 元略之子. 參軍盧甚之死, 鉉之致也, 時議冤之. 初崔瑄雖諫官, 婚姻假回, 私事也, 甚雖府職, 乃公事也, 相與爭驛廳. 甚旣下獄, 與宰相書, 則以己比孟子, 而方瑄錢鳳. 瑄旣朋黨宏大, 莫不爲盡力. 甚出於單微, 加以鉉亦瑄之門生, 方爲宰相, 遂加誣罔奏焉. 瑄自左補闕出爲陽翟宰, 甚行及長樂坡, 賜自盡. 中使適回, 遇瑄, 囊出其喉曰 : "補闕, 此盧甚結喉也!" 瑄殊不懌. 鉉子沆, 乾符中, 亦爲宰相, 黃巢亂, 赤其族, 人以爲天道焉.

* 이 고사는 《태평광기》 권499 〈잡록·최현〉에 실려 있다.

80-12(2561) 왕탁

왕탁(王鐸)

출《문기록(聞奇錄)》

　　옛 재상 진국공(晉國公) 왕탁이 승랑(丞郞)으로 있을 때, 이병(李駢)은 탁지부(度支府)의 일을 맡고 있었다. 매년 강회(江淮)에서 조미(租米 : 조세로 바치는 쌀)를 도성으로 운반해 오는 데 드는 육로와 수로의 운임이 한 말에 700냥이었는데, 당시 도성의 쌀값은 한 말에 40냥이었다. 이에 이병은 강회에서 조미를 운반해 오지 말고 대신 한 말당 700냥씩 내게 하자고 건의했다. 그러자 왕탁이 말했다.

　　"그건 좋은 계책이 아닙니다. 만약 도성에서 쌀을 사들인다면 필시 도성의 식량을 축내게 될 것입니다. 만약 조미를 관중(關中)까지 운반한다면 강회에서부터 도성에 이르기까지 무수히 많은 빈민을 아울러 구제할 수 있을 것입니다."

　　당시 쌀을 사들이는 제도가 이미 시행되었으므로, 결국 감히 그 논의를 막는 자가 없었다. 도성의 관부에서 쌀을 사들이자 쌀값이 과연 크게 올랐다. 열흘도 지나지 않아 탁지부에서 그 제도를 폐지하길 청하자, 식자들은 일을 살피는 왕탁의 식견에 탄복했다. 왕탁은 결국 이 때문에 크게 등용되었다.

평 : 국조(國朝 : 명나라)의 향법(餉法 : 군량법)과 염법(鹽法)은 섭기(葉琪)에게서 파괴되었으니, 이 또한 금으로 곡식을 대신했기 때문이다.

故相晉國公王鐸爲丞郞時, 李騈判度支. 每年江淮運米至京, 水陸脚錢, 斗計七百, 京國米價, 每斗四十. 議欲令江淮不運米, 但每斗納錢七百. 鐸曰 : "非計也. 若於京國糴米, 必耗京國之食. 若運米關中, 自江淮至京, 兼濟無限貧民也." 時糴米之制業已行, 竟無敢沮其議者. 都下官糴, 米果大貴. 未經旬而度支請罷, 於是識者乃服鐸之察事矣. 鐸卒以此大用.
評 : 國朝餉法・鹽法, 壞於葉琪, 亦由以金代粟也.

* 이 고사는 《태평광기》 권499 〈잡록・왕탁〉에 실려 있다.

80-13(2562) 전쟁을 독려하는 특사
최진사(催陣使)
출《지전록(芝田錄)》

[당나라] 회창(會昌) 연간(841~846)에 관군이 소의군(昭義軍)[85] 토벌에 나섰으나 패했다. 동도(東都 : 낙양)가 크게 두려움에 떨자, 도통(都統) 왕재(王宰)와 석웅(石雄) 등은 모두 성벽을 단단히 하고 진영을 지켰다. 무종(武宗)은 조정에 앉아 즐겁지 않아 하면서 재상 이덕유(李德裕) 등을 불러 말했다.

"왕재와 석웅이 짐을 위해 적군을 주살하지 않고 있으니, 어떻게 앉아서 적당을 동도로 불러들일 수 있단 말이오? 경들은 오늘 늦게 퇴청하더라도 따로 제치군(制置軍)[86]에게 일을 처리하게 하고 상주하도록 하시오."

당시 재상 진이행(陳夷行)과 정숙(鄭肅)은 두 손을 모은

---

85) 소의군(昭義軍) : 당나라 때의 방진명(方鎭名)으로, 지금의 허난성(河南省) 안양현(安陽縣)에 치소(治所)가 있었다. 무종 회창(會昌) 3년(843)에 소의군절도사 유종간(劉從諫)이 반란을 일으키자 조정에서 토벌군을 보내 진압하게 했다.

86) 제치군(制置軍) : 군대를 출정하기 전에 해당 지역의 질서를 제어하기 위해 설치한 군대.

채 묵묵히 서서 무종의 명을 받들었다. 이덕유는 중서성(中書省)으로 돌아와서 곧장 어사중승(御史中丞) 이회(李回)를 불러 황상의 뜻을 모두 전하고 말했다.

"중승이 반드시 한번 가야겠소."

이회가 즉시 명을 받들자, 이덕유는 이회의 이름을 적어 황상께 그 사실을 알리며 말했다.

"지금 어사중승 이회를 최진사(催陣使 : 전쟁을 독려하는 특사)에 임명하려 합니다."

황상이 말했다.

"좋소."

이회는 그날로 저리(邸吏)[87] 50명의 호위를 받으며 은대문(銀臺門)에서 출발해 하중(河中)에 이르러 고삐를 늦추고 왕재 등이 하중의 경계까지 마중 나오기를 기다렸다가 다시 길을 떠났다. 두 장수가 익성(翼城)의 동쪽에 이르자 길옆으로 병사들이 줄지어 섰는데, 지방 관서에서 귀빈을 맞이할 때 군대를 도열하는 의식 같았다. 이회가 말을 세우고 인사를 받자, 두 장수는 다시 앞으로 몇 걸음 나와서 허리를 굽혀 절하며 치하했다. 이회는 채찍을 흔들면서 그다지 그들을 주의해서 보지 않았다. 예를 갖추고 난 뒤에 두 장수는 옆으

---

[87] 저리(邸吏) : 지방 관서에서 도성에 파견해 일을 처리하는 관리.

로 가서 머리를 조아리고 명을 기다렸다. 미 : 비장(裨將 : 부장)이 장군을 두려워하면,[88] 싸움을 겁내 적을 피하는 일이 저절로 없어진다. 이회는 말 위에서 매서운 소리로 말했다.

"오늘 당직 영사(令史)는 어디에 있는가?"

관리들이 말에 뛰어올라 명을 기다리자 이회가 말했다.

"적군을 격파할 기한을 적은 각서를 받아 오너라."

두 장수는 몸을 굽힌 채 땀을 흘리면서 60일 이내에 적군을 격파할 것이며 기한을 넘길 시는 군령에 따르겠다고 했다. 두 장수가 크게 두려워하면서 친위군을 거느리고 북을 치자 병사들이 일제히 진격했다. 두 장수는 총 58일 만에 노성(潞城)을 함락하고 유진(劉稹 : 소의군절도사 유종간의 조카)의 머리를 잘라 바쳤다. 공을 이루고 나서 이회는 조정으로 돌아와 보고하고 60일 뒤에 중서시랑평장사(中書侍郎平章事)에 임명되었다.

會昌中, 王師討昭義, 失利. 東都大震, 都統王宰·石雄等, 皆堅壁自守. 武宗坐朝不怡, 召宰相李德裕等謂之曰 : "王宰·石雄, 不與朕殺賊, 豈可使賊黨坐至東都耶? 卿今日晚

---

[88] 비장(裨將 : 부장)이 장군을 두려워하면 : 이 미비(眉批)의 원문은 "□비외수(□裨畏帥)"라 되어 있어 한 글자가 판독 불가한데, 문맥을 고려해 추정해서 번역했다. 쑨다평의 교점본에서는 "편비외수(褊裨畏帥)"로 추정했는데, 타당해 보인다.

歸, 別與制置軍前事宜奏來." 時宰相陳夷行·鄭肅拱默聽命. 德裕歸中書, 卽召御史中丞李回, 具言上意, 曰:"中丞必一行."回刻時受命. 於是具名以聞, 曰:"今欲以御史中丞李回爲催陣使." 帝曰:"可." 卽日, 李自銀臺戒路, 有邸吏五十導從, 至於河中, 緩轡以進, 俟王宰等至界迎候, 乃行. 二帥至翼城東, 道左執兵, 如外府列校迎候儀. 回立馬, 受起居寒溫之禮, 二帥復前進數步, 磬折致詞. 回掉鞭, 亦不甚顧之. 禮成, 二帥旁行, 俯首俟命. 眉:□裨畏帥, 自無逗撓. 回於馬上厲聲曰:"今日當直令史安在?" 群吏躍馬聽命, 回曰:"責破賊限狀來." 二帥鞠躬流汗, 請以六十日破賊, 過約, 請行軍令. 於是二帥大懼, 率親軍而鼓之, 士卒齊進. 凡五十八日, 攻拔潞城, 梟劉稹首以獻. 功成, 回復命, 後六十日, 拜中書侍郞平章事.

* 이 고사는《태평광기》권498 〈잡록·최진사〉에 실려 있다.

80-14(2563) **왕거**

왕거(王琚)

출《개천전신기(開天傳信記)》

 [당나라] 현종(玄宗)은 번저(藩邸)89)에 있을 때 매번 성남쪽의 위곡(韋曲)과 두곡(杜曲)90)에서 노닐었다. 한번은 약삭빠른 토끼를 쫓느라 돌아가는 걸 잊을 정도로 즐거워했는데, 그 무리 10여 명과 함께 몹시 배고프고 지쳐서 마을의 커다란 나무 아래에서 쉬고 있었다. 마침 어떤 서생이 현종을 자신의 집으로 모셨는데, 그 집은 매우 가난해서 촌부인 아내와 나귀 한 마리만 있을 뿐이었다. 현종이 자리에 앉은 지 얼마 되지 않아 서생은 나귀를 잡고 차조를 삶아 음식을 준비하더니 술과 고기를 가득 차렸다. 현종은 이를 보고 매우 남달리 여겨 그와 얘기를 나누었는데, 도량이 넓고 평범치 않았다. 이에 그 성을 물어보았더니 그는 왕거라는 사람이었다. 이후로 현종은 위곡과 두곡에서 노닐 때마다 반드

---

89) 번저(藩邸) : 황제가 제위에 오르기 전에 거처하던 저택으로, 잠저(潛邸)라고도 한다.

90) 위곡(韋曲)과 두곡(杜曲) : 당나라 때 명문귀족이자 외척이었던 위씨(韋氏)와 두씨(杜氏)의 거주지로, 모두 장안성 남쪽에 있었다.

시 왕거의 집에 들렀는데, 그가 하는 말이 현종의 뜻에 부합했기에 현종은 날이 갈수록 더욱 친근해졌다. 위씨(韋氏 : 중종의 위 황후)가 정권을 전횡하자 현종은 몹시 근심하면서 왕거에게만 은밀히 그 일을 말했더니 왕거가 말했다.

"나라를 어지럽히면 죽이면 되니 또 인친(姻親)이 무슨 대수입니까?" 미 : 시원시원하다.

현종은 마침내 왕거의 계책을 받아들여 내란을 평정했다. 왕거는 여러 벼슬을 거쳐 중서시랑(中書侍郞)이 되었으며, 죽은 뒤에 종묘에 배향(配享)되었다.

玄宗在藩邸時, 每遊戲於城南韋杜之間. 嘗因逐狡兔, 意樂忘返, 與其徒十數人, 饑倦甚, 因休息村中大樹之下. 適有書生, 延帝過其家, 其家甚貧, 止村妻一驢而已. 帝坐未久, 書生殺驢煮秫, 備膳饌, 酒肉滂沛. 帝顧而甚奇之, 及與語, 磊落不凡. 問其姓, 乃王琚也. 自是帝每遊韋杜間, 必過琚家, 琚所語議, 合帝意, 帝日益親善. 及韋氏專制, 帝憂甚, 獨密言於琚, 琚曰 : "亂則殺之, 又何親也?" 眉 : 斬截. 帝遂納琚之謀, 戡定內難. 累拜琚爲中書侍郞, 實預配饗焉.

* 이 고사는 《태평광기》 권494 〈잡록 · 왕거〉에 실려 있다.

80-15(2564) 설영지

설영지(薛令之)

출《민천명사전(閩川名士傳)》

[당나라] 신룡(神龍) 2년(706)에 민중(閩中)의 장계(長溪) 사람 설영지는 과거에 급제해서 개원(開元) 연간(713~741)에 동궁시독(東宮侍讀)이 되었다. 당시 동궁의 관리는 한직이었기 때문에 설영지는 시를 지어 자신의 처지를 슬퍼하며 벽에 적어 놓았다.

"아침 해 둥글게 떠올라, 선생의 접시를 비추네. 접시 속에 무엇이 있는가? 개자리 풀만 난간에서 자라네. 밥은 거칠어 숟가락으로 뜨기 어렵고, 국은 묽어 젓가락이 마음대로 돌아다니네. 그저 아침저녁을 때우고만 있으니, 어떻게 추운 겨울을 날 수 있을까?"

황상[현종]이 동궁에 행차했다가 그 시를 보고 붓을 달라고 해서 그 뒤를 이어 적었다.

"딱따구리의 부리와 발톱은 길고, 봉황의 깃털은 짧네. 소나무와 계수나무의 추위가 싫다면, 뽕나무와 느릅나무의 따뜻함을 좇아라.91)"

설영지는 이로 인해 병을 핑계 대고 동쪽 고향으로 돌아갔다. 숙종(肅宗)이 즉위하고 나서 조서를 내려 그를 초징했지만 그는 이미 죽은 뒤였다.

神龍二年, 間¹長溪人薛令之登第, 開元中, 爲東宮侍讀. 時宮僚閑淡, 以詩自悼, 書於壁曰 : "朝日上團團, 照見先生盤. 盤中何所有? 苜蓿上²闌干. 飯澁匙難綰, 羹稀箸多寬. 祇可謀朝夕, 何由度歲寒?" 上因幸東宮, 見焉, 索筆續之曰 : "啄木嘴距長, 鳳凰毛羽短. 若嫌松桂寒, 任逐桑楡暖." 令之因此引疾東歸. 肅宗卽位, 詔徵之, 已卒.

* 이 고사는 《태평광기》 권494 〈잡록·설영지〉에 실려 있다.
1 간(間) : 《태평광기》 진전(陳鱣) 교본에는 "민(閩)"이라 되어 있는데, 문맥상 보다 타당하다.
2 상(上) : 《태평광기》 명초본과 진전 교본에는 "장(長)"이라 되어 있는데, 문맥상 보다 타당하다.

91) 뽕나무와 느릅나무의 따뜻함을 좇아라 : 고향으로 돌아가라는 뜻을 내포하고 있다.

80-16(2565) 가서한

가서한(哥舒翰)

출《건손자》

[당나라] 천보(天寶) 연간(742~756)에 가서한은 안서절도사(安西節度使)로 있으면서 수천 리에 달하는 지역을 장악해 크게 위엄을 드러냈다. 그래서 서쪽 변방 사람들이 이렇게 노래했다.

"북두칠성 드높고, 가서한은 밤에 칼을 차고 다니네. 토번(吐蕃)을 모조리 잡아 죽이고, 다시 두 겹의 해자를 쌓네."

그때 가서한은 도지병마사(都知兵馬使) 장탁(張擢)을 도성으로 파견해 상주하게 했는데, 당시 양국충(楊國忠)이 정권을 전행하면서 뇌물을 거둬들이자 장탁은 도성에 머물면서 돌아가지 않고 양국충에게 뇌물을 바쳐 결탁했다. 나중에 가서한이 상주하러 조정에 들어오자, 장탁은 가서한이 온 사실을 알고 두려워하며 양국충에게 자신을 등용해 달라고 청했다. 그러자 양국충은 장탁을 어사대부(御史大夫)에 제수하고 검남서천절도사(劍南西川節度使)로 충임했다. 칙명이 내려오자 장탁은 가서한의 집으로 가서 작별 인사를 했는데, 가서한은 부하에게 명해 그를 마당으로 끌고 오게 해서 그 일을 질책하며 곤장을 쳐 죽인 후에 그 사실을 황제께 아뢰었다. 미 : 통쾌하다! 통쾌하다! 황제는 장탁의 시신을 도로 내려 주면서 가서한에게 시체에 곤장 100대를 더 치게 했다. 협 : 성군이다.

天寶中, 歌舒翰爲安西節度, 控地數千里, 甚著威令. 故西鄙人歌之曰 : "北斗七星高, 歌舒翰夜帶刀. 吐蕃總殺盡, 更築兩重濠." 時差都知兵馬使張擢上都奏事, 值楊國忠專權黷貨, 擢逗留不返, 因納賄交結. 翰又[1]朝奏, 擢知翰至, 懼, 求國忠拔用. 國忠乃除擢兼御史大夫, 充劍南西川節度使. 敕下, 就第辭翰, 翰命部下摔於庭, 數其事, 杖而殺之, 然後奏聞. 眉 : 快人! 快人! 帝却賜擢屍, 更令翰決屍一百. 夾 : 聖主.

* 이 고사는 《태평광기》 권495 〈잡록 · 가서한〉에 실려 있다.
1 우(又) : 《태평광기》 진전 교본에는 "입(入)"이라 되어 있는데, 문맥상 보다 타당하다.

80-17(2566) 최은보

최은보(崔隱甫)

출《국사보》

    이원제자(梨園弟子)[92] 중에 호추(胡雛)라는 자가 있었는데, 피리를 잘 불어서 특히 현종의 총애를 받았다. 그는 일찍이 낙양현령(洛陽縣令) 최은보에게 무례를 범하고 나서 궁중으로 도망쳐 들어온 일이 있었다. 현종은 불시에 다른 일을 핑계 대고 최은보를 불러와 대면했는데, 호추도 그 옆에 있었다. 현종이 호추를 가리키며 말했다.

    "경에게 이 아이를 용서해 주라고 하면 할 수 있겠소?"

    최은보가 대답했다.

    "폐하의 그 말씀은 신을 가벼이 여기고 악인(樂人)을 중히 여기심이니, 청컨대 신은 관직을 그만두겠습니다."

    최은보가 재배하고 나가자 현종이 황급히 말했다.

    "짐이 경에게 농담했소."

    그러고는 호추를 끌고 나가 문밖에 이르러 곧장 곤장 쳐

---

[92] 이원제자(梨園弟子) : '이원'은 당나라 현종이 악공(樂工)이나 궁녀에게 음악과 무용을 연습시키던 곳이며, 그곳에 속해 있던 예인(藝人)을 '이원제자'라 했다.

서 죽이라고 했다가 얼마 후에 다시 풀어 주라고 명했는데, 호추는 이미 죽은 뒤였다. 현종은 최은보에게 비단 100필을 하사했다.

梨園弟子有胡雛, 善吹笛, 尤承恩. 嘗犯洛陽令崔隱甫, 已而走入禁中. 玄宗非時托以他事, 召隱甫對, 胡雛在側. 指曰 : "就卿乞此, 得否?" 隱甫對曰 : "陛下此言, 是輕臣而重樂人也, 臣請休官." 再拜而去, 玄宗遽曰 : "朕與卿戲也." 遂令曳出, 至門外, 立杖殺之. 俄而復敕釋, 已死矣. 乃賜隱甫絹百匹.

* 이 고사는 《태평광기》 권495 〈잡록·최은보〉에 실려 있다.

80-18(2567) 이광안

이광안(李光顔)

출《북몽쇄언(北夢瑣言)》

[당나라의] 이광안(李光顔)[93]은 당시에 큰 공을 세워 지위와 명망이 드높았다. 그에게는 아직 시집가지 않은 딸이 있었는데, 그의 막료는 그가 반드시 훌륭한 사윗감을 고를 것이라고 생각했다. 그래서 그 막료는 이광안과 조용히 대담할 때, 정 수재(鄭秀才)라는 사람이 문장과 학문을 갖춘 명문가 출신이라고 극구 칭찬하면서 이광안이 딸을 정 수재에게 시집보내길 바랐다. 다른 날 막료가 또 그 얘기를 꺼내자 이광안은 막료에게 감사하면서 말했다.

"나 광안은 일개 군인으로서 많은 국난을 만나 우연히 작은 공을 세우게 되었을 뿐이니, 어찌 망령되이 명문세족을 사윗감으로 구해 남의 입방아에 오를 수 있겠소? 나는 스스로 훌륭한 사윗감을 골라 놓았지만 여러분은 아직 모를 것이오."

미 : 몸을 보전하고 집안을 보전할 수 있으니 그 생각이 심원하다.

93) 이광안(李光顔) : 당나라 때 마수(馬燧)의 부장(部將)으로 회서(淮西)의 반군 오원제(吳元濟)를 토벌하는 데 공을 세워 경종(敬宗) 때 사도(司徒)·하동절도사(河東節度使)에 임명되었다.

그러고는 한 전객소리(典客小吏 : 빈객 접대를 맡은 말단 관리)를 부르더니 그를 가리키며 말했다.

"이 사람이 내 딸의 배필이오."

그러고는 즉시 그를 측근의 관직에 발탁하고 아울러 재산을 나누어 도와주었다. 이광안 수하의 관원들은 그 일을 듣고 모두 타당하다고 여겼다.

李光顔有大功於時, 位望通顯. 有女未適人, 幕客謂其必選嘉婿. 因從容, 乃盛譽一鄭秀才, 詞學門閥, 冀光顔以子妻之. 他日又言之, 光顔乃謝幕客曰 : "光顔一健兒也, 遭逢多難, 偶立微功, 豈可妄求名族, 以掇流言? 某自己選得嘉婿, 諸賢未知." 眉 : 保身保家, 其慮遠矣. 乃召一典客小吏, 指之曰 : "此爲某女之匹也." 卽擢昇近職, 仍分財而資之. 從事聞之, 咸以爲愜當.

* 이 고사는 《태평광기》 권497 〈잡록 · 이광안〉에 실려 있다.

80-19(2568) 필함

필함(畢諴)

출《북몽쇄언》

　재상 필함은 본디 집안이 미천했다. [당나라] 함통(咸通) 연간(860~874) 초에 그의 외숙이 여전히 태호현(太湖縣)의 오백(伍伯)[94]으로 있자, 필함은 몹시 부끄러워서 늘 사람을 보내 그 일을 그만두라고 종용하면서 외숙에게 관직을 주려 했다. 그렇게 서너 차례 반복했지만 외숙은 끝내 그의 명을 따르지 않았다. 그래서 필함은 선인(選人 : 후보 관원) 양재(楊載)를 태호현령에 특별히 제수하고 그를 재상의 저택으로 불러들여, 그에게 자기 외숙의 미천한 명적(名籍)을 없애고 도성으로 들여보내 주라고 당부했다. 양 영(楊令 : 양재)은 임지에 도착해서 오백에게 필함의 뜻을 자세히 전달했더니 오백이 말했다.

　"저는 천한 사람인데 어찌 재상인 외조카가 있겠습니까?"

　양재가 거듭 권하자 오백이 말했다.

---

94) 오백(伍伯) : 지방 관아의 역졸(役卒). 수레를 호위해 인도하거나 형을 집행하는 일을 맡아보았다.

"저는 매년 여름과 가을이면 늘 6만 냥의 봉급을 관례에 따라 받고 있으니, 만약 낭비하지 않는다면 죽을 때까지 넉넉합니다. 그런데 상공(相公)께서 대체 저에게 무슨 관직을 주겠다고 하시는지 모르겠습니다." 미 : 이는 적양공(狄梁公 : 적인걸(狄仁傑)]의 이모95)와 같은 식견이다.

양재가 그 말을 필함에게 자세히 아뢰자, 필함도 그 말에 동의하면서 결국 그의 뜻을 빼앗지 않았다.

畢相諴, 家本寒微. 咸通初, 其舅尙爲太湖縣伍伯, 諴深恥之, 常使人諷令解役, 爲除官. 反復數四, 竟不從命. 乃特除選人楊載爲太湖令, 諴延之相第, 囑之爲舅除其猥籍, 津送入京. 楊令到任, 具達諴意, 伍伯曰: "某賤人也, 豈有外甥爲宰相耶?" 楊堅勉之, 乃曰: "某每歲秋夏, 恒享六十千事例錢, 苟無敗缺, 終身優足. 不審相公欲除何官." 眉 : 此與狄梁公姨同識. 楊乃具以聞諴, 諴亦然其說, 竟不奪其志.

* 이 고사는 《태평광기》 권499 〈잡록·필함〉에 실려 있다.

---

95) 적양공(狄梁公 : 적인걸(狄仁傑)]의 이모 : 본서 44-7(1262) 〈노씨(盧氏)〉에 나온다.

80-20(2569) 형군아

형군아(邢君牙)

출《건손자》

[당나라] 정원(貞元) 연간(785~805) 초에 형군아가 농우임조절도사(隴右臨洮節度使)로 있을 때, 진사(進士) 유사로(劉師老)와 허요좌(許堯佐)가 그를 배알하러 갔다. 두 사람이 막 앉았을 때 머리가 크고 다리가 짧은 매우 기이한 모습의 한 사람이 삼베옷을 입고 들어왔다. 그는 빈사(賓司 : 손님을 접대하는 관리)가 알리기를 기다리지도 않고 곧장 들어가서 형군아를 보고 이마에 두 손을 모은 채 말했다.

"진사 장분(張汾)은 감히 절하지 않겠습니다."

형군아는 다년간 군대에 있었기에 그다지 이상하게 여기지 않고 그에게 읍(揖)했다. 장분이 앉고 나서 잠시 후에 어떤 관리가 안건을 보고하며 연설사(宴設司 : 연회를 주관하던 관리)가 돈과 물건을 잃어버렸다고 했다. 형군아가 장부를 살펴보았더니 돈 50여 관(貫)이 비었는데, 담당 관리가 숨겨 누락한 것이었다. 형군아가 크게 화내며 돈의 행방을 찾아보게 했더니, 장분이 옷을 떨치고 일어나 말했다.

"작별 인사 올립니다."

형군아가 사과하며 말했다.

"내가 마침 공무가 있어서 잠깐 일을 처리했을 뿐 군자에게 실례를 범하지도 않았는데, 어찌 급히 작별을 고하는지 모르겠소."

장분이 대답했다.

"제가 도성에 있을 때 매번 경서(京西)에 형군아라는 사람이 위로는 하늘을 떠받치고 아래로는 땅에 우뚝 서 있다고 들었습니다. 그런데 오늘 제 앞에서 관리와 돈 30~50관을 따지고 있으니, 이 사람이 어찌 맞겠습니까?" 미 : 기인이다. 이런 기인을 객으로 받아 줄 수 있는 사람도 기인이다.

형군아는 매우 기이해하면서 곧장 관리를 놓아주었으며 장분과 친하게 되었다.

貞元初, 邢君牙爲隴右臨洮節度使, 進士劉師老・許堯佐往謁焉. 二客方坐, 一人儀形甚異, 頭大足短, 衣麻衣而入. 都不待賓司引報, 直入見君牙, 拱手於額曰 : "進士張汾不敢拜." 君牙從戎多年, 殊不爲怪, 乃揖. 汾坐, 俄而有吏過按, 宴設司失錢物. 君牙閱歷簿書, 有五十餘千散落, 爲所由隱漏. 君牙大怒, 方令分折去處, 汾乃拂衣而起曰 : "且奉辭." 牙謝曰 : "某適有公事, 略須決遣, 未有所失於君子, 不知遽告辭何也" 汾對曰 : "汾在京之日, 每來, 聞京西有邢君, 上柱天, 下柱地. 今日於汾前, 與吏論三五十千錢, 此漢爭中?" 眉 : 奇人. 能客此奇人者, 亦奇. 君牙甚怪, 便放吏, 與汾相親.

* 이 고사는 《태평광기》 권496 〈잡록・형군아〉에 실려 있다.

80-21(2570) 추봉치와 왕원보

추봉치 · 왕원보(鄒鳳熾 · 王元寶)

출《서경기(西京記)》·《독이기(獨異記)》

[당나라] 서경(西京 : 장안) 회덕방(懷德坊)의 남문(南門) 동쪽에 추봉치라는 부유한 상인이 있었는데, 어깨가 높이 솟고 등이 굽어서 낙타와 비슷했기에 당시 사람들은 그를 "추낙타(鄒駱駝)"라 불렀다. 그의 집은 엄청나게 부유해서 금은보화가 헤아릴 수 없을 만큼 많았다. 그는 늘 조정의 대신들과 어울렸으며 가게와 객점, 장원과 저택이 전국 곳곳에 퍼져 있었다. 또한 사방의 물산들을 모두 거둬들여 비록 옛날의 의백(猗白 : 의돈)96)이라 할지라도 그를 뛰어넘을 수는 없을 정도였다. 그 집의 남녀 하인들도 비단옷을 입고 좋은 음식을 먹었으며, 의복과 기물이 모두 당시에 놀랄 만한 것이었다. 일찍이 딸을 시집보낼 때 조정의 관리들을 혼례식에 오라고 초청했는데, 빈객이 수천 명이나 되었으며 그들에게 제공한 장막은 지극히 화려했다. 신부가 나올 때 하녀들이 에워쌌는데, 모두 비단옷을 입고 진주와 비취로 꾸

---

96) 의백(猗白) : 의돈(猗頓). 춘추 시대 노(魯)나라의 거부였다.

민 채 비녀를 꽂고 신발을 끌면서 나왔다. 빼어나게 아름다운 사람이 수백 명이나 되었기에 사람들은 모두 깜짝 놀라며 누가 신부인지 알지 못했다. 추봉치가 또 일찍이 고종(高宗)을 알현한 자리에서 종남산(終南山)의 나무를 한 그루에 비단 한 필씩 주고 사겠다고 청하면서 스스로 말했다.

"산의 나무가 다 없어지더라도 신의 비단은 바닥나지 않을 것입니다."

그 일은 비록 시행되지 않았지만 천하 사람들이 즐겨 말하곤 했다. 후에 추봉치는 죄를 지어 과주(瓜州)로 유배되었다가 사면되어 돌아왔다. 그가 죽은 뒤에 자손 대에 이르러 빈털터리가 되었다.

또 왕원보라는 사람이 있었는데, 나이가 많았으며 해학을 즐겼다. 그는 마을과 시장을 드나들며 사람들에게 알려졌는데, 돈에 '원보(元寶)'라는 글자가 새겨져 있었기에 사람들은 돈을 "왕로(王老)"라고 불렀다. 현종(玄宗)이 함원전(含元殿)에 행차해 남산을 바라보니 산 사이에 흰색의 용 한 마리가 가로로 누워 있었다. 현종이 좌우에게 물어보았으나 모두 보지 못했다고 말했다. 이에 명을 내려 속히 왕원보를 불러오게 해서 물어보았더니 왕원보가 말했다.

"흰색의 물체 하나가 산꼭대기에 가로로 걸쳐 있는데, 그 형태는 구분할 수 없습니다."

좌우의 신하들이 아뢰었다.

"어찌하여 신들에게는 보이지 않는 것입니까?"

현종이 말했다.

"내가 듣기에 지극히 부유한 자는 지극히 존귀한 자에 필적할 만하다고 하오. 짐은 천하의 존귀한 사람이고 왕원보는 천하의 거부이기 때문에 보았던 것이오."

西京懷德坊南門之東, 有富商鄒鳳熾, 肩高背曲, 有似駱駝, 時人號爲"鄒駱駝". 其家巨富, 金寶不可勝計. 常與朝貴遊, 邸店園宅, 遍滿海內. 四方物盡爲所收, 雖古之猗白, 不是過也. 其家男女婢僕, 錦衣玉食, 服用器物, 皆一時驚異. 嘗因嫁女, 邀諸朝士往臨禮席, 賓客數千, 供帳備極華麗. 及女郎將出, 侍婢圍繞, 綺羅珠翠, 垂釵曳履. 尤艷麗者至數百人, 衆皆愕然, 不知孰是新婦矣. 又嘗謁見高宗, 請市終南山中樹, 估絹一匹, 自云 : "山樹雖盡, 臣絹未竭." 事雖不行, 終爲天下所誦. 後犯事流瓜州, 會赦還. 及卒, 子孫窮匱.

又有王元寶者, 年老好戲謔. 出入里市, 爲人所知, 人以錢文有'元寶'字, 因呼錢爲"王老". 玄宗御含元殿, 望南山, 見一白龍橫亘山間. 問左右, 皆言不見. 令急召王元寶問之, 元寶曰 : "見一白物橫在山頂, 不辨其狀." 左右臣啓曰 : "何故臣等不見?" 玄宗曰 : "我聞至富可敵貴. 朕天下之貴, 元寶天下之富, 故見耳."

* 이 고사는 《태평광기》 권495 〈잡록·추봉치〉에 실려 있다.

80-22(2571) 위주

위주(韋宙)

출《북몽쇄언》

　　상국(相國) 위주는 치산(治産)에 능했다. 강릉부(江陵府)의 동쪽에 그의 별장이 있었는데, 풍성한 수확을 하는 기름진 밭은 가장 비옥한 땅으로 불렸다. 섬처럼 쌓아 놓은 벼는 모두 가을걷이를 하고 난 뒤에 남은 이삭들이었다. [당나라] 함통(咸通) 연간(860~874) 초에 그는 영남절도사(嶺南節度使)에 제수되었는데, 의종(懿宗)은 번우(番禺 : 지금의 광저우 지역)가 진주와 비취가 나는 땅이기 때문에 그에게 탐욕을 부리지 말라고 경계시켰다. 그러자 위주가 조용히 아뢰었다.

　　"강릉의 장원에 쌓여 있는 곡식이 7000더미나 되니 진실로 탐할 것이 없습니다."

　　의종이 말했다.

　　"이 사람은 이른바 '족곡옹(足穀翁 : 곡식이 풍족한 노인)'이로다."

相國韋宙善治生. 江陵府東有別業, 良田美產, 最號膏腴. 積稻如坻, 皆爲滯穗. 咸通初, 授嶺南節度使, 懿宗以番禺珠翠之地, 垂貪泉之戒. 宙從容奏曰 : "江陵莊積穀, 尙有七千堆, 固無所貪矣." 帝曰 : "此所謂'足穀翁'也."

* 이 고사는 《태평광기》 권499 〈잡록 · 위주〉에 실려 있다.

80-23(2572) 왕주호

왕주호(王酒胡)

출《중조고사(中朝故事)》

황소(黃巢)가 물러간 후에 도성에서는 허물어지고 황폐해진 곳을 보수했다. 당시 정주(定州)의 왕씨(王氏)에게 한 아들이 있었는데, 민간에서는 그를 "왕주호(王酒胡)"라고 불렀다. 그는 도성에 살고 있었는데, 엄청난 부자여서 돈 30만 관(貫 : 1관은 1000냥)을 헌납해 주작문(朱雀門)을 보수하는 데 보탰다. 희종(僖宗)은 조서를 내려 안국사(安國寺)를 중수(重修)하게 한 후에 친히 어가를 타고 가서 큰 재(齋)를 올리고, 새로 주조한 종을 10번 두드린 뒤 돈 만 관을 희사했다. 그러고는 여러 대신들에게 각자 뜻대로 종을 치라고 하면서 말했다.

"1000관의 돈을 희사할 수 있는 자가 있거든 한 번씩 치도록 하시오."

재가 끝났을 때 왕주호가 반쯤 술에 취한 채 들어오더니, 곧장 종루(鐘樓)로 올라가 연달아 종을 100번 치고는 곧바로 서시(西市)에서 돈 10만 관을 운반해 안국사로 들여보냈다.

京輦自黃巢退後, 修葺殘毀之處. 時定州王氏有一兒, 俗號

"王酒胡". 居於上都, 巨富, 納錢三十萬貫, 助修朱雀門. 僖宗詔令重修安國寺畢, 親降車輦, 以設大齋, 乃扣新鐘十撞, 捨錢一萬貫. 命諸大臣, 各取意而擊, 上曰:"有能捨一千貫文者, 卽打一槌." 齋罷, 王酒胡半醉入來, 徑上鐘樓, 連打一百下, 便於西市運錢十萬入寺.

* 이 고사는《태평광기》권499〈잡록·왕씨자(王氏子)〉에 실려 있다.

80-24(2573) 묘탐

묘탐(苗耽)

출《옥천자》

　　묘탐은 진사(進士)에 급제한 뒤 낙중(洛中 : 낙양)에서 한가롭게 지낸 지 몇 년이 되었는데 곤궁함을 견딜 수 없었다. 한번은 외출했다가 돌아오는 길에 심한 병이 나서 길을 갈 수 없었는데, 갑자기 어떤 사람이 수레에 관을 싣고 돌아오는 것을 보고 값이 싸다고 생각해서 빌려 타고 그 안에 누워서 쉬었다. 미 : 정말 곤궁하다. 수레가 낙양성의 동문에 이르렀을 때 문지기가 그 안에 사람이 있는 것을 모르고 어디서 오느냐고 물었다. 묘탐은 자기에게 묻는 말이라 생각하고 천천히 대답했다.

　　"내[衣冠][97]가 길에서 병이 났는데, 가난해서 다른 물건은 가져오지 않았으니 의심하지 마시오."

　　그러자 문지기가 말했다.

　　"내가 이 문을 지킨 지 30년이 되었지만 일찍이 사람의 말을 알아듣는 신령한 관은 본 적이 없다."

---

97) 내 : 원문은 "의관(衣冠)". 옛날에 사대부를 이르던 말.

묘탐은 후에 강주자사(江州刺史)로 있다가 죽었다.

苗耽進士登第, 閑居洛中有年矣, 不堪其窮. 嘗自外遊歸, 途遇疾甚, 不堪登陞, 忽見有以輦棺而回者, 以其價賤, 卽僦而寢息其間. 眉：奇窮. 至洛東門, 闇者不知其中有人, 詰其所由來. 耽謂其訝己, 徐答曰："衣冠道路得病, 貧不能致他物相與, 無怪也." 闇者曰："吾守此三十年矣, 未嘗見有解語神柩." 後耽終江州刺史.

* 이 고사는《태평광기》권498〈잡록·묘탐〉에 실려 있다.

80-25(2574) 하후단

하후단(夏侯亶)

출《독이지》

[남조] 양(梁)나라의 하후단은 구경(九卿)의 반열에 올랐는데, 집이 가난했지만 음악을 연주하길 좋아했다. 그의 가기(歌妓)는 단장할 옷이 없었는데, 손님이 오면 하후단은 그녀에게 발[簾] 너머에서 악곡을 연주하게 했다. 그래서 당시 사람들은 그 발을 하우단의 가기의 옷이라고 여겼다.

梁夏侯亶爲九列, 家貧而好置樂. 妓無衣裝飾, 客至, 卽令隔簾奏曲. 時人以簾爲夏侯妓衣.

* 이 고사는 《태평광기》 권493 〈잡록 · 하후단〉에 실려 있다.

80-26(2575) **왕중서**

왕중서(王仲舒)

출《국사보》

왕중서는 낭관(郎官)으로 있으면서 마봉(馬逢)과 친하게 지냈는데, 그는 매번 마봉을 질책하며 말했다.

"견딜 수 없을 만큼 가난하면서 어찌하여 비문이나 묘지명을 써 주고 생활고를 해결하지 않는가?" 미 : 말의 경박함이 심하다.

그러자 마봉이 말했다.

"방금 전에 어떤 집에서 말을 급히 몰아 의원을 부르러 가는 것을 보았으니 나는 기다리기만 하면 되네."

王仲舒爲郎官, 與馬逢友善, 每責逢曰 : "貧不可堪, 何不求碑誌相救?" 眉 : 語輕薄甚. 逢曰 : "適見誰家走馬呼醫, 吾可待也."

* 이 고사는 《태평광기》 권497 〈잡록 · 왕중서〉에 실려 있다.

80-27(2576) 유 아무개와 노영

유갑 · 노영(劉甲 · 盧嬰)

출《이원(異苑)》출《독이지》

성이 유씨(劉氏)인 어떤 사람이 주방현(朱方縣)에서 살았는데, 사람들은 그와 함께 얘기를 할 수 없었다. 사람들이 만약 그와 말을 하면 반드시 화를 당하거나 혹은 본인이 죽을병에 걸리기 때문이었다. 오직 한 선비만이 그럴 리는 없으며 우연히 해를 당한 사람들이 운이 없어서였을 뿐이라고 말했다. 유씨는 그 말을 듣자 기뻐하며 찾아가서 스스로 말했다.

"나는 비방을 받았으니, 당신은 사리를 분명하게 파악한 것입니다."

선비가 대답했다.

"세상 사람들은 부화뇌동할 뿐이니, 또한 어찌 걱정할 만하겠습니까?"

그런데 잠시 후에 불이 나서 선비의 재산과 의복과 기물이 모두 타 버렸다. 그래서 온 세상 사람들은 유씨를 "휴류(鵂鶹: 올빼미)"라고 불렀으며, 우연히 길에서 그를 만나기라도 하면 모두 수레 휘장을 닫고 말을 달리며 눈을 가리고 도망쳐 피했다. 유씨도 대문을 걸어 잠그고 자신을 단속했는데, 1년에 한 번이라도 나가면 사람들이 놀라서 도망가는 것이 귀신을 본 것보다 심했다. 미 : 운수가 사나운 것이 안사(顔駟)98)나 왕금려(王禁旅)보다 열 배나 더하다.

회남(淮南)에 객지 생활을 하는 노영이라는 사람이 있었는데 그는 기질과 문학이 모두 군(郡)에서 가장 뛰어났다. 사람들은 모두 그를 "노삼랑(盧三郎)"이라고 불렀다. 그러나 노영은 운수가 너무나 사나워서, 사람들이 모인 곳에 함께 있으면 그 주인이 반드시 횡액(橫厄)을 당했다. 어떤 때는 주인의 어린 아들이 우물에 떨어지기도 했고, 어떤 때는 어린 딸이 불 속에 들어가기도 했다. 오랫동안 이런 일이 있자 사람들은 모두 그를 외면했다. 당시 원백화(元伯和)가 군수(郡守)로 있었는데, 처음 군에 왔을 때 노영의 재주와 기질을 아껴서 특별히 중당(中堂)을 열어 연회를 베풀었다. 여러 손님들이 모두 모여서 식사를 마친 뒤에 원백화는 농담 삼아 좌우 사람들에게 말했다.

---

98) 안사(顔駟) : 안사는 한나라 무제 때 낭관(郎官)으로 있었는데, 한번은 무제가 낭서(郎署)에 행차했다가 머리와 수염이 허연 안사를 보고 불쌍히 여겨 언제 낭관이 되었냐고 물었더니, 안사가 "문제(文帝)는 문(文)을 좋아하셨지만 신은 무(武)를 좋아했고, 경제(景帝)는 잘생긴 사람을 좋아하셨지만 신은 못생겼으며, 폐하는 젊은이를 좋아하시지만 신은 이미 늙었기에, 3대에 걸쳐 불우한 채 낭서에서 늙었습니다"라고 대답했다고 한다.

"어린 아들이 우물에 떨어졌소?"

"아닙니다."

"어린 딸이 불 속에 들어갔소?"

"아닙니다."

그러자 원백화는 좌중의 손님들에게 말했다.

"그대들이 자신의 마음을 이기지 못했기 때문이오."

잠시 후 함께 연회를 즐겼는데 손님들은 서로 쳐다보며 두려워했다. 그날 군리(軍吏)가 군수의 저택을 포위하고 원백화를 사로잡아 기시형(棄市刑 : 죄인을 처형해 그 시체를 저잣거리에 버려두는 형벌)에 처했다. 미 : 노영을 만나지 않으면 화를 면할 수 있는가? 화는 본디 정해져 있으니, 다만 운수가 사나운 자가 때마침 그런 상황에 처하게 되었을 뿐이다. 화를 만나지 않으면 운수가 사납다고 하지 않을 것이다. 당시 절도사(節度使)인 진소유(陳少游)가 매우 기이하게 여기면서 또 노영의 재주와 용모를 보고 말했다.

"이 사람은 한번 천거되면 천자 옆에 있지 않고서는 그 재주를 다 펼치지 못할 것이다."

그러고는 즉시 돈과 비단을 후하게 주어 그를 추천했다. 그런데 노영이 동관(潼關)에 이르렀을 때 서쪽을 바라보니 연기와 먼지가 일어났는데, 동쪽으로 말을 달려가던 사람이 말했다.

"주차(朱泚)가 난을 일으켜 황제께서 봉천현(奉天縣)으로 몽진(蒙塵)하셨습니다."

有人姓劉, 在朱方, 不得共語. 人若與言, 必遭禍難, 或本身死疾. 唯一士謂無此理, 偶値人有屯塞耳. 劉聞之, 忻然而往, 自說: "被謗, 君能見明." 答云: "世人雷同, 亦何足恤?" 須臾火發, 資畜服玩蕩盡. 於是擧世號爲"鵂鶹", 脫遇諸途, 皆閉車走馬, 掩目奔避. 劉亦杜門自守, 歲時一出, 則人驚散, 過於見鬼. 眉: 數奇更十倍於顏駟·王禁旅也.

淮南有居客盧嬰者, 氣質文學, 俱爲郡中絶. 人悉以"盧三郎"呼之. 但甚奇蹇, 若在群聚中, 主人必有橫禍. 或小兒墮井, 幼女入火. 旣久有驗, 人皆捐之. 時元伯和爲郡守, 始至, 愛其材氣, 特開中堂設宴. 衆客咸集, 食畢, 伯和戲問左右曰: "小兒墮井乎?" 曰: "否." "小女入火乎?" 曰: "否." 伯和謂坐客曰: "衆君不勝故也." 頃之合歡, 群客相目惝惝然. 是日, 軍吏圍宅, 擒伯和棄市. 眉: 不値盧嬰, 禍遂免乎? 禍自有定, 但奇蹇者適與之會耳. 不會禍, 不名奇蹇. 時節度使陳少游甚異之, 復見其才貌, 謂曰: "此人一擧, 非摩天不盡其才." 卽厚以金帛寵薦之. 行至潼關, 西望烟塵, 有東馳者曰: "朱泚作亂, 上幸奉天縣矣."

* 이 고사는 《태평광기》 권86 〈이인(異人)·유갑〉과 〈노영〉에 실려 있다.

80-28(2577) 곽 사군과 이 복야

곽사군·이복야(郭使君·李僕射)

구(俱)《남초신문》

 강릉(江陵)에 곽칠랑(郭七郞)이란 자가 있었는데, 재산이 굉장히 많아서 초성(楚城)의 부자 가운데 으뜸이었으며, 강회(江淮)와 하삭(河朔) 일대에 모두 그에게 의지하는 상인들이 있었다. [당나라] 건부(乾符) 연간(874~879) 초에 한 상인이 도성에 갔는데 오래도록 소식이 없자, 곽씨(郭氏 : 곽칠랑)는 직접 그를 찾으러 갔다. 그 상인을 만난 뒤에 그가 가진 것을 다 받아 냈는데 겨우 5~6만 민(緡 : 1민은 1000냥)이었다. 곽생(郭生 : 곽칠랑)은 기녀에게 미혹되고 술과 도박에 빠져 3~4년 뒤에 가진 돈을 거의 다 써 버렸다. 당시는 당(唐)나라 말이었으므로 조정의 정사에 그릇된 일이 많았다. 그래서 곽생은 수백만 민을 관작(官爵) 파는 자의 집으로 보내 평민으로서 횡주자사(橫州刺史) 자리를 쉽게 얻었으며, 마침내 고향으로 돌아가기로 결심했다. 그러나 그때 저궁(渚宮 : 강릉)은 막 왕선지(王仙芝)에게 약탈당해 마을도 사람도 모두 예전과 달라져 있었다. 곽생은 옛 거처로 돌아왔지만 집이 하나도 남아 있지 않았다. 그의 가족을 수소문했더니 며칠 후에야 남동생과 여동생은 병란을 만나 이미 죽었고 오직 모친과 한두 명의 노비만이 몇 칸짜리 초가집에 살면서 보따리가 텅 빈 채로 그저 아침저녁으로 삯바느질을 하며 살고 있다는 사실을 알게 되었다. 곽생의 짐 속에 아직 2000~3000민의 돈이 남아 있었기에 그것으로 다시 한숨을 돌릴 수 있었다. 그는 배를 빌려 모친과 함께 임지로 갔는데, 장사(長沙)를 지나 상강(湘江)으로 들어갔다가 영주(永州)의 북쪽에 이르렀다. 강 언덕에는 도솔사(兜率寺)라는 절이 있었는데, 그날 밤은 그곳에서 묵기로 하고 커다란 용수나무 아래에 배를 묶어 두었다. 그런데 한밤중에 갑자기 폭풍우가 휘몰아쳐 거센 파도에 언덕이 무너지면서 나무가 넘어져 배를 덮치는 바람에 배가 그 무게를 이기지 못하고 가라앉았다. 곽생은 뱃사공 한 명과 함께 모친을 이끌고 언덕으로 올라가 간신히 화를 면할 수 있었다. 그러나 나머지 비복들과 재산은 모두 성난 파도에 휩쓸려 가 버렸다. 날이 밝자 승방으로 들어갔는데, 모친이 너무 놀란 탓에 병이 나서 며칠 만에 죽었다. 곽생이 당황해서 영릉(零陵)으로 달려가 주목(州牧)에게 알렸더니, 주목이 그를 위해 장례를 치러 주고 아울러 돈도 주었다. 곽생은 모친상을 마친 뒤 영주의 군에서 임시로 살았는데, 외롭고 가난한 데다가 친지도 없어서 아침저녁으로 추위와 배고픔에 시달렸다. 곽생은 젊어서부터 평소 강호(江湖)를 누비고 다녔던 터라 뱃일에 대해 잘 알고 있었기에, 왕래하는 배들을 위해 삿대를 잡아 주고 입을 것과 먹을 것을 구했다. 그래서 영주의 저잣거리 사람들은 그를 "착초 곽 사군(捉梢郭使君 : 삿대를 잡은 곽 사군)"이라 불렀다. 미 : 부침(浮沉)이 이와 같으니 이는 응당 화보(花報)99)다. 그때부터 그의 모습은 예전과 달라져서 여느 뱃사공들과 다름이 없었다.

이광(李光)이란 자는 어디 사람인지 알 수 없다. 갖은 아첨으로 전영자(田令孜)를 섬기자, 전영자는 그를 총애해 좌군사(左軍使)로 삼았다. 전영자는 어느 날 이광을 삭방절도사(朔方節度使)에 제수해 달라고 상주했는데, 칙서가 내려온 다음 날 이광은 병도 없이 죽었다. 이광에게는 이덕권(李德權)이라는 스무 살 남짓 된 아들이 있었는데, 전영자는 그에게 중요한 직책을 맡겼다. 희종(僖宗)이 촉(蜀)으로 몽진했을 때 이덕권은 전영자를 따라 어가를 호위해 성도(成都)에 머물렀다. 당시는 전영자와 진경선(陳敬瑄)이 국권을 훔쳐 전횡하고 있었기에 사람들은 모두 그들의 위세를 두려워했다. 그런데 이덕권이 그들의 옆에 있게 되자, 원근의 사람들이 그를 떠받들었고 간사한 호족(豪族) 무리가 명성과 이익을 얻기 위해 대부분 그에게 뇌물을 줌으로써 그들과의

---

99) 화보(花報) : 화보(華報)와 같다. 이승에서 지은 업으로 인해 이승에서 받는 과보(果報)를 말한다. 즉, 현세에서 받는 고락의 과보를 말한다.

연결 고리로 삼았다. 몇 년 사이에 이덕권은 천만금에 달하는 뇌물을 긁어모았고 관직은 금자광록대부(金紫光祿大夫) 겸 검교우복야(檢校右僕射)에 이르렀다. 나중에 진경선이 패망했을 때 이덕권은 관부에 체포되었다가 간신히 몸을 빼내 복주(復州)로 달아나서 누더기 옷을 입고 길에서 걸식했다. 이안(李安)이라는 자는 일찍이 복주 후조(後槽: 마방)의 건아(健兒: 군졸)를 지냈는데, 이덕권의 부친과 친분이 깊었다. 이안은 우연히 이덕권을 보고 그 남루한 행색을 불쌍히 여겨 자기 집으로 데려왔는데, 아들이 없던 이안은 마침내 그를 조카로 삼았다. 그 후로 반년도 안 되어 이안이 죽자, 이덕권은 이름을 이언사(李彦思)로 바꾸고 이안을 이어서 마부가 되었다. 그래서 그를 아는 사람들은 모두 그를 "간마 이 복야(看馬李僕射: 말을 돌보는 이 복야)"라고 불렀다.

江陵有郭七郎者, 資産甚殷, 爲楚城富民之首, 江淮河朔間, 悉有賈客. 乾符初年, 有一賈者在京都, 久無音信, 郭氏子自往訪之. 旣相遇, 盡獲所有, 僅五六萬緡. 生耽悅烟花, 迷於飮博, 三數年後, 用過太半. 是時唐季, 朝政多邪. 生乃輸數百萬於鬻爵者門, 以白丁易得橫州刺史, 遂決還鄕. 時渚宮新罹王仙芝寇盜, 里閭人物, 與昔日殊. 生歸舊居, 都無舍宇. 訪其骨肉, 數日, 方知弟妹遇兵亂已亡, 獨母與一二奴婢, 處於數間茅舍之下, 囊橐蕩空, 旦夕以紉針爲業. 生之行李, 猶有二三千緡, 緣玆復得蘇息. 乃傭舟與母赴秩, 過長沙, 入湘江, 次永州北. 江壖有佛寺, 名兜率, 是夕宿於斯, 結纜於大楠樹下. 夜半, 忽大風雨, 波翻岸崩, 樹臥枕舟, 舟不勝而沉. 生與一梢工, 拽舟[1]登岸, 僅以獲免. 其餘婢僕生計, 悉漂於怒浪. 遲明, 投於僧室, 母氏以驚得疾, 數日而殂. 生張惶, 馳往零陵, 告州牧, 州牧爲之殯葬, 且復贈遺之. 旣丁憂, 遂寓居永郡, 孤且貧, 又無親識, 日夕厄於凍餒. 生少小素涉江湖, 頗熟風水間事, 遂與往來舟船執梢, 以求衣食. 永州市人, 呼爲"捉梢郭使君". 眉: 昇沉如此, 應是花報. 自是狀貌異昔, 共篙工之黨無別矣.

李光者, 不知何許人也. 以諛佞事田令孜, 令孜嬖焉, 爲左軍使. 一旦奏授朔方節度使, 敕下翌日, 無疾而死. 光有子曰德權, 年二十餘, 令孜遂署劇職. 會僖皇幸蜀, 乃從令孜扈駕, 止成都. 時令孜與陳敬瑄盜專國柄, 人皆畏威. 德權處於左右, 逶迤仰奉, 奸豪輩求名利, 多賂德權, 以爲關節. 數年之間, 聚賄千萬, 官至金紫光祿大夫 · 檢校右僕射. 後敬瑄敗, 爲官所捕, 乃脫身遁於復州, 衣衫百結, 丐食道途. 有李安者, 常爲復州後槽健兒, 與父相熟. 忽睹德權, 念其襤褸, 邀至私舍, 安無子, 遂認以爲侄. 未半載, 安死, 德權遂更名彥思, 繼李安爲園人. 有識者, 皆目之曰"看馬李僕射".

* 이 고사는 《태평광기》 권499 〈잡록 · 곽사군〉과 〈이덕권(李德權)〉에 실려 있다.

1 주(舟): 《태평광기》 진전 교본에는 "모(母)"라 되어 있는데, 문맥상 보다 타당하다.

80-29(2578) 강 태사

강태사(姜太師)

출《왕씨견문(王氏見聞)》

　[오대십국] 촉(蜀 : 후촉)나라에 강 태사라는 사람이 있었는데, 그 이름은 잊어버렸고 허전(許田) 사람이었다. 어린 시절에 도적 떼에게 약탈당할 때 부모를 잃어버렸다. 그는 선주(先主 : 후촉 고조)를 따라 정벌을 나가 여러 차례 공훈을 세웠다. 후에 그는 계속해서 여러 진(鎭)의 병권을 차지했고 지극히 높은 관직에 올랐다. 그에게는 마구간을 관리하는 강(姜) 노인이 있었는데, 수십 년 동안 꼴 먹이는 일을 했다. 강 태사는 매번 마구간에 들어갈 때마다 강 노인이 작은 잘못을 저지르는 것을 보면 반드시 볼기를 쳤다. 이런 일이 몇 년 동안 계속되어 강 노인이 맞은 볼기를 계산해 보았더니 거의 수백 대나 되었다. 나중에 강 노인은 채찍질을 참을 수 없자 강 태사의 부인에게 울면서 고하며 고향으로 돌아가게 해 달라고 빌었다. 그러자 부인이 말했다.

　"너는 어디 사람이냐?"

　강 노인이 대답했다.

　"허전 사람입니다."

　부인이 물었다.

"또 어떤 혈육이 있느냐?"

강 노인이 대답했다.

"도적에게 약탈당할 때 아내와 아들 하나를 잃어 버렸는데 지금까지 행방을 모릅니다."

또 부인이 그 아들의 어릴 적 이름과 아내의 성씨와 항렬, 그리고 가족과 가까운 친척을 물어보았더니 그가 모두 말해 주었다. 강 태사가 집으로 돌아오자 부인이 말했다.

"강 노인이 고향으로 돌아가길 청하기에 그가 잃어버린 자식과 친척의 성명을 물어서 알아냈습니다."

강 태사는 크게 놀라며 자신의 부친일지도 모른다고 의심해 사람을 시켜 자세히 물어보게 했다.

"아들의 몸에 무슨 표식이 있는지 기억하느냐?"

강 노인이 말했다.

"내 아들은 발바닥에 검은 점 하나가 있으며 나머지는 기억나지 않습니다."

강 태사는 대성통곡하고 몰래 사람을 보내 그를 검문(劍門) 밖으로 내보내게 한 후에 선주에게 아뢰었다.

"신의 부친이 근자에 관동(關東)에서 왔습니다."

강 태사는 마침내 황금과 비단, 마차와 말을 가지고 가서 그를 집으로 맞아들여 예전처럼 아비와 아들이 되었다. 강 태사는 부친을 매질한 잘못을 속죄하기 위해 수만 명의 스님에게 공양하고 종신토록 시종을 때리지 않았다.

평 : [오대] 후당(後唐)의 시위사(侍衛使) 강의성(康義誠)은 어떤 군인을 집의 하인으로 부린 지 오래되었는데, 우연히 그의 노쇠함을 불쌍히 여겨 물어보았더니 다름 아닌 자기 부친이었다.

蜀有姜太師者, 失其名, 許田人也. 幼年爲黃巾所掠, 亡失父母. 從先主征伐, 屢立功勳. 後繼領數鎭節鉞, 官至極品. 有掌廐夫姜老者, 事劒秣數十年. 姜每入廐, 見其小過, 必笞之. 如是積年, 計其數, 將及數百. 後老不任鞭棰, 因泣告夫人, 乞放歸鄕里. 夫人曰 : "汝何許人?" 對曰 : "許田人." "復有何骨肉?" 對曰 : "當被掠之時, 一妻一男, 迄今不知去處." 又問其兒小字及妻姓氏行第, 並房眷近親, 皆言之. 及姜歸宅, 夫人具言 : "姜老欲乞假歸鄕, 因問得所失男女親屬姓名." 姜大驚, 疑其父也, 使人細問之 : "其男身有何記驗?" 曰 : "我兒脚心上有一黑子, 餘不記之." 姜大哭, 密遣人送出劍門之外, 奏先主曰 : "臣父近自關東來." 遂將金帛車馬迎入宅, 父子如初. 姜報撻父之過, 齋僧數萬, 終身不撻從者.
評 : 後唐侍衛使康義誠, 有軍人充院子久矣, 偶憐其老憊, 詢之, 則其父也.

* 이 고사는 《태평광기》 권500 〈잡록·강태사〉와 〈강의성(康義誠)〉에 실려 있다.

80-30(2579) 사슴이 낳은 아가씨

녹낭(鹿娘)

출《흡문기(洽聞記)》

　　상주(常州) 강음현(江陰縣)의 동북쪽에 석벌산(石筏山)이 있는데, 양(梁)나라 때 어떤 벌목꾼이 그 산에 들어갔다가 보았더니 암사슴이 새끼를 낳았고 또 어린아이의 울음소리가 들렸다. 그래서 가서 살펴보았더니 사슴이 한 여자아이를 낳았기에 데려와서 길렀다. 그 아이가 장성하자 출가시켜 도사가 되게 했는데, 당시 사람들은 그녀를 "사슴 아씨"라 불렀다. 양나라 무제(武帝)는 사슴 아씨를 위해 도관을 만들고 "성관(聖觀)"이라 이름 지었다.

常州江陰縣東北石筏山者, 梁時有伐材人入此山, 見有麚鹿産, 仍聞小兒啼聲. 往視, 見産一女, 因收養之. 及長, 乃令出家爲道士, 時人謂之"鹿娘". 梁武帝爲置觀, 名爲"聖觀".

* 이 고사는 《태평광기》 권443 〈축수(畜獸)·녹낭〉에 실려 있다.

80-31(2580) 왕범지

왕범지(王梵志)

출《사유(史遺)》

　수(隋)나라 문제(文帝) 때 여양(黎陽) 사람 왕덕조(王德祖)의 집에 있던 능금나무에서 말[斗]만 한 크기의 혹이 자라더니 3년이 지나자 썩어 문드러졌는데, 그 껍질을 갈랐더니 한 갓난아이가 나오자 왕덕조가 거두어 길렀다. 그 아이는 일곱 살이 되어서야 말을 할 줄 알았는데 자기의 출생에 대해 묻자, 왕덕조는 사실대로 일러 주고 이름을 "임목범천(林木梵天)"이라 했다가 나중에 "범지"로 고쳤다. 범지가 말했다.

　"왕씨 집안에서 나를 길렀으니 성을 왕씨라고 하는 것이 좋겠습니다."

　왕범지는 곧장 시를 지었는데, 깊은 뜻이 담겨 있었다.

隋文帝時, 黎陽王德祖家有林檎樹, 生癭大如斗, 經三年朽爛, 剖皮得一嬰兒, 德祖收養之. 至七歲, 能語, 問其生, 德祖具以實告, 因名曰"林木梵天", 後改曰"梵志". 曰 : "王家育我, 可姓王也." 梵志作詩, 甚有義旨.

* 　이 고사는《태평광기》권82〈이인(異人)·왕범지〉에 실려 있다.

80-32(2581) **이와전**

이와전(李娃傳)

태원(太原) 백행간(白行簡) 찬(撰)

　　견국부인(汧國夫人) 이와는 장안(長安)의 창기였다. [당나라] 천보(天寶) 연간(742~756)에 상주자사(常州刺史) 형양공(滎陽公)이 있었는데, 당시 명망이 매우 높았다. 그는 지천명(知天命)의 나이[50세]에 아들 하나를 얻었는데, 막 약관(弱冠)의 나이[20세]였다. 아들은 영준하고 문재(文才)가 남달리 뛰어나 당시 사람들에게 칭송과 탄복을 받았다. 아버지는 그를 애지중지하며 말했다.

　　"이 아이는 우리 집안의 천리마다."

　　아들이 향시(鄕試)의 수재(秀才)로서 도성의 과거 시험에 응시하러 장차 떠나게 되자, 아버지는 그의 의복·노리개·수레·말 등의 물품을 성대하게 마련해 주고 그가 도성에서 쓸 생활비를 계산해 주면서 말했다.

　　"내가 너의 재주를 보니 틀림없이 한 번에 붙겠구나. 지금 2년 동안의 비용을 준비해 너에게 넉넉히 주니 장차 너의 뜻을 이루어라."

　　생(生)도 과거에 급제하는 일이 손바닥을 뒤집듯 쉬운 일이라고 자부했다. 생은 비릉(毗陵)에서 출발해 한 달여 만에 장안에 도착해서 포정리(布政里)에 묵었다. 한번은 동시(東市)에 놀러 갔다가 돌아오는 길에 평강리(平康里)의 동문으로 들어가 서남쪽으로 친구를 찾아가려고 했다. 명가곡(鳴珂曲)에 이르렀을 때 집 한 채가 보였는데, 대문과 정원은 그리 넓지 않았으나 집은 엄숙하고 깊었으며 문 한 짝만 닫혀 있었다. 이와가 두 갈래로 머리를 땋은 하녀에 기대서 있었는데, 자태가 곱고 아름다워 여태껏 본 적이 없는 절세미인이었다. 생은 갑자기 그녀를 보다가 자기도 모르게 한참 동안 말을 멈추고 배회하면서 떠날 수 없었다. 이에 생은 일부러 땅에 채찍을 떨어뜨리고 하인을 기다렸다가 주워 오라고 했다. 생이 계속 이와를 곁눈질하자 그녀도 눈을 돌려 응시했는데, 서로 사모하는 정이 가득했다. 그러나 생은 결국 감히 말을 건네지 못하고 떠났다. 생은 이때부터 망연자실하다가 친구 중에서 장안의 유흥을 잘 아는 자를 몰래 불러서 그녀에 대해 물어보았더니 친구가 말했다.

"그녀는 이씨(李氏) 댁의 협사녀(狹邪女 : 기녀)[100]라네."

생이 말했다.

---

100) 협사녀(狹邪女) : 기녀를 말한다. 옛날에는 기녀들이 대부분 작고 좁은 골목에 거주했기 때문에 이렇게 불렀다.

"그 아가씨를 얻을 수 있는가?"

친구가 대답했다.

"이씨는 재산이 매우 풍족한데, 전에 그녀와 만났던 사람들이 대부분 귀족이나 호족들이라 그녀가 얻은 재물이 아주 많다네. 수백만 냥이 아니라면 그녀의 마음을 움직일 수 없을 것이네."

생이 말했다.

"다만 같이 지내지 못할까 걱정이지 비록 100만 냥인들 어찌 아깝겠는가?"

다른 날 생은 옷을 깨끗이 차려입고 많은 시종들을 데리고 그곳으로 갔다. 문을 두드리자 잠시 후에 하녀가 문빗장을 열었다. 생이 말했다.

"이곳은 뉘 댁이냐?"

하녀는 대답하지 않고 급히 달려가며 크게 소리쳤다.

"이전에 채찍을 떨어뜨렸던 도련님이 오셨어요!"

그러자 이와가 크게 기뻐하며 말했다.

"너는 잠시 그를 붙잡아 두어라. 내가 당장 단장하고 옷을 갈아입은 후에 나가겠다."

생은 그 말을 듣고 몰래 기뻐했다. 하녀는 그를 데리고 가림벽 사이로 가서 흰머리에 허리가 굽은 노파를 만나게 했는데, 그녀가 바로 이와의 어머니였다. 생은 무릎을 꿇고 절한 뒤에 앞으로 나아가 인사하며 말했다.

"이곳에 빈방이 있다고 들어서 세 들어 살고 싶은데 정말입니까?"

노파가 말했다.

"방이 누추하고 비좁아서 당신처럼 훌륭한 사람이 머물기에 부족할까 두려우니 어찌 감히 방세를 말하겠습니까?"

그러면서 생을 손님을 접대하는 방으로 데리고 갔는데, 그곳은 매우 화려했다. 노파가 생과 마주 앉더니 말했다.

"저에게 귀엽고 작은 딸이 있는데, 재주는 하찮으나 손님 만나는 것을 좋아하니 만나 보시기 바랍니다."

그러고는 이와를 불러냈는데, 그녀는 눈동자가 맑고 손목이 희었으며 행동거지가 매력 있고 고왔다. 생은 황급히 놀라 일어났지만 감히 그녀를 쳐다보지 못했다. 그녀와 절을 하고 인사를 나누었는데, 어디를 봐도 모두 아름다워서 그런 모습을 일찍이 본 적이 없었다. 생이 다시 자리에 앉자 차를 끓이고 술을 따랐는데, 쓰는 그릇이 매우 깨끗했다. 한참 후에 날이 저물고 통금을 알리는 북소리가 사방에서 울렸다. 노파가 생에게 사는 곳이 얼마나 먼지 묻자 생이 거짓으로 말했다.

"연평문(延平門) 밖 몇 리에 있습니다."

생은 사는 곳이 멀므로 자신을 붙잡아 주길 바랐다. 노파가 말했다.

"북소리가 이미 울렸으니 빨리 돌아가서 통금을 어기지

마십시오."

생이 말했다.

"다행히 환대해 주셔서 날이 저무는 줄도 몰랐습니다. 길은 멀고 성안에 친척도 없으니 장차 어찌한단 말입니까?"

이와가 말했다.

"좁고 누추한 것을 탓하지 않고 장차 이곳에서 살겠다고 하셨는데, 하룻밤 묵는 것이 어찌 해가 되겠습니까?"

생이 여러 번 노파를 쳐다보자 노파가 말했다.

"그러십시오."

이에 생은 가동을 불러 고운 비단 두 필을 가져오게 해서 하룻밤 음식을 준비하도록 청했다. 이와가 웃으면서 말리며 말했다.

"손님과 주인의 예의가 있는데 이러시면 안 됩니다. 오늘밤의 비용은 빈천한 우리 집에서 변변찮은 음식을 있는 대로 차려 내려고 합니다. 그 나머지는 다른 날을 기약하십시오."

이와는 한사코 사양하며 끝내 허락하지 않았다. 잠시 후에 생은 서쪽 당으로 옮겨 앉았는데, 그곳의 휘장과 주렴과 평상이 눈부실 정도로 빛났고 화장 상자와 침구도 모두 화려했다. 이에 등불을 밝히고 음식이 들어왔는데 진수성찬이었다. 식사를 마치자 노파가 일어났다. 생과 이와는 얘기가 무르익어 장난을 치며 담소를 나누었는데 거리낌이 없었다.

생이 말했다.

"이전에 우연히 당신 집 문 앞을 지나가다가 당신이 마침 가림벽 사이에 있는 것을 보았소. 그 후부터 마음속으로 항상 당신을 그리워하면서 잠잘 때나 식사할 때도 당신 생각을 떨쳐 버릴 수 없었소."

이와가 대답했다.

"제 마음도 그러했습니다."

생이 말했다.

"오늘 온 것은 단지 거처를 구하고자 한 것만이 아니라 평생의 뜻을 이루기 위해서요."

말이 끝나기 전에 노파가 들어와 그 까닭을 묻기에 모두 알려 주었다. 노파가 웃으며 말했다.

"남녀 사이에는 커다란 욕망이 있으므로 마음만 서로 통한다면 비록 부모의 명이라 하더라도 막을 수 없지요. 그러나 제 딸이 정말로 비천하니 어찌 군자와 잠자리를 같이할 수 있겠습니까?"

마침내 생은 계단을 내려와 절을 하고 감사하며 말했다.

"저는 노복이 되길 바랍니다." 협 : 조짐이 좋지 않다.

결국 노파는 그를 사위로 지목하고 술을 달게 마신 뒤 헤어졌다. 아침이 되자 생은 자신의 짐을 모두 옮겨 이씨의 집에서 살았다. 그때부터 생은 자취를 감추고 몸을 숨긴 채 더 이상 친구들과 연락하지 않았다. 생은 날마다 기녀들과 모여 스스럼없이 놀면서 잔치를 즐겼다. 보따리 속이 텅 비게 되자 준마와 가동을 팔았다. 1년 남짓 지나자 재물과 노복과 말을 모두 탕진했다. 그 후로 노파의 마음은 점점 냉담해졌지만 이와와의 애정은 더욱 돈독해졌다. 어느 날 이와가 생에게 말했다.

"당신과 서로 알고 지낸 지 1년이 되었는데 아직 자식이 없습니다. 일찍이 죽림신(竹林神)은 메아리처럼 보응한다고 들었으니 그곳에 가서 치성을 올려 청해 봐도 되겠습니까?"

생은 그녀의 계획을 모르고 크게 기뻐했다. 이에 옷을 가게에 저당 잡히고 제사 음식과 술을 준비해서 이와와 함께 사당을 찾아가 기원하고 나서 이틀 후에 돌아왔다. 마을의 북문에 이르자 이와가 생에게 말했다.

"이곳에서 동쪽으로 작은 골목을 돌아가면 저의 이모님 댁이 있습니다. 그곳에서 쉬면서 이모님을 뵈어도 되겠습니까?"

생은 이와의 말대로 앞으로 갔는데, 100보를 가기 전에 과연 수레가 출입하는 문이 보였다. 그 안을 들여다보았더니 매우 크고 넓었다. 하녀가 수레 뒤에서 멈추며 말했다.

"도착했습니다."

생이 나귀에서 내리자 마침 한 사람이 나와서 물었다.

"누구십니까?"

대답했다.

"이와입니다."

이에 그 사람이 들어가서 알렸다. 잠시 후에 40여 세쯤 된 한 부인이 와서 생을 맞이하며 말했다.

"내 조카도 왔소?"

이와가 수레에서 내리자 부인이 맞이하며 말했다.

"어찌 이렇게 오랫동안 소식이 없었느냐?"

그러고는 서로 바라보며 웃었다. 이와는 생을 데려와 절하게 했으며, 소개하고 나서 함께 서쪽 극문(戟門)[101] 곁에 딸린 정원으로 들어갔다.

정원 안에는 산정(山亭)이 있었고 대나무가 푸르고 무성했으며 연못가의 정자도 매우 그윽했다. 생이 이와에게 말했다.

"이곳이 이모님의 사저요?"

이와는 웃으며 대답하지 않고 다른 말로 대답했다. 잠시 후에 차와 과일이 나왔는데 매우 진기했다. 한 식경쯤 지나서 한 사람이 대완마(大宛馬)[102]를 몰고 땀을 흘리며 달려

---

101) 극문(戟門) : 궁문 또는 3품 이상 고관의 집에 갈래창을 세워 놓은 문.
102) 대완마(大宛馬) : '대완'은 한(漢)나라 때 서역의 국명으로 명마의 생산지였다. 여기서는 준마의 뜻으로 쓰였다.

와서 말했다.

"노모께서 갑자기 매우 심하게 앓아 거의 사람을 알아보지 못하시니 속히 돌아가셔야 합니다."

이와가 이모에게 말했다.

"마음이 어지럽네요! 제가 말을 타고 먼저 가서 곧 말을 돌려보낼 테니 서방님과 함께 오세요."

생은 그녀를 따라가려 했으나 이모가 하녀에게 귓속말을 하면서 손을 휘저어 생을 문밖에 멈춰 서게 한 뒤 말했다.

"노모는 곧 죽을 것 같소. 그러니 그대는 나와 장례에 대해 상의해 급한 일을 도와줘야지 어찌 그리 급하게 따라가려 하오?"

이에 생은 남아서 함께 장례와 제사의 비용을 계산했다. 날이 저물도록 말이 오지 않자 이모가 말했다.

"소식이 없으니 어찌 된 일일까? 그대가 급히 가서 살펴보면 나도 당장 뒤따라가겠소."

마침내 생이 가서 옛집에 이르렀더니 문과 빗장이 매우 단단하게 잠겨 있고 진흙으로 봉인되어 있었다. 생이 크게 놀라 이웃 사람에게 물었더니 이웃 사람이 말했다.

"이씨는 본래 이곳에 세 들어 살았는데, 계약 기간이 이미 끝나 집주인이 집을 회수했습니다. 노파가 이사한 지도 이틀이나 되었습니다."

생이 어디로 이사했는지 물어보자 이웃 사람이 말했다.

"그곳은 모릅니다."

생은 말을 몰아 선양리(宣陽里)로 가서 이모에게 물어보려 했으나 날이 이미 저물었고 거리를 계산해 봐도 당일에는 도착할 수 없었다. 이에 옷을 벗어 저당 잡혀서 식사를 하고 평상을 빌려 잠을 잤다. 생은 너무 분하고 화가 나서 저녁부터 아침까지 눈을 붙이지 못했다. 날이 밝자 생은 절름거리는 말을 타고 갔다. 그곳에 도착해서 계속 문을 두드렸으나 한 식경이 지나도록 아무도 대답하지 않았다. 생이 서너 번 크게 부르자 한 관리가 천천히 나왔다. 생은 다급히 그에게 물었다.

"이모님은 계시오?"

관리가 말했다.

"없소."

생이 말했다.

"어제 저녁에 이곳에 있었는데 어째서 숨기시오?"

생이 누구의 집이냐고 물었더니 관리가 말했다.

"이곳은 최 상서(崔尙書)의 댁이오. 어제 한 사람이 이곳을 빌려서 멀리서 오는 내외사촌을 기다린다고 하더니 날이 저물기도 전에 떠났소."

생은 미칠 정도로 당혹하면서 어떻게 해야 할지 몰라 결국 포정리의 옛집으로 돌아갔다. 집주인은 그를 불쌍히 여겨 음식을 주었다. 그러나 생은 원망하고 분개하며 사흘 동안 음식을 끊더니 병이 들어 매우 위중해졌는데, 열흘 남짓이 지나자 병이 더욱 심해졌다. 집주인은 그가 일어나지 못할까 두려워서 그를 장의사로 옮겼다. 생의 숨이 곧 끊어질 듯하자 장의사 사람들은 함께 마음 아파하고 탄식하면서 서로 음식을 먹여 주었다. 후에 생은 병세가 조금 나아져 지팡이를 짚고 일어날 수 있었다. 그때부터 장의사에서는 그에게 날마다 임시로 일거리를 주었는데, 죽은 사람의 영전에 드리우는 휘장을 들게 해서 그 품삯을 받아 스스로 생활할 수 있게 했다. 몇 달이 지나자 생은 점점 건강해졌는데, 매번 만가(挽歌)를 들을 때마다 자신이 죽은 사람만도 못하다고 한탄하면서 흐느껴 울고 눈물을 흘리며 스스로 멈출 수 없었다. 돌아오면 만가를 따라 불렀다. 생은 총명한 사람이어서 얼마 지나지 않아 만가를 아주 훌륭하게 부르게 되었는데, 장안에서 그와 견줄 만한 사람이 없었다. 처음에 장례용품을 다루는 두 장의사가 서로 우열을 다투었다. 동쪽의 장의사는 수레와 상여가 모두 훌륭하고 화려해서 아무도 대적하지 못했지만 오직 만가만 부족했다. 그래서 동쪽 장의사의 주인은 생의 만가가 절묘하다는 것을 알고 돈 2만 냥을 모아 그를 고용했다. 장의사의 사람 중에서 노인들이 함께 자신이 잘하는 것을 비교한 다음 몰래 생에게 새로운 노래를 가르치고 서로 그에 맞춰 화창(和唱)했다. 수십 일이 지났지만 그 일을 아는 사람이 없었다. 두 장의사의 주인이 서로 말했다.

"우리는 각자 천문가(天門街)103)에 장례용품을 진열해 우열을 가립시다. 이기지 못한 사람이 5만 냥을 벌금으로 내서 술자리 비용을 대는 것이 어떻겠소?"

두 장의사 주인은 허락하고 계약 문서를 작성해 서명으로 보증한 후에 장례용품을 진열했다. 남녀들이 크게 모여 수만 명에 이르렀다. 이에 이서(里胥 : 이장)는 적조(賊曹)104)에게 알리고 적조는 경조윤(京兆尹)에게 아뢰었다. 사방의 사람들이 모두 구경하러 달려 나가 거리에 사람이 없었다. 아침부터 진열해 정오까지 상여와 의장용 도구를 두루 선보였는데, 서쪽 장의사가 모두 이기지 못하자 그 주인이 부끄러워했다. 서쪽 장의사에서 남쪽 모퉁이에 몇 층으로 된 높은 평상을 설치하자 수염이 긴 사람이 방울을 들고 나왔는데, 몇 사람의 호위를 받고 있었다. 드디어 그 사람은 수염을 휘날리고 눈썹을 치세우면서 주먹을 쥐고 머리를 조아리며 오르더니 〈백마(白馬)〉라는 만가를 불렀다. 그는 계속 이겨 왔던 실력을 믿고 좌우를 둘러보는 것이 안하무인이었다. 사람들이 일제히 소리치며 환호하자 스스로도 당

---

103) 천문가(天門街) : 승천문가(承天門街)로, 승천문 밖 남쪽으로 난 남북 대로.
104) 적조(賊曹) : 도성 안의 치안을 담당하던 관리.

대(當代)의 독보적인 존재라 아무도 자신을 이길 수 없다고 여겼다. 잠시 후 동쪽 장의사의 주인이 북쪽 모퉁이에 기다란 평상을 설치하자 검은 두건을 쓴 젊은이가 좌우에 대여섯 명을 거느리고 삽(翣)105)을 잡고 나왔는데, 그가 바로 생이었다. 생은 의복을 단정히 하고 아주 천천히 위아래를 훑어보고 나서 목청을 가다듬고 소리를 냈는데, 마치 이기지 못할 것 같은 모습이었다. 마침내 〈해로(薤露)〉라는 만가를 부르자 그 목소리가 맑고 고와 노랫소리가 숲을 울렸다. 노래가 아직 끝나지도 않았는데 듣는 사람들이 흐느껴 울었다. 미 : 옛사람은 만가 하나에도 반드시 성정을 궁극하고자 했다. 말세에는 비록 나라를 다스리는 큰 법전이라 해도 모두 이야깃감이 되니 또한 이상하지 않은가? 서쪽 장의사의 주인은 사람들의 책망을 듣고 더욱 부끄러워 시합에 진 돈을 앞에 몰래 놓고 도망쳐 숨었다. 사방의 모든 사람들은 깜짝 놀라며 그가 누구인지 알지 못했다. 이에 앞서 천자는 조서를 내려 지방 장관들을 1년에 한 번씩 입궐하게 했는데, 이것을 "입계(入計)"106)라고 했다. 당시에 마침 생의 부친이 도성에 있었는데, 동료들과 함께 복장을 바꾸고 몰래 가서 구경했다. 늙은 하인이 있

---

105) 삽(翣) : 상여의 양옆에 다는 큰 깃털 부채 모양의 장식.
106) 입계(入計) : 지방 장관이 조정에 들어와 1년 동안의 행정과 재무를 보고하고 조정의 지시를 청하는 일.

었는데, 그는 생의 유모의 남편으로 생의 행동거지와 말투를 보고 곧 생임을 알아차렸으나 감히 말하지 못하고 눈물만 뚝뚝 흘렸다. 생의 부친이 놀라 묻자 그가 아뢰었다.

"노래 부르는 사람의 모습이 나리의 돌아가신 아드님과 흡사합니다."

생의 부친이 말했다.

"내 아들은 재물이 많아 도적에게 죽임을 당했는데, 어찌 여기에 올 수 있단 말이냐?"

말을 마치고는 역시 울었다. 그들이 돌아간 뒤에 늙은 하인은 틈을 내 달려가서 장의사 사람들에게 물었다.

"아까 노래를 부른 사람은 누구인데 그처럼 절묘하오?"

모두 말했다.

"아무개의 아들입니다."

그 이름을 물어보았더니 이미 이름을 바꾼 뒤였다. 하인은 크게 놀라며 천천히 다가가서 살펴보았다. 생은 하인을 보고 안색이 변하더니 급히 피해 사람들 속에 숨으려 했다. 하인이 그의 소매를 잡으며 말했다.

"혹시 아무개가 아니십니까?"

그러고는 서로 붙잡고 운 뒤 수레를 타고 돌아왔다. 집에 이르자 부친이 꾸짖으며 말했다.

"너는 그와 같은 뜻과 행동으로 우리 가문을 더럽히고도 무슨 면목으로 다시 만나러 왔느냐?"

그러고는 생을 데리고 걸어 나가 곡강(曲江)의 행원(杏園) 동쪽에 이르러 그의 옷을 벗기고 말채찍으로 수백 대를 때렸다. 생이 그 고통을 이기지 못해 죽자 부친은 그를 버려 두고 떠났다. 생의 사부는 그와 친하게 지내는 사람에게 몰래 따라가게 했는데, 그 사람이 돌아와서 동료들에게 알리자 모두 더욱 마음 아파하며 탄식했다. 그의 사부는 두 사람에게 갈대 자리를 가져가 묻어 주게 했다. 그들이 가서 보았더니 생의 심장 아래가 아직 따뜻했는데, 일으켜 세우고 한참이 지나자 숨이 조금 통했다. 그래서 함께 생을 업고 돌아와 갈대 대롱으로 마실 것을 흘려 넣었더니 하룻밤이 지나자 살아났다. 한 달 남짓 지나도록 손과 발을 스스로 들 수 없었고 매 맞은 상처가 모두 썩어 문드러져 매우 더러웠다. 그래서 그의 동료들이 걱정하다가 어느 날 저녁에 그를 길가에 내다 버렸다. 길 가는 사람들이 모두 그를 불쌍히 여겨 종종 남은 음식을 던져 주었기에 그는 그것으로 배를 채울 수 있었다. 100일이 지나자 그는 비로소 지팡이를 짚고 일어설 수 있었다. 그는 베옷을 입고 있었는데, 여러 군데를 기워 남루하기가 마치 꽁지 빠진 메추리 같았다. 그는 깨진 사발 하나를 들고 마을을 돌아다니며 음식을 빌어먹고 살았다. 가을부터 겨울까지 밤에는 거름 더미 구멍에 들어갔고 낮에는 시장의 점포를 돌아다녔다. 눈이 많이 내리던 어느 날 아침에 생은 추위와 굶주림을 못 이겨 눈을 무릅쓰고 나섰다.

구걸하는 소리가 매우 처량해서 듣고 보는 사람들 중에 불쌍하게 여기지 않는 사람이 없었다. 그때는 눈이 아주 많이 내려서 인가의 대문이 대부분 열려 있지 않았다. 생이 안읍리(安邑里)의 동문에 이르러 마을 담을 따라 북쪽으로 일고여덟 집을 돌았을 때 대문의 왼쪽 문이 열려 있는 한 집이 있었는데, 바로 이와의 집이었다. 생은 그 사실을 알지 못하고 연거푸 급히 소리쳤다.

"배고프고 얼어 죽겠소!"

그 소리가 처절해 차마 듣지 못할 정도였다. 이와는 규방에서 그 소리를 듣고 하녀에게 말했다.

"이는 틀림없이 생이다. 나는 그의 목소리를 알아들을 수 있다."

그러고는 총총걸음으로 나왔다. 생을 보았더니 비쩍 마르고 옴투성이로 거의 사람 꼴이 아니었다. 이와는 마음이 움직여 생에게 말했다.

"혹시 서방님이 아니십니까?"

생은 너무 분해 기절했으며 입으로 말도 못한 채 턱만 끄덕일 뿐이었다. 이와는 다가가서 그의 목을 끌어안고 비단 저고리로 감싸서 서쪽 행랑으로 돌아간 뒤 목이 메도록 길게 통곡하며 말했다.

"당신을 하루아침에 이렇게 만든 것은 저의 죄입니다!"

그러고는 기절했다가 다시 깨어났다. 노파가 깜짝 놀라

달려와서 말했다.

"무슨 일이냐?"

이와가 말했다.

"서방님입니다."

노파가 급히 말했다.

"당장 내쫓을 일이지 어째서 여기까지 데려왔느냐?"

이와가 정색하고 돌아보며 말했다.

"안 됩니다. 이분은 양갓집 자제로 예전에는 높은 수레를 몰고 가진 재산도 많았지만 저희 집에 와서 1년도 안 되어 탕진해 버렸습니다. 또 우리가 서로 속임수를 써서 그를 버리고 내쫓아 그의 뜻을 잃게 만들었으니, 이는 사람이 할 짓이 아닙니다. 부모와 자식 간의 도리는 천성인데 그 정을 끊게 하고 죽여서 버리게까지 했으며, 또 이처럼 곤궁한 지경에 이르게 했습니다. 천하의 사람들이 모두 저 때문인 것을 알고 있습니다. 생의 친척들이 조정에 가득하니 일단 권세 있는 사람이 이 일의 본말을 자세히 살펴본다면 화가 곧 미칠 것입니다. 하물며 하늘을 속이고 사람을 배반하면 귀신도 도와주지 않을 것이니 스스로 화를 자초하지 말아야 합니다. 제가 어머니의 자식이 된 지 지금까지 20년입니다. 그 비용을 계산해 보면 천금뿐만이 아닙니다. 지금 어머니의 연세도 예순이 넘었습니다. 20년 동안 입혀 주고 먹여 주신 비용을 계산해 드릴 테니 저를 놓아주시면 이분과 따로 살겠습니다. 살 곳이 멀지 않아 아침저녁으로 어머니께 문안 드리고 보살펴 드릴 수 있다면 저는 만족합니다."

노파는 그 뜻을 꺾을 수 없음을 알고 허락했다. 이와는 어머니에게 주고 남은 돈으로 북쪽 모퉁이에서 빈집 한 채를 세냈다. 그러고는 생을 목욕시키고 옷을 갈아입힌 후 탕과 죽으로 그의 장을 통하게 하고 그다음에는 타락으로 그의 장을 기름지게 했다. 열흘 남짓 지나자 산해진미를 먹였다. 두건과 신발과 버선은 모두 진귀한 것을 가져다 입혀 주었다. 몇 달도 안 되어 생의 피부에 점차 윤기가 돌았고 1년이 지나자 예전처럼 건강해졌다. 어느 날 이와가 생에게 말했다.

"몸도 이미 건강해졌고 뜻도 이미 굳어지셨습니다. 심사숙고해서 지난날의 학업을 조용히 생각해 보십시오. 복습할 수 있겠습니까?"

생은 생각해 보더니 말했다.

"열에 두세 개밖에 생각이 안 나오."

이와는 수레 채비를 명해 외출했고 생은 말을 타고 따라갔다. 이와는 기정(旗亭)107)의 남쪽 문에 있는 전적(典籍)을 파는 가게에 이르자 생에게 책을 골라 사게 했는데, 책값

---

107) 기정(旗亭) : 성시(城市) 안에 있던 주루(酒樓).

으로 백금을 다 쓰고서 책을 모두 싣고 돌아왔다. 그러고는 생에게 모든 잡념을 버리고 학문에 뜻을 두게 해 밤낮없이 열심히 공부하게 했다. 이와는 항상 그의 옆에 앉아 있다가 한밤중이 되어서야 잠을 잤다. 그녀는 생이 피곤해 보이면 시부(詩賦)를 지어 머리를 식히게 했다. 2년이 지나자 생은 학업에 큰 성취가 있었으며 천하의 전적 중에 두루 보지 않은 것이 없었다. 생이 이와에게 말했다.

"이제 이름을 등록하고 과거에 응시할 수 있겠소."

이와가 말했다.

"아직은 안 됩니다. 치밀하게 익혀서 무슨 시험이든 급제할 수 있을 때까지 기다리십시오."

다시 1년이 지나자 이와가 말했다.

"가셔도 됩니다."

마침내 생은 한 번 과거에 응시해 갑과(甲科)108)에 급제함으로써 그 명성이 예부(禮部)에 자자했다. 비록 선배들이라도 그의 문장을 보고는 옷깃을 여미며 존경하고 부러워하지 않는 사람이 없었으며, 그와 친구가 되고자 해도 그렇게 할 수 없었다. 이와가 말했다.

---

108) 갑과(甲科) : 당나라의 과거 제도에서 진사(進士)는 갑·을 2과로, 명경(明經)은 갑·을·병·정 4과로 나누었는데, 갑과는 시험이 어려운 만큼 급제하면 비교적 높은 관직을 받았다.

"아직은 안 됩니다. 지금 수사(秀士 : 과거 응시자)들은 한번 과거에 급제하면 스스로 조정의 높은 관직을 얻어 천하에 훌륭한 명성을 떨칠 수 있다고 생각합니다. 그러나 당신은 행적이 떳떳하지 못하고 비루하므로 다른 선비들과 같지 않습니다. 마땅히 각고의 노력을 기울여 실력을 키워서 다시 급제해야만 비로소 많은 선비들과 어깨를 나란히 하고 여러 영재들과 패권을 다툴 수 있습니다." 미 : 누가 이런 고명한 의론을 하겠는가? 생은 이로 말미암아 더욱 부지런히 노력해 명성이 더욱 높아졌다. 그해에 대비(大比)109)가 있어 사방의 인재들을 초징하라는 조서가 내려졌다. 생은 직언극간과(直言極諫科)에 응시해 장원 급제하고 성도부참군(成都府參軍)에 제수되었다. 삼사(三事 : 삼공)110) 이하로는 모두 그의 친구가 되었다. 임지로 떠날 때 이와가 생에게 말했다.

"지금 당신을 본래 모습으로 되돌려 놓았으니 저는 당신을 저버리지 않게 되었습니다. 남은 생애는 돌아가서 노모를 부양하게 해 주십시오. 협 : 탐색하는 것이다. 당신은 귀족 집안의 규수와 결혼해 제사를 받들도록 하십시오. 가문 안

---

109) 대비(大比) : 3년에 한 번씩 거행하는 과거 시험.

110) 삼사(三事) : 삼공(三公). 품계가 가장 높은 관리로 태사(太師)·태부(太傅)·태보(太保), 또는 사마(司馬)·사도(司徒)·사공(司空)을 말한다.

팎의 혼인에서 스스로 오점을 남겨서는 안 됩니다. 자중자애하십시오. 저는 여기서 떠나겠습니다."

생이 울면서 말했다.

"당신이 나를 버린다면 마땅히 자결해 죽어 버리겠소!"
미 : 이십랑(李十郞 : 이익)111)이라면 결코 이렇게 할 수 없다.

이와가 한사코 사양하며 따라가지 않겠다고 했지만 생은 더욱 간절히 부탁했다. 이와가 말했다.

"당신이 강을 건널 때까지 배웅해 드릴 테니, 협 : 또 떠보는 것이다. 검문(劍門)에 도착하면 마땅히 저를 돌려보내 주십시오."

생은 허락했다. 한 달 남짓 지나 검문에 도착했다. 생이 출발하기 전에 관리 임명서가 당도했는데, 생의 부친을 상주(常州)에서 불러들여 성도윤(成都尹) 겸 검남채방사(劍南採訪使)로 임명한다는 것이었다. 12일 만에 부친이 도착했다. 생은 명함을 전하고 우정(郵亭)112)에서 부친을 뵈었다. 부친은 그를 알아보지 못하다가 조부의 관직과 함자를 보고 비로소 깜짝 놀라 계단을 올라오게 하더니 등을 어루

---

111) 이십랑(李十郞) : 이익(李益). 《곽소옥전(霍小玉傳)》의 남자 주인공. 본서 80-35(2584) 〈곽소옥전〉에 나온다.

112) 우정(郵亭) : 공문을 전달하거나 관원을 마중하고 배웅하는 데 쓰는 역참.

만지며 한참 동안 통곡하고 나서 말했다.

"나와 너는 이전처럼 부자지간이다."

그러고는 그 연유를 묻자 생은 자초지종을 모두 말했다. 부친이 매우 기이해하며 이와가 어디에 있는지 묻자 생이 말했다.

"저를 배웅해 여기까지 왔는데 다시 돌아가게 해야 합니다."

부친이 말했다.

"안 된다." 미 : 어진 아비다.

다음 날 부친은 생과 함께 수레를 타고 먼저 성도(成都)로 가서 이와를 검문에 머무르게 하고 별관을 지어 그곳에 살게 했다. 다음 날 매파를 보내 혼인의 말을 전한 뒤 육례(六禮)를 갖춰 그녀를 맞아들여 마침내 '진진(秦晉)의 배필'[113]이 되었다. 이와는 결혼한 뒤 때에 맞춰 제사[114]를 지내고 부녀자의 도리를 잘 닦아 집안을 엄정하게 다스림으

---

113) 진진(秦晉)의 배필 : 원문은 "진진지우(秦晉之偶)". 춘추 시대에 진(秦)나라와 진(晉)나라가 대대로 혼인을 맺어 우호가 두터웠기 때문에 훗날 결혼하는 것을 '결진진지호(結秦晉之好)'라고 한다.

114) 제사 : 원문은 "복납(伏臘)". 삼복(三伏)과 납일(臘日). 여름 삼복에 지내는 제사인 복사(伏祀)와 겨울 납일에 지내는 제사인 납향(臘享)을 말한다. 여기서는 철에 따라 지내는 제사를 말한다.

써 친척들에게 지극한 사랑을 받았다. 몇 년 후에 생의 부모님이 모두 돌아가시자 매우 극진히 효를 다했다. 영지가 여막에서 자라고 벼 한 이삭에서 세 송이의 꽃이 피었는데, 검남도(劍南道)에서 천자께 그 사실을 아뢰었다. 또 수십 마리의 흰 제비가 그의 집의 높다란 용마루에 둥지를 틀었다. 천자는 기이하게 여겨서 특별히 상을 내려 장려하고 생의 관직을 더해 주었다. 탈상한 후에 생은 고귀하고 현달한 관직을 역임했고 10년 사이에 여러 군을 다스렸다. 이와는 견국부인에 봉해졌고, 네 아들은 모두 고관이 되었는데 가장 낮은 관직이 태원윤(太原尹)이었다. 형제들이 모두 명문 귀족과 혼인해 내외 친인척이 융성했기에 견줄 만한 집안이 없었다. 아! 창기임에도 정절과 행실이 이와 같았으니 비록 옛날의 열녀라 해도 그녀를 뛰어넘을 수 없었다.

汧國夫人李娃, 長安之倡女也. 天寶中, 有常州刺史滎陽公者, 時望甚崇. 知命之年, 有一子, 始弱冠矣. 雋朗有詞藻, 迥然不群, 深爲時輩推伏. 其父愛而器之, 曰 : "此吾家千里駒也." 應鄕試秀才擧, 將行, 乃盛其服玩車馬之飾, 計其京師薪儲之費, 謂之曰 : "吾觀爾之才, 當一戰而勝. 今備二載之用, 且豐爾之給, 將遂其志也." 生亦自負, 視上第如指掌. 自毗陵發, 月餘抵長安, 居於布政里. 嘗遊東市還, 自平康東門入, 將訪友於西南. 至鳴珂曲, 見一宅, 門庭不甚廣, 而室宇嚴邃, 闔一扉. 有娃方憑一雙鬟靑衣立, 妖姿要妙, 絶代未有. 生忽見之, 不覺停驂久之, 徘徊不能去. 乃詐墜鞭於地,候其從者,敕取之.累眄於娃,娃回眸凝睇,情甚相慕.竟不敢措辭而去.生自爾意若有失,乃密徵其友遊長安之熟者,以訊之,友曰:"此狹邪女李氏宅也."曰:"娃可求乎?"對曰:"李氏頗贍,前與通之者,多貴戚豪族,所得甚廣.非累百萬,不能動其志也."生曰:"但患不諧,雖百萬,何惜?"他日,乃潔其衣服,盛賓從而往.扣其門,俄有侍兒啓扃.生曰:"此誰之第耶?"侍兒不答,馳走大呼曰:"前時遺策郎也!"娃大悅曰:"爾姑止之.吾當整妝易服而出."生聞之,私喜.乃引至蕭牆間,見一姥,垂白上僂,即娃母也.生跪拜前致詞曰:"聞茲地有隙院,願稅以居,信乎?"姥曰:"懼其淺陋湫隘,不足以辱長者,敢言直耶?"延生於遲賓之館,館宇甚麗.與生偶坐,因曰:"某有女嬌小,妓藝薄劣,欣見賓客,願將見之."乃命娃出,明眸皓腕,舉步艷冶.生遽驚起,莫敢仰視.與之拜畢,叙寒燠,觸類妍媚,目所未睹.復坐,烹茶斟酒,器用甚潔.久之日暮,鼓聲四動.姥訪其居遠近,生紿之曰:"在延平門外數里."冀其遠而見留也.姥曰:"鼓已發矣,當速歸,無犯禁."生曰:"幸接歡笑,不知日之云夕.道里遼闊,城內又無親戚,將若之何?"娃曰:"不見責僻陋,方將居之,宿何害焉?"生數目姥,姥曰:"唯唯."生乃召其家僮,持雙縑,請以備一宵之饌.娃笑而止之曰:"賓主之儀,且不然也.今夕之費,願以貧窶之家,隨其粗糲以進之.其餘以俟他辰."固辭,終不許.俄徙坐西堂,帷幙簾榻,煥然奪目,妝奩衾枕,亦皆侈麗.乃張燭進饌,品味甚盛.徹饌,姥起.生娃談話方切,詼諧調笑,無所不至.生曰:"前偶過卿門,遇卿適在屏間.厥後心常勤念,雖寢與食,未嘗或捨."娃答曰:"我心亦如之."生曰:"今之來,非直求居而已,願償平生之志."言未終,姥至,詢其故,具以告.姥笑曰:"男女之際,大欲存焉,情苟相得,雖父母之命,不能制也.女子固陋,曷足以薦君子之枕席?"生遂下階,拜而謝之曰:"願以己爲廝養."夾:識不佳.姥遂目之爲郎,飲酣而散.及旦,盡徙其囊橐,因家於李之第.自是生屛跡戢身,不復與親知相聞.日會倡優之類,狎戲遊宴.囊中盡空,乃鬻駿乘及其家童.歲餘,資財僕馬蕩然.邇來姥意漸怠,娃情彌篤.他日,娃謂生曰:"與郎相知一年,尙無孕嗣.常聞竹林神者,報應如響,將致薦酹求之,可乎?"生不知其計,大喜.乃質衣於肆,以備牢醴,與娃同謁祠宇而禱焉,信宿而返.至里北門,娃謂生曰:"此東轉小曲中,某之姨宅也.將憩而覲之,可乎?"生如其言,前行不踰百步,果見一車門.窺其際,甚弘敞.其靑衣自車後止之,曰:"至矣."生下驢,適有一人出訪,曰:"誰?"曰:"李娃也."乃入告.俄有一嫗至,年可四十餘,與生相迎,曰:"吾甥來否?"娃下車,嫗迎謂之曰:"何久疏絶?"相視而笑.娃引生拜之,旣見,遂偕入西戟門偏院.中有山亭,竹樹葱茜,池榭幽絶.生謂娃曰:"此姨之私第耶?"笑而不答,以他語對.俄獻茶果,甚珍奇.食頃,有一人控大宛,汗流馳至,曰:"姥遇暴疾頗甚,殆不識人,宜速歸!"娃謂姨曰:"方寸亂矣!某騎而前去,當令返乘,便與郎偕來."生擬隨之,其姨與侍兒偶語,以手揮之,令生止於戶外,曰:"姥且歿矣.當與某議喪事,以濟其急,奈何遽相隨而去?"乃止,共計其凶儀齋祭之用.日晚,乘不至,姨言曰:"無復命,何也?郎驟往視之,某當繼至."生遂往,至舊宅,門扃鑰甚密,以泥緘之.生大駭,詰其鄰人,鄰人曰:"李本稅此而居,約已周矣.第主自收.姥徙居而且再宿矣."徵徙何處,曰:"不得其所."生將馳赴宣陽,以詰其姨,日已晚矣,計程不能達.乃弛其裝服,質饌而食,賃榻而寢.生患怒方甚,自昏達旦,目不交睫.質明,乃策蹇而去.旣至,連扣其扉,食頃,無人應.生大呼數四,有宦者徐出.生遽訪之:"姨氏在乎?"曰:"無之."生曰:"昨暮在此,何故匿之?"訪其誰氏之第,曰:"此崔尚書宅.昨者有一人稅此院,云遲中表之遠至者,未暮去矣."生惶惑發狂,罔知所措,因返訪布政舊邸.邸主哀而進膳.生怨懟,絕食三日,遘疾甚篤,旬餘愈甚.邸主懼其不起,徙之於凶肆之中.綿綴移時,合肆之人共傷嘆而互飼之.後稍愈,杖而能起.由是凶肆日假之,令執總帷,獲其直以自給.累月,漸復壯,每聽其哀歌,自嘆不及逝者,輒嗚咽流涕,不能自止.歸則效之.生聰敏者也,無何,曲盡其妙,雖長安無有倫比.初,二肆之備凶器者,互爭勝負.其東肆車輿皆奇麗,殆不敵,唯哀挽劣焉.東肆長知生妙絕,乃醵錢二萬索僱焉.其黨耆舊,共較其所能者,陰敎生新聲,而相讚和.累旬,人莫知之.其二肆長相謂曰:"我欲各閱所備之器於天門街,以較優劣.不勝者,罰直五萬,以備酒饌之用,可乎?"二肆許諾,乃邀立符契,署以保證,然後閱之.士女大會,聚至數萬.於是里胥告於賊曹,賊曹聞於京尹.四方之士,盡赴趨焉,巷無居人.自旦閱之,及亭午,歷擧輦輿威儀之具,西肆皆不勝,師有慚色.乃置層榻於南隅,有長髯者,擁鐸而進,翊衛數人.於是奮髯揚眉,扼腕頓顙而登,乃歌〈白馬〉之詞.恃其夙勝,顧眄左右,旁若無人.齊聲讚揚之,自以爲獨步一時,不可得而屈也.有頃,東肆長於北隅上設連榻,有烏巾少年,左右五六人,秉翣而至,卽生也.整衣服,俯仰甚徐,申喉發調,容若不勝.乃歌〈薤露〉之章,擧聲淸越,響振林木.曲度未終,聞者歔欷掩泣.眉:古人一輓歌,必欲窮極性情.季世雖經邦大典,悉爲故事,不亦異乎?西肆長爲衆所誚,益慚恥,密置所輸之直於前,乃潛遁焉.四座愕眙,莫之測也.先是天子方下詔,俾外方之牧,歲一至闕下,謂之"入計".時適遇生父在京師,與同列者易服章,竊往觀焉.有老竪,卽生乳母婿也,見生之擧措辭氣,將認之而未敢,乃泫然流涕.生父驚而詰之,因告曰

:"歌者之貌,酷似郎之亡子." 父曰:"吾子以多財爲盜所害,奚至是耶?" 言訖, 亦泣. 及歸, 堅間馳往, 訪於同黨曰:"向歌者誰, 若斯之妙歟?" 皆曰:"某氏之子." 徵其名, 且易之矣. 堅凜然大驚, 徐往, 迫而察之. 生見堅, 色動回翔, 將匿於衆中. 堅遂持其袂曰:"豈非某乎?" 相持而泣, 遂載以歸. 至其室, 父責曰:"志行若此, 汚辱吾門, 何施面目, 復相見也?" 乃徒行出, 至曲江杏園東, 去其衣服, 以馬鞭鞭之數百. 生不勝其苦而斃, 父棄之而去. 其師命相狎昵者, 陰隨之, 歸告同黨, 共加傷嘆. 令二人齎葦席瘞焉. 至則心下微溫, 擧之, 良久, 氣稍通. 因共荷而歸, 以葦筒灌勺飲, 經宿乃活. 月餘, 手足不能自擧, 其楚撻之處皆潰爛, 穢甚. 同輩患之, 一夕, 棄於道周. 行路咸傷之, 往往投其餘食, 得以充腸. 十旬, 方杖策而起. 被布裘, 裘有百結, 襤縷如懸鶉. 持一破甌, 巡於閭里, 以乞食爲事. 自秋徂冬, 夜入糞窟, 晝則周遊廛肆. 一旦大雪, 生爲凍餒所驅, 冒雪而出. 乞食之聲甚苦, 聞見者莫不悽惻. 時雪方甚, 人家外戶多不發. 至安邑東門, 循里垣, 北轉第七八, 有一門獨啓左扉, 卽娃之第也. 生不知之, 遂連聲疾呼:"饑凍之甚!" 音響凄切, 所不忍聽. 娃自閣中聞之, 謂侍兒曰:"此必生也. 我辨其音矣." 連步而出. 見生枯瘠疥癘, 殆非人狀. 娃意感焉, 乃謂曰:"豈非某郎也?" 生憤懣絶倒, 口不能言, 頷頤而已. 娃前抱其頸, 以繡襦擁而歸於西廂, 失聲長慟曰:"令子一朝及此, 我之罪也!" 絶而復甦. 姥大駭, 奔至, 曰:"何也?" 娃曰:"某郎." 姥遽曰:"當逐之, 奈何令至此?" 娃斂容却睇曰:"不然. 此良家子也, 當昔驅高車, 持金裝, 至某之室, 不逾期而蕩盡. 且互設詭計, 捨而逐之, 令其失志, 不得齒於人倫. 父子之道, 天性也, 使其情絶, 殺而棄之, 又困躓若此. 天下之人, 盡知爲某也. 生親戚滿朝, 一旦當權者熟察其本末, 禍將及矣. 況欺天負人, 鬼神不祐，無自貽其殃也。某爲姥子，迄今有二十歲矣。計其貲，不啻直千金。今姥年六十餘，願計二十年衣食之用以贖身，當與此子別卜所詣。所詣非遙，晨昏得以溫凊，某願足矣。"姥度其志不可奪，乃許之。因以給姥之餘金，於北隅税一隙院。乃與生沐浴，易其衣服，爲湯粥通其腸，次以酥乳潤其臟。旬餘，方薦水陸之饌。頭巾履襪，皆取珍異者衣之。未數月，肌膚稍腴，卒歲，平愈如初。異時，娃謂生曰："體已康矣，志已壯矣。淵思寂慮，默想疇昔之藝業，可溫習乎？"生思之，曰："十得二三耳。"娃命車出遊，生騎而從。至旗亭南偏門鬻墳典之肆，令生揀而市之，計費百金，盡載以歸。因令生斥棄百慮以志學，俾夜作晝，孜孜矻矻。娃常偶坐，宵分乃寐。伺其疲倦，卽諭之綴詩賦。二歲而業大就，海內文籍，莫不該覽。生謂娃曰："可策名試藝矣。"娃曰："未也。且令精熟，以俟百戰。"更一年，曰："可行矣。"於是遂一上登甲科，聲振禮闈。雖前輩見其文，罔不斂衽敬羨，願友之而不可得。娃曰："未也。今秀士苟獲擢一科第，則自謂可以取中朝之顯職，擅天下之美名。子行穢跡鄙，不侔於他士。當礱淬利器，以求再捷，方可以連衡多士，爭霸群英。"眉：誰有此高議？生由是益自勤苦，聲價彌甚。其年遇大比，詔徵四方之儁。生應直言極諫科，策名第一，授成都府參軍。三事以降，皆其友也。將之官，娃謂生曰："今之復子本軀，某不相負也。願以殘年，歸養老姥。夾：探之。君當結媛鼎族，以奉蒸嘗。中外婚媾，無自黷也。勉思自愛。某從此去矣。"生泣曰："子若棄我，當自剄以就死！"眉：李十郎必不能爾。娃固辭不從，生勤請彌懇。娃曰："送子涉江，夾：又試之。至於劍門，當令我回。"生許諾。月餘，至劍門。未及發而除書至，生父由常州詔入，拜成都尹，兼劍南採訪使。浹辰，父到。生因投刺，謁於郵亭。父不敢認，見其祖父官諱，方大驚，命登階，撫背慟哭移時，曰:"吾與爾父子如初." 因詰其由, 具陳本末. 大奇之, 詰娃安在, 曰:"送某至此, 當令復還." 父曰:"不可." 眉:賢父. 翌日, 命駕與生先之成都, 留娃於劍門, 築別館以處之. 明日, 命媒氏通二姓之好, 備六禮以迎之, 遂如秦晉之偶. 娃旣備禮, 歲時伏臘, 婦道甚修, 治家嚴整, 極爲親所眷尙. 後數歲, 生父母偕歿, 持孝甚至. 有靈芝産於倚廬, 一穗三秀, 本道上聞. 又有白燕數十, 巢其層甍. 天子異之, 寵錫加等. 終制, 累遷淸顯之任, 十年間, 至數郡. 娃封汧國夫人, 有四子, 皆爲大官, 其卑者猶爲太原尹. 弟兄姻媾皆甲門, 內外隆盛, 莫之與京. 嗟乎! 倡蕩之姬, 節行如是, 雖古先烈女, 不能踰也.

* 이 고사는《태평광기》권484〈잡전기(雜傳記)·이와전〉에 실려 있는데, 출전이 "《이문집(異聞集)》"이라 되어 있다.

80-33(2582) 유씨전

유씨전(柳氏傳)

허요좌(許堯佐) 찬

    [당나라] 천보(天寶) 연간(742~756)에 창려(昌黎) 사람 한익(韓翊)은 시인으로서 명성은 있었지만, 성격이 자못 자유분방하고 오랫동안 객지 생활을 해서 아주 가난했다. 이생(李生)이란 사람은 한익과 친한 친구로서 집에 천금을 쌓아 놓은 부자였는데, 기개를 자부하고 재자(才子)를 좋아했다. 이생에게는 유씨라고 하는 애첩이 있었는데, 그녀는 당시에 비할 데 없이 아름다웠으며 우스갯소리를 좋아하고 노래를 잘 불렀다. 이생은 그녀를 별채에 살게 하고 그곳을 한익과 함께 음주와 시가를 즐기는 곳으로 삼았으며, 그 옆에 한익을 위한 거처를 마련해 주었다. 한익은 평소 명성이 알려져 있었기에 그를 방문하는 사람은 모두 당시의 훌륭한 선비들이었다. 유씨는 문틈으로 한익을 엿보면서 시녀에게 말했다.

    "한 부자(韓夫子 : 한익)께서 어찌 오랫동안 빈천하게 지내실 분이겠느냐?"

    그러고는 마침내 그에게 마음을 두었다. 이생은 평소에 한익을 중시해 그를 위해서라면 아끼는 것이 없었는데, 나중에 유씨의 마음을 알고는 곧장 음식을 마련하고 한익을 초청해 술을 마셨다. 주흥이 올랐을 때 이생이 말했다.

"유 부인(柳夫人 : 유씨)은 미색이 아주 빼어나고 한 수재(韓秀才 : 한익)는 문장이 특별히 뛰어나니, 유 부인으로 한 수재의 수청을 들게 하려는데 괜찮겠소?"

그러자 한익이 소스라치게 놀라 자리를 피하며 말했다.

"오랫동안 헐벗고 굶주리다가 지금 그대의 은혜를 입고 있는데, 어떻게 그대가 사랑하는 여자를 뺏는단 말이오?"

하지만 이생이 한사코 청하자, 유씨는 그의 뜻이 진심이라는 것을 알고 재배한 뒤 옷자락을 여미고 한익의 자리 옆에 앉았다. 이생은 한익을 빈객의 자리에 앉히고 술을 가득 따라 건배하며 마음껏 즐겼다. 또 이생은 30만 전을 내어 한익의 생활비로 보태 주었다. 한익은 유씨의 미색을 사모하고 유씨는 한익의 재능을 흠모하다가 두 사람의 마음이 소원대로 이루어졌으니 그 기쁨을 가히 알 만했다. 이듬해 예부시랑(禮部侍郎) 양도(楊度)가 과거 시험에서 한익을 상등(上等)으로 선발했지만, 한익은 은거하면서 한가로이 세월을 보냈다. 그러자 유씨가 한익에게 말했다.

"영예와 명성을 얻어 부모님을 빛나게 하는 것은 옛사람들이 바라던 바인데, 어찌 허드렛일이나 하는 비천한 이 몸 때문에 조정의 부름을 받은 훌륭한 당신[115]을 붙잡아 두어서야 되겠습니까? 또한 필요한 기물과 재산도 당신이 돌아

오실 때까지 충분히 쓸 수 있습니다."

그리하여 한익은 청지현(淸池縣)으로 부모님을 뵈러 갔다. 1년 남짓 지나자 유씨는 끼니가 부족할 정도로 가난해져서 화장 도구를 팔아 연명했다. 게다가 천보 연간 말에는 도적이 두 도성을 전복하니[116] 남녀들이 모두 놀라 도망쳤다. 유씨는 남달리 아름다웠기 때문에 화를 면하지 못할까 봐 두려워서 머리를 깎고 용모를 훼손한 뒤 법령사(法靈寺)에서 기거했다. 당시 후희일(侯希逸)이 평로절도사(平盧節度使)에서 치청절도사(淄靑節度使)로 부임했는데, 평소 한익의 명성을 잘 알고 있었기에 그를 초빙해 서기(書記)로 삼았다. 그 후 선황제(宣皇帝 : 숙종)가 신명(神明)한 무용으로 반란을 평정하자, 한익은 곧장 사람을 보내 몰래 수소문해 유씨를 찾게 했으며, 비단 주머니에 금가루를 담아 유씨에게 보내면서 다음과 같은 시를 적었다.

"장대의 버들[章臺柳][117]이여, 장대의 버들이여, 옛날엔

---

115) 조정의 부름을 받은 훌륭한 당신 : 원문은 "채란지미(採蘭之美)". 조정에서 현자를 등용하는 훌륭한 일을 비유한다.

116) 도적이 두 도성을 전복하니 : 안녹산(安祿山)이 반란을 일으켜 장안(長安)과 낙양(洛陽) 두 도성을 함락한 것을 말한다.

117) 장대의 버들 : 원문은 "장대류(章臺柳)". '장대'는 한(漢)나라 때 장안의 거리 이름인데, 당시 유씨가 장안에 있었으므로 이렇게 비유한 것

푸르고 푸르렀는데 지금도 그대로 있는가? 설사 긴 가지 예전처럼 늘어져 있다 해도, 응당 남의 손에 꺾이고 말았으리!"

유씨가 금을 받아 들고 흐느껴 울며 화답했다.

"버들가지, 향기롭게 꽃 피는 봄철, 한스럽게도 해마다 이별할 때 꺾어 주네. 잎사귀 하나 바람 따라 날리다 문득 가을을 알리니, 설사 임이 오신다 한들 어찌 꺾을 만하리오!"
협 : 가련하다.

그로부터 얼마 되지 않아 번장(蕃將 : 회흘족 장수) 사타리(沙吒利)가 막 공을 세우고서 유씨의 미색을 은밀히 알아내고 그녀를 납치해 자신의 집으로 돌아간 뒤 오직 그녀만을 총애했다. 그 후 후희일이 좌복야(左僕射)에 제수되어 천자를 배알하러 조정에 들어가게 되자 한익도 그를 수행해 도성에 이르렀는데, 그때는 이미 유씨의 거처를 찾을 수 없었으므로 한익은 탄식하며 그리워해 마지않았다. 그러던 어느 날 한익은 우연히 용수강(龍首岡)에서 어떤 하인이 얼룩소로 휘장 친 수레를 끌고 가고 두 하녀가 그 뒤를 따라가는 것을 보았다. 한익은 우연히 그 수레를 따라갔는데 수레 안에서 물었다.

"혹시 한 원외(韓員外 : 한익)님이 아니세요? 저는 유씨

이다.

예요."

그러고는 하녀를 시켜서 몰래 말을 전하길, 자신은 이미 사타리에게 몸을 잃었고 지금 수레에 함께 타고 있는 사람에게 제지당하고 있으니 내일 아침에 도정리(道政里)의 문에서 기다려 주었으면 한다고 했다. 한익이 약속한 시간에 갔더니, 유씨는 가벼운 흰 비단으로 묶은 옥합(玉盒)에 향유를 담아 수레 안에서 그에게 주며 말했다.

"이젠 영원히 이별해야 하니 이것을 제 정성으로 간직해 주세요."

그러고는 수레를 돌려 손을 흔들었다. 가벼운 소맷자락이 바람에 나부끼고 향기로운 수레가 덜컹거리며 떠나갔는데, 한익은 수레가 보이지 않을 때까지 바라보다가 정신이 아득해지면서 모든 것이 먼지 속에서 사라져 버린 것 같았다. 한익은 서글픈 마음을 도저히 가눌 수 없었다. 그때 마침 치청(淄靑)의 여러 장군들이 주루(酒樓)에서 즐기고 있다가 사람을 보내 한익을 청해 오게 했는데, 한익은 마지못해 초대에 응하긴 했지만 상심하고 의기소침해 목소리가 슬픔에 잠겨 있었다. 그곳에 자신의 재능과 기력을 자부하는 허준(許俊)이라는 우후(虞侯 : 절도사 휘하의 무관)가 있었는데, 그가 검을 어루만지면서 한익에게 말했다.

"필시 무슨 곡절이 있는 듯하니 말씀만 하시면 당신을 위해 한번 힘을 써 보고자 합니다!"

한익이 하는 수 없이 사실대로 얘기해 주었더니 허준이 말했다.

"당신이 몇 자만 써 주시면 당장 그녀를 데려오겠습니다!"

그러고는 만호(縵胡)[118]를 입고 쌍 활집을 차고 기병 한 명만 데리고 곧바로 사타리의 집으로 갔다. 허준은 사타리가 집을 나와 1리 남짓 갔을 때를 기다렸다가, 곧장 옷깃을 여미고 말고삐를 단단히 잡은 채 문을 박차고 들어가서 급히 뛰어들며 소리쳤다.

"장군께서 급병(急病)이 나셔서 부인을 불러오라 하셨다!"

노복과 시비들은 모두 뒤로 물러나며 감히 그를 쳐다보지 못했다. 허준은 마침내 당(堂)으로 올라가 한익의 서찰을 꺼내 유씨에게 보여 주고 그녀를 안아 올려 말안장에 태운 뒤 먼지를 휘날리며 말의 가슴걸이가 끊어질 정도로 빨리 달려 순식간에 주루에 도착했다. 허준은 옷자락을 여미고 앞으로 나아가 말했다.

"다행히 분부를 욕되게 하지 않았습니다!"

---

118) 만호(縵胡) : 무사의 모자에 매는 끈으로, 거칠고 무늬가 없다. 여기서는 군복의 뜻으로 쓰였다.

좌중의 사람들은 모두 놀라 감탄했다. 유씨와 한익은 손을 부여잡고 눈물을 흘렸고, 나머지 사람들도 주연을 그만두었다. 당시 사타리는 천자로부터 남다른 은총을 받고 있었으므로, 한익과 허준은 화를 당할까 두려워서 후희일을 찾아갔더니 후희일이 깜짝 놀라며 말했다.

"내 평생에 하려고 했던 일을 허준 그대가 해냈구나!"

그러고는 마침내 황제께 장계(狀啓)를 올렸다.

"검교상서금부원외랑(檢校尙書金部員外郞) 겸 어사(御史) 한익은 오랫동안 막료의 직분을 맡아 여러 차례 공훈을 세웠으며, 근자에는 향공(鄕貢)119)으로 과거에 급제까지 했습니다. 그에게는 유씨라는 첩이 있었는데 흉악한 역적들을 피해 절에서 비구니로 기거했습니다. 지금은 밝은 문덕(文德)으로 백성들을 위무하는 성운(聖運)을 만나 원근이 모두 교화되었습니다. 그런데 장군 사타리는 흉악함을 자행해 국법을 어지럽히고 보잘것없는 공로를 빙자해 절개를 지키던 남의 첩을 빼앗음으로써 태평한 덕정(德政)을 범했습니다. 신의 부장(部將) 겸 어사중승(御史中丞) 허준은 본래 유계(幽薊) 지역 출신으로 영웅심이 있고 용맹한 사람인데, 사타

---

119) 향공(鄕貢) : 향시(鄕試)에 합격해 도성의 진사 시험에 응시하도록 지방 장관의 천거를 받은 사람.

리에게서 유씨를 빼앗아 와서 한익에게 돌려주었습니다. 그는 의협심이 충만한 사람으로 비록 의분에 따른 진실한 행동을 보여 주긴 했지만, 사전에 이를 아뢰지 못한 것은 진실로 신의 엄정한 명령이 부족한 탓입니다."

얼마 후에 천자의 조서가 내려왔다.

"유씨는 마땅히 한익에게 돌려주고 사타리에게는 200만 전을 하사하라."

그리하여 유씨는 다시 한익에게 돌아갔다. 한익은 그 후 여러 차례 승진해 중서사인(中書舍人)에 이르렀다.

天寶中, 昌黎韓翊有詩名, 性頗落托, 羈滯貧甚. 有李生者, 與翊友善, 家累千金, 負氣愛才. 其幸姬曰柳氏, 艷絶一時, 喜談謔, 善謳詠. 李生居之別第, 與翊爲宴歌之地, 而館翊於其側. 翊素知名, 其所候問, 皆當時之彥. 柳氏自門窺之, 謂其侍者曰: "韓夫子豈長貧賤者乎?" 遂屬意焉. 李生素重翊, 無所吝惜. 後知其意, 乃具饌請翊飮. 酒酣, 李生曰: "柳夫人容色非常, 韓秀才文章特異, 欲以柳薦枕於韓君, 可乎?" 翊驚慄避席曰: "蒙君之恩, 解衣輟食久之, 豈宜奪所愛乎?" 李堅請之, 柳氏知其意誠, 乃再拜, 引衣接席. 李坐翊於客位, 引滿極歡. 李生又以資三十萬, 佐翊之費. 翊仰柳之色, 柳慕翊之才, 兩情皆獲, 喜可知也. 明年, 禮部侍郎楊度擢翊上第, 屛居間歲. 柳氏謂翊曰: "榮名及親, 昔人所尙, 豈宜以濯浣之賤, 稽採蘭之美乎? 且用器資物, 足以待君之來也." 翊於是省家於淸池, 歲餘, 乏食, 鬻妝具以自給. 天寶末, 盜覆二京, 士女奔駭. 柳氏以艷獨異, 且懼不免, 乃剪髮毀形, 寄迹法靈寺. 是時侯希逸自平盧節度淄青, 素藉翊名, 請爲書記. 洎宣皇帝以神武返正, 翊乃遣使間行求柳氏, 以練囊盛麩金, 題之曰:"章臺柳, 章臺柳, 昔日青青今在否? 縱使長條似舊垂, 亦應攀折他人手!"柳氏捧金嗚咽, 答之曰:"楊柳枝, 芳菲節, 所恨年年贈離別. 一葉隨風忽報秋, 縱使君來豈堪折!"夾:可憐. 無何, 有蕃將沙吒利者, 初立功, 竊知柳氏之色, 劫以歸第, 寵之專房. 及希逸除左僕射入覲, 翊得從行, 至京師, 已失柳氏所止, 嘆想不已. 偶於龍首岡, 見蒼頭以駁牛駕輜軿, 從兩女奴. 翊偶隨之, 自車中問曰:"得非韓員外乎? 某, 柳氏也."使女奴竊言失身沙吒利, 阻同車者, 請詰旦幸相待於道政里門. 及期而往, 以輕素結玉合, 實以香膏, 自車中授之, 曰:"當遂永訣, 願置誠念."乃回車, 以手揮之. 輕袖搖搖, 香車轔轔, 目斷意迷, 失於驚塵. 翊大不勝情. 會淄青諸將合樂酒樓, 使人請翊, 翊强應之, 然意色皆喪, 音韻淒咽. 有虞侯許俊者, 以材力自負, 撫劍言曰:"必有故, 願一効用!"翊不得已, 具以告之, 俊曰:"請足下數字, 當立致之!"乃衣縵胡, 佩雙鞬, 從一騎, 徑造沙吒利之第. 候其出行里餘, 乃被衽執轡, 犯關排闥, 急趨而呼曰:"將軍中惡, 使召夫人!"僕侍辟易, 無敢仰視. 遂升堂, 出翊札示柳氏, 挾之跨鞍馬, 逸塵斷鞅, 倏忽乃至. 引裾而前曰:"幸不辱命!"四座驚嘆. 柳氏與翊執手涕泣, 相與罷酒. 是時沙吒利恩寵殊等, 翊・俊懼禍, 乃詣希逸, 希逸大驚曰:"吾平生所爲事, 俊乃能爾乎!"遂獻狀曰:"檢校尙書金部員外郎兼御史韓翊, 久列參佐, 累彰勳效, 頃從鄕賦. 有妾柳氏, 阻絶凶寇, 依止名尼. 今文明撫運, 遐邇率化. 將軍沙吒利凶恣撓法, 憑恃微功, 驅有志之妾, 干無爲之政. 臣部將兼御史中丞許俊, 族本幽薊, 雄心勇決, 却奪柳氏, 歸於韓翊. 義切中抱, 雖昭感激之誠, 事不先聞, 固乏訓齊之令."尋有詔:"柳氏宜還韓翊, 沙吒利賜錢二百萬." 柳氏歸翊. 翊後累遷至中書舍人.

* 이 고사는 《태평광기》 권485 〈잡전기 · 유씨전〉에 실려 있다.

80-34(2583) 앵앵전

앵앵전(鶯鶯傳)

원진(元稹) 찬

    당(唐)나라 정원(貞元) 연간(785~805)에 장생(張生)이라는 사람이 있었는데, 성품이 온화하고 훌륭하며 용모가 수려하고 의지가 굳세어 예가 아니면 행하지 않았다. 때때로 친구를 따라 연회에 참석해 그 사이에 섞여 있을 때면, 다른 사람들은 모두 왁자지껄하며 마치 자신이 남에게 미치지 못하는 것처럼 했지만, 장생은 조용하고 다소곳할 뿐 끝내 난잡해지지 않았다. 그 때문에 그는 23세가 되도록 여색을 가까이한 적이 없었다. 그를 아는 사람이 따져 묻자 그가 변명하며 말했다.

    "등도자(登徒子)[120]는 호색한(好色漢)이 아니라 음란한 행동을 했던 사람이오. 나는 진정한 호색한이지만 미색을

---

120) 등도자(登徒子) : 전국 시대 초(楚)나라의 대부(大夫). 등도자가 초왕에게 송옥(宋玉)이 여색을 좋아하므로 그와 함께 후궁을 출입해서는 안 된다고 말하자, 송옥은 오히려 등도자는 그 아내가 매우 못생겼는데도 그녀를 사랑해 자식 다섯 명을 낳았으므로 그가 바로 호색한(好色漢)이라고 공박했다고 한다.

만나지 못했을 뿐이오. 어째서 그렇게 말하는가 하면, 나는 대저 사물 중에 뛰어나게 아름다운 것이 있으면 마음에 새겨 두지 않은 적이 없으니, 이것으로 내가 사랑의 감정을 잊은 사람이 아니라는 것을 알 수 있을 것이오."

얼마 지나지 않아 장생은 포주(蒲州)를 유람했다. 포주에서 동쪽으로 10여 리에 보구사(普救寺)라는 절이 있었는데, 장생은 그곳에 머물렀다. 그때 마침 최씨(崔氏) 집안의 과부가 장안(長安)으로 돌아가는 길에 포주를 지나다가 역시 그 절에 머물렀다. 최씨 집안의 부인은 정씨(鄭氏) 집안의 딸이었고 장생도 정씨에게서 태어났기 때문에 그 친척 관계를 따져 보니 바로 계파가 다른 이모였다. 그해에 장군 혼감(渾瑊)이 포주에서 죽었는데, 정문아(丁文雅)라는 환관이 군대를 잘 통제하지 못하자 군인들이 장례를 기회로 소요를 일으켜 포주 사람들을 약탈했다. 최씨 집안은 재산이 매우 많고 노복들이 많았지만, 객지에 머물고 있었기에 당황하고 두려워서 의탁할 곳을 알지 못했다. 이에 앞서 장생은 포주 장군의 무리와 사이가 좋았으므로, 그들에게 관리를 보내 보호해 달라고 청해서 최씨 일족은 마침내 어려움에 처하지 않았다. 10여 일 후에 염찰사(廉察使) 두확(杜確)이 천자의 명을 받아 군정(軍政)을 총괄해 군대를 통솔했기 때문에 군대가 안정되었다. 정씨는 장생의 은덕에 깊이 감사하며 음식을 차려 놓고 장생을 초청해 중당(中堂)에서 연회를 열었다. 정씨가 다시 장생에게 말했다.

"나는 과부로 어린 아이들을 데리고 있었는데, 불행히도 군사들의 난리를 만났으니 사실 몸조차 보존하지 못했을 것이네. 어린 아들과 딸은 그대가 살려 준 것이나 다름없으니 어찌 보통의 은혜에 비하겠는가? 지금 아이들에게 형님과 오라버니의 예로 받들어 모시게 해 은혜에 보답하고자 하네."

그러고는 아들을 불렀는데, 아들의 이름은 환랑(歡郞)으로 10여 세가량 되었고 얼굴이 매우 온화하고 잘생겼다. 다음에는 딸을 불렀다.

"나와서 네 오라버니에게 절해라. 이 오라버니가 너를 구해 줬단다."

한참이 지나도록 그녀가 몸이 아프다고 핑계 대며 나오지 않자 정씨가 화를 내며 말했다.

"장 오라버니가 너의 목숨을 보호해 주었는데, 그러지 않았다면 너는 사로잡히고 말았을 것이니 멀리하고 싫어해서 되겠느냐?"

한참 만에 그녀가 나왔는데, 평소 입던 옷에 초췌한 얼굴을 하고 새로 치장을 하지 않았다. 쪽 찐 머리가 흘러내려 눈썹에 닿았고 두 뺨에 홍조를 띠고 있을 뿐이었지만 얼굴이 정말 아름다워서 사람의 마음을 움직일 정도로 빛이 났다. 장생이 놀라며 그녀에게 인사하자 그녀는 정씨 옆에 앉았는데, 정씨가 억지로 만나 보게 한 것이라 한 곳만 응시한 채 몹시 원망스러워했으며, 마치 자신의 몸도 가누지 못하는 것 같았다. 장생이 그녀의 나이를 물어보자 정씨가 말했다.

"지금 천자[덕종]의 갑자년(甲子年 : 784) 7월에 태어나서 올해가 정원 경진년(庚辰年 : 800)이니 열일곱 살이네."

장생이 조금씩 말을 걸어 보았지만 그녀는 대답하지 않았다. 결국 연회가 끝났다. 장생은 그때부터 그녀에게 미혹되어 자신의 마음을 알리고 싶었지만 전할 방법이 없었다. 최씨에게는 홍낭(紅娘)이라는 하녀가 있었는데, 장생은 몰래 서너 번 그녀에게 선물을 주다가 틈을 타서 속마음을 털어놓았다. 하녀가 과연 몹시 놀라 부끄러워하면서 도망쳐 버리자 장생은 그 일을 후회했다. 다음 날 하녀가 다시 오자 장생은 부끄러워하며 어제 일을 사과하고 다시는 부탁의 말을 하지 않았다. 그러자 하녀가 장생에게 말했다.

"도련님의 말씀은 감히 전해 드릴 수도 없고 발설할 수도 없습니다. 그러나 도련님은 최씨의 친인척을 상세히 알고 계신데, 어째서 도련님의 덕망으로 청혼하지 않으십니까?"

미 : 홍낭의 식견이 장생과 앵앵보다 10배나 낫다.

장생이 말했다.

"나는 어려서부터 구차하게 시류에 어울리지 않는 성격이었다. 그래서 간혹 여자들[121] 사이에 있을 때에도 그들에게 눈길을 준 적이 없었다. 지금까지 여자에게 미혹된 일이 없었는데, 결국 그녀에게 미혹되고 말았다. 전날 연회 자리에서는 거의 스스로를 억제할 수가 없었다. 요 며칠 동안 걸어도 멈추길 잊고 먹어도 배부른 줄을 모르니 아마도 아침과 저녁을 넘길 수 없을 것 같다. 만약 중매쟁이를 보내 청혼한다면 납채(納采)122)와 문명(問名)123) 등을 하는데 3~4개월은 걸릴 테니, 그땐 나를 건어물 가게[枯魚之肆]124)에서나 찾을 수 있을 것이다. 너는 내가 어떻게 하면 좋겠는지 말해 보아라."

하녀가 말했다.

"아씨는 정숙하고 신중하셔서 비록 존귀하신 분125)이라

---

121) 여자들 : 원문은 "환기(紈綺). 원래는 고운 비단을 뜻하지만, 여기서는 여자의 대칭으로 쓰였다.
122) 납채(納采) : 육례(六禮) 가운데 하나로 신랑 쪽에서 신부 쪽에 보내는 예물을 말한다.
123) 문명(問名) : 육례 가운데 하나로 신부 쪽의 생년월일을 물어서 혼례의 길일을 잡는 것을 말한다.
124) 건어물 가게 : 원문은 "고어지사(枯魚之肆)". 공자의 제자 자로(子路)가 길을 가다가 수레바퀴 자국 속에 있는 붕어를 만났는데, 붕어가 물을 조금 떠다가 자신을 살려 달라고 하자, 자로가 오(吳)와 월(越)의 왕에게 유세해 서강(西江)의 물을 끌어와서 살려 주겠다고 말했더니, 붕어가 그렇다면 나를 건어물 가게에서 찾는 게 낫겠다고 했다. 여기서는 정식 결혼을 할 때까지 기다리다가는 말라 죽을 것 같다는 뜻이다.
125) 존귀하신 분 : 여기서는 앵앵의 부모를 말한다.

해도 예의에 어긋나는 말로는 아씨를 범할 수가 없으니, 아랫사람의 계략으로는 납득시키기가 정말 어렵습니다. 그렇지만 아씨는 문장을 잘 지으셔서 종종 낮은 소리로 시를 읊조리면서 원망하고 흠모하신 지 오래되었습니다. 도련님이 시험 삼아 연애시를 지어 아씨의 마음을 흔들어 보십시오. 그렇지 않으면 방법이 없습니다."

장생은 크게 기뻐하며 즉시 〈춘사(春詞)〉 두 수를 지어 홍낭에게 주었다. 그날 밤에 홍낭이 다시 왔는데, 채색 비단 편지지에 쓴 편지를 장생에게 가져다주며 말했다.

"아씨께서 명하신 것입니다."

편지에는 〈명월삼오야(明月三五夜)〉라는 제목의 시가 적혀 있었는데 그 내용은 다음과 같았다.

"서쪽 행랑채에서 달 뜨길 기다렸다가, 문을 반쯤 열고 바람 맞이하네. 바람이 담장을 스쳐 꽃 그림자 움직이니, 아마도 옥인(玉人 : 임)이 오셨나 보네."

장생은 그 시의 뜻을 은밀히 알아차렸다. 그날 밤은 2월 14일이었다. 최씨의 방 동쪽에는 꽃이 핀 살구나무 한 그루가 있었는데, 그것을 잡고 오르면 담을 넘어갈 수 있었다. 15일 밤에 장생이 그 나무를 사다리 삼아 담을 넘어 서쪽 행랑채에 이르렀더니 문이 반쯤 열려 있었다. 홍낭이 침상에서 자고 있어 장생이 깨웠더니 홍낭이 놀라며 말했다.

"도련님께서는 어떻게 오셨습니까?"

장생이 속여서 말했다.

"최씨의 편지에 나를 오라고 했으니 너는 나를 대신해 아씨께 전해라."

얼마 지나지 않아 홍낭이 다시 오더니 연이어 말했다.

"오십니다! 오셔요!"

장생은 기쁘고도 놀라면서 틀림없이 일이 성공했다고 생각했다. 최씨가 왔는데 단정한 옷차림에 몸가짐이 엄숙했다. 그녀는 큰 소리로 장생의 잘못을 열거하며 질책했다.

"우리 집 사람들을 살려 주신 오라버니의 은혜는 정말 고맙습니다. 그 때문에 어머니께서도 어린 아들과 딸을 부탁하셨습니다. 그런데 어째서 품행이 좋지 못한 하녀를 통해서 음란한 글을 전하게 하십니까? 처음에는 난리에서 사람을 구해 주는 의로움을 행하다가 결국은 난리를 미끼로 저를 취하려 하시니, 이것은 난리로 난리를 바꾸는 것으로 그 차이가 얼마나 되겠습니까? 사실 그 글을 숨기려고 했지만 사람의 간악함을 덮어 주는 것은 의로운 일이 아니고, 또한 어머니께 알리는 것은 은혜를 저버리는 것이라 좋은 행동이 아니며, 하녀를 통해 말을 전하려 했지만 또 저의 진심을 전할 수 없을까 두려웠습니다. 그래서 짧은 글을 지어 저의 마음을 알려 드리고자 했으나 오라버니가 난처해할까 두려워 비루하고 음란한 시를 지어 오라버니를 꼭 오시게 한 것입니다. 예의에 어긋난 행동을 하신 것이 마음에 부끄럽지 않으십니까? 아무쪼록 예의를 스스로 지키시어 문란함에 이르지 마십시오."

말을 마치고는 홱 돌아서서 가 버렸다. 장생은 한참 동안 망연자실하다가 다시 담을 넘어 나온 뒤로 절망했다. 여러 날 후에 미 : 여러 날을 절망하는 동안 중매쟁이를 쓸 수는 없었는가? 장생이 방에서 혼자 자고 있었는데, 갑자기 어떤 사람이 그를 깨웠다. 장생이 놀라 일어났더니 홍낭이 이불과 베개를 가지고 와서 그를 흔들며 말했다.

"오십니다! 오셔요! 주무시고 계시면 어떻게 해요?"

그러고는 베개를 나란히 놓고 이불을 포개 놓은 뒤 떠났다. 장생은 눈을 비비며 한참 동안 똑바로 앉아서 꿈이 아닌가 의심하면서도 진실한 마음으로 기다렸다. 잠시 후에 홍낭이 최씨를 부축하고 왔는데, 최씨는 애교스럽고 수줍어하는 자태가 매우 고왔고 자기 몸조차 가누지 못할 만큼 연약해 보여, 지난번의 단정하고 장중한 모습과는 완전히 달랐다. 그날 밤은 18일이었는데, 비스듬히 기운 달은 수정처럼 맑고도 밝아 달빛이 침상 절반을 그윽하게 비췄다. 장생은 정신이 아득해져서 그녀가 신선의 무리이지 인간 세상에서 온 사람이 아니라고 생각했다. 잠시 후에 절에서 종이 울리고 날이 밝으려 하자 홍낭이 떠나길 재촉했다. 최씨가 애교스럽게 울먹이며 누워서 뒤척였지만 홍낭은 다시 그녀를 부축해 돌아갔다. 그녀는 그날 밤 내내 한마디도 하지 않았다.

장생은 날이 새는 것을 보고 자리에서 일어나 스스로 의심하며 말했다.

"설마 꿈은 아니겠지?"

날이 밝았을 때 보았더니 화장이 팔에 묻어 있고 옷에서는 향기가 났으며, 눈물 자국이 희미하게 반짝이며 여전히 이부자리에서 빛나고 있었다. 그 후로 또 10여 일 동안 묘연히 소식이 없었다. 장생이 〈회진시(會眞詩)〉 30운(韻)[126]을 짓다가 아직 끝나지 않았을 때 홍낭이 마침 왔다. 장생은 그 시를 홍낭에게 주어 최씨에게 가져다드리게 했다. 그때부터 그녀는 다시 그를 받아들였는데, 그는 아침이면 몰래 나오고 저녁이면 몰래 들어가면서 이전의 서쪽 행랑채에서 함께 지낸 지 거의 한 달이 되었다. 한번은 장생이 정씨의 의향을 묻자 정씨가 대답했다.

"나로서도 어쩔 수 없네."

그러고는 혼인을 빨리 성사하려고 했다. 그러나 얼마 지나지 않아 장생은 장안으로 가게 되어 먼저 자신의 사정을 최씨에게 알렸다. 최씨는 장생을 난처하게 하는 말은 조금도 하지 않았지만 슬픔과 원망이 서린 그녀의 얼굴은 사람의 마음을 아프게 했다. 장생은 떠나기 전 이틀 밤 동안 그녀

---

126) 30운(韻) : 60구로 이루어진 배율시(排律詩).

를 다시 만나지 못한 채 결국 서쪽으로 내려갔다. 몇 달 후에 장생은 다시 포주로 놀러 가서 최씨와 만나 또 여러 달을 지냈다. 최씨는 서예에 매우 뛰어났고 문장도 잘 지었는데, 장생이 여러 번 간청했으나 끝내 볼 수 없었다. 종종 장생이 직접 문장으로 유혹했지만 역시 거들떠보려고도 하지 않았다. 대개 최씨가 남보다 뛰어난 점은 지극히 뛰어난 기예를 가지고 있으면서도 겉으로는 모르는 것 같고, 언변이 민첩하고 조리가 있으면서도 응대하는 일이 적다는 것이었다. 그래서 장생을 대하는 애정도 매우 두터웠지만 말로 표현한 적은 없었다. 사랑에 대한 근심이 아득히 깊을 때도 항상 모르는 척했으며 기뻐하거나 화내는 모습도 겉으로 드러내는 일이 드물었다. 어느 날 그녀가 밤에 혼자 금(琴)을 탔는데, 근심에 젖은 곡조가 처량하고 측은했다. 장생이 몰래 듣고 청해 보았지만 끝내 다시 연주하지 않았다. 그 때문에 장생은 더욱 그녀에게 미혹되었다. 어느덧 장생은 과거 시험 볼 날짜가 다가와 또 서쪽으로 떠나야만 했다. 떠나는 날 밤에 장생은 다시 자신의 사정을 직접 말하지 못하고 최씨의 옆에서 근심 어린 탄식만 했다. 최씨는 이미 그와 헤어져야 한다는 사실을 몰래 알고는 몸가짐을 공손히 하고 부드러운 목소리로 천천히 장생에게 말했다.

"문란하게 시작했으므로 결국 버려지는 것은 당연한 일이니 저는 감히 원망하지 않겠습니다. 분명한 것은 서방님이 저를 망쳐 놓았으니 서방님이 끝맺음해 주신다면 서방님의 은혜일 것입니다. 종신토록 변치 않는 서약도 죽을 때까지 갈 것이니 하필 이번에 가시는 것을 깊이 한탄할 이유가 있겠습니까? 그러나 서방님께서 슬퍼하시니 뭐라 위안드릴 말이 없습니다. 서방님께서 항상 저에게 금을 잘 탄다고 하셨지만 이전에는 부끄러워 탈 수가 없었습니다. 지금 가시게 되었으니 서방님의 그 소원을 이루어 드리겠습니다."

그러고는 금을 가져오게 해서 〈예상우의(霓裳羽衣)〉서곡(序曲)을 연주했는데, 얼마 연주하지 않아서 슬픈 소리가 원망하듯 어지러워 더 이상 그 곡인지도 알 수 없었다. 좌우의 사람들이 모두 흐느껴 울자 최씨도 급히 연주를 멈추더니 금을 내던지고 눈물을 주르륵 흘리면서 정씨의 처소로 뛰어 들어가서 결국 다시 나오지 않았다. 다음 날 아침에 장생은 길을 떠났다. 이듬해 장생은 과거에 낙방해 결국 도성에 머물면서 최씨에게 편지를 보내 그녀의 마음을 달래 주었다. 최씨에게서 답장이 왔는데, 여기에 대략 적어 본다.

"삼가 보내 주신 편지 잘 읽었습니다. 저를 매우 깊이 사랑해 주시니 저의 마음은 슬픔과 기쁨이 교차합니다. 아울러 보내 주신 화승(花勝 : 여인들의 머리 장식) 1합(盒)과 입술연지 5촌은 머리를 단장하고 입술을 바르는 데 쓰겠습니다. 비록 특별한 은혜를 입기는 했지만 다시 누구를 위해 화장을 한단 말입니까? 이런 물건을 보니 그리움만 더해 슬픔과 탄식이 쌓여 갈 뿐입니다. 삼가 듣자오니 도성에서 학업에 힘쓰시는 것은 학문을 닦는 길에서 진실로 편안한 일이라고 합니다. 그러나 궁벽한 곳에 있는 사람인 저를 영원히 버리실까 두렵습니다. 저의 운명이 이와 같은데 무슨 말을 다시 하겠습니까! 지난가을 이래로 항상 멍한 채 마치 뭔가를 잃어버린 것 같아서, 시끄럽게 떠드는 사람들 속에서 간혹 억지로 떠들며 웃지만 한적한 밤에 혼자 있을 때면 눈물을 흘리지 않은 적이 없습니다. 그러다 잠이 들어 꿈을 꿀 때면 또한 근심스런 생각에 대부분 목이 메고, 얽히고설킨 정이 잠시 동안은 평소와 같지만 꿈속에서의 만남이 끝나기도 전에 깜짝 놀라 잠에서 깨어납니다. 비록 반쪽 이불이 따뜻한 듯도 하지만 생각해 보면 서방님은 아주 멀리 계십니다. 어제 절하고 떠나간 듯한데 어느덧 지난해의 일이 되었습니다. 장안은 놀기 좋은 곳이니 흥미를 유발하고 마음을 끄는 것이 많을 텐데도 미천한 몸을 잊지 않고 싫어하지 않으며 돌보아 생각해 주시니 얼마나 다행인지 모르겠습니다. 비천한 저의 뜻으로는 보답할 길이 없지만 처음에 했던 맹세는 결코 변하지 않을 것입니다. 저는 옛날에 서방님과 내외종 관계로 함께 연회석에 앉기도 했지만 하녀의 꼬임으로 결국 사사로이 사랑을 바쳤으니 저의 마음이 굳세지 못했습니다. 서방님께 금(琴)을 연주하는 유혹[127]을 받았을 때도 저는 베틀의 북을 던져 거절하지[128] 못했습니다. 그리고 잠자리에 같이 들어서는 사랑이 더욱 깊어져 저의 못난 마음에 종신토록 의지할 수 있으리라고 영원히 생각했습니다. 그러나 서방님을 만나고 나서도 정식 혼례를 올리지 못하리라고 어찌 생각이나 했겠습니까? 스스로 몸을 바친 수치를 생각하면 다시는 떳떳하게 남편[129]을 모실 수 없을 것입니다. 이는 종신토록 한이 될 것이니 한탄하는 것밖에 무슨 말을 하겠습니까! 만약 어진 서방님께서 마음을 쓰셔서 저의 답답하고 아득한 고통을 굽어살펴 주신다면, 비록 죽는 날일지라도 살아 있는 날과 같을 것입니다. 만약 사리에 통달한 서방님께서 사랑의 감정을 대수롭지 않게 여겨 작은 것을 버리고 큰 것을 따르시고, 결혼하기 전에 맺은 관계를 추행이라고 여기면서 굳은 맹세를 저버려도 좋은 것이라고 여기시더라도, 저의 몸은 녹아 없어지겠지만 일편단심 저의 마음만은 사라지지 않고 바람을 타고 이슬에 의지해 서방님께 의

---

127) 금(琴)을 연주하는 유혹 : 원문은 "원금지도(援琴之挑)". 한(漢)나라 때 사마상여(司馬相如)가 금(琴)을 연주해 탁문군(卓文君)을 유혹한 일을 말한다.

128) 베틀의 북을 던져 거절하지 : 원문은 "투사지거(投梭之拒)". 진(晉)나라 때 사곤(謝鯤)이 이웃집 여자를 희롱하다가 베를 짜고 있던 그녀가 던진 북에 맞아 이가 부러졌다고 한다.

129) 남편 : 원문은 "건책(巾幘)". 남자들이 쓰는 두건. 여기서는 남편의 대칭(代稱)으로 쓰였다.

탁할 것입니다. 살아서나 죽어서나 변치 않는 진실한 마음을 여기에 다 말씀드렸습니다. 편지지를 대하니 눈물이 앞을 가려 마음을 다 펴낼 수가 없습니다. 아무쪼록 옥체 보중하십시오! 옥체 보중하십시오! 이 옥가락지 하나는 제가 어렸을 때 가지고 놀던 것으로 서방님이 허리에 찰 수 있도록 보내 드립니다. 옥은 단단하고 윤기 있으며 빛이 바래지 않기 때문이고, 가락지는 처음부터 끝까지 끊긴 곳이 없기 때문입니다. 아울러 엉클어진 실 한 타래와 반점 무늬 대나무로 만든 차 빻는 기구 하나를 보내 드립니다. 이 물건들은 진귀한 것은 못 되지만 보내 드리는 뜻은, 서방님이 옥처럼 진실하길 바라고 맹세한 뜻이 가락지처럼 끊어지지 않길 바라며, 눈물 자국이 대나무에 남아 있고 근심 어린 마음이 실처럼 엉켜 있다는 저의 생각을 이 물건들을 빌려 표현해 드림으로써, 영원히 저를 사랑해 주시길 바라는 것뿐입니다. 마음은 가까이 있지만 몸은 멀리 있으니 언제 다시 만날 수 있을지 기약이 없습니다. 애타게 그리운 마음이 모이면 1000리라도 마음이 통할 것입니다. 옥체 보중하십시오! 봄바람에 병이 많이 생기니 억지로라도 식사를 하시는 것이 몸에 좋습니다. 신중하게 자신을 챙기시고 저 같은 것은 깊이 생각하지 마십시오."

장생이 그 편지를 알고 지내는 사람들에게 보여 주었기 때문에 당시 사람들 중에 그 일을 들은 사람이 많았다. 장생과 친했던 양거원(楊巨源)은 시를 잘 지었기에 〈최낭시(崔娘詩)〉 한 수를 지었다.

"반랑(潘郎 : 반악)130)의 준수함은 옥도 그만 못하고, 정원의 혜초(蕙草)131)는 눈 녹는 봄날 피어났네. 풍류 재자들 봄 생각 간절한데, 애끊는 소낭(蕭娘)132)의 편지 한 장."

하남(河南)의 원진(元稹)도 장생의 〈회진시〉 30운에 이어서 시를 지었는데 다음과 같다.

"초승달은 발[簾] 드리운 창에 스며들고, 반딧불은 푸른 하늘을 가로지르네. 아득한 하늘 어슴푸레해지고, 낮게 드리운 나무는 점점 푸르러 가네. 용 휘파람 소리133)는 정원의 대나무를 지나고, 난새 노랫소리134)는 우물가 오동나무를 흔드네. 비단 명주옷은 엷은 안개처럼 드리워져 있고, 패옥(佩玉)은 산들바람에 소리를 내네. 강절(絳節 : 신선의 의

---

130) 반랑(潘郎) : 반악(潘岳). 진(晉)나라 때 반악은 용모가 준수해 부녀자들의 흠모의 대상이었다고 한다. 여기서는 장생을 비유한다.
131) 혜초(蕙草) : 봄에 꽃이 피는 향초. 여기서는 앵앵을 비유한다.
132) 소낭(蕭娘) : 당나라 때 젊은 여자를 부르는 호칭.
133) 용 휘파람 소리 : 원문은 "용취(龍吹)". 용음(龍吟). 바람이 대나무를 스치며 내는 소리를 시적으로 표현한 것이다.
134) 난새 노랫소리 : 원문은 "난가(鸞歌)". 바람이 오동나무를 스치며 내는 소리를 시적으로 표현한 것이다.

장)은 금모(金母 : 서왕모)135)를 따르고, 구름은 옥동(玉童 : 선동)136)을 받드네. 밤은 깊어 인적 끊어지고, 날이 밝자 비가 부슬부슬 내리네. 반짝이는 구슬은 수놓은 신발에서 빛나고, 고운 꽃은 수놓은 용 사이에서 어른거리네. 옥비녀는 채색 봉황이 지나가는 것 같고, 비단 어깨걸이는 붉은 무지개가 덮인 것 같네. 요화포(瑤華浦)137)에서부터, 벽옥궁(碧玉宮)138)으로 향하네. 낙양성(洛陽城) 북쪽으로 놀러 갔다가, 송씨(宋氏) 집 동쪽139)을 향하네. 희롱에 처음에는 은근히 거절했지만, 부드러운 정은 이미 몰래 통하고 있었네. 낮게 쪽 찐 매미 날개 모양의 머리 움직이고, 돌아서서 걷는 얼굴은 옥가루가 덮인 듯하네. 얼굴을 돌리니 눈꽃 송이 흐르는 듯하고, 침상에 오르니 비단 더미를 안는 듯하네. 원앙이 목을 감고 춤추고, 비취새는 즐겁게 한데 어울리네. 눈썹 화장 부끄러워 한쪽으로 쏠리고, 입술연지 따뜻하게 더욱 어

---

135) 금모(金母 : 서왕모) : 여기서는 앵앵을 비유한다.

136) 옥동(玉童 : 선동) : 여기서는 장생을 비유한다.

137) 요화포(瑤華浦) : 신선이 사는 곳으로 앵앵의 거처를 비유한다.

138) 벽옥궁(碧玉宮) : 신선이 사는 곳으로 장생의 거처를 비유한다.

139) 송씨(宋氏) 집 동쪽 : 원문은 "송가동(宋家東)". 송옥(宋玉)의 〈등도자호색부(登徒子好色賦)〉에 작자의 집 동쪽에 미인이 살고 있다는 이야기가 있다. 여기서는 장생이 앵앵을 만난 것을 비유한다.

울리네. 숨 내음 향긋해 난초 꽃봉오리 향기 같고, 살결은 윤기 흘러 옥처럼 풍만하네. 힘없이 게으른 듯 팔 움직이고, 애교 많아 사랑스럽게 몸 웅크리네. 흐르는 땀 구슬처럼 방울지고, 흐트러진 머리카락 검푸르게 무성하네. 바야흐로 천년의 만남 기뻐하는데, 어느덧 새벽 종소리 들려오네. 머무는 시간 짧아 한스럽고, 얽히고설킨 마음 끝내기 어렵네. 풀죽은 얼굴엔 수심의 빛 어리고, 향기로운 말로 진심을 맹세하네. 보내 준 옥가락지는 결합할 운명임을 밝히고, 남겨 준 매듭은 같은 마음임을 뜻하네. 눈물에 젖은 분은 작은 거울에 떨어져 있고, 꺼져 가는 등불은 멀리서 들려오는 어둠 속 벌레 소리에 희미해지네. 연백분(鉛白粉)의 광채 환히 빛나고, 떠오르는 해는 점점 빛나네. 오리 타고 낙수(洛水)로 돌아가고,[140] 퉁소 불며 또한 숭산(嵩山)에 오르네.[141] 옷에 남아 있는 사향이 향기롭고, 베개에 남아 있는 입술연지 매끄럽네. 연못가의 풀은 무성하고, 물가의 다북쑥은 바람에

---

[140] 낙수(洛水)로 돌아가고 : 전설에 따르면 복희씨(宓羲氏)의 딸이 낙수(洛水)에 빠져 죽은 뒤 낙수의 신이 되었다고 한다. 여기서는 앵앵이 자신의 거처로 돌아갔음을 비유한다.

[141] 숭산(嵩山)에 오르네 : 주(周)나라 영왕(靈王) 때 태자 왕자교(王子喬)가 생황을 잘 불었는데, 숭산에 들어가 수도한 뒤 신선이 되었다고 한다. 여기서는 장생이 앵앵을 떠났음을 의미한다.

나부끼네. 소박한 금으로 〈원학(怨鶴)〉142)을 연주하고, 맑은 은하수는 기러기 돌아오기를 고대하네. 넓은 바다는 진실로 건너기 어렵고, 높은 하늘은 솟아오르기 쉽지 않네. 뜬 구름은 정처 없이 흘러가고, 소사(蕭史)143)는 누각 안에 있다네."

장생의 친구 중에 그 일을 들은 사람들은 모두 기이한 일이라고 관심을 가졌지만 장생의 마음은 그녀와의 관계를 끊어 버리려고 했다. 원진은 특히 장생과 친해 그의 생각을 물어보았더니 장생이 말했다.

"무릇 하늘이 우물(尤物 : 지나치게 뛰어난 인물)에게 내리는 운명은 자신에게 해를 끼치지 않으면 반드시 남에게 해를 끼치게 되어 있소. 만약 최씨가 부귀한 사람을 만나 총애를 입게 될 경우, 구름과 비가 되지 않으면144) 교룡이나

---

142) 〈원학(怨鶴)〉: 옛 금곡(琴曲)인 〈별학조(別鶴操)〉를 말한다. 옛날 상릉목자(商陵牧子)의 처가 자식을 낳지 못해 목자의 부형이 그를 다시 장가들게 했는데, 그 처가 그 사실을 알고 통곡하자 목자도 통곡하면서 이 곡을 지었다고 한다. 여기에서는 이별한 후 앵앵의 슬픔을 나타낸다.

143) 소사(蕭史) : 춘추 시대에 소사가 퉁소를 잘 불었는데, 진(秦)나라 목공(穆公)이 자기의 딸 농옥(弄玉)을 그에게 시집보냈으며 그가 농옥에게 퉁소를 가르쳐 봉황의 울음소리를 내게 하자 봉황이 정말 날아왔고 나중에 두 사람은 신선이 되어 떠났다고 한다.

뿔 없는 용이 될 것이니, 나는 그녀의 변화를 알 수 없소. 옛날 은(殷)나라의 수신(受辛)145)이나 주(周)나라의 유왕(幽王)146)은 백만 대군을 지닌 나라를 거느리고 그 위세도 매우 컸소. 그러나 각각 한 여자가 그들을 망쳐서 그 무리를 잃게 하고 자신을 죽게 해서 지금까지 천하 사람들에게 치욕과 비웃음을 당하고 있소. 나의 덕으로는 요물을 이겨 낼 수 없으니 감정을 참고 있는 것이오." 미 : 이 논리는 뛰어나지만, 이것을 난잡한 행실을 한 후에 했다는 것이 안타까울 뿐이다.

당시 자리에 있던 사람들은 모두 깊이 감탄했다. 1년 남짓 후에 최씨는 이미 다른 사람에게 시집갔고 장생도 부인을 맞이했다. 때마침 장생은 최씨가 사는 곳을 지나가게 되자, 그녀의 남편을 통해 최씨에게 말을 전하면서 이종사촌 오라버니로서 만나기를 청한다고 했다. 미 : 만나길 청한 것이

---

144) 구름과 비가 되지 않으면 : 옛날 초(楚)나라 회왕(懷王)이 운몽택(雲夢澤)을 유람하다가 피곤해 고당관(高唐觀)에서 잠이 들었을 때 꿈속에서 신녀(神女)를 만나 즐겁게 놀았는데, 신녀가 자신은 아침에는 구름이 되어 다니고 저녁에는 비가 되어 내린다고 했다. 즉, 신녀가 된다는 뜻이다.

145) 수신(受辛) : 은(殷)나라 주왕(紂王). 은나라의 마지막 군주로 달기(妲己)를 총애하다가 망국에 이르렀다.

146) 유왕(幽王) : 서주(西周)의 마지막 군주로 포사(褒姒)를 총애하다가 실정(失政)해 견융(犬戎)에게 살해당했다.

또한 심하지 않은가? 남편이 최씨에게 말을 전했지만 그녀는 끝내 나오지 않았다. 장생의 원망하는 마음이 안색에 드러나자 최씨가 알고 몰래 시 한 수를 지어 보냈다.

"수척해진 후로 예쁘던 얼굴 점점 시들어 가니, 천만번 뒤척여도 침상 내려오기 귀찮네. 옆 사람에게 부끄러워 일어나지 않는 게 아니라, 당신 때문에 야위었으니 오히려 당신에게 부끄럽네." 미 : 앵앵이 장생보다 뛰어난 것이 또 10배나 된다.

그러고는 결국 만나 주지 않았다. 며칠 후에 장생이 떠날 때 최씨는 또 시 한 수를 지어 거절의 뜻을 보였다.

"버려두고선 지금 무슨 할 말이 있겠어요? 그때는 그래도 스스로 사랑했지요. 옛날에 나를 사랑하던 그 마음으로, 눈앞의 부인이나 예뻐하세요."

그 후로는 더 이상 소식을 알지 못했다. 당시 사람들은 대부분 장생이 잘못을 잘 고친 사람이라고 인정했다.

唐貞元中, 有張生者, 性溫茂, 美風容, 內秉堅孤, 非禮不可入. 或朋從遊宴, 擾雜其間, 他人皆洶洶拳拳, 若將不及, 張生容順而已. 終不能亂. 以是年二十三, 未嘗近女色. 知者詰之, 謝而言曰 : "登徒子非好色者, 是有淫行. 余眞好色者, 而適不我値. 何以言之? 大凡物之尤者, 未嘗不留連於心, 是知其非忘情者也." 無幾何, 張生遊於蒲. 蒲之東十餘里, 有僧舍曰普救寺, 張生寓焉. 適有崔氏孀婦, 將歸長安, 路出於蒲, 亦止茲寺. 崔氏婦, 鄭女也, 張出於鄭, 緒其親, 乃異派之從母. 是歲, 渾瑊薨於蒲, 有中人丁文雅, 不善於軍, 軍人因喪而擾, 大掠蒲人. 崔氏之家, 財產甚厚, 多奴僕, 旅寓惶駭, 不知所託. 先是張與蒲將之黨有善, 請吏護之, 遂不及於難. 十餘日, 廉使杜確將天子命, 以總戎節, 令於軍, 軍由是戢. 鄭厚張之德甚, 因飾饌以命張, 中堂宴之. 復謂張曰: "姨之孤嫠未亡, 提攜幼稚, 不幸屬師徒大潰, 實不保其身. 弱子幼女, 猶君之生, 豈可比常恩哉? 今俾以仁兄禮奉見, 冀所以報恩也." 命其子, 曰歡郎, 可十餘歲, 容甚溫美. 次命女: "出拜爾兄. 爾兄活爾." 久之, 辭疾, 鄭怒曰: "張兄保爾之命, 不然, 爾且擄矣, 能復遠嫌乎?" 久之乃至, 常服悴容, 不加新飾. 垂鬟接黛, 雙臉銷紅而已, 顏色艷異, 光輝動人. 張驚, 爲之禮, 因坐鄭旁, 以鄭之抑而見也, 凝睇怨絕, 若不勝其體者. 問其年紀, 鄭曰: "今天子甲子歲之七月, 終於貞元庚辰, 生年十七矣." 張生稍以詞導之, 不對. 終席而罷. 張自是惑之, 願致其情, 無由得也. 崔之婢曰紅娘, 生私爲之禮者數四, 乘間遂道其衷. 婢果驚沮, 腆然而奔, 張生悔之. 翼日, 婢復至, 張生乃羞而謝之, 不復云所求矣. 婢因謂張曰: "郎之言, 所不敢言, 亦不敢洩. 然而崔之姻族, 君所詳也, 何不因其德而求娶焉?" 眉:紅娘見識過張・鶯十倍. 張曰: "余始自孩提, 性不苟合. 或時紈綺間居, 曾莫流盼. 不爲當年, 終有所蔽. 昨日一席間, 幾不自持. 數日來, 行忘止, 食忘飽, 恐不能逾旦暮. 若因媒氏而娶, 納采・問名, 則三數月間, 索我於枯魚之肆矣. 爾其謂何?" 婢曰: "崔之貞愼自保, 雖所尊不可以非語犯之, 下人之謀, 固難入矣. 然而善屬文, 往往沉吟章句, 怨慕者久之. 君試爲喻情詩以亂之. 不然則無由也." 張大喜, 立綴〈春詞〉二首以授之. 是夕, 紅娘復至, 持彩箋以授張, 曰: "崔所命也." 題其篇曰〈明月三五夜〉, 其詞曰: "待月西廂下, 迎風戶半開. 拂牆花影動, 疑是玉人來." 張亦微喻其旨. 是夕, 歲二月旬有四日矣. 崔之東有杏花一株, 攀援可踰. 既望之夕, 張因梯其樹而踰焉, 達於西廂, 則戶半開矣. 紅娘寢於牀, 生因驚之, 紅娘駭曰：“郎何以至？"張因紿之曰：“崔氏之箋召我也, 爾爲我告之."無幾, 紅娘復來, 連曰："至矣！至矣！"張生且喜且駭, 必謂獲濟. 及崔至, 則端服嚴容. 大數張曰：“兄之恩, 活我之家, 厚矣. 是以慈母以弱子幼女見託. 奈何因不令之婢, 致淫逸之詞？始以護人之亂爲義, 而終掠亂以求之, 是以亂易亂, 其去幾何？誠欲寢其詞, 則保人之姦, 不義, 明之於母, 則背人之惠, 不祥, 將寄於婢僕, 又懼不得發其眞誠. 是用託短章, 願自陳啓, 猶懼兄之見難, 是用鄙靡之詞, 以求其必至. 非禮之動, 能不愧心？特願以禮自持, 無及於亂."言畢, 翻然而逝. 張自失者久之, 復踰而出, 於是絕望. 數夕, 眉：絕望數夕, 不可謀媒妁乎？張生臨軒獨寢, 忽有人覺之. 驚駭而起, 則紅娘斂衾攜枕而至, 撫張曰：“至矣！至矣！睡何爲哉？"並枕重衾而去. 張生拭目危坐久之, 猶疑夢寐, 然而修謹以俟. 俄而紅娘捧崔氏而至, 至則嬌羞融冶, 力不能運支體, 曩時端莊, 不復同矣. 是夕旬有八日也, 斜月晶瑩, 幽輝半牀. 張生飄飄然, 且疑神仙之徒, 不謂從人間至矣. 有頃, 寺鐘鳴, 天將曉, 紅娘促去. 崔氏嬌啼宛轉, 紅娘又捧之而去. 終夕無一言. 張生辨色而興, 自疑曰：“豈其夢邪？"及明, 睹妝在臂, 香在衣, 淚光熒熒然, 猶瑩於茵席而已. 是後又十餘日, 杳不復知. 張生賦〈會眞詩〉三十韻, 未畢, 而紅娘適至. 因授之, 以貽崔氏. 自是復容之, 朝隱而出, 暮隱而入, 同安於曩所謂西廂者, 幾一月矣. 張生常詰鄭氏之情, 則曰："我不可奈何矣." 因欲就成之. 無何, 張生將之長安, 先以情諭之. 崔氏宛無難詞, 然而愁怨之容動人矣. 將行之再夕, 不可復見, 而張生遂西下. 數月, 復遊於蒲, 會於崔氏者又累月. 崔氏甚工刀札, 善屬文, 求索再三, 終不可見. 往往張生自以文挑, 亦不甚睹覽. 大略崔之出人者, 藝必窮極, 而貌若不知, 言則敏辯, 而寡於酬對. 待張之意甚厚, 然未嘗以詞繼之. 時愁艷幽邃, 恒若不識, 喜慍之容, 亦罕形見. 異時獨夜操琴, 愁弄淒惻. 張竊聽之, 求之, 則終不復鼓矣. 以是愈惑之. 張生俄以文調及期, 又當西去. 當去之夕, 不復自言其情, 愁嘆於崔氏之側. 崔已陰知將訣矣, 恭貌怡聲, 徐謂張曰: "始亂之, 終棄之, 固其宜矣, 愚不敢恨. 必也君亂之, 君終之, 君之惠也. 則歿身之誓, 其有終矣, 又何必深感於此行? 然而君既不懌, 無以奉寧. 君常謂我善鼓琴, 向時羞顏, 所不能及. 今且往矣, 既君此誠." 因命拂琴, 鼓〈霓裳羽衣〉序, 不數聲, 哀音怨亂, 不復知其是曲也. 左右皆歔欷, 崔亦遽止之, 投琴, 泣下流連, 趨歸鄭所, 遂不復至. 明旦而張行. 明年, 文戰不勝, 張遂止於京, 因貽書於崔, 以廣其意. 崔氏緘報之詞, 粗載於此, 曰: "捧覽來問, 撫愛過深, 兒女之情, 悲喜交集. 兼惠花勝一合, 口脂五寸, 致耀首膏唇之飾. 雖荷殊恩, 誰復爲容? 睹物增懷, 但積悲嘆耳. 伏承使於京中就業, 進修之道, 固在便安. 但恨僻陋之人, 永以遐棄. 命也如此, 知復何言! 自去秋已來, 常忽忽如有所失, 於喧嘩之下, 或勉爲語笑, 閑宵自處, 無不淚零. 乃至夢寐之間, 亦多感咽離憂之思, 綢繆繾綣, 暫若尋常, 幽會未終, 驚魂已斷. 雖半衾如暖, 而思之甚遙. 一昨拜辭, 倏踰舊歲. 長安行樂之地, 觸緒牽情, 何幸不忘幽微, 眷念無斁. 鄙薄之志, 無以奉酬, 至於終始之盟, 則固不忒. 鄙昔中表相因, 或同宴處, 婢僕見誘, 遂致私誠, 兒女之心, 不能自固. 君子有援琴之挑, 鄙人無投梭之拒. 及薦寢席, 義盛意深, 愚陋之情, 永謂終託. 豈期既見君子, 而不能定情? 致有自獻之羞, 不復明侍巾幘. 沒身永恨, 含嘆何言! 倘仁人用心, 俯遂幽眇, 雖死之日, 猶生之年. 如或達士略情, 捨小從大,以先配爲醜行,以要盟爲可欺,則當骨化形銷,丹誠不泯,因風委露,猶託清塵.存沒之誠,言盡於此.臨紙嗚咽,情不能申.千萬珍重!珍重千萬!玉環一枚,是兒嬰年所弄,寄充君子下體所佩.玉取其堅潤不渝,環取其終始不絕.兼亂絲一絇,文竹茶碾子一枚.此數物不足見珍,意者欲君子如玉之眞,矢志如環不解,淚痕在竹,愁緒縈絲,因物達情,永以爲好耳.心邇身遐,拜會無期.幽憤所鍾,千里神合.千萬珍重!春風多厲,強飯爲嘉.愼言自保,無以鄙爲深念."張生發其書於所知,由是時人多聞之.所善楊巨源好屬詞,因爲賦〈崔娘詩〉一絶云:"清潤潘郎玉不如,中庭蕙草雪銷初.風流才子多春思,腸斷蕭娘一紙書."河南元稹亦續生〈會眞詩〉三十韻,詩曰:"微月透簾櫳,螢光度碧空.遙天初縹緲,低樹漸葱蘢.龍吹過庭竹,鸞歌拂井桐.羅綃垂薄霧,環珮響輕風.絳節隨金母,雲心捧玉童.更深人悄悄,晨會雨濛濛.珠瑩光文履,花明隱繡龍.瑤釵行彩鳳,羅帔掩丹虹.言自瑤華浦,將朝碧玉宮.因遊洛城北,偶向宋家東.戲調初微拒,柔情已暗通.低鬟蟬影動,回步玉塵蒙.轉面流花雪,登床抱綺叢.鴛鴦交頸舞,翡翠合歡籠.眉黛羞偏聚,脣朱暖更融.氣清蘭蕊馥,膚潤玉肌豐.無力慵移腕,多嬌愛斂躬.汗流珠點點,髮亂綠葱葱.方喜千年會,俄聞五夜窮.留連時有恨,繾綣意難終.慢臉含愁態,芳詞誓素衷.贈環明運合,留結表心同.啼粉流宵鏡,殘燈遠暗蟲.華光猶苒苒,旭日漸曈曈.乘鶩還歸洛,吹簫亦上嵩.衣香猶染麝,枕膩尙殘紅.冪冪臨塘草,飄飄思渚蓬.素琴鳴〈怨鶴〉,清漢望歸鴻.海闊誠難渡,天高不易冲.行雲無處所,蕭史在樓中."張之友聞之者,莫不聳異之,然而張志亦絕矣.稹特與張厚,因徵其詞,張曰:"大凡天之所命尤物也,不妖其身,必妖於人.使崔氏子遇合富貴,乘寵嬌,不爲雲爲雨,則爲蛟爲螭,吾不知其所變化矣. 昔殷之辛, 周之幽, 據百萬之國, 其勢甚厚. 然而一女子敗之, 潰其衆, 屠其身, 至今爲天下僇笑. 予之德不足以勝妖孽, 是用忍情." 眉:此論卓矣, 恨其在旣亂之後耳. 於時坐者皆爲深嘆. 後歲餘, 崔已委身於人, 張亦有所娶. 適經所居, 乃因其夫言於崔, 求以外兄見. 眉:求見不又多乎? 夫語之, 而崔終不爲出. 張怨念之誠, 動於顔色, 崔知之, 潛賦一章, 詞曰:"自從消瘦減容光, 萬轉千廻懶下床. 不爲旁人羞不起, 爲郎憔悴却羞郞." 眉:鴛勝張又十倍. 竟不之見. 後數日, 張生將行, 又賦一章, 以謝絶云:"棄置今何道? 當時且自親. 還將舊時意, 憐取眼前人." 自是絶不復知矣. 時人多許張爲善補過者.

* 이 고사는《태평광기》권488〈잡전기·앵앵전〉에 실려 있다.

80-35(2584) 곽소옥전

곽소옥전(霍小玉傳)

장방(蔣防) 찬

　[당나라] 대력(大曆) 연간(766~779)에 농서(隴西) 사람 이익(李益)은 20세에 과거에 급제했으며, 그 이듬해에 발췌(拔萃)[147]에 응시하려고 천관(天官: 이부)에서의 시험을 기다리며 신창리(新昌里)에서 지냈다. 이생(李生: 이익)은 집안이 명문대가였으며 어려서부터 재사(才思)를 지니고 있었다. 그는 매번 풍류와 재주를 자부하면서 좋은 짝을 만나고 싶은 생각에 이름난 기녀를 널리 구했으나 오래도록 만나지 못했다. 장안(長安)에 포십일낭(鮑十一娘)이라는 매파가 있었는데, 늘 이생의 간곡한 부탁을 받았다. 몇 달이 지났을 때 포십일낭이 갑자기 와서 웃으며 말했다.

　"소고자(蘇姑子)[148]는 혹 좋은 꿈이라도 꾸셨습니까? 한

---

[147] 발췌(拔萃): 당나라 때는 예부(禮部)에서 주관하는 과거에 합격한 뒤에 다시 이부(吏部)에서 시행하는 시험에 합격해야 관직을 얻었는데, 그때 시문(試文) 3편만을 시험 보는 것을 굉사(宏詞)라 하고 의(擬)・판(判)・사(詞) 세 가지를 다 짓는 것을 '발췌'라고 했다.

[148] 소고자(蘇姑子): 당나라 때 젊은 남자를 부르던 호칭.

선녀가 폄적되어 하계로 내려왔는데, 재물은 원치 않고 다만 풍류 재자(風流才子)만을 흠모한답니다."

이생은 그 말을 듣고 뛸 듯이 놀라고 몸과 마음이 날아갈 듯이 가벼워졌으며, 포십일낭의 손을 잡고 절하면서 감사를 표했다.

"내 평생 노비로 있다가 죽더라도 꺼리지 않겠소."

그러면서 그녀의 이름과 사는 곳을 묻자 포십일낭이 자세히 말해 주었다.

"옛 곽왕(霍王)[149]의 막내딸로 이름은 소옥(小玉)인데, 곽왕이 그녀를 몹시 애지중지했습니다. 모친은 정지(淨持)라고 하는데 곽왕의 총비(寵婢)였습니다. 곽왕이 막 죽었을 때 여러 형제들은 소옥이 천출이라는 이유로 식구로 받아들이지 않고 재산을 나누어 주면서 밖으로 나가 살게 했습니다. 그래서 성을 정씨(鄭氏)로 바꾸었는데, 사람들은 그녀가 곽왕의 딸이라는 사실을 모릅니다. 그녀의 농염한 모습은 평생에 본 적이 없고, 고상한 성품과 빼어난 자태에 하는

---

[149] 곽왕(霍王) : 당나라 고조(高祖)의 열넷째 아들인 이원궤(李元軌)는 정관(貞觀) 10년(636)에 오왕(吳王)에서 '곽왕'으로 봉해졌는데, 그가 측천무후(則天武后)에 의해 죽임을 당하자 신룡(神龍) 연간(705~707)에 그의 장자 이휘(李暉)가 뒤를 이어 '곽왕'에 봉해졌다. 여기서는 이휘를 가리킨다.

일마다 다른 사람보다 뛰어나며, 음악과 시서(詩書)에도 통달하지 않은 것이 없습니다. 어제 그녀의 모친이 저를 보내 격조가 서로 어울리는 좋은 남자를 하나 구해 달라고 하기에 제가 십랑(十郞 : 이익)에 대해 상세히 말했습니다. 그쪽에서도 십랑의 이름을 알고 있던 터라 매우 기뻐하며 만족했습니다. 승업방(勝業坊)의 고사곡(古寺曲)에 살고 있는데, 골목을 막 들어서면 거마가 드나드는 문이 보이는 집이 바로 그 댁입니다. 이미 그녀의 모친과 날짜를 약속해 놓았으니 내일 오시(午時)에 골목으로 가서 계자(桂子)만 찾으시면 됩니다."

포십일낭이 가고 난 뒤에 이생은 곧바로 떠날 채비를 했다. 그는 가동 추홍(秋鴻)을 시켜 사촌 형인 경조참군(京兆參軍) 상공(尙公)에게서 검푸른 말과 황금 굴레를 빌려 오게 했다. 그날 저녁에 이생은 옷을 빨고 목욕한 뒤 용모를 말끔히 해 놓고 뛸 듯이 기뻐하며 밤새껏 잠을 이루지 못했다. 날이 밝기를 기다렸다가 두건을 쓰고 거울을 끌어다 비춰 보면서 오직 일이 성사되지 않을까 걱정하며 서성이는 사이에 정오가 되었다. 그는 마침내 급히 말을 몰아 그곳으로 갔는데, 과연 한 하녀가 서서 기다리고 있다가 그를 맞이하며 물었다.

"혹시 이십랑(李十郞 : 이익)이 아니십니까?"

그러고는 말을 끌고 집 안으로 들어간 뒤 급히 문을 걸어

잠갔다. 그때 포십일랑이 안에서 나오더니 멀리서 웃으며 말했다.

"웬 도련님이 다급하게 여기로 들어오십니까?"

이생이 장난기 어린 말을 마치기도 전에 포십이랑은 그를 데리고 중문(中門)으로 들어갔다. 정원에는 앵두나무 네 그루가 있었고 서북쪽에 앵무새 조롱 하나가 걸려 있었는데, 앵무새가 이생이 들어오는 것을 보고 곧장 말했다.

"사람이 들어오니 어서 주렴을 내리세요!"

이생은 깜짝 놀라며 감히 들어가지 못했다. 그가 우물쭈물하고 있을 때 포십일낭이 정지를 인도해 계단을 내려와서 이생을 맞이해 들어가서 마주 앉았다. 정지는 나이가 40여 세쯤 되어 보였고 나긋나긋한 자태가 아름다웠으며 담소하는 모습이 아주 매력 있었다. 정지가 이생에게 말했다.

"평소 십랑의 재주와 풍류에 대해 들었는데, 정말로 훌륭한 명성 아래에는 헛된 선비가 없군요."

그러고는 주안상을 차리게 하고 곧장 소옥을 안채의 동쪽 방에서 나오게 했다. 이생은 그녀에게 절하고 맞이했는데, 방 안 가득 경림옥수(瓊林玉樹)가 서로 빛을 발하는 듯이 느껴질 뿐이어서 눈을 돌릴 때마다 그 찬란한 광채에 눈이 부실 지경이었다. 이윽고 소옥이 어머니 옆에 앉자 어머니가 말했다.

"너는 일찍이 '주렴 걷으니 바람에 흔들리는 대나무, 행여 임이 오셨는가 하네'라는 시구를 즐겨 읊었는데, 그건 바로 여기 계신 십랑의 시란다. 종일 읊조리며 생각만 하다가 이렇게 뵈니 어떠하냐?"

소옥이 머리를 숙이고 미소 지으며 작은 소리로 말했다.

"직접 보는 것은 명성을 듣느니만 못하지요. 재주 있는 선비라면 어찌 준수한 외모가 없겠습니까?"

이생이 연거푸 일어나 절하며 말했다.

"낭자는 재주를 아끼고 이 못난 사내는 용모를 중히 여기는데, 이 둘이 서로 어울리면 재주와 용모를 서로 겸비하게 되지요."

어머니와 딸은 서로 바라보며 웃다가 술을 들어 몇 순배 돌렸다. 이생이 일어나 소옥에게 노래를 청하자 그녀는 처음에는 하지 않으려 했으나 어머니가 한사코 권하자 노래를 불렀는데, 목소리가 청량했으며 곡조가 정교하고 뛰어났다. 술자리가 끝나고 날이 어두워지자 포십일낭은 이생을 데리고 서쪽 채로 가서 쉬게 했다. 뜰은 한적하고 집은 그윽했으며 주렴과 휘장이 매우 화려했다. 포십일낭은 하녀인 계자와 완사(浣沙)에게 명해 이생의 신을 벗기고 의대를 풀어 주게 했다. 잠시 후 소옥이 도착하자 둘은 정겹게 얘기를 나누었는데, 소옥은 말씨가 매우 부드러웠으며 옷을 벗을 때의 그 자태에는 넘치는 아름다움이 있었다. 둘은 휘장을 내리고 베개를 가까이 한 채 지극한 즐거움을 나누었는데, 이생은 무산(巫山)150)이나 낙포(洛浦)151)에서의 즐거움도 이보다는 못할 것이라 생각했다. 밤이 깊었을 때 소옥이 갑자기 눈물을 흘리더니 이생을 바라보며 말했다.

"소첩은 본디 창가(倡家) 출신이라 당신의 짝이 될 수 없음을 잘 알고 있습니다. 오늘 저는 미색으로 사랑을 받아 어지신 분께 몸을 맡기게 되었으나, 일단 미색이 쇠하면 은애하던 마음이 옮겨 가게 될 것이니, 그때 저는 소나무의 겨우살이처럼 의지할 곳이 없어지고 가을의 부채처럼 버림을 받게 될 것입니다. 그래서 즐거움이 지극한 이때에 저도 모르게 슬픔이 밀려온 것입니다."

이생은 그 말을 듣고 탄식을 금치 못하면서 팔을 내밀어 팔베개를 해 주며 천천히 소옥에게 말했다.

---

150) 무산(巫山) : 송옥(宋玉)의 〈고당부(高塘賦)〉에 따르면, 초(楚)나라 회왕(懷王)이 신녀(神女)와 만나 사랑을 나누었는데, 그 신녀는 스스로 "무산의 남쪽, 양대의 아래(巫山之陽, 陽臺之下)"에 산다고 말했다.

151) 낙포(洛浦) : 복희씨(宓羲氏)의 딸 복비(宓妃)가 낙수(洛水)에 빠져 죽어 낙수신(洛水神)이 되었다. 삼국 시대 위(魏)나라 조조(曹操)는 원소(袁紹)를 무찌르고 그의 부인 견씨(甄氏)를 데려왔는데, 조식(曹植)이 그녀를 사랑했으나 조비(曹丕)가 아내로 삼았다. 후에 그녀가 죽임을 당하자 조식은 〈낙신부(洛神賦)〉를 지어 꿈에서 견씨와 정을 나눈 일을 적었다.

"평생 원하던 바를 오늘에야 얻었으니 이 몸이 다 으스러질 때까지 절대 버리지 않을 것을 맹세하오. 부인은 어찌하여 그와 같은 말을 하는 것이오? 청컨대 흰 비단에 맹약을 적게 해 주시오."

그러자 소옥은 눈물을 거두고 시종 앵도(櫻桃)에게 명해 휘장을 걷고 촛불을 들게 한 다음 이생에게 붓과 벼루를 주었다. 소옥은 피리를 불고 비파를 연주하는 것 외에도 평소에 시를 짓고 글씨를 쓰는 것을 좋아했는데, 책 상자나 붓과 벼루 등은 모두 곽왕의 집안에 있던 옛 물건들이었다. 그녀는 수놓은 주머니를 가져와서 월(越) 땅 여자들이 짠 오사란소겸(烏絲欄素縑)152) 3척을 꺼내 이생에게 주었다. 이생은 본디 문사에 뛰어났던 터라 붓을 잡자마자 문장을 지었는데, 산하(山河)를 끌어다 비유하고 일월(日月)을 가리키며 자신의 마음을 밝히는 등, 구구절절 간절하기 그지없어 듣는 이의 마음을 움직였다. 이생은 다 쓴 뒤에 보배 상자 안에 보관하게 했다. 그때부터 둘은 더욱 정이 깊어지고 마음이 잘 맞아 마치 구름 속을 날아가는 비취새와도 같았다. 그렇게 2년이 지나도록 둘은 밤낮으로 함께 붙어 있었다. 그 이

---

152) 오사란소겸(烏絲欄素縑) : 검은 세로줄 무늬가 있는 흰 비단으로, 글씨를 쓸 때 사용했다.

듬해 봄에 이생은 서판발췌과(書判拔萃科)에 급제해 정현주부(鄭縣主簿)에 제수되었다. 4월이 되어 그가 장차 임지로 떠나기 전에 동락(東洛 : 낙양)으로 부모님께 인사드리러 가려 하자, 장안의 많은 친척들이 그의 전별연에 참석했다. 당시는 봄기운이 아직 남아 있고 여름 경치가 막 아름다워지고 있을 때였다. 술자리가 끝나고 손님들이 돌아가자 이별의 아픔이 가슴에 맺혔다. 이에 소옥이 이생에게 말했다.

"당신의 재주와 명성이라면 흠모하는 이가 많을 것이고 혼인하고자 하는 사람 역시 진실로 많을 것입니다. 하물며 댁에 엄친께서 살아 계시는데 집안에 종부(宗婦 : 맏며느리)가 없으니, 당신이 이번에 가시면 분명 좋은 짝을 찾아 혼인시키려 하실 것입니다. 그러면 제게 했던 맹약은 그저 헛된 말이 될 뿐입니다. 미 : 소옥의 식견과 도량은 또한 이익보다 10배나 낫다. 소첩에게 작은 소원이 있으니 말씀드려 당신의 마음에 영원히 맡기고자 하는데, 들어주실 수 있겠습니까?"

이생이 놀라고 이상해하며 말했다.

"내가 무슨 잘못을 했다고 갑자기 그런 말을 하시오? 할 말을 하시오. 반드시 삼가 따르겠소."

소옥이 말했다.

"소첩은 이제 열여덟 살이고 당신은 겨우 스물두 살입니다. 당신이 장실(壯室 : 30세)153)하실 때까지는 아직 8년의 세월이 남아 있으니, 평생의 즐거움을 그 짧은 기간 동안에

다 누리고 싶습니다. 그런 연후에 당신은 훌륭한 가문을 잘 골라 진진(秦晉)의 혼인154)을 맺는다 해도 늦지 않을 것입니다. 그때가 되면 소첩은 이 세상을 버리고서 머리를 자르고 승복을 입을 것입니다. 저의 오랜 소원은 그것으로 충분합니다." 미 : 가련하다.

이생은 부끄러운 한편 깊이 감동받아 자기도 모르게 눈물을 흘리며 소옥에게 말했다.

"밝은 태양에 두고 한 맹세155)는 죽어서나 살아서나 지킬 것이오. 그대와 해로한다 해도 처음의 뜻에 만족스럽지 않을까 걱정이거늘 어찌 감히 다른 마음을 품을 수 있겠소? 제발 의심하지 말고 단정히 지내면서 기다려 주시오. 8월이 되면 틀림없이 다시 화주(華州)에 도착해서 곧 사람을 보내 맞이해 올 것이니, 다시 만날 날이 머지않았소."

다시 며칠이 지나자 이생은 소옥과 작별하고 동쪽으로

---

153) 장실(壯室) : 아내를 얻기에 적합한 나이인 서른 살을 가리킨다.

154) 진진(秦晉)의 혼인 : 춘추 시대 진(秦)나라와 진(晉)나라는 대대로 혼인을 맺어 관계가 좋았다. 나중에 좋은 배필을 뜻하는 말로 쓰인다.

155) 밝은 태양에 두고 한 맹세 : 원문은 "교일지서(皎日之誓)". 옛사람들은 맹세할 때 《시경(詩經)》〈왕풍(王風)·대거(大車)〉에 나오는 "유여교일(有如曒日)"의 구절을 인용해 죽어도 변치 않을 마음을 나타냈다. 즉, 저 밝은 태양과 같이 영원히 빛을 잃지 않겠다는 뜻이다.

떠났다. 이생은 임지에 도착하고 나서 열흘 만에 휴가를 청해 부모님을 뵈러 동도(東都 : 낙양)로 갔다. 그가 아직 집에 도착하지 않았을 때 태부인(太夫人)은 이미 그의 사촌 누이 노씨(盧氏)와 상의해서 이생과의 혼약을 정해 놓았다. 태부인은 본디 엄격한 분이었던 탓에 이생은 머뭇거리며 감히 거절하지 못한 채, 마침내 예물을 보내고 가까운 시일로 혼례 날을 잡았다. 노씨 집안 역시 권문세가였기에 딸을 다른 가문에 시집보내면서 혼례 예물은 반드시 100만 냥으로 해야 한다고 약조했다. 그러나 이생은 집이 본래 가난해서 빚을 얻어야만 했기 때문에 다른 일을 핑계로 휴가를 얻어 멀리 친지를 찾아다니며 가을부터 이듬해 여름까지 강회(江淮) 지방을 두루 돌아다녔다. 이생은 자신이 소옥과의 맹약을 저버렸고 돌아가겠다던 기일도 크게 어기게 되자 아무런 소식도 알려 주지 않음으로써 그녀의 희망을 끊어 버리고자 했으며, 멀리서 친구들에게 부탁해 자신의 소식을 발설하지 말아 달라고 했다. 소옥은 이생이 약속한 기일을 어긴 후로 여러 번 그의 소식을 알아보았는데, 모두 빈말이나 이상한 말이었으며 날마다 말이 달라졌다. 이에 그녀는 널리 무당을 찾아다니며 점을 쳐 보기도 했다. 결국 근심과 회한에 사무쳐 1년 남짓 시간을 보내면서 쇠약한 몸으로 빈방에 누워 지내다가 결국 심한 병이 나고 말았다. 비록 이생의 편지는 결국 끊어졌지만 소옥의 그리움과 바람은 변치 않았다. 그녀는 친지에게 돈을 주며 이생의 소식을 알아보게 했는데, 이생을 찾으려는 마음이 간절하다 보니 비용이 자주 바닥났다. 그래서 종종 몰래 여종을 시켜 상자 속의 노리개를 팔게 했는데, 대부분 서쪽 저자에서 전당포를 하는 후경선(侯景先)의 집에 맡겨 팔아 오게 했다. 한번은 여종 완사에게 자색 옥비녀 한 짝을 가지고 후경선의 집에 가서 팔아 오게 했는데, 도중에 만난 궁에서 일하는 옥공(玉工)이 완사가 들고 있는 비녀를 보더니 다가와서 그것을 알아보며 말했다.

"이 비녀는 내가 만든 것이다. 옛날에 곽왕의 막내따님이 장차 머리를 틀어 올리려 할 때 나에게 이것을 만들어 달라고 하면서 만 냥을 주셨는데, 나는 그 일을 늘 잊지 않고 있다. 너는 누구이며 이것을 어디서 얻었느냐?"

완사가 말했다.

"우리 아씨가 바로 곽왕의 따님이십니다. 집안은 파산하고 어떤 분에게 몸을 맡겼는데, 서방님은 몇 해 전에 동도로 가신 뒤로 더 이상 소식이 없고, 아씨는 근심스럽고 원망하는 마음에 병이 들어 지금 2년째 누워 계십니다. 저에게 이것을 팔아 오게 해서 다른 사람에게 돈을 주어 서방님의 소식을 찾게 하시려는 겁니다."

옥공이 처연히 눈물을 흘리며 말했다.

"귀한 집안의 자녀가 몰락해 이런 지경에 이르다니! 나는 살날이 얼마 남지 않았는데, 이와 같은 성쇠를 보니 아픈 마음을 가눌 수 없다."

그러고는 완사를 데리고 연광 공주(延光公主) 댁으로 가서 이전의 일을 자세히 아뢰었다. 공주도 한참 동안 슬피 탄식하다가 돈 12만 냥을 내주었다. 그때 이생과 약혼한 노씨는 장안에 있었고, 이생은 혼례 예물을 다 마련하고 정현으로 돌아갔다. 그해 섣달에 이생은 또 휴가를 청해 낙성(洛城: 낙양)으로 들어가 부모님을 찾아뵈었으며, 몰래 조용한 거처를 마련해 다른 사람들이 알지 못하게 했다. 명경(明經) 출신 최명윤(崔允明)은 이생의 외사촌 동생으로 성품이 매우 돈후했다. 그는 예전에 늘 이생과 함께 정씨(鄭氏: 소옥)의 집에서 즐겁게 놀곤 했는데, 술자리에서 담소를 나누며 서로 허물이 없었다. 그는 매번 이생의 소식을 들을 때마다 반드시 소옥에게 성심껏 알려 주었으며, 소옥은 늘 땔나무나 옷가지 등을 최윤명에게 주었기에 최윤명은 매우 감사하고 있었다. 이생이 도착하고 나서 최윤명은 사실대로 소옥에게 자세히 알려 주었다. 그러자 소옥이 한탄하며 말했다.

"세상에 어찌 이런 일이 있단 말인가!"

그러고는 친구들에게 두루 청해 여러 방법으로 이생을 불러오게 했는데, 이생은 자신이 약속한 기일을 어기고 맹약을 저버렸으며 게다가 소옥의 병세가 깊다는 사실을 알았기에, 부끄러운 마음을 모질게 끊어 내고 끝내 가려고 하지 않았다. 그는 새벽에 나갔다가 저녁에 돌아옴으로써 소옥의 부름을 회피하려 했다. 미 : 잘못을 고치는 것도 오히려 늦었는데, 하물며 비행을 저지름에랴![156) 소옥은 밤낮으로 울면서 침식을 모두 잊은 채 이생을 한 번이라도 만나길 기대했지만 결국 방법이 없었다. 그녀는 원통함과 분함이 더욱 깊어져 기진해 몸져누웠다. 이때부터 장안에서 조금씩 그 사실을 알게 된 사람들이 생겼는데, 그중에서 풍류를 아는 선비들은 모두 소옥의 깊은 정에 감동했으며, 호걸과 협객의 무리는 모두 이생의 박정함에 분노했다. 그때는 이미 3월이라 많은 사람들이 봄나들이를 했는데, 이생도 대여섯 명의 친구들과 함께 숭경사(崇敬寺)를 찾아가 모란을 감상하고 서쪽 낭하를 걸으면서 번갈아 시를 읊조렸다. 경조(京兆) 사람 위하경(韋夏卿)은 이생의 가까운 친구였는데, 그때 동행했다가 이생에게 말했다.

"풍광이 정말 아름답고 초목이 무성한데, 마음 아프게도 정 경(鄭卿 : 소옥)은 원한을 머금은 채 빈방에 있네. 그대가 끝내 그녀를 버려둔다면 실로 잔인한 사람이네. 장부의 마음이 이래서는 안 되니 그대는 마땅히 잘 생각해 보게."

---

156) 하물며 비행을 저지름에랴 : 이 미비(眉批)의 원문은 "황□□□(況□□□)"라 되어 있어 네 글자가 판독 불가한데, 문맥을 고려해 추정해서 번역했다. 쑨다펑의 교점본에서는 "황수비호(況遂非乎)"로 추정했는데, 타당해 보인다.

그러면서 탄식하며 꾸짖고 있을 때 갑자기 한 호걸이 가벼운 누런 모시 적삼을 입고 탄궁(彈弓)을 낀 채 나타났는데, 풍채가 준수했으며 가볍고도 화려한 옷을 입고 있었다. 그는 머리를 깎은 어린 호인(胡人) 시종 한 명만을 데리고 몰래 다니면서 그들의 말을 들었다. 미 : 뜻있는 사람이다. 잠시 후에 그가 다가와서 이생에게 읍(揖)하며 말했다.

"공(公)은 이십랑이 아니십니까? 저의 가문은 본디 산동(山東)에 있지만 공의 외척과 인척이 되었습니다. 제가 비록 글재주는 부족하지만 마음속으로 일찍이 어진 분을 좋아했기에 공의 훌륭한 명성을 우러르며 늘 만나 뵙고자 했는데, 오늘 다행히 만나게 되어 그 훌륭한 모습157)을 볼 수 있게 되었습니다. 저의 누추한 집이 이곳에서 멀지 않고 또 노래와 음악도 있어서 마음을 즐겁게 해 드리기에 충분할 겁니다. 요염한 미인 여덟아홉 명과 준마 10여 필은 공이 원하시는 대로 드릴 테니 한번 들러 주시길 바랍니다."

이생의 친구들은 모두 이 말에 솔깃해서 좋다고 탄성을 질렀다. 그리하여 호걸과 함께 말을 몰고 갔는데, 몇 개의 동

---

157) 훌륭한 모습 : 원문은 "청양(淸揚)". 《시경(詩經)》〈정풍(鄭風)·야유만초(野有蔓草)〉에 "유미일인(有美一人), 청양완혜(淸揚婉兮)"라는 구절이 있는데, 《모전(毛傳)》의 주(注)에서 "청양은 눈과 눈썹 사이가 완연히 아름다운 것을 말한다(淸揚, 眉目之間婉然美也)"라고 했다.

네를 빠르게 돌아 드디어 승업방에 도착했다. 이생은 정씨[소옥]가 사는 곳이 가까웠기에 가고 싶지 않아 다른 일을 핑계 대며 말 머리를 돌리려 했다. 그러자 호걸이 말했다.

"누추한 집이 지척에 있는데 차마 포기하시겠습니까?"

그러고는 이생의 말을 잡아당겨 끌고 갔다. 머뭇거리는 사이에 이미 정씨가 사는 골목에 이르렀다. 이생은 정신이 어지러워 말을 채찍질해 돌아가려 했는데, 호걸이 급히 노복 몇 명에게 명해 그를 끌어안고 들어가서 재빨리 거마가 드나드는 문 안으로 밀어 넣은 뒤 문을 잠그게 했다. 그러고는 알렸다.

"이십랑이 왔습니다!" 미 : 천고에 마음 통쾌한 일이로다!

그러자 온 식구가 놀라 기뻐하는 소리가 밖에까지 들렸다. 그 전날 밤에 소옥이 꿈을 꾸었는데, 누런 적삼을 입은 장부가 이생을 끌어안고 오더니 자리에 이르러 소옥에게 신발을 벗기게[脫鞋] 했다. 소옥은 놀라 깨어나 어머니에게 꿈 얘기를 하면서 스스로 해몽했다.

"'혜(鞋 : 신발)'는 '해(諧 : 화합하다)'를 뜻하니 부부가 다시 만난다는 말이고, '탈(脫 : 벗기다)'은 '해(解 : 분리되다)'를 뜻하니 만난 뒤에 헤어졌다가 또 영원히 이별한다는 말입니다. 이로 미루어 보면 반드시 마침내 서로 만나겠지만 만난 후에 틀림없이 제가 죽을 것입니다."

소옥은 새벽에 어머니에게 단장을 해 달라고 했다. 어머니는 딸이 병을 오래 앓아 마음이 어지러워진 것이라 생각하며 그 말을 그다지 믿지 않았다. 소옥은 힘들게 애써 가며 억지로 단장했는데, 단장이 막 끝났을 때 과연 이생이 도착했다. 소옥은 오랫동안 병들어 있었던 탓에 몸을 움직일 때마다 부축해 줄 사람이 있어야 했는데, 갑자기 이생이 왔다는 소리를 듣더니 혼자 벌떡 일어나 옷을 갈아입고 나가는 것이 마치 귀신에 씐 것 같았다. 소옥은 마침내 이생을 만났는데, 분노를 머금고 뚫어지게 쳐다보면서 더 이상 아무 말도 하지 않았다. 파리한 몸은 아름다운 자태를 가눌 수 없을 것 같았다. 그녀는 때때로 소매로 얼굴을 가리다가 다시 이생을 돌아보았는데, 그 모습이 사람을 마음 아프게 해 좌중의 사람들이 모두 흐느껴 울었다. 잠시 후에 술과 음식을 담은 수십 개의 쟁반이 밖에서 들어왔는데, 온 좌중이 깜짝 놀라 바라보며 황급히 어찌 된 일이냐고 물었더니 모두 호걸이 마련해 준 것이라고 했다. 그리하여 연회석을 차리고 모두 자리에 나아가 앉았다. 소옥은 몸을 옆으로 기울인 채 얼굴을 돌려 이생을 한참 동안 흘겨보다가 술잔을 들어 술을 땅에 부으며 말했다.

"저는 여자가 되어 이처럼 박명하고, 당신은 장부지만 이처럼 신의를 저버렸습니다. 저는 예쁘고 젊은 나이에 한을 삼키며 죽게 되어 살아 계신 모친을 공양할 수 없게 되었습니다. 비단옷과 관현악기도 이제부터 영원히 끝나고 황천에서 비통해하는 것은 모두 당신 때문에 생긴 일입니다. 이 군(李君 : 이생)! 이 군! 이제 영원히 작별입니다! 미 : 이십랑이 대답할 수 있을까? 저는 죽은 뒤에 반드시 원귀가 되어 당신의 처첩들을 한시도 편안하게 두지 않을 것입니다!"

그러고는 왼손을 뻗어 이생의 팔을 움켜잡고 술잔을 땅에 던지더니 길게 몇 차례 통곡한 뒤에 숨이 끊어졌다. 소옥의 어머니는 시체를 들어 이생의 품에 안겨 주면서 불러 보게 했지만 결국 다시 살아나지 못했다. 이생은 그녀를 위해 소복을 입고 아침저녁으로 곡하며 매우 슬퍼했다. 장례를 치르기 전날 밤에 이생은 홀연 영구 휘장 안에서 소옥을 보았는데, 아리따운 용모는 살아 있을 때와 똑같았다. 그녀는 석류색 치마와 보라색 배자를 입고 홍록색 어깨걸이를 걸친 채 휘장에 비스듬히 기대어 손으로 수놓은 허리띠를 당기면서 이생을 돌아보며 말했다.

"미안하게도 당신이 전송해 주시니 아직 남은 정이 있군요. 저승에서 어찌 감격하지 않을 수 있겠습니까?"

말을 마치고는 마침내 더 이상 보이지 않았다. 이튿날 그녀를 장안의 어숙원(御宿原)에 묻었는데, 이생은 무덤에 가서 애도를 다하고 돌아갔다. 달포 뒤에 이생은 노씨와 혼례를 치렀는데, 마음이 상해 있던 터라 울적하니 즐겁지가 않았다. 여름 5월에 그는 노씨와 함께 떠나 정현으로 돌아갔다. 정현에 도착하고 열흘이 지나서야 이생은 비로소 노씨와 잠자리를 함께했는데, 휘장 밖에서 갑자기 쯧쯧! 하는 소리가 들렸다. 이생이 놀라 살펴보니 스무 살 남짓 되는 한 잘생긴 남자가 휘장 뒤로 몸을 감춘 채 연거푸 노씨를 불렀다. 이생이 황급히 일어나 휘장을 몇 바퀴 돌았지만 그 남자는 홀연히 사라졌다. 이생은 그때부터 마음에 의심을 품고 온갖 시기를 했기에 부부 사이에 아무런 재미가 없었다. 친분이 있는 어떤 사람이 간곡하게 권유하자 이생은 마음이 조금 풀렸다. 열흘 뒤에 이생이 밖에서 돌아왔을 때 노씨는 침상에서 금(琴)을 연주하고 있었다. 그때 문득 보았더니 얼룩무소뿔에 꽃을 상감한 합 하나가 문에서 던져졌는데, 직경이 1촌 남짓 했고 그 안에 얇은 비단으로 만든 동심결(同心結)158)이 있었다. 그 합이 노씨의 품속으로 떨어져, 이생이 열고 보았더니 상사수(相思樹) 열매 두 개, 고두충(叩頭蟲) 한 마리, 발살취(發殺嘴) 하나, 여순미(驢駒媚)159) 약간이 들어 있었다. 이생은 당시 분노해 마치 승냥이나 호랑이처럼 고래고래 소리 지르면서 금(琴)을 들어 그의 아내를 내리치며 사실대로 고하라고 다그쳤다. 그러나 노씨도 끝내 어찌 된 영문인지 스스로 해명하지 못했다. 그 후로 이생은 종

---

158) 동심결(同心結) : 남녀가 사랑의 정표로 주고받는 매듭.
159) 상사수(相思樹) 열매, 고두충(叩頭蟲), 발살취(發殺嘴), 여순미(驢駒媚) : 이것들은 모두 최음제(催淫劑)로 쓰였다.

종 난폭하게 아내를 매질하고 온갖 학대를 하더니 결국 관가에 소송해 아내를 내쫓았다. 노씨가 나가고 나서 이생은 간혹 여종이나 시첩들과 잠시 잠자리를 함께하기도 했는데, 그러면 바로 질투하고 시기했으며 그로 인해 죽이는 경우까지 있었다. 이생이 한번은 광릉(廣陵)을 유람하다가 영십일낭(營十一娘)이라는 이름난 기녀를 얻었는데, 용모와 자태가 매끄럽고 아름다워서 이생은 그녀를 매우 좋아했다. 이생은 매번 영십일낭과 마주 앉을 때마다 늘 그녀에게 말했다.

"내가 일찍이 아무 곳에서 아무개라는 여자를 얻었는데, 이러이러한 일을 저질렀기에 내가 이러이러한 방법으로 죽였다."

그는 날마다 이런 말을 늘어놓아 자신을 두려워하게 만들어서 규방을 정숙하게 하려고 했다. 그는 외출할 때면 침상에 커다란 목욕 대야로 영십일낭을 덮고 그 주위를 봉인했다가 돌아와서 반드시 자세히 살펴본 연후에야 열어 주었다. 또 매우 예리한 단검 하나를 가지고 있으면서 여종들을 돌아보며 말했다.

"이것은 신주(信州) 갈계(葛溪)의 쇠로 만들었는데, 오직 죄지은 자의 머리만 자른다."

대개 이생은 여자를 만나기만 하면 시기했는데, 세 번이나 아내를 맞이했지만 모두 처음과 마찬가지였다.

大曆中,隴西李益,年二十登第,其明年,拔萃,俟試於天官,舍於新昌里.生門族清華,少有才思.每自矜風調,思得佳偶,博求名妓,久而未諧.長安有媒鮑十一娘者,常受生誠託.經數月,忽然而來,笑曰:"蘇姑子作好夢也?有一仙人,謫在下界,不邀財貨,但慕風流."生聞之驚躍,神飛體輕,引鮑手且拜且謝曰:"一生作奴,死亦不憚."因問其名居,鮑具說曰:"故霍王小女,字小玉,王甚愛之.母曰淨持,王之寵婢也.王初薨,諸弟兄以其出自賤庶,不甚收錄,因分與資財,遣居於外.易姓為鄭氏,人亦不知其王女.資質穠艷,一生未見,高情逸態,事事過人,音樂詩書,無不通解.昨遣某求一好兒郎,格調相稱者,某具說十郎.他亦知有名字,非常歡愜.住在勝業坊古寺曲,甫上車門宅是也.已與他作期約,明日午時,但至曲頭覓桂子,即得矣."鮑既去,生便備行計.遂令家童秋鴻,於從兄京兆參軍尚公處,假青驪駒·黃金勒.其夕,生浣衣沐浴,修飾容儀,喜躍交并,通夕不寐.遲明,巾幘,引鏡自照,惟懼不諧也,徘徊之間,至於亭午.遂命駕驅至其所,果見青衣立候,迎問曰:"莫是李十郎否?"令牽馬入屋底,急急鎖門.見鮑果從內出,遙笑曰:"何等兒郎造次入此?"生調誚未畢,引入中門.庭間有四櫻桃樹,西北懸一鸚鵡籠,見生入來,即語曰:"有人入來,急下簾者!"生愕然不敢進.逡巡,鮑引淨持下階相迎,延入對坐.年可四十餘,綽約多姿,談笑甚媚.因謂生曰:"素聞十郎才調風流,名下固無虛士."遂命酒饌,即令小玉自堂東閣子中而出.生即拜迎,但覺一室之中,若瓊林玉樹,互相照曜,轉盼精彩射人.既而遂坐母側,母謂曰:"汝嘗愛念'開簾風動竹,疑是故人來',即此十郎詩也.爾終日吟想,何如一見?"玉乃低鬟微笑，細語曰："見面不如聞名，才子豈能無貌？"生遂連起拜曰："小娘子愛才，鄙夫重色，兩好相映，才貌相兼."母女相顧而笑，遂舉酒數巡．生起，請玉唱歌，初不肯，母固強之，發聲清亮，曲度精奇．酒闌，及暝，鮑引生就西院憩息．閑庭邃宇，簾幕甚華．鮑令侍兒桂子·浣沙與生脫靴解帶．須臾，玉至，言敘溫和，辭氣宛媚，解衣之際，態有餘妍．低幃昵枕，極其歡愛，生自以爲巫山·洛浦不過也．中宵之夜，玉忽流涕觀生曰："妾本倡家，自知非匹．今以色愛，托其仁賢，但慮一旦色衰，恩移情替，使女蘿無託，秋扇見捐．極歡之際，不覺悲至."生聞之，不勝感嘆，乃引臂替枕，徐謂玉曰："平生志願，今日獲從，粉骨碎身，誓不相捨．夫人何發此言？請以素縑，著之盟約."玉因收淚，命侍兒櫻桃，褰幄執燭，授生筆硯．玉管弦之暇，雅好詩書，筐箱筆硯，皆王家之舊物．遂取繡囊，出越姬烏絲欄素縑三尺，以授生．生素多才思，援筆成章，引諭山河，指誠日月，句句懇切，聞之動人．染畢，命藏於寶篋之內．自爾婉孌相得，若翡翠之在雲路也．如此二歲，日夜相從．其後年春，生以書判拔萃登科，授鄭縣主簿．至四月，將之官，便拜慶於東洛，長安親戚，多就筵餞．時春物尚餘，夏景初麗．酒闌賓散，離思縈懷．玉謂生曰："以君才地名聲，人多景慕，願結婚媾，固亦衆矣．況堂有嚴親，室無冢婦，君之此去，必就佳姻．盟約之言，徒虛語耳．眉：小玉識度，亦勝李十倍．然妾有短願，欲輒指陳，永委君心，復能聽否？"生驚怪曰："有何罪過，忽發此辭？試說所言，必當敬奉."玉曰："妾年始十八，君纔二十有二．迨君壯室之秋，猶有八歲，一生歡愛，願畢此期．然後妙選高門，以諧秦晉，亦未爲晚．妾便捨棄人事，剪髮披緇．夙昔之願，於此足矣."眉：可憐．生且愧且感，不覺涕流，因謂玉曰："皎日之誓，死生以之．與卿偕老，猶恐未愜素志，豈敢輒有二三？固請不疑，但端居相待。至八月，必當却到華州，尋使奉迎，相見非遠。"更數日，生遂訣別東去。到任旬日，求假往東都覲親。未至家日，太夫人已與商量表妹盧氏，言約已定。太夫人素嚴毅，生逡巡不敢辭讓，遂就禮謝，便有近期。盧亦甲族也，嫁女於他門，聘財必以百萬爲約。生家素貧，事須求貸，便托假故，遠投親知，涉歷江淮，自秋及夏。生自以辜負盟約，大愆回期，寂不知聞，欲斷其望，遙託親故，不遣漏言。玉自生踰期，數訪音信，虛詞詭說，日日不同。博求師巫，遍詢卜筮。懷憂抱恨，周歲有餘，羸臥空閨，遂成沉疾。雖生之書題竟絕，而玉之想望不移。賂遺親知，使探消息，尋求既切，資用屢空。往往私令侍婢潛賣篋中服玩之物，多託於西市寄附鋪侯景先家貨賣。曾令侍婢浣沙，將紫玉釵一隻，詣景先家貨之，路逢內作玉工，見浣沙所執，前來認之曰："此釵吾所作也。昔歲霍王小女，將欲上鬟，令我作此，酬我萬錢，我嘗不忘。汝是何人，從何而得？"浣沙曰："我小娘子，卽霍王女也。家事破散，失身於人，夫婿昨向東都，更無消息，悒怏成疾，今臥二年。令我賣此，賂遺於人，使求音信。"玉工悽然下泣曰："貴人男女，失機落節，一至於此！我殘年向盡，見此盛衰，不勝傷感。"遂引至延先公主[1]宅，具言前事。公主亦爲之悲嘆良久，給錢十二萬焉。時生所定盧氏女在長安，生既畢於聘財，還歸鄭縣。其年臘月，又請假入城就親，潛卜靜居，不令人知。有明經崔允明者，生之中表弟也，性甚長厚。昔歲常與生同歡於鄭氏之室，杯盤笑語，曾不相間。每得生信，必誠告於玉，玉常以薪芻衣服，資給於崔，崔頗感之。生既至，崔具以誠告玉。玉恨嘆曰："天下豈有是事乎！"遍請親朋，多方召致，生自以愆期負約，又知玉疾候沉綿，慚恥忍割，終不肯往。晨出暮歸，欲以回避。眉：補過猶晚，況□□□□！玉日夜涕泣，都忘寢食，期一相見，竟無因由。冤憤益深，委頓牀枕。

自是長安中稍有知者，風流之士，共感玉之多情，豪俠之倫，皆怒生之薄行。時已三月，人多春遊，生與同輩五六人，詣崇敬寺玩牡丹花，步於西廊，遞吟詩句。有京兆韋夏卿者，生之密友，時亦同行，謂生曰："風光甚麗，草木榮華，傷哉鄭卿，銜冤空室。足下終能棄置，實是忍人。丈夫之心，不宜如此，足下宜爲思之。"嘆讓之際，忽有一豪士，衣輕黃紵衫，挾弓彈，豐神雋美，衣服輕華。唯有一剪頭胡雛從後，潛行而聽之。眉：有心人。俄而前揖生曰："公非李十郎者乎？某族本山東，姻連外戚。雖乏文藻，心嘗樂賢，仰公聲華，常思覯止，今日幸會，得睹清揚。某之敝居，去此不遠，亦有聲樂，足以娛情。妖姬八九人，駿馬十數匹，唯公所欲，但願一過。"生之儕輩，共聆斯語，更相嘆美。因與豪士策馬同行，疾轉數坊，遂至勝業。生以近鄭之所止，意不欲過，便託事故，欲回馬首。豪士曰："敝居咫尺，忍相棄乎？"乃挽挾其馬，牽引而行。遷延之間，已及鄭曲。生神情恍惚，鞭馬欲回，豪士遽命奴僕數人，抱持而進，疾走推入車門，便令鎖却。報云："李十郎至也！"眉：千古快心事！一家驚喜，聲聞於外。先此一夕，玉夢黃衫丈夫抱生來，至席，使玉脫鞋。驚寤而告母，因自解曰："鞋者，'諧也'，夫婦再合。'脫'者，'解也'，既合而解，亦當永訣。由此徵之，必遂相見，相見之後，當死矣。"凌晨，請母妝梳。母以其久病，心意惑亂，不甚信之。俛勉之間，強爲妝梳，妝梳纔畢，而生果至。玉沉綿日久，轉側須人，忽聞生來，歘然自起，更衣而出，恍若有神。遂與生相見，含怒凝視，不復有言。羸質嬌姿，如不勝致。時復掩袂，返顧李生，感物傷人，坐皆欷歔。頃之，有酒饌數十盤，自外而來，一座驚視，遽問其故，悉是豪士之所致也。因遂陳設，相就而坐。玉乃側身轉面，斜視生良久，遂舉杯酒酬地曰："我爲女子，薄命如斯，君是丈夫，負心若此。韶顏稚齒，飲恨而終，慈母在堂，不能供養. 綺羅弦管, 從此永休, 徵痛黃泉, 皆君所致. 李君! 李君! 今當永訣! 眉: 十郎能答語乎? 我死之後, 必爲厲鬼, 使君妻妾, 終日不安!" 乃引左手握生臂, 擲杯於地, 長慟號哭數聲而絶. 母乃舉屍, 置於生懷, 令喚之, 遂不復甦矣. 生爲之縞素, 旦夕哭泣甚哀. 將葬之夕, 生忽見玉繐帷之中, 容貌妍麗, 宛若平生. 著石榴裙·紫襠襠·紅綠帔子, 斜身倚帷, 手引繡帶, 顧謂生曰:"愧君相送, 尙有餘情. 幽冥之中, 能不感嘆?" 言畢, 遂不復見. 明日, 葬於長安御宿原, 生至墓所, 盡哀而返. 後月餘, 就禮於盧氏, 傷情感物, 鬱鬱不樂. 夏五月, 與盧氏偕行, 歸於鄭縣. 至縣旬日, 生方與盧氏寢, 忽帳外叱叱作聲. 生驚視之, 則見一男子, 年可二十餘, 姿狀溫美, 藏身映幔, 連招盧氏. 生惶遽走起, 繞幔數匝, 倏然不見. 生自此心懷疑惡, 猜忌萬端, 夫妻之間, 無聊生矣. 或有親情, 曲相勸喩, 生意稍解. 後旬日, 生復自外歸, 盧氏方鼓琴於牀. 忽見自門抛一斑犀鈿花合子, 方圓一寸餘, 中有輕絹作同心結. 墜於盧氏懷中, 生開而視之, 見相思子二, 叩頭蟲一, 發殺嘴一, 驢駒媚少許. 生當時憤怒叫吼, 聲如豺虎, 引琴撞擊其妻, 詰令實告. 盧氏亦終不自明. 爾後往往暴加捶楚, 備諸毒虐, 竟訟於公庭而遣之. 盧氏旣出, 生或侍婢媵妾之屬, 暫同枕席, 便加妒忌, 或有因而殺之者. 生嘗遊廣陵, 得名姬曰營十一娘者, 容態潤媚, 生甚悅之. 每相對坐, 嘗謂營曰:"我嘗於某處得某姬, 犯某事, 我以某法殺之." 日日陳說, 欲令懼己, 以肅淸閨門. 出則以浴斛覆營於牀, 周廻封署, 歸必詳視, 然後乃開. 又畜一短劍, 甚利, 顧謂侍婢曰:"此信州葛溪鐵, 唯斷作罪過頭." 大凡生所見婦人, 輒加猜忌, 至於三娶, 率皆如初焉.

* 이 고사는 《태평광기》 권487 〈잡전기·곽소옥전〉에 실려 있다.

1 연선공주(延先公主) : "연광공주(延光公主)"의 오기로 보인다. 연광 공주는 숙종(肅宗)의 딸 고국 공주(郜國公主)다.

편목 · 고사명 찾아보기

* 찾아보기 항목은 가나다순입니다.
* 찾아보기의 숫자는 차례대로 편목(권수)의 순서-편목에서의 고사 순서(전체 고사 순서)입니다.

가(歌) 47
가국(猳國) 79-38(2545)
가규(賈逵) 24-21(0584)
가농(賈籠) 10-40(0195)
가담(賈潭) 67-19(2229)
가서한(哥舒翰) 32-16(0835), 71-1(2327), 80-16(2565)
가영(賈泳) 37-12(1003)
가옹(賈雍) 12-10(0224)
가자(茄子) 64-65(2029)
가자부(歌者婦) 44-19(1274)
가탐(賈耽) 10-7(0162)
가필(賈弼) 51-45(1545)
가흥승기(嘉興繩技) 50-19(1490)
각요(却要) 45-6(1319)
간보가노(干寶家奴) 61-27(1812)
갈유(葛由) 1-13(0013)
갈조(葛祚) 54-28(1624)
갈주(葛周) 22-44(0548)
갈현(葛玄) 2-17(0032)
감곡수(甘谷水) 64-24(1988)
감응(感應) 19

감자포(甘子布) 36-1(0932)
감흡(甘洽) 37-28(1019)
강교(姜皎) 43-14(1245), 73-7(2378)
강남오생(江南吳生) 71-3(2329)
강릉사자(江陵士子) 28-16(0712)
강무선생(姜撫先生) 40-3(1158)
강변(康篖) 36-50(0981)
강비(江妃) 8-15(0136)
강서역관(江西驛官) 36-7(0938)
강서촌구(江西村嫗) 62-7(1835)
강승회(康僧會) 13-1(0225)
강외재(江外宰) 77-13(2483)
강융(江融) 17-4(0318)
강주승(絳州僧) 42-21(1223)
강중척(康仲戚) 15-22(0277)
강태사(姜太師) 80-29(2578)
강표상인(江表商人) 42-20(1222)
강호계삼신(江湖溪三神) 53-16(1591)
강회(姜晦) 37-41(1032)
강회사인(江淮士人) 73-2(2373)
강흔(康昕) 48-13(1422)
개국자(改國字) 19-74(0448)
개원제의녀(開元製衣女) 44-31(1286)
개족(介族) 70
개추(介推) 52-12(1565)
개추매(介推妹) 52-12(1565)
거연부락주(居延部落主) 74-34(2427)
거오(巨鰲) 70-25(2307)
거중여자(車中女子) 29-12(0726)

견빈(甄彬) 22-1(0505)
견양령(汧陽令)77-12(2482)
견행립(幵行立) 15-23(0278)
경군(敬君) 49-2(1439)
경도유사(京都儒士) 36-12(0943)
경박(輕薄) 37
경박부(輕薄部) 37
경서점노인(京西占老人) 29-7(0721)
경성의(京城醫) 42-12(1214)
경어목(鯨魚目) 63-11(1918)
경옥경(輕玉磬) 47-25(1375)
경호(耿皓) 61-31(1816)
계란(鷄卵) 15-12(0267)
계비(係臂) 70-38(2320)
계서(磎鼠) 66-42(2169)
계유생(季攸甥) 59-15(1746)
계자훈(薊子訓) 2-15(0030)
계정(鷄井) 62-77(1905)
계호(稽胡) 76-13(2470)
고개도(高開道) 32-13(0832)
고개지(顧愷之) 49-10(1447)
고계보(高季輔) 22-4(0508), 31-2(0788)
고광보(顧光寶) 49-11(1448)
고림법신(孤林法神) 54-22(1618)
고병(高駢) 19-35(0409), 25-30(0635), 32-4(0823)
고봉휴(高逢休) 37-19(1010)
고비웅(顧非熊) 30-27(0757), 61-41(1826)
고사렴(高士廉) 37-39(1030)
고상(高爽) 37-25(1016)

고생(高生) 59-28(1759)
고숭문(高崇文) 25-30(0635), 70-30(2312)
고식(高湜) 30-23(0753)
고압아(古押衙) 29-4(0718)
고앙(高昂) 25-28(0633)
고원례(高元禮) 34-13(0877)
고원지(古元之) 7-11(0113)
고일(高逸) 22
고일부(高逸部) 22
고정(高定) 24-37(0600)
고정신(高正臣) 48-22(1431)
고종(顧琮) 51-23(1523)
고주왕씨(沽酒王氏) 52-19(1572)
고철쇄(古鐵鎖) 62-42(1870)
고총(顧總) 57-15(1696)
고최외(高崔嵬) 38-32(1086)
고형(顧夐) 38-60(1114)
곡(鵠) 65-3(2075)
곡부묘목(曲阜墓木) 64-1(1965)
곡아신(曲阿神) 54-24(1620)
곤륜노(昆侖奴) 29-5(0719)
곤륜상(崑崙觴) 46-5(1330)
곤충부(昆蟲部) 67
골(鶻) 65-10(2082)
골리(骨利) 79-18(2525)
공각(孔恪) 61-7(1792)
공거(貢擧) 30
공거부(貢擧部) 30
공덕산(功德山) 40-9(1164)

7960

공도노모(邛都老姥) 67-16(2226)
공손작(公孫綽) 17-27(0341)
공승억(公乘億) 30-23(0753)
공여선사(空如禪師) 14-13(0247)
공원방(孔元方) 2-9(0024)
공위(孔緯) 38-56(1110)
공위(孔威) 68-10(2270)
공유(孔愉) 16-9(0311)
공작(孔雀) 65-11(2083)
공증(孔拯) 22-20(0524)
공치규(孔稚珪) 22-13(0517)
과(果) 64
과두낭군(科斗郎君) 75-22(2450)
과보산(夸父山) 62-37(1865)
과연(猓猻) 66-83(2210)
과오향(瓜惡香) 64-49(2013)
곽광처(霍光妻) 35-11(0899)
곽무정(郭務靜) 36-8(0939)
곽문(郭文) 3-5(0040)
곽사군(郭使君) 80-28(2577)
곽소(郭素) 37-61(1052)
곽소옥전(霍小玉傳) 80-35(2584)
곽쇠(郭釗) 66-29(2156)
곽순(郭純) 39-08(1128)
곽승하(郭承嘏) 56-15(1663)
곽심(郭鄩) 56-20(1668)
곽왕(霍王) 27-18(0692)
곽원진(郭元振) 28-1(0697)
곽자의(郭子儀) 22-37(0541)

곽저(郭翥) 59-7(1738)
곽준(郭俊) 51-11(1511)
곽지운(郭知運) 59-13(1744)
곽패(郭霸) 17-10(0324), 34-12(0876)
곽헌가(霍獻可) 39-27(1147)
곽황(郭況) 35-10(0898)
관(鸛) 65-18(2090)
관노(管輅) 41-8(1186)
관단(鸛鷒) 65-35(2107)
관도매(關圖妹) 44-26(1281)
관문전(觀文殿) 50-6(1477)
관발제예(貫髮諸藝) 50-24(1495)
관별가(關別駕) 47-46(1396)
관부(冠鳧) 65-32(2104)
관사법(關司法) 11-7(0205)
관자문(管子文) 55-15(1646)
관직(官職) 31
관휴(貫休) 49-25(1462)
광남(廣南) 36-49(0980)
광릉고인(廣陵賈人) 56-24(1672)
광릉남자(廣陵男子) 18-21(0367)
광릉산(廣陵山) 47-36(1386)
광리왕(廣利王) 53-11(1586)
괴무안(蒯武安) 15-16(0271)
괴산(怪山) 62-48(1876)
괴송(怪松) 64-10(1974)
괴양(蒯亮) 42-29(1231)
괵국부인(虢國夫人) 34-2(0866)
교광객(交廣客) 38-51(1105)

7962

교양목(交讓木) 64-9(1973)
교우(交友) 27
교우부(交友部) 27
교이(喬彝) 30-21(0751)
교임(喬琳) 37-56(1047)
구국(狗國) 79-39(2546)
구난정서(購蘭亭序) 48-17(1426)
구마라집(鳩摩羅什) 13-5(0229)
구미국(拘彌國) 79-10(2517)
구미호(九尾狐) 66-81(2208)
구사(歐絲) 79-11(2518)
구산탁(驅山鐸) 47-59(1409)
구순(區純) 50-11(1482)
구양순(歐陽詢) 37-34(1025), 48-20(1429)
구양첨(歐陽詹) 44-55(1310)
구양홀뢰(歐陽忽雷) 62-18(1846)
구욕(鸜鵒) 65-29(2101)
구용좌사(句容佐史) 42-24(1226)
구인(蚯蚓) 75-20(2448)
구자(龜玆) 79-24(2531)
구진제(俱振提) 79-6(2513)
구징(咎徵) 19
국사명(麴思明) 20-16(0473)
군정(軍井) 62-78(1906)
굴돌중임(屈突仲任) 15-7(0262)
굴원(屈原) 52-3(1556)
궁륭과(穹窿瓜) 64-47(2011)
궁산승(宮山僧) 73-16(2387)
궁인초(宮人草) 64-89(2053)

궁인홍엽시(宮人紅葉詩) 44-30(1285)
궁정묘(宮亭廟) 54-25(1621)
권덕여(權德輿) 24-17(0580)
권용양(權龍襄) 36-25(0956)
권장유(權長孺) 26-28(0674)
권행(權幸) 34
권행부(權幸部) 34
궤사(詭詐) 39
궤사부(詭詐部) 39
귀(鬼)1 56
귀(鬼)2 57
귀(鬼)3 58
귀(鬼)4 59
귀곡선생(鬼谷先生) 1-8(0008)
귀국(鬼國) 56-26(1674)
귀등(歸登) 35-43(0931)
귀부(鬼部) 56, 57, 58, 59
귀숭경(歸崇敬) 22-42(0546)
귀잡설(龜雜說) 70-26(2308)
귀장(鬼葬) 56-27(1675)
귀조협(鬼皂莢) 64-74(2038)
귀진(歸秦) 45-12(1325)
규염객(虯髥客) 29-2(0716)
귤중수(橘中叟) 7-19(0121)
극혜련(郄惠連) 54-3(1599)
근노(靳老) 67-13(2223)
근자려(勤自勵) 66-59(2186)
금간주(擒奸酒) 46-3(1328)
금교도(金橋圖) 49-23(1460)

금귀자(金龜子) 67-46(2256)
금등화(金燈花) 64-25(1989)
금려(金驢) 66-22(2149)
금리(金李) 64-40(2004)
금봉(金鳳) 74-27(2420)
금악장군(擒惡將軍) 52-20(1573)
금옥호접(金玉蝴蝶) 74-27(2420)
금우(金牛) 74-29(2422)
금인(金人) 63-1(1908)
금잠(金蠶) 62-60(1888)
금전화(金錢花) 64-26(1990)
금정산목학(金精山木鶴) 55-7(1638)
금조(禽鳥) 65
금조부(禽鳥部) 65
금형(金荊) 18-12(0358)
급총서(汲冢書) 48-2(1411)
기(妓) 44
기(芰) 64-50(2014)
기거(寄居) 67-33(2243)
기굉(奇肱) 79-26(2533)
기교(伎巧) 50
기교부(伎巧部) 50
기량(器量) 22
기량부(器量部) 22
기린객(麒麟客) 6-13(0096)
기물(奇物) 63
기부(奇婦) 44
기주사주(岐州寺主) 17-19(0333)
기주소아(冀州小兒) 18-27(0373)

길욱(吉頊) 34-16(0880)
김우장(金友章) 74-19(2412)
나공원(羅公遠) 4-8(0065)
나규(羅虯) 44-58(1313)
나도종(羅道悰) 19-64(0438)
나부죽(羅浮竹) 64-53(2017)
나은(羅隱) 37-13(1004)
나잔(懶殘) 14-10(0244)
나편객(騾鞭客) 10-5(0160)
나흑흑(羅黑黑) 47-39(1389)
낙룡(諾龍) 67-50(2260)
낙빈왕(駱賓王) 14-21(0255), 40-15(1170)
낙수수자(洛水堅子) 70-3(2285)
낙양금상(洛陽金像) 19-40(0414)
낙양부인(洛陽婦人) 73-12(2383)
낙중거자(洛中舉子) 28-14(0710)
낙현소(駱玄素) 10-13(0168)
난릉노인(蘭陵老人) 6-17(0100)
난릉황관(蘭陵黃冠) 6-17(0100)
난파(欒巴) 2-7(0022)
난후(欒侯) 54-19(1615)
남강묘(南康廟) 53-18(1593)
남방주(南方酒) 46-9(1334)
남사(藍蛇) 67-8(2218)
남주(南州) 79-37(2544)
남중승(南中僧) 79-34(2541)
남채화(藍采和) 3-10(0045)
남탁(南卓) 37-18(1009)
남해(南海) 62-3(1831)

남해대해(南海大蟹) 70-33(2315)
남해독충(南海毒蟲) 67-26(2236)
남해인(南海人) 79-30(2537)
낭자신(郎子神) 52-11(1564)
낭주막요(閬州莫徭) 66-71(2198)
낭패(狼狽) 66-64(2191)
내자순(來子珣) 36-39(0970)
내준신(來俊臣) 33-14(0856)
내출제(內出題) 30-5(0735)
내파(來婆) 40-19(1174)
내항(來恒) 37-33(1024)
냉사(冷蛇) 67-04(2214)
노관총(奴官冢) 60-12(1772)
노교(老蛟) 78-4(2494)
노구(盧求) 10-42(0197)
노덕연(路德延) 24-41(0604)
노미낭(盧眉娘) 9-12(0154)
노반(魯班) 1-12(0012)
노반(魯般) 50-1(1472)
노부(盧扶) 79-3(2510)
노부인(盧夫人) 44-15(1270)
노사도(盧思道) 25-3(0608), 37-30(1021)
노사언녀(魯思鄲女) 17-32(0346)
노상경(盧尙卿) 30-52(0782)
노생(盧生) 21-14(0495), 29-8(0722)
노서(老鼠) 75-9(2437)
노순조(盧詢祖) 38-23(1077)
노신통(路神通) 32-21(0840)
노씨(盧氏) 44-7(1262)

노씨(路氏) 47-31(1381)
노악(盧渥) 30-13(0743)
노암(路岩) 34-7(0871)
노언(盧言) 66-30(2157)
노연양(盧延讓) 38-59(1113)
노영(盧嬰) 80-27(2576)
노욱(盧頊) 56-22(1670)
노욱(盧郁) 74-11(2404)
노이(盧廙) 38-37(1091)
노이이생(盧李二生) 6-9(0092)
노자(老子) 1-1(0001)
노장도(盧莊道) 24-30(0593)
노제경(盧齊卿) 43-4(1235)
노조(盧肇) 25-39(0644), 38-53(1107)
노조(盧造) 66-60(2187)
노조린(盧照鄰) 25-4(0609)
노종사(盧從事) 76-3(2460)
노종원(盧從願) 31-5(0791)
노중해(盧仲海) 56-23(1671)
노추(盧樞) 75-10(2438)
노충(盧充) 59-3(1734)
노함(盧涵) 74-24(2417)
노홍(盧鴻) 22-21(0525)
노홍선(盧弘宣) 48-27(1436)
노회신(盧懷愼) 20-23(0480)
녹교(綠翹) 18-14(0360)
녹낭(鹿娘) 80-30(2579)
녹마(鹿馬) 66-75(2202)
녹목(鹿木) 64-14(1978)

녹옥경(綠玉磬) 47-26(1376)
녹자어(鹿子魚) 70-16(2298)
녹잡설(鹿雜說) 66-74(2201)
녹주정(綠珠井) 62-72(1900)
녹활초(鹿活草) 64-85(2049)
뇌(雷) 62
뇌격인(雷擊人) 62-9(1837)
뇌공묘(雷公廟) 62-2(1830)
뇌씨(雷氏) 47-31(1381)
뇌투(雷斷) 62-15(1843)
뇌혈어(雷穴魚) 70-22(2304)
뇌환(雷煥) 26-10(0656)
누고(螻蛄) 67-39(2249), 75-23(2451)
누사덕(婁師德) 17-15(0329), 22-33(0537)
누영(婁逞) 72-12(2349)
누조(糯棗) 64-34(1998)
누피(漏陂) 62-71(1899)
늠군(廩君) 79-22(2529)
능소화(凌霄花) 64-27(1991)
능어(鯪魚) 70-13(2295)
능운대(凌雲臺) 50-3(1474)
능화(凌華) 54-4(1600)
다모(茶姥) 8-21(0142)
단구자(丹丘子) 12-7(0221)
단사(段師) 47-42(1392)
단성식(段成式) 26-18(0664)
단수(丹水) 62-64(1892)
단씨(段氏) 44-42(1297)
달야객사(達野客師) 24-14(0577)

담생(談生) 59-4(1735)
담수(譚鉎) 25-18(0623)
당거사(唐居士) 10-29(0184)
당검(唐儉) 58-12(1716)
당고조(唐高祖) 51-2(1502)
당공방(唐公昉) 6-3(0086)
당교(唐皎) 31-8(0794)
당구(唐衢) 80-5(2554)
당덕종(唐德宗) 25-9(0614)
당동태(唐同泰) 39-10(1130)
당문종(唐文宗) 26-17(0663)
당선종(唐宣宗) 19-10(0384)
당소(唐紹) 17-29(0343)
당숙종(唐肅宗) 19-9(0383)
당예종(唐睿宗) 35-5(0893)
당오경(唐五經) 37-59(1050)
당임(唐臨) 22-34(0538)
당중종(唐中宗) 19-7(0381), 63-35(1942)
당참군(唐參軍) 77-14(2484)
당태종(唐太宗) 19-6(0380), 47-5(1355), 48-19(1428)
당현종(唐玄宗) 19-8(0382), 22-28(0532)
당훤(唐晅) 58-4(1708)
당흥촌(唐興村) 19-72(0446)
당희종(唐僖宗) 51-21(1521)
대모(玳瑁) 70-42(2324)
대모분(玳瑁盆) 63-54(1961)
대문(戴文) 66-3(2130)
대병(大餅) 46-21(1346)
대사원(戴思遠) 19-36(0410)

대승(戴勝) 65-38(2110)
대식국(大食國) 79-12(2519)
대안도(戴安道) 48-13(1422)
대안사(大安寺) 39-18(1138)
대안화상(大安和尙) 77-11(2481)
대오(大烏) 19-44(0418)
대종(代宗) 51-22(1522), 66-9(2136)
대죽로(大竹路) 62-50(1878)
대중어(臺中語) 36-37(0968)
대풍의(大風醫) 42-15(1217)
덕종(德宗) 66-10(2137)
도림화(桃林禾) 19-45(0419)
도생목(倒生木) 64-15(1979)
도술(道術) 10
도술부(道術部) 10
도엄(道嚴) 15-5(0260)
도정방택(道政坊宅) 73-6(2377)
도진백(陶眞白) 3-7(0042)
도파(都播) 79-17(2524)
도현(陶峴) 22-15(0519)
도황(陶璜) 62-36(1864)
독고급(獨孤及) 26-24(0670)
독고목(獨孤穆) 59-2(1733)
독고생(獨孤生) 47-23(1373)
독고수충(獨孤守忠) 36-55(0986)
독고장(獨孤莊) 33-10(0852)
독고하숙(獨孤遐叔) 51-49(1549)
독사(毒蛇) 67-7(2217)
독삭(毒槊) 79-31(2538)

독초(毒草) 64-86(2050)
독충(毒蟲) 67
돈구인(頓丘人) 73-9(2380)
돌궐(突厥) 79-13(2520)
동고(銅鼓) 47-54(1404)
동관(董觀) 56-17(1665)
동군민(東郡民) 72-1(2338)
동녀국(東女國) 79-21(2528)
동도걸아(東都乞兒) 72-8(2345)
동락장생(東洛張生) 71-6(2332)
동명관도사(東明觀道士) 10-20(0175)
동방규(東方虯) 25-31(0636)
동방삭(東方朔) 2-4(0019), 24-18(0581), 26-4(0650)
동복(童僕) 45
동봉(董奉) 2-19(0034)
동산사미(東山沙彌) 15-41(0296)
동신(董愼) 53-2(1577)
동씨(董氏) 44-8(1263)
동영공(東瀛公) 19-38(0412)
동자사죽(童子寺竹) 64-54(2018)
동정수(洞庭叟) 53-13(1588)
동정호신(洞庭湖神) 53-14(1589)
동창(董昌) 40-16(1171)
동창공주(同昌公主) 35-9(0897)
동해태산신녀(東海泰山神女) 54-7(1603)
동행성(董行成) 23-7(0555)
동화조(桐花鳥) 65-37(2109)
두견(杜鵑) 65-27(2099)
두겸(杜兼) 26-23(0669)

두계낭(竇桂娘) 44-3(1258)
두고처(杜羔妻) 44-24(1279)
두곡(豆穀) 64-60(2024)
두난향(杜蘭香) 8-10(0131)
두로서(豆盧署) 20-1(0458)
두만(杜萬) 71-5(2331)
두목(杜牧) 25-41(0646), 30-30(0760), 37-53(1044), 44-39(1294), 51-8(1508)
두백(杜伯) 17-2(0316)
두복위(杜伏威) 32-13(0832)
두불의(竇不疑) 73-18(2389)
두붕거(杜鵬擧) 20-6(0463)
두사온(杜思溫) 20-18(0475)
두삼(竇參) 51-4(1504)
두생(杜生) 41-14(1192)
두소경(竇少卿) 36-13(0944)
두수기(杜修己) 76-7(2464)
두순학(杜荀鶴) 25-24(0629)
두심언부자(杜審言父子) 37-4(0995)
두연업(杜延業) 38-39(1093)
두예(杜乂) 35-36(0924)
두응(竇凝) 18-8(0354)
두자춘(杜子春) 6-19(0102)
두정현(杜正玄) 30-11(0741)
두통달(杜通達) 17-24(0338)
두풍(杜豊) 36-54(0985)
두홍점(杜鴻漸) 47-52(1402)
두황상(杜黃裳) 22-25(0529)
등갈(鄧渴) 31-15(0801)

등갑(鄧甲) 67-11(2221)
등성(鄧成) 61-9(1794)
등실배(藤實杯) 64-99(2063)
등애(鄧艾) 38-5(1059)
등엄(鄧儼) 61-15(1800)
등염처(鄧廉妻) 44-18(1273)
등왕도(滕王圖) 67-43(2253)
등제조협(登第皀莢) 64-19(1983)
등차(鄧差) 74-8(2401)
마간석(馬肝石) 62-53(1881)
마거(馬擧) 21-3(0484)
마뇌궤(馬腦櫃) 63-52(1959)
마당산대왕(馬當山大王) 53-12(1587)
마대봉(馬待封) 50-9(1480)
마령산(馬嶺山) 67-15(2225)
마류(馬留) 79-29(2536)
마봉충(馬奉忠) 17-21(0335)
마수(馬燧) 71-2(2328)
마왕(馬王) 37-28(1019)
마외시(馬嵬詩) 25-19(0624)
마융(馬融) 47-2(1352)
마자연(馬自然) 3-14(0049)
마조(馬朝) 21-11(0492)
마주(馬周) 5-7(0078)
마창(馬暢) 64-39(2003)
마처겸(馬處謙) 41-4(1182)
마추(麻秋) 33-7(0849)
마태수(馬太守) 39-6(1126)
마훈(馬勛) 32-2(0821)

마희범(馬希範) 62-34(1862)
막재인(莫才人) 47-17(1367)
만금태(蔓金苔) 64-97(2061)
만보상(萬寶常) 47-3(1353)
만불산(萬佛山) 63-53(1960)
만신(蠻神) 54-30(1626)
만이(蠻夷) 79
만이부(蠻夷部) 79
만청(蔓菁) 64-61(2025)
만회(萬回) 14-2(0236)
망우초(忘憂草) 64-81(2045)
매권형(梅權衡) 36-30(0961)
매룡(賣龍) 68-2(2262)
매분아(賣粉兒) 19-70(0444)
매약도사(賣藥道士) 7-4(0106)
매약옹(賣藥翁) 6-5(0088)
매초인(賣醋人) 66-41(2168)
매퇴온(賣鎚媼) 43-2(1233)
매회촌(埋懷村) 19-83(0457)
맥망(脈望) 26-20(0666)
맥적산(麥積山) 62-49(1877)
맥철장(麥鐵杖) 32-11(0830)
맹구(孟嫗) 72-10(2347)
맹기(孟岐) 1-6(0006)
맹선(孟詵) 26-16(0662)
맹씨(孟氏) 73-14(2385)
맹원외(孟員外) 20-17(0474)
맹촉(孟蜀) 19-13(0387)
면수(麵樹) 64-8(1972)

명기(銘記) 60
명기부(銘記部) 60
명달사(明達師) 14-6(0240)
명사(鳴沙) 62-62(1890)
명성옥녀(明星玉女) 8-12(0133)
명숭엄(明崇儼) 10-34(0189)
명식(名食) 46-19(1344)
명음록(冥音錄) 47-38(1388)
명타(明駝) 66-17(2144)
명현(明賢) 22
명현부(明賢部) 22
모란(牡丹) 64-21(1985)
모산우(茅山牛) 62-12(1840)
모연수(毛延壽) 49-03(1440)
모영(牟穎) 58-24(1728)
모용외(慕容廆) 66-14(2141)
모정보(毛貞輔) 51-10(1510)
목(木) 64
목객(木客) 74-5(2398)
목공(木公) 1-2(0002)
목도(木桃) 64-42(2006)
목룡수(木龍樹) 64-13(1977)
목미초(牧靡草) 64-85(2049)
목성문(木成文) 19-76(0450)
목이이(木耳夷) 79-23(2530)
목조릉(穆刁綾) 38-65(1119)
목지(木芝) 64-104(2068)
몽(夢) 51
몽부(夢部) 51

몽염(蒙恬) 53-6(1581)
몽초(夢草) 64-80(2044)
묘귀(猫鬼) 73-11(2382)
묘녀(妙女) 9-6(0148)
묘부인(苗夫人) 27-11(0685)
묘석(墓石) 54-33(1629)
묘수(墓水) 54-33(1629)
묘잡설(猫雜說) 66-40(2167)
묘진경(苗晉卿) 10-41(0196)
묘탐(苗耽) 80-24(2573)
묘화룡(猫化龍) 68-15(2275)
무(巫) 40
무계민(無啓民) 79-2(2509)
무공간(武公幹) 45-10(1323)
무귀론(無鬼論) 56-1(1649)
무뢰(無賴) 39
무뢰부(無賴部) 39
무마(舞馬) 66-8(2135)
무부(巫部) 40
무사확(武士彠) 19-24(0398)
무승사(武承嗣) 33-11(0853)
무신유문(武臣有文) 25
무심초(無心草) 64-76(2040)
무외(無畏) 14-5(0239)
무원형(武元衡) 22-41(0545)
무의종(武懿宗) 36-40(0971)
무정초(無情草) 64-76(2040)
무족부인(無足婦人) 72-9(2346)
무창기(武昌妓) 44-52(1307)

무초(舞草) 64-80(2044)
무협신녀(巫峽神女) 54-8(1604)
무환목(無患木) 64-6(1970)
묵군화(墨君和) 32-23(0842)
문덕황후(文德皇后) 63-7(1914)
문모(蚊母) 65-36(2108)
문목(文木) 64-20(1984)
문수현추석(文水縣墜石) 55-9(1640)
문자수(蚊子樹) 64-17(1981)
문장(文章) 25
문장부(文章部) 25
미가영(米嘉榮) 47-19(1369)
미부(美婦) 44
미초(媚草) 64-78(2042)
미축(麋竺) 16-1(0303)
밀즉(蜜唧) 79-36(2543)
밀초만(蜜草蔓) 64-101(2065)
바라수(婆羅樹) 64-12(1976)
박물(博物) 26
박물부(博物部) 26
박태후묘(薄太后廟) 58-17(1721)
반과(潘果) 15-37(0292)
반맹(班孟) 8-18(0139)
반몽(班蒙) 24-20(0583)
반언(潘彦) 26-26(0672)
반엽(潘炎) 30-49(0779)
반엽처(潘炎妻) 27-12(0686)
반장(潘章) 60-9(1769)
발총도(發冢盜) 28-17(0713)

방관(房琯) 21-9(0490), 22-31(0535)
방광정(房光庭) 28-7(0703)
방방(放榜) 30-2(0732)
방아(龐阿) 60-1(1761)
방죽장(方竹杖) 63-44(1951)
방집(房集) 19-52(0426)
방현령(房玄齡) 56-05(1653), 62-23(1851)
배거(裴璩) 35-42(0930)
배공(裴珙) 60-6(1766)
배광정(裴光庭) 31-14(0800), 43-07(1238)
배길고부(裴佶姑夫) 35-23(0911)
배낙아(裴洛兒) 47-40(1390)
배담(裴談) 38-35(1089), 63-3(1910)
배도(杯渡) 13-6(0230)
배도(裴度) 25-14(0619), 28-12(0708), 38-42(1096), 60-23(1783), 66-36(2163)
배명례(裴明禮) 35-35(0923)
배사겸(裴思謙) 30-42(0772)
배서(裴諝) 20-11(0468)
배소윤(裴少尹) 77-4(2474)
배심(裴諶) 6-8(0091)
배약(裴略) 37-40(1031)
배염지(裴琰之) 24-33(0596)
배원질(裴元質) 51-13(1513)
배유창(裴有敞) 21-18(0499)
배자운(裴子雲) 23-13(0561)
배주선(裴伷先) 21-1(0482)
배지고(裴知古) 47-7(1357)
배항(裴沆) 65-2(2074)

배현본(裴玄本) 38-33(1087)
배현정(裴玄靜) 9-08(0150)
배현지(裴玄智) 39-19(1139)
배홍태(裴弘泰) 46-12(1337)
배휴(裴休) 15-3(0258), 38-55(1109)
백거이(白居易) 25-15(0620)
백교(白皎) 10-22(0177)
백낙천(白樂天) 5-11(0082)
백낙타(白駱駝) 66-20(2147)
백라(白騾) 66-21(2148)
백라여자(白螺女子) 8-16(0137)
백로(白鷺) 65-16(2088)
백마사(白馬寺) 19-56(0430)
백민(白民) 79-4(2511)
백민중(白敏中) 30-36(0766)
백상(白象) 66-70(2197)
백석선생(白石先生) 1-4(0004)
백설(百舌) 65-17(2089)
백연(白燕) 19-3(0377)
백옥관(白玉琯) 47-21(1371)
백철여(白鐵余) 40-7(1162)
백항아(白項鴉) 72-11(2348)
번부인(樊夫人) 9-9(0151)
번씨(樊氏) 47-31(1381)
번우(番禺) 79-35(2542)
번우촌녀(番禺村女) 62-6(1834)
번택(樊澤) 60-15(1775)
벌교(伐蛟) 70-1(2283)
범계보(范季輔) 73-22(2393)

범단(范丹) 22-9(0513)
범매(范邁) 51-3(1503)
범백년(范百年) 24-5(0568)
범산인(范山人) 49-29(1466)
범승난타(梵僧難陀) 11-11(0209)
범씨니(范氏尼) 43-18(1249)
범왕(范汪) 46-23(1348)
범익(范翊) 66-28(2155)
법경(法慶) 61-5(1790)
법희사토룡(法喜寺土龍) 68-6(2266)
벽사귀(辟蛇龜) 70-28(2310)
벽충(壁蟲) 67-24(2234)
벽통주(碧筒酒) 46-6(1331)
변문례(邊文禮) 24-1(0564)
변사유(卞士瑜) 18-2(0348)
변소(邊韶) 37-22(1013)
변주객승(汴州客僧) 17-31(0345)
별령(鱉靈) 55-1(1632)
별조수어(別鳥獸語) 50-18(1489)
보(寶) 63
보목(寶木) 63-42(1949)
보부(寶部) 63
보수견(報讎犬) 66-35(2162)
보슬(寶瑟) 47-37(1387)
보원사(報冤蛇) 67-6(2216)
보은(報恩) 16
보은부(報恩部) 16
보춘조(報春鳥) 65-31(2103)
복서(卜筮) 41

복서부(卜筮部) 41
복육(腹育) 67-42(2252)
복의(福醫) 42-16(1218)
복첩부(僕妾部) 45
복하(腹瘕) 42-22(1224)
복희(伏羲) 52-1(1554)
봉강(鳳綱) 2-20(0035)
봉검(捧劍) 45-11(1324)
봉관속(鳳冠粟) 64-56(2020)
봉성악(奉聖樂) 47-10(1360)
봉소(封邵) 72-24(2361)
봉순경(封舜卿) 37-20(1011)
봉여(蜂餘) 75-14(2442)
봉포일(封抱一) 37-50(1041)
부견(苻堅) 51-27(1527)
부견삼장(苻堅三將) 46-25(1350)
부량장령(浮梁張令) 56-12(1660)
부양인(富陽人) 74-3(2396)
부여국삼보(扶餘國三寶) 63-51(1958)
부유예(傅游藝) 34-11(0875)
부인부(婦人部) 44
부재(符載) 63-31(1938)
부절국(浮折國) 79-9(2516)
부주목(不晝木) 64-7(1971)
부해(府解) 30-7(0737)
부혁(傅奕) 26-14(0660)
부황중(傅黃中) 66-50(2177)
북망산신(北邙山神) 53-9(1584)
북산도자(北山道者) 10-19(0174)

7982

북제신무(北齊神武) 19-5(0379)
북제이광(北齊李廣) 51-33(1533)
북해왕희(北海王晞) 38-24(1078)
분부(奔鮒) 70-11(2293)
분하신(汾河神) 53-18(1593)
불도징(佛圖澄) 13-3(0227)
불음(不飮) 46-14(1339)
불현부(不賢婦) 44
비계사(費鷄師) 10-11(0166)
비두료(飛頭獠) 79-32(2539)
비려화(比閭花) 64-23(1987)
비목어(比目魚) 70-19(2301)
비서성(秘書省) 31-32(0818)
비숭선(費崇先) 15-4(0259)
비연(非煙) 45-1(1314)
비연조(飛涎鳥) 65-42(2114)
비파(飛坡) 62-61(1889)
비현왕가(費縣王家) 74-21(2414)
빈사(頻斯) 79-7(2514)
사(射) 50-20(1491)
사고(謝翺) 58-27(1731)
사공도(司空圖) 30-32(0762)
사광(師曠) 47-1(1351)
사도선(師道宣) 72-22(2359)
사도온(謝道韞) 44-20(1275)
사독(舍毒) 67-25(2235)
사마교경(司馬喬卿) 15-19(0274)
사마상여(司馬相如) 51-18(1518)
사마승정(司馬承禎) 5-8(0079)

사마휴지(司馬休之) 66-13(2140)
사만세(史萬歲) 57-9(1690)
사모(史牟) 33-21(0863)
사문법상(沙門法尙) 15-33(0288)
사문영선사(沙門英禪師) 57-8(1689)
사방만이(四方蠻夷) 79-1(2508)
사보궁(四寶宮) 63-45(1952)
사봉관(斜封官) 31-9(0795)
사부(砂俘) 67-49(2259)
사사명(史思明) 36-26(0957)
사서례(師舒禮) 40-17(1172)
사소아(謝小娥) 44-5(1260)
사슬(沙虱) 67-22(2232)
사아수(私阿修) 79-6(2513)
사악(謝諤) 51-20(1520)
사연(師延) 47-1(1351)
사연(師涓) 47-1(1351)
사영운(謝靈運) 37-2(0993)
사영운수(謝靈運鬚) 63-55(1962)
사우(謝祐) 33-18(0860)
사은(謝恩) 30-2(0732)
사의(蛇醫) 67-31(2241)
사이(謝二) 78-13(2503)
사인갑(士人甲) 61-33(1818)
사자연(謝自然) 9-5(0147)
사자탄사리(士子吞舍利) 39-31(1151)
사잡설(獅雜說) 66-65(2192)
사잡설(蛇雜說) 67-1(2211)
사장(謝莊) 31-1(0787)

사적산(射的山) 62-47(1875)
사조(謝朓) 25-1(0606)
사주흑하(沙州黑河) 68-8(2268)
사청(莎廳) 31-33(0819)
사치(奢侈) 35
사치부(奢侈部) 35
사표(謝豹) 67-44(2254)
사함초(蛇銜草) 64-84(2048)
산(山) 62
산도(山濤) 27-17(0691)
산도(山都) 74-5(2398)
산소(山魈) 74-2(2395)
산술(算術) 41
산술부(算術部) 41
산이(産異) 72-14(2351)
산정(山精) 74-1(2394)
산호(珊瑚) 63-18(1925)
살처자(殺妻者) 23-15(0563)
삼도사(三刀師) 15-29(0284)
삼망인(三妄人) 36-46(0977)
삼명향(三名香) 64-108(2072)
삼백초(三白草) 64-75(2039)
삼소(三蔬) 64-63(2027)
삼양왕(三讓王) 52-2(1555)
삼예(三穢) 36-36(0967)
삼족오(三足烏) 65-21(2093)
삼표(三豹) 33-17(0859)
삽조(挿竈) 62-38(1866)
상(相) 43

상갱(商鏗) 24-8(0571)
상곤(常袞) 30-25(0755)
상관소용(上官昭容) 44-22(1277)
상도무(桑道茂) 10-39(0194)
상동왕(湘東王) 27-18(0692)
상부(相部) 43
상사초(相思草) 64-81(2045)
상산로(商山路) 66-48(2175)
상살귀(喪煞鬼) 56-33(1681)
상서성(尙書省) 31-29(0815)
상소봉(上霄峰) 62-39(1867)
상신(桑神) 54-32(1628)
상왕(王常) 10-4(0159)
상위간승(相衛間僧) 14-20(0254)
상이(常夷) 57-7(1688)
상잡설(象雜說) 66-69(2196)
상저공(桑苧公) 64-69(2033)
상정종(常定宗) 36-28(0959)
상채귀(償債鬼) 56-25(1673)
상청(上淸) 45-3(1316)
상청주(上淸珠) 63-16(1923)
상택(相宅) 43
상하의사(床下義士) 29-9(0723)
상향인(商鄕人) 74-23(2416)
상혈(湘穴) 55-3(1634)
상홀(相笏) 부(附) 43
색원례(索元禮) 33-16(0858)
색충(索充) 51-24(1524)
서(書) 48

서각(犀角) 63-19(1926)
서견(犀犬) 62-33(1861)
서경업(徐敬業) 14-21(0255)
서능(徐陵) 38-16(1070)
서대초(書帶草) 64-91(2055)
서도(犀導) 63-20(1927)
서막(徐邈) 49-7(1444)
서명부(徐明府) 10-8(0163)
서명부인(西明夫人) 74-10(2403)
서명사(西明寺) 15-2(0257)
서문백(徐文伯) 42-4(1206)
서보(鼠報) 66-43(2170)
서복(徐福) 1-9(0009)
서부(書部) 48
서부(鼠婦) 75-16(2444)
서북황소인(西北荒小人) 79-42(2549)
서사백(徐嗣伯) 42-5(1207)
서시(書始) 48-1(1410)
서시인(西市人) 51-28(1528)
서왕모(西王母) 8-1(0122)
서원겸(舒元謙) 21-6(0487)
서월영(徐月英) 44-53(1308)
서월화(徐月華) 47-55(1405)
서작(舒綽) 43-23(1254)
서점(徐訦) 62-14(1842)
서좌경(徐佐卿) 4-14(0071)
서주인(舒州人) 67-18(2228)
서지재(徐之才) 37-27(1018), 38-25(1079), 42-06(1208)
서지통(徐智通) 62-4(1832)

서차(叙茶) 64-67(2031)
서철구(徐鐵臼) 18-10(0356)
서하소녀(西河少女) 9-2(0144)
서현방녀(徐玄方女) 61-26(1811)
서현지(徐玄之) 75-25(2453)
서효사(徐孝嗣) 38-13(1067)
석(石) 62
석개달(釋開達) 15-39(0294)
석계산(石鷄山) 62-51(1879)
석고산(石鼓山) 62-46(1874)
석곡(石穀) 64-59(2023)
석교(石橋) 62-54(1882)
석기초(席箕草) 64-70(2034)
석도안(釋道安) 13-4(0228)
석도흠(釋道欽) 14-12(0246)
석동통(石動筒) 38-61(1115)
석두어(石頭魚) 70-7(2289)
석민(石旻) 3-21(0056)
석반어(石斑魚) 70-14(2296)
석벽사승(石壁寺僧) 15-38(0293)
석보지(釋寶志) 13-7(0231)
석사마(石司馬) 47-46(1396)
석연리(石連理) 62-58(1886)
석장화(石長和) 61-6(1791)
석종의(石從義) 66-34(2161)
석주(石柱) 62-55(1883)
석증(釋證) 15
석증부(釋證部) 15
석지수(石脂水) 62-70(1898)

석포충(石抱忠) 31-7(0793)
석현도(石玄度) 66-32(2159)
석현조(釋玄照) 68-4(2264)
선(蟬) 75-19(2447)
선(仙)1 1
선(仙)2 2
선(仙)3 3
선(仙)4 4
선(仙)5 5
선(仙)6 6
선(仙)7 7
선부(仙部) 1, 2, 3, 4, 5, 6, 7
선씨(洗氏) 44-1(1256)
선우숙명(單于叔明) 26-28(0674)
선인조(仙人條) 64-72(2036)
선인행(仙人杏) 64-37(2001)
선종(宣宗) 30-10(0740)
선주아(宣州兒) 66-62(2189)
선평방노인(宣平坊老人) 6-7(0090)
설계창(薛季昶) 51-6(1506)
설노봉(薛老峰) 19-45(0419)
설능(薛能) 37-7(0998), 37-48(1039)
설도형(薛道衡) 24-13(0576), 37-31(1022)
설보손(薛保遜) 30-24(0754)
설보손부자(薛保遜父子) 37-8(0999)
설봉(薛逢) 7-2(0104)
설수(薛收) 25-26(0631)
설씨자(薛氏子) 39-21(1141)
설영운(薛靈芸) 44-35(1290)

설영지(薛令之) 80-15(2564)
설옹(薛邕) 20-8(0465)
설원(薛媛) 44-28(1283)
설원(薛願) 62-29(1857)
설위(薛偉) 60-7(1767)
설의(薛義) 51-25(1525)
설의녀(雪衣女) 65-6(2078)
설의료(薛宜僚) 44-56(1311)
설이낭(薛二娘) 78-17(2507)
설존사(薛尊師) 6-11(0094)
설종(薛綜) 37-26(1017)
설종(薛淙) 71-7(2333)
설창서(薛昌緒) 36-58(0989)
설하(薛夏) 22-11(0515)
설회의(薛懷義) 40-5(1160)
섬서(蟾蜍) 42-25(1227)
섭도사(葉道士) 11-4(0202)
섭법선(葉法善) 4-7(0064)
섭은낭(聶隱娘) 29-14(0728)
섭천소(葉遷韶) 62-19(1847)
성경(成景) 53-3(1578)
성공지경(成公智瓊) 8-8(0129)
성교(省橋) 31-31(0817)
성귀(聖龜) 70-29(2311)
성내(聖柰) 64-41(2005)
성도개자(成都丐者) 39-20(1140)
성선공(成仙公) 2-14(0029)
성성(猩猩) 66-82(2209)
성엄인(姓嚴人) 39-26(1146)

성왕천리(成王千里) 33-19(0861)
성종산(聖鐘山) 62-44(1872)
성필(成弼) 63-2(1909)
성화(聖畫) 49-27(1464)
소(蔬) 64
소광(蕭曠) 54-9(1605)
소괴(蘇瓌) 31-18(0804)
소내(蘇萊) 60-4(1764)
소담삼미녀(昭潭三美女) 78-9(2499)
소등(蕭騰) 78-11(2501)
소령부인(昭靈夫人) 19-58(0432)
소룡(燒龍) 68-11(2271)
소면(蕭俛) 36-5(0936)
소명(銷明) 64-90(2054)
소무명(蘇無名) 23-8(0556)
소미도(蘇味道) 36-33(0964), 38-49(1103)
소사랑(蘇四郞) 52-14(1567)
소선공(蘇仙公) 1-15(0015)
소성주(少城珠) 63-13(1920)
소소(蘇韶) 57-4(1685)
소식차(消食茶) 64-68(2032)
소아(素娥) 74-9(2402)
소알(蘇遏) 74-32(2425)
소영사(蘇穎士) 25-34(0639)
소영사(蕭穎士) 36-2(0933), 37-09(1000), 45-09(1322)
소우(蕭遇) 59-12(1743)
소원휴(邵元休) 51-42(1542)
소응서생(昭應書生) 36-44(0975)
소자운(蕭子雲) 48-15(1424)

소장(蘇張) 30-20(0750)
소장주(消腸酒) 46-7(1332)
소정(蘇頲) 24-34(0597)
소정지(蕭靜之) 7-15(0117)
소지충(蕭志忠) 76-11(2468)
소창원(蘇昌遠) 75-6(2434)
소침(蕭琛) 24-10(0573)
소태(蕭泰) 76-12(2469)
소태현(蘇太玄) 58-8(1712)
소하(蕭何) 48-4(1413)
소화상(素和尙) 14-16(0250)
소회무(蕭懷武) 17-14(0328)
속곤(續坤) 66-11(2138)
속석(束晳) 26-11(0657)
손경덕(孫敬德) 15-40(0295)
손등(孫登) 3-9(0044)
손사막(孫思邈) 4-1(0058)
손소(孫紹) 38-19(1073)
손씨(孫氏) 44-29(1284), 51-35(1535)
손악(孫偓) 19-31(0405)
손양희(孫亮姬) 44-36(1291)
손언고(孫彦高) 36-56(0987)
손용광(孫龍光) 51-11(1511)
손자형(孫子荊) 24-3(0566)
손제유(孫齊由) 24-26(0589)
손종(孫鍾) 55-4(1635)
손책(孫策) 24-23(0586)
손치(孫稚) 57-5(1686)
손태(孫泰) 16-5(0307)

손함(孫咸) 15-27(0282)
손회박(孫回璞) 15-8(0263)
송(松) 64-2(1966)
송간(宋衎) 15-28(0283)
송경(宋璟) 47-51(1401)
송경(宋瓊) 51-48(1548)
송명제(宋明帝) 46-24(1349)
송사종모(宋士宗母) 72-33(2370)
송수(松壽) 38-38(1092)
송신석(宋申錫) 17-16(0330)
송씨(宋氏) 78-15(2505)
송연(宋沇) 47-9(1359)
송영문(宋令文) 32-19(0838)
송자현(宋子賢) 40-6(1161)
송정백(宋定伯) 56-30(1678)
송제(宋濟) 30-47(0777), 37-43(1034)
송지손(宋之愻) 26-25(0671), 39-28(1148)
송채(宋蔡) 66-16(2143)
송청춘(宋青春) 63-29(1936)
송통(宋桶) 51-24(1524)
쇄거충(碎車蟲) 67-45(2255)
수(水) 62
수궁(守宮) 75-15(2443)
수금조(漱金鳥) 65-41(2113)
수노(水弩) 67-22(2232)
수련화(睡蓮花) 64-30(1994)
수만경(須曼卿) 40-2(1157)
수망(輸芒) 70-32(2314)
수망조(水網藻) 64-95(2059)

수모(水母) 70-44(2326)
수문제(隋文帝) 51-1(1501), 66-7(2134)
수반(壽頒) 73-21(2392)
수부(獸部) 66
수식도경(水飾圖經) 50-6(1477)
수안남자(壽安男子) 72-5(2342)
수양지신(首陽之神) 26-2(0648)
수조흘인(隋朝吃人) 38-27(1081)
수족부(水族部) 70
수주(水珠) 63-15(1922)
수초(睡草) 64-82(2046)
숙상신(肅霜神) 54-20(1616)
숙종조공주(肅宗朝公主) 44-11(1266)
숙종조징군(肅宗朝徵君) 36-42(0973)
순거백(荀巨伯) 27-15(0689)
순성악(順聖樂) 47-10(1360)
순여(荀輿) 48-11(1420)
순우분(淳于棼) 51-53(1553)
숭경상(崇經像) 15
숭량산(嵩梁山) 62-45(1873)
숭악가녀(嵩岳嫁女) 7-7(0109)
승(蠅) 75-13(2441)
승가대사(僧伽大師) 14-3(0237)
승계허(僧契虛) 7-1(0103)
승낭(僧朗) 62-25(1853)
승도선(僧道宣) 62-22(1850)
승문정(僧文淨) 62-21(1849)
승민초(僧珉楚) 56-19(1667)
승법지(僧法志) 78-14(2504)

승보만(僧普滿) 19-79(0453)
승사(僧些) 14-14(0248)
승사(蠅赦) 67-40(2250)
승안통(僧晏通) 77-3(2473)
승영소(僧靈昭) 50-5(1476)
승중공(僧重公) 38-18(1072)
승지영(僧智永) 48-16(1425)
승지원(僧智圓) 56-2(1650)
승지통(僧智通) 75-4(2432)
승징공(僧澄空) 15-45(0300)
승협(僧俠) 29-6(0720)
승호(僧虎) 72-30(2367)
승회소(僧懷素) 48-23(1432)
시(柿) 64-35(1999)
시도(柴都) 62-76(1904)
시묘(時苗) 33-1(0843)
시소제(柴紹弟) 32-15(0834)
시잡문(試雜文) 30-4(0734)
시황묘(始皇墓) 35-1(0889)
시황포(始皇蒲) 64-94(2058)
식(食) 46
식곡충(食穀蟲) 67-27(2237)
식량(食量) 46
신(神)1 52
신(神)2 53
신(神)3 54
신귀(新鬼) 56-29(1677)
신금금(神錦衾) 63-27(1934)
신단(辛亶) 37-37(1028)

7995

신라(新羅) 79-20(2527)
신번현령(新繁縣令) 58-13(1717)
신번현서생(新繁縣書生) 15-15(0270)
신부(神部) 52, 53, 54
신사(神蛇) 67-5(2215)
신사총(神士冢) 19-69(0443)
신씨(愼氏) 44-27(1282)
신종(申宗) 12-4(0218)
신찰(辛察) 61-14(1799)
신초(神草) 64-93(2057)
신혼(神魂) 60
신혼부(神魂部) 60
심경지(沈慶之) 19-50(0424)
심공례(沈恭禮) 59-23(1754)
심소략(沈昭略) 38-14(1068)
심아교(沈阿翹) 47-11(1361)
심아지(沈亞之) 38-48(1102), 51-52(1552)
심약(沈約) 26-13(0659)
심우당(審雨堂) 75-24(2452)
심전기(沈佺期) 25-31(0636)
심준(沈峻) 35-37(0925)
심칠(沈七) 41-18(1196)
십이진거(十二辰車) 50-7(1478)
쌍두계(雙頭鷄) 65-55(2127)
씨족(氏族) 30
씨족부(氏族部) 30
아(鴉) 65-19(2091)
아계(鵝溪) 75-29(2457)
아마파(阿馬婆) 40-20(1175)

아육왕상(阿育王像) 15-1(0256)
아자(阿紫) 54-16(1612)
아장(阿臧) 35-14(0902)
아전사(阿專師) 13-9(0233)
아파면(阿婆面) 19-72(0446)
악(樂) 47
악기(樂器) 47
악부(樂部) 47
악생(樂生) 17-6(0320)
악어(鱷魚) 70-5(2287)
악종훈(樂從訓) 39-29(1149)
안(雁) 65-15(2087)
안기(顏畿) 61-1(1786)
안남엽자(安南獵者) 66-72(2199)
안녹산(安祿山) 39-13(1133), 43-08(1239)
안도진(安道進) 33-22(0864)
안락공주(安樂公主) 35-8(0896)
안륙인(安陸人) 67-17(2227)
안비신(安轡新) 38-64(1118)
안양황씨(安陽黃氏) 74-14(2407)
안영(晏嬰) 38-1(1055)
안중패(安重霸) 35-32(0920)
안진경(顏眞卿) 4-3(0060)
안표(顏摽) 30-46(0776)
안함(顏含) 19-61(0435)
앙산신(仰山神) 53-8(1583)
애산(崖山) 62-43(1871)
앵(鶯) 65-28(2100)
앵도(櫻桃) 64-45(2009)

앵도청의(櫻桃靑衣) 51-51(1551)
앵무구화(鸚鵡救火) 65-5(2077)
앵앵전(鶯鶯傳) 80-34(2583)
야서하(夜舒荷) 64-28(1992)
야속(野粟) 64-59(2023)
야수(野獸) 66
야차(夜叉) 71
야차부(夜叉部) 71
양강엄(梁江淹) 51-19(1519)
양개(陽玠) 24-12(0575)
양거사(楊居士) 10-26(0181)
양경지(楊敬之) 25-38(0643), 51-14(1514)
양국충(楊國忠) 31-12(0798)
양대안(楊大眼) 32-10(0829)
양도(陽滔) 36-35(0966)
양두사(兩頭蛇) 67-10(2220)
양만(羊曼) 46-22(1347)
양목제형(楊穆弟兄) 27-6(0680)
양무(梁武) 38-17(1071)
양무렴(楊務廉) 50-8(1479)
양무제(梁武帝) 19-41(0415)
양무직(楊茂直) 38-52(1106)
양무후(梁武后) 72-32(2369)
양문(梁文) 76-2(2459)
양부(楊溥) 56-6(1654)
양비(楊妃) 47-41(1391)
양비말(楊妃襪) 63-56(1963)
양빙(楊憑) 25-7(0612)
양사공(梁四公) 12-5(0219)

양사달(楊思達) 17-11(0325)
양사조(楊師操) 61-10(1795)
양생(楊生) 66-26(2153)
양선서생(陽羨書生) 11-9(0207)
양성(陽城) 22-27(0531), 28-9(0705)
양소(楊素) 27-3(0677)
양수(楊修) 24-25(0588)
양수(楊收) 35-17(0905)
양신(梁新) 42-14(1216)
양신긍(楊愼矜) 19-53(0427)
양십이(梁十二) 43-10(1241)
양씨(楊氏) 30-12(0742)
양양노모(襄陽老姥) 15-46(0301)
양양노수(襄陽老叟) 11-13(0211)
양양절도(襄樣節度) 33-20(0862)
양옥청(梁玉淸) 8-9(0130)
양옹백(陽翁伯) 7-12(0114)
양용화(楊容華) 44-21(1276)
양우경(楊虞卿) 38-47(1101)
양우도(楊于度) 66-78(2205)
양원영(楊元英) 59-14(1745)
양원제(梁元帝) 18-26(0372)
양자화(楊子華) 49-14(1451)
양정견(楊正見) 09-7(0149)
양제(煬帝) 51-39(1539)
양지견(楊志堅) 44-49(1304)
양진(楊眞) 72-27(2364)
양창(楊瑒) 10-17(0172)
양창(楊娼) 44-50(1305)

양천(釀川) 62-69(1897)
양통유(楊通幽) 4-12(0069)
양혁(梁革) 42-13(1215)
양현동(楊玄同) 51-12(1512)
양형(楊炯) 37-5(0996)
양호(羊祜) 61-35(1820)
양홍무처(楊弘武妻) 44-48(1303)
양훤(楊暄) 30-39(0769)
양희고(楊希古) 80-7(2556)
어사고(御史考) 31-24(0810)
어사본초(御史本草) 31-25(0811)
어사우(御史雨) 62-24(1852)
어사이행(御史裏行) 37-44(1035)
어사학(御史謔) 31-26(0812)
어신유자(魚身有字) 70-24(2306)
어와(語訛) 36-15(0946)
어인(漁人) 63-39(1946)
어조은(魚朝恩) 34-5(0869)
언상(偃桑) 64-5(1969)
언정(蝘蜓) 67-30(2240)
엄무(嚴武) 18-7(0353)
엄승기(嚴升期) 35-24(0912)
엄안지(嚴安之) 22-8(0512), 60-13(1773)
엄이도사(掩耳道士) 10-43(0198)
엄준(嚴遵) 23-1(0549)
엄진(嚴震) 22-39(0543)
엄진(嚴振) 32-2(0821)
엄태(嚴泰) 16-10(0312)
업중부인(鄴中婦人) 61-25(1810)

여간(黎幹) 36-48(0979)
여강민(廬江民) 73-19(2390)
여강풍온(廬江馮媼) 58-14(1718)
여구자(閭丘子) 6-15(0098)
여군(呂群) 19-55(0429)
여군(廬君) 53-5(1580)
여궤(女几) 9-3(0145)
여만국(女蠻國) 79-16(2523)
여망(呂望) 19-15(0389)
여몽(呂蒙) 51-17(1517)
여산노모(驪山老母) 8-13(0134)
여산어자(廬山漁者) 55-17(1648)
여생(呂生) 7-18(0120), 74-35(2428)
여선(女仙)1 8
여선(女仙)2 9
여선부(女仙部) 8, 9
여연(麗娟) 44-33(1288)
여영(呂榮) 44-17(1272)
여온(呂溫) 31-20(0806)
여용지(呂用之) 40-14(1169)
여초(女草) 64-77(2041)
여하(如何) 64-32(1996)
여항광(餘杭廣) 58-20(1724)
역사(蝛射) 67-21(2231)
역양온(歷陽媼) 19-67(0441)
연(燕) 65-13(2085)
연상(燕相) 66-38(2165)
연소왕(燕昭王) 63-9(1916)
연옥편(軟玉鞭) 63-26(1933)

연재(憐才) 25
연정맥(延精麥) 64-57(2021)
연주군장(兗州軍將) 15-31(0286)
연주부인(延州婦人) 15-10(0265)
연집(宴集) 30-9(0739)
연청실(延淸室) 63-49(1956)
연환기(連環羈) 63-23(1930)
열낙하(熱洛河) 46-18(1343)
열석(熱石) 62-59(1887)
열예(烈裔) 49-1(1438)
열옹(蠮螉) 67-34(2244)
염거경(閻居敬) 70-31(2313)
염검(廉儉) 22
염검부(廉儉部) 22
염경(閻庚) 58-21(1725)
염광(廉廣) 49-28(1465)
염사(蚦蛇) 67-2(2212)
염사담(蚦蛇膽) 67-3(2213)
염입덕(閻立德) 49-17(1454)
염입본(閻立本) 49-17(1454)
염정(鹽井) 62-75(1903)
염정성(廉貞星) 52-15(1568)
염청련화(染青蓮花) 64-31(1995)
염현일(閻玄一) 36-17(0948)
엽주법(厭咒法) 40-23(1178)
영광두(靈光豆) 64-58(2022)
영남군목(嶺南郡牧) 35-34(0922)
영릉태수녀(零陵太守女) 72-16(2353)
영석공(永石公) 1-14(0014)

영왕(寧王) 47-8(1358)
영왕부자(寧王父子) 47-48(1398)
영응전(靈應傳) 69-4(2279)
영이(靈異) 55
영이부(靈異部) 55
영주부인(瀛州婦人) 72-6(2343)
영호환(令狐峘) 30-50(0780)
영흥방백성(永興坊百姓) 62-79(1907)
예어(鯢魚) 70-15(2297)
예언사(倪彥思) 59-24(1755)
예장(豫章) 64-5(1969)
예장수(豫章樹) 54-27(1623)
예형(禰衡) 27-14(0688)
오곡(五穀) 64
오공(蜈蚣) 67-20(2230)
오군산(烏君山) 75-27(2455)
오당(吳唐) 18-20(0366)
오도현(吳道玄) 49-22(1459)
오로방(五老榜) 30-48(0778)
오록충종(五鹿充宗) 19-21(0395)
오맹(吳猛) 3-6(0041)
오명국(吳明國) 79-8(2515)
오명도사(五明道士) 41-23(1201)
오보안(吳保安) 28-3(0699)
오부인(吳夫人) 50-14(1485)
오색과(五色瓜) 64-48(2012)
오색옥(五色玉) 63-17(1924)
오성(烏城) 65-22(2094)
오소성(吳少誠) 20-13(0470)

오여회(吳餘鱠) 70-6(2288)

오원(五院) 31-23(0809)

오유(五酉) 78-7(2497)

오재생(悟再生) 부(附) 61

오적(烏賊) 70-9(2291)

오정채포자(烏程採捕者) 65-1(2073)

오정현인(烏程縣人) 72-3(2340)

오종문(吳宗文) 44-45(1300)

오진사승(悟眞寺僧) 15-35(0290)

오청(吳淸) 65-52(2124)

오태의(吳太醫) 42-3(1205)

오후정(五侯鯖) 46-15(1340)

옥량관(玉梁觀) 55-2(1633)

옥룡자(玉龍子) 63-24(1931)

옥마(玉馬) 55-13(1644)

옥배(玉杯) 63-22(1929)

옥벽사(玉辟邪) 63-25(1932)

옥소(玉簫) 19-71(0445)

옥예원여선(玉蕊院女仙) 8-17(0138)

옥치낭자(玉巵娘子) 8-2(0123)

온도사(蘊都師) 71-11(2337)

온정(溫定) 37-17(1008)

온정균(溫庭筠) 30-47(0777)

온정균자(溫庭筠姊) 44-40(1295)

온조(溫造) 32-3(0822)

옹봉(甕峰) 62-40(1868)

옹언추(翁彦樞) 30-38(0768)

와(蛙) 75-21(2449)

와송(瓦松) 64-98(2062)

와옥자(瓦屋子) 70-41(2323)
완약(宛若) 54-12(1608)
완함(阮咸) 47-47(1397)
왕가(王賈) 5-6(0077)
왕감(王鑒) 56-9(1657)
왕거(王琚) 80-14(2563)
왕거정(王居正) 72-28(2365)
왕경(王璥) 23-3(0551)
왕고(王固) 50-17(1488)
왕공(王珙) 33-6(0848)
왕공직(王公直) 18-28(0374)
왕과(王果) 60-19(1779)
왕교(王喬) 1-7(0007)
왕급선(王及善) 36-35(0966)
왕기(王沂) 47-45(1395)
왕노(王老) 66-80(2207)
왕도(王導) 51-37(1537)
왕도(王度) 63-34(1941)
왕돈(王敦) 19-47(0421)
왕맹(王猛) 19-17(0391)
왕명(王明) 57-10(1691)
왕모도(王母桃) 64-43(2007)
왕모사자(王母使者) 2-2(0017)
왕모포도(王母蒲萄) 64-46(2010)
왕목(王沐) 21-6(0487)
왕목(王穆) 61-30(1815)
왕무애(王無㝵) 20-22(0479)
왕민고(王旻姑) 9-13(0155)
왕발(王勃) 24-31(0594)

왕방경(王方慶) 48-18(1427)
왕방평(王方平) 51-40(1540)
왕배우(王俳優) 32-22(0841)
왕번(王樊) 60-11(1771)
왕범지(王梵志) 80-31(2580)
왕법랑(王法朗) 15-43(0298)
왕복치(王福畤) 25-8(0613)
왕봉(汪鳳) 19-43(0417)
왕부(王溥) 19-22(0396)
왕비(王羆) 22-29(0533)
왕사(王思) 33-2(0844)
왕사군(王使君) 39-24(1144)
왕생(王生) 51-52(1552), 77-16(2486)
왕서암(王棲巖) 41-21(1199)
왕소(王紹) 57-23(1704)
왕소(王素) 78-8(2498)
왕수(王叟) 20-24(0481)
왕수(王璲) 39-08(1128)
왕수일(王守一) 10-10(0165)
왕숙(王肅) 50-12(1483)
왕승건(王僧虔) 48-14(1423)
왕승휴(王承休) 34-24(0888)
왕십팔(王十八) 3-19(0054)
왕씨(王氏) 30-54(0784)
왕악(王鍔) 35-41(0929), 43-9(1240)
왕애(王涯) 35-19(0907)
왕연(王練) 61-36(1821)
왕열(王烈) 3-8(0043)
왕영언(王令言) 47-4(1354)

왕예로(王裔老) 56-18(1666)
왕요(王遙) 5-4(0075)
왕웅(王熊) 35-28(0916)
왕원(王遠) 2-12(0027)
왕원경(王元景) 24-15(0578)
왕원보(王元寶) 80-21(2570)
왕원중(王源中) 46-13(1338)
왕유(王維) 25-5(0610), 30-41(0771), 37-55(1046), 49-18(1455)
왕유(王鮪) 59-18(1749)
왕윤(王掄) 61-4(1789)
왕융(王融) 48-3(1412)
왕융(王戎) 51-34(1534), 56-4(1652)
왕은(王殷) 15-24(0279)
왕이(王摘) 26-12(0658)
왕인(王璘) 30-45(0775)
왕인유(王仁裕) 66-77(2204)
왕자(王慈) 24-27(0590)
왕자교(王子喬) 1-7(0007)
왕자귀(王者龜) 70-27(2309)
왕자정(王子貞) 41-13(1191)
왕자지(王子芝) 3-17(0052)
왕절(汪節) 32-22(0841)
왕제(王諸) 51-44(1544)
왕종신(王宗信) 73-17(2388)
왕주(王宙) 60-2(1762)
왕주호(王酒胡) 80-23(2572)
왕준(汪遵) 30-37(0767)
왕준(王準) 34-3(0867)
왕중서(王仲舒) 80-26(2575)

왕지도(王志都) 58-22(1726)
왕지음(王志愔) 35-26(0914)
왕지흥(王智興) 25-29(0634)
왕찬(王粲) 26-8(0654)
왕청(王淸) 63-8(1915)
왕초(王超) 56-28(1676)
왕초곤제(王初昆弟) 36-38(0969)
왕촉선주(王蜀先主) 19-12(0386)
왕충정(王忠政) 62-5(1833)
왕탁(王鐸) 80-12(2561), 19-75(0449), 38-58(1112)
왕파(王播) 25-22(0627)
왕포녀(王布女) 42-27(1229)
왕필(王弼) 57-3(1684)
왕헌(王軒) 65-12(2084)
왕헌(王獻) 73-13(2384)
왕헌지(王獻之) 48-12(1421), 49-9(1446)
왕현(王顯) 20-5(0462)
왕현(王絢) 24-28(0591)
왕홍의(王弘義) 33-15(0857)
왕흡(王洽) 49-30(1467)
왕희지(王羲之) 48-10(1419)
외소(隗炤) 41-10(1188)
요(鷂) 65-9(2081)
요강성(姚康成) 74-18(2411)
요계(姚洎) 37-62(1053)
요곤(姚坤) 77-18(2488)
요괴(妖怪)1 72
요괴(妖怪)2 73
요괴(妖怪)3 74

요괴(妖怪)4 75
요괴(妖怪)5 76
요괴(妖怪)6 77
요괴(妖怪)7 78
요괴부(妖怪部) 72, 73, 74, 75, 76, 77, 78
요망(妖妄) 40
요망부(妖妄部) 40
요부(僚婦) 79-33(2540)
요사마(姚司馬) 74-16(2409)
요숭(姚崇) 27-5(0679)
요암걸(姚巖傑) 37-21(1012)
요우(姚牛) 16-6(0308)
요원기(姚元起) 73-5(2376)
요유방(廖有方) 28-10(0706)
요지속(搖枝粟) 64-56(2020)
요표(姚彪) 37-1(0992)
요현(姚峴) 38-43(1097)
용(龍)1 68
용(龍)2 69
용문(龍門) 62-63(1891)
용복본(龍復本) 43-21(1252)
용부(龍部) 68, 69
용사초(龍蛇草) 75-1(2429)
용잡설(龍雜說) 68-1(2261)
용창예(龍昌裔) 35-31(0919)
용추(龍芻) 64-87(2051)
우(雨) 62
우구곡(牛口谷) 19-82(0456)
우도현인(雩都縣人) 74-28(2421)

우등(牛騰) 15-44(0299)
우뢰(雨瀨) 55-3(1634)
우문적(宇文覿) 57-14(1695)
우문한(宇文翰) 38-57(1111)
우석서(牛錫庶) 30-28(0758)
우세기(虞世基) 37-32(1023)
우세남(虞世南) 22-12(0516), 48-21(1430), 80-03(2552)
우숙녀(牛肅女) 51-17(1517)
우승유(牛僧孺) 19-29(0403), 30-31(0761)
우씨(牛氏) 44-12(1267)
우응(于凝) 74-20(2413)
우이(雨異) 62-26(1854)
우이회(于李回) 15-21(0276)
우적(于頔) 22-40(0544), 35-18(0906), 47-34(1384)
우홍(牛弘) 37-38(1029)
운명대(雲明臺) 35-1(0889)
운영(雲英) 9-9(0151)
운화부인(雲華夫人) 8-3(0124)
울지경덕(尉遲敬德) 20-21(0478), 32-14(0833), 50-21(1492)
웅박(雄博) 60-19(1779)
원가(元嘉) 24-32(0595)
원객처(園客妻) 8-19(0140)
원결(元結) 22-17(0521)
원계겸(袁繼謙) 66-37(2164)
원관(圓觀) 61-40(1825)
원광한(袁廣漢) 35-22(0910)
원덕사(袁德師) 38-46(1100)
원반천(員半天) 22-5(0509)
원백(元白) 27-20(0694)

원보(寃報)1 17
원보(寃報)2 18
원보부(寃報部) 17, 18
원수일(袁守一) 36-51(0982)
원앙(鴛鴦) 75-26(2454)
원유이공(元柳二公) 7-10(0112)
원은거(袁隱居) 41-5(1183)
원자(袁滋) 23-9(0557)
원자허(元自虛) 74-4(2397)
원장기(元藏機) 7-6(0108)
원재(元載) 19-77(0451), 34-6(0870), 35-16(0904)
원정견(元庭堅) 47-13(1363)
원조(元兆) 10-16(0171)
원주(苑䛒) 36-11(0942)
원진(元稹) 51-47(1547), 63-38(1945)
원차양(袁次陽) 38-2(1056)
원천(袁蒨) 49-13(1450)
원천강부자(袁天綱父子) 43-1(1232)
원홍어(袁弘禦) 41-6(1184)
원화사문(元和沙門) 25-6(0611)
원효숙(袁孝叔) 21-12(0493)
원휘(元徽) 17-17(0331)
월경(月鏡) 63-47(1954)
월산(越蒜) 64-62(2026)
월지사자(月支使者) 2-3(0018)
월지양(月氏羊) 66-23(2150)
위건도(韋乾度) 80-8(2557)
위경유처(衛敬瑜妻) 44-16(1271)
위고(韋皋) 14-11(0245), 62-31(1859)

위공간(韋公幹) 35-30(0918)
위극근(韋克勤) 15-18(0273)
위근(韋覲) 40-21(1176)
위단(韋丹) 16-12(0314)
위대경(衛大經) 60-20(1780)
위도부(韋桃符) 45-07(1320)
위무첨(韋無忝) 49-34(1471)
위방진제(魏方進弟) 4-13(0070)
위백양(魏伯陽) 6-6(0089)
위보구(韋保衢) 44-57(1312)
위부인(魏夫人) 9-4(0146)
위사(委蛇) 26-1(0647)
위사현(韋思玄) 74-31(2424)
위생(魏生) 63-21(1928)
위선(韋詵) 27-10(0684)
위선준(韋善俊) 6-10(0093)
위소경(韋少卿) 39-33(1153)
위수(韋岫) 27-9(0683)
위수장(韋秀莊) 52-21(1574)
위숙(魏淑) 42-26(1228)
위숙문(韋叔文) 49-20(1457)
위승오(魏丞烏) 65-20(2092)
위시인(魏市人) 38-20(1074)
위씨(韋氏) 21-8(0489), 68-7(2267)
위씨자(韋氏子) 58-6(1710)
위언연(魏彦淵) 38-21(1075)
위유(韋宥) 68-14(2274)
위율(韋栗) 59-16(1747)
위자동(韋自東) 71-9(2335)

위제휴(韋齊休) 57-17(1698)
위주(韋宙) 80-22(2571)
위중행(衛中行) 51-31(1531)
위징(魏徵) 20-14(0471), 56-3(1651)
위척(韋陟) 35-15(0903)
위탄(韋誕) 48-9(1418)
위태조(魏太祖) 39-1(1121)
위판관(韋判官) 17-7(0321)
위포(韋浦) 57-13(1694)
위포이생(韋鮑二生) 57-19(1700)
위풍여노(韋諷女奴) 61-28(1813)
위황(韋璜) 56-16(1664)
유가(劉軻) 16-2(0304)
유갑(劉甲) 78-3(2493), 80-27(2576)
유경(劉京) 19-60(0434)
유고지(庾杲之) 24-7(0570)
유공권(柳公權) 25-12(0617)
유관사(劉貫詞) 69-6(2281)
유광(柳光) 60-25(1785)
유근(劉根) 2-8(0023)
유노(劉老) 66-63(2190)
유녹사(劉錄事) 42-23(1225)
유도강(劉道强) 47-28(1378)
유도민(庾道敏) 43-19(1250)
유례(類例) 30-56(0786)
유만(藟蔓) 64
유망(遺忘) 36
유망부(遺忘部) 36
유면(劉沔) 19-33(0407)

유목(劉牧) 12-2(0216)
유민(幼敏) 24
유민부(幼敏部) 24
유방(柳芳) 27-21(0695)
유분(劉蕡) 30-43(0773)
유삼(劉三) 59-26(1757)
유삼복(劉三復) 61-39(1824)
유선(劉宣) 21-2(0483)
유성(柳城) 10-32(0187)
유성(劉成) 15-13(0268)
유소유(柳少游) 41-21(1199)
유소지(庾紹之) 56-7(1655)
유수(俞叟) 10-27(0182)
유숭귀(劉崇龜) 23-14(0562), 35-40(0928)
유신(庾信) 25-2(0607)
유씨(柳氏) 73-20(2391)
유씨비(柳氏婢) 45-5(1318)
유씨자처(劉氏子妻) 61-18(1803)
유씨전(柳氏傳) 80-33(2582)
유아(俞兒) 26-1(0647)
유안(劉晏) 24-35(0598)
유안(劉安) 2-6(0021)
유약시(劉鑰匙) 18-4(0350)
유언회(劉彦回) 16-8(0310)
유오(謬誤) 36
유오부(謬誤部) 36
유용자(劉龍子) 40-7(1162)
유우석(劉禹錫) 43-16(1247), 44-54(1309), 80-9(2558)
유원형(劉元逈) 40-13(1168)

유의(柳毅) 69-5(2280)
유의방(劉義方) 36-31(0962)
유인공(劉仁恭) 51-7(1507)
유인궤(劉仁軌) 21-5(0486), 22-32(0536)
유임조(柳林祖) 41-11(1189)
유입(劉立) 61-43(1828)
유자경(劉子卿) 54-13(1609)
유자광(劉子光) 62-67(1895)
유자남(劉子南) 2-10(0025)
유자연(劉自然) 18-5(0351)
유작(劉焯) 38-28(1082)
유잠녀(劉潛女) 65-7(2079)
유장군(柳將軍) 75-3(2431)
유장사녀(劉長史女) 61-17(1802)
유적(柳積) 63-6(1913)
유적중(劉積中) 71-8(2334)
유조(劉照) 59-17(1748)
유조하(劉朝霞) 38-41(1095)
유주아장(幽州衙將) 58-9(1713)
유즐매(劉騭妹) 58-16(1720)
유지감(柳智感) 54-1(1597)
유지왕(幽地王) 54-10(1606)
유참군(柳參軍) 58-19(1723)
유처사(劉處士) 10-23(0178)
유척담(遺尺潭) 68-13(2273)
유타(劉他) 59-29(1760)
유태(劉蛻) 23-12(0560), 30-26(0756)
유포(劉襃) 49-5(1442)
유표(劉表) 46-11(1336)

유풍(劉諷) 59-22(1753)
유헌지(劉獻之) 26-21(0667)
유현좌(劉玄佐) 39-4(1124)
유홍경(劉弘敬) 16-4(0306)
유회(劉繪) 38-12(1066)
유효작(劉孝綽) 37-3(0994)
유흥도(劉興道) 19-52(0426)
육경숙(陸敬叔) 26-6(0652)
육경융(陸景融) 43-6(1237)
육교(陸喬) 57-6(1687)
육기(陸機) 66-31(2158)
육동미(陸東美) 60-8(1768)
육법화(陸法和) 10-18(0173)
육빈우(陸賓虞) 20-4(0461)
육빙(陸憑) 57-20(1701)
육상선(陸象先) 22-38(0542)
육의(陸展) 30-44(0774)
육장원(陸長源) 38-45(1099)
육적(陸績) 22-22(0526)
육지(肉芝) 67-28(2238)
육창(陸暢) 27-22(0696)
육홍점(陸鴻漸) 62-65(1893)
윤극(尹極) 30-29(0759)
윤사(尹思) 3-3(0038)
윤주루(潤州樓) 67-41(2251)
융욱(戎昱) 25-11(0616), 28-13(0709)
은안(殷安) 37-6(0997)
은우(銀牛) 74-30(2423)
은천상(殷天祥) 3-16(0051)

음사(淫祠) 54
음은객공인(陰隱客工人) 7-8(0110)
음장생(陰長生) 3-1(0036)
응(鷹) 65-8(2080)
의(醫) 42
의(蟻) 67-38(2248)
의군왕노(宜君王老) 6-4(0087)
의기(義氣) 28
의기부(義氣部) 28
의부(醫部) 42
의종(懿宗) 47-12(1362)
이(狸) 75-12(2440)
이가급(李可及) 38-63(1117)
이각(李珏) 7-13(0115)
이간(李簡) 61-34(1819)
이강명처(李强名妻) 61-19(1804)
이객(李客) 10-9(0164)
이거(李據) 36-32(0963)
이걸(李傑) 23-4(0552)
이경(李敬) 45-8(1321)
이경양(李景讓) 22-3(0507)
이경원(李慶遠) 39-16(1136)
이경현(李敬玄) 37-57(1048)
이고녀(李翶女) 30-17(0747)
이고언(李固言) 30-33(0763)
이곤(李袞) 47-18(1368)
이공(李公) 21-21(0502)
이광(夷光) 44-32(1287)
이광안(李光顔) 80-18(2567)

이광필(李光弼) 32-1(0820)
이교(李嶠) 34-10(0874)
이구담(李瞿曇) 51-9(1509)
이군(李君) 20-20(0477)
이군옥(李群玉) 37-15(1006)
이귀년(李龜年) 47-16(1366), 47-50(1400)
이귀수(李龜壽) 29-11(0725)
이규(李揆) 19-26(0400), 20-9(0466)
이균(異菌) 64-106(2070)
이기비(李錡婢) 45-4(1317)
이기현해(伊祈玄解) 7-5(0107)
이길보(李吉甫) 24-16(0579)
이노(李老) 41-17(1195)
이단(李端) 25-13(0618)
이단(李丹) 27-7(0681)
이대가(李大可) 66-58(2185)
이덕유(李德裕) 21-10(0491), 23-10(0558), 24-38(0601), 26-23(0669),
  30-35(0765), 34-23(0887), 35-20(0908), 62-66(1894)
이동(李潼) 43-13(1244)
이막(李邈) 60-14(1774)
이면(李勉) 47-30(1380)
이명부(李明府) 18-13(0359)
이문례(李文禮) 36-9(0940)
이민구(李敏求) 20-19(0476)
이반(李潘) 33-5(0847)
이반(李泮) 73-4(2375)
이백약(李百藥) 24-29(0592)
이법신(尼法信) 15-34(0289)
이보국(李輔國) 63-46(1953)

이복야(李僕射) 80-28(2577)
이복여노(李福女奴) 44-44(1299)
이부(貳負) 26-3(0649)
이분(李汾) 76-9(2466)
이빈(李蠙) 19-28(0402)
이빙(李冰) 53-17(1592)
이사(李斯) 60-16(1776)
이사고(李師古) 26-19(0665)
이사군(李使君) 35-21(0909)
이사진(李嗣眞) 47-6(1356)
이사회(李師誨) 47-27(1377)
이사훈(李思訓) 49-21(1458)
이산룡(李山龍) 15-36(0291)
이상(李詳) 37-36(1027)
이상(李湘) 57-12(1693)
이생(李生) 17-30(0344)
이서(李庶) 38-22(1076)
이서균(李棲筠) 21-20(0501)
이선고(李宣古) 37-52(1043)
이소(李愬) 51-32(1532)
이소군(李少君) 2-5(0020)
이수란(李秀蘭) 44-51(1306)
이수재(李秀才) 10-25(0180), 39-25(1145)
이수태(李守泰) 63-36(1943)
이숙견(李叔堅) 76-4(2461)
이순풍(李淳風) 41-3(1181)
이숭(李崇) 35-38(0926)
이승(異僧)1 13
이승(異僧)2 14

이승부(異僧部) 13, 14
이승사(李承嗣) 32-17(0836)
이심언(李審言) 72-17(2354)
이씨(李氏) 30-53(0783)
이아(李阿) 3-2(0037)
이아(李娥) 61-24(1809)
이약(李約) 28-11(0707)
이양빙(李陽冰) 48-25(1434)
이언(李言) 51-12(1512)
이언길(李言吉) 42-28(1230)
이언좌(李彦佐) 19-65(0439)
이여모(李畲母) 44-10(1265)
이영(李嬰) 18-19(0365), 66-73(2200)
이영문(李令問) 56-11(1659)
이영서(李令緒) 77-19(2489)
이옹(李邕) 25-32(0637)
이와전(李娃傳) 80-32(2581)
이완(李琬) 47-53(1403)
이요(李堯) 30-18(0748)
이용(李鄘) 62-13(1841)
이용창(伊用昌) 3-11(0046)
이우(李虞) 73-3(2374)
이우(異牛) 66-1(2128)
이원성(李元誠) 22-14(0518)
이원평(李元平) 58-1(1705)
이원효(李元皛) 36-18(0949)
이위(李蔚) 25-20(0625), 47-58(1408)
이위공(李衛公) 52-6(1559)
이응(李膺) 22-6(0510), 24-8(0571)

이응도(李凝道) 33-3(0845)
이의기(李意期) 2-13(0028)
이의득(李宜得) 28-8(0704)
이의침(李義琛) 80-2(2551)
이이(李廙) 22-24(0528)
이이간(李夷簡) 23-11(0559)
이인(異人) 12
이인균(李仁鈞) 21-16(0497)
이인부(異人部) 12
이일지(李日知) 22-36(0540)
이임보(李林甫) 5-12(0083), 31-13(0799), 34-4(0868), 34-19(0883), 39-14(1134)
이자량(李子良) 77-17(2487)
이자장(李子莨) 10-2(0157)
이장(李璋) 34-20(0884)
이장무(李章武) 58-18(1722)
이적(李勣) 22-29(0533), 27-4(0678)
이적(李赤) 58-25(1729)
이적(伊籍) 38-3(1057)
이적지(李適之) 31-16(0802)
이전충(李全忠) 19-32(0406)
이정(李亭) 29-1(0715)
이정(李程) 30-22(0752), 31-21(0807)
이정(李靖) 69-1(2276)
이주부(李主簿) 37-49(1040)
이준(李俊) 56-14(1662)
이중보(李仲甫) 6-14(0097)
이지례(李知禮) 18-15(0361)
이지원(李至遠) 31-4(0790)

이진악(李鎭惡) 38-36(1090)
이질(異疾) 42
이징(李徵) 72-25(2362)
이참군(李參軍) 43-20(1251), 77-6(2476)
이창기(李昌夔) 35-18(0906)
이철(李哲) 77-20(2490)
이첨(李詹) 18-17(0363)
이청(李淸) 7-9(0111)
이초(異草) 64-92(2056)
이충(異蟲) 67
이칙(李則) 59-8(1739)
이탄녀(李誕女) 44-6(1261)
이탕(李湯) 78-2(2492)
이퇴(李頽) 20-2(0459)
이팔백(李八百) 6-3(0086)
이패(李霸) 57-16(1697)
이포정(李抱貞) 39-5(1125)
이표(李彪) 24-19(0582)
이필(李泌) 5-9(0080)
이하(李賀) 24-40(0603)
이하주(李遐周) 4-10(0067)
이한(李翰) 25-7(0612)
이한지(李罕之) 32-18(0837)
이함(李咸) 58-26(1730)
이항(李恒) 40-22(1177)
이행수(李行修) 21-17(0498)
이향(李麿) 77-5(2475)
이허(李虛) 15-25(0280)
이화(李華) 25-34(0639)

이환(李寰) 38-54(1108)
이황(李黃) 78-6(2496)
이회(李晦) 22-35(0539)
이회(李回) 52-9(1562)
이휼(李鷸) 78-12(2502)
이희열(李希烈) 33-9(0851)
익수(益水) 62-68(1896)
인(吝) 35
인기국(因祇國) 50-14(1485)
인부(吝部) 35
인자등(人子藤) 64-100(2064)
인족(鱗族) 70
일남(日南) 79-5(2512)
일자천왕(一字天王) 52-16(1569)
일행(一行) 14-4(0238)
임걸(林傑) 24-36(0599)
임곡(任轂) 36-43(0974)
임괴(任瓌) 38-34(1088)
임괴처(任瓌妻) 44-43(1298)
임성왕(任城王) 19-59(0433), 32-8(0827)
임씨(任氏) 77-8(2478)
임원정(臨沅井) 62-73(1901)
임회인(任懷仁) 59-10(1741)
입파(入破) 19-73(0447)
자고(鷓鴣) 65-30(2102)
자괴분(紫瑰盆) 63-52(1959)
자로(子路) 66-68(2195)
자모산도사(慈母山道士) 4-11(0068)
자미(紫米) 64-58(2022)

자심선인(慈心仙人) 7-3(0105)
자주룡(資州龍) 68-9(2269)
자화리(紫花梨) 64-36(2000)
작(鵲) 65-23(2095)
작(雀) 65-26(2098)
작어(鱛魚) 70-17(2299)
잠녀(蠶女) 54-6(1602)
잠노(蠶老) 67-12(2222)
잠문본(岑文本) 74-33(2426)
잠분(湛賁) 30-15(0745)
잠순(岑順) 74-26(2419)
잡설(雜說) 31-22(0808)
잡설약(雜說藥) 42-18(1220)
잡지(雜志) 80
잡지부(雜志部) 80
잡충(雜蟲) 67
잡희(雜戱) 50-29(1500)
장가정(張嘉貞) 20-7(0464)
장간(張幹) 39-32(1152)
장간지(張柬之) 43-5(1236)
장갈충(張竭忠) 66-49(2176)
장거일(張去逸) 20-12(0469)
장건봉(張建封) 25-36(0641)
장건쇠(張虔釗) 35-33(0921)
장경(張勍) 32-6(0825)
장경장(張景藏) 43-24(1255)
장경장(張囧藏) 43-3(1234)
장과(張果) 4-5(0062)
장광인(長廣人) 19-39(0413)

장구(章句) 62-11(1839)
장구(藏鉤) 50-27(1498)
장규처(張暌妻) 44-25(1280)
장근(張謹) 77-15(2485)
장급(張岌) 34-14(0878)
장기사(張騎士) 67-14(2224)
장노(張老) 5-3(0074), 68-5(2265)
장덕(張德) 39-30(1150)
장문(張汶) 61-11(1796)
장문관(張文瓘) 21-19(0500), 22-7(0511)
장문중(張文仲) 42-19(1221)
장박사(張博士) 36-45(0976)
장범(章泛) 61-16(1801)
장봉(張逢) 72-26(2363)
장분(張濆) 30-51(0781)
장분(張芬) 50-23(1494)
장불의(張不疑) 74-25(2418)
장비(張飛) 52-4(1557)
장빙(張騁) 76-1(2458)
장사정(張士政) 10-31(0186)
장사평(張士平) 10-14(0169)
장산인(張山人) 10-21(0176)
장생(張生) 51-50(1550)
장손무기(長孫無忌) 17-09(0323), 38-29(1083)
장손현동(長孫玄同) 38-30(1084)
장수(將帥) 32
장수국(長鬚國) 78-10(2500)
장수부(將帥部) 32
장수승(長鬚僧) 36-60(0991)

장수신(張守信) 36-10(0941)
장수일(張守一) 58-23(1727)
장승요(張僧繇) 49-15(1452)
장식(張殖) 10-37(0192)
장식(張式) 51-26(1526)
장씨(張氏) 30-12(0742)
장안(張安) 52-10(1563)
장안도사(長安道士) 40-04(1159)
장안장씨(長安張氏) 19-19(0393)
장어사(張御史) 15-17(0272)
장엄(張儼) 12-6(0220)
장여랑(張女郎) 54-14(1610)
장역지(張易之) 19-51(0425)
장역지형제(張易之兄弟) 18-18(0364), 34-1(0865)
장연(張然) 66-27(2154)
장연(張鋋) 76-10(2467)
장연상(張延賞) 35-27(0915)
장열(張說) 27-5(0679), 27-19(0693), 31-3(0789), 34-17(0881)
장열녀(張說女) 44-23(1278)
장요(張遼) 74-6(2399)
장우(張禹) 58-10(1714)
장욱(張旭) 48-26(1435)
장운용(張雲容) 9-11(0153)
장원일(張元一) 37-45(1036)
장위시랑(張謂侍郎) 54-2(1598)
장유(張庾) 59-21(1752)
장유고(張由古) 36-23(0954)
장유청(張惟淸) 60-24(1784)
장융(張融) 24-6(0569), 38-9(1063)

장은(張恩) 60-18(1778)
장이섭(張利涉) 36-16(0947)
장입본(張立本) 77-7(2477)
장자문(蔣子文) 52-5(1558)
장자장(張子長) 59-5(1736)
장작(張鷟) 23-7(0555)
장장사(張長史) 36-4(0935)
장전(張籛) 19-18(0392)
장전(張全) 72-18(2355)
장절사(張節使) 17-23(0337)
장정(張定) 3-4(0039)
장제(張濟) 51-41(1541)
장조(張藻) 49-31(1468)
장조(張造) 80-4(2553)
장조택(張祖宅) 63-30(1937)
장종(張宗) 59-19(1750)
장준(張濬) 32-5(0824)
장준(張浚) 34-22(0886)
장준(張俊) 66-52(2179)
장중개(掌中芥) 64-66(2030)
장중경(張仲景) 42-2(1204)
장중은(張仲殷) 53-7(1582)
장직방(張直方) 77-1(2471)
장천계(漳泉界) 62-10(1838)
장초금(張楚金) 23-6(0554)
장한(張翰) 73-1(2372)
장함광(張咸光) 36-59(0990)
장함홍(蔣含弘) 3-18(0053)
장항(蔣恒) 23-2(0550)

장해(張楷) 2-11(0026)
장현정(張玄靖) 36-52(0983)
장형(張衡) 49-6(1443), 50-13(1484)
장호(張祜) 25-16(0621), 38-50(1104), 39-17(1137)
장홍양(張弘讓) 58-7(1711)
장홍정(張弘靖) 47-32(1382)
장화(張和) 11-12(0210)
장화(張華) 26-9(0655), 63-50(1957), 65-4(2076)
장화사(張和思) 17-12(0326)
장회경(張懷慶) 36-29(0960)
장효표(章孝標) 30-34(0764)
장후예(張後裔) 24-9(0572)
장흥(張興) 15-42(0297)
재동신(梓桐神) 54-23(1619)
재명(才名) 25
재명부(才名部) 25
재부(才婦) 44
재상고(宰相考) 31-17(0803)
재생(再生) 61
재생부(再生部) 61
저광하(低光荷) 64-29(1993)
저부(翵父) 54-31(1627)
저수량(褚遂良) 48-21(1430)
저의(翵議) 46-16(1341)
적(鸛) 65-43(2115)
적건우(翟乾佑) 4-4(0061)
적령계(赤嶺溪) 70-23(2305)
적송자(赤松子) 1-12(0012)
적수신(赤水神) 53-19(1594)

적유겸(狄惟謙) 40-18(1173)
적인걸(狄仁傑) 20-15(0472), 28-2(0698), 31-3(0789), 37-29(1020), 52-7(1560), 62-16(1844)
적인걸격(狄仁傑檄) 54-29(1625)
적지(滴芝) 64-103(2067)
적혼공(赤鯶公) 70-21(2303)
전당(顚當) 67-35(2245)
전등낭(田登娘) 75-7(2435)
전선(銓選) 31
전선부(銓選部) 31
전선생(田先生) 5-2(0073)
전승기(田僧起) 47-56(1406)
전양일(田良逸) 3-18(0053)
전욱(顓頊) 36-19(0950)
전지미(錢知微) 41-19(1197)
전참군(田參軍) 15-26(0281)
전창(田倉) 18-23(0369)
전팽랑(田膨郎) 29-10(0724)
전포(田布) 52-8(1561)
절동무녀(浙東舞女) 44-38(1293)
점우주(黏雨酒) 46-8(1333)
정(井) 62
정결처(鄭潔妻) 61-20(1805)
정계(鄭縈) 36-47(0978)
정계명(程季明) 37-54(1045)
정고(鄭杲) 31-6(0792)
정광문(鄭廣文) 48-24(1433)
정광업(鄭光業) 37-11(1002)
정굉지(鄭宏之) 77-10(2480)

정교(鄭郊) 57-22(1703)
정교장(釘鉸匠) 42-17(1219)
정낭(鄭朗) 43-17(1248)
정릉(丁棱) 38-53(1107)
정백헌(程伯獻) 34-18(0882)
정사(鼎師) 10-35(0190)
정생(鄭生) 17-26(0340), 60-3(1763)
정수(定數)1 20
정수(定數)2 21
정수부(定數部) 20, 21
정습(鄭襲) 72-19(2356)
정씨녀(鄭氏女) 60-5(1765)
정씨부(丁氏婦) 54-15(1611)
정씨삼방(鄭氏三榜) 20-3(0460)
정암(丁巖) 66-55(2182)
정약(丁約) 7-14(0116)
정여경(鄭餘慶) 22-26(0530)
정영선(程靈銑) 16-11(0313)
정영흥(丁永興) 60-10(1770)
정원(丁媛) 50-10(1481)
정위(精衛) 65-34(2106)
정음(鄭愔) 31-11(0797)
정인(鄭絪) 19-27(0401), 27-8(0682), 74-15(2408)
정인개(鄭仁凱) 35-29(0917)
정인본표제(鄭仁本表弟) 55-14(1645)
정찰(精察) 23
정찰부(精察部) 23
정창도(鄭昌圖) 30-19(0749), 51-46(1546)
정평현촌인(正平縣村人) 72-31(2368)

정하(程賀) 30-37(0767)
정현(鄭玄) 41-1(1179), 46-10(1335), 51-16(1516)
정혼점(定婚店) 21-13(0494)
정환고(鄭還古) 28-15(0711)
정회(鄭會) 61-29(1814)
정흠열(鄭欽悅) 60-21(1781)
제갈각(諸葛恪) 26-5(0651), 38-4(1058)
제갈은(諸葛殷) 40-14(1169)
제갈정(諸葛靚) 24-2(0565)
제갈회(諸葛恢) 38-7(1061)
제경(齊瓊) 66-33(2160)
제군방(齊君房) 61-42(1827)
제명(題名) 30-3(0733)
제속(齊俗) 80-1(2550)
제야(除夜) 35-4(0892)
제왕후(齊王后) 72-34(2371)
제주해(諸州解) 30-7(0737)
제파(帝豝) 79-14(2521)
조겸광(趙謙光) 38-40(1094)
조경(趙卿) 42-12(1214)
조경종(曹景宗) 25-27(0632)
조고(趙高) 10-1(0156)
조공(曹公) 66-66(2193)
조공선(曹公船) 57-1(1682)
조기(趙岐) 49-4(1441)
조낭(曹朗) 74-7(2400)
조노인(曹老人) 3-12(0047)
조달(趙達) 41-7(1185)
조대석(釣臺石) 55-8(1639)

조마(竈馬) 67-36(2246)
조묘아앵무(調猫兒鸚鵡) 39-9(1129)
조문창(趙文昌) 15-14(0269)
조불흥(曹不興) 49-8(1445)
조비연(趙飛燕) 44-34(1289)
조사언(祖士言) 37-24(1015)
조생(趙生) 75-8(2436)
조선사(稠禪師) 13-10(0234)
조성(鳥省) 65-50(2122)
조성인(趙聖人) 43-12(1243)
조숙아(趙叔牙) 59-20(1751)
조숭(趙崇) 37-42(1033)
조악(趙鄂) 42-14(1216)
조연노(趙燕奴) 72-7(2344)
조운(朝雲) 47-57(1407)
조원리(曹元理) 41-2(1180)
조원해(趙元楷) 34-9(0873)
조유(趙瑜) 42-10(1212)
조유사(曹惟思) 17-22(0336)
조인장(趙仁獎) 36-41(0972)
조일(趙逸) 12-3(0217)
조적(鳥賊) 65-49(2121)
조종(趙琮) 30-16(0746)
조지미(趙知微) 10-30(0185)
조진검(祖珍儉) 11-4(0202)
조초(嘲誚) 37
조초부(嘲誚部) 37
조태(趙泰) 61-2(1787)
조합(趙合) 57-11(1692)

조혜(曹惠) 74-22(2415)
조홍(曹洪) 66-12(2139)
조화(趙和) 23-13(0561)
조확(曹確) 51-5(1505)
조회정(趙懷正) 63-5(1912)
조후(趙侯) 10-3(0158)
조후(趙后) 47-29(1379)
종남유동(終南乳洞) 62-41(1869)
종도(鍾道) 78-16(2506)
종등(鍾藤) 64-100(2064)
종병(宗炳) 49-12(1449)
종세림(宗世林) 27-13(0687)
종요(鍾繇) 48-8(1417)
종육(鍾毓) 24-24(0587)
종자(宗子) 21-7(0488)
종초객(宗楚客) 34-14(0878)
종회(鍾會) 48-8(1417)
좌자(左慈) 2-16(0031)
주(酒) 46
주간로(周簡老) 28-5(0701)
주경여(朱慶餘) 25-23(0628)
주경원(朱慶源) 19-30(0404)
주광(周廣) 42-11(1213)
주광물(周匡物) 25-21(0626)
주도사(朱都事) 72-29(2366)
주도추(朱桃椎) 22-16(0520)
주동(朱同) 61-12(1797)
주량(酒量) 46
주리(朱李) 64-40(2004)

주명(酒名) 46-1(1326)
주목왕(周穆王) 66-5(2132)
주방(周昉) 49-24(1461)
주부충(主簿蟲) 67-23(2233)
주생(周生) 10-29(0184)
주선(周宣) 41-9(1187)
주수(酒樹) 64-8(1972)
주식부(酒食部) 46
주연한(周延翰) 51-36(1536)
주열(朱悅) 10-24(0179)
주옹중(周翁仲) 56-21(1669)
주웅(周雄) 66-51(2178)
주원(周願) 38-44(1098)
주유자(朱孺子) 7-16(0118)
주은극(周隱克) 10-33(0188)
주인(朱仁) 75-11(2439)
주적처(周迪妻) 44-14(1269)
주전의(朱前疑) 26-27(0673)
주제천(周濟川) 73-08(2379)
주준(朱遵) 12-10(0224)
주지(珠池) 63-12(1919)
주진노(周眕奴) 11-5(0203)
주찬(朱粲) 33-8(0850)
주칠낭(朱七娘) 58-11(1715)
주한(周邯) 69-2(2277)
주현녀(朱峴女) 71-4(2330)
주현자(周賢者) 10-38(0193)
주현표(周玄豹) 43-11(1242)
주화(朱化) 18-16(0362)

8034

주흥(周興) 33-13(0855), 34-11(0875)
죽(竹) 64
죽류(竹類) 64-51(2015)
죽실(竹實) 64-55(2019)
죽왕(竹王) 54-18(1614)
죽우(竹牛) 66-2(2129)
준변(俊辯) 24
준변부(俊辯部) 24
준치(蹲鴟) 36-20(0951)
중니(仲尼) 19-16(0390)
중명침(重明枕) 63-27(1934)
중부민(中部民) 11-15(0213)
중사조(仲思棗) 64-33(1997)
중서공선(中書供膳) 61-3(1788)
중애(衆愛) 77-2(2472)
중정예(仲庭預) 22-2(0506)
즉어(鯽魚) 70-20(2302)
지공사(志公詞) 19-78(0452)
지과(智果) 48-16(1425)
지균(芝菌) 64
지기(地祇) 52-18(1571)
지둔(支遁) 13-2(0226)
지부(地部) 62
지분전(脂粉錢) 80-6(2555)
지수맥(知水脈) 66-18(2145)
지양소인(池陽小人) 19-37(0411)
지연(紙鳶) 65-48(2120)
지인(知人) 27
지인부(知人部) 27

지작(鵙鵲) 65-24(2096)
지주(蜘蛛) 67-32(2242)
직관부(職官部) 31
직금인(織錦人) 37-63(1054)
직녀무녀수녀성(織女婺女須女星) 8-6(0127)
진결(陳潔) 17-13(0327)
진경좌(陳驚座) 48-5(1414)
진계경(陳季卿) 10-28(0183)
진광모(秦匡謀) 17-20(0334)
진기장(秦騎將) 44-47(1302)
진길료(秦吉了) 65-33(2105)
진난봉(陳鸞鳳) 62-17(1845)
진도(陳導) 56-13(1661)
진랍(眞臘) 79-25(2532)
진명제(晉明帝) 39-2(1122), 51-38(1538)
진명학(秦鳴鶴) 42-8(1210)
진무각저인(振武角抵人) 39-7(1127)
진문달(陳文達) 15-20(0275)
진보(秦寶) 63-48(1955)
진복야(陳僕射) 40-12(1167)
진복휴(陳復休) 3-15(0050)
진비(陳斐) 77-9(2479)
진사(陳師) 7-17(0119)
진사귀예부(進士歸禮部) 30-6(0736)
진사왕(陳思王) 50-4(1475)
진숙(陳琡) 22-19(0523)
진숙보(秦叔寶) 66-15(2142)
진시부인(秦時夫人) 9-1(0143)
진시신인(秦時神人) 54-17(1613)

진안세(陳安世) 6-12(0095), 51-9(1509)
진양관서로(眞陽觀瑞爐) 63-40(1947)
진역부(秦役夫) 1-10(0010)
진완(珍玩) 63
진원강(陳元康) 48-28(1437)
진원방(陳元方) 24-22(0585)
진원제(晉元帝) 19-4(0378)
진월석(陳越石) 71-10(2336)
진의(陳義) 62-1(1829)
진자앙(陳子昂) 25-33(0638)
진주도아(晉州屠兒) 66-39(2166)
진주철탑(鎭州鐵塔) 15-11(0266)
진중거(陳仲擧) 19-23(0397)
진중궁(陳仲躬) 63-37(1944)
진중자(秦中子) 39-22(1142)
진진(眞眞) 8-14(0135)
진창보계(陳倉寶鷄) 19-1(0375)
진채(陳寨) 10-12(0167)
진청(秦靑) 47-14(1364)
진택동(震澤洞) 68-3(2263)
진통방(陳通方) 37-10(1001)
진패선(陳覇先) 17-1(0315)
진포(陳褒) 66-61(2188)
진현(陳峴) 18-1(0347)
진현토(眞玄兔) 41-2(1180)
진호(眞虎) 66-46(2173)
진회(陳悝) 53-10(1585)
진훈(陳勛) 17-5(0319)
진희민(陳希閔) 37-35(1026)

질금상(叱金像) 55-10(1641)
집취구(集翠裘) 63-41(1948)
징응부(徵應部) 19
차(茶) 64
차무향(茶蕪香) 64-107(2071)
차삼(車三) 41-16(1194)
차화롱(釵化龍) 68-12(2272)
참응(讖應) 19
참작원(參酌院) 31-19(0805)
창학(蒼鶴) 75-28(2456)
채남사(蔡南史) 30-8(0738)
채낭(采娘) 61-38(1823)
채모(蔡謨) 38-6(1060)
채여선(蔡女仙) 8-20(0141)
채영(蔡榮) 52-22(1575)
채옹(蔡邕) 22-10(0514), 47-33(1383)
채탄(蔡誕) 40-1(1156)
채희민(蔡希閔) 62-8(1836)
책맹(蚱蜢) 75-18(2446)
척곽(尺郭) 79-28(2535)
척부인(戚夫人) 47-15(1365)
천공단(天公壇) 62-20(1848)
천교유인(天嶠遊人) 25-17(0622)
천독등국인(天毒等國人) 11-1(0199)
천보감자(天寶甘子) 64-44(2008)
천보향초(千步香草) 64-82(2046)
천부(天部) 62
천신묘(天神廟) 54-35(1631)
천일주(天日酒) 46-02(1327)

천축호인(天竺胡人) 11-3(0201)
천후(天后) 25-35(0640), 65-53(2125)
철통(鐵筩) 63-43(1950)
첨녕(諂佞) 34
첨녕부(諂佞部) 34
첩비(妾婢) 45
청강군수(淸江郡叟) 74-12(2405)
청계산도자(淸溪山道者) 12-8(0222)
청니주(靑泥珠) 63-14(1921)
청동군(靑童君) 8-7(0128)
청룡사객(靑龍寺客) 37-60(1051)
청부(靑蚨) 67-48(2258)
청성도사(靑城道士) 11-14(0212)
청양(靑楊) 64-3(1967)
청전주(靑田酒) 46-4(1329)
청호(靑狐) 66-81(2208)
청홍군(淸洪君) 53-15(1590)
체죽(涕竹) 64-52(2016)
초(草) 64
초모(焦茅) 64-90(2054)
초선(焦先) 1-5(0005)
초성(草聖) 48-6(1415)
초심수(醋心樹) 64-4(1968)
초요(僬僥) 79-41(2548)
초중생(草重生) 19-80(0454)
초현(草賢) 48-6(1415)
촉감후(蜀甘后) 44-37(1292)
촉공신(蜀功臣) 44-46(1301)
촉모란(屬牡丹) 64-22(1986)

촉조고(蜀趙高) 39-33(1153)
촌인공승(村人供僧) 19-63(0437)
촌장부인(村莊婦人) 44-41(1296)
총묘(冢墓) 60
총묘부(冢墓部) 60
총서진사과(總叙進士科) 30-1(0731)
최각(崔珏) 74-17(2410)
최갈(崔碣) 23-05(0553)
최결(崔潔) 21-22(0503)
최경녀(崔敬女) 44-9(1264)
최계서(崔季舒) 19-49(0423)
최광(崔光) 22-23(0527), 24-11(0574)
최광종(崔廣宗) 72-15(2352)
최군(崔群) 30-14(0744)
최도(崔導) 18-3(0349)
최도기(崔道紀) 18-25(0371)
최무(崔務) 42-9(1211)
최민각(崔敏殼) 61-23(1808)
최사궁(崔思兢) 39-3(1123)
최사마(崔司馬) 54-5(1601)
최사팔(崔四八) 61-37(1822)
최생(崔生) 4-9(0066)
최서(崔恕) 19-62(0436)
최서(崔曙) 19-81(0455)
최소부(崔昭符) 37-16(1007)
최숙청(崔叔清) 36-27(0958)
최식(崔湜) 31-11(0797), 51-30(1530)
최신사첩(崔愼思妾) 29-13(0727)
최신유(崔愼由) 37-58(1049)

8040

최애(崔涯) 37-51(1042)
최언증(崔彦曾) 19-54(0428)
최원(崔圓) 21-4(0485)
최원종(崔元綜) 20-10(0467)
최원한(崔元翰) 30-40(0770)
최위자(崔尉子) 17-25(0339)
최융(崔融) 34-15(0879)
최은보(崔隱甫) 80-17(2566)
최일용(崔日用) 76-8(2465)
최일지(崔日知) 31-30(0816)
최진사(催陣使) 80-13(2562)
최청(崔淸) 36-6(0937)
최함(崔咸) 36-53(0984), 59-6(1737)
최함(崔涵) 61-22(1807)
최행공(崔行功) 19-25(0399)
최현(崔鉉) 24-39(0602), 25-40(0645), 80-11(2560)
최현량(崔玄亮) 10-6(0161)
최현미(崔玄微) 75-5(2433)
최호(崔護) 19-70(0444)
추낙타(騶駱駝) 63-4(1911)
추남(鄒覽) 58-15(1719)
추모(蝤蜍) 70-35(2317)
추복처(鄒僕妻) 44-4(1259)
추봉치(鄒鳳熾) 80-21(2570)
추생(鄒生) 41-22(1200)
추이(箠耳) 66-47(2174)
축계공(祝鷄公) 65-51(2123)
축수(畜獸) 66
충동(种僮) 66-57(2184)

취적수(吹笛叟) 47-23(1373)
취초(醉草) 64-79(2043)
측신(廁神) 54-26(1622), 56-31(1679)
측천정상(則天禎祥) 39-11(1131)
치(鴟) 65-46(2118)
치고초(治蠱草) 64-83(2047)
치구흔(甾丘訢) 32-7(0826)
치비(嗤鄙) 36
치비부(嗤鄙部) 36
치사미(郗士美) 66-44(2171)
치생(治生) 35
치앙(郗昂) 36-3(0934)
치조비(雉朝飛) 47-35(1385)
치효(鴟梟) 65-44(2116)
칠성(七姓) 30-55(0785)
침명계(沉鳴鷄) 65-54(2126)
침주좌사(郴州佐史) 72-20(2357)
탁고(度古) 67-37(2247)
탁지랑(度支郞) 36-24(0955)
탄기(彈棋) 50-26(1497)
탐(貪) 35
탐부(貪部) 35
탕씨자(湯氏子) 61-32(1817)
태(苔) 64
태산군(太山君) 53-1(1576)
태세(太歲) 62-32(1860)
태악기(太樂伎) 17-8(0322)
태을신(太乙神) 52-13(1566)
태음부인(太陰夫人) 8-5(0126)

8042

태전(苔錢) 64-96(2060)
태진부인(太眞夫人) 54-11(1607)
토(土) 62
토귀(兎鬼) 66-76(2203)
토번(吐蕃) 79-15(2522)
토수(吐綬) 65-39(2111)
통공(通公) 13-8(0232)
투계(鬪鷄) 50-15(1486)
투연(妒燕) 65-14(2086)
투주연화(渝州蓮花) 55-12(1643)
투호(投壺) 50-28(1499)
파릉(菠稜) 64-64(2028)
파목유육(破木有肉) 75-2(2430)
파사(坡沙) 62
파사(巴蛇) 67-9(2219)
파산검(破山劍) 63-32(1939)
파협인(巴峽人) 57-21(1702)
판교삼낭자(板橋三娘子) 11-16(0214)
판해객(販海客) 15-32(0287)
팔대신(八大神) 54-21(1617)
팔분서(八分書) 48-7(1416)
팔사마십사호(八司馬十司戶) 34-8(0872)
팔진도(八陣圖) 55-5(1636)
패국사인(沛國士人) 18-22(0368)
패장니(敗障泥) 46-20(1345)
팽락(彭樂) 32-12(0831)
팽박통(彭博通) 32-20(0839)
팽선각(彭先覺) 39-30(1150)
팽언(彭偃) 19-46(0420)

팽월(彭越) 70-36(2318)
팽조(彭祖) 1-3(0003)
편급(褊急) 33
편급부(褊急部) 33
편복(蝙蝠) 67-29(2239), 75-17(2445)
평사입대(評事入臺) 31-27(0813)
포고(鮑姑) 9-10(0152)
포군(鮑君) 54-31(1627)
풍(風) 62
풍(楓) 64-16(1980)
풍각타(風脚駝) 66-19(2146)
풍도명(馮道明) 34-21(0885)
풍소정(馮紹正) 49-33(1470)
풍숙(馮宿) 80-10(2559)
풍씨(馮氏) 30-12(0742)
풍연(馮燕) 28-18(0714)
풍연(馮涓) 37-14(1005)
풍이(風異) 62-27(1855)
풍점(馮漸) 10-15(0170)
풍주봉자(豊州烽子) 15-30(0285)
피역(避役) 67-47(2257)
피일휴(皮日休) 37-47(1038)
필관(筆管) 63-43(1950)
필설아(芯挈兒) 19-73(0447)
필함(畢諴) 80-19(2568)
하간남자(河間男子) 19-68(0442)
하간왕침(河間王琛) 35-7(0895)
하남부사(河南府史) 61-21(1806)
하내최수(河內崔守) 66-4(2131)

하마(蝦蟆) 19-42(0416)
하문(何文) 74-32(2425)
하북군장(河北軍將) 73-15(2386)
하북촌정(河北村正) 59-9(1740)
하비간(何比干) 19-20(0394)
하상공(河上公) 1-11(0011)
하순(賀循) 37-23(1014)
하승천(何承天) 38-10(1064)
하씨(賀氏) 44-13(1268)
하욱(何勖) 38-11(1065)
하유량(何儒亮) 36-14(0945)
하장군(夏將軍) 50-22(1493)
하지장(賀知章) 22-18(0522)
하파(何婆) 40-19(1174)
하후단(夏侯亶) 80-25(2574)
하후영(夏侯嬰) 60-17(1777)
하후은자(夏侯隱者) 03-22(0057)
하후자(夏侯孜) 22-30(0534), 22-43(0547)
하후조(夏侯藻) 41-12(1190)
하후처신(夏侯處信) 35-39(0927)
하후표지(夏侯彪之) 35-25(0913)
하후현(夏侯玄) 17-18(0332), 57-2(1683)
하후홍(夏侯弘) 56-08(1656)
학귀(瘧鬼) 56-32(1680)
학륭(郝隆) 38-8(1062)
학민(鶴民) 79-40(2547)
학상현(郝象賢) 33-12(0854)
학처준(郝處俊) 26-15(0661)
한간(韓簡) 36-22(0953)

한간(韓幹) 49-19(1456)
한경제(漢景帝) 66-54(2181)
한고(韓皋) 31-28(0814)
한고조(漢高祖) 19-2(0376)
한고후(漢高后) 63-10(1917)
한광조(韓光祚) 15-47(0302)
한굉(韓翃) 25-10(0615)
한구(寒具) 46-17(1342)
한무백교(漢武白蛟) 70-2(2284)
한무제(漢武帝) 2-1(0016), 16-7(0309), 19-57(0431)
한문제(漢文帝) 66-6(2133)
한반타(漢槃陀) 79-27(2534)
한붕(韓朋) 65-40(2112)
한생(韓生) 76-6(2463)
한선제(漢宣帝) 63-33(1940)
한성제(漢成帝) 35-2(0890)
한신(韓伸) 39-35(1155)
한아(韓娥) 47-14(1364)
한언(韓嫣) 35-12(0900)
한영규(韓令珪) 39-23(1143)
한영제(漢靈帝) 35-3(0891)
한원후(漢元后) 19-14(0388)
한유(韓愈)25-37(0642), 26-22(0668), 60-22(1782)
한유질(韓愈侄) 3-20(0055)
한전회(韓全誨) 39-15(1135)
한정사(韓定辭) 25-25(0630)
한제행(漢帝杏) 64-38(2002)
한중(韓重) 59-1(1732)
한중왕우(漢中王瑀) 47-22(1372), 47-43(1393)

한지화(韓志和) 50-16(1487)
한차(韓佽) 40-10(1165)
한창(韓昶) 36-21(0952)
한태상황검(漢太上皇劍) 63-28(1935)
한황(韓滉) 5-10(0081)
한회(韓會) 47-18(1368)
함양궁동인(咸陽宮銅人) 47-20(1370)
함하신(陷河神) 53-21(1596)
합두사(榼頭師) 17-28(0342)
합리초(合離草) 64-73(2037)
합상(蛤像) 15-12(0267)
합신(鴿信) 65-25(2097)
합장백(合掌柏) 64-11(1975)
해경(海鏡) 70-44(2326)
해대어(海大魚) 70-4(2286)
해목국(輆沐國) 79-19(2526)
해반석귀(海畔石龜) 55-6(1637)
해복인(解襥人) 56-10(1658)
해상인(海上人) 78-1(2491)
해인어(海人魚) 70-12(2294)
해잡산(海雜産) 70
해중부인(海中婦人) 11-2(0200)
해출(海朮) 70-43(2325)
해하(海蝦) 70-37(2319)
행영(幸靈) 12-1(0215)
향(香) 64
향명획보(饗茗獲報) 16-3(0305)
향석(響石) 62-56(1884)
허경종(許敬宗) 35-13(0901), 38-31(1085)

허계언(許誡言) 24-4(0567)
허노옹(許老翁) 5-1(0072)
허당(許棠) 28-4(0700)
허비경(許飛瓊) 8-11(0132)
허생(許生) 21-23(0504), 57-18(1699)
허손(許遜) 3-6(0041)
허예종(許裔宗) 42-7(1209)
허운봉(許雲封) 47-24(1374)
허원장(許元長) 10-36(0191)
허작(許碏) 5-5(0076)
허주승(許州僧) 72-4(2341)
허지옹(許至雍) 58-5(1709)
허침(許琛) 61-13(1798)
허한양(許漢陽) 69-7(2282)
헌원미명(軒轅彌明) 6-18(0101)
헌원선생(軒轅先生) 3-13(0048)
혁기(弈棋) 50-25(1496)
현람(玄覽) 14-19(0253)
현부(賢婦) 44
현장(玄奘) 14-1(0235)
현종(玄宗) 35-6(0894), 47-48(1398)
현종성용(玄宗聖容) 55-11(1642)
현진자(玄眞子) 4-2(0059)
현천이녀(玄天二女) 8-4(0125)
현풍(飜風) 45-2(1315)
협객(俠客) 29
협객부(俠客部) 29
형군아(邢君牙) 80-20(2569)
형근침(荊根枕) 63-57(1964)

8048

형문걸자(荊門乞者) 6-16(0099)
형봉(邢鳳) 51-43(1543)
형십삼낭(荊十三娘) 29-16(0730)
형양씨(滎陽氏) 18-9(0355)
형양요씨(滎陽廖氏) 73-10(2381)
형조진(邢曹進) 15-9(0264)
형주인(荊州人) 72-21(2358)
형주찰자(荊州札者) 39-34(1154)
형화박(邢和璞) 4-6(0063)
형화지(螢火芝) 64-105(2069)
혜강(嵇康) 27-16(0690)
혜관(惠寬) 14-15(0249)
혜응(惠凝) 15-6(0261)
호(蠔) 70-39(2321)
호공(壺公) 2-18(0033)
호관(胡寬) 50-2(1473)
호로생(胡蘆生) 41-20(1198)
호만초(胡蔓草) 64-102(2066)
호명(糊名) 31-10(0796)
호문초(護門草) 64-71(2035)
호미아(胡媚兒) 11-8(0206)
호복지(胡馥之) 58-2(1706)
호부(虎婦) 66-53(2180)
호상(好尙) 26
호상부(好尙部) 26
호승(胡僧) 40-11(1166)
호씨자(胡氏子) 55-16(1647)
호양첩(胡亮妾) 18-11(0357)
호연경(胡延慶) 39-10(1130)

8049

호연기(呼延冀) 59-11(1742)
호영(胡令) 36-57(0988)
호욱(胡頊) 72-2(2339)
호잡설(虎雜說) 66-45(2172)
호잡설(狐雜說) 66-79(2206)
호정교(胡釘鉸) 19-66(0440)
호종(胡綜) 26-7(0653)
호증(胡證) 29-3(0717)
호지충(胡志忠) 76-5(2462)
호찬(胡趲) 38-66(1120)
호초승(胡超僧) 39-12(1132)
호해(虎蟹) 70-34(2316)
호해지(胡諧之) 38-15(1069)
호흅인(虎恤人) 66-56(2183)
호희(胡熙) 59-25(1756)
혹포(酷暴) 33
혹포부(酷暴部) 33
혼감(渾瑊) 24-42(0605)
홍(虹) 62
홍녀(虹女) 62-30(1858)
홍방선사(洪昉禪師) 14-8(0242)
홍사(泓師) 43-22(1253)
홍선(紅綫) 29-15(0729)
홍장부(虹丈夫) 62-28(1856)
홍초(紅草) 64-88(2052)
화(畫) 49
화(花) 64
화고(畫考) 49-32(1469)
화목부(花木部) 64

화본(畫本) 49-16(1453)
화부(畫部) 49
화비파(畫琵琶) 54-34(1630)
화석(化石) 62-57(1885)
화악금천왕(華岳金天王) 53-4(1579)
화엄화상(華嚴和尙) 14-7(0241)
화융(華隆) 66-25(2152)
화음촌정(華陰村正) 74-13(2406)
화음추(華陰湫) 69-3(2278)
화접수(化蝶樹) 64-18(1982)
화정(火井) 62-74(1902)
화타(華佗) 42-1(1203)
환도민(桓道愍) 58-3(1707)
환석건(桓石虔) 32-9(0828)
환술(幻術) 11
환술부(幻術部) 11
환신범(桓臣範) 41-15(1193)
환온(桓溫) 27-2(0676)
환현(桓玄) 19-48(0422)
황거(黃渠) 64-90(2054)
황공(黃公) 11-6(0204)
황랍어(黃臘魚) 70-8(2290)
황묘(黃苗) 72-23(2360)
황민(黃敏) 18-24(0370)
황번작(黃幡綽) 37-46(1037), 38-62(1116), 47-49(1399)
황보순(皇甫恂) 61-8(1793)
황보식(皇甫湜) 33-4(0846)
황보직(皇甫直) 47-44(1394)
황보홍(皇甫弘) 51-15(1515)

8051

황석(黃石) 62-52(1880)
황숭하(黃崇嘏) 72-13(2350)
황안(黃安) 1-6(0006)
황양(黃楊) 64-3(1967)
황우(瑝嵎) 30-20(0750)
황전(黃筌) 49-26(1463)
황존사(黃尊師) 6-1(0084)
황철(黃徹) 43-15(1246)
황하(黃賀) 41-24(1202)
회서군장(淮西軍將) 59-27(1758)
회신(懷信) 14-17(0251)
회주민(懷州民) 62-35(1863)
회창광사(會昌狂士) 12-9(0223)
회해(詼諧) 38
회해부(詼諧部) 38
회향사광승(回向寺狂僧) 14-9(0243)
횡공(橫公) 70-10(2292)
효명(梟鳴) 65-45(2117)
효양(孝羊) 66-24(2151)
효용(驍勇) 32
효용부(驍勇部) 32
후(鱟) 70-40(2322)
후계도(侯繼圖) 21-15(0496)
후군집(侯君集) 51-29(1529)
후당명종(後唐明宗) 19-11(0385)
후당태조(後唐太祖) 19-11(0385)
후도화(侯道華) 6-2(0085)
후백(侯伯) 38-26(1080)
후사낭(侯四娘) 44-2(1257)

후사지(侯思止) 36-34(0965)
후생(侯生) 18-6(0352)
후원(侯元) 40-8(1163)
후위장제(後魏莊帝) 66-67(2194)
후이(侯彝) 28-6(0702)
후이어(鯸鮧魚) 70-18(2300)
후주여자(後周女子) 17-3(0317)
후토부인(后土夫人) 52-17(1570)
후홍실(侯弘實) 19-34(0408)
후휼(侯遹) 11-10(0208)
휴류(鵂鶹) 65-47(2119)
휴징(休徵) 19
휼지(譎智) 39
휼지부(譎智部) 38
흉노사(匈奴使) 27-1(0675)
흑수장군(黑水將軍) 53-20(1595)
흔주자사(忻州刺史) 78-5(2495)
흥원상좌(興元上座) 14-18(0252)

해 설

《태평광기초(太平廣記鈔)》는 중국 명나라 문학자 풍몽룡(馮夢龍)이 북송 초에 이방(李昉) 등이 편찬한 고대 소설 모음집인 《태평광기》를 산정(刪定)한 것으로, 총 80권에 2584조의 고사가 수록되어 있다. 《태평광기초》에는 풍몽룡이 직접 대량의 비주(批注)와 평어(評語)를 달아 놓아 중국 고전 소설 비평사에서 진귀한 문헌이다.

평찬자 풍몽룡

《태평광기초》를 평찬(評纂)한 풍몽룡(1574~1646)은 중국 명나라 말의 문학자로, 자(字)는 유룡(猶龍)·공어(公魚)·자유(子猶)·이유(耳猶) 등이고, 호(號)는 향월거고곡산인(香月居顧曲散人)·고소사노(姑蘇詞奴)·오하사노(吳下詞奴)·전전거사(箋箋居士)·묵감재주인(墨憨齋主人)·전주주사(前周柱史)·녹천관주인(綠天官主人)·무원외사(茂苑外史)·평평각주인(平平閣主人) 등이다. 남직례(南直隸) 소주부(蘇州府) 장주현(長洲縣, 지금의 장쑤성 쑤저우시] 사람이다. 사대부 집안 출신으로 형 풍몽계(馮夢桂)와 동생 풍몽웅(馮夢熊)과 함께 "오하삼풍(吳下三馮)"으로 불렸다. 숭정(崇禎) 7년(1634)에 복건성(福建省) 수녕지현(壽寧知縣)을 지냈으며, 나중에 고향으로 돌아와 저술에 종사했다. 만년에는 반청(反淸) 운동에 가담했으나 뜻을 이루지 못하자 근심과 울분 속에서 죽었다.

그는 명나라 최고의 통속 문학자로, 소설로는 가장 유명한 의화본 소설(擬話本小說)인 삼언(三言), 즉 《유세명언(喩世明言)》·《경세통언(警世通言)》·《성세항언(醒世恒言)》을 비롯해 《태평광기초》·《평요전(平妖傳)》·《열국지(列國志)》·《정사유략(情史類略)》 등을 편찬했고, 희곡으로는 《묵감재정본전기(墨憨齋定本傳奇)》, 민가집으로는 《산가(山歌)》·《괘지아(掛枝兒)》, 산곡(散曲)으로는 《태하신주(太霞新奏)》, 소화집(笑話集)으로는 《소부(笑府)》, 필기로는 《고금담개(古今譚槪)》·《지낭(智囊)》 등을 편찬했다. 그의 저작은 대부분 민간 문학에 집중되어 있어서 통속 문학자로서의 면모를 여실히 보여 주고 있다.

판본

현재 전하는 《태평광기초》의 판본은 명나라 천계(天啓) 6년(1626) 간본이 유일한데, 1980년에 발견되어 학계에 알려지게 되었다. 이 판본은 심비중(沈飛仲)이 간인했고, 천계 6년 9월 9일 중양절에 풍몽룡의 친구인 이장경(李長庚)이 쓴 〈서(序)〉와 풍몽룡의 〈소인(小引)〉이 실려 있다. 현재상하이 도서관, 산시성(山西省) 도서관, 칭화대학 도서관, 미국 프린스턴대학 동아시아 도서관에 소장되어 있는데, 칭화대학 도서관 소장본은 잔본(殘本)이다.

배인본(排印本)으로는 좡웨이(莊葳)·궈췬이(郭群一)의 교점본(校點本)[3책, 중저우수화사(中州書畫社), 1982], 웨이퉁셴(魏同賢)의 교점본[4책, 《풍몽룡전집》 28·29·30·31, 상하이구지출판사(上海古籍出版社), 1993; 2책, 《풍몽룡전집》 8·9, 펑황출판사(鳳凰出版社), 2007], 쑨다펑(孫大鵬)의 교점본[4책, 충원수쥐(崇文書局), 2019]이 있는데, 모두 천계 간본을 저본으로 했다. 좡웨이·궈췬이의 교점본은 두 사람이 1980년에 상하이 도서관에서 《태평광기초》 전본(全本)을 발견해 학계에 소개하고 교점 출판한 것으로, 그동안 알려지지 않았던 《태평광기초》를 처음으로 학계에 알려 《태평광기초》에 대한 연구가 본격적으로 시작되는 데 중요한 역할을 했다. 웨이퉁셴의 교점본은 상하이 도서관 소장본의 일부 탈락된 쪽을 산시성 도서관 소장본으로 보충해 《풍몽룡전집》에 넣은 것으로, 현재 가장 완비된 통행본이라 할 수 있다. 쑨다펑의 교점본은 저본에 근거해 미비(眉批)·협비(夾批)·협주(夾注) 가운데 판독이 어려운 글자를 최대한 문맥을 고려해 추정한 점이 특징이다.

편찬 배경

풍몽룡은 〈소인〉에서 《태평광기초》를 편찬하게 된 배경을 다음과 같이 밝혔다.

명(明)나라에 이르러 문치(文治)가 크게 흥성하자 학식이 넓고 품행이 바른 이들이 무리 지어 나왔으며, 패관의 야사도 모두 출판되어 서가에 꽂혔지만, 이 책만 간행되지 않았다. 간혹 인쇄본이 있었지만 호사가들이 민중(閩中)의 활판을 이용했기 때문에 빠지거나 잘못된 곳이 종종 있었다. 만력(萬曆) 연간(1573~1620)에 무원(茂苑)의 허씨[許氏 : 허자창(許自昌, 1578~1623)]가 처음 판각했지만, 선본(善本)을 찾아 대조하지 않고 또한 군서를 모아 교정하지 않은 채 오류와 병폐를 답습해 성급하게 간행했으므로 식자들이 흠으로 여겼다. 옛사람은 고사를 인용할 때 출처를 기록하지 않았는데, 출처를 묻는 사람이 있으면 곧장 큰 소리로 "《태평광기》에 나온다"라고 말했다. 그 권질이 방대해서 사람들이 열람하지 못할 것이라고 생각해 이렇게 사람들을 속였던 것이다. 대저 《광기》가 중랑장(中郎將) 군막 안의 물건은 아니지만 당시에 눈으로 본 사람이 매우 적었으므로, 만약 오류에 오류가 서로 거듭되어 한 번 보고 싫증 나게 된다면, 이 책은 결국 버려져 좀벌레의 밥이 되지 않겠는가? … 그러므로 문장은 회계 장부 외에 비록 패관의 야사일지라도 세속을 치료하는 최상의 약이 아닌 것이 없으니,《광기》는 약상자 속의 하나의 대단한 약제가 아니겠는가!

至皇明文治大興, 博雅輩出, 稗官野史, 悉傅梨登架, 而此書獨未授梓. 間有印本, 好事者用閩中活板, 以故掛漏差錯, 往往有之. 萬曆間, 茂苑許氏始營剞劂, 然旣不求善本對較, 復不集群書訂考, 因訛襲陋, 率爾災木, 識者病焉. 昔人用事不記出處, 有問者輒大聲曰: "出《太平廣記》." 謂其卷帙浩漫, 人莫之閱, 以此欺人. 夫《廣記》非中郞帳中物, 而當時經目者已少, 若訛訛相仍, 一覽欲倦, 此書不遂廢爲蠹糈乎? … 故筆札自會計簿書外, 雖稗官野史, 莫非療俗之聖藥,《廣記》獨非藥籠中一大劑哉!

명나라 때는 활판 인쇄의 보급으로 이른바 "패관의 야사"까지 모두 간행되었지만, 설화인(說話人)의 필독서이자 고금 이야기의 보고인《태평광기》는 일찍 간행되지 못했다. 그 가장 큰 원인은 아마도 500권에 달하는 방대한 분량 때문이었을 것이다. 만력 연간에 이르러서야 민중의 활자본과 허자창의 각본이 나오긴 했지만, 민중 활자본은 오류가 많고 허자창 각본은 교감을 제대로 하지 않아 많은 문제점이 있었다. 한편 허자창 각본에 앞서 가정(嘉靖) 45년(1566)에 담개(談愷)가 판각한 판본이 나왔는데, 풍몽룡은 담개 각본을 보지 못한 것으로 보인다. 그가 담개 각본을 보았다면 반드시 그에 대해 언급했을 것이고 "허씨가 처음 판각했다"라고 말하지도 않았을 것이다. 풍몽룡은 당시 부실한《태평광기》출판 상황을 개탄하면서 이대로 방치할 경우 독자들의 외면을 받아 결국 폐기될 것을 우려해, 보다 체계적이고 엄정하게 편집한《태평광기》선본을 간행하고자 했던 것이다. 아울러 "세속을 치료하는 최상의 약" 가운데 하나인 "패관의 야사"의 대표 작품인《태평광기》를 "약상자 속의 하나의 대단한 약제"라고 높이 평가했다.

편찬 기준

풍몽룡은 또한 〈소인〉에서《태평광기초》의 편찬 기준을 다음과 같이 밝혔다.

> 나는 어려서부터 이 책을 두루 읽을 때마다 그 박심(博深)함을 좋아하면서도 그 번잡함을 싫어했기에, 같은 것을 없애고 다른 것을 남겨 두었으며, 번잡한 것을 쳐 내고 간결한 것을 따랐으며, 아우를 수 있는 부류는 아울렀고, 합칠 수 있는 고사는 합쳤으며, 앞

뒤로 마땅히 바꿔 배치해야 하는 것은 바꿔 배치했는데, 대략 삭제한 것이 열에 셋이고 자구를 줄인 것이 또 열에 둘이며, 남아 있는 절반을 80권으로 정했다.
予自少涉獵, 輒喜其博奧, 厭其蕪穢, 爲之去同存異, 芟繁就簡, 類可幷者幷之, 事可合者合之, 前後宜更置者更置之, 大約削簡什三, 減句字復什二, 所留纔半, 定爲八十卷.

《태평광기》의 산정본인 《태평광기초》는 전체 80권 82부(部)에 총 2584조의 고사가 수록되어 있는데, 본래 《태평광기》에 분리되어 수록되었던 고사를 《태평광기초》에서 병합한 고사가 400여 조이므로 실제로는 약 3000여 조의 고사가 수록되어 있는 셈이다. 이는 《태평광기》가 전체 500권 92류(類)에 총 6965조의 고사가 수록된 것에 비해 절반에 조금 못 미친다. 즉, 《태평광기》가 너무 번잡하고, 중복 수록된 고사가 많으며, 부류의 배치가 잘못된 것이 많기 때문에 이를 삭제하고 정리해 절반가량 남은 고사를 80권으로 나누었다는 것이다. 《태평광기초》의 전체 구성과 수록 고사를 살펴보면, 풍몽룡이 밝힌 이러한 편찬 기준이 잘 반영되어 있다.

첫째, 같은 것을 없애고 다른 것을 남겨 둔 "거동존이(去同存異)"다. 예를 들어 《태평광기》 권102부터 권108까지 〈보응류(報應類)〉에 《금강경(金剛經)》을 염송해 화를 면하고 목숨을 연장하는 고사 103조가 수록되어 있는데, 내용 전개상 서사 구조가 서로 비슷비슷한 고사가 많다. 이에 대해 《태평광기초》에서는 서사 구조가 뚜렷이 구별되는 고사를 위주로 18조를 선별했다. 또한 《태평광기》에는 동일한 고사가 여러 부류에 중복되어 실려 있는 경우가 종종 보이는데, 《태평광기초》에는 전체적으로 중복된 고사가 전혀 없다.

둘째, 번잡한 것을 쳐 내고 간결한 것을 따른 "삼번취간(芟繁就簡)"이다. 예를 들어 《태평광기》 권1 〈신선류(神仙類)〉의 〈노자(老子)〉 고사는 2051자인데 《태평광기초》에서는 이를 473자로 줄였으며, 《태평광기》 권26 〈신선류〉의 〈섭법선(葉法善)〉 고사는 2364자인데 《태평광기초》에서는 이를 1227자로 줄였다. 주로 주인공과 직접적으로 관련이 없는 내용이나 신선의 행적과 크게 연관이 없는 내용을 과감하게 삭제했으며, 고사 전개상 번잡하거나 군더더기 같은 표현도 삭제했다. 《태평광기초》가 《태평광기》에 비해 "정간(精簡)"하다고 느껴지는 이유가 바로 여기에 있다.

셋째, 비슷한 부류를 아우른 "병류(幷類)"다. 《태평광기초》 부목(部目)의 병합 상황을 파악하기 위해 《태평광기》의 유목(類目)과 비교해 보면 다음과 같다.

《태평광기초》 부목	《태평광기》 유목
선부(仙部) 권1~7	신선류(神仙類) 권1~55
여선부(女仙部) 권8~9	여선류 권56~70
도술부(道術部) 권10	도술류 권71~75 방사류(方士類) 권76~80
환술부(幻術部) 권11	환술류 권284~287
이인부(異人部) 권12	이인류 권81~86
이승부(異僧部) 권13~14	이승류 권87~98
석증부(釋證部) 권15 석증 권 15(제1~13조) 숭경상(崇經像) 권 15(제14~47조)	석증류 권99~101 보응류(報應類) 권102~116 　금강경(金剛經) 권102~108 　법화경(法華經) 권109 　관음경(觀音經) 권110~111 　숭경상 권112~116
보은부(報恩部) 권16	보응류 권117~118 　음덕(陰德) 권117 　이류(異類) 권118
원보부(冤報部) 권17~18	보응류 권119~134 　원보 권119~125

부목	《태평광기》 유목	비고
	보응 권126~130 살생(殺生) 권131~133 숙업축생(宿業畜生) 권134	
36조) ~56조) ~71조) ~83조)	징응류 권135~145 　제왕(帝王)휴징 권135~136 　인신(人臣)휴징 권137~138 　방국(邦國)구징 권139~140 　인신구징 권141~145 감응류 권161~162 참응류 권163	감응류와 참응류를 징응부에 병합
	정수류 권146~160	
~12조) 3~21조) 2~31조) 2~44조)	명현류 권164 유행류(儒行類)·고일부(附) 권202(제17~27조) 염검류 권165(제1~20조) 기량류 권176~177	
	정찰류 권171~172	
~20조) 1~42조)	준변류 권173~174(제1~25조) 유민류 권174(제26~35조)~175	
~26조)	문장류 권198~200(제1~6조)	

《태평광기초》 부목	《태평광기》 유목
무신유문(武臣有文)부 권25(제27~30조) 재명부(才名部) 권25(제31~34조) 연재(憐才)부 권25(제35~41조)	무신유문 권200(제7~15조) 재명류 권201(제1~6조) 유행류·연재부 권202(제5~16
박물부(博物部) 권26(제1~20조) 호상부(好尙部) 권26(제21~28조)	박물류 권197 재명류·호상부 권201(제7~18
지인부(知人部) 권27(제1~12조) 교우부(交友部) 권27(제13~22조)	지인류 권169~170 교우류 권235
의기부(義氣部) 권28	기의류(氣義類) 권166~168
협객부(俠客部) 권29	호협류(豪俠類) 권193~196
공거부(貢擧部) 권30(제1~52조) 씨족부(氏族部) 권30(제53~56조)	공거류 권178~184(제1~10조) 씨족 권184(제11~24조)
전선부(銓選部) 권31(제1~16조) 직관부(職官部) 권31(제17~33조)	전선류 권185~186 직관류 권187
장수부(將帥部) 권32(제1~6조) 효용부(驍勇部) 권32(제7~23조)	장수류 권189~190(제1~9조) 효용류 권191~192
편급부(褊急部) 권33(제1~6조)	편급류 권244

부목	《태평광기》 유목	비고
~22조)	혹포류 권267~269	
~8조)	권행류 권188	
~24조)	첨녕류 권239~241	
~22조)	사치류 권236~237	
34조)	치생류 권243(제1~4조)	
~36조)	탐부(附) 권243(제5~23조)	
43조)	염검류 · 인색(吝嗇) 권165(제21~34조)	
~15조)	유오류 권242(제1~13조)	
6~18조)	유망부(附) 권242(제14~19조)	
9~60조)	치비류 권258~162	
~21조)	경박류 권265~266	
2~63조)	조초류 권253~257	
	회해류 권245~252	
~7조)	장수류 · 잡휼지(雜謔智) 권190(제10~11조)	
3~22조)	궤사류 권238	
23~35조)	무뢰류 권263~264	
~16조)	요망류 권288~290	무류의 1개 소류 병합
23조)	무류(巫類) 권283(제1~16조)	
	엽주(厭呪) 권283(제17~19조)	

《태평광기초》 부목	《태평광기》 유목
산술부(算術部) 권41(제1~6조) 복서부(卜筮部) 권41(제7~24조)	산술류 권215 복서류 권216
의부(醫部) 권42(제1~18조) 이질(異疾)부(附) 권42(제19~29조)	의류 권218~220(제1~13조) 이질 권220(제14~27조)

상부(相部) 권43(제1~18조)
  상홀(相笏)부 권43(제19~21조)
  상택(相宅)부 권43(제22~24조)
	상류 권221~224

부인부(婦人部) 권44
  현부(賢婦) 권44(제1~19조)
  재부(才婦) 권44(제20~31조)
  미부(美婦) 권44(제32~39조)
  기부(奇婦) 권44(제40~41조)
  불현부(不賢婦) 권44(제42~49조)
  기(妓) 권44(제50~58조)
	부인류 권270~273
	  현부 권271(제1~13조)
	  재부 권271(제14~25조)
	  미부인 권272(제1~8조)
	  투부(妒婦) 권272(제9~21조)
	
	  기녀 권273

복첩부(僕妾部) 권45
  첩비(妾婢) 권45(제1~6조)
  동복(童僕) 권45(제7~12조)
	동복노비 권275

주식부(酒食部) 권46
  주 권46(제1~9조)
	주류 권233
	  주 권233(제1~15조)

부목	《태평광기》 유목	비고
~14조)	주량부(附) 권233(제16~19조) 기주(嗜酒)부 권233(제20~22조)	
~25조)	식류 권234 　식 권234(제1~14조) 　능식(能食)부 권234(제15~17조) 　비식(非食)부 권234(제18~20조)	
조) ~59조)	악류 권203~205 　악 권203(제1~14조), 권204(제1~12조) 　가 권204(제13~18조) 　금(琴) 권203(제15~26조) 　슬(瑟) 권203(제27~28조) 　적(笛) 권204(제19~24조) 　필률(觱篥) 권204(제25조) 　갈고(羯鼓) 권205(제1~7조) 　동고(銅鼓) 권205(제8~10조) 　비파(琵琶) 권205(제11~21조) 　오현(五弦) 권205(제22조) 　공후(箜篌) 권205(제23조)	
	서류 권206~209	

《태평광기초》 부목	《태평광기》 유독
화부(畫部) 권49	화류 권210~214
기교부(伎巧部) 권50	기교류 권225~227 박희류(博戲類) 권228
몽부(夢部) 권51	몽류 권276~282
신부(神部) 권52~54 　신 권52~54(제1~26조) 　음사(淫祠) 권54(제27~35조)	신류 권291~315(제1~2조) 음사부(附) 권315(제3~13조)
영이부(靈異部) 권55	영이류 권374
귀부(鬼部) 권56~59	귀류 권316~355
신혼부(神魂部) 권60(제1~7조) 총묘부(冢墓部) 권60(제8~15조) 명기부(銘記部) 권60(제16~25조)	신혼류 권358 총묘류 권389~390 명기류 권391~392
재생부(再生部) 권61 　재생 권61(제1~34조) 　오재생(悟再生)부 권61(제35~43조)	재생류 권375~386 오전생류(悟前生類) 권387~388
천부(天部) 지부(地部) 권62 　뇌(雷) 권62(제1~22조)	뇌류 권393~395 우류 권396

부목	《태평광기》 유목	비고
조)	우 권396(제1~7조)	
	풍 권396(제8~19조)	
조)	홍 권396(제20~25조)	
조)		
조)	산류 권397(제1~24조)	
	계(溪)부 권397(제25조)	
조)	석류 권398(제1~37조)	
~62조)	파사부(附) 권398(제38~39조)	
조)	수류 권399(제1~22조)	
조)	정부(附) 권399(제23~39조)	
	보류 권400~405	기완류를 보부에 병합
	금(金) 권400~401(제1~9조)	
~54조)	수은(水銀)부 권401(제10조)	
	옥(玉) 권401(제11~18조)	
	주(珠) 권402	
	잡보(雜寶) 권403~404	
	전(錢) 권405(제1~9조)	
~57조)	기물 권405(제10~24조)	
	기완류(器玩類) 권229~232	

《태평광기초》 부목	《태평광기》 유목
화목부(花木部) 권64	초목류(草木類) 권406~417
목 권64(제1~20조)	목 권406(제1~37조)
	문리목(文理木)부 권406(제38)
	이목(異木) 권407(제1~34조)
화 권64(제21~31조)	초화(草花) 권409(제1~8조)
	목화(木化) 권409(제9~48조)
과(果) 권64(제32~50조)	과 권410~411(제1~21조)
죽(竹) 권64(제51~55조)	죽 권412(제1~15조)
오곡(五穀) 권64(제56~60조)	오곡 권412(제16~30조)
소(蔬) 권64(제61~66조)	채(菜) 권411(제22~32조)
차(茶) 권64(제67~69조)	차천(茶荈) 권412(제31~34조)
초(草) 권64(제70~95조)	초 권408
태(苔) 권64(제96~98조)	태 권413(제22~28조)
유만(蕌蔓) 권64(제99~102조)	유만 권407(제35~40조)
지균(芝菌) 권64(제103~106조)	지(芝) 권413(제1~17조)
	균(菌) 권413(제18~21조)
향(香) 권64(제107~108조)	향약(香藥) 권414(제1~19조)
금조부(禽鳥部) 권65	금조류 권460~463
	봉(鳳)·난(鸞)부 권460(제1~
	학(鶴)·곡(鵠)부 권460(제6~

부목	《태평광기》 유목	비고
	응(鷹) 권460(제17~19조)	
	요(鷂) 권460(제20조)	
	골(鶻) 권460(제21~22조)	
	공작(孔雀) 권461(제1~3조)	
	연(燕) 권461(제4~9조)	
	자고(鷓鴣) 권461(제10~12조)	
	작(鵲)·합(鴿)부 권461(제13~20조)	
	계(鷄) 권461(제21~35조)	
	아(鵝)·압(鴨)부 권462(제1~8조)	
	노(鷺) 권462(제9~11조)	
	안(鴈) 권462(제12~13조)	
	구욕(鸜鵒) 권462(제14~17조)	
	작(雀) 권462(제18~20조)	
	오(烏) 권462(제21~28조)	
	효(梟)·치(鴟)부 권462(제29~36조)	
	금조 권463	
~44조) ~83조)	축수류 권434~446 호류(虎類) 권426~433 호류(狐類) 권447~455	

《태평광기초》 부목	《태평광기》 유목
곤충부(昆蟲部) 권67 　독충(毒蟲) 권67(제1~26조) 　잡충(雜蟲) 권67(제27~43조) 　이충(異蟲) 권67(제44~50조)	곤충류 권473~479 사류(蛇類) 권456~459
용부(龍部) 권68~69	용류 권418~425(제1~8조)
수족부(水族部) 권70 　인족(鱗族) 권70(제1~24조) 　개족(介族) 권70(제25~36조) 　해잡산(海雜産) 권70(제37~44조)	용류·교(蛟) 권425(제9~21조) 수족류 권464~472 　수괴(水怪) 권467(제1~22조) 　수족위인(水族爲人) 권468~4? 　귀(龜) 권472
야차부(夜叉部) 권71	야차류 권356~357
요괴부(妖怪部) 권72~78	요괴류 권359~367 정괴류(精怪類) 권368~373
만이부(蠻夷部) 권79	만이류 권480~483
잡지부(雜志部) 권80	잡전기류(雜傳記類) 권484~492 잡록류(雜錄類) 권493~500

풍몽룡은 《태평광기초》〈도술부〉에 미비(眉批)를 달아 "원본[《태평광기》]에는 〈도술〉외에 〈방사〉도 있는데, 내용이 대부분 서로 비슷하기 때문에 〈방사〉부를 제거하고 〈도술〉부에 합쳐 넣었다(原本〈道術〉外, 尙有〈方士〉, 而事義多相類, 故去〈方士〉部, 倂入〈道術〉)"라고 해서, 내용이 서로 비슷한 부류를 병합했음을 밝혔다. 이러한 기준에 의거해 《태평광기》의 〈감응류(感應類)〉와 〈참응류(讖應類)〉를 《태평광기초》의 〈징응부(徵應部)〉에 병합하고, 〈박희류(博戲類)〉를 〈기교부(伎巧部)〉에 병합하고, 〈기완류(器玩類)〉를 〈보부(寶部)〉에 병합하고, 〈정괴류(精怪類)〉를 〈요괴부(妖怪部)〉에 병합했다. 그 밖에 《태평광기》의 소류(小類)를 삭제하거나 병합하기도 했으며, 부류의 명칭을 바꾸기도 했다.

넷째, 비슷한 고사를 합친 "합사(合事)"다. 《태평광기초》에서는 고사 내용이나 서사 구조가 비슷할 경우 《태평광기》의 같은 부류 또는 여러 부류에 분산 배치되어 있는 고사를 하나로 합쳤다. 예를 들어 《태평광기》 권254와 권255의 〈조초류(嘲誚類)〉에 실려 있는 〈장원일(張元一)〉·〈장작(張鷟)〉·〈길욱(吉頊)〉·〈주수후(朱隨侯)〉·〈축흠명(祝欽明)〉·〈위광승(魏光乘)〉 고사는 모두 상대방을 조롱하는 내용인데, 《태평광기초》에서는 이 6조의 고사를 권37 〈조초부〉에 〈장원일 등〉이라는 제목으로 하나로 합쳤다. 또 《태평광기》 권175 〈유민류(幼敏類)〉의 〈백거이(白居易)〉, 권198 〈문장류(文章類)〉의 〈백거이〉, 권244 〈편급류(褊急類)〉의 〈이덕유(李德裕)〉 고사는 모두 백거이의 뛰어난 시재(詩才)에 관한 내용인데, 《태평광기초》에서는 이 3조의 고사를 권25 〈문장부〉에 〈백거이〉라는 제목으로 하나로 합쳤다.

다섯째, 순서를 바꿔 배치한 "경치(更置)"다. 《태평광기초》는 대체로 《태평광기》의 부류 순서를 따랐지만, 일부 부류는 그 순서를 변경하기도 했다. 예를 들어 《태평광기》 권284부터 권287에 실려 있는 〈환술류(幻術類)〉는 〈무류(巫類)〉와 〈요망류(妖妄類)〉의 사이에 배치되어 있지만, 《태평광기초》에서는 '환술'을 '도술'과 관련이 깊은 것으로 파악해 권10 〈도술부〉 다음에 〈환술부〉를 배치했다. 또 《태평광기》 권356부터 권357에 수록된 〈야차류(夜叉類)〉, 권359부터 권367에 수록된 〈요괴부(妖怪部)〉, 권368부터 권373에 수록된 〈정괴류〉는 〈귀류(鬼類)〉 다음에 배치되어 있지만, 《태평광기초》에서는 거의 말미에 해당하는 권70 〈수족부(水族部)〉와 권79 〈만이부(蠻夷部)〉 사이에 〈야차부〉와 〈요괴부〉를 배치했다. 그 밖에 《태평광기》의 원래 부류에 속해 있던 고사를 다른 부류로 이동해 배치한 경우도 "경치"

에 해당하는데, 그 대표적인 예로《태평광기》의 〈잡전기류(雜傳記類)〉에 수록된 〈사소아전(謝小娥傳)〉·〈양창전(楊娼傳)〉·〈비연전(非煙傳)〉을《태평광기초》에서 모두 〈부인부(婦人部)〉로 이동 배치한 것을 들 수 있다. 전체적으로 보아《태평광기초》의 부류 배치는《태평광기》보다 타당하다고 여겨진다.

비주와 평어

《태평광기초》의 편집상 가장 두드러지는 특징은 풍몽룡 자신의 느낌이나 견해를 표명한 비주(批注)와 평어(評語)를 달았다는 점이다. 비주는 지면의 상단 여백에 기록하는 미비(眉批), 고사의 원문 사이에 기록하는 협비(夾批)와 협주(夾注)가 있는데, 이 중에서 미비는 1842개이고 협비와 협주는 269개에 달한다. 평어는 고사의 중간이나 말미에 해당 고사에 대한 풍몽룡 자신의 견해를 기록하거나 해당 고사와 관련된 다른 고사를 인용해 논평한 것으로 218개에 달한다.

미비는 고사의 특정한 대목에 풍몽룡 자신의 생각을 밝히는 경우가 대부분이며, 그 밖에 부류를 설명하거나 어려운 글자에 대한 독음과 뜻을 설명한 경우도 있다. 그 예는 다음과 같다.

"상제가 염라대왕을 두면서도 오히려 관용을 숭상하고 엄격함을 싫어하니, 하물며 이승의 목민관임에랴!(上帝設閻羅, 猶尙恕而惡嚴, 況陽間牧民者!)"[권52〈신부(神部)・일자천왕(一字天王)〉].

"원본[《태평광기》]에는〈도술〉외에〈방사〉도 있는데, 내용이 대부분 서로 비슷하기 때문에〈방사〉부를 제거하고〈도술〉부에 합쳐 넣었다(原本〈道術〉外, 尙有〈方士〉, 而事義多相類, 故去〈方士〉部, 幷入〈道術〉)"(권10〈도술부〉).

"이하는 모두 억울한 죽음에 대한 응보다(以下皆枉殺報)"[권17〈원보부(寃報部)・두백(杜伯)〉].

"사(炧)는 음이 재(才)와 야(野)의 반절(反切)이며, 뜻은 등촉의 불똥이다(炧, 才野切, 燈燭燼)"[권6〈선부(仙部)・헌원미명(軒轅彌明)〉].

협비와 협주는 고사의 중간중간에 풍몽룡의 즉흥적인 느낌을 기록한 경우가 가장 많으며, 그 밖에 특정한 인물・명물・사건에 대해 설명한 경우도 있다. 그 예는 다음과 같다.

"정말 묘하고 정말 재미있다(妙絶, 趣絶)"[권2〈선부・좌자(左慈)〉]./ "심히 괴이하다(怪甚)"[권32〈효용부

(驍勇部)・노신통(路神通)〉]./ "고루함이 심하도다!(腐甚!)"[권36 〈치비부(嗤鄙部)・장박사(張博士)〉]./ "애석하도다! 애석하도다!(可惜! 可惜)"[권44〈부인부(婦人部)・현부(賢婦)・두계낭(竇桂娘)〉]./ "통쾌하도다!(暢快!)"[권44 〈부인부・불현부(不賢婦)・양지견(楊志堅)〉]./ "청량산(淸凉散)을 한 번 복용한 것처럼 정신이 확 깬다(一服淸凉散)"[권61〈재생부(再生部)・주동(朱同)〉].

"정신이 여유롭고 기백이 안정되어 눈에 도적 떼가 보이지 않은 것이다(神閑氣定, 目無群盜)"[권44 〈부인부・기부(奇婦)・촌장부인(村莊婦人)〉].

"심희는 오군(吳郡) 사람이다. 촉(蜀) 땅에서 도를 배워 사람들의 병을 치료해 준 음덕으로 하늘을 감동시켜 득도했다(羲, 吳郡人. 學道蜀中, 以治病陰功感天得道)"[권1〈선부・서복(徐福)〉].

"원반은 나무로 만들고 그 바깥을 옻칠을 했다. 거북과 주산은 모두 옻칠을 하고 속을 파냈으며 그 바깥은 채색 그림을 그려 놓았다. 주산의 속은 비어서 3말의 술이 들어갔다(盤以木爲之, 布漆其外. 龜及山皆漆布脫空, 彩畫其外. 山中虛, 受酒三斗)"[권50 〈기교부(伎巧部)・마대봉(馬待封)〉].

"위재는 사공(司空) 왕승변(王僧辯) 휘하의 옛 장수로서 [진패선이 난을 일으켰을 때] 의흥(義興)을 견고히 지켜 함락되지 않았다. 그래서 진패선이 백마를 죽여 [위재를 해치지 않겠다고] 맹세하자 위재가 항복했는데, 나중에 진패선은 다시 그를 참수했다. 얼마 후에 보았더니 위재가 찾아와 목숨을 내놓으라고 했으며, 진패선은 결국 죽었다(韋載, 係司空王僧辯舊將, 固守義興不下. 霸先刑白馬與盟, 乃降, 後復斬之. 尋見載來索命, 霸先遂死)"[권17 〈원보부(冤報部)·진패선(陳霸先)〉].

평어는 풍몽룡의 이성적 사고, 도덕적 가치관, 역사 인식, 인정세태에 대한 감회 등이 잘 드러나 있다. 예를 들어 권1 〈선부(仙部)〉의 〈노자(老子)〉 고사 말미에 "'안식국'은 몸과 마음이 휴식하는 곳을 비유한다. '황금으로 너에게 갚겠다'는 것은 금단(金丹)으로 그를 도탈(度脫)시키겠다는 것이지 단단한 금이 아니다. '참을 수 없다(不能忍)'는 세 글자는 도를 배우는 사람들이 가장 잘 걸리는 불치병이다. 참을 수 없는 이유는 재물을 탐하거나 여색을 좋아하기 때문이다. 《신선전》 등의 책을 읽을 때는 모름지기 문장을 빌려 가르침을 드리운다는 사실을 알아야 하니, 만약 그것을 실제 일로 이해한다면 커다란 잘못이다(安息國者, 喩身心休歇處. 黃金還汝, 欲以金丹度之, 非頑金也. '不能忍'三字, 極中學道者之膏肓. 所以不能忍者, 由貪財好色故. 閱《神仙傳》等書, 須知借文垂訓, 若認作實事, 失之千里.)"라는 평어를 실었는데, 이는 신선 고사를 실제의 일로 여겨서는 안 되고 재물과 여색을 경계해야 한다는 비유나 은유로 읽어야 한다고 논평한 것으로, 풍몽룡의 이성적 사고의 일면을 잘 엿볼 수 있다. 또 권78 〈요괴부〉의 〈종도(鍾道)〉 고사는 남조 송나라의 관리 종도가 평소 그리워하던 여인을 만나 사랑을 나누고 그녀에게서 계설향(鷄舌香)을 얻었는데, 나중에 그녀가 개에 물려 죽자 그녀는 늙은 수달이었고 계설향은 수달의 똥이었다는 내용이다. 풍몽룡은 이 고사의 말미에 "도를 깨달은 후에 티끌세상의 명리를 돌아보면 모두 수달의 똥일 뿐이다. 그런데도 수달의 똥 속에서 성내고 시샘하고 다투고 할퀴니 정말로 슬프도다!(悟道後, 回視塵世名利, 皆獺糞耳. 復於獺糞中嗔妒爭攫, 眞可悲也!)"라는 평어를 실어, 수달의 똥과 같은 속진에서 명리를 위해 서로 다투는 인정세태에 대해 개탄했다.

이러한 비주와 평어는 풍몽룡의 사상과 가치관 등을 살펴볼 수 있는 귀중한 자료일 뿐만 아니라, 해당 고사를 읽는 독자들의 보다 흥미로운 감상과 보다 정확한 이해를 돕는 아주 유용한 장치라고 하겠다.

문헌 가치

첫째, 《태평광기초》는 문헌적 가치가 상당히 높은 필기 문헌임에도 불구하고 국내는 물론이고 중국을 비롯한 해외에서도 아직까지 번역 성과가 나오지 않고 있으며, 국내의 경우는 소논문을 비롯한 학술 연구가 전무한 상태다. 이러한 상황에서 이 역주 작업은 국내외 초역이자 완역으로서의 학술적 의의를 지니게 될 것이며, 《태평광기초》의 원전 텍스트에 대한 보다 쉽고 정확한 이해를 가능하게 함으로써 당시 사회를 복합적으로 읽어 내는 데 많은 도움이 될 것으로 기대된다.

둘째, 《태평광기초》에 들어 있는 대량의 미비(眉批), 협비(夾批), 평어(評語)를 통해 풍몽룡의 진보적인 문학 사상과 인정세태에 대한 날카로운 비판 정신을 파악하고, 이야기 감상을 위한 즉흥적인 추임새를 느낄 수 있다. 이는 중국의 전통적인 비평 방식으로, 백화 소설에 비해 상대적으로 부족하게 여겨졌던 문언 소설에 비평을 했다는 점에서 중국 소설 비평사에서 귀중한 연구 자료라고 하겠다.

셋째, 《태평광기》는 중국을 비롯해 한국과 일본에서 동아시아 이야기의 보고(寶庫)로서 많은 독자층이 형성되었는데, 공통적으로 지적되는 문제점은 그 분량이 너무 방대해서 쉽게 접할 수 없다는 것이었다. 그래서 한·중·일 삼국에서 《태평광기》를 일정한 기준에 의거해 선별하는 작업이 이루어졌다. 가장 먼저 한국에서 조선 세조(世祖) 8년(1462)에 성임(成任, 1421~1484)에 의해 《태평광기상절(太平廣記詳節)》(50권, 간본, 잔본)이 간행되었다. 《태평광기》는 고려 문종(文宗) 34년(1080) 이전에 국내에 전래된 것으로 추정되는데, 그 이후로 조선 시대까지 많은 문사들이 즐겨 읽는 애독물이 되었지만, 그 분량이 방대했기 때문에 구하기가 어려웠고 구한다 하더라도 독파하기가 쉽지 않았다. 따라서 좀 더 쉽게 구하고 간편하게 읽을 수 있는 책이 필요했는데, 성임이 그러한 요구에 부응해 《태평광기상절》을 편찬했다. 수록된 전체 고사는 839조로, 《태평광기》에 비해 10분의 1이 조금 넘는다. 다만 《태평광기상절》은 당시 문사들의 기호를 반영해 《태평광기》의 고사 중에서 가려 뽑아 그대로 수록했으며, 편찬자인 성임의 비주나 평어는 들어 있지 않다. 하지만 현재 전해지는 《태평광기》의 판본에 수록되어 있지 않은 일문(佚文) 6조가 들어 있어서 그 문헌 자료적 가치가 매우 높다.[160] 다음으로 160여 년 뒤인 1626년에 중국에서 《태평광기초》(80권, 간본, 완본)가 간행되었으며, 다음으로 일본에서 1855년경 《태평광기초(抄)》(1권, 필사본, 잔본)가 나왔다.161) 따라서 이 3종의 선본에 대한 비교 분석을 통해 삼국의 고사 선별 기준과 당시 독자층의 기호를 파악할 수 있다.

연구 개황

《태평광기초》에 대한 국내 연구는 아직까지 이루어지지 않았다. 중국과 타이완은 지금까지 《태평광기초》를 전제(專題)로 한 석사 논문 2편과 기간 논문 5편이 나왔고, 일본에서는 편목 색인에 대한 연구가 이루어졌다.

석사 논문

[중국] 정젠췬(鄭健群), 〈《태평광기초》 연구〉, 지난대

---

160) 조선 간본 《태평광기상절》에 대해서는 김장환 등, 《태평광기상절》(전8권), 서울 : 학고방출판사, 2005 ; 김장환, 〈《태평광기》의 시대적 의미-그 전이와 수용의 연구사적 성과를 중심으로-〉, 《중국어문학논집(中國語文學論集)》 제75호, 2012 참고.

161) 일본 필사본 《태평광기초》에 대해서는 [타이완] 왕궈량(王國良), 〈한일 양국 현존 《태평광기》 선본 초탐-《태평광기상절》과 《태평광기초》를 위주로 한 고찰(韓日兩國現存《太平廣記》選本初探-以《太平廣記詳節》·《太平廣記抄》爲主的考察)〉, 《서목계간(書目季刊)》 제48권 제3기, 2014 참고.

학(暨南大學), 2019

[중국] 만젠리(滿建利), 〈풍몽룡《태평광기초》연구〉, 취푸사범대학(曲阜師範大學), 2020.

기간 논문

[중국] 좡웨이(莊葳)・궈췬이(郭群一), 〈풍몽룡 평찬본《태평광기초》초탐〉,《사회과학》, 1980년 제5기

[중국] 왕훙루(王鴻蘆), 〈《태평광기초》를 통해서 본 풍몽룡(從《太平廣記鈔》看馮夢龍)〉,《어문원지(語文園地)》, 1982년 제5기

[타이완] 쉬젠쿤(許建崑), 〈풍몽룡《태평광기초》초탐〉,《고전문학》15, 2000

[중국] 푸청저우(傅承洲), 〈풍몽룡《태평광기초》의 산정과 평점(馮夢龍《太平廣記鈔》的刪訂與評點)〉,《난징사대학보(南京師大學報)》, 2012년 11월 제6기

[타이완] 캉윈메이(康韻梅), 〈풍몽룡《태평광기초》의 편찬과 평점(馮夢龍《太平廣記鈔》的編纂和評點)〉,《링난학보복간(嶺南學報復刊)》제7집, 2017.

편목 색인

[일본] 호리 마코토(崛誠) 편, 〈《태평광기초》편목 색

인〉,《중국시문논총(中國詩文論叢)》제8집, 1989.

  이 책은 명나라 천계(天啓) 간본을 저본으로 교점한 배인본 중에서 번체자본(繁體字本)인 웨이퉁셴(魏同賢)의 교점본[2책,《풍몽룡전집(馮夢龍全集)》 8·9, 펑황출판사(鳳凰出版社), 2007]을 바탕으로 하고 기타 배인본을 참고했다. 아울러《태평광기》와의 대조를 통해 교감이 필요한 원문에 한해 해당 부분에 교감문을 붙이고, 풍몽룡의 비주와 평어까지 포함해 80권 전체를 완역하고 주석을 달았다.《태평광기》는 왕샤오잉(汪紹楹)의 점교본[베이징 중화수쥐(中華書局), 1961]을 사용했다.

엮은이에 대해

《태평광기초》를 평찬(評纂)한 풍몽룡(1574~1646)은 중국 명나라 말의 문학자로, 자(字)는 유룡(猶龍)·공어(公魚)·자유(子猶)·이유(耳猶) 등이고, 호(號)는 향월거고곡산인(香月居顧曲散人)·고소사노(姑蘇詞奴)·오하사노(吳下詞奴)·전전거사(箋箋居士)·묵감재주인(墨憨齋主人)·전주주사(前周柱史)·녹천관주인(綠天官主人)·무원외사(茂苑外史)·평평각주인(平平閣主人) 등이다. 남직례(南直隸) 소주부(蘇州府) 장주현(長洲縣, 지금의 장쑤성 쑤저우시) 사람이다. 사대부 집안 출신으로 형 풍몽계(馮夢桂)와 동생 풍몽웅(馮夢熊)과 함께 "오하삼풍(吳下三馮)"으로 불렸다. 숭정(崇禎) 7년(1634)에 복건성(福建省) 수녕지현(壽寧知縣)을 지냈으며, 나중에 고향으로 돌아와 저술에 종사했다. 만년에는 반청(反淸) 운동에 가담했으나 뜻을 이루지 못하자 근심과 울분 속에서 죽었다.

그는 명나라 최고의 통속 문학자로, 소설로는 가장 유명한 의화본 소설(擬話本小說)인 삼언(三言), 즉 《유세명언(喩世明言)》·《경세통언(警世通言)》·《성세항언(醒世恒

言)》을 비롯해 《태평광기초》·《평요전(平妖傳)》·《열국지(列國志)》·《정사유략(情史類略)》 등을 편찬했고, 희곡으로는 《묵감재정본전기(墨憨齋定本傳奇)》, 민가집으로는 《산가(山歌)》·《괘지아(掛枝兒)》, 산곡(散曲)으로는 《태하신주(太霞新奏)》, 소화집(笑話集)으로는 《소부(笑府)》, 필기로는 《고금담개(古今譚槪)》·《지낭(智囊)》 등을 편찬했다. 그의 저작은 대부분 민간 문학에 집중되어 있어서 통속문학자로서의 면모를 여실히 보여 주고 있다.

옮긴이에 대해

김장환(金長煥)은 연세대학교 중어중문학과 교수로 재직 중이다. 연세대학교 중문과를 졸업한 뒤 서울대학교에서 〈세설신어연구(世說新語研究)〉로 석사 학위를 받았고, 연세대학교에서 〈위진남북조지인소설연구(魏晉南北朝志人小說研究)〉로 박사 학위를 받았다. 강원대학교 중문과 교수, 미국 하버드 대학교 옌칭 연구소(Harvard-Yenching Institute) 객원교수(2004~2005), 같은 대학교 페어뱅크 센터(Fairbank Center for Chinese Studies) 객원교수(2011~2012)를 지냈다. 전공 분야는 중국 문언 소설과 필기 문헌이다.

그동안 쓴 책으로 《중국 문학의 흐름》, 《중국 문학의 향기》, 《중국 문학의 향연》, 《중국 문언 단편 소설선》, 《유의경(劉義慶)과 세설신어(世說新語)》, 《위진세어 집석 연구(魏晉世語輯釋研究)》, 《동아시아 이야기 보고의 탄생-태평광기》 등이 있고, 옮긴 책으로는 《중국 연극사》, 《중국 유서 개설(中國類書概說)》, 《중국 역대 필기(中國歷代筆記)》, 《세상의 참신한 이야기-세설신어》(전 3권), 《세설신어보(世

說新語補)》(전 4권), 《세설신어 성휘운분(世說新語姓彙韻分)》(전 3권), 《태평광기(太平廣記)》(전 21권), 《태평광기상절(太平廣記詳節)》(전 8권), 《봉신연의(封神演義)》(전 9권), 《당척언(唐摭言)》(전 2권), 《열선전(列仙傳)》, 《서경잡기(西京雜記)》, 《고사전(高士傳)》, 《어림(語林)》, 《곽자(郭子)》, 《속설(俗說)》, 《담수(談藪)》, 《소설(小說)》, 《계안록(啓顏錄)》, 《신선전(神仙傳)》, 《옥호빙(玉壺氷)》, 《열이전(列異傳)》, 《제해기(齊諧記)·속제해기(續齊諧記)》, 《선험기(宣驗記)》, 《술이기(述異記)》, 《소림(笑林)·투기(妬記)》, 《고금주(古今注)》, 《중화고금주(中華古今注)》, 《원혼지(冤魂志)》, 《이원(異苑)》, 《원화기(原化記)》, 《위진세어(魏晉世語)》, 《조야첨재(朝野僉載)》(전 2권), 《개원천보유사(開元天寶遺事)》, 《소씨문견록(邵氏聞見錄)》(전 2권), 《옥당한화(玉堂閑話)》, 《당궐사(唐闕史)》 등이 있으며, 중국 문언소설과 필기 문헌에 관한 여러 편의 연구 논문이 있다.

태평광기초 16

엮은이 풍몽룡
옮긴이 김장환
펴낸이 박영률

초판 1쇄 펴낸날 2024년 11월 28일

커뮤니케이션북스(주)
출판등록 제313-2007-000166호(2007년 8월 17일)
02880 서울시 성북구 성북로 5-11
전화 (02) 7474 001, 팩스 (02) 736 5047
commbooks@commbooks.com
www.commbooks.com

ⓒ 김장환, 2024

지식을만드는지식은
커뮤니케이션북스(주)의 고전 출판 브랜드입니다.
이 책은 저작권자와 계약해 발행했으므로, 본사의 서면 허락 없이는
어떠한 형태나 수단으로도 이 책의 내용을 이용할 수 없습니다.

ISBN 979-11-7307-046-4 94820
979-11-7307-000-6 94820 (세트)

책값은 뒤표지에 있습니다.

說新語補)》(전 4권), 《세설신어 성휘운분(世說新語姓彙韻分)》(전 3권), 《태평광기(太平廣記)》(전 21권), 《태평광기상절(太平廣記詳節)》(전 8권), 《봉신연의(封神演義)》(전 9권), 《당척언(唐摭言)》(전 2권), 《열선전(列仙傳)》, 《서경잡기(西京雜記)》, 《고사전(高士傳)》, 《어림(語林)》, 《곽자(郭子)》, 《속설(俗說)》, 《담수(談藪)》, 《소설(小說)》, 《계안록(啓顏錄)》, 《신선전(神仙傳)》, 《옥호빙(玉壺氷)》, 《열이전(列異傳)》, 《제해기(齊諧記)·속제해기(續齊諧記)》, 《선험기(宣驗記)》, 《술이기(述異記)》, 《소림(笑林)·투기(妬記)》, 《고금주(古今注)》, 《중화고금주(中華古今注)》, 《원혼지(冤魂志)》, 《이원(異苑)》, 《원화기(原化記)》, 《위진세어(魏晉世語)》, 《조야첨재(朝野僉載)》(전 2권), 《개원천보유사(開元天寶遺事)》, 《소씨문견록(邵氏聞見錄)》(전 2권), 《옥당한화(玉堂閑話)》, 《당궐사(唐闕史)》 등이 있으며, 중국 문언소설과 필기 문헌에 관한 여러 편의 연구 논문이 있다.

태평광기초 16

엮은이 풍몽룡
옮긴이 김장환
펴낸이 박영률

초판 1쇄 펴낸날 2024년 11월 28일

커뮤니케이션북스(주)
출판등록 제313-2007-000166호(2007년 8월 17일)
02880 서울시 성북구 성북로 5-11
전화 (02) 7474 001, 팩스 (02) 736 5047
commbooks@commbooks.com
www.commbooks.com

ⓒ 김장환, 2024

지식을만드는지식은
커뮤니케이션북스(주)의 고전 출판 브랜드입니다.
이 책은 저작권자와 계약해 발행했으므로, 본사의 서면 허락 없이는
어떠한 형태나 수단으로도 이 책의 내용을 이용할 수 없습니다.

ISBN 979-11-7307-046-4 94820
979-11-7307-000-6 94820 (세트)

책값은 뒤표지에 있습니다.